John Vermeulen

Der Garten der Lüste

Roman über Leben und Werk des Hieronymus Bosch

Aus dem Niederländischen von Hanni Ehlers

Diogenes

Titel der 2001 bei
Uitgeverij Het Spectrum B.V., Utrecht,
erschienenen Originalausgabe:
›De tuin der lusten. Roman over het leven
en werk van Jeroen Bosch‹

Der Verlag dankt dem
Vlaams Fonds voor de Letteren
für die Übersetzungsförderung
Umschlagillustration:
Hieronymus Bosch, ›Der Garten der Lüste‹,
um 1500 (Ausschnitt)
Foto: Joseph S. Martin/Artothek
Bildbeilage:
Hieronymus Bosch, ›Der Garten der Lüste‹
Fotos: AKG, Berlin

www.diogenes.ch
200/02/8/1
ISBN 3 257 06330 X

Wir betrachten ein Bild – oder irgendein anderes Kunstwerk – nicht nur mit unseren Sinnen und unserem Auffassungsvermögen, sondern auch mit unserer mehr oder minder großen Unkenntnis. Und darin liegt klar unser aller Anteil an Mißverständnissen.

R. H. Marijnissen

Das Mysterium Hieronymus Bosch

Hieronymus Bosch ist zweifellos einer der faszinierendsten Maler, den die Niederlande je hervorgebracht haben. Um die Entschlüsselung seiner außergewöhnlichen Werke bemühen sich noch heute, fünfhundert Jahre nach seinem Tod, Scharen von Experten – die sich komischerweise laufend widersprechen. Ich habe den starken Verdacht, daß dies schon zu Lebzeiten Boschs nicht anders gewesen ist. Er war nämlich nicht nur ein begnadeter Künstler, sondern muß auch ziemlich schlau gewesen sein. Mit der feinsinnigen Symbolik in seinem Werk dürfte er Freund wie Feind nach Belieben in die Irre geführt haben.

Boschs Œuvre wurden Stapel von Büchern gewidmet. Über sein Leben jedoch ist außerordentlich wenig bekannt. War Hieronymus Bosch ein Ketzer, der dem Scheiterhaufen nur deswegen entging, weil er als namhafter Künstler und wohlhabender Mann gewisse Privilegien genoß? War er Anhänger des Katharismus, wie manche felsenfest glauben? Nahm er Drogen, wie eine detailgetreu gemalte Hanfpflanze auf einem seiner Bilder belegen soll? War er ein Lüstling, wie wiederum andere aus den vielen, fast schon mit dem Pinsel gestreichelten Nackten in seinem Werk sowie seinem verschwenderischen Umgang mit einer unverkennbar lüsternen Symbolik schließen?

Oder sind dergleichen Erklärungen und Theorien zu seinem künstlerischen Schaffen allzuweit hergeholt und abwegig? Hat Hieronymus Bosch einfach drauflosgemalt, mit großem Können zwar, doch ohne irgendeinen geheimnisvollen Hintersinn? Nein, ich glaube nicht, daß das zutrifft. Man braucht nur eines seiner Bilder einige Minuten lang auf sich wirken zu lassen, und man spürt, daß hier ein wahrhaft genialer Künstler am Werk war. Man fühlt sich hineingezogen in jene schauerliche Zwieregion zwischen Himmel und Hölle, in der sich das Leben von Hieronymus' Zeitgenossen größtenteils abspielte. So jedenfalls ging es mir als Autor, als ich mich ernsthaft mit seinem Werk auseinanderzusetzen begann. Das Mysterium Hieronymus Bosch zog mich derart in seinen Bann, daß ich einfach einen Roman darüber schreiben *mußte.*

Ich glaubte, dabei von der Wirkung seines Werkes auf meine Phantasie geleitet zu werden. Doch wie so häufig bei Romanfiguren, begann Hieronymus sich unter meinen Händen zu verselbständigen. Es war, als wollte er mich zwingen, die Dinge endlich einmal auf seine Weise zu erzählen. Aber ach, wer weiß, vielleicht hat er mich ja auch zum Narren gehalten. So wie er das seit Jahrhunderten mit der gesamten kunstliebenden Welt und allen ihren Experten tut. Ich habe nur niedergeschrieben, was er mir einflüsterte. Es wird das Rätsel bestimmt nicht kleiner werden lassen.

John Vermeulen, Dezember 2000

I

»Feuer! Feuer! Die Stadt steht in Flammen!« Goossen zerrte so heftig am Nachthemd seines jüngeren Bruders Jeroen, daß dieser beinahe aus seinem Bettkasten fiel. »Feuer!« schrie Goossen abermals mit sich überschlagender Stimme. Dann wandte er sich im Halbdunkel ab und rannte davon.

Feuer, dachte Jeroen, und sogleich zauberte seine Einbildungskraft Bilder von versengenden Flammen und erstickendem schwarzem Rauch hervor. Angst vertrieb den Schlaf, Angst vor dem Feuer, vor hoch auflodernden roten Flammen, die gekettete Menschen vor Schmerzen aufschreien ließen. Haut und Fleisch zerschmolzen, knisterndes Fett fachte das Feuer noch stärker an, und ein süßlicher Gestank breitete sich über die Stadt aus, der den empfänglichen Geist zehnjähriger Jungen mit den abscheulichen Hirngespinsten speiste, aus welchen Alpträume geboren werden.

Zwischen Angst und Neugierde hin- und hergerissen, hockte Jeroen auf dem Rand seines Alkovens. Er hatte unlängst einen bösen Traum gehabt, in dem ganz 's-Hertogenbosch ein einziger großer Scheiterhaufen gewesen war. Keine Menschenseele hatte entkommen können. War dieser Traum Wirklichkeit geworden? Bei dem Gedanken verspürte Jeroen ein mulmiges Ziehen in den Eingeweiden, und er kniff krampfhaft die schmalen Gesäßbacken zusammen.

Seine ältere Schwester Herberta erschien im Zimmer, eine flackernde Öllampe in die Höhe haltend. Sie blickte forschend auf Jeroen herab. »Was machst du denn für ein Gesicht?« bemerkte sie. »Gehst du's dir nicht ansehen? Alle sind auf, die ganze Stadt.«

Anders als ihr Bruder Goossen sprach Herberta ruhig. Jeroens älteste Schwester war gerade eben fünfzehn, aber sie hatte die Aura einer wesentlich reiferen Frau. Ihrer Mutter zufolge hatte Herberta als einziges der fünf Kinder bei ihrer Geburt nicht weinen wollen, nicht einmal als die Hebamme ihr so heftig aufs Hinterteil schlug, daß ihr die Hand davon weh tat. Herberta hatte ein angeborenes Talent, ihre Gefühle zu verbergen. Manch einer dachte sogar, sie hätte gar keine Gefühle, doch wer sie wirklich kannte, wußte es besser. Jeroen hatte sie schon einmal eine Träne aus dem Augenwinkel tupfen sehen, als die Stiefmutter wütend eine Zeichnung von ihr zerriß, weil sie deren Meinung nach Obszönitäten abbildete. Es war eine besonders schöne Zeichnung von einem nackten Engel mit riesigen Flügeln und Augen wie Eis gewesen, welche Herberta eigens für Jeroen angefertigt hatte. Aber der Engel war überdeutlich männlichen Geschlechts gewesen, und das ging zu weit. »Die denkt wohl, wir sind alle vom Heiligen Geist gezeugt worden«, hatte Herberta spöttisch zu Jeroen gesagt. Er hatte nur halbwegs verstanden, was sie damit meinte, aber der Ton ihrer Worte hatte ihm genügt.

Jeroen hatte ein feines Gespür für die Art, wie und mit

welchem Unterton etwas gesagt wurde. Er erfaßte oft, ohne daß er die Worte verstand, was jemand meinte. Daher litt er auch am meisten von den fünf Kindern unter dem fortwährenden Zetern und Meckern ihrer Stiefmutter. Nicht selten bereitete ihm deren schneidende Stimme buchstäblich Kopfschmerzen. Mit allen und jedem mußte sie in einem fort herumkeifen, mit den Kindern, mit den Nachbarn und vor allem mit dem Vater. Nicht einmal Katherijn, die jüngste der Schwestern, die schwache Lungen hatte, blieb davon verschont.

»Und? Was ist?«

Jeroen fuhr hoch. »Brennt unser Haus ab?« Zaghaft erhob er sich und schaute durch das eine kleine Fenster der Kammer hinaus. Es war eine schwüle Juninacht, doch etwaiger Diebe wegen war das Fenster geschlossen. Draußen sah man nichts als Dunkel.

»Es ist noch ein gutes Stück von hier entfernt«, erklärte Herberta. »Die Funken fliegen fast bis zu den Wolken hinauf, oben kannst du es gut sehen.« Sie faßte Jeroen bei der Hand und nahm ihn mit zur Treppe, die zum Dachboden hinaufführte. »Sint Anthonius ist aus Stein«, sagte sie. Gemeint war ihr Haus, das der Vater auf seinen Namen getauft hatte. »Das brennt nicht so schnell.« Es war nicht ganz eindeutig, ob sie damit Jeroen oder sich selbst zu beruhigen suchte.

Herberta hatte nicht übertrieben. Die Funken vom brennenden Teil der Stadt flogen tatsächlich beinahe bis zu den Wolken hinauf. Wolken, die sich in bedrohlichem Rot gegen den schwarzen Himmel abzeichneten, als wären sie ebenfalls ein Raub der Flammen geworden.

Auf dem Dachboden trafen sie außer Goossen auch ihren Vater, ihre Stiefmutter und den jüngeren Bruder Jan an. Nur ihre Schwester Katherijn fehlte. Mit den schwachen Lungen war das Treppensteigen für sie zu anstrengend. Der Atem der Kleinen ging immer pfeifend wie ein Blasebalg, und manchmal bekam sie so wenig Luft, daß sie rot anlief und sich japsend und hustend auf dem Boden wälzte. Man hatte ihr schon viele Male Blutegel angesetzt, doch geholfen hatte es nichts.

»Na, was hab ich dir gesagt, ist es nicht schön?« fragte Herberta, als wäre das Feuer ihre eigene künstlerische Schöpfung.

Ihr Vater sah sie stirnrunzelnd an. »Schön? All die Familien, die kein Dach mehr über dem Kopf haben? Von den Toten und Verletzten ganz zu schweigen!«

»Ach«, entgegnete seine Frau gleichgültig, »dort haust doch der Plebs. Ist vielleicht ganz gut, daß die Holzhütten einmal fortgeräumt werden.«

»Mechteld!« sagte Anthonius ermahnend. »Willst du die Kinder so zur Nächstenliebe erziehen?«

»Nächstenliebe!« höhnte Mechteld. »Vor kaum drei Monaten hat man mich dort überfallen und beraubt! Hast du das etwa schon vergessen?«

»Nein, das habe ich gewiß nicht vergessen. Aber sollen denn Tausende von Menschen für die Tat *eines* Unholds bestraft werden?«

»*Ein* Unhold? Das ist doch alles ein und dasselbe Lumpenpack. Die schneiden dir mit Wonne die Kehle durch, wenn sich ihnen die Gelegenheit bietet, sei es deiner Börse wegen oder schlicht aus Mißgunst!«

»Es sind Kinder Gottes«, meinte Anthonius. »Wie du und ich.«

»Wage ja nicht, mich mit diesem Pöbel zu vergleichen!« blaffte Mechteld, die zu ihrem geifernden Ton gefunden hatte. Aufgebracht gestikulierte sie zum Fenster hin, durch das man die heftiger werdende Glut im Süden sah. »Das Feuer kommt näher, es wütet schon in der Verwersstraat. Was, wenn wir in den Flammen aus jenem Viertel mit zugrunde gehen? Womöglich hat einer von den dreckigen Biersäufern in seinem Rausch sogar absichtlich Feuer gelegt! Hä? Und wir haben noch acht Jahre abzubezahlen für dieses Loch, sackerment!«

Mit zugrunde gehen, dachte Jeroen, der eine neuerliche Woge der Angst aufsteigen spürte. Einen fürchterlichen Tod sterben, die schrille Stimme der Stiefmutter in den Ohren. Die Gottesgelehrten hatten recht: Die Hölle befand sich auf Erden und mußte nicht anderswo gesucht werden. Herberta, die Jeroens Hand in der ihren hielt, fühlte, wie er reagierte, und gab ihm einen beruhigenden Händedruck. Mit einem vagen Gefühl von Dankbarkeit sah er zu ihr auf. Im Gegensatz zu den meisten anderen fand er Herberta warm und lieb, und für ihn hatte ihre Gegenwart immer etwas Tröstendes. Er schlang den Arm um ihre Mitte und schmiegte sich an sie. Und sogleich kam ihm die rote Glut dort draußen in der Nacht weit weniger bedrohlich vor. Er ignorierte den spöttischen Blick Goossens, der lieber sein Augenlicht verloren hätte, als seiner älteren Schwester gegenüber eine liebevolle Gebärde zu zeigen. Jeroen tat sich schwer mit Goossens allzu demonstrativer, ruppiger Großspurigkeit. Sein anderer Bruder, Jan, war weniger grob, hatte aber wiederum etwas Heimlichtuerisches. Jan war der geborene Spitzel, und Jeroen hatte schon früh gelernt, den Schleicher nie ganz ins Vertrauen zu ziehen.

Jeroen wandte den Blick wieder zum Fenster hinaus. Um das Magistratsgebäude herum war das Feuer jetzt gut zu sehen. Bis über die Dächer der Häuser loderten die Flammen rot und gelb empor. Das Feuer schien sich stracks auf die Cameren zuzubewegen, jene kleinen Häuschen, die nur einen Bogenschuß von Sint Anthonius entfernt standen. Fransige schwarze Rauchwolken jagten scheuenden Pferden gleich vor dem Nordostwind her. Vom Marktplatz stiegen Schreie und die bellenden Befehle von Bürgern auf, die mit Eimern bewehrt zu Hilfe eilten. Ein Pferd wieherte, und man hörte das Rattern von Karren, die mit Menschen und Löschmaterial beladen an den Ort des Unheils preschten.

»Es hat keinen Sinn«, meinte Mechteld. »Das Feuer da läßt sich von Menschen nicht bezwingen.«

»Sie versuchen den Rest der Stadt zu schützen«, sagte Anthonius. Und dazu gehören auch wir, dachte er beunruhigt.

Jan, der mit großen Augen auf das sich nähernde Inferno starrte, sagte tonlos: »Wir müssen doch hoffentlich nicht flüchten?«

Jan haßte Beschwerlichkeiten. Der Gedanke daran, welche Umstände es bereiten würde, wenn sie ihr Haus verlassen mußten, machte ihm gewiß schwerer zu schaffen als die Angst vor dem Feuer.

»So, wie der Wind jetzt steht...« Anthonius stockte mitten im Satz. »Unser Schicksal liegt in Gottes Hand.«

Jeroen ließ Herberta los und zwängte sich zwischen den

anderen hindurch ans Fenster. Die Hände mit gespreizten Fingern an der Scheibe, als wollte er sie von sich halten, starrte er auf das brüllende wilde Tier, das all die Häuser verschlang. Er spürte, wie die Angst an ihm nagte, doch zugleich faszinierte ihn das dramatische Geschehen auch. Es war wie aus nächster Nähe einen Bären beobachten, der wild mit den Tatzen ausholte: Gerade weil man wußte, daß einen das Tier mit einem Hieb zerfetzen konnte, konnte man die Augen nicht von ihm wenden. In Bedrohung zu sein weckte nicht nur Angst, sondern hatte auch etwas Aufregendes.

Immer größerer Lärm hallte vom Marktplatz und den angrenzenden Straßen herauf. Die ganze Stadt war auf den Beinen, um das Ungeheuer zu bekämpfen. Doch es hatte keinen Sinn. So jung er war, begriff Jeroen doch, daß man gegen etwas, das tausendmal größer und mächtiger war als man selbst, nicht gewinnen konnte. Für das Feuer waren Menschen weniger als Kakerlaken. Genauso wie für das Meer. An der Küste, an die er vor noch nicht langer Zeit mit seinem Vater und Goossen gereist war, hatte ihn die gleiche Ehrfurcht überkommen. Er hatte das Meer als ein gar schreckliches, geistloses Wesen empfunden, das die ganze Welt verschlingen konnte. Die ganze Welt mit all den schwachen kleinen Menschen...

»Wir sind so klein«, sagte Jeroen laut.

»Ja, vor allem du«, erwiderte Goossen. »Dauernd stolpert man über dich.«

Jeroen blickte zur Seite. Im flackernden Schein der Öllampe glich Goossens Gesicht einen Moment lang einer grinsenden Teufelsmaske. »Scheusal!« sagte er.

In scharfem Ton mahnte sie ihr Vater: »Laßt das Gezänk! In so einem Moment!«

»Goos hat angefangen«, verteidigte sich Jeroen und bekam dafür von seiner Stiefmutter eins auf den Hinterkopf, daß er sich duckte. Ich wollte, das Feuer würde sie allesamt auffressen, dachte er, als er Goossens triumphierende Miene sah, hielt aber den Mund. Goossen war im übrigen schon wieder ganz bei dem Spektakel draußen. »Ich möchte auch mit löschen gehen«, sagte er.

»Du bleibst hier!« schnauzte Mechteld. »Laß den Plebs seine jämmerliche Haut ruhig selber retten.«

Anthonius wollte ihr widersprechen, besann sich jedoch. Sie würde nur noch lauter zetern. Dabei war es gar nicht so lange her, daß sie ganz anders gewesen war, freundlicher. Es war ihm ein Rätsel, was sie so rasch verändert hatte, nachdem sie den Platz seiner früh verstorbenen ersten Frau Aleit eingenommen hatte. Er gab sich alle Mühe, seiner Familie ein gutes Leben zu bereiten. Selbst in Zeiten, da es vielen anderen weit schlechter ging, hatte sie weder Hunger noch Kälte leiden müssen. Vier der fünf Kinder, deren Mechteld sich anzunehmen hatte, waren gesund und nicht dumm, ja sogar nicht ohne Begabung. Dennoch gärten Grimm und Unzufriedenheit in ihr und verstärkten sich mit zunehmendem Alter nur noch.

Das habe ich nicht verdient, dachte Anthonius. Er betrachtete das böse Gesicht seiner zweiten Frau, auf dem der Widerschein des Feuers tanzte, so daß es selbst rot zu glühen schien. Mechtelds zusammengekniffene Augen glänzten wie kleine schwarze Kohlen. Sie war einmal schön gewesen, doch die unerbittliche Zeit hatte ihrem Gesicht und ihrem

Körper schon gehörig zugesetzt. Vielleicht ist das ihr Problem, dachte Anthonius. Vielleicht ertrug sie es nicht, daß sie den Kampf gegen das Alter so schnell verlor. Außerdem hatte ihre ewige Mißgelauntheit harte Furchen um Mund und Augen gegraben, als hätte die Natur sie für ihr undankbares Verhalten brandmarken wollen.

»Da, seht!« rief Jan aus. Aufgeregt zeigte er in die Ferne, wo eine Stichflamme über die Dächer hinausschoß, als hätte ein feuerspeiender Drache sie ausgestoßen. Ein Feuerwerk von Funken sprühte in alle Richtungen.

Besorgt sagte Anthonius: »Wir sollten lieber einige Eimer mit Wasser füllen. Wenn das Feuer noch näher kommt, müssen wir das Dach gegen solchen Funkenflug naß halten.«

»Wozu das alles?« wandte Mechteld ein. »Wenn es Gottes Wille ist, daß wir verbrennen, dann werden wir verbrennen.«

»Es ist Gottes Wille, daß ein jeder so gut wie möglich für sich selbst sorgt«, entgegnete Anthonius schärfer als beabsichtigt. »Es ist unsere verdammte Pflicht, Hab und Gut zu schützen!«

»Wenn du dich einer solchen Sprache befleißigst, müssen wir uns auf das Schlimmste gefaßt machen.« Mechteld wandte sich vom Fenster ab und ging. »Ich will das nicht sehen.«

Sie hörten sie mit dem schwerfälligen, geräuschvollen Gang, den sie sich angewöhnt hatte, die Holztreppe hinabpoltern. Immer und überall war sie ostentativ präsent. Kurz darauf hörten sie sie unten mit Katherijn herumkeifen.

Anthonius holte tief Luft. »Laßt uns Eimer holen«, sagte er.

»Du hast doch gesagt, daß Steinhäuser nicht brennen«, sagte Jeroen vorwurfsvoll zu Herberta.

Sie legte ihm tröstend die Hand auf die schmächtige Schulter. »Es wird schon alles gut«, sagte sie.

»Die Bestie ist groß, die Bestie ist fürchterlich groß, größer als die Stadt, und sie hat riesengroße, greuliche Geschlechtsteile, aus denen Schleim und Eiter rinnen. Ihre Haut ist gepanzert und für menschliche Waffen unverletzbar. Ihre Zähne, sechshundert an der Zahl, sind mannshohe messerscharfe Schwerter, die ein ganzes Haus zermalmen können. Und über ihren gesamten abscheulichen Kopf verteilt hat sie zwölf Augen, denen nichts entgeht. Keine Menschenseele kann sich vor dieser Bestie verstecken. Mit einem einzigen Schlag ihres Schwanzes könnte sie ein Gebäude von der Größe der Sint Jans zertrümmern, doch die Kathedrale ist vor dem Höllentier sicher, da dessen Boshaftigkeit heiligen Orten nichts anhaben kann. Es speit Schwefel und Salpeter, welche die Sünder zu Schleim zersetzen, und wenn man es reizt, speit es Feuer, das die Erde meilenweit versengt und verkohlt...«

Die stechenden dunklen Äuglein des Dominikaners huschten suchend über sein Publikum hinweg und bohrten sich in die Jeroens. »Die Bestie war hier, und ihr glühender Atem hat die Stadt gestreift. Und es ist nicht schwer zu erraten, was sie an diesen verderbten Ort gelockt hat...«

Jeroen spürte, wie ihm eine Gänsehaut über den Rücken lief, und er versuchte sich hinter seiner Schwester zu verstecken. Doch der Blick des Geistlichen war so zwingend, daß Jeroen sich ihm nicht entziehen konnte. Es entspricht alles der Wahrheit, dachte er ängstlich. Er hatte das von dieser Bestie verursachte Feuermeer gesehen, das die halbe Stadt in Schutt und Asche legte. Hinter dem Karren, auf dem Alain de la Roche stand und seinen donnernden Sermon hielt, sah man kokelnde Trümmerhalden und schwarze Ruinen. Überall liefen erschütterte, niedergeschmetterte Menschen umher, die mutlos nach Überbleibseln ihres Besitzes oder nach verkohlten Überresten von Angehörigen und Bekannten suchten. Eine Patrouille berittener Soldaten, die Plünderungen verhindern sollten, passierte im Schrittempo. Ausdruckslos blickten die Reiter in die Runde, als könnten sie das alles nicht so recht begreifen.

»Seid gewärtig, daß der Höllenschlund nur einen einzigen Fehltritt von euch entfernt ist!« predigte de la Roche weiter. Seine Stimme war hoch und messerscharf und schnitt den Zuhörern tief ins Gemüt, legte zielsicher deren Urängste frei. »Viele haben heute nacht das Zeitliche gesegnet, und ich kann nur hoffen, daß sie betend dahingegangen sind. Denn wehe den vermessenen Sündern, die ihre christlichen Pflichten versäumt haben! Bis ans Ende aller Tage wird sie der brennende Atem der Bestie treiben, denn der Herr ist unendlich gerecht und nimmt bei der Anwendung Seiner heiligen Gesetze keinen aus!«

Der Dominikaner schaute endlich in eine andere Richtung. Jeroen wankte kurz, als der stechende Blick von ihm abließ, so als sei davon eine spürbare Gegenkraft ausgegangen, die nun plötzlich wegfiel.

Herberta sah Jeroen an. »Was ist?«

»Nichts.« Jeroen blickte beunruhigt in die Runde. Mit großen Angstaugen starrten allesamt den Dominikaner aus ihren grotesken, groben Gesichtern an, manche mit offenem Mund, andere wiederum mit zusammengepreßten Lippen. »Ich will nach Hause«, sagte er.

Herberta nickte. »Du hast recht, dieses Geschwätz ist nichts für uns.«

Erschrocken blickte Jeroen zu den Männern und Frauen in ihrer Hörweite, doch niemand schien sie zu beachten. Herberta war nicht so fromm, wie sie es hätte sein sollen. Ihr Mangel an Respekt vor der Kirche und deren Vertretern war ihrer Stiefmutter ein Dorn im Auge. Sie hatte Herberta schon häufig gemahnt, daß es noch ein böses Ende mit ihr nehmen werde. Einmal angeschwärzt, und sie könne auf dem Scheiterhaufen landen. Und mit ihr womöglich gar die ganze Familie.

»Unendlich gerecht!« murmelte Herberta, als sie sich aus der Menge herausgezwängt hatten und nach Hause liefen. »Nicht zu fassen!«

Mehr sagte sie nicht, doch als sie zu Hause waren, griff sie zu blauem Papier und Holzkohle und begann mit wütenden Strichen zu zeichnen. Herberta konnte virtuos zeichnen und malen, ohne daß irgendwer es ihr je beigebracht hatte. Vielleicht verfügte sie gar über das größte Talent von der ganzen Familie. Doch für ein Mädchen war das eine verlorene Gabe. Das weibliche Geschlecht hatte seine Kreativität auf Kochtöpfe und Nähgarn zu beschränken. Die künstlerische Welt war ausschließlich Domäne der Männer. Ja, schlimmer noch, eine Frau mit Talent konnte der Hexerei verdächtigt werden. Demzufolge wußte außerhalb des Hauses Sint Anthonius kein Mensch von Herbertas künstlerischen Fähigkeiten. Und ihre eigene Familie nahm ihr Talent nicht ernst. Nutzloses Frauengekritzel nannten sie es meistens spöttisch, wenn auch in erster Linie, um nicht in den Ruch zu kommen, sie würden unter ihrem Dach der Hexerei Vorschub leisten.

Nur Jeroen schaute seiner Schwester oft fasziniert bei ihrem schöpferischen Tun zu. Ihm wurde das nachgesehen, weil er noch jung war. Er war ein stilles, in sich gekehrtes Kind, das sich rein gar nicht für die Spiele Gleichaltriger interessierte. Statt dessen konnte er sich stundenlang der minutiösen Zerlegung eines toten Fisches oder irgendeines anderen toten Tieres widmen. Sorgfältig schnitt er Teil für Teil heraus, säuberte die einzelnen Stücke und fügte sie dann in entsprechender Reihenfolge wieder aneinander, als handele es sich um einen Mechanismus, der neu zusammengesetzt werden mußte. Häufig fertigte er auch kleine Zeichnungen von den verschiedenen Organen, Knochen, Gräten und Körperteilen an, hauchfein und äußerst präzise. Das hatte Herberta ihm beigebracht. Und bisweilen kombinierte er auf Papier Teile von Fischen mit solchen anderer Tiere, so daß vollkommen andere Lebensformen entstanden: Ungeheuer und Mißgeburten, die dennoch eine gänzlich neue, ureigene Eleganz und Schönheit besaßen.

Herberta zeichnete eine Katze. Eine fauchende Katze in einer Körperhaltung, die grauenhafte Schmerzen ausdrückte. Und danach zeichnete sie Feuer hinzu, gierige Flammen, die an den Pfoten des Tieres fraßen. Zum Schluß tauchte unter Herbertas flinken Fingern in der rechten oberen Ecke des Blattes die bösartige grinsende Fratze eines älteren Mannes mit gestutztem Bart und glattem langem

Haar auf. Seine Züge ähnelten denen des predigenden Dominikaners. Jeroen sah sich beunruhigt um, ob auch kein anderer von der Familie erschien, aber sie waren allein im Mädchenzimmer.

»Das ist Gott«, erklärte Herberta, mit dem Zeigefingerknöchel auf den Kopf des Mannes klopfend. »Er ergötzt sich am Leiden eines Sünders.« Sie deutete auf die Katze. »Man muß schon sehr böswillig sein, wenn man ein Tier, das etwas verbrochen hat, mit den Pfoten ins Feuer setzt. So etwas würde doch keiner tun, nicht einmal für fünf Atemzüge, geschweige denn für immer und ewig! Wenn man also einen Menschen bis in alle Ewigkeit im Feuer schmoren läßt... Welche Sünde ist so fürchterlich, daß man eine so unvorstellbare Strafe dafür verdiente? Wenn man es wagt, an der allmächtigen Kirche zu zweifeln? Eine schöne unendliche Gerechtigkeit ist mir das! Wenn du mich fragst, ist das unendliche *Bosheit.* Wer noch einigermaßen bei Trost ist, kann doch nicht an so einen erbarmungslosen Gott glauben! Die bangen Toren! Da braucht nur irgend so ein Pfaffe die Stimme zu erheben, und sie scheißen sich allesamt in die Hosen!«

Herberta riß die Zeichnung mittendurch und warf sie in den Kamin. Ihr Vater wäre erzürnt gewesen, wenn er das gesehen hätte. Man warf kein Zeichenpapier fort, das nur auf einer Seite benutzt war. Doch noch viel erzürnter würde er sein, wenn er wüßte, was so alles im aufsässigen Kopf seiner Tochter herumging.

»So etwas darfst du nicht sagen«, sagte Jeroen und warf instinktiv einen raschen Blick zur Decke, als erwarte er, daß jeden Moment ein Bannstrahl bei ihnen einschlagen würde.

»Nicht Gott selbst ist schlecht. Er kann nicht schlecht sein. Aber seine sogenannten irdischen Diener, die taugen nichts! Die Kirche tut nichts als morden und rauben und sich bereichern... Ist das etwa Nächstenliebe?«

»Scht! Herberta!« warnte Jeroen, der Schritte zu hören meinte, doch seine Schwester war nicht zu bremsen.

»›Du sollst nicht töten!‹ mahnen sie, während sie selbst das Feuer unter den Scheiterhaufen entzünden. Und: ›Du sollst dein Brot mit den Armen und den Hungernden teilen‹, aber die Kirchen bersten schier vom Gold und Silber, das sie geraubt und gestohlen haben. Sogar die Habe derer, die sie zum Tode verurteilen, eignen sie sich an! Sie predigen Frieden, aber der Papst schickt Legionen von Soldaten in ferne Länder, um ganze Völker auszurotten, die es wagen, seine selbstersonnenen Weisheiten anzuzweifeln! Wenn dich jemand ohrfeigt, sollst du ihm die andere Wange hinhalten, aber wenn du einen Diener der Kirche ohrfeigst oder auch nur beleidigst, mußt du das mit dem Leben bezah–«

Herberta verstummte, als sie Jan in der Türöffnung stehen sah. »Was drückst du dich da herum und lauschst?« herrschte sie ihn an.

»Ich lausche nicht«, widersprach Jan entrüstet. »Ich wollte nur abwarten, bis du ausgetobt hast.« Er sah den beunruhigten Jeroen an. »Ich soll dir von Vater sagen, daß morgen wieder Schule ist. Wir müssen zu den Hieronymianer-Brüdern im Sint-Gregorius-Haus, bis der Brandschaden in der Kerkstraat behoben ist.« Er entfernte sich, ohne Herberta anzusehen.

»Dieser Leisetreter bringt mich zur Raserei«, sagte Herberta, die ihren Zorn auf die Kirche nun allem Anschein nach gegen Jan richtete. Sie sah Jeroen an. »Tja, Joentje, schon wieder zur Schule. Keine gute Nachricht, was?«

»Ach, so schlimm ist es nicht«, entgegnete Jeroen. Er ging zwar nicht gerade freudestrahlend in die Schule, aber die Alternative, ungebildet zu bleiben, sagte ihm noch weniger zu. Er würde nie so groß und stark werden wie Goos mit seinem frechen Mundwerk, und da empfahl es sich, klug zu sein, sagte sein Vater. Ausnahmsweise war da sogar ihre Stiefmutter mit ihm einig gewesen. »Dummköpfe werden später samt und sonders zu Dieben und Halunken«, hatte sie gesagt. »Wer keine Schulbildung hat, ist das Brot nicht wert, das er ißt.«

»Und was ist mit all den hart arbeitenden Bauern?« hatte Anthonius eingewandt. »Ohne sie hätten wir nicht einmal Brot!« Woraufhin Mechteld ihn mit einem »Na, wenn du das Bauernleben so großartig findest, warum gehst du dann nicht selbst hin und plackst dich im Dreck?« zum Verstummen gebracht hatte.

Jeroen teilte zwar nicht Mechtelds Verachtung für die, mit denen das Schicksal es weniger gut gemeint hatte, aber er hatte gerne warme Kleider und einen vollen Magen, und das waren Dinge, die nicht einfach vom Himmel fielen, das hatte der Vater ihm von klein auf eingebleut. Und Jeroen vertraute auf die Weisheit des Vaters. Ausgenommen, was die Wahl seiner Frauen betraf. Ihre Mutter war viel zu jung gestorben, und Mechteld...

»Du träumst wieder einmal vor dich hin«, sagte Herberta. »Na, welche Höllenmonstren hast du denn jetzt gerade vor Augen?« Sie fragte das in freundlichem Ton. Ihrer Meinung nach war die Einbildungskraft das einzige, was den Menschen über das Tier erhob. Und Jeroen hatte eine enorme Einbildungskraft, wie sie wußte. Wenn das dem Rest der Familie bisher auch noch nicht so aufzufallen schien.

»Ich hab an gar nichts Besonderes gedacht«, sagte Jeroen abwesend.

»Nein, das tust du ja nie.« Herberta lächelte und strich ihm mit einer mütterlichen Gebärde kurz über den wild gelockten dunklen Schopf. »Joentje«, sagte sie, »ich habe so ein Gefühl, daß du die Menschen noch in Staunen versetzen wirst...«

2

»Finger weg!« sagte Thomas beiläufig, als Jeroen hinter seinem Rücken den Finger in den Honigtopf tauchen wollte. Der Topf stand inmitten eines unübersichtlichen Sammelsuriums aus Farbtöpfen, benutzten Pinseln, einem großen Brocken Kreide, einer durch die vielen Schichten angetrockneter Farbe formlos gewordenen Palette, zerknülltem und zerrissenem Papier mit Holzkohleskizzen, einem aus einem Eichenzweig geschnitzten Malstock, einer Schüssel schmutzigem Wasser sowie verschiedenen Essensresten.

Jeroen stellte seine heimliche Attacke auf den Honigtopf ein und schaute verdutzt auf den Hinterkopf seines Onkels, der minutiös auf einer kleinen Eichentafel pinselte.

»Ich habe hinten ein drittes Auge«, warnte Thomas. Er schmunzelte. Kein Kind konnte der Verlockung des Honigtopfs widerstehen. In der Beziehung war Jeroen nicht anders als seine Altersgenossen. »Der Honig ist nicht zum Essen da, den brauche ich, um meine Farbe zu binden.«

»Mit Honig?« Jeroen schaute verwundert auf den cremefarbenen Brei.

»Riecht besser als Leim oder Eidotter«, erklärte Thomas. »Vor allem nach ein paar Tagen!« Er zog ein angewidertes Gesicht. »Schon mal mit verschimmelter Farbe gearbeitet?«

»Ich habe überhaupt noch nicht mit Farbe gearbeitet«, antwortete Jeroen.

»Ach, nein?« Thomas hörte auf zu malen und trat zwei Schritte zurück, um einen prüfenden Blick auf die Jagdszene zu werfen, die auf der Tafel zum Leben erwachte. »Wo mein Bruder doch behauptet, du habest sein Talent geerbt.«

»Sagt mein Vater das?«

»Nur, wenn du es nicht hören kannst. Er möchte gewiß verhindern, daß du dir zu viele Grillen in den Kopf setzt, da du nun auch schon Griechisch und Latein lernen darfst.«

»Ich setze mir keine Grillen in den Kopf«, protestierte Jeroen.

»Nein, brauchst du auch nicht. Deine Stiefmutter hat schon genug davon für die ganze Familie!« Thomas trat wieder an seine Arbeit und beugte sich vor, um ein Detail aus der Nähe zu studieren. »Irgendwas stimmt nicht an diesem Fasan.«

»Es liegt an seinem Hals«, sagte Jeroen.

»Was?« Thomas blickte sich verwundert zu Jeroen um. »Seinem Hals?«

Jeroen rutschte von dem Hocker herunter, auf dem er gesessen und zugesehen hatte. Mit seinem dünnen kleinen Finger zeigte er auf den Fasan im Vordergrund. Der Vogel floh mit ausgebreiteten Flügeln und gestrecktem Schwanz vor einem Jäger, der die Armbrust auf ihn angelegt hatte. »Das sieht unecht aus.«

Thomas runzelte die Stirn, eher erstaunt als beleidigt. »Das sieht unecht aus?«

Vorsichtig, darauf bedacht, die noch feuchte Farbe nicht zu berühren, ließ Jeroen seinen Finger an den Konturen des

Fasans entlangfahren. »Ein fliehender Fasan hält den Hals anders, das hier ist nicht... nicht...«

»Nicht natürlich, meinst du das?«

Jeroen nickte und schaute sogleich schüchtern zu seinem Onkel auf, ängstlich, daß er etwas Falsches gesagt hatte. »Ich sehe sie mir manchmal an ... Fasane und ... andere Tiere«, erklärte er zaghaft. »Und Fische...«

»Das ist ja höchst interessant. Der Hals, hm?« Mit einer Drehbewegung tauchte Thomas einen Pinsel in grüne Farbe und tuschte heftig an dem bemängelten Hals. Wenig später trat er erneut einen Schritt zurück. »So besser?«

»Verzeih, Onkel Thomas, ich wollte dich nicht...«

»Nein, nein, du hattest recht, das ist wirklich eine Verbesserung.« Thomas sah Jeroen an. »Du hast ein verdammt scharfes Auge, Joen!« Er legte seinen Pinsel beiseite und massierte die Finger seiner rechten Hand. »Ich frage mich, wieso mein Bruder dich nicht in die Malerei einweist.«

»Vater sagt, daß ich noch zu klein bin.«

»Dann bauen wir dir doch einfach eine kleinere Staffelei!« Thomas grinste über seinen Scherz.

»Aber Herberta bringt mir schon das Zeichnen bei.«

»Deine Schwester?« Thomas machte ein skeptisches Gesicht. »Was versteht denn Herberta schon vom Zeichnen?«

»Sie zeichnet sehr schön«, sagte Jeroen verteidigend.

»Sie *ist* sehr schön«, korrigierte ihn Thomas. »Und darauf sollte sie es auch lieber beruhen lassen, die rebellische Trine.« Er beendete seine Fingermassage. »Hast du keinen Hunger? Ich habe frische *Mustachollen* von der Pasteterei.«

Jeroen verzog das Gesicht. »Gebäck mit Rosenwasser, bah!«

»Ebendeswegen hab ich sie gekauft, sonst bleibt ja nichts für mich übrig.« Thomas knöpfte seinen farbverschmierten Kittel auf.

Hoffnungsvoll sagte Jeroen: »Aber in der Pasteterei machen sie auch leckere Pasteten.«

»O ja, die werden in der ganzen Stadt gerühmt. Und weißt du auch, warum sie so lecker sind?«

Jeroen sah Thomas, der seinen Kittel über die Rückenlehne eines Sessels drapierte, mißtrauisch an. »Nein?«

»Weil der Bäcker sie mit dem Fett von Hexen und Ketzern zubereitet, die vor dem Rathaus verbrannt wurden.«

Jeroen zuckte die Achseln. »Hauptsache, sie schmecken.« Er hatte genügend Erfahrung mit den makabren Scherzen seines Onkels, um sich nicht schockieren zu lassen. Meistens jedenfalls.

Thomas grinste amüsiert und legte Jeroen den Arm um die Schultern. »Na komm, wir holen Pastetchen. Und danach darfst du eine Grundierung anrühren, aus Kreide und Leim.«

»Grundierung anrühren? Wieso denn das?«

»Um eine Tafel zu grundieren natürlich, was dachtest denn du?«

»Und dann?«

»Und dann malst du darauf.«

»Ist das jetzt dein Ernst?«

»Nein«, sagte Thomas. »Mit Malen wird es wenig zu tun haben, aber irgendwo mußt du ja anfangen.«

»Du hast Farbe im Bart.«

»Macht nichts, Joen, ein Meister kann sich alles erlauben.«

Später an diesem Tag hüpfte Jeroen in für ihn ungewöhnlich fröhlicher Laune nach Hause. Doch als er zur Lovensche Poort kam, verflüchtigte sich seine frohgemute Stimmung gleich einem Sonnenstrahl in einer Regenwolke. Mürrisch blickende Wachen führten gerade zwei Gefangene in Ketten aus dem Innern des mit wuchtigen Sandsteinquadern errichteten Stadttors ins Freie. Sie wurden von einem in Schwarz gehüllten Henker mit einem großen breiten Schwert, einem Mönch, der devot den Blick gen Boden gesenkt hielt, sowie einem Magistraten begleitet. Einer der Gefangenen warf Jeroen aus tiefliegenden Augen einen raschen Blick zu und sah dann wieder vor sich auf den Boden.

Verurteilte waren das. Sie hatten irgendein Verbrechen begangen, wahrscheinlich gegen die geistliche Macht, und nun wurden sie zum Blaustein vor dem Rathaus gebracht, wo man sie mit dem Schwert hinrichten würde. Oder auch auf dem Scheiterhaufen, je nachdem, wie schwer ihr Verbrechen war und wie die Laune des Schultheißen.

Von allen Seiten kamen Gassenkinder und Erwachsene herbeigerannt, um dem trübseligen kleinen Zug zu folgen. Hinrichtungen waren, obwohl sie jetzt beinahe täglich stattfanden, nach wie vor ein beliebtes Schauspiel. Je mehr Beifall man dem Henker für seine Arbeit zollte, desto geringer die Gefahr, selbst einen Kopf kürzer gemacht zu werden, schienen die meisten zu denken. Oder vielleicht fanden sie es auch aufregend, andere für Sünden sterben zu sehen, die sie selbst schon mehrfach begangen hatten.

Jeroen schloß sich dem rasch anwachsenden Haufen nicht an. Auf Drängen seines Bruders Goossen hatte er einmal einer Hinrichtung beigewohnt und war anschließend mit der Meute zum Galgenfeld von Vught gezogen, wo die Leichname der Abgeurteilten verscharrt und ihre Köpfe zur Anschauung für das Volk auf Stangen gespießt wurden. Noch Wochen danach war er mitten in der Nacht aus dem Schlaf hochgeschreckt, wenn er die blutrünstige Rotte im Traum wieder »Tod dem Drecksvieh!« hatte skandieren hören.

Womöglich waren das hier ja die bierseligen Brandstifter, von denen seine Stiefmutter unlängst gesprochen hatte, überlegte Jeroen. Wenn dem so war, hatten sie ihr schreckliches Los vielleicht sogar verdient. Es würde noch Jahre dauern, bis die letzten Spuren des fürchterlichen Feuers beseitigt waren. Die Stadtoberhäupter erboste vor allem, daß der größte Teil dessen, was sich im Magistratsgebäude befunden hatte, in Flammen aufgegangen war. Das hatte Herberta ihm zumindest erzählt; aber bei ihrer Abneigung gegen Kirche und Obrigkeit scheute sich seine Schwester sicher nicht, manches nach eigenem Belieben weidlich aufzubauschen.

Seine rebellische Schwester, dachte Jeroen, sich an den Ausdruck seines Onkels erinnernd. Das Wort klang aufregend. Und es paßte in der Tat zu Herberta. Nicht selten machte sie ihm mit ihren dreisten Reden angst, aber es war genau wie mit dem Bären: Dadurch wurde sie für ihn fesselnder als alle anderen Menschen, die er kannte. Ausgenommen vielleicht Onkel Thomas. Der behandelte ihn wie einen kleinen Erwachsenen und bemutterte ihn nicht, als wäre er ein unmündiges Kind, wie es die meisten anderen taten.

Jeroen blieb vor dem Ladenfenster ihres Nachbarn, des

Zinngießers Theodoor Goyart, stehen, welcher sein Geschäft dort, schon lange bevor die van Akens ins Haus nebenan eingezogen waren, betrieben hatte. Auch Sint Anthonius hatte einst einem Zinngießer gehört, wußte Jeroen von seinem Vater. Einem gewissen Paulus Keteler. Was dem widerfahren war, wußte Jeroen nicht.

Bewundernd schaute er sich die hübsch gearbeiteten Ziergefäße aus Kupfer und Zinn an, die im Ladenfenster ausgestellt waren. Einen Moment lang bedauerte er, daß er keine Zeichenutensilien bei sich hatte, mit denen er die kunstvollen Formen festhalten konnte. Aber das ließ sich ja auch zu Hause noch nachholen. Er wußte, daß er sich Formen und Farben so gut einprägen konnte, daß er sie später haargenau nachzeichnen konnte. Na ja, haargenau: Meistens veränderte er das eine oder andere mit Absicht, nicht, um die Dinge schöner zu machen, sondern um sie gleichsam etwas erzählen zu lassen. Oder einfach, weil ihm die Wirklichkeit nicht genügte.

»Tod dem Drecksvieh!«

Jeroen erstarrte, als er die Schmähung, die aus vielen blutrünstigen Kehlen am Rathaus erschallte, zwischen den Häusern des Marktplatzes widerhallen hörte. Mit dem Rücken zur Fassade, als fühle er sich bedroht, schob er sich zur Eingangstür von Sint Anthonius und huschte ängstlich ins Haus.

»Das wird er sein!«

Der Ausruf seines Vaters kam so unvorbereitet, daß Jeroen zusammenfuhr. Er fühlte sich ertappt, obwohl er sich nicht entsinnen konnte, in letzter Zeit irgend etwas ausgefressen zu haben. Als er sich aber umdrehte und sah, wer im Zimmer breit an dem großen Eichentisch saß, erschrak er noch heftiger.

»Steh da nicht rum und halt Maulaffen feil«, tadelte ihn Anthonius. »Sag Bruder de la Roche guten Tag. Wo sind denn deine Manieren?«

Jeroen neigte den Kopf, doch eher um seine Verwirrung zu verbergen denn aus Respekt. »Ich bitte um Verzeihung, Bruder«, sagte er. »Draußen werden gerade Menschen hingerichtet, und ich war… ich bin…« Jeroen stockte, weil er selbst nicht recht wußte, was denn nun in ihm vorging.

»Zweifelsohne ihre verdiente Strafe«, sagte der Dominikaner. »Ein lehrreiches Exempel für alle anderen Sünder. Hast du zugesehen, Hieronymus van Aken?« Er griff zu dem Becher Wein, der vor ihm auf dem Tisch stand, und setzte ihn an den Mund. Seine stechenden Äuglein fixierten Jeroen über den Becher hinweg.

»Jeroen ist recht empfindsam«, erklärte Anthonius eilends. »Das vorige Mal, als er eine Hinrichtung sah, hatte er noch Wochen danach Alpträume.«

»Die Empfindsamkeit der Künstlerseele«, sagte de la Roche mit kaum verhohlenem Spott. Mit einem Knall stellte er den geleerten Becher auf den Tisch zurück.

Um gut Wetter zu machen, sagte Jeroen in einer plötzlichen Anwandlung: »Ich habe mir Eure Predigt angehört, am Tag nach dem großen Feuer.«

De la Roche nickte. »Ich habe dich gesehen, dich und deine Schwester. Es kam mir indes so vor, als seist du sehr zeitig davongegangen!«

»Ich… äh… mir wurde angst«, bekannte Jeroen unbehaglich.

Der Dominikaner sah Anthonius an. »Sind alle van Akens so leicht zu erschüttern, frage ich mich?«

»Ach, Jeroen ist noch jung«, sagte Anthonius begütigend. »Und, erlaubt, daß ich das bemerke, Eure Predigten sorgen ja auch für gehörigen Eindruck, Bruder de la Roche.«

»So sagt man, ja«, erwiderte der Dominikaner mit einem vagen Lächeln. Sein Blick richtete sich wieder auf Jeroen, der immer noch zaudernd an der Tür stand. »Hast du kürzlich noch auf dem Galgenfeld von Hintham gespielt, Junge, sprich?«

»Joen ist noch nie allein vor den Toren der Stadt gewesen«, warf Anthonius rasch ein.

»Nun, vielleicht nicht allein, aber mit seiner Schwester Herberta, an deren Hand er so gern zu gehen scheint? Oder macht dir das auch zu sehr angst? Angst vor den dort umgehenden bösen Geistern des gerichteten Packs?«

»Ich bin nur ein einziges Mal auf dem Galgenfeld gewesen, Bruder. Mit meinem Bruder Goos, aber nicht zum Spielen.«

»Nicht zum Spielen, hm? Was hattet ihr denn dann dort vor? Hände und Füße von den Leichen der Übeltäter abhacken womöglich? Um sie unter der Schwelle eures Hauses einzugraben?«

»O Gott, nein!« sagte Jeroen hastig.

»Du sollst den Namen des Herrn nicht mißbrauchen, Junge!« sprach der Dominikaner streng. Sein Blick schoß zu Anthonius, der unbehaglich dreinblickte. »Ich will doch annehmen, daß Ihr nicht zu dem törichten Pöbel gehört, der glaubt, man könne damit das Böse fernhalten?«

»Wir sind nicht abergläubisch, Bruder«, antwortete Anthonius. Um das Thema zu wechseln, sagte er: »Jeroen spielt nur sehr selten.«

»So? Und was treibt ein zehnjähriger Knabe dann, wenn er nicht in der Schule ist? Verbringt er seine Zeit im Müßiggang? Denn zu arbeiten braucht er ja wohl nicht, wenn ich mir seine ungeschundenen Hände so ansehe.«

»Er studiert viel, Bruder«, sagte Anthonius. »Joen lernt jetzt auch Latein und Griechisch.«

»So, so. Da könnte Euer Sohn später gar Dominikaner werden!« De la Roches Blick wechselte wieder zu Jeroen. »Würde dir das nicht zusagen, Junge?«

»Äh... ich weiß nicht, Bruder.« Jeroen schaute sehnsüchtig zur Treppe und wünschte, er könnte entwischen.

»Er weiß es nicht. Als ich in seinem Alter war, wußte ich schon ganz genau, was ich mit meinem Leben anfangen wollte«, sagte de la Roche. »Aber ich war ja auch nicht der Sohn eines Künstlers.« Er setzte ein dünnes Lächeln auf, als meinte er es nicht so böse, wie es klang.

Anthonius fragte: »Darf ich Euch noch einen Becher Wein anbieten, Bruder?«

»Nein, Meister Anthonius, ich danke Euch für Eure Gastfreundschaft, aber ich muß meine Nachforschungen fortsetzen.«

Als sich de la Roche erhob, stellte Jeroen fest, daß der Bruder kleiner war, als er gedacht hatte. Auf seinem Karren stehend und seine Predigt donnernd, hatte er viel größer gewirkt. Sein Blick jedoch war genauso stechend wie damals, und Jeroen duckte sich förmlich, als ihn die schwarzen Äuglein ein weiteres Mal fixierten.

»Wie gefällt es dir auf der Großen Lateinschule? Besser als im Haus der Brüder vom gemeinsamen Leben?«

»Joen hat jetzt in beiden Schulen Unterricht, Bruder«, sagte Anthonius. »Er ist gescheit und lerneifrig, und er wird selten bestraft.«

»Letzteres will ich gern glauben, wo er ja vor so gut wie allem Angst zu haben scheint.« Der Dominikaner setzte erneut sein vages Lächeln auf und begab sich zum Ausgang.

Jeroen öffnete dem Bruder eilfertig die Tür, doch der ging grußlos an ihm vorüber auf den sonnenüberfluteten Marktplatz hinaus.

Er riecht nach Schimmel, dachte Jeroen mit Widerwillen, während er die Tür behutsam und leise wieder schloß.

Sein Vater hatte sich an den Tisch gesetzt und starrte mit leerem Blick vor sich hin. Jeroen fragte: »Ist irgend etwas geschehen, Vater?«

Anthonius seufzte müde und zog den Weinkrug zu sich heran, um seinen eigenen Becher zu füllen. »Geschieht nicht immer etwas?«

»Wieso wollte der Bruder wissen, ob ich auf dem Galgenfeld gewesen bin?«

»Du machst kaum den Mund auf, Joen, und wenn du ihn dann mal aufmachst, stellst du gleich solche Fragen!«

»Neugierde ist der Beginn alles Wissens, Vater.«

Anthonius sah erstaunt von seinem Becher auf. »Welche Weisheit so plötzlich! Trägt diese zweite Schule jetzt schon Früchte?«

»Das sagt Onkel Thomas.«

»Ach ja, das hätte ich mir auch denken können. Wie geht es ihm?«

»Ich durfte heute eine Tafel grundieren.«

»Ja, ja, er findet immer seine Opfer, die die weniger schönen Arbeiten für ihn erledigen.«

»Er will mir auch das Malen beibringen.«

Anthonius' Miene veränderte sich schlagartig. »Dir das Malen beibringen? Mein Bruder Thomas?«

Jeroen zögerte, als er den unfreundlichen Blick seines Vaters sah. »Äh... das hat er versprochen, ja.«

»Kommt gar nicht in Frage!« sagte Anthonius entschieden. »Mein Bruder ist nur ein armseliger Kleckser. Von dem kannst du nichts Rechtes lernen.«

»Er fand, daß ich ein scharfes Auge habe.«

»Gemessen an ihm hat selbst ein Maulwurf ein scharfes Auge! Wie kam er darauf?«

»Ich hatte in seiner Arbeit einen Fehler entdeckt.«

»Du hattest einen...? Siehst du, was habe ich dir gesagt? Was muß das für ein Künstler sein, wenn schon ein zehnjähriges Kind Fehler in seiner Arbeit sieht!«

»Warum bringt Ihr mir nicht die Malkunst bei, Vater?«

»Weil du noch zu jung bist, darum. Bevor du mit dem Pinsel hantierst, sollst du zuerst einmal gründlich in Wissenschaft und Kunst unterrichtet werden. Schönheit und Können kommen nämlich von hier!« Anthonius tippte sich unwirsch an den Kopf.

Jeroen legte eine Hand aufs Herz. »Onkel Thomas sagt, daß wahres Künstlertum von hier kommt«, sagte er und wünschte sogleich, er hätte wie üblich geschwiegen, denn nun wurde sein Vater erst richtig böse.

»Du gehst nicht mehr zu meinem Bruder!« herrschte Anthonius ihn an. »Zumindest nicht, bevor ich ein ernstes

Wörtchen mit ihm geredet habe. Was mischt sich der Stümper überhaupt ein! Er hat ja nicht einmal eigene Kinder! Ja, das wird es wohl sein, wer selbst keine Nachkommen hat, macht sich einen Spaß daraus, die anderer zu verderben!«

Betreten sagte Jeroen: »Ich wollte Euch nicht erzürnen, Vater.«

»Ach nein? Dann geh mir schleunigst aus den Augen«, entgegnete Anthonius. Er setzte den Becher an den Mund, ließ ihn aber gleich wieder sinken. »Tu mir einen Gefallen und erzähl deiner Stiefmutter nichts hiervon.«

Jeroen nickte und machte, daß er wegkam, nach oben. Dort war nur Herberta; sie saß im Mädchenzimmer und besserte Kleidung aus. Als sich Jeroen in den Türrahmen stellte, sagte sie, ohne von ihrer Arbeit aufzusehen: »Hat Vater es dir erzählt? Sie haben auf dem Galgenfeld von Hintham Hexenringe gefunden.«

»Hexenringe?« fragte Jeroen beunruhigt. »Woher weißt du das?«

»Mich hat der Bruder auch befragt. Es würde mich nicht wundern, wenn er sogar eigens meinetwegen hier war. Ein Mädchen, das keinen Hehl daraus macht, denken zu können, ist höchst verdächtig. Außerdem ...«, Herberta zog eine Grimasse, »Alain de la Roche konzentriert sich bei seinen Untersuchungen immer auf die Häuser, in denen es den besten Wein gibt. Und wohlhabende Leute sind für die Inquisitoren allemal interessanter als arme Schlucker.«

»Warum?«

»Warum? Weil sich diese Fettwänste auch noch die Besitztümer jedes Verurteilten einverleiben, darum!«

Ein wenig gekränkt sagte Jeroen: »Heute scheinen ja alle böse auf mich zu sein.«

Herberta seufzte und legte ihre Arbeit beiseite. »Ach, Joen, ich bin nicht böse auf dich...« Sie starrte kurz vor sich hin, ehe sie in sanfterem Ton fortfuhr: »Ich glaube, ich bin böse auf die ganze Welt. Alles ist so... so grausam und ungerecht.«

»Aber wir haben es doch gut!«

»Vor der Kirche ist niemand sicher, Joentje. Und je besser man es hat, desto größer ist die Gefahr.« Herberta schüttelte sich demonstrativ. »Allein schon die Vorstellung, daß dieser gräßliche Unheilsprophet bei uns im Haus war!«

»Onkel Thomas sagt, daß du eine rebellische Trine bist.«

»Sagt er das? Na ja, Onkel Thomas war schon immer recht großzügig beim Austeilen von Komplimenten.«

»Und er hat auch gesagt...« Jeroen zögerte.

Herberta zog die Stirn in Falten: »Ja? Was hat er noch gesagt?«

»Äh... er sagte, daß Zeichnen und Malen für ein Mädchen keine geziemende Beschäftigung sind.« Zu Jeroens Erleichterung reagierte Herberta darauf eher amüsiert als böse.

»Es ziemt sich nicht, daß ich besser zeichnen und malen kann als er, wird er wohl meinen«, sagte sie. »Onkel Thomas ist ganz einfach neidisch, weil sein eigenes Talent ja doch relativ begrenzt ist.«

»Vater sagt, daß Onkel Thomas mir nicht das Malen beibringen darf.«

»Und darin muß ich ihm ausnahmsweise einmal sehr recht geben.« Herberta stand auf und zog Jeroen an sich.

»Mach dir nichts draus, Joentje, ich werde dich schon alle Kniffe und Feinheiten lehren.«

Jeroen drückte die Wange an ihre Brust und genoß Herbertas tröstliche Wärme. In Windeseile zerstreuten sich seine düsteren Gedanken, gleich einem Schwarm Stare, der vor einem herannahenden Falken auseinanderstiebt. Herberta roch sehr viel angenehmer als Bruder de la Roche, fand er. Ja, sie roch sogar am allerbesten von allen, die er kannte. Doch er spürte, daß er so etwas nicht laut sagen durfte.

»Die Hexenringe würde ich mir gern einmal ansehen«, sagte Herberta.

Sogleich war die Beunruhigung wieder da. Beklommen fragte Jeroen: »Darf man das denn?«

»Niemand hat mir gesagt, daß es verboten ist.« Herberta hielt Jeroen ein wenig von sich weg, um ihn ansehen zu können. »Bist du denn nicht neugierig?«

»Ein bißchen schon«, räumte Jeroen zögernd ein. Er war ängstlich und neugierig zugleich. Und so war es fast immer: Das Verlangen zu wissen und die Furcht davor, es dann tatsächlich zu erfahren, gingen bei ihm Hand in Hand. Unsicher sagte er: »Es ist ein ziemliches Stück Weg nach Hintham.«

»Lang nicht so weit wie nach Vught. Hat Goos dich seinerzeit etwa auf dem Rücken getragen?«

»Ich wollte damals gar nicht nach Vught, aber Goos...«

»Du läßt dich von dem Großmaul viel zu sehr unter Druck setzen«, sagte Herberta. Sie ließ sich wieder auf ihrem Stuhl nieder. »Ich gehe morgen nach Hintham, und was du machst, mußt du wissen.«

»Vater ist bestimmt nicht damit einverstanden.«

»Ich sag ihm nichts davon. Du?«

Jeroen seufzte. »Schon gut, ich komme mit. Irgendwer muß dich ja vor den Strauchdieben beschützen.«

Herberta grinste. »Und was würdest du mit ihnen machen, sie in die Wade beißen?«

»Ich werde Erik Lubbert fragen, ob er mitkommt. Der ist groß und stark.«

»Hm...«, Herberta sah Jeroen mit gespitzten Lippen an, »ist er denn auch hübsch?«

»Der Hübscheste von der ganzen Schule«, antwortete Jeroen, ohne zu überlegen.

»Ich kann's gar nicht mehr erwarten«, sagte Herberta.

Erik Lubbert war ein vierzehnjähriger Bauernsohn, der nur aus Armen und Beinen zu bestehen schien. Er überragte Jeroen um mehr als Haupteslänge und hatte flachsblondes Haar, das er im Nacken mit einem Strick zum Knoten zusammengebunden hatte. Mit seinen großen Füßen, die in verschlissenen Sandalen steckten, wirbelte er durch seinen schlurfenden Gang kleine Staubwolken auf dem Sandweg auf, über welchem die Luft in der weißglühenden Sonne flimmerte.

»Ich wette, daß sie milchweiße Schenkel hat«, sagte er zu Jeroen, der neben ihm herlief. »Alle Dirnen aus der Stadt haben so weiße Schenkel«, fügte er wie ein wahrer Kenner hinzu. Mit einem Ausdruck, in dem etwas Hungriges lag, blickte er auf Herberta, die trotz der Hitze mit einigem Vorsprung flink vor ihnen ausschritt. Ihren langen Rock hatte sie leicht geschürzt, um rascher voranzukommen.

Jeroen zog ein ungehaltenes Gesicht. »Na, hör mal, sie ist meine Schwester!« sagte er.

»Dann hast du ihre Schenkel doch bestimmt schon einmal gesehen.«

Dämlicher Bauernlümmel! dachte Jeroen, sagte aber: »Wir haben getrennte Zimmer, wir und die beiden Mädchen.«

»O Verzeihung! Ich hatte einen Moment lang vergessen, daß die van Akens ja angesehene Städter sind! Obwohl unser Hof bestimmt um einiges größer ist als euer Haus.«

»Das ist gut möglich«, sagte Jeroen, der derlei dumme Diskussionen haßte.

Stolz sagte Erik: »Ich gehe schon drei Jahre auf die Lateinschule.«

»Das ist lange«, sagte Herberta, die damit erstmals verriet, daß sie ihrer Unterhaltung gefolgt war. »Ich hoffe, daß Jeroen seinen Stoff schneller beherrscht.« Sie schaute sich kurz um und warf ihnen ein schiefes Grinsen zu.

»Ganz schön vorwitzig, die Kleine«, sagte Erik, der rot wurde. »Ja, wirklich, ganz schön vorwitzig!«

»Ansehen geht meistens auch mit Witz einher«, sagte Herberta vor sich hin.

Erik schien das nicht verstanden zu haben. »Meine Geschwister arbeiten auf dem Land«, sagte er. »Ich bin der einzige, der zur Schule darf.«

Herberta sagte: »Du bist der einzige, auf den sie verzichten können, meinst du wohl. Kein gutes Zeichen, würde ich sagen.«

»Vater möchte gern, daß ich Priester werde.«

»Die beste Art, rasch zu Reichtum zu gelangen«, meinte

Herberta. »Klug von ihm.« Sie zeigte vor sich. »Da ist das Galgenfeld.«

Ein Bauernkarren, von einer einzelnen, heftig schwitzenden Brabanter-Mähre gezogen, holperte auf dem unebenen Kopfsteinpflaster mit lautem Getöse an ihnen vorüber. Der Mann und die Frau, die zusammengeduckt auf dem Bock kauerten, schenkten den drei Kindern keinerlei Beachtung. Der Mann ließ eine kurze Peitsche knallen. Allem Anschein nach wollten sie so schnell wie möglich an dem unheilvollen Ort vorbei. Das Pferd schreckte unter der Peitsche auf und schnaubte kurz, ehe es in eine schnellere Gangart verfiel.

»Ich habe mal gesehen, daß sie sich in die Hose machen, wenn sich die Schlinge um ihren Hals spannt«, sagte Erik kurz darauf. Die Hände in die Seite gestemmt, betrachtete er den von drei Pfosten gestützten Galgen. Zwischen den Pfosten waren tiefe Furchen von dem zweirädrigen Pferdekarren, mit dem die Verurteilten an den Ort des Geschehens gefahren wurden. Im Boden staken ein halbes Dutzend Stangen, auf die man die Köpfe von Menschen gespießt hatte, welche in der Stadt hingerichtet worden waren. Jetzt waren die Stangen leer. Ihr oberes Ende war schwarz vom daran klebenden Blut.

Schweigend ließ Jeroen den Blick umherwandern. Er war froh über das Licht und die Wärme der gleißenden Sonne, die diesem Ort etwas von seiner unangenehmen Atmosphäre nahmen. Für kein Gold der Welt würde ich bei Nacht und Nebel hier sein wollen, dachte er, und trotz der Hitze fröstelte es ihn dabei. Selbst jetzt, bei hellichtem Tag, konnte man, wenn man genau hinhörte, im Rauschen des Windes vage das Wehklagen der Verdammten hören.

Er erschrak über die Stimme Herbertas, die scheinbar unbeeindruckt rief: »Hier ist einer!« Sie stand an einem kreisförmigen Rund, wo das Gras gelb und zu Boden gedrückt war. »Das soll dann wohl ein Hexenring sein«, sagte sie, als Jeroen und Erik näher gekommen waren und ehrfürchtig auf das Rund blickten. »Wenn ihr mich fragt, hat hier ganz einfach ein Tier geschlafen.« Sie sah sich suchend um. »Seht mal, da ist noch einer.« Sie gingen zu der anderen Stelle hinüber, wo das Gras nun wiederum höher stand als rundum. »Die Inquisitoren wissen auch nicht, was sie wollen«, sagte Herberta. »Ein Rund, in dem das Gras nicht mehr wachsen will, ist angeblich ein Hexenring, weil die Hexen dort im Mondschein getanzt haben. Aber ein Rund, in dem das Gras nun gerade höher wächst, ist, sagen sie, auch einer. Wißt ihr, was ich denke? Daß hier ein Kuhfladen gelegen hat und das Gras deswegen besser gewachsen ist.«

Erik sah sich beunruhigt um, als fürchte er, beobachtet zu werden. »Ich weiß nicht, ob man so reden sollte, an einem Ort wie diesem.«

»Man darf sagen, was man will«, meinte Herberta. »Vorausgesetzt, man achtet darauf, daß es keiner hört.«

»Aber an diesem Ort...«

»So ein großer Kerl und schon genauso ein Hasenfuß wie alle anderen!«

»Man merkt, daß du nicht zur Schule gehst!« sagte Erik beleidigt.

»Was hat denn das nun wieder damit zu tun?«

»Wenn du etwas gelernt hättest, so wie ich, dann wüßtest du, daß vor nicht einmal fünf Jahren ein großer Prozeß gegen eine ganze Hexenbande geführt worden ist. Waldenser hießen diese Leute. Bis nach Flandern hinein hatten sie Anhänger. Sie beteten den Teufel an…«, Erik bekreuzigte sich rasch, »…und sie flogen nach Deutschland zum Hexensabbat, um dort Zauberei zu betreiben. Sie begingen obszöne Handlungen mit einem schwarzen Bock und kleinen Kindern, und sie opferten Neugeborene…«

»Wer erzählt denn so etwas?«

»Das kann man Wort für Wort nachlesen. Dutzende wurden zum Tod auf dem Scheiterhaufen verurteilt, doch selbst als sie schon brannten, sprachen sie noch die gotteslästerlichsten Verfluchungen aus. In Doornik hat es nach so einer Hinrichtung tagelang Kröten und Nattern geregnet. Und diejenigen, welche die Feuer entzündet hatten, bekamen am ganzen Körper unheilbare Eiterbeulen und Geschwüre. Hunderte wurden krank, und in ihren Kopfkissen fand man krause Federn.«

»Hä?« machte Herberta.

»Ja, das ist doch ein eindeutiges Zeichen dafür, daß der Kranke verhext ist!«

»Ach, du liebes bißchen! Ich hab mein Kopfkissen eigenhändig mit Federn gefüllt, und es war so gut wie keine darunter, die nicht kraus war! Das hat etwas damit zu tun, von welchem Vogel sie stammen!«

»Willst du dich da etwa besser auskennen als Philipp der Gute? Er ist in Brüssel höchstpersönlich dazwischengetreten, um den Prozessen und Hinrichtungen ein Ende zu machen, sonst wäre noch die gesamte Region von den Verfluchungen der Hexen in Mitleidenschaft gezogen worden.«

»Und das lernt ihr also in der Schule? Da bin ich aber froh, daß ich meine Zeit nicht dort vergeuden muß!«

Anklagend sagte Erik: »Du bist eine Ungläubige! Eine Heidin! Eine Ketzerin wohl gar!«

»Sag doch so etwas nicht!« flehte Jeroen unglücklich. Genau wie zuvor Erik ließ er den Blick beunruhigt über die Wiese schweifen, wo außer ihnen weit und breit keine Menschenseele war. Doch in seiner Einbildung hörte er das begierige Knurren unsichtbarer Dämonen und Elfen, die sich in der Hoffnung, er werde so schwer sündigen, daß er der ewigen Verdammnis anheimfiel, die Lippen leckend um ihn drängten.

»Wenn deine Schwester so weitermacht mit dem gotteslästerlichen Gerede, erwartet sie noch ein schreckliches Los!« sagte Erik.

»Und wenn alle so wären wie du, erwartete uns *allesamt* ein schreckliches Los!« konterte Herberta. »Welch ein Graus, in den Himmel zu kommen, und der ist dann nur mit solchen gräßlich langweiligen Leuten bevölkert!«

»Ich glaube, ich spreche lieber nicht mehr mit dir«, sagte Erik. »Du bist gefährlich, weißt du?«

»Das dürfte stimmen, ich hab nämlich große Zähne und scharfe Nägel.« Herberta knurrte und zeigte Erik die zur Klaue gekrümmte Hand.

Der junge Bursche wich erschrocken zurück. »Ich habe eine Zeichnung von einer Hexe gesehen, die genauso aussah!«

»Ach, scher dich doch zum Teufel!« sagte Herberta irritiert und kehrte ihm den Rücken zu.

»Ich bleibe nicht eine Sekunde länger hier«, sagte Erik, der jetzt aufgebracht klang. »Ich gehe nach Hause!«

»Tu das«, antwortete Herberta, ohne ihn noch eines

Blickes zu würdigen. »Da bist du bestimmt besser aufgehoben.«

Unglücklich blickte Jeroen Erik nach, der dezidiert von dannen zog, ohne sich noch einmal umzusehen. Er hatte ein banges Vorgefühl.

»Ja, ja«, sagte Herberta mit Ungeduld in der Stimme. »Ich weiß schon, du magst keinen Streit. Aber solche Hanswürste wie dein Freund da treiben mich zur Weißglut. Hättest du nicht einen Geeigneteren mitbringen können?«

Beklommen sagte Jeroen: »Jetzt müssen wir den ganzen Weg allein zurück.«

»Den ganzen Weg? Hier kann uns die Torwache ja fast noch sehen, und Strauchdiebe wagen sich nicht so nah an die Stadtmauern heran. Außerdem: Erik hat doch selbst gesagt, daß ich gefährlich bin, oder?« Sie nahm Jeroen bei der Hand. »Komm, ich habe genug gesehen. Laß uns nach Hause gehen.«

»Warum wolltest du dir das hier denn nun unbedingt ansehen?«

»Bruder de la Roche hatte mich neugierig gemacht. Und das wird ja wohl noch erlaubt sein, oder?«

Darauf hatte Jeroen keine Antwort, und so zuckte er nur die Achseln. Hand in Hand gingen sie zurück.

Im Gegensatz zu Erik sah sich Jeroen hin und wieder nach dem Galgenfeld um. Dort rührte sich jedoch nichts, der Weg hinter ihnen war leer und das Gelände verlassen. Bis auf ein Mal. Da standen anstelle des einen plötzlich drei Galgen dort, und am ganzen Horizont brannte es lichterloh. Orangerote Flammen schlugen tosend zum Himmel empor, der pechschwarz war vom Rauch, und gigantische

Fische, von Kobolden geritten, segelten mit grazilen Bewegungen von Flossen und Schwanz am Firmament dahin.

Jeroen blieb so abrupt stehen, daß Herberta, die immer noch seine Hand hielt, beinahe das Gleichgewicht verlor. »Was ist denn jetzt wieder los?« fragte sie erschrocken.

Jeroen hob die andere Hand, um es ihr zu zeigen, doch die Vision war bereits verschwunden. Der Weg und das Galgenfeld von Hintham lagen wieder genauso leer und flimmernd da wie zuvor. »Ich dachte, ich hätte etwas gesehen; Feuer… Flammen…« Jeroen schaute unglücklich zu seiner Schwester auf. »Jetzt ist es fort«, sagte er ein wenig einfältig.

Herberta nickte. »Es gibt solche Orte, an denen einem manchmal seltsame Gedanken kommen«, räumte sie ein. »Als hätte man Wachträume…«

Sie gingen weiter.

Nicht ein einziges Mal sah Jeroen sich nun noch um, er hatte nicht mehr den Mut dazu.

3

Als Jeroen aus der Lateinschule in der Kerkstraat heimging, kam er auf dem Platz bei ihrem Haus am Wochenmarkt vorüber. Die Händler verkündeten den Bürgern und Pachtbauern, die auf der Suche nach wohlfeilen Angeboten zwischen den schnurgeraden Reihen der Stände flanierten, in höchsten Tönen die Güte ihrer Waren. Manche riefen derart laut und schrill, daß ihre Stimmen von den Häuserfassaden widerhallten.

Ein wenig abseits, umringt von einer Schar Interessierter, stand die Bude eines Zahnziehers. Sie war mit auf Schnüren gereihten Zähnen verziert. Der Mann war offensichtlich gutsituiert, denn er hatte einen Gehilfen, welcher den Patienten auf einem Stuhl festband, während er selbst seinen Zuschauern in hochtrabendem Ton erläuterte, wie er sie im Handumdrehen von ihren höllischen Schmerzen erlösen könne. Dabei wedelte er demonstrativ mit der Zange.

Jeroen blieb in einiger Entfernung stehen und sah ein Weilchen zu. Das Schauspiel faszinierte ihn, aber er begab sich nicht gern unter allzu viele Menschen. Wenn er in eine größere Menschenmenge geriet, war ihm immer, als litte er an den gleichen Beschwerden wie seine Schwester Katherijn. Es schnürte ihm die Luft ab, und er glaubte, ersticken zu müssen. Goos zufolge lag das daran, daß Jeroen fürchtete zertreten zu werden, klein, wie er war. »Zertreten wie ein Stück Hundekot«, hatte Goossen es ausgedrückt.

Mit einem Mal fiel Jeroen seine Stiefmutter ins Auge. Man half ihr gerade das wacklige Treppchen zur Bude des Zahnziehers hinauf, wo sie sich auf den Stuhl plumpsen ließ. Sie gab dem Mann ein Geldstück, das er mit galanter Verbeugung entgegennahm, und der eifrige Gehilfe beeilte sich mit für die Zuschauer übertriebenen Gebärden, ihre Handgelenke an den Armlehnen festzugurten.

Unweigerlich trat Jeroen näher. Vielleicht hat Mechteld ja schon sehr lange Zahnschmerzen, dachte er. Das würde ihre Griesgrämigkeit erklären. Vielleicht änderte sie sich ja, wenn der schmerzende Zahn heraus war.

»Wir kennen zwei Methoden, den Schmerz zu lindern«, deklamierte der Zahnzieher, an das gaffende Publikum gewandt. »Erstens: ein gehöriger Schlag mit dem Holzhammer...«, er wartete wohlwollend ab, bis die Zuschauer zu Ende gelacht hatten, »... und zweitens: einige Gläser Wein vorweg. Doch da wir es hier mit einer Dame von Stand zu tun haben, wäre sowohl das eine wie das andere ungeziemend. Nicht wahr?« Er klapperte demonstrativ mit seiner Zange. »Tja, edle Dame, da würde ich dann sagen: Ein Weilchen die Zähne zusammenbeißen ...« Einem erfahrenen Schauspieler gleich hob er den Blick, als bemerkte er gerade verdutzt, was er da gesagt hatte, und wandte dann ein: »Ach, nein, *das* wäre gar zu ungeschickt!« Er zwinkerte seinem Publikum zu und erntete Beifallsrufe. Dann beugte er sich über Mechteld, die hartnäckig schwieg. »Nun, meine Dame, verratet mir doch einmal, wo sich der Übeltäter versteckt! Weit aufmachen, den schönen Mund, das dürfte Euch doch auch sonst nicht so schwerfallen, nehme ich an!«

Jeroen hatte sich fast bis ganz nach vorn vorgearbeitet und schaute gespannt zu, wie seine Stiefmutter zögernd gehorchte.

»Ah, ich sehe schon, Ihr braucht es mir gar nicht zu zeigen«, sagte der Mann. »Als wenn das ginge!« fügte er mit einem Blick auf ihre gefesselten Hände grinsend hinzu. »Erlaubt mir zu bemerken, daß Euer Gebiß an die Zinnen einer Burg gemahnt, und zwar nach heftigem Geschützbeschuß.«

Jeroen fuhr erschrocken zusammen, als die Zuschauer in dröhnendes Gelächter ausbrachen. Es erstaunte ihn, daß sich seine Stiefmutter von einem Narren wie diesem Zahnzieher derart demütigen ließ. Da mußte sie wirklich arge Schmerzen haben. Oder genoß sie es etwa, daß so viele Menschen sie ansahen? Sie beklagte sich ja oft genug, daß ihr niemand Wichtigkeit beimesse, weil sie nicht so wohlhabend sei wie Anthonius' erste Frau. Sie sei ja auch nicht die Tochter eines reichen Schneiders, wie Aleit.

Der Zahnzieher stellte sich so an den Stuhl, daß seine Patientin ihn nicht treten konnte, faßte dieser mit einer Art Würgegriff seiner Linken unter das Kinn und beugte sich über sie. »So weit wie möglich aufmachen«, kommandierte er. »Und denkt an den Herrn, der am Kreuz tausendmal ärgere Schmerzen hat leiden müssen ...« Schwungvoll ließ er seine Zange ein paarmal in der Luft klappern und steckte das Instrument dann in Mechtelds Mund.

Jeroen sah atemlos zu, wie seine Stiefmutter die Armlehnen des Stuhls umklammerte und die Beine zusammenpreßte. Ihre Brust bewegte sich heftig auf und ab, und aus ihrer Kehle drangen Laute, welche dem Jaulen eines Hundes nicht unähnlich waren. Im nächsten Augenblick hielt der Zahnzieher triumphierend einen blutigen Backenzahn in die Höhe, und das Publikum applaudierte und johlte.

»Das Wunder ist einmal mehr geschehen«, verkündete der Zahnzieher, während sein Gehilfe Mechtelds Fesseln löste. »Falls die Schmerzen nicht weg sein sollten, wohlgemerkt, ich sage *falls,* empfehle ich Euch dringend, nächste Woche wiederzukommen.«

Der Assistent hielt Mechteld einen Holzeimer hin. »Ihr könnt hier hineinspeien«, sagte er.

Doch Mechteld schob den Mann mit einer ungeduldigen Gebärde zur Seite und stand ruckartig auf. Sie stieg das Treppchen hinunter und rauschte mit verbissenem Gesicht durch die Menge davon. Jeroen hatte sie gar nicht bemerkt.

»He, du da!« rief der Zahnzieher in Jeroens Richtung. »Ja, du, der Dreikäsehoch da. Milchzähne mache ich für die Hälfte!«

Jeroen sah zu, daß er wegkam. Einen Moment lang hatte er eine Heidenangst, daß die johlenden Umstehenden ihn festhalten und auf den Stuhl schnallen könnten, doch sie ließen ihn in Ruhe.

Er rannte nicht sofort nach Hause, sondern machte erst noch einen kleinen Bogen, weil er es für besser hielt, wenn Mechteld nicht wußte, daß er sie gesehen hatte. Als er sich wenig später Sint Anthonius näherte, fuhr ihm allerdings erneut der Schrecken in die Glieder. Denn durch die Haustür, vor der sich ein Grüppchen Neugieriger versammelt hatte, wurde gerade Herberta von zwei Bütteln nach draußen geführt. Man hatte ihr die Hände auf dem Rücken gefesselt. Gleich hinter ihr erschien Alain de la Roche. Zwei weitere Büttel gingen vor ihnen her und verscheuchten die Schaulustigen mit Drohgebärden ihrer Hellebarden. Der kleine Trupp marschierte raschen Schrittes in Richtung Hinthamerstraat und bog dort zur Lovensche Poort ab.

Die Leute blieben in Grüppchen beisammenstehen und gaben tuschelnd Kommentare ab. Manche blickten beunruhigt, andere lachten, als wäre das Ganze durchaus amüsant. Niemand achtete auf Jeroen, der mit klopfendem Herzen an allen vorbei ins Haus huschte.

Anthonius saß auf seinem angestammten Platz am Kopf des Tisches, mit dem Rücken zum Fenster, und Mechteld lief auf dem schmalen Streifen zwischen Tisch und Wand hin und her. Sie hielt ein blutiges Tuch in der Hand, mit dem sie sich alle naslang die Mundwinkel abtupfte. Auf einem Stuhl am Ofen kauerte Katherijn. Ihr Atem pfiff.

»Ich hab's dir doch gesagt!« bellte Mechteld und wischte sich unwirsch mit dem Tuch über das Kinn. »Tausendmal habe ich es dir gesagt: Dieses Kind endet dereinst noch am Galgen! Diese Schande! Diese Schmach!« Ihr Blick fiel auf Jeroen, der unsicher vom einen zum anderen schaute. »Und du! Was hattest du mit der ketzerischen Schlampe auf dem Feld von Hintham zu suchen? Möchtest du etwa auch so gern in den Kerker geworfen werden?«

»Wir wollten nur mal seh–«

»Halt den Mund! Auf deine Lügen kann ich verzichten! *Ein* Skandal im Haus ist schon schlimm genug!« Mechteld bekam einen Hustenanfall, doch sobald der vorüber war, wandte sie sich wieder an Anthonius, der mit hängenden Schultern vor sich hinstarrte. »Und wer bezahlt das alles? Im Kerker sitzen kostet ein Vermögen! Und wo werden sie sich das holen? Bei der Familie natürlich!«

»Mechteld, bitte...«, protestierte Anthonius schwach.

»Mechteld, bitte? Ist das alles, was du zu sagen weißt? Du solltest lieber machen, daß du zum Bischof kommst.«

»Was kann denn der Bischof schon ausrichten? Nach einer Anklage ist es die weltliche Macht, die –«

»Ach, der Bischof kann also nichts ausrichten? Wer denn *sonst*? Wie lange arbeitest du jetzt schon für ihn?«

»Es ist nicht so einfach, ihn um eine Gunst zu bitten. Schon gar nicht um eine Intervention bei –«

»Nicht so einfach? Dachtest du vielleicht, es wäre einfach, die Schande zu vertuschen? Oder die Kosten aufzubringen? Falls du nachher überhaupt noch Arbeit *hast*!«

»Herberta ist keine Hexe, Mechteld, was immer sie auch behaupten mögen. Sie wird die Proben bestehen und –«

»Die Proben? Die Proben? Bei Gott, *niemand* besteht die Proben, das weißt du genauso gut wie ich!«

Jeroen hatte sich die Treppe hinaufgeschlichen. Oben traf er Goossen und Jan an, die bedrückt beisammensaßen. Goossen schaute auf, als Jeroen hereinkam. »Was habt ihr da auf dem Galgenfeld ausgeheckt?« wollte er wissen.

»Nichts.« Jeroen ließ sich auf den Rand seines Bettkastens plumpsen. »Wir haben uns nur ein bißchen umgesehen, nach Hexenringen und so. Erik Lubbert war übrigens auch dabei.«

»Ja, der ist schlau! Es war nämlich sein Vater, der alte Lubbert, der Herberta angeklagt hat!«

»Aber sie hat doch gar nichts getan!« Heiße Tränen verzerrten das Bild des Zimmers vor Jeroens Augen.

»Ja, das sagst du. Aber mit ihren dreisten Reden hat sie diesem Schlappschwanz offenbar einen gehörigen Schrekken eingejagt, und er hat alles seinem Vater erzählt.«

Verzweifelt fragte Jeroen: »Sie können dich doch nicht einfach in den Kerker werfen, nur weil jemand Lügen über dich erzählt, oder?«

»Das denkst du. Sie können *alles,* Joentje. Von den Bessergestellten ist keiner mehr sicher, ich habe es Mechteld selbst zu Vater sagen hören.«

Jan sah mit geweiteten Augen zu Goossen auf. »Werden sie sie töten, Goos?«

Goossen nickte. »Sie werden sie ins Wasser werfen, die Daumen an die großen Zehen gebunden. Und wenn sie dann nicht untergeht, haben sie die Gewißheit, daß sie eine Hexe ist, und sie muß auf den Scheiterhaufen.«

»Aber Herberta kann nicht schwimmen!«

»Man kann nur hoffen, daß sie untergeht, das ist noch der gnädigste Tod. Und wir sind dann auch gleich von jedem Makel reingewaschen.«

»Das ist ungerecht!« Jeroen horchte kurz auf Mechtelds scharfe, geifernde Stimme, die bis zu ihnen heraufdrang. Es fehlte nicht viel, und er hätte sogar verstanden, was sie sagte. Der Zahnzieher hat bestimmt den falschen Zahn herausgeholt, dachte er bitter. Warum warf man nicht *sie* in den Kerker?

»Ich will nicht, daß sie Herberta totmachen«, sagte Jan, aber sonderlich mitzunehmen schien es ihn nicht. Wahrscheinlich schreckten ihn eher die unangenehmen Begleiterscheinungen. Nein, dachte Jeroen. Das will ich auch nicht. Doch was er wollte, war von keinem großen Belang, das war ihm längst klar. Und ihr Vater hatte erst kürzlich noch gesagt: »Der Wille ist nichts anderes als die Illusion, man könnte etwas an seinem Schicksal ändern...«

Der Bischof legte die Handflächen aneinander und ließ das Kinn auf den Fingerspitzen ruhen. Seine bleichen Augen starrten über den großen Schreibtisch hinweg auf seinen Besucher, der sich unbehaglich auf dem mit rotem Samt bezogenen Stuhl zurechtsetzte.

Anthonius hatte das Gefühl, als blickte der Bischof durch seine leibliche Hülle hindurch tief in sein Inneres hinein, um dort nach dunklen Flecken auf seiner Seele zu suchen. Er hatte schon mehrmals beruflich mit dem Prälaten zu tun gehabt und ihn dabei immer als irgendwie entrückt erlebt, als weile ein Teil seines Geistes bereits im Himmel und als betrachte er die weltlichen Angelegenheiten vornehmlich als Zeitvergeudung. Doch jetzt hatte der Prälat einen wachen Blick in den Augen, als genieße Anthonius' Problem seine besondere Anteilnahme.

»Ein Mädchen, das unter Eurem Dach wohnt, hat sich Euren Wünschen zu fügen«, sagte der Bischof. »Ein Kind, das den Regeln Gottes und der Kirche gemäß erzogen wurde, begeht keine Sünden. Ergo: Verfehlungen der Kinder sind Versäumnissen der Eltern zuzuschreiben.« Der Blick des Bischofs bohrte sich in Anthonius' Augen. »Wagt Ihr auf Ehre und Gewissen zu behaupten, daß Ihr Euren Kindern eine gute christliche Erziehung gebt, Meister Anthonius?«

Anthonius unterdrückte seine Neigung, die Augen niederzuschlagen. »Ich tue mein Bestes, Monseigneur«, antwortete er. »Wie alle Eltern, nehme ich an. Aber ich bin auch nur ein Mensch.« Er machte eine hilflose Bewegung mit den Schultern.

»Nach Gottes Ebenbild geschaffen und doch so schwach«, konstatierte der Bischof in einem Ton, als zähle er sich selbst nicht zu dieser unvollkommenen Menschheit. »Dennoch ...«, sein Blick wanderte von Anthonius zu dem großen Bleiglasfenster seines Audienzraums, »... dennoch so wundervoller Werke fähig. Seid Ihr je in Italien gewesen, Meister Anthonius? Nein, das werdet Ihr wohl nicht, wo sollte ein Künstler und Familienvater wie Ihr denn auch die Zeit dafür hernehmen, nicht?«

»Ich habe viel darüber gehört«, sagte Anthonius und fragte sich, ob es nun ein gutes oder ein schlechtes Zeichen war, daß der Bischof immer wieder abschweifte. »Die Italiener sind große Meister in Formen und Farben, wurde mir erzählt.«

»Das kommt durch das Wetter«, meinte der Bischof. »Tag für Tag Sonne, strahlend blauer Himmel, überaus viel Licht. Die Farben sind dort so üppig, daß kein Pinsel sie wiedererschaffen könnte, so es denn überhaupt möglich sein sollte, an das Werk Gottes heranzureichen.« Er schüttelte vage den Kopf, als bedaure er, seine Zeit im trüben Norden vertun zu müssen.

»Aber wir haben jetzt die Sint-Jans-Kathedrale«, warf Anthonius vorsichtig ein. »Nun, da der Südarm des Transepts Gestalt annimmt ...«

Der Bischof nickte nachgiebig. »Die Baukunst von Jan

Heyns übertrifft selbst die Willem van Kessels. Leider wird es uns nicht mehr vergönnt sein, die vollendete Kathedrale zu sehen. Das ist der Nachteil bei derart großen Bauwerken, es dauert alles so furchtbar lange. Nun ja, aber wir bauen ja auch zum Ruhme und zu Ehren des Höchsten – und für die Ewigkeit.« Sein Blick richtete sich erneut forschend auf Anthonius, als wolle er überprüfen, ob der seinen Worten auch beipflichtete.

»So ist es, Monseigneur«, antwortete Anthonius folgsam.

»Was wir denn so Ewigkeit nennen«, sagte der Prälat mit einem verächtlichen Unterton in der Stimme. »Wenn alle hundert Jahre ein Vogel seinen Schnabel an einem Stein der Sint-Jans-Kathedrale wetzt, wie lange würde es dann wohl dauern, bis die gesamte Kathedrale abgewetzt ist?«

Mit leichtem Unbehagen sagte Anthonius: »Äh ... ich nehme an, das war eine rhetorische Frage, Monseigneur?«

»Nein, nicht wirklich«, entgegnete der Bischof. »Freilich eine, auf die der Mensch mit seinem geringen Verstand keine Antwort geben kann. Und doch würde die Kathedrale irgendwann in sehr ferner Zukunft tatsächlich vollkommen abgewetzt sein durch diesen einen Vogel. Vorausgesetzt natürlich, es wäre Gottes Wille, daß die Erde so lange existiert.«

»Und daß der Vogel so lange am Leben bleibt.«

Der Bischof zog es vor, diesen Einwurf zu überhören. »Nun, Meister Anthonius, die Ewigkeit dauert noch viel länger, *unendlich* viel länger. Allein der Herr kann sich eine Vorstellung von der Ewigkeit machen.« Sein Blick wanderte zu dem goldenen Kruzifix über der Eichentür seines Zimmers. »In diesem Zusammenhang scheint es doch recht vermessen, für die Ewigkeit bauen zu wollen, findet Ihr nicht?«

»Vielleicht ist es sogar schon vermessen, über derlei Dinge zu sprechen«, ließ Anthonius sich entfallen, ehe ihm bewußt wurde, daß der Prälat das womöglich als Beleidigung auffassen könnte. Doch der Bischof reagierte nicht darauf. Er ging wohl davon aus, daß Anthonius meinte, solche Bemerkungen seien allein für Nichtgeistliche vermessen.

»Um auf Eure Tochter zurückzukommen...«, der Blick des Bischofs schwenkte zu den Papieren vor ihm auf dem Schreibtisch, auf denen er einige Worte notiert hatte. »Herberta ist ihr Name, sehe ich. Ein germanischer Name.« Letzteres klang leicht vorwurfsvoll.

»Im Raum Aachen ist dieser Name sehr gebräuchlich«, erklärte Anthonius eilends.

Der Prälat nickte, als lasse er dies unter Vorbehalt gelten. »Ich könnte mir vorstellen, daß ihre Verurteilung Eurer Tätigkeit nicht förderlich wäre«, sagte er. »Und kunstliebend, wie ich bin...«

Anthonius blickte ungläubig auf den rechten Mundwinkel des Bischofs, der sich beinahe unmerklich kräuselte, so daß es aussah, als mache er einen makabren Scherz.

»Außerdem ...«, der Prälat seufzte und schüttelte den Kopf, »die Unkosten für ihre Einkerkerung und Verurteilung würdet Ihr zu tragen haben, und da Ihr ja für die Kirche arbeitet, hätten letztlich wir die Zeche zu bezahlen. Ich kann darin keine Gerechtigkeit erkennen.«

»Da habt Ihr nur allzu recht, Monseigneur«, sagte Anthonius rasch.

»Ihr könnt natürlich beim Gerichtshof von Holland und Zeeland Berufung einlegen.«

Anthonius' Hoffnung schwand wieder. Schwach sagte er: »Ach, Monseigneur...«

Der Bischof hob mahnend den Zeigefinger. »Ihr dürft das Berufungsgericht nicht unterschätzen, Meister Anthonius. Dort wird rechtschaffene Arbeit geleistet. Aber gut...«, er nahm die Schultern zurück und legte die Hände auf den Schreibtisch, zum Zeichen, daß er einen Entschluß gefaßt hatte, »ich werde Eure Sache mit dem Schultheiß besprechen. Unter den gegebenen Umständen müßte es möglich sein, Bauer Lubbert dazu zu bewegen, seine wohl etwas leichtsinnig eingereichte Klage gegen...«, er blickte abermals auf seine Notizen, »...Herberta zurückzuziehen.«

»Ich bin Euch außerordentlich dankbar, Monseigneur.« Nun auch noch zur Eile zu drängen, damit Herberta freikam, ehe sie gefoltert wurde, dazu hatte Anthonius nicht mehr den Mut.

Der Bischof nickte leutselig und machte eine Handbewegung zur Tür, welche Anthonius bedeuten sollte, daß die Audienz beendet sei. »Es steht Euch frei, Eurer Dankbarkeit gegenüber der Kirche gegebenenfalls in konkreter Form Ausdruck zu verleihen, Meister«, sagte er noch.

»Das werde ich ganz gewiß nicht vergessen, Monseigneur«, antwortete Anthonius sich erhebend.

»Ach, noch etwas«, sagte der Prälat, als Anthonius schon halb hinaus war. Der Bischof kramte in einem kleinen Stapel von Dokumenten auf seinem Schreibtisch. Ohne aufzuschauen, fuhr er fort: »Demnächst werden die Pröpste der Liebfrauenbruderschaft mit Adriaan van Wesel über die

Auftragsvergabe für ein Retabel beraten. Es ist der Wunsch der Bruderschaft – und der meine –, daß Ihr die Flügel bemalt. Vielleicht könnt Ihr schon im voraus die nötigen Dispositionen dafür treffen.«

»Gewiß, Monseigneur«, sagte Anthonius. »Ganz gewiß. Kann ich Euch sonst noch zu Diensten sein?«

Der Bischof antwortete nicht, sondern wedelte nur erneut in Richtung Tür, und Anthonius machte, daß er wegkam.

»Das ist Roggenbrot mit Rosinen, Mechteld hat es selbst gebacken.« Jeroen steckte das in ein Tuch gewickelte Essen zwischen den Gitterstäben hindurch.

Herberta schlug das Tuch zurück und sah sich den Inhalt mißtrauisch an. »Sie will mich doch wohl nicht vergiften? Und wieso kommt sie nicht selbst und bringt mir etwas?«

»Sie sagt, sie findet es demütigend, hierherzukommen. Vielleicht einmal abends, sagt sie, wenn es dunkel ist.«

»Würde sie mich dann einfach verhungern lassen, wenn du nicht wärst? Denn hier drinnen bekommst du nichts, wenn du nicht dafür bezahlst, mußt du wissen. Nur dreckiges Wasser und verschimmeltes Brot.«

»Vater wollte auch kommen, aber er ist zum Bischof, um… äh… um Gnade zu bitten.«

»Und Goos und Jan lachen sich eins, was?« Mit einer wütenden Bewegung brach sich Herberta ein Stück Brot ab und schob es in den Mund.

»Ich finde es schaurig hier«, bekannte Jeroen. Das einzige Licht im Kerker fiel durch die vergitterten kleinen Löcher herein, die als Fenster dienten. Die roh behauenen Steine des Ganges schimmerten feucht, und es roch muffig nach verschimmeltem Stroh. Von irgendwoher hörte man einen anderen Gefangenen leise und eintönig vor sich hin summen, aber ansonsten war es gespenstisch still. Dabei hatte Mechteld Jeroen noch gesagt, er müsse sich auf Gewimmer und Gestöhn gefaßt machen, ja vielleicht sogar auf das Schreien von Gefolterten.

Vorwurfsvoll entgegnete Herberta: »Ach, schaurig findest du es? Da müßtest du hier erst einmal schlafen! Beziehungsweise versuchen zu schlafen, mit einer Kette an den Füßen und ganzen Rattenfamilien, die dir über die Beine laufen.«

Sie hatte Schmutzstreifen im Gesicht, sah Jeroen, nachdem sich seine Augen an das spärliche Licht gewöhnt hatten. Und ihr Haar war völlig verklettet. »Ich finde das so schrecklich für dich.« Er seufzte matt. »Ich hoffe, daß Vater...« Er wischte sich heftig mit dem Handrücken über die linke Wange.

»Du bist ein guter Junge«, sagte Herberta, »ein lieber Junge.« Sie streckte eine Hand zwischen den Gitterstäben hindurch, um ihm kurz durchs Haar zu wuscheln, und lächelte aufmunternd. »Ich komme hier schon wieder heraus«, sagte sie, sowohl Jeroen wie sich selbst tröstend. »Ich hab ja nichts verbrochen. Die dreckigen Verleumder!«

Jeroen warf schnell einen Blick zu der eisenbeschlagenen Tür hinüber, hinter der ein Wärter saß und Kleidung ausbesserte. »Mechteld sagt, du sollst ergeben und untertänig sein, sonst schlagen sie dich.«

»Mechteld sagt, Mechteld sagt!«

»Bisweilen hat sie schon einmal recht«, meinte Jeroen begütigend.

»Ja, vor allem wenn sie von sich selbst sagt, daß sie alt und häßlich zu werden beginnt! Mein Gott, Mutter hätte mit bloßen Händen das Gefängnis eingerissen, um mich zu befreien, und was tut Mechteld? Sie denkt nur an… an…« Herberta verstummte und ließ den Kopf hängen. Kaum hörbar sagte sie: »Ich hab so entsetzliche Angst, Joen…«

»Der Bischof wird schon helfen. Vater sagt, daß er sonst nicht mehr für ihn arbeiten will.«

»Ach, Joen, Vater ist ein braver Mann, und er meint es ja auch wirklich gut, aber…« Herberta zuckte müde die Achseln. »Er hat ein Hasenherz. Und das ist vielleicht auch gut so«, fügte sie mit neuer Bitterkeit hinzu. »Wer sich erdreistet, die Stimme zu erheben…«

»Es heißt, daß sie dich ins Wasser werfen werden, und wenn du nicht untergehst, bist du eine Hexe.«

Herberta nickte. »Ich bin froh, daß ich nie schwimmen gelernt habe.«

»Aber…«

Herberta legte Jeroen durch die Gitterstäbe hindurch die Hand auf den Mund. »Sag lieber nichts mehr, Joen. Du ziehst mich damit nicht gerade aus dem Sumpf.«

Jeroen legte seine Hand auf die ihre, so daß sie diese nicht gleich wieder zurückziehen konnte. Er drückte Mund und Nase in die Innenfläche ihrer Hand und atmete tief ein. Sie roch nach Mechtelds Roggenbrot. Schade, er hatte Herbertas Geruch in sich aufnehmen wollen.

»Geh jetzt lieber, Joen.« Sie blickte in Richtung Tür. Sie traute den Wärtern nicht. Die waren immer auf eine Zerstreuung aus und würden ein Jüngelchen wie Jeroen womöglich als nettes Spielzeug betrachten. »Das ist hier kein Ort für dich.«

»Für dich auch nicht!« sagte Jeroen trotzig. Es brannte schon wieder in seinen Augen.

»Jetzt geh, Joentje. Und sei so lieb und sieh dich nicht mehr um, ich kann es nicht ertragen, wenn du dreinblickst wie ein geprügelter Hund.«

Jeroen nickte fügsam und trollte sich.

Er schaute sich nicht mehr um.

Drei Tage später wurde die Klage von Bauer Lubbert ohne weitere Untersuchung abgewiesen. Erst einen Tag danach ließ man Herberta gehen. Nur ein einzelner Wärter begleitete sie ans Gefängnistor und ließ sie mit übertrieben galanter Verbeugung hinaus. »Auf Wiedersehen«, sagte er mit deutlicher Betonung und entblößte grinsend einen Satz fauler Zähne.

Herberta stand mit dem unwirklichen Gefühl draußen auf der Straße, daß das alles vielleicht nur ein böser Traum gewesen war. Und der Gedanke, daß ihr Zuhause fast in Reichweite lag, geradewegs um die Ecke, ließ das Ganze noch unglaubwürdiger erscheinen. Die Hinthamerstraat war verlassen, und niemand stand da, um sie abzuholen. Der Zeitpunkt ihrer Freilassung war nicht angekündigt worden.

Herberta erschrak heftig, als die eisenbeschlagene Tür der Lovensche Poort mit schwerem Dröhnen hinter ihr ins Schloß fiel. Sie rannte los, als wenn ihr alle Teufel der Hölle auf den Fersen wären.

Zu Hause drückte Anthonius sie einige Augenblicke lang

schweigend an sein Herz. Dann ließ er sie los und wandte sich hastig ab, so als wolle er sein Gesicht verbergen.

»Ich hoffe nur, daß wir jetzt vollständig rehabilitiert werden«, sagte Mechteld. Dann verließ sie das Haus, um Einkäufe zu machen.

Abends, als alle im Bett waren, schlich sich Jeroen ins Mädchenzimmer. Er blieb in der Türöffnung des mondhellen Raumes stehen.

Katherijn lag in ihrem schmalen Bettkasten am Fenster und schlief mit pfeifendem Atem, aber Herberta war wach. Sie saß aufrecht im Bett, die Arme verschränkt, und starrte durch das Fenster zu den Sternen empor. Ohne sich umzusehen, sagte sie leise: »Ich hatte gehofft, daß du noch kurz kommen würdest.«

Jeroen schlang die Arme um sie und vergrub das Gesicht an ihrem warmen Hals. Mit halbem Schluchzen sagte er: »Ich habe Angst, ich möchte bei dir schlafen.«

Herberta antwortete nicht. Schweigend half sie Jeroen zu sich ins Bett und deckte ihn zu. Er schmiegte sich an sie, den Kopf an ihrer linken Schulter, und sie legte den Arm um ihn. Mit geschlossenen Augen ließ er sich vom regelmäßigen Schlagen ihres Herzens trösten. Schon bald sank er in einen traumlosen Schlaf.

Herberta wagte nicht zu schlafen. Sie fürchtete sich vor den Alpträumen, die zweifellos kommen würden. Doch vor allem hatte sie Todesängste, daß mitten in der Nacht böse grinsende Männer die Tür aufstoßen würden, um sie abermals zu holen...

4

Inquisitio haereticae pravitatis.« Bruder Constant sah von dem großen Buch auf seinem Pult auf und blickte über seine Schüler. Im Klassenzimmer saßen Jungen verschiedenen Alters und Schlages, die kleinen vorn, und die älteren in den hinteren Reihen, wo sie Faxen machen konnten, wenn sie glaubten, daß der Bruder es nicht sah. Seine Augen verweilten auf einem der kleineren Jungen. Wegen seiner widerspenstigen dunklen Locken schien der Knabe einen größeren Kopf zu haben als die anderen. »Hieronymus van Aken?«

Jeroen hatte Tagträumen nachgehangen, und die ermahnende Stimme des Bruders ließ ihn hochfahren. Um ihn herum erklang unterdrücktes Gelächter. »Äh… ja, Bruder Constant?«

»Was habe ich gerade gesagt?«

»Inquisitio haereticae pravitatis«, antwortete Jeroen ohne zu zögern.

»Erstaunlich«, sagte der Bruder, der eher enttäuscht als erstaunt zu sein schien. »Was ist das für eine Gabe, die es dir ermöglicht, selbst im Schlaf zu hören und dir zu merken, was gesagt wird?«

»Mit Verlaub, Bruder, ich habe nicht geschlafen.«

»Deine Augen waren geöffnet, das ist wahr«, räumte der

Bruder ein. »Aber sie starrten in Fernen, in die sich kein Reisender je gewagt hat. – Ruhe!« schnauzte er, als die anderen Schüler in Gelächter ausbrachen.

»Das kommt daher, daß ich so einen eigenartigen Blick habe, Bruder Constant. Das sagt meine Stiefmutter immer.«

»Der erste, der jetzt noch einen Mucks zu machen wagt, bekommt die Rute zu spüren!« donnerte der Bruder, als erneut gelacht wurde. Das half, es wurde sogleich mucksmäuschenstill. »Und du«, sagte der Bruder zu Jeroen, »du wirst mir jetzt erklären, was diese lateinischen Worte bedeuten. Denn Laute nachahmen kann auch ein Papagei, doch um sie zu begreifen, braucht es Verstand. Laß mich mal hören, ob du darüber verfügst.«

»Die Worte bedeuten ...« Jeroen zögerte. Bruder Constant war für seine Fangfragen bekannt, und wenn man auf die hereinfiel, konnte man sich meistens auch noch auf eine Züchtigung gefaßt machen, zumal wenn er so knurrig war wie heute. »Es bedeutet: die Aufspürung ketzerischer Abweichungen.«

Die Stille im Klassenzimmer war jetzt geladen. Der stämmige Bruder atmete mit gespitzten Lippen tief und demonstrativ durch die Nase ein, als rüste er sich zu einem Ausbruch. Doch zu Jeroens Erleichterung sagte er: »Sehr gut, kleiner Hieronymus, ja sogar ausgezeichnet, möchte ich sagen. Du nötigst doch immer wieder Bewunderung ab. Obgleich ... so absonderlich ist deine Sachkenntnis vielleicht auch wieder nicht.« Er grinste einen Augenblick gemein. »Hat sich deine Schwester schon von ihrem Abenteuer im Stadtgefängnis erholt?«

»Meiner Schwester geht es gut«, antwortete Jeroen mechanisch. Sowohl sein Vater als auch Herberta selbst hatten ihm ans Herz gelegt, ja nicht auf derlei Spötterei zu reagieren.

»Sie hat ja nicht einmal eine Geldbuße bekommen, wenn ich es recht verstanden habe. Welcher starke Einfluß mag sie wohl davor bewahrt haben, frage ich mich.«

»Herberta hatte nichts verbrochen«, erwiderte Jeroen, der sich gegen seinen Willen doch in die Defensive drängen ließ.

»Die Inquisition irrt sich niemals«, wies ihn der Bruder streng zurecht. »Sehr mutig übrigens, wie du deine Schwester verteidigst. Das hört man nicht oft, zumal wenn einer damit riskiert, selbst schief angesehen zu werden, um nicht zu sagen: sich selbst verdächtig zu machen.« Letzteres hörte sich dramatisch an. Es herrschte Totenstille, als warteten die Schüler mit angehaltenem Atem darauf, was jetzt kommen würde.

Unsicher sagte Jeroen: »Mit Verlaub, Bruder Constant, ich verstehe nicht, was Ihr mit Euren Worten sagen wollt.«

»Ach nein? Der Schlauste der Bande versteht plötzlich keine deutlichen Worte mehr?«

»*Ich* habe auch nichts verbrochen, Bruder Constant. Wahrlich nicht!«

»Eine vollkommen unschuldige Familie, wie rührend!« höhnte der Bruder. Er hatte etwas gegen begüterte Künstler. In seinen Augen waren sie Nichtsnutze, die aber bei den kirchlichen Obrigkeiten zu allem Übel meistens noch gut angeschrieben waren. Er mochte ihre Röcke mit den lächerlichen Mahoîtres genausowenig wie ihre idiotischen Schnabelschuhe. Und er war sich sicher, daß viele von ihnen unchristliche Gedanken hegten. Wer die Augen aufmachte, konnte das an ihren Werken sehen, in denen nicht selten, wenn auch äußerst subtil und dem arglosen Blick verborgen, gotteslästerliche Elemente auftauchten. Doch die Prälaten, die gutes Kirchengeld für diese Werke hingaben, schienen aus unerfindlichen Gründen blind dafür zu sein. Ihn hatte es nicht einen Moment gewundert, als Herberta van Aken aufgrund einer Anklage wegen Hexerei festgenommen worden war. Es war nur enttäuschend, daß man sie so rasch wieder auf freien Fuß gesetzt hatte. Enttäuschend, aber vielsagend, fand er.

In skeptischem Tonfall fragte er: »Demnach hat Pachtbauer Lubbert seine Anklage frei erfunden?«

»Sie hat ein Teufelsauge!« ließ sich die erboste Stimme von Erik Lubbert aus dem hinteren Teil des Klassenzimmers vernehmen. »Und ich wette, sie hat auch Bocksbeine!«

»Du hältst den Mund!« schnauzte der Bruder. »Dich habe ich nicht gefragt!« Aber es war offensichtlich, daß ihn Eriks kleiner Ausfall nicht gar so sehr störte.

Jeroen starrte mit brennenden Augen vor sich auf den Boden. Kaum hörbar murmelte er: »Ich möchte nach Hause…«

Der Bruder blickte nachdenklich, durch die demütige Haltung milder gestimmt, auf ihn nieder. Der Knabe kann auch nichts dafür, dachte er. Er ist ja noch so klein.

Um das Gesicht zu wahren, schlug der Bruder laut auf sein Pult, so daß alle hochfuhren. »Genug von dem Unsinn«, verkündete er. »Laßt uns mit ernsthaften Dingen fortfahren.« Sein Blick schoß in die hinterste Schülerreihe. »Johan van Ganzen: Warum werden Ketzer mit dem Tod auf dem Scheiterhaufen bestraft?«

»Weil die Kirche kein Blut vergießen darf, Bruder Constant«, antwortete Johan folgsam.

»Sehr gut«, sagte der Bruder. »Es freut mich, daß ich meine Perlen nicht samt und sonders vor die Säue werfe. Und kann mir auch noch jemand erklären, was eine Hinrichtung *in effigie* ist?...«

Jeroen hörte kaum noch, was gesagt wurde. Seine Einbildung gaukelte ihm die Vision von einem seiner Kutte entledigten, widerlich feisten Bruder Constant vor, der von einem monströsen geflügelten Fisch mit Dolchzähnen verschluckt wurde, welcher aus dem Haus eines Einsiedlerkrebses glitschte. Jeroen ergötzte sich an diesem Bild. Und er malte sich noch weitere schreckliche Dinge aus, die er dem Bruder und Erik Lubbert angedeihen ließ.

Schade, daß meine Schwester nicht wirklich eine Hexe ist, dachte er mit einem Zynismus, der seinem Alter ganz ungemäß war. Sonst hätte sie diese fabelhaften Visionen vielleicht Wirklichkeit werden lassen können...

Die Schule war aus, und johlend schwärmte das Jungvolk in alle Himmelsrichtungen aus, übermütig ob der wiedergewonnenen Freiheit. Die drückende Luft, den fast schon schwarzen, gewitterschwangeren Himmel und den im Westen grollenden Donner nahmen die Jungen kaum wahr.

Jeroen ging wie immer gedankenversunken allein nach Hause. Er hatte schon fast die Hälfte des Wegs zurückgelegt, als die Wolken grellweiß aufleuchteten und ein lauter Donnerschlag die Stadt erzittern ließ. Sogleich begann es zu regnen, in dicken, schnurgerade vom Himmel herabströmenden Strahlen.

Jeroen zog sich seine Gugel über die Ohren und rannte blindlings auf die andere Straßenseite, um sich im leicht vertieften Eingangsbereich eines Wohnhauses unterzustellen. Ein Karren mit Pferdemist ratterte in großer Geschwindigkeit vorüber, das Pferd in scharfem Trab, der mit der Peitsche knallende Lenker zusammengekauert auf dem Bock. Hier und da rannten noch andere schemenhafte Gestalten in panischer Suche nach einem Unterstand durch den Regen.

Mit weit aufgerissenen Augen starrte Jeroen auf das für ihn sichtbare Stückchen Straße, das vom einen auf den anderen Moment etwas Unwirkliches bekommen hatte. Die runden Pflastersteine glänzten vom herabrauschenden Wasser. Nur umrißhaft zu erkennende, dahinhuschende Gestalten nahmen, während sie sich mit irgend etwas, was sie zufällig bei sich hatten, vor dem Regen zu schützen versuchten, eigentümlich unirdische Konturen an. Im Rinnstein bildete sich ein reißender kleiner Strom aus Regenwasser und Straßenschmutz, der weiter hinten, in einem tiefer gelegenen Straßenabschnitt, gurgelnd durch ein Eisengitter unter die Erdoberfläche verschwand.

Es waren die Farben, die die Welt mit einem Mal so verwandelt aussehen ließen. Die hatten sich ganz und gar verändert. Morgens waren sie noch fröhlich und warm gewesen und hatten in den verschiedensten Schattierungen von Rot bis Violett geleuchtet. Und jetzt sah man nur noch Grautöne. Dafür wurden die Gerüche auf der Straße durchdringender.

Jeroen schaute prüfend auf seinen Rockärmel, halb in der Erwartung, daß sich auch dessen Farbe verflüchtigt hätte. Es wunderte ihn beinahe, daß der Stoff immer noch blau war, wenn auch ohne die sonstige Leuchtkraft und mit dunklen Flecken von Wassertropfen.

»In Bewunderung seines eigenen Arms. O wie großartig er sich doch findet!«

Die gellende Stimme ließ Jeroen erschrocken aufblicken. Zwei Gestalten waren am Hauseingang stehengeblieben, beide mehr als einen Kopf größer als er selbst. Sie hatten sich ihre Schultermäntel ums Gesicht und ihre Mützen über die Ohren gezogen, so daß Jeroen sie nicht erkannte. Das Wasser troff von ihren durchnäßten Kleidern, doch das schien sie nicht zu stören.

»Hieronymus van Aken: ein erbärmliches Muttersöhnchen und ein scheinheiliger, eingebildeter Rotzlöffel, der immer alles besser zu wissen glaubt«, sagte einer von ihnen. »Je nachdem, wem er gerade mit seinen dummen Sprüchen kommen kann.«

Von den beiden gespenstischen Gestalten im Regen ging unverkennbar eine Bedrohung aus, und Jeroen wich bis an die Haustür zurück. »Was habe ich euch getan?« Seine Stimme hörte sich hoch und heiser an, als preßte ihm irgendwer die Kehle zu.

»Scheinheilig«, sagte der erste Sprecher. »Hab ich's nicht gesagt? Jeroentje tut nie was Unrechtes. Seine ganze aufgeblasene Familie tut nie was Unrechtes! Und es gibt tatsächlich Leute, die ihnen das auch noch glauben!«

»Erik?« fragte Jeroen. Er meinte die Stimme des anderen zu erkennen, die allerdings durch den Mantel vor dessen Mund verzerrt war. Und auch das Rauschen des Regens und das fortwährende Grollen des Donners trugen nicht gerade zu ihrer Deutlichkeit bei. »Erik Lubbert? Bist du das?«

»Ich bin dein Schicksal... und es spielt keine Rolle, welchen Namen du ihm gibst.« Der hochgewachsene Bursche machte einen raschen Schritt nach vorn, packte Jeroen, ehe dieser reagieren konnte, am Hals und versetzte ihm einen harten Kopfstoß.

Jeroen war, als explodierte Schießpulver in seinem Kopf. Vage nahm er noch wahr, daß er in die Knie ging, doch da versetzte ihm der emporspringende Blaustein der Schwelle den zweiten harten Schlag. Einmal noch blitzte die Welt grellweiß wie durch einen nahen Blitz auf, dann wurde alles schwarz.

Einer der beiden dunklen Schemen bespuckte sein Opfer verächtlich, dann entfernten sie sich, Wassergeistern gleich mit dem grauen Regenvorhang verschmelzend.

»Zwei gehörige Beulen«, sagte der Wundarzt. »Aber sonst fehlt ihm nichts. Diese jungen Burschen sind sehr zäh.« Mit stark nach Zwiebeln riechenden Händen bewegte er Jeroens Kopf alles andere als zartfühlend von der einen zur anderen Seite. »Ich denke, ihm wird wohl ein paar Tage schwindlig sein, und möglicherweise sieht er auch hin und wieder Flekken vor den Augen, doch das geht vorüber. Gebt ihm dreimal täglich starken Johanniskrauttee, das stärkt das Hirn. Er hat Glück gehabt, daß es nicht kalt ist, denn in den nassen Kleidern...«

Jeroen kniff der Flecken wegen die Augen zu. Sie waren klein und rund und tanzten mit kleinen Rucken im Rhythmus seines Herzschlags von links nach rechts durch sein Blickfeld. In seinem Kopf war ein eigenartiger Schmerz, so als wollte sein Gehirn seinen Schädel sprengen. Und in seinen Ohren rauschte es, als hielte er ein Muschelgehäuse dagegen.

Aber er war zu Hause, er lag in seinem eigenen, vertrauten Bettkasten, und das war ein tröstliches Gefühl.

»Wir haben nichts gesehen oder gehört«, sagte der Zimmermann aus der Lagerheidestraat, der Jeroen bewußtlos vor seinem Eingang gefunden hatte. »Es müssen Straßenräuber gewesen sein.«

»Straßenräuber?« fragte Anthonius. »Warum sollten die wohl so ein Kind überfallen? Das hat doch nichts von Wert bei sich!«

»Vielleicht hat er irgendwem gegenüber den Mund zu weit aufgerissen«, äußerte Mechteld. »Diesen frechen Rotzbengeln ist ja alles zuzutrauen.« Sie hustete heftig hinter vorgehaltener Hand. In letzter Zeit hustete sie zunehmend häufiger. Und das oft, gleich nachdem sie etwas Unschönes gesagt hatte, dachte Jeroen, als wollte Gott sie dafür bestrafen.

Abwesend lauschte er dem Gerede um ihn her. Es war gerade so, als redeten sie über einen anderen. Bis Herberta sich über ihn beugte. Er behielt die Augen zu, erkannte sie aber an ihrem Geruch. »Das war dieser Tunichtgut Erik, was?« flüsterte sie an seinem Ohr.

»Laß«, murmelte Jeroen, ohne die Augen zu öffnen. »Wenn du etwas gegen ihn unternimmst, wird es nur noch ärger.« Das Sprechen strengte ihn an. Er wünschte, daß sie alle aus dem Zimmer gehen und ihn in Ruhe lassen würden.

»Der Hundsfott!« zischte Herberta.

»Ich hab ihn nicht erkannt, sein Gesicht war verdeckt.«

»Ach, wer hätte es denn sonst sein sollen!«

»Was mauschelst du da herum?« fragte Mechteld argwöhnisch. »Wovon ist die Rede? Soll ich wieder einmal nichts davon wissen?«

Herberta sagte: »Das erzähl ich dir später. Joen möchte schlafen. Sollten wir ihn jetzt nicht besser allein lassen?«

Keiner antwortete, doch alle verließen das Zimmer. Dankbar vernahm Jeroen, wie sie die Treppe hinunterpolterten. Der letzte schloß unten die Tür der Wohnküche hinter sich, so daß Jeroen von ihren Stimmen nur noch ein vages Murmeln auffing.

Er war in der Tat müde und schläfrig und nickte auch bald ein, ungeachtet des Donners, der immer noch über der Stadt grollte. Er träumte von einem langen Tunnel mit einem märchenhaften weißen Licht am anderen Ende. Vor diesem Licht zeichneten sich nackte schlanke Gestalten ab, die ihm lockend winkten. Er selbst war ebenfalls nackt, schämte sich dessen aber nicht. Nur sehr verletzlich fühlte er sich.

Dann schlug der Traum in einen Alptraum um. Jeroen wurde von halb menschlichen, halb tierhaften Wesen mit Flügeln, überdimensionalen, katzenartigen Schnurrhaaren und langen unbehaarten Schwänzen umringt. Manche hatten große dünnlippige Mäuler mit langen, spitzen Reißzähnen. Ihre Augen waren tief in den Höhlen liegende grelle Lichtpünktchen. Eines der Wesen hatte ein riesiges Messer, mit dem es einem nackten Jüngling, der mit angezogenen Beinen auf dem Rücken lag und schrie, die Gurgel durchschnitt. Knochige grüne Spinnenfinger grapschten nach Jeroen, und er schrie laut auf. Verzweifelt rief er die zarten Gestalten am Ende des Tunnels um Hilfe an. Sie schauten zu ihm herüber, rührten sich aber nicht. Nach und nach verschwanden sie in dem gleißenden Licht und überließen Jeroen seinem Schicksal, den hungrigen Dämonen, die ihn zischelnd und fauchend umkreisten und auf einen schwachen Moment ihres Opfers warteten...

»Jeroen!«

Irgendwer schüttelte Jeroen so heftig, daß es in seinem lädierten Kopf wieder schmerzhaft zu pochen begann. Als er die Augen öffnete, wobei ihn das Licht vor Schmerz eine Grimasse ziehen ließ, sah er, daß es Mechteld war. Einen winzigen Augenblick lang sehnte er sich in den jäh dahingeschwundenen Alptraum zurück.

»Dein Geschrei war bis auf die Straße hinaus zu hören!« sagte Mechteld. »Was sollen denn die Leute denken? Welche Übeltaten hast du angestellt, daß du so böse träumst?«

Jeroen antwortete nicht. Er kniff die Augen zu, weil die tanzenden Flecken wieder da waren. Aber es half nichts, die Flecken blieben, nur die Farbe des Hintergrunds veränderte sich.

»Ich habe Herberta nach Johanniskraut geschickt«, sagte Mechteld. »Das wird wohl wieder einiges kosten, aber wenn der Chirurg es sagt...« Sie zog die rauhe Decke höher, mit der Jeroen zugedeckt war, und stopfte sie mit unbeholfenen Bewegungen um seinen Hals fest. »Versuch, ein wenig ruhiger zu schlafen, ja?«

»Mein Kopf tut so weh«, murmelte Jeroen.

»Ein Wunder, bei dem bißchen, was darin steckt!« Mechteld mußte selbst über ihre Worte grinsen. »Ich muß mich jetzt ums Essen kümmern, ich bringe dir später etwas, wenn alle fertig sind. Falls dann noch etwas übrig ist, bei dieser Horde von Vielfraßen.« Sie grinste noch einmal und schlurfte davon, einen Hustenanfall unterdrückend, bis sie auf der Treppe war.

Jeroen war erleichtert, daß er wieder allein war. Schon bald nickte er abermals ein. Die Träume kamen zurück, doch diesmal waren sie nicht lebensbedrohlich, so daß er ruhig blieb. Mit einer Art distanziertem Interesse sah er sich die makabren Bilder vor seinem geistigen Auge an: höllengleiche pechschwarze, gezackte Ruinen, aus denen hohe rote und gelbe Flammen emporloderten und mit feurigen Klauen nach einem glühenden Himmel langten. Auf fliegenden Fischen sitzende Reiter machten mit eigentümlichen Waffen Jagd auf nicht minder eigentümliche Vögel. Das Feuer spiegelte sich in der glasartigen Oberfläche eines dunklen Gewässers wider, in dem zarte menschliche Wesen schwammen. Und inmitten von alldem watschelte ungelenk und schwerfällig eine außerordentlich fette Mechteld umher. Zumindest sahen ihr Kopf und ihr Oberkörper wie die Mechtelds aus. Von der Taille abwärts hatte sie den Leib einer widerwärtigen, großen grünen Kröte...

»Er schläft, er braucht kein Essen«, sagte Mechteld und goß den Teller Suppe, den sie ihm hatte bringen wollen, dezidiert in den Topf auf dem Herd zurück.

»Diesmal scheint er süße Träume zu haben«, sagte sie zu Anthonius, der mit einem Stück Brot seinen Teller auswischte. »Hat doch tatsächlich vor sich hin gelächelt, der Bengel.«

Es dauerte eine gute Woche, bis Jeroen so weit genesen war, daß er wieder in die Schule konnte. Er fürchtete die Konfrontation mit Erik Lubbert, doch wie sich herausstellte, fehlte dieser schon seit einigen Tagen. Man erzählte sich, daß zwei Schergen des Schultheißen ihn halb totgeschlagen in einem Graben am Bosschen Feld gefunden hätten, kaum einen Bogenschuß vom Hof der Lubberts entfernt.

»Sein Gesicht war zerfetzt, als hätte ein teuflisches Ungeheuer die Klauen hineingeschlagen«, sagte der Junge, von dem Jeroen die Geschichte erfuhr. Hastig bekreuzigte sich der Knabe. »Sogar seine eigene Mutter hat ihn fast nicht wiedererkannt!«

»Wird wohl irgendein Tier gewesen sein«, meinte Anthonius am gleichen Abend. »Eine verwilderte Katze vielleicht, von denen wimmelt es an den Waldrändern, und sie können ziemlich toben, wenn sie sich bedroht fühlen.«

»Das wird ihn lehren, kleine Kinder zu belästigen!« sagte Mechteld, die äußerst verstimmt darüber war, daß ihr die Lubberts nun schon zum zweiten Mal Ärger eingetragen hatten.

Jeroen schaute zu Herberta, die schweigend am Tisch saß. Wie von selbst wanderte sein Blick zu ihren Händen mit den langen spitzen Nägeln, die Erik an eine Hexe gemahnt hatten.

Herberta fing seinen Blick auf und zog spöttisch eine Augenbraue hoch. »Nein, Joentje, ich hab deinen Freund nicht zerkratzt«, sagte sie. »Aber geträumt habe ich schon, ich hätte ihm die Haut von seiner Bauernvisage gerissen. Und da ich ja eine Hexe bin, ist mein Traum vielleicht stark genug gewesen, um –«

»Schweig, du!« herrschte Anthonius sie in für seine Verhältnisse ungewöhnlich scharfem Ton an. »Du hast schon genug Unheil über dieses Haus gebracht mit deinem gotteslästerlichen, frechen Mundwerk!« Erbost wies er zur Treppe. »Hinauf, ich will dich heute nicht mehr sehen!«

Einen Moment lang fürchtete Jeroen, daß Herberta etwas Freches erwidern würde, doch zu seiner Erleichterung senkte sie den Kopf und erhob sich. Ohne jemanden anzusehen, verschwand sie hinauf ins Mädchenzimmer.

Mechteld sagte: »Dieses Luder ist extrem schlecht erzogen, sie stürzt uns noch allesamt ins Verderben!«

»Und du, Frau, bist jetzt auch still! Schluß mit der ewigen Mäkelei!« fuhr Anthonius sie an.

Mechteld starrte ihn einige Wimpernschläge lang mit offenem Mund an, erhob sich dann ruckartig und rauschte beleidigt hinaus.

Ermattet blies Anthonius den Atem aus. Er lehnte sich auf seinem Stuhl am Kopf des Tisches zurück und schloß die Augen. Kaum hörbar seufzte er: »Alles, was ich möchte, ist in Frieden leben und arbeiten. Ist das denn zuviel verlangt?«

»Ach, Vater, das geht schon wieder vorüber«, meinte Goossen obenhin. Er beschmierte sich ein Stück Brot mit Schmalz und schob es in den Mund. Mit vollen Backen kauend, zwinkerte er Jeroen zu, der unglücklich vom einen zum anderen schaute.

»Ja«, räumte Anthonius ein, »jeder Sturm legt sich irgendwann, so heftig es auch wehen mag.« Er sah Jeroen an. »Wie geht es denn deinem Kopf?«

»Gut, Vater«, log Jeroen. Allzu abrupte Bewegungen trugen ihm immer noch hämmernde Kopfschmerzen ein. Beklommen fragte er: »Werden sie … werden sie Herberta jetzt wieder in den Kerker werfen?«

»Nein«, antwortete Anthonius, erneut barsch. »Deine Schwester hat nichts mit diesem Unfall von Erik Lubbert zu tun. Und jetzt will ich nichts mehr davon hören, verstanden? Kein Wort!«

Doch Jeroen hegte weiterhin Zweifel, selbst dann noch, als die Schergen drei Tage später zwei Strauchdiebe beim Schlafittchen packten, von denen einer im Besitz des silbernen Amuletts von Erik Lubbert war. Er legte seine Zweifel erst ab, als Herberta ihm kurz darauf ein Ultimatum stellte: Entweder er verbannte den unerfreulichen Vorfall restlos und ein für allemal aus seinen Gedanken, oder sie würde ihn nicht in die Malkunst einweisen. Und das wollte er nun wahrlich nicht in Kauf nehmen.

5

»Mein Name ist Anthonius van Aken, *Meister* Anthonius van Aken.« Jeroens Vater legte übertriebenen Nachdruck auf das Wort »Meister«, doch beim Torwächter schien es wenig Eindruck zu machen. Er lief mißtrauisch um den Karren herum, trat gegen das rechte Rad, als wollte er dessen Festigkeit prüfen, und hob die Plane an einer Ecke hoch, unter der jedoch lediglich ein paar Utensilien für die Reise und Proviant lagen. Danach faßte er Jeroen ins Auge, der beunruhigt auf dem Bock wartete. »Und wer ist dieser Knabe?«

»Das ist mein Sohn Hieronymus«, antwortete Anthonius. »Malerlehrling. Wir kommen eigens aus 's-Hertogenbosch, um das Lamm Gottes in der Sint-Jan-Kirche zu studieren.«

Er hatte einen Freibrief vom Bischof von Gent bei sich, doch ihm stand nicht der Sinn danach, diesen dem Torwächter zu zeigen, zumal er sich ziemlich sicher war, daß der Mann nicht lesen konnte.

»Aus *Bois-le-Duc*? Fürwahr eine beträchtliche Reise!«

»Das kann man wohl sagen, wir sind schon zwei lange Tage unterwegs und hundemüde. Könnt Ihr uns eine anständige Herberge empfehlen?«

»In der Stadt ist nirgendwo mehr Platz, von nah und fern

sind Reisende herbeigeströmt, um Karl den Kühnen Einzug halten zu sehen und ihm die Ehre zu erweisen.«

»Karl der Kühne kommt nach Gent?« fragte Anthonius verwundert. »Davon war mir nichts bekannt.«

»Ihr müßt in der Tat von *sehr* weit her kommen«, meinte der Wächter. Er grinste kurz seinem Kumpan zu, der, gelangweilt auf seine Hellebarde gestützt, zusah. »Ihr habt keine anderen Waffen als diesen Dolch, *Meister*?« Auch er legte übertriebenen Nachdruck auf das Wort.

»Nein, wie Ihr ohne Frage sehen könnt, bin ich Maler und kein Wegelagerer.«

»Wie lange gedenkt Ihr in Gent zu bleiben?«

»Nicht mehr als vier oder fünf Tage.«

»Wohl denn, Ihr dürft weiterfahren. Aber stellt Euch darauf ein, daß weder für Mensch noch Pferd ein Unterkommen zu finden sein wird.«

»Wir werden uns schon zu helfen wissen«, sagte Anthonius gelassen. Er stieg wieder auf den Bock seines Karrens und nahm Jeroen die Zügel ab.

Der Torwächter hörte schon nicht mehr zu, sondern ging zu dem nächsten Wagen, der auf dem Kopfsteinpflaster herangeholpert kam. Sein Kumpan machte mit seiner Hellebarde eine mürrische Gebärde zum geöffneten Stadttor hin.

»Prätentiöses Völkchen, hier in Gent«, murmelte Anthonius. »Man hatte mich schon gewarnt. Und jetzt das noch: Karl der Kühne! Was will der hier? Braucht er Geld für den ich weiß nicht wievielten Krieg, oder will er die Städter noch weiter in ihren Rechten beschränken? Sonderlich begeistert werden die ihn hier nicht empfangen.«

»Uns auch nicht«, bemerkte Jeroen. Neugierig schaute er

sich um. Die vielen unbekannten Häuser und Straßen fesselten ihn ungemein. Auch die Menschen waren anders als zu Hause. Das lag nicht nur an ihrer farbenfrohen Kleidung, nein, auch ihre Haltung und die Art, wie sie sich bewegten, schienen anders zu sein, irgendwie ... *prätentiös.* In Gedanken übernahm Jeroen diesen Ausdruck von seinem Vater.

Viel geschäftig tuendes Volk war auf den Beinen, als lege sich ein jeder hart ins Zeug, um für den Einzug des Herzogs von Burgund trotz allem ein Freudenfest vorzubereiten. Bunte Fahnen und Wimpel flatterten über Hauseingängen, an Fenstern und auf Dächern. Die Schulen hatten offenbar zugemacht, denn überall spielten Kinder verschiedensten Alters. Man sah freilich auch Grüppchen finster dreinblikkender Menschen herumstehen, welche die Reisenden argwöhnisch beäugten.

Anthonius' Laune verschlechterte sich zusehends. Mit bitterem Unterton sagte er: »Es heißt, Karl der Kühne plane, Lüttich anzugreifen. Da wird er wohl wieder seine Werber ausschicken. Ich würde mich an deiner Stelle möglichst unauffällig verhalten.«

»Ich bin noch keine sechzehn, Vater. Und sehe ich etwa wie einer aus, mit dem man einen Krieg gewinnen kann? Bei Gott, ich wüßte nicht einmal, wie man ein Schwert hält.«

»Deine Selbstironie ehrt dich zwar, Jeroen, doch unser Herrscher scheut sich nicht, junge Knaben wie dich in den Kampf zu treiben. Notfalls auch ohne Schwert, und sei es nur, um die Pfeile des Feindes abzufangen.«

»Schon gut, Vater, ich werde mich im Hintergrund halten.«

»Das erscheint mir ratsam.«

Sie fuhren an der imposanten Wasserburg Gravensteen vorüber, auf deren hohem Donjon ebenfalls an allen vier Ecken Fahnen flatterten. Im breiten Burggraben, der sein Wasser aus Leie und Lieve bezog, schwammen schwarze Schwäne mit knallroten Schnäbeln. Die majestätischen Vögel scherten sich nicht um die Lachmöwen, die über ihren stolz erhobenen Köpfen kreisten, mochte deren dreistes Kreischen auch noch so laut von den trutzigen Burgmauern widerhallen.

Hier waren die Straßen weniger belebt, und Anthonius entspannte sich ein wenig. »Es war vielleicht keine so gute Idee, ausgerechnet jetzt hierherzukommen«, sagte er. »Die ganze Farbenfreude ist nicht echt, in dieser Stadt gärt irgend etwas.«

Jeroen nickte. »Hier gärt es fortwährend, hab ich gelernt. Die Genter Bürger sind schon von jeher der Meinung gewesen, daß ihnen größere Privilegien zustehen als anderen Menschen. Und warum? Etwa weil sie zufällig in der größten Stadt nördlich von Paris wohnen?«

»Es gibt gewisse Sonderrechte, Joen. Und wenn daran gerüttelt wird, empfinden die Menschen das als Ungerechtigkeit und beginnen zu murren.«

»Herberta sagt, daß Karl der Kühne ein größenwahnsinniges Subjekt ist, das –«

»Scht!« machte Anthonius hastig. Obwohl niemand sie hören konnte, schaute er rasch über seine Schulter. »Solche Sprüche behältst du besser für dich. Wie kommt Herberta nur dazu, dich mit solchen respektlosen Gedanken zu verwirren. Ich hätte sie für klüger gehalten.« Er schüttelte den

Kopf. »Sie wird es wohl nie lernen. Ich verstehe einfach nicht, was sie so rebellisch gemacht hat.«

»Onkel Thomas meint, daß sie das von Großmutter Katelinen hat. Die hatte auch immer ein kühnes Wort parat, sagt er.«

»Unfug!« entgegnete Anthonius leicht verärgert. »Meine Mutter war eine ernste und gottesfürchtige Frau, die nie und nimmer vom rechten Pfad abgewichen ist. Thomas sollte sich lieber selbst dreimal auf die Zunge beißen, bevor er solche wilden Gerüchte in die Welt setzt. Und, Joen...«, Anthonius zögerte, als finde er nicht so schnell die richtigen Worte, »...du solltest dich lieber nicht so viel mit deiner Schwester befassen. Nachher fangen die Leute noch an zu reden.«

Jeroen sah seinen Vater verdutzt von der Seite an. »Reden? Worüber denn?«

»Ich glaube, du dürftest langsam, aber sicher alt und verständig genug sein, um zu begreifen, was ich meine.«

»Nein, Vater, aber möchtest du es mir nicht erklären?«

Anthonius seufzte. »Dann habe ich mich wohl getäuscht, dann bist du doch noch nicht verständig genug. Wenn du dafür eine Erklärung benötigst, würdest du sie ohnehin nicht begreifen.«

»Das klingt rätselhaft.«

»Ja«, räumte Anthonius ein, »so ist das Leben bisweilen, rätselhaft.« Er zeigte auf einen erst teilweise vollendeten Kirchturm, der mit seinem Gerüst über den Hausdächern emporragte. »Das muß der Westturm der Sint-Jan-Kirche sein. Bei weitem nicht so beeindruckend wie unsere Sint Jans, aber wir wollen uns einmal damit begnügen.«

»Ja...«, sagte Jeroen abwesend, mit den Gedanken noch bei dem, was sein Vater gerade über ihn und Herberta gesagt hatte. Er verstand es noch immer nicht. Und es war ihm auch einerlei, entschied er und strich das Ganze aus seinem Bewußtsein. Fürs erste jedenfalls.

Der Torwächter war zu pessimistisch gewesen. Sie kamen im Pfarrhaus unter, und für ihr Pferd war noch ein Fleckchen in den angrenzenden Stallungen frei.

Später am Abend fanden sie an der Schelde, ganz in der Nähe der Burg Geraard de Duivelsteen, ein noch nicht übervolles Wirtshaus, in dem sie in relativer Ruhe einen Becher Wein trinken konnten.

»Du schienst mir nicht so sehr beeindruckt von der Anbetung des Lammes Gottes, oder?« fragte Anthonius, als sie nebeneinander an einem blankgescheuerten schweren Holztisch saßen.

»Zwölf Tafeln, das ist ziemlich viel Eiche«, erwiderte Jeroen ausweichend. »Und auch eine Menge Grundierung und Farbe.«

»Joen!«

»Ich weiß nicht.« Jeroen dachte nach, die Augen auf eine junge Dirne gerichtet, die mit weit schwingenden weißen Röcken Bier und Wein austeilte. Sie trug ein modisches, rechteckiges Dekolleté, das ihre gut entwickelten, cremeweißen Brüste zur Hälfte unbedeckt ließ. »Die mittlere Tafel mit dem Lamm Gottes, das von all den Menschen, den Aposteln, Märtyrern, Propheten und den Engeln, angebetet wird... die ist natürlich sehr schön, aber...«

»Du kritisierst zwei Meister allerhöchsten Ranges«, sagte

Anthonius mit leichtem Vorwurf in der Stimme. »Vor allem Jan van Eyck, der die Arbeit allein fertigstellen mußte.«

»Arbeit«, sagte Jeroen. »*Das* ist es, es ist eine Arbeit, ein Auftragswerk, das ausgeführt zu werden hatte. Es fehlt ihm ...« Er zögerte, wurde sich plötzlich bewußt, daß er überaus anmaßend daherredete.

Anthonius zog spöttisch die Stirn kraus. »Na, was fehlt ihm denn, mein hochbegabter Sohn?«

»Ich weiß es nicht«, antwortete Jeroen, den reute, daß er überhaupt davon angefangen hatte. Doch er wußte es sehr wohl. Die Arbeit ließ Vorstellungskraft vermissen. Auch fehlte trotz der hehren Thematik eine spirituelle Dimension. Das Ganze war zu routiniert, es zeigte nur die Oberfläche, das war zuviel Handwerk und zuwenig ... »Es versetzt dich nicht ins Träumen«, sagte er laut.

Anthonius machte ein erstauntes Gesicht. »Seit wann muß ein Gemälde Träume wecken?«

»Ach, ich weiß es nicht, Vater. Vielleicht sind meine Kenntnisse noch zu begrenzt. Wer bin ich schon, daß ich ein Urteil über das Werk solch großer Meister abgeben könnte?«

»Genau«, sagte Anthonius, der nicht sah, daß Jeroens Demut zu einem großen Teil gespielt war. »Solange du dir dessen bewußt bist, ist Hopfen und Malz noch nicht verloren.« Er grinste und klopfte Jeroen aufmunternd auf den Arm. »Wein oder Bier?« Er winkte dem Mädchen mit den weiten Röcken.

»Wein«, antwortete Jeroen, während er die Dirne mit distanziertem Interesse betrachtete. Er sah sehr wohl, daß sie nach ihm äugelte, doch das tangierte ihn nicht. Sie mußte etwa so alt sein wie Herberta, war aber völlig anders. Ihre betonte Frivolität stieß ihn eher ab, als daß sie ihn reizte. Sie war nicht echt, stellte er fest, ohne zu wissen, warum er das dachte. Von außen war sie anders als von innen.

»Hübsche Maid«, sagte Anthonius, der die Blicke seines Sohnes mißverstand. »Aber es ist ratsam, dich von solchen losen Dirnen fernzuhalten.«

»Sie ist nicht lose«, sagte Jeroen. »Sie tut nur so, weil sie uns damit gefallen möchte.«

»Nein so etwas, welch weise Einsicht, Joen!« Anthonius sah seinen Sohn mit einer Mischung aus Spott und Erstaunen an. »Und woher diese Frauenkenntnis, wenn ich fragen darf?«

Jeroen errötete. »Ich... äh... das *spüre* ich einfach.«

»So, so, du spürst das, das ist ja höchst interessant«, sagte Anthonius immer noch spöttisch. »Wenngleich ich mich des Eindrucks nicht erwehren kann, daß deine Schwester dir derlei Bemerkungen eingeflüstert hat. Schaust du dich denn überhaupt nach anderen Dirnen um? Du wirst bald sechzehn, ein *klein* wenig Interesse wäre nicht abwegig.«

»Ich finde sie alle so...«, Jeroen zog ein mißfälliges Gesicht, »... so kindlich.«

Sein Vater schwieg einen Moment, weil das Mädchen mit ihren Bechern kam. Sie warf Jeroen einen forschenden Blick zu, ehe sie sich schwungvoll umdrehte und mit übertriebenem Hüftwiegen entfernte. Dann sagte Anthonius unmutig: »Das mußte ja so kommen. Deine Schwester ist beinahe einundzwanzig, eine erwachsene Frau. Du läßt dich vollkommen von ihr beeinflussen! Was macht euch nur so unzertrennlich? Das ist ja schon fast...« *Krankhaft,* hatte

Anthonius sagen wollen, doch er zögerte, dieses Wort zu gebrauchen. Es war vielleicht übertrieben. Und er wollte keine Entfremdung zwischen sich und Jeroen aufkommen lassen. Aber es wurde höchste Zeit, daß Herberta einen Mann fand und aus dem Haus ging.

In verteidigendem Ton sagte Jeroen: »Herberta kann ungeheuer gut malen, Vater, das weißt du doch auch. Sie bringt mir die Kunst bei, auch das Allerkleinste zu beseelen.«

»Ja, das ist wahr«, räumte Anthonius widerstrebend ein. »Herberta hat viel Talent, wenngleich man das kaum laut sagen darf, schon gar nicht außer Haus.« Er nahm einen kräftigen Schluck von seinem Wein. »Wenn sie ein Mann wäre...«

»Würde sie bestimmt ein berühmter van Aken werden«, ergänzte Jeroen. Er kostete von seinem Wein. Zu herb, fand er. Lieblicher Wein war eher nach seinem Geschmack. Kinderwein, wie sein Bruder Goossen es nannte.

»Ich setze meine ganze Hoffnung auf dich«, sagte Anthonius. »Goos ist ein guter Fachmann, und Jan entwickelt sich auch in diese Richtung, aber beiden fehlt die heilige Inbrunst, die den wahren Künstler auszeichnet. Bei dir glaube ich manchmal Anzeichen für diese Inbrunst zu erkennen, Joen.«

»Herberta sagt...« Daß ich mehr Talent in einem Finger habe als der ganze Rest der Familie zusammengenommen, hatte er sagen wollen. Doch als er sah, wie sein Vater das Gesicht verzog, verstummte er.

»Du kannst wahrhaftig keine fünf Worte sagen, ohne dabei zweimal den Namen deiner Schwester zu erwähnen. Du solltest dir schleunigst abgewöhnen, fortwährend an ihrem

Rockzipfel zu hängen. Hat sie dir denn nicht bald alles beigebracht, was sie weiß?«

Aber es ging nicht allein um Kenntnisse und Fertigkeiten im Malen. Jeroen wußte, daß Herberta ihm auch die dringend benötigte Wärme gab, die er sonst nach dem Tod ihrer Mutter hätte entbehren müssen. Vielleicht war das sogar wichtiger als alles andere. Doch das wagte er nicht auszusprechen. Ein Mann sagte so etwas nicht, und sein Vater würde es auch ganz gewiß nicht verstehen. Oder nicht verstehen wollen. Jeroen hatte schon vor langer Zeit gelernt, daß man nicht offen über Dinge wie Liebe und Wärme sprach. Angst und Gewalt waren ein unverfänglicheres Thema, dabei war niemandem unbehaglich.

»Ich werde fortan auf meine Worte achten«, gelobte er.

Aber sein Vater hörte gar nicht zu. Er ließ den Becher, den er gerade an die Lippen hatte setzen wollen, wieder sinken und horchte alarmiert auf Hufgetrappel draußen auf der Straße. Wenige Augenblicke später flog die Wirtshaustür mit lautem Schlag auf. Herein marschierten drei martialische Lanzenreiter einer Bande, gefolgt von einem Hauptmann. Einer der Männer warf die Tür hinter ihnen zu und lehnte sich demonstrativ mit dem Rücken dagegen. Der Hauptmann im blitzenden Küraß stemmte herausfordernd die Hände in die Seite und ließ den Blick prüfend durch die Gaststube schweifen. Die Gespräche verstummten; ein jeder schaute verstört und beunruhigt auf die Neuankömmlinge.

»Werber!« zischte Anthonius Jeroen zu, der sich halb erhoben hatte, als wollte er davonlaufen, und sich nun langsam wieder setzte, den Blick ängstlich auf den Hauptmann geheftet.

Letzterer wies mit behandschuhter Linker auf den Wirt an seinem Schanktisch. »Du da, du sollst, wie verlautet, zwei Söhne in wehrbarem Alter haben. Wo sind sie?«

»Sie sind nicht zu Hause, Herr«, antwortete der Angesprochene. Instinktiv versuchte er mit dem Rücken die Tür hinter dem Schanktisch zu verdecken.

»Ach, sie sind nicht zu Hause! Sind sie etwa zu feige, zum Ruhme des burgundischen Reiches in den Kampf zu ziehen?«

»Mit Verlaub, Herr, der eine hat an der Rechten nur zwei Finger, und der andere –«

»Faule Ausreden!« blaffte der Hauptmann. »Die hör ich tagaus, tagein! Wenn du so ungern auf deine Söhne verzichtest, warum hast du sie nicht freigekauft? Zehn Pfund für beide, und du hättest deiner Bürgerpflicht Genüge getan.«

»Ich bin nur ein mittelloser Wirt, Herr. Ich kann keine zehn Pfund erübrigen, ja nicht einmal fünf.«

In dem Moment flog die Wirtshaustür ein zweites Mal auf, und zwei weitere Lanzenreiter schleiften einen sich heftig sträubenden Knaben herein. »Er versuchte durch die Hintertür zu entwischen, Hauptmann«, erklärte einer der Soldaten. »Vom zweiten keine Spur.«

»Den finden wir schon auch noch«, erwiderte der Hauptmann selbstgewiß. »Und dann können wir aus beiden zusammen vielleicht *einen* Brauchbaren machen.« Er grinste, doch das ohne Humor. »Bringt ihn fort!« Den bestürzten Wirt ignorierend, ließ er den Blick zu Jeroen wandern. »Du da, der schwarze Schafskopf da, steh auf!« Und als Jeroen nicht sofort reagierte: »Aufstehen, sag ich dir! Los, auf die Hinterbeine!«

»Mein Sohn ist gerade erst vierzehn geworden, Herr«, log Anthonius, der sich mit Jeroen zusammen erhob. »Er hat noch keinerlei Verstand von Kriegshandwerk und Waffen, und außerdem ist er ein schwaches Kind, wie Ihr zweifellos selbst feststellen könnt.«

Der Hauptmann musterte Anthonius' Kleidung von oben bis unten. Etwas höflicher als zuvor sagte er: »Ein Malermeister, wenn mich meine Augen nicht trügen. Und Euer Sohn ist Euer Lehrling, nehme ich an?«

»So ist es, Hauptmann.«

»Hm, fürwahr nicht gerade eine Erscheinung, die dazu angetan ist, den Feind in Angst und Schrecken zu versetzen, muß ich zugeben. Obgleich er einen frechen Blick hat.« Der Hauptmann kam zu ihrem Tisch und stellte sich dicht vor Jeroen. »Aber vielleicht hat er ja die schnellen Beine eines Kuriers zu Felde?«

»Er ist einmal halb totgeschlagen worden, weil er außerstande war, um sein Leben zu rennen, Hauptmann.«

»So wie Ihr sprecht, seid Ihr nicht aus dieser Stadt, hab ich recht?«

»Wir kommen aus 's-Hertogenbosch, Hauptmann.«

»Wirklich? Aus dem fernen *Bois-le-Duc*? Das ist weiß Gott eine lange Reise. Und was hat Euch von so weit hierhergeführt?«

»Wir sind auf Einladung des Bischofs hier, um Studien von der Anbetung des Lammes Gottes in der Sint-Jan-Kirche zu machen und...« Anthonius zögerte einige Atemzüge lang, ehe er hinzufügte: »...und um Karl dem Kühnen bei seinem Einzug zuzujubeln.«

»Das grenzt ja schon an ein Wunder, daß die Nachricht

vom Einzug des Herzogs so rasch bis so weit in den Norden gedrungen ist«, bemerkte der Hauptmann süffisant. Er musterte Jeroen erneut. »Vierzehn, hm?«

»Gerade geworden, Hauptmann«, antwortete Anthonius.

»Hat der Junge selbst keine Zunge?«

Jeroen sagte: »Ich schweige aus Höflichkeit, Herr Hauptmann.«

Der Hauptmann stieß ein skeptisches Hohnlachen aus. »Im Heer hat man einen Namen für einen Hasenfuß wie dich«, sagte er. »Doch aus Respekt vor deinem Vater will ich den lieber für mich behalten.« Ruckartig drehte er sich auf dem Absatz um und marschierte zur Tür. Ohne ein weiteres Wort verschwanden er und seine Lanciers nach draußen.

In der Gaststube erhob sich aufgeregtes Stimmengewirr. Die Frau des Wirts kam aus der Tür hinter dem Schanktisch und warf sich jammernd ihrem Mann in die Arme.

Anthonius zollte ihr keine Beachtung. »Bei Gott, das ist gerade noch einmal gutgegangen!« sagte er zu Jeroen. »Es fehlte nicht viel, und du wärst dem verdammten Heer Karls des Raubgierigen einverleibt worden!« Er schnappte seinen Becher vom Tisch und leerte ihn in einem Zug.

Jeroen sank auf die Bank nieder und starrte mit leerem Blick vor sich hin. Tonlos sagte er: »Da kann ich ja froh sein, daß ich ein Hasenfuß bin.«

Sein Vater sah ihn einige Augenblicke lang an und brach dann in ein befreites Lachen aus. »Ich schweige aus Höflichkeit, Herr Hauptmann!« ahmte er Jeroens schüchternes Stimmchen nach. »Du bist mir einer!« Er hob den leeren

Becher. »Wollen wir noch einen auf den glücklichen Ausgang trinken? Nun ja, für uns zumindest.« Sein Blick glitt zu den Wirtsleuten, und er wurde gleich wieder ernst. »Diese verdammten Kriege«, knurrte er. »Als gäbe es nicht ohnehin schon genug Elend auf der Welt.«

Jeroen schlief schlecht auf dem harten Fußboden des Pfarrhauses. Es gab nur einen schmalen Bettkasten, und in dem lag sein Vater. Das Morgengrauen kündete sich bereits an, als er endlich einnickte, und noch ehe sein erster Traum begann, wurde er von Tumult draußen auf der Straße wieder geweckt. Rufe und Geschrei waren zu hören und das Klirren von zerbrechendem Glas. Daran anschließend vernahm er sich eilig entfernende Schritte und noch mehr Geschrei.

Anthonius schnarchte noch vor sich hin, doch ein krachender Schuß aus einem Vorderlader ließ auch ihn schließlich aus dem Schlaf hochfahren. Der Lärm schien vom nahe gelegenen Kornmarkt zu kommen. Anthonius setzte sich sogleich auf und sah Jeroen beunruhigt an. »Was, zum Teufel, geht da draußen vor?«

»Hört sich an wie Krieg«, antwortete Jeroen, der dieses Phänomen lediglich aus den Schauergeschichten anderer kannte. Sein Gesicht verriet, daß er jetzt wirklich Angst hatte.

»Nicht doch...« Anthonius glitt aus seinem Bett und trat an das kleine Fenster des Raums. Es war von außen mit Fensterläden verschlossen, und er versuchte durch einen Spalt zu spähen. »Lauter Bürger, vor allem junge Leute. Einige haben Waffen, und alle rennen in ein und dieselbe Richtung.« Er wandte sich vom Fenster ab und ging dezidiert auf das Häuflein Kleider zu, das auf einem Stuhl lag. »Könnte ein Aufstand gegen Karl den Kühnen sein. Wir sollten lieber machen, daß wir aus der Stadt kommen, bevor hier endgültig die Hölle losbricht. Rasch, beeil dich!«

Lautlos war der Diakon in der Türöffnung erschienen. »Die Genter wollen nicht länger hinnehmen, daß der Hof sie mehr und mehr in ihren Freiheiten und Privilegien beschneidet«, sagte er. »Ich fürchte, jetzt haben sie das Meutern angefangen.«

Anthonius nickte grimmig. »Wir haben gestern abend mit einem der Söldnerhaufen Bekanntschaft gemacht.«

Der Diakon nickte seinerseits. »Gent wird nicht nur seines Wohlstands beraubt, sondern auch seiner besten jungen Männer. Kein Wunder, daß Karl der Kühne und sein Gefolge statt mit Jubel mit einer Meuterei empfangen werden. Dumm von ihm, jetzt hierherzukommen.«

Anthonius sagte: »Und das gilt auch für uns, meint Ihr gewiß. Trifft es zu, daß er Krieg gegen Lüttich führen will?«

»So sagt man«, antwortete der Diakon verdrießlich. »Soll ich den Knecht Euer Pferd anspannen lassen, Meister?«

»Gibt es eine Route, über die wir sicher aus der Stadt gelangen können?«

»Ich kann Euch nur den kürzesten Weg weisen. Daß der unter den gegebenen Umständen auch sicher ist, kann ich nicht garantieren. Selbstverständlich könnt Ihr auch bis auf weiteres hier Unterschlupf finden.«

»Nein«, sagte Anthonius. »Was, wenn es zu einer Belagerung kommt? Ich möchte lieber nach Hause.«

»Wie Ihr wünscht, Meister van Aken«, sagte der Diakon.

»Es tut mir leid, daß Ihr Eure Studien vorzeitig abbrechen müßt und sie nicht unter günstigeren Umständen stattfinden konnten.« Mit diesen Worten entfernte er sich so lautlos, wie er gekommen war.

Draußen schwoll der Tumult ein ums andere Mal an und wieder ab.

»Wir brechen am besten gleich auf«, meinte Anthonius. »Der Aufruhr wird sich im Laufe des Tages eher noch zuspitzen.«

Jeroen kämpfte mit der Schnürung seines Rocks. »Würden sie uns denn etwas zuleide tun? Wir haben doch mit alledem gar nichts zu tun!«

»Wir sind Fremde hier, und das genügt bisweilen schon, um den Zorn auf sich zu ziehen.«

»Aber das ist doch unsinnig!«

»Die Menschen sind nun einmal töricht, Joen. Vor allem, wenn sie in großer Zahl auftreten. Bist du fertig?«

»Ich habe Hunger.«

»Wir haben noch Brot und Trockenfleisch. Das können wir essen, sobald wir aus der Stadt heraus sind.« Anthonius schnürte seinen Ranzen. »Bloß weg hier«, sagte er. »Und möge Gott uns beistehen.«

Die Route, die der Diakon ihnen empfohlen hatte, führte zur Dampoort im Osten der Stadt. Bis zum Steendam ging alles gut. Sie wurden von niemandem behelligt, und Anthonius begann schon aufzuatmen. Doch dann stießen sie auf ein Dutzend Kürassiere, die den Weg zum Tor versperrten.

Anthonius zügelte das Pferd und suchte beunruhigt nach einer Seitengasse, in die sie verschwinden konnten. Dafür war es jedoch schon zu spät. Der Hauptmann der Kürassiere, der mit gezücktem Schwert umherlief, hob gebieterisch die Hand und bellte zweien seiner Männer etwas zu. Sofort schnellten sie herbei und ergriffen das Pferd beim Zaum, so daß es weder vor noch zurück konnte.

»Herunter vom Bock!« blaffte der Hauptmann Anthonius und Jeroen an. Der Mann wirkte nervös und war mit seiner Aufmerksamkeit in erster Linie bei dem lärmenden Pöbel, der sich in der näheren Umgebung aufhielt. »Welch wichtiges Ziel habt denn Ihr, daß Ihr der aufständischen Rotte so einfach die Stirn bietet?«

»Wir wollen nur heimwärts, Hauptmann«, antwortete Anthonius, während er gehorsam vom Bock stieg. »Wir kommen von 's-Hertogenbosch her, wißt Ihr, und –«

»Was hast du dann hier in Gent verloren? Wolltest wohl spionieren, wie? Wohl gar für diesen Lumpen Adolf van Berg von Gelderland, der nicht mal davor zurückschreckt, den eigenen Vater zu verraten!«

»Mit Verlaub, Hauptmann, 's-Hertogenbosch hat, wie Ihr zweifellos wissen werdet, nichts mit Gelderland zu tun, auch wenn es ebenfalls nördlich von hier liegt.«

»Ach, nein? Wie kommt es denn dann, daß du sofort weißt, wovon ich spreche?«

Vorsichtig antwortete Anthonius: »In meiner Eigenschaft als Malermeister habe ich regelmäßig Kontakt mit geistlichen Prälaten und anderen Würdenträgern, und da hört man schon das eine oder andere, Hauptmann.«

»Malermeister, wie? Das soll wohl auch der seltsame Aufzug beweisen, nehm ich an. Und was hattest du in Gent zu suchen? Ausgerechnet jetzt?«

»Ich kann Euch ein Schreiben vom Bischof von Gent vorweisen, Hauptmann, eine Einladung, in der –«

Das Knallen eines Vorderladers ließ Anthonius erschrokken den Kopf einziehen. Einer von den Soldaten, die das Pferd festhielten, stieß einen Schmerzensschrei aus, faßte sich an die blutende Wunde in seinem Hals und sank in grotesker Verrenkung zu Boden. Das Pferd schnaubte und trat so wild mit den Vorderbeinen, daß auch der andere Kürassier loslassen mußte. Der Hauptmann bellte einen Befehl, und die anderen Soldaten rannten mit vorgestreckten Lanzen auf das Häuflein Aufständischer zu, aus dem sich der Schuß gelöst hatte. Diese stoben zwar wie verschreckte Hühner auseinander, liefen aber nur ein kurzes Stück davon, um dann die Gruppe der Soldaten zu umzingeln und einzukesseln. Der Mann mit der Büchse hatte derweil nachgeladen und legte erneut an. Diesmal zielte er auf den Hauptmann.

Jeroen zerrte an den Zügeln, um zu verhindern, daß das verängstigte Pferd durchging. Doch das veranlaßte das Tier erst recht, sich aufzubäumen, und seine Hinterhufe schlugen so hart gegen die Vorderseite des Bocks, daß das Holz bedenklich krachte und die Splitter umherflogen. Vor Schreck ließ Jeroen die Zügel los. Das Pferd faßte dies als Zeichen auf, sich in Bewegung zu setzen. Jeroen kippte hintenüber und fiel beinahe vom Wagen. Doch derweil war Anthonius zur Besinnung gekommen. Er machte einen Riesensatz, bekam mit mehr Glück als Verstand einen Zipfel vom Wagen zu fassen und hangelte sich auf den Bock hinauf. Gerade als er sich zu den Zügeln hinunterbeugte, ging der Vorderlader ein zweites Mal los. Das Pferd tat einen wilden Sprung zur Seite, fort von dem Lärm, und einen Moment lang balancierte der Karren in bedrohlicher Schieflage auf dem linken Rad. Sein gesamter Inhalt landete auf dem Straßenpflaster, ehe er mit einem Krachen wieder auf beide Räder zurückfiel. »Hüüü!« brüllte Anthonius und drosch mit den Zügeln auf den Rücken des Pferdes ein. In höllischer Fahrt raste das Gespann mit dem holpernden, springenden und schleudernden Karren auf die Dampoort zu. Die Torwächter hatten gar keine Gelegenheit zu reagieren. Ehe sie überhaupt etwas erfassen konnten, war der Karren mit Anthonius und Jeroen schon außer Reichweite.

Anthonius ließ das Pferd weiterjagen, bis sie die Stadtmauern weit hinter sich gelassen hatten. Alle naslang schaute er über seine Schulter zurück, als fürchte er, daß sie verfolgt wurden. Aber die Wächter und die Soldaten hatten offenbar andere Sorgen.

Am Ende ihrer halsbrecherischen Fahrt atmete Jeroen erleichtert auf. »Ich hatte wirklich Todesängste«, bekannte er. Er starrte auf den Rücken des Pferdes, das nach dem panischen Gerenne dampfte vor Schweiß.

Anthonius klopfte Jeroen aufmunternd auf den Schenkel. »Angst zu haben ist keine Schande, Joen, was andere auch behaupten mögen. Wer keine Angst kennt, lebt in der Regel nicht lange.«

Nach wie vor abwesend vor sich hin starrend, sagte Jeroen: »Dieser Hauptmann hatte zwei Gesichter, er hatte ein... ein Schattengesicht, und das war teuflisch. Ganz kurz dachte ich... ganz kurz glaubte ich, ich sei in der Hölle...«

Anthonius sah Jeroen einige Wimpernschläge lang aufmerksam an, ehe er den Blick wieder nach vorn wandte und sagte: »Aus der Hölle gibt es kein Entkommen, Joen.« Obwohl auch das Leben auf Erden in mancherlei Hinsicht eine Hölle sein kann, aus der man nicht entkommt, dachte er. Doch das sprach er seinem Sohn gegenüber lieber nicht laut aus. Dem machten seine eigenen schwarzgalligen Gedanken schon schwer genug zu schaffen.

»Unser Essen ist fort«, sagte Jeroen. Er schaute hinter sich in den Karren. »*Alles* ist fort«, stellte er fest.

»Ich habe noch etwas Geld«, entgegnete Anthonius. »Das wird schon. Wir dürfen Gott danken, daß wir unsere Haut gerettet haben.« Er schüttelte den Kopf. »Wir wären besser zu Hause geblieben, *viel* besser!«

Jeroen zeigte in südliche Richtung. »Ein Troß!«

»Das werden sie sein«, sagte Anthonius, als er die lange Kolonne von Wagen und Reitern erblickte, die sich zügig auf die Südtore der Stadt zubewegte. Allen voran fuhr ein großer Wagen, der von Reitern mit farbenfrohen Bannern eingerahmt wurde. Das Metall ihrer Rüstungen blinkte in der Sonne. »Karl der Kühne und Isabella von Bourbon. Die ahnen gewiß noch nicht, welch warmer Empfang sie erwartet.«

Er wurde sich bewußt, daß er ihnen grollte. Weil sie schuld daran waren, daß er seine Arbeit nicht gebührend hatte machen können. Dieser Gedanke war derart selbstsüchtig, daß er selbst darüber erschrak.

6

Der Mai ist der schönste Monat des ganzen Jahres«, fand Herberta. »Obwohl du im Mai geboren bist.« Sie grinste kurz. »Diese milde Luft, dieser klare Himmel, all das frische, junge Grün, die duftende Erde…«

»Und noch nicht allzu viele von diesen gemeinen Stechviechern«, sagte Jeroen nüchtern. »Ist es hier recht?«

Als Herberta abwesend nickte, breitete er die mitgebrachte Binsenmatte im hoch sprießenden Gras aus und stellte den Korb mit Brot, Blutwürsten und Bier darauf. Er ließ sich im Schneidersitz nieder und schaute zu Herberta, die an einem großen Rohrkolbendickicht stand und nachdenklich auf das Wasser der Dommel starrte. Ein Schwarm kleiner Fische schnellte im Sonnenlicht glitzernd vor einem jagenden Hecht davon, der mit seiner Rückenflosse ein bedrohliches V durch die Wasseroberfläche zwischen den jungen Seerosenblättern zog. Am Uferrand blühten Sumpfdotterblumen in so leuchtendem Gelb, daß es schien, als strahlten sie selbst Licht aus.

»Hier läßt es sich aushalten«, sagte Jeroen, nicht zuletzt deswegen, weil weit und breit kein Mensch zu entdecken war.

Ohne Menschen wäre die Welt herrlich, dachte er. Doch allem Anschein nach lebten, wenn man den bis in die Niederlande gedrungenen Geschichten von spanischen und portugiesischen Entdeckungsreisenden Glauben schenkte, überall Menschen, denn in jedem neuen Gebiet wurde man mit immer wieder anderen Völkern konfrontiert. Häufig waren es Menschen mit anderen Hautfarben: schwarz, braun, blau, gelb, ja sogar grün. Die Kirche nannte sie Heiden, weil sie zu anderen Göttern beteten als die päpstlichen oder königlichen Abgesandten. Oder weil sie überhaupt keinen Gott verehrten – Herberta zufolge ein Beleg dafür, daß sie weitaus klüger waren als ihre weißen Entdecker.

Herberta lüpfte ihren Rock bis über die Knie und setzte sich neben Jeroen. »Unser Leben spielt sich viel zu sehr zwischen steinernen Mauern ab«, sagte sie. »Das kann nicht gut sein. Da versteinert man auf die Dauer selbst. Auf alle Fälle die Gedanken. Man braucht sich nur die Städter anzusehen, die nie aus den Stadtmauern herauskommen: durch und durch Stein. Daher lachen sie auch nie, weil dann nämlich ihr Gesicht zerbersten würde.«

Jeroen schmunzelte. »Deine Gedankenwelt ist und bleibt wunderlich, Berta.«

»Ich *habe* wenigstens eine Gedankenwelt, was man von vielen anderen nicht behaupten kann.«

»Jeder hat eine Gedankenwelt«, meinte Jeroen. »Nur rutschen dir im Gegensatz zu anderen die Gedanken manchmal über deine scharfe Zunge heraus.«

»Und was du über die Torheit der Menschen denkst, soll ein Geheimnis bleiben?« Herberta seufzte. »Diese forschenden dunklen Gucker von dir … Was würde ich nicht oft dafür geben, wenn ich erfahren könnte, was sie sehen und vor allem *wie* sie die Dinge sehen.« Sie starrte wieder auf das grüne Wasser der Dommel. »Bisweilen läßt du etwas von deinen Gedanken in deinen Skizzen und Zeichnungen zum Vorschein kommen, bisweilen …« Sie schüttelte den Kopf. »Aber was ich dann sehe, ist meistens nicht so fröhlich.«

»Hm …« Jeroen streckte sich der Länge nach auf dem Rücken aus, die Hände hinter dem Kopf verschränkt. »Bisweilen sehe ich bei Menschen eine Art zweites Gesicht, und das ist in der Regel häßlich, verzerrt, gequält, böse oder teuflisch –«

»Ach, Joen, die gesamte Natur ist böse. Alles, was lebt, muß töten, um selbst am Leben zu bleiben. Wenn das Ganze von einem Gott geschaffen wurde, dann muß der besonders grausam gewesen sein.«

»Du bist nicht böse, Berta.«

»Wie kannst du das beurteilen?«

»Ich denke, ich kenne dich besser als irgendein anderer Sterblicher.«

»Das *denkst* du, ja.« Herberta lachte bitter auf. »Manche meiner Gedanken würden dich aber ganz schön erschrekken, Joentje!«

Jeroen überhörte das. »Manchmal denke ich, es ist eher Torheit als das Böse, was die Menschen treibt.«

»Und das ist vielleicht noch schlimmer«, meinte Herberta. »Denn das ist unentschuldbar.«

»Steinschneiden«, sagte Jeroen.

»Was?«

»Hab ich neulich auf dem Markt gesehen. Torheit ist ein Stein im Kopf des Menschen, der sich von einem Chirurgen entfernen läßt, wie ich sehen konnte. Der Chirurg nannte das Steinschneiden.«

»Und du glaubst solchen Scharlatanen?«

»Es war eine Nonne dabei, die aus einem medizinischen Lehrbuch vorlas.«

»Eine Nonne!« Herberta spuckte das Wort geradezu verachtungsvoll aus. »Wenn man derlei mit sich anstellen läßt, muß man schon ein rechter Tor sein!«

»Zu der Schlußfolgerung war ich auch gekommen«, sagte Jeroen trocken. »Ich habe eine Skizze davon angefertigt, vielleicht mache ich noch ein Bild daraus. Und das werde ich dann *Lubberts Heilung* nennen.«

»Erik Lubbert, hast du noch einmal etwas von diesem Schweinehund gehört?«

»Seinerzeit wollte er Priester werden, aber dafür war er zu dumm. Er wird wohl einfach bei seinem Vater auf dem Feld arbeiten.«

»Den hätte ich in der Tat gern solch einem Steinschneiden unterzogen«, sagte Herberta. »Mit meinen eigenen Händen!«

»Wußtest du, daß es ein Theaterstück über einen Tölpel namens Lubbert gibt, der von seiner Frau betrogen wird?«

»Ich finde es schon schlimm genug, daß es einen echten Narren dieses Namens gibt.«

Jeroen schmunzelte. Er blickte, die Augen zu Schlitzen zusammengekniffen, in den Himmel, als wollte er durch ihn hindurchsehen. »Warum ist der Himmel blau?«

»Weil das nun mal die Farbe des Himmels ist.«

»Und was ist darüber?«

»Du bist dir doch hoffentlich darüber im klaren, daß du jetzt eine ketzerische Frage stellst! Und das an einem Sonntag!«

»Das Dach des Himmels«, beantwortete Jeroen seine eigene Frage. »Aber was ist über diesem Dach?«

Herberta blickte auf Jeroen hinunter. »Du hast einen lustigen Adamsapfel«, stellte sie fest. »Er sieht aus wie ein Frosch, der immerfort auf und ab hüpft.«

»Ist das das einzige, was dir an mir gefällt?«

»Nein, auch dein Haar.«

Jeroen seufzte. »Man hat mir schon einmal gesagt, es sehe aus, als liefe ich mit einem schwarzen Lämmchen auf dem Kopf herum. Ist es nicht eigenartig, daß eine so hübsche Dirne wie du einen so häßlichen Bruder hat?«

»Du bist nicht häßlich«, sagte Herberta. Sie beugte sich über Jeroen und schaute ihm in die Augen. Er konnte sehen, wie sich nun, da sie der Sonne den Rücken zuwandte, ihre Pupillen weiteten. »Du bist ungewöhnlich, aber nicht häßlich. Allein schon deine Augen...« Sie schüttelte den Kopf. »Du hast einen Blick, der manchmal bis ins Innerste meiner Seele zu dringen scheint. Siehst du bei mir auch ein zweites Gesicht?«

Jeroen antwortete nicht, weil die Nähe seiner Schwester plötzlich ganz seltsame Empfindungen in ihm auslöste. Er war ihren Geruch und ihre Wärme gewöhnt, aber das jetzt war etwas anderes. Ihr Atem auf seinem Gesicht weckte Regungen in ihm, wie er sie noch nie erfahren hatte. Vielleicht liegt es ja an der Wärme der Sonne, dachte er vage. Oder am überall spürbaren Frühling, der sie in eine Ganzheit einband, welche von erwachendem Leben pulsierte.

»Du zitterst ja«, bemerkte Herberta. »Was ist?« Sie richtete sich auf, um ihn zu mustern. »Du wirst doch wohl nicht krank?«

»Ich hatte... fiebrige Gedanken«, antwortete Jeroen. Er wand sich unter Herberta heraus und setzte sich auf. »Wollen wir etwas essen?«

»Fiebrige Gedanken?«

»Ich möchte lieber nicht darüber sprechen.«

»Seit wann haben wir Geheimnisse voreinander?«

»Vielleicht *sollten* wir mehr Geheimnisse voreinander haben.«

Herberta runzelte die Stirn. »Was meinst du denn jetzt wieder damit?«

»Vater findet, daß wir zuviel zusammen sind.«

»Herrgott, warum sollten Bruder und Schwester einander meiden?« Herberta sah plötzlich wütend aus. »Was ist das nur für eine Welt, in der alles, was nicht von Haß und Neid durchtränkt ist, gleich verwerflich sein muß!«

»Auf mich brauchst du nicht wütend zu sein, ich bin nicht dafür verantwortlich.«

»Nein, aber du läßt dir von jedermann etwas sagen, der... Ach, zum Teufel!«

»Warum sollte ich mich mit Vater überwerfen? Damit ist doch niemandem gedient.«

»Nein, wahrscheinlich nicht«, lenkte Herberta ein. Sie zog den Korb zu sich heran und nahm den Bierkrug und zwei Humpen heraus. »Durst?«

Jeroen nickte und nahm den Humpen entgegen, als sie diesen gefüllt hatte. Das Bier war noch schön kühl, als er davon kostete. Als käme es direkt aus dem Keller. Herbertas Blick ausweichend, sagte er: »Wie kommt es, daß du noch keinen Liebsten hast?«

Herberta runzelte erneut die Stirn: »Wieso fragst du das?«

Jeroen zuckte die Achseln. »Einfach so.«

»Du fragst nichts einfach so, Joentje!«

»In deinem Alter sind die meisten schönen Frauen verheiratet und haben sogar schon Kinder.«

»Ich möchte das Leben nicht mit einem Hohlkopf teilen, und bis jetzt haben mir nur Hohlköpfe und Dummerjane den Hof gemacht.«

Gedankenverloren sagte Jeroen: »In Gent habe ich eine Dirne gesehen, die mir schon gefallen hätte.«

»Zwei Tagereisen von hier entfernt, sehr praktisch!«

»Sie war so alt wie du, war sehr hübsch und hatte schöne –«

»Schöne was?«

»Brüste«, sagte Jeroen ein wenig verlegen.

»Pah, die habe ich auch.«

»Behaupten kannst du viel.«

»Willst du sie vielleicht sehen?«

»Ich weiß nicht«, sagte Jeroen, der merkte, daß er rot wurde. Und da war auch wieder diese hinderliche und doch angenehme Regung in seinem Körper.

Herberta lächelte mit einem Anflug von Rührung. »In mancher Hinsicht bist du noch ein richtiger kleiner Junge, hm?«

»Wird wohl so sein«, sagte Jeroen unwillig. »Ich kann auch nichts dafür, daß ich nicht schneller alt werde.«

»Du wirst mich ohnehin nie einholen, Bruder.«

»Ach, da bleibt mir ja ein Trost: Du wirst früher alt und häßlich sein als ich.«

»Gemein sein kannst du jedenfalls schon sehr gut.« Herberta trank ihr Bier aus und stellte den leeren Humpen beiseite. Dann knöpfte sie demonstrativ das Oberteil ihrer Tunika auf. Mit einer geschickten Bewegung holte sie eine ihrer Brüste hervor. »Bitte«, sagte sie herausfordernd. »Ich wette, daß die Genter Schlampe da nicht mithalten konnte.«

Einen Moment lang starrte Jeroen wie hypnotisiert auf die rosarote Brustspitze. Dann riß er den Blick davon los und schaute in die entgegengesetzte Richtung.

Herberta lachte. »Wieso bist du denn jetzt plötzlich so verlegen? Als wenn ich nicht wüßte, daß du mich oft heimlich bespähst!«

Unbehaglich fragte Jeroen: »Woher weißt du denn das?«

»Eine Frau spürt so etwas, Joentje!«

»Und Goos? Und Jan?«

»Deine Blicke fühlen sich anders an.«

»Was du nicht sagst.«

»Sie streicheln«, sagte Herberta ernst. »Andere Männer haben Augen, die nach dir grapschen wie Klauen. Aber dein Blick fühlt sich an wie ein sanftes Streicheln.«

»Du hältst mich zum Narren«, sagte Jeroen verunsichert. »Machst du dich dann nachher bei Katherijn über mich lustig?«

»Ach, komm«, sagte Herberta ungeduldig. »Wir haben schon so oft dicht beisammengelegen, wenn die anderen es nicht sehen konnten. Hattest du denn noch nie Lust, mich auf andere Weise zu berühren?«

Jeroen suchte ihren Blick und sah sie eine ganze Weile unbehaglich an, bevor er endlich antwortete: »Nein, ich glaube nicht. Nur vorhin...« Er holte tief Luft. »Du schwatzt zuviel.«

Sie nahm seine Hand und legte sie auf ihre noch immer

entblößte Brust. »Ich weiß, daß du das möchtest«, sagte sie ihm ins Ohr. »Weil ich es auch möchte.«

Es fühlte sich ungewohnt und neu und beinahe schmerzhaft angenehm an, doch Jeroen traute sich nicht, die Finger über diesen warmen und weichen Körperteil zu bewegen. Die verwirrenden Regungen in seinem Körper waren jetzt noch stärker geworden, und zugleich stellte sich eine eigenartige Empfindung am oberen Rand seines Magens ein, so als drückte ihm einer seinen warmen Daumen dort hinein.

»Du bist ja wie erstarrt«, stellte Herberta fest. »Erwartest du, daß dich gleich ein tödlicher Blitz trifft oder so? Oder überlegst du schon, wie du das beichten sollst?«

Jeroen zog seine Hand zurück. »Du machst dich über mich lustig.«

Herberta schob ihre Brust zurück und knöpfte ihre Tunika wieder zu. »Es erstaunt mich nur, daß einer wie du, der sonst so scharfsinnig ist, derart täppisch sein kann, sobald es um Gefühle geht.«

Leise, beinahe schon flüsternd, sagte Jeroen: »Wir sind Geschwister, Berta…«

»Das ist doch nur für die von Belang, die es gar nichts angeht!«

»Ich weiß nicht…«

Herberta lachte kurz auf. »Du müßtest mal dein Gesicht sehen! Du siehst aus wie ein Hund, dem man einen Tritt versetzt hat.« Sie zog den Korb zu sich heran und nahm das Brot heraus. »Wollen wir etwas essen?«

Jeroen nickte, obwohl ihm gar nicht nach Essen war. Der nagende Hunger in seinem Innern, der ihn schon seit geraumer Weile plagte und der stetig anschwoll, war mit Brot nicht zu stillen.

»Welche Ehre, dich am Sonntag hier zu sehen«, sagte Thomas später an diesem Tag. Er winkte noch kurz einem Passanten auf der Straße zu, ehe er hinter Jeroen die Tür schloß. »Hast du dich wieder mit deiner Stiefmutter gezankt?«

»Mechteld ist fort, zum Kloster von Chartreux, glaube ich, zu ihrer Schwester. Vater ist mit.« Jeroen schnupperte kurz. »Sonderbarer Geruch hier.« Ohne zu fragen, ging er ins Atelier seines Onkels weiter. Dort standen zwei halbfertige Gemälde auf einer Staffelei. Das größere war von Thomas. Es stellte einen Hofnarren dar, dem ein Edelmann einen Tritt in den Allerwertesten gab. Die linke Gesichtshälfte des Narren zeigte ein breites Lachen, als fände er das durchaus spaßig, die rechte indes verriet tiefe Rachegelüste.

Die kleinere Tafel war von Jeroen. Er versuchte darauf das Steinschneiden darzustellen, von dem er Herberta erzählt hatte. Daß er schon eine Weile daran arbeitete, hatte er ihr nicht sagen wollen, da er mit dem bisherigen Ergebnis ganz und gar nicht zufrieden war. Er wollte seinen Vater und Herberta damit überraschen, doch nur wenn er selbst davon überzeugt war, daß es auch eine angenehme Überraschung sein würde. Und das war es vorerst nicht.

»Du hast an meinem Bild gearbeitet«, konstatierte er.

»Ärgert dich das?«

»Ich weiß nicht«, antwortete Jeroen aufrichtig. Thomas hatte das Gras im Vordergrund neu gemalt, sah er. Jeroen hatte schon ein halbes Dutzend Male versucht, diesem Gras ein natürliches Aussehen zu verleihen, doch das war ihm zu seiner Verärgerung nie recht gelungen. »Lauter gleiche Halme, allesamt auf die gleiche Weise gebogen? Nimm's mir nicht übel, aber solches Gras habe ich noch nie gesehen!«

Thomas nickte. »Wenn es nicht gelingt, die Dinge so wiederzugeben, wie sie in Wirklichkeit sind, kannst du auch versuchen, ein eigenes Bild davon zu schaffen. Das erzeugt manchmal eine ganz ungewöhnliche Atmosphäre. Und das schönste ist: Du kannst damit eigene Unzulänglichkeiten vertuschen.« Er grinste kurz.

»Ich weiß nicht«, sagte Jeroen nachdenklich. »Es ist ... seltsam.«

»Die ganze Arbeit ist seltsam, Joen!«

»In deinen Augen vielleicht.«

»In jedermanns Augen, glaub mir. Ein Chirurg mit einem Trichter auf dem Kopf!«

»Das ist der Trichter der Weisheit.«

»Aber du hast ihn doch für einen Betrüger gehalten!«

»Ebendrum. Der Tor ist derjenige, der im Stuhl sitzt. Und dieser Dolch durch seine Börse bedeutet, daß er betrogen wird.«

»Und warum wächst ihm eine Tulpe aus dem Kopf?«

Jeroen machte eine Gebärde mit Daumen und Zeigefinger. »Geld, Onkel Thomas. Die Tulpe ist, wie du zweifellos wissen wirst, ein Sinnbild für Geld. Lubbert hat viel Geld, und dieser Chirurg hier ist dabei, es ihm abzunehmen.«

»Das ist aber sehr weit hergeholt, Junge!«

»Ich hole nichts her, das kommt alles wie von selbst.«

»Warum hat die Nonne denn das Buch auf dem Kopf? Kam das auch wie von selbst?«

»Sieh dir ihr Gesicht an, sie denkt über die Torheit der Menschen nach.« Dabei wanderten Jeroens Gedanken zu Herberta und wie sie reagiert hatte, als er ihr an diesem Morgen vom Steinschneiden und der Nonne erzählt hatte. Und plötzlich fühlte er wieder Herbertas weiße Brust in seiner Hand. Das Gefühl war so beunruhigend wirklich, daß es einen Moment lang den Anschein hatte, als wäre die Zeit um einen halben Tag zurückgedreht worden.

»Onkel Thomas...«

»Ja?« fragte Thomas, der das Gesicht der Nonne auf dem Gemälde skeptisch aus nächster Nähe studierte.

»Was hältst du von Frauenbrüsten?«

»Wie bitte?« entfuhr es Thomas. Er sah Jeroen verdutzt an. »Ja, bist du also doch normal?«

Jeroen zog eine Grimasse. »Verzeih, daß ich gefragt habe, ich dachte –«

»Nein, warte, ich wollte dich nicht kränken. In deinem Alter sind solche Fragen...« Thomas blies den Atem aus. »Nun ja, was soll ich jetzt darauf antworten? Ich würde sagen, es gibt schöne und häßliche Brüste, so wie es schöne und häßliche Frauen gibt.«

»Und schöne und häßliche Männer.«

»Höre ich da wieder Herberta reden?«

Zu seiner eigenen Verärgerung spürte Jeroen, daß er rot wurde, als Thomas den Namen seiner Schwester erwähnte. Er wandte sich ab, damit dieser seine Verwirrung nicht sah. »Aber nicht alles Schöne will man unbedingt befühlen.«

»Aha!« sagte Thomas. »Ist der Junker vielleicht verliebt?« Er versuchte Jeroen anzusehen, doch der hielt den Kopf abgewandt. »Eine, die ich kenne?«

»Ich hätte besser den Mund gehalten«, sagte Jeroen verstimmt.

»Ach, Joen, weißt du, Männer können über derlei Dinge meistens nur schwer reden.« Thomas grinste kurz. »Und eine Frau kannst du so etwas natürlich nicht fragen.« Er wurde wieder ernst. »Ich frage mich, ob es nicht Zeit wird, dich mal wohin mitzunehmen, wo Dirnen sind, die –«

»Ich finde, die Farben der Landschaft im Hintergrund sollten weniger kräftig sein«, unterbrach ihn Jeroen, der gern das Thema wechseln wollte.

Thomas stellte sich neben ihn, um es sich anzusehen. »Wie kommst du denn jetzt wieder darauf?«

»Man sieht die Farben am Horizont doch immer schwächer als das, was nahebei ist.«

»Ja, aber das ist ein Bild und nicht die Wirklichkeit.«

»Ich glaube aber, es wäre schöner.«

Thomas seufzte. »Du hast seltsame Ansichten über die Malerei, Joen.«

Jeroen schien nicht zuzuhören. »Jan van Eyck ließ die Farben im Hintergrund verblassen, so daß eine Tiefenwirkung entstand. Ich denke –«

»Hubert van Eyck, meinst du wohl.«

Jeroen schüttelte den Kopf. »Jan war nur zu bescheiden und ließ seinem Bruder allzuviel der Ehre. Ich habe gesehen, was er beim Lamm Gottes gemacht hat. Jan hat Dinge gewagt, die andere nicht gewagt haben, auch Hubert nicht. Nicht von ungefähr hat er ja als Maler in Diensten des

Regenten von Holland und des burgundischen Hofes gestanden.«

»Ach, Joen, Jan hat sein Fach doch von seinem Bruder *gelernt*!«

»Wenn ein Schüler seinen Meister nicht übertreffen könnte, gäbe es keinen Fortschritt.«

»Und wen versuchst du zu übertreffen?«

»Ich habe mehrere Meister«, antwortete Jeroen ernst. »Aber ich weiß nicht, ob ich sie je werde übertreffen können.« Er bedachte Thomas mit einem liebenswürdigen Lächeln. »Und ich finde immer noch, daß ich die Farben anders anmischen sollte.«

»Und wenn du schon dabei bist, kannst du auch gleich die Folterwerkzeuge da im Hintergrund übermalen. Was sollen denn die für einen Sinn haben?«

»Nein«, sagte Jeroen entschieden. »Daran verändere ich nichts. Das sind Sinnbilder für die allgegenwärtige Macht des Bösen. Und der bösen Geister.«

»Ob es deiner Schwester wohl recht ist, daß du so gottesfürchtig bist?«

»Wenn man nichts von der Kirche und ihren Machthabern hält, muß das nicht heißen, daß man nicht gottesfürchtig ist, Onkel Thomas.«

Thomas seufzte und ließ sich auf einen farbverschmierten Stuhl fallen. »Diese fortwährenden Zurechtweisungen beginnen bei dir zu einer unangenehmen Angewohnheit zu werden.«

»Dann bitte ich dich um Verzeihung, ich wollte dich nicht verärgern.«

Thomas winkte ab. »*So* schlimm ist es nun auch wieder

nicht, es ist nur ein wenig ... ein wenig irritierend, von einem Knaben auf Dummheiten hingewiesen zu werden, der selbst noch nicht ganz trocken hinter den Ohren ist.«

»Ich werde fortan versuchen mich zu beherrschen«, gelobte Jeroen, doch sein Ton klang wenig überzeugend.

»Du bist außergewöhnlich reif für dein Alter, Joen, obwohl der Pfad der Liebe für dich noch viele Geheimnisse zu bergen scheint.«

»Mein Gott, ich wollte, ich hätte nie davon angefangen!« Jeroen schnupperte erneut mit erhobener Nase. »Was rieche ich hier nur die ganze Zeit? Farbe ist es nicht, dafür ist es zu süßlich.«

Thomas nahm ein Kupferschälchen von dem unordentlichen Tisch. Darin lag Asche und eine breiige braune Masse, die einen fad-süßlichen Geruch ausströmte. »Du wirst wohl das hier meinen.« Er hielt seine große Nase dicht über das Schälchen und inhalierte tief.

»Was ist das?«

»Hanf.«

»Das ist doch die Pflanze, aus der Taue gemacht werden, nicht?«

Thomas nickte und inhalierte abermals. »Das hier sind getrocknete Blüten von der weiblichen Pflanze. Man kann sie wie Weihrauch verbrennen. Ich habe das Rezept von einer Hexe.« Letzteres sagte er leicht herausfordernd.

»Und wozu ist es gut?«

»Es vertreibt Schmerzen und trübselige Gedanken.«

»Das tun Wein und Bier auch.«

»Ja, aber hiervon bekommst du keine Kopfschmerzen.«

»Ich finde, es stinkt.«

»Daran gewöhnt man sich. Möchtest du etwas davon?«

Jeroen zog ein Gesicht. »Mechteld wäre bestimmt hocherfreut, wenn ich das Zeug bei uns zu Hause verbrennen würde.«

»Man kann auch Tee daraus bereiten.« Thomas nahm einen Feuerstahl und entzündete einen Kienspan. Damit brachte er den Inhalt des Schälchens erneut zum Schwelen. Ein nahezu weißer Rauch stieg davon auf. Thomas hielt Jeroen das Schälchen unter die Nase. »Inhalieren«, kommandierte er. »So tief du kannst.«

Jeroens Neugierde war größer als sein Widerwille. Er fühlte den Rauch in seine Lungen ziehen, und das war ein ähnlich glibbriges Gefühl, wie wenn man zuviel Honig auf einmal hinunterschluckte. Er hatte erwartet, daß er husten müßte, doch das geschah nicht. Es war nicht einmal wirklich unangenehm, registrierte er überrascht.

Thomas sah Jeroen forschend an. »Und?«

»Ich weiß nicht ...« Jeroens Augen wanderten zu den beiden Bildern. Die Farben hatten sich verändert, stellte er verwundert fest. Nicht, daß es wirklich andere Farben geworden wären, aber irgendwie... intensiver waren sie. Und die Mißbilligung im Gesicht der Nonne war plötzlich viel eindringlicher. Und sein Onkel hatte recht, bemerkte er jetzt, das seltsam stilisierte Gras im Vordergrund machte das Bild... interessanter.

Jeroen sah Thomas an. Auch dessen Miene war ausdrucksvoller als sonst. Jeroen hatte das merkwürdige Gefühl, daß er, wenn er sich ein wenig anstrengte, die Gedanken seines Gegenübers lesen könnte. »Ich fühle mich ein bißchen seltsam«, bekannte er. »Wie nach ein paar Gläsern

Wein … Nein«, verbesserte er sich, »ich sehe und höre schärfer, und bei Wein ist das immer genau andersherum.« Mit den erstaunten Augen eines Kindes schaute er sich im Atelier um, das weit weniger schmutzig und unordentlich aussah als sonst. Sowohl die Farben als auch die Formen der Dinge waren fröhlicher geworden.

Jeroen kicherte. »Ich hab heut morgen Herbertas Brust angefaßt«, rutschte ihm heraus. Er erschrak kurz, als ihm bewußt wurde, was er da gesagt hatte, fing aber gleich darauf wieder an zu lachen. Es hatte ihm gefallen, und was sein Onkel darüber dachte, war ihm ganz einerlei.

Thomas sah ihn nur befremdet an. »Ich glaube, ich kann jetzt auch etwas gebrauchen«, sagte er. Er hielt sich das rauchende Schälchen unter die Nase und inhalierte tief. Dann sagte er: »Solche Dinge solltest du lieber nicht ausplaudern, Joen. Du weißt, wozu böse Zungen imstande sind.«

»Denen werd ich was pfeifen!« entgegnete Jeroen. »Ein jeder würde Herberta gern einmal anfassen, aber ich bin der einzige, der das darf«, prahlte er.

»Du gehst mir nicht nach draußen, bevor die Wirkung von dem Zeug nachgelassen hat«, sagte Thomas. Er lotste Jeroen in die angrenzende Wohnküche und schloß die Ateliertür hinter sich. Dann öffnete er das Fenster. »Hast du noch weitere solcher Überraschungen?«

»Ja«, sagte Jeroen grinsend. »Mechteld hat ein Muttermal auf dem Hinterteil, und was für eines! Ich dachte zuerst, sie hätte sich auf einen Blutegel gesetzt, als ich es gesehen habe.«

Verdutzt fragte Thomas: »Wie kommt es, daß du das gesehen hast? Ach nein, laß nur, ich will es gar nicht wissen.«

Er tauchte einen Becher in eine Schüssel Wasser. »Hier, trink etwas. Und setz dich.«

»Wasser? Wie geizig!«

»Ich glaube, du solltest fortan besser bei Wasser und nichts als Wasser bleiben. Bei Wasser und frischer Luft.«

Jeroen ließ sich auf einen Stuhl plumpsen. Er trank einen Schluck und stellte den Becher mit angewidertem Gesicht auf den Tisch. »Hanf, wie? Wächst der so einfach in deinem Garten?«

»Ich sagte doch, daß ich das Zeug von einer Hexe habe!«

»Ach, Hexen«, sagte Jeroen verträumt. »Wo wären wir ohne sie?«

»Es stammt von einem Hanfanbauer. Er hat die Wirkung zufällig entdeckt, als er Pflanzenabfälle verbrannte.«

»Hat da seine ganze Familie das Singen angefangen oder so?«

Thomas sah Jeroen besorgt an. »Wird es noch nicht besser?«

»Es wird ärger«, antwortete Jeroen. Er kniff einen Moment die Augen zu, als wollte er ein Spukbild vertreiben. »Gerade eben fand ich den Raum hier noch weit schöner.« Er gähnte lang und breit und nahm noch einen Schluck Wasser. »Eine wundersame Pflanze. Ich denke, ich weiß jetzt, wie ich weiter mit meinem Bild verfahre.«

Thomas sah ihn mißtrauisch an. »Was meinst du damit?«

»Ich sagte dir doch schon, daß mein Auge schärfer wird!« Jeroen erhob sich. »Schade, daß es bald dunkel ist, sonst könnte ich jetzt gleich damit beginnen.«

»Ich denke, du gehst jetzt am besten nach Hause«, meinte

Thomas. Er kniff die Augen zu Schlitzen zusammen. »Zu deiner Schwester.«

Jeroen nickte. »Ich weiß, was ich vorhin gefaselt habe.«

»Hoffen wir vor allem, daß es nur Gefasel *war.*«

»Das war es«, sagte Jeroen. »Gelalle wie von einem Betrunkenen, wegen dieser Pflanzen von dir, mehr nicht.« Er ging zur Tür. Bevor er hinaustrat, blickte er noch kurz über seine Schulter zurück. »Das Gras, das du gemalt hast, gefällt mir sehr gut«, sagte er. »Wirklich.«

Herberta erzählte Jeroen nichts von dem Vorfall bei Thomas, als sie an diesem Abend Gelegenheit hatten, unter vier Augen miteinander zu reden. Er fürchtete, daß sie böse werden könnte, und zudem schämte er sich.

Sie spülte Kasserollen, und er saß am Tisch und band Pinsel. Außer ihnen war niemand in der Küche. Als Jeroen beharrlich schwieg, sagte Herberta: »Du bist ja noch stiller als sonst. Ist irgend etwas?«

»Ich habe nichts zu erzählen«, antwortete Jeroen ein wenig unwirsch.

Herberta sah ihn über ihre Schulter hinweg an. »Habe ich dich heute morgen verschreckt?«

Nein, dachte Jeroen, das war es nicht, nicht wirklich. Es hatte ihn vor allem verwirrt, weil er nicht wußte, was er wollte. Ein Teil von ihm wollte, daß es nicht geschehen wäre, aber ein anderer Teil verlangte danach, daß es abermals geschehen und über das nervöse Befühlen nur einer ihrer Brüste hinausgehen würde. Dieses Verlangen war sündig, das wußte er. Es ziemte sich nicht, so etwas mit der eigenen Schwester zu tun. Wenn sein Vater dahinterkam, war es gut möglich, daß er sie alle beide aus dem Haus warf, oder ihnen drohte gar noch Schlimmeres. An eine mögliche Reaktion Mechtelds wollte er lieber gar nicht erst denken. Und trotzdem... spielte es denn eine Rolle, was andere darüber dachten? Taten sie denn irgend jemandem etwas zuleide?

»Es hat mich nur ein bißchen überrascht«, sagte Jeroen.

»Ein bißchen?« Herberta lachte kurz auf. »Dann möchte ich dich mal bei einer großen Überraschung sehen!«

Jeroen schob Pinsel und Gerätschaften von sich weg und stand auf. Abrupt sagte er: »Ich geh schlafen.«

Als er an Herberta vorbeigehen wollte, zog sie ihn unerwartet am linken Arm, so daß er gegen sie prallte. Ehe er reagieren konnte, gab sie ihm rasch einen Kuß, nicht auf die Wange, wie sie das häufiger tat, sondern auf den Mund. Als sie seinen Gesichtsausdruck sah, mußte sie wieder lachen. »Tu doch nicht so, als gefiele dir das nicht!« Sie schubste ihn in Richtung Treppe. »Husch in deinen Bettkasten, Brüderlein. Da ist es sicher und warm.«

Das Leben ist gefährlich, dachte Jeroen, als er kurz darauf die Kerze ausblies, mit der er sich im dunklen Jungenzimmer den Weg zu seinem Alkoven geleuchtet hatte. Sicherheit ist also eine Illusion. Und Wärme... Er seufzte und drehte sich auf die linke Seite. Mit offenen Augen lauschte er auf die Geräusche, die seine Brüder machten. Goossen schnarchte leicht und regelmäßig, und Jan bewegte sich unruhig, als kratzte er sich unentwegt.

Wärme ist etwas, was man nicht allein erzeugen kann, war sein letzter Gedanke, bevor er in einen unruhigen Schlaf versank. Dazu brauchte man einen anderen.

7

Nach dem Dunkel der Straße wirkte die Gaststube des Wirtshauses ›Der Lügenberg‹ mit den vielen Öllampen und Kerzen grell erleuchtet. Im Raum hing eine schon fast greifbare Glocke aus Rauch, Alkoholdünsten und dem penetranten Geruch schwitzender Leiber. Und hinzu kam noch der Lärm der bramarbasierenden und lachenden Zecher, die von Zeit zu Zeit in lautstarken Gesang ausbrachen.

Jeroen zögerte an der Tür, doch sein Onkel Thomas stupste ihn ungeduldig an. »Du läßt die Nacht hereinschleichen«, sagte er Jeroen ins Ohr, »und das haben die Leute hier nicht gern. Dort in der Ecke ist noch ein Platz frei.«

Der Lärm verstummte ganz kurz, als die beiden Neuankömmlinge über den mit Sand bestreuten Lehmboden zu dem freien Tisch im hinteren Teil gingen. Jeroen verunsicherten die auf ihn gerichteten Blicke aus blutunterlaufenen Augen, und er fragte sich, wie er nur so dumm hatte sein können, sich von seinem Onkel mit hierherlotsen zu lassen. Doch als sie erst einmal saßen, schwoll der Radau wieder auf volle Lautstärke an, und niemand beachtete sie mehr.

»Bier und Wein«, sagte Thomas zu einer feisten kleinen Frau mit einem riesigen, weitgehend nackten Busen, die sich demonstrativ über ihren Tisch beugte, während sie mit einem Tuch wegwischte, was ihre Vorgänger verschüttet hatten.

»Wir haben auch Milch für den Kleinen, Meister«, sagte sie mit dickem Zwinkern zu Thomas. Als Jeroen sie daraufhin mit gekrauster Stirn ansah, schlug sie ihm kräftig auf die Schulter und brach in dröhnendes Gelächter aus. Dann ging sie mit schwabbelnden Hüften davon. Jemand gab ihr einen Klaps aufs Hinterteil, doch sie tat, als hätte sie es nicht bemerkt.

Jeroen sah ihr nach, ehe er zu Thomas sagte: »Und hierher kommst du also zu deinem Vergnügen?«

»Keine voreiligen Kommentare!« entgegnete Thomas vorwurfsvoll. »Was du hier siehst, ist für den Plebs. Für die Herren von Stand haben sie einen Sonderraum mit Sondergesellschaft.« Er grinste aufmunternd.

»Ich hatte gehofft, hier Dirnen wie in Gent zu sehen«, sagte Jeroen freiheraus. »Gertenschlank und grazil.«

»Gemach, Junge, gemach! Laß uns erst einmal unseren Durst löschen. Ich bin ehrlich gesagt ein wenig außer Atem nach diesem langen Marsch. Hin und wieder beginnen sich die Jahre bemerkbar zu machen, fürchte ich.« Er sah Jeroen an. »Was hast du deinem Vater weisgemacht?«

»Ich bin einfach gegangen, ohne etwas zu sagen.«

Thomas nickte. »Schweigen ist meistens die beste Strategie.«

Die Wirtin kam wieder und knallte ihnen einen Humpen Bier und einen Becher Wein auf den Tisch. »Na, willst wohl mal auf den Putz hauen mit deinem Sohn, was?« fragte sie Thomas.

»Meinem Neffen«, entgegnete Thomas. »Es wird höchste

Zeit, daß er einen kleinen Schritt in die Welt tut.« Er blickte kurz um sich und dämpfte die Stimme. »Lysbeth... hast du nicht was Passendes für einen unerfahrenen Knaben?«

»Was Passendes, wie? Hm...« Die Dame taxierte Jeroen mit in die Hüften gestemmten Händen, als versuchte sie seine Qualitäten abzuschätzen. »Vielleicht könnt es mir ja gefallen, mich selbst seiner anzunehmen.« Als sie Jeroens Gesicht sah, brach sie erneut in Gelächter aus. »Das würde der Junge womöglich nicht überleben!«

Thomas sagte: »Ich würde mich an deiner Stelle vor solch dreisten Reden hüten, Lysbeth. Jeroen ist ein echter van Aken!«

»Als wenn du so einen gewaltigen Ruf hättest«, konterte die Dame und zwinkerte diesmal Jeroen zu, dem immer unbehaglicher wurde. »Ein van Aken!« Kopfschüttelnd ging sie davon.

»Das wird schon«, versprach Thomas. »Lysbeth scherzt gern ein wenig mit den Gästen.« Er zeigte auf Jeroens Becher. »Trink, dann wirst du ganz von selbst etwas weniger fad.«

»Ich wäre besser zu Hause geblieben.«

»Bei Herberta, meinst du wohl.« Thomas zog ein Gesicht. »Du hast ein Problem, Junge, und ich habe dich mitgenommen, um es dir vom Hals zu schaffen. Wenn du nachher wieder draußen stehst, wird deine Schwester erheblich weniger Raum in deinem närrischen Schädel einnehmen! Das versprech ich dir.«

Barer Unsinn, fand Jeroen, aber er wollte seinen Onkel nicht vor den Kopf stoßen. Außerdem war er neugierig, mußte er selbst zugeben. Die käufliche Liebe und alles, was damit zu tun hatte, war von geheimnisvoller Sündhaftigkeit umwittert, und das machte das Ganze für ihn faszinierend. Zum Teil hatte auch das wiederum mit Herberta zu tun. Sie vertrat immer den Standpunkt, daß alles, was das Leben lebenswert machte, von der Kirche verboten und mit Hölle und Verdammnis bestraft wurde.

Jeroen fragte: »Wie kommt es, daß du nie geheiratet hast, Onkel Thomas?«

»Wie?« murmelte Thomas. Er hatte über seinen Bierhumpen hinweg zu einem Tisch mit Zechern hinübergestarrt und Jeroen wegen des Lärms in der Gaststube nicht richtig verstanden.

»Du bist der einzige meiner vier Onkel, der keine Frau hat.«

»Ich bin der einzige, der viele Frauen hat«, verbesserte Thomas. »Hatte, hat und noch haben wird.« Er zog eine Grimasse. »Mit den Frauen ist es wie mit den Büchern, die es neuerdings zu kaufen gibt: Sie sind hochinteressant und lehrreich, doch kennst du einmal ihren Inhalt, werden sie langweilig, und du mußt dich nach etwas Neuem umsehen.«

»Wolltest du denn nie Kinder?«

»Ach, Kinder…« Thomas trank sein Bier aus und knallte den leeren Humpen auf den Tisch. Säuerlich sagte er: »Die Wollust, die zum Kindermachen führt, ist wohl der größte Fallstrick Satans.«

»Ach. Ich dachte, die Bibel ermuntert zu zahlreicher Nachkommenschaft?«

Thomas nickte. »Seid fruchtbar und mehret euch, sprach der Schöpfer. Daß er jedoch nicht dazugesagt hat, daß dieses Sichmehren mit Maßen zu geschehen hat, kann nur das

Werk Satans gewesen sein. In allem predigt der Herr, das rechte Maß zu wahren, gerade in diesem äußerst wichtigen Punkt aber nicht. Er muß also im entscheidenden Moment abgelenkt gewesen sein, und wer sonst hätte so etwas bewerkstelligen können, wenn nicht das Böse höchstselbst?«

Jeroen nippte an seinem Wein und fragte skeptisch: »Und welches Interesse sollte deiner Meinung nach Satan daran gehabt haben?«

»Er wollte natürlich seine Hölle voll bekommen, was sonst?«

»Genauso, wie Gott seinen Himmel voll bekommen möchte, nehme ich an.«

Thomas schüttelte entschieden den Kopf. »Wenn der Himmel zu voll wird, wird er von selbst zur Hölle. Eine widersprüchliche Weisheit Thomas von Akens, wenn du so willst.«

»Ich wußte gar nicht, daß du so gern allein bist.«

»Bin ich auch nicht, Joen. Ich habe gerne Menschen um mich, manche von ihnen jedenfalls. Und in kleinen Mengen.« Er grinste und hob seinen leeren Humpen, um die gerade vorüberkommende Wirtin darauf aufmerksam zu machen.

»Aber keine Kinder?«

»Oh, doch... manche. Bei Kindern ist es genau wie bei Erwachsenen, manche sind nett, die meisten sind unausstehlich. Man sollte sie sich also aussuchen können, und das kann man mit den eigenen Kindern nicht, da muß man nehmen, was der Herr und deine Frau dir schenken. Und... tja, ich bin kein Freund von Glücksspielen, weißt du. Zumal, wenn der Einsatz so hoch ist.«

»Aber wenn man sich geschlechtlich vereinigt, dann –«

Thomas machte eine ungeduldige Handbewegung. »Es gibt Methoden, Joen. Und das hier ist der richtige Ort, um solche Dinge zu lernen. Einen Pinsel führen zu können ist wichtig, doch um ohne größere Kalamitäten durchs Leben zu kommen, bedarf es noch anderer, mindestens ebenso wichtiger Erfahrungen.«

Nachdenklich sagte Jeroen: »Eines ist gewiß, das Vatersein macht einen furchtbar sorgenvoll und verletzlich.«

Thomas nickte. »Du bist schon immer klüger gewesen als der Rest der Familie. Wenn auch leider nicht auf allen Gebieten.«

»Wenn Vater dich so reden hören würde...«

Thomas zuckte die Achseln. »Ich weiß, Joen. Ich bin nicht gerade Anthonius' Lieblingsbruder. Von Mechteld ganz zu schweigen. Nicht, daß mir das schlaflose Nächte bereiten würde.«

»Ich verstehe gar nicht, wieso du und Herberta nicht miteinander auskommt. Ihr seid –«

Thomas hob warnend die Hand. »Diesen Namen möchte ich heute abend nicht mehr hören!«

Stumm leerte Jeroen seinen Becher. Der Wein war lieblich, so, wie er ihn gern mochte. Er sagte denn auch nicht nein, als die Wirtin seinen Becher ganz nebenbei aus einem großen irdenen Krug wieder vollschenkte.

Thomas fragte sie: »Müssen wir noch lange warten?«

»Ist das Verlangen nicht immer süßer als die Befriedigung?«

Jeroen schaute der davonwatschelnden Wirtin nach. »Sie hat einen Kopf, den ich gern mal zeichnen würde.«

»Was reizt dich an häßlichen Köpfen?«

»Ich weiß nicht genau.« Jeroen dachte einen Moment nach, den Blick auf das rot angelaufene Gesicht eines Bauern an einem der Nachbartische geheftet. Der Mann lachte unentwegt und entblößte dabei ein scheußlich verunstaltetes, faulendes Gebiß. »Nun, Onkel Thomas, ich denke, daß sich gerade im scheinbar Abstoßenden bisweilen wahre Schönheit verbirgt ... wenn man fähig ist, sie zu erkennen.«

»So, so«, sagte Thomas spöttisch. »Trotz seines jugendlichen Alters hat auch Hieronymus van Aken seine widersprüchlichen Weisheiten.«

Jeroen schien ihn gar nicht gehört zu haben. »Nicht die äußere Schale ist interessant, die kann jeder sehen, der Augen im Kopf hat. Das ungemein Fesselnde ist und bleibt die Ergründung des versiegelten Innern.«

Thomas sah ihn stirnrunzelnd an. »Ich sagte es ja schon: Manchmal machst du mir *wirklich* angst, Joentje!«

Jeroen nickte, als könne er das nachvollziehen. »Weißt du, manchmal mache ich mir selbst angst ...« Vor allem, wenn ich mir meine eigenen Alpträume schaffe, dachte er. Die ich selbst wachend erleben kann. »Und jetzt muß ich pinkeln«, verkündete er prosaisch. »Dieser Wein ist sehr dünn.«

Thomas zeigte mit dem Daumen über seine Schulter. »Die Tür da führt auf die Gasse hinter dem Wirtshaus hinaus. Nimm dich in acht, daß dir die Straßenräuber nicht dein Ding abschneiden.«

Nach dem Lärm und der Stickigkeit in der Gaststube war es draußen in der Abendluft angenehm kühl und ruhig. Weit und breit war keine Menschenseele zu sehen. Matt und farblos ragten die Fassaden der Häuser gegenüber im bleichen Licht von Halbmond und Sternen auf, mit Fenstern wie pechschwarzen Löchern.

Die Pinkler aus dem Wirtshaus müssen etwaigen Zuschauern hinter diesen Fenstern ja ein schönes Schauspiel bieten, dachte Jeroen, dem nach zwei Bechern Wein ein Großteil seines natürlichen Schamgefühls abhanden gekommen war.

Er war noch dabei, seine Hose wieder in Ordnung zu bringen, als sich einige Schritte weiter knarrend eine andere Hintertür des Wirtshauses öffnete und eine dunkle gedrungene Gestalt ins Freie trat. Jeroen wandte rasch das Gesicht ab, als die Gestalt in seine Richtung blickte.

»Komm gut heim und auf Wiedersehen!« sagte eine junge Frauenstimme, und mit einem Knall schlug die Tür wieder zu.

Erst als Jeroen hörte, daß sich der Mann mit schwankendem und ein wenig schlurfendem Gang entfernte, wagte er sich wieder umzudrehen. Fassungslos starrte er der untersetzten Gestalt nach, bis diese um eine Ecke bog. Er hatte sie erkannt und fragte sich beunruhigt, ob das andersherum auch der Fall gewesen war.

Als er an seinen Platz in der Gaststube zurückkehrte, saß bei Thomas eine Dirne von höchstens zwanzig. Sie war blond und mollig und hatte einen großen lachlustigen Mund. »Ah, das wird dann wohl der schöne Junker sein«, sagte sie, als sich Jeroen ein wenig gezwungen auf Thomas' andere Seite setzte. »Wollt's denn was werden, da draußen?«

Sie ist das gerade gewesen, dachte Jeroen, der ihre Stimme

wiedererkannte. Und aus irgendeinem Grund ließ ihn dieser Gedanke plötzlich Abscheu empfinden.

»Ich möchte noch einen Becher Wein«, sagte er zu Thomas. »Ich habe auf einmal fürchterlichen Durst.«

Die Dirne sprang sogleich beschwingt auf. »Ich geh ihn schon holen«, sagte sie.

»Na?« fragte Thomas. »Das ist Virgilie. Wenn du bei der nicht auf den Geschmack kommst, dann weiß ich es auch nicht mehr.«

»Sie war gerade noch mit einem anderen zusammen.«

»Natürlich, das ist ja ihr Beruf. Dachtest du etwa, sie würden eigens für dich eine Jungfrau aus dem Schrank hervorholen?« Thomas seufzte. »Herrje, Junge, manchmal bist du ganz schön schwierig!«

»Du weißt ja auch nicht, mit wem sie zusammen war, Onkel Thomas.«

»Und ich will es auch nicht wissen.«

»Ich will sie nicht anfassen, ich könnte das nicht.« Jeroen nahm den Becher Wein von dem Mädchen an, doch als es sich neben ihn setzen wollte, sagte er in förmlichem Ton: »Verzeiht, Virgilie, aber ich möchte keinen weiteren Gebrauch von Euren Diensten machen. Seid jedoch versichert, daß das nichts mit Eurer Person zu tun hat.«

Virgilie sah ihn einige Augenblicke lang verwundert an, ehe sie sagte: »Das bin ich *gern,* so geschwollen es auch klingt!« Woraufhin sie sich gleichgültig auf dem Absatz umdrehte und an einen anderen Tisch trat, an dem sie mit begeisterten Rufen empfangen wurde und sich gleich jemandem auf den Schoß fallen ließ. Jeroen und Thomas würdigte sie keines Blickes mehr.

»Wenn du mich lächerlich machen wolltest, ist dir das ausgezeichnet gelungen!« sagte Thomas. »Was ist denn das jetzt wieder für ein Theater?«

»Lächerlich?« Jeroen zog eine Grimasse und griff zu seinem Becher. »Was lächerlich ist, wurde mir gerade vorgeführt!« Er leerte seinen Becher in einem Zug. »Wollen wir heimgehen?«

»Nein«, entgegnete Thomas unfreundlich. »Du gehst heim. Ich bleibe hier, um zu erklären, was für ein weltfremdes und eigensinniges Früchtchen du bist. Und so was will ein van Aken sein!«

Jeroen erhob sich. »Vielleicht ändere ich ja meinen Namen«, sagte er. »Vielleicht gibt es schon zu viele van Akens. Gehab dich wohl, Onkel Thomas, ich wünsche dir einen aufregenden Abend.«

Kaum daß Jeroen draußen auf der Straße stand, war das Selbstbewußtsein, mit dem er aus dem Wirtshaus gegangen war, auch schon verflogen. Schlagartig wurde ihm bewußt, daß er sich zum erstenmal im Leben mit seinem Onkel gestritten hatte. Das war höchst unerfreulich, und fast wäre er wieder hineingegangen, um Thomas für sein unerwachsenes Benehmen um Verzeihung zu bitten. Doch er ließ diesen Moment der Unschlüssigkeit verstreichen und machte sich mit dem Mond im Rücken auf den Weg. Ich habe schließlich nicht darum gebeten, dorthin mitgenommen zu werden, dachte er trotzig. Außerdem stand es seinem Onkel nicht zu, ihn derart anzufahren, ohne überhaupt zu wissen, was denn eigentlich los war. Und dann dieses ewige Gemurre über Herberta!

Auch die Empörung verebbte rasch. Jeroen wurde bewußt, daß er noch nie so spät allein durch die Straßen der Stadt gestrichen war. Die Verlassenheit verlieh den dunklen Straßen etwas Unwirkliches, als wären sie nicht real, sondern entsprängen einem Traum.

Ich träume zuviel, konstatierte er verärgert. Wach ebenso wie im Schlaf. Aber die dunklen Straßen waren real. Real und nicht ohne Gefahren. Wer bei Sinnen war, trieb sich hier zu dieser Stunde nicht allein herum. Außer natürlich Strolche, die nichts zu befürchten hatten, weil sie selbst die Gefahr darstellten. Und die Nachtwache, doch die sah man nur selten, wenn Gefahr im Verzug war.

Mit gespitzten Ohren und sich immerfort umschauend, eilte Jeroen heimwärts. Seine eine Hand lag auf dem Futteral des Dolchs, den ihm sein Vater vor zwei Jahren geschenkt hatte. Doch das beruhigende Gefühl, das davon hätte ausgehen sollen, war nur schwach. Jeroen hatte die Waffe noch nie benutzt, und er bezweifelte, daß er es im Notfall könnte. Er hatte weder die Statur noch den Charakter eines Raufbolds, und dessen war er sich wohl bewußt. Obgleich er sich vor einigen Jahren geschworen hatte, sich nie wieder ohne Gegenwehr zusammenschlagen zu lassen.

Obendrein war da noch die schemenhafte Gestalt, die er in der Gasse hinter dem Wirtshaus gesehen hatte. Seine Einbildung ging wieder mit ihm durch, und er glaubte in jedem dunklen Hauseingang sich etwas heimlich regen zu sehen und funkelnde Augen, die ihn bespähten. Es wurde sogar so schlimm, daß er ins Rennen verfiel und seine gehetzten Schritte laut zwischen den ungerührten Häuserfassaden widerhallten. Einmal drosselte er das Tempo kurz, als ihm andere späte Passanten begegneten, zwei Männer, die auf der anderen Straßenseite vorüberkamen. Sie hatten eine brennende Öllampe bei sich und gingen beide schnell und ein wenig vornübergebeugt, als müßten sie einem kräftigen Wind trotzen. Sie würdigten Jeroen keines Blickes.

Womöglich haben sie Angst vor *mir*, dämmerte es Jeroen. Er mußte ihnen ja auch als sonderbarer Geselle erscheinen, der mit Gott weiß was für niederträchtigen Absichten durch die nächtlichen Straßen stromerte. Dieser Gedanke munterte ihn sogar ein wenig auf.

Ohne Zwischenfälle erreichte er den Bosschen Marktplatz.

Als er ins dunkle Haus trat und leise die Tür hinter sich schloß, hörte er das Anschlagen eines Feuersteins. Erschrocken wandte er sich um und erkannte in der schwachen roten Glut eines Zunderschwamms das Gesicht seiner Schwester, die gerade eine Kerze anzündete.

»Aha«, sagte sie, als der Docht knisternd entflammte, »mein kleiner Bruder ist von den Huren zurück. Und? Hat es dir gefallen?«

Jeroen holte tief Luft und blies sie mit geblähten Wangen wieder aus, um seine Verwirrung zu überspielen. »Ich bin nur kurz mit Onkel Thomas ausgewesen.«

»Nur kurz ausgewesen? Mit Onkel Thomas?«

»Na hör mal, ich bin schließlich kein Kind mehr!« Sie hatte ein zerknittertes Nachthemd an. Als sei sie schon im Bett gewesen und wieder aufgestanden.

»Ach nein? Ist der Kleine mit einem Mal zum Mann geworden? Wann ist denn das geschehen? Ich habe nichts davon bemerkt.«

»Wieso bist du denn so nörgelig?«

»Weil ich mir Sorgen gemacht habe, verdammt noch mal!«

»Scht! Nachher weckst du Vater und Mechteld noch!«

»Das sollte ich auch, damit sie dir einen ordentlichen Rüffel geben. Wo bist du gewesen?«

»Im Lügenberg.«

»Na bitte!«

»Onkel Thomas wollte mir … äh …«

»Und? Wie war's? Oder warst du so berauscht, daß du nichts mehr davon weißt?«

»Gar nichts war«, erwiderte Jeroen verdrießlich. Er ging zur Treppe und machte Anstalten, sich nach oben zu begeben. »Wenn du es unbedingt wissen willst: Ich hab dort nur Wein getrunken.«

»Das kannst du deiner Großmutter erzählen!«

»Denk, was du willst«, sagte Jeroen und drehte seiner Schwester den Rücken zu.

»Warte! Warte einen Moment!« Herberta lief zu ihm hin und packte ihn beim Oberarm, zwang ihn, sie anzusehen. »Warst du ihnen noch zu grün, oder was?«

»Ich hatte eine Begegnung, die mir jegliche Lust auf fleischliche Abenteuer genommen hat.«

»Ach!« Herberta ließ seinen Arm los. »Und mit wem das?«

»Das erzähl ich dir besser nicht.«

»Seit wann haben wir also *doch* Geheimnisse voreinander?«

»Seit du mich für zu grün hältst.«

Herberta seufzte. »Oh, ich hab dich wohl in deiner Eitelkeit gekränkt!« Sie drehte sich um und nahm den Kerzenleuchter vom Tisch. »Dann laß uns mal schlafen gehen. Morgen wirst du es mir schon erzählen, denn du kannst mir ja ohnehin nicht lange etwas verschweigen.«

Jeroen folgte Herberta, die mit der Kerze die Treppe hinaufging. »Ich verstehe immer noch nicht, wieso du eigentlich so wütend bist.« Plötzlich blieb er stehen. »Sag mal«, flüsterte er, »du bist doch wohl nicht eifersüchtig?«

»Du bist doch wohl nicht eifersüchtig?« äffte Herberta ihn nach. »Törichter Grünschnabel!« Sie schlüpfte ins Mädchenzimmer und schloß sofort die Tür hinter sich, so daß Jeroen im Dunkeln stand.

Eine Verwünschung unterdrückend, tastete er sich ins Jungenzimmer, wo Goossen wie gewöhnlich vor sich hin schnarchte. Ohne Licht zu machen, kleidete er sich aus und kroch in sein Bett.

Noch geraume Zeit lag er wach auf dem Rücken und starrte in die Dunkelheit, bis schließlich der Wein seine Wirkung tat und er in einen unruhigen Schlaf fiel. Er träumte von der Dirne aus dem Wirtshaus und von all dem, was er mit ihr hätte tun wollen, wenn sie Herberta ähnlicher gewesen wäre. Aber die ganze Zeit war da ein drohender dunkler Schatten, den er nur aus den Augenwinkeln sehen konnte. Wenn er genau hinzuschauen versuchte, verschwand der Schatten. Auch ohne daß er ein Gesicht sah, wußte Jeroen, wer diese dunkle Gestalt war. Trotzdem war die Bedrohung nicht groß genug, um den Traum in einen Alptraum zu verwandeln. Denn die dunkle Gestalt schien merkwürdigerweise ihrerseits ein wenig Angst vor Jeroen zu haben…

Als Jeroen am nächsten Morgen erwachte, waren Goossen und Jan bereits weg. Irgendwer hatte die Fenster geöffnet, und die Geräusche vom donnerstäglichen Markt hatten ihn geweckt.

Das Haus war leer, als er nach unten kam, alle waren fort. Es kam ihm gerade recht, daß er niemandem unter die Augen zu treten brauchte. Er aß einen Teller kalten Haferbrei und ging gleichfalls aus dem Haus.

Das Wetter war passabel, und viel Volk drängte sich auf dem Markt. Vor allem die Stände mit den teuren Tuchen aus Flandern schienen beim begüterten Bürgertum gute Geschäfte zu machen.

Jeroen spazierte in Richtung Rathaus und sah sich an den Ständen nach einem Topf Honig zum Anrühren seiner Farben um. Die Sitte hatte er von seinem Onkel Thomas übernommen, obgleich sein Vater nichts davon hielt. Aber Jeroen war versessen auf Süßigkeiten, und das ungewöhnliche Bindemittel lieferte ihm einen ausgezeichneten Vorwand, immer etwas Süßes in Reichweite zu haben.

Er fand nicht so rasch, was er suchte, und ging daher ganz bis ans Ende des Marktes. Dort hatte sich eine ansehnliche Menge um einen Mönch versammelt, der mit lauter Stimme zu ihr sprach.

Jeroen erstarrte, als er den Mönch erkannte. Er stand wie immer auf einem Pferdekarren, um seine Zuhörer gut sehen – und wohl auch, um sie besser einschüchtern zu können. Der Karren stand nahe bei einem Pranger, bemerkte Jeroen jetzt. An den war ein Mann gebunden, dessen Gesicht aufgrund des matschigen Gemüses und der unzähligen faulen Eier, die man ihm an den Kopf geworfen hatte, schon gar nicht mehr zu identifizieren war. Das Ganze sah aus wie ein Haufen zusammengeklatschter und wild durcheinandergerührter Farbreste, und eine Unzahl von Fliegen tat sich daran gütlich. In Windrichtung vom Pranger stand niemand. Wahrscheinlich war der Gestank dort nicht auszuhalten. Hin und wieder rannte ein Trupp johlender Kinder an dem Unglücklichen vorüber, die ihm Fratzen schnitten und nach ihm traten.

»…Die Himmel werden aufbersten, und es wird giftige Kröten, Schlangen und Skorpione regnen, der Äther wird brennen, und schwarzer Rauch wird die ganze Erde und alles, was auf ihr lebt, einen greulichen Erstickungstod sterben lassen, das Meer wird sich spalten, und aus dem ewig gärenden Schlick seines Grundes werden fürchterliche sechsköpfige Drachen aufsteigen, mit Flügelschlägen so laut, daß euch das Gehör zerspringen wird. Die Geschlechtsteile von Hurern wie diesem gemeinen Sünder hier, der seine Frau wieder und wieder betrogen hat, werden so groß und so schwer werden, daß sie sie auf einem Schubkarren werden vor sich herschieben müssen, bis sie abgefault und verschimmelt sind…«

Fährst du deswegen immer auf einem Pferdekarren umher? dachte Jeroen. Um schon einmal vorzusorgen?

Impulsiv zwängte er sich durch die Menge hindurch, bis er direkt vor Alain de la Roches Karren stand. Mit in die Seite gestemmten Händen schaute er so zum Dominikaner hinauf, daß dieser geradezu gezwungen war, ihn zu sehen.

»…Zu Schleim sollen sie vergehen, im Dunkeln leuchtend, und ihre Seelen sollen für immer verdammt sein und ... « De la Roche stockte, als sein Blick den Jeroens kreuzte. Und Jeroen spürte, ohne es zu sehen, daß ihn einige Augenpaare beunruhigt fixierten. Doch der Mönch nahm seine Predigt fast sogleich wieder auf. Er riß den Blick von Jeroen los und fuhr mit seinem teils gesprochenen, teils gebrüllten Sermon fort. »... und sich tausendmal länger als tausend mal tausend Jahre schreiend vor höllischer Pein im brennenden Kot wälzen ... «

Es schreckte ihn nicht mehr, registrierte Jeroen verwundert. Er hörte und verstand die fürchterlichen Worte des Mönchs, doch sie berührten ihn kaum noch. Es war genau wie mit Mechteld, die ihm innerlich auch kaum noch etwas anhaben konnte, seit er sie einmal bei einer Lüge ertappt hatte. Respekt, dachte er, das war es. Menschen, die man nicht respektierte, konnten einen nicht wirklich in der Seele berühren. Respekt ließ sich zwar mit schlechten wie mit guten Taten erwerben, jedoch nie mit Scheinheiligkeit und Heuchelei, die verdienten nur Verachtung.

Jeroen kehrte dem Mönch den Rücken zu und trat zu dem Mann am Pranger. Der Fäulnisgestank war bestialisch, doch Jeroen zwang sich, den Unglücklichen anzusehen. »Was hast du verbrochen?« fragte er.

Für einen Moment traf Jeroen der argwöhnische Blick aus zwei hellen, inmitten des ekligen Breis kaum zu erkennenden Augen, ehe die Lider sich wieder senkten und der Mann zu Boden starrte. »Was geht's dich an?«

»Ich hörte da so etwas von Hurer«, sagte Jeroen. Er wies mit dem Kinn in Richtung de la Roche, der jetzt mit dem Rücken zu ihnen stand. »Der Doppelzüngler da hat's gestern abend selbst im Lügenberg getrieben.«

Blitzartig hob sich der Blick wieder. »Vorsicht, junger Mann, du sprichst gefährliche Worte!«

»Es ist die Wahrheit. Ich habe ihn mit eigenen Augen dort herauskommen sehen.«

»Er wird wohl im Lügenberg das Evangelium verkündet haben.«

Einen Moment lang dachte Jeroen, der Mann habe trotz seines jämmerlichen Zustands einen Scherz zu machen versucht, doch der kühle Blick aus diesen hellen Augen sprach dagegen.

Jeroen sagte: »Er hat kein Recht, dich so zu erniedrigen.«

»Warum sagst du ihm das nicht? Dann kannst du mir Gesellschaft leisten. Die faulen Eier sind zwar gerade ausgegangen, aber irgendwas werden sie schon finden.«

»Wie heißt du?«

»Wer will das wissen?«

»Ich bin Jeroen van Aken, Malerlehrling.«

»Aha, Malerlehrling! Wolltest meine Erniedrigung wohl in Tempera festhalten, was? Um Fürsten und Königen zu behagen, die sich solche Bilder mit dem Gold kaufen, das sie dem Volk aus der Börse gezogen haben?«

»Wenn du kein Gold hast, können sie es dir auch nicht aus der Börse ziehen«, bemerkte Jeroen. »Und die Erniedrigung scheint deine Zunge ja eher geschärft als gelähmt zu haben!«

»Ich koche vor Wut«, bekannte der Mann. Er konnte nur mühsam sprechen und mußte fortwährend schlucken, weil das Halsloch des Prangers so eng war, daß es ihm die Kehle abschnürte. »Mein dummes, verräterisches Weib aber auch –«

»Ich weiß immer noch nicht, wie du heißt.«

»Jasper Collet, aber was kümmert's dich?«

»He, du da!« rief einer der Umstehenden. »Was kungelst du da?«

Jeroen drehte sich halb zu dem Mann um, der das gerufen hatte, und rief: »Du könntest der nächste sein, der hier zur Schau gestellt wird.«

Der Mann erwiderte herausfordernd: »Und wofür denn, bitte schön? Ich geh nicht zu den Huren wie dieser Dummkopf!«

»Du läßt dich nicht ertappen wie dieser Dummkopf, meinst du wohl!« rief jemand aus der Menge, und die Umstehenden lachten.

»Genau«, sagte Jeroen. »Man ist erst ein Sünder, wenn man ertappt wird.« Noch während er das sagte, registrierte er, daß Alain de la Roche aufgehört hatte zu predigen und er dadurch weit mehr Aufmerksamkeit auf sich zog, als er beabsichtigt hatte. Langsam wandte er sich zu dem Mönch um, der die Hände in die Seite gestemmt hatte und ihn von seinem Karren herab forschend ansah.

»Mit Gerichteten zu sprechen ist nicht erlaubt«, sagte der Mönch.

»Dessen war ich mir nicht bewußt«, log Jeroen.

»Van Aken, hm? Hieronymus van Aken, wenn ich mich nicht irre?«

Jeroen nickte. »Wir sind uns schon begegnet.« Erst als er das gesagt hatte, ging ihm auf, wie doppeldeutig das klang.

De la Roche zeigte jedoch keinerlei Reaktion. »Eure Schwester«, sagte er. »Jetzt erinnere ich mich wieder. Der Hexerei beschuldigt, nicht wahr?«

»Fälschlich beschuldigt«, verbesserte Jeroen.

Der Mönch zog ein schiefes Gesicht. »Und danach hatte der Kläger einen kleinen Unfall«, stellte er fest.

Tollkühn erwiderte Jeroen: »Tja, so ist das bei Hexen nun einmal.« Da wurde er sich plötzlich der angespannten Stille um ihn her bewußt. Teils gierig, teils beunruhigt starrten alle auf ihn und de la Roche. Letzterer schickte sich an, mit Hilfe einiger Umstehender von seinem Karren herunterzuklettern. Sein Übergewicht schien ihm dabei derart zu schaffen zu machen, daß er laut ächzte und keuchte. Mit einer unwirschen Bewegung schüttelte er die Hände ab, die ihm zur Hilfe gereicht worden waren, und ging zu Jeroen. In scharfem Ton fragte er: »Was ist denn in dich gefahren? Bist du so sehr darauf erpicht, dasselbe Schicksal zu erleiden wie dein Freund hier?«

Erst jetzt, da der Mönch ihm Auge in Auge gegenüberstand, fuhr Jeroen der Schrecken in die Glieder. Es war, als habe ihn bis zu diesem Moment einer zu seinem dreisten Betragen ermuntert, der sich nun geschwind aus dem Staub gemacht hatte. Sein Blickfeld verengte sich, bis die Menschen um ihn her und die gesamte Umgebung verschwunden waren. Er sah nur noch das aufgedunsene Gesicht und die blutunterlaufenen Augen des Dominikaners.

Er weiß es nicht, dachte Jeroen. Er weiß nicht, daß ich ihn gestern abend gesehen habe.

»Ich bitte um Verzeihung, Bruder«, hörte er sich sagen. »Ich weiß, es war unehrerbietig, was ich da redete. Es … es kam durch diesen Mann hier.« Sein Blick schoß kurz zu Jasper, der ihn nicht sehen konnte, weil er ein wenig zu weit seitwärts von ihm stand. »Seine Erniedrigung traf mich so tief, daß ich … daß ich …« Jeroen verstummte entmutigt.

Ich bin ein Hasenfuß! dachte er. Sobald einer die Faust ballt, wage ich den Mund nicht mehr aufzumachen.

»Ja weißt du denn nicht, was dieser Lump getan hat?«

»Doch, das glaube ich verstanden zu haben, Bruder«, antwortete Jeroen tonlos. Er wandte den Kopf ein wenig ab, um den säuerlichen Körpergeruch des Mönchs nicht einatmen zu müssen. Die faulen Eier sind weniger schlimm, ging es ihm durch den Sinn.

»*Das* glaubst du verstanden zu haben, so, so. Und wie kommt es dann, daß du für seine Strafe *kein* Verständnis aufbringst?«

Stammelnd erwiderte Jeroen, der sich seiner Schwäche wegen mehr und mehr verwünschte: »Das kommt vielleicht daher, daß ich noch jung bin, Bruder. Und daß ich nicht weiß, was äh ... eheliche Treue und dergleichen denn nun wirklich bedeuten.«

»Eine schwache Entschuldigung, zumal für einen Namensvetter des Sophronius Hieronymus. Hat man dich allen Ernstes nach diesem berühmten, hochgelehrten Bibelübersetzer getauft? Dann hast du deinen Namen fürwahr gestohlen, würde ich sagen.«

»Ich bin nur ein Malerlehrling, Bruder, nicht mehr.«

»Ja, ja, in den Fußstapfen des Anthonius van Aken mit seinen hochgestellten Kunden, nicht wahr?«

»Ich verstehe nicht, wovon Ihr sprecht, Bruder.«

»Ach nein? So dumm scheinst du mir aber doch gar nicht zu sein, wenn ich den Erzählungen Glauben schenken darf, die mir so zu Ohren kommen.« De la Roche trat noch näher, so daß sein Gesicht das Jeroens beinahe berührte. »Versuchst du Possen mit mir zu treiben? Ja?«

Jeroen erfaßte ein solcher Ekel, daß ihm war, als drücke eine schleimige Hand ihm die Kehle zu. *Ein* falsches Wort noch oder auch nur ein falscher Ton, und ihm würde das gleiche Schicksal zuteil werden wie Jasper. Oder gar Schlimmeres. Doch zugleich war er sich schmerzlich der Demütigung bewußt, die er im Angesicht der vielen Bekannten und Unbekannten um ihn her erfuhr, welche begierig der Dinge harrten, die noch kommen würden. Zu klarem Denken nicht mehr imstande, stieß er hervor: »Ein Haufen Lügen...«

De la Roche zog die Stirn in Falten: »Was war das? Sag das noch einmal!«

»Ein Haufen Lügen...« Jeroen bemühte sich, seine zitternde Stimme in den Griff zu bekommen. »Vielleicht... Ich glaube, daß... Ich glaube, daß ich...«

Mit einer ungeduldigen Bewegung packte der Bruder Jeroen unsanft beim Arm und schleifte ihn zur Rückseite seines Karrens, wo keine Menschen standen. »Sprich!« blaffte er. »Dir liegt offenbar etwas im Magen. Was gibt dir die Dreistigkeit zu glauben, du könntest mir die Stirn bieten?«

Jeroen schlug die Augen nieder, weil er dem Blick des anderen nicht länger standhalten konnte. Kaum hörbar sagte er: »Ich sah Euch gestern abend... äh... aus dem Lügenberg kommen, Bruder.«

»So«, sagte de la Roche. »Du *glaubtest* also, mich aus einem Bordell kommen zu sehen?«

»Ich sehe sehr gut im Dunkeln, Bruder. Und die Dirne... sie nannte Euch beim Vornamen«, log Jeroen.

De la Roche zog erneut die Stirn in Falten. »Das habe ich

nicht gehört«, entfuhr es ihm. »Ich meine...«, versuchte er sich sogleich wieder zu fangen und seufzte irritiert. »Herrje, warum sollte ich mich einem Grünschnabel wie dir gegenüber rechtfertigen?«

Noch ehe das heraus war, sagte Jeroen: »Ich habe noch mit niemandem darüber gesprochen.«

»*Noch* nicht? Was meinst du mit *noch* nicht? Soll das eine Drohung sein?«

»Dessen würde ich mich niemals erdreisten, Bruder«, erwiderte Jeroen. »Jedoch...«, er holte tief Luft, damit sich das laute Pochen seines Herzens legte, »als ich Jasper so schwer für etwas bestraft sah, was Ihr selbst... äh... Ich meine: Es befremdete mich zu sehen, daß jemand in aller Öffentlichkeit eine Sünde anprangert, die er selbst auch... äh...« Jeroen verstummte.

In scharfem Ton sagte de la Roche: »Die einzigen, die ungestraft Gesetze übertreten dürfen, sind die, die sie gemacht haben!«

»Gilt das auch für die Gebote Gottes?«

Da traf Jeroen ein Fausthieb de la Roches mitten ins Gesicht, und zwar mit einer solchen Wucht, daß er rückwärts strauchelte und hart und schmerzhaft gegen die Seite des Pferdekarrens prallte. »Wie *kannst* du es wagen!« herrschte ihn der Bruder an. »Eine Ungeheuerlichkeit ist das! Du elender Wicht!« De la Roche holte zu einem neuerlichen Hieb aus, stockte jedoch mitten in der Bewegung. Einen kurzen Moment stand er völlig regungslos da, wie ein groteskes Standbild. Dann griff er sich mit zur Klaue gekrümmter Hand an die Brust. Er stöhnte und röchelte in einem und sank mit gen Himmel gerichteten Augen langsam auf ein Knie nieder, so daß es beinahe den Anschein hatte, er wollte Jeroen anbeten.

Jeroen schrak aus seiner Erstarrung auf. »Zu Hilfe!« rief er einige Leute an, die aus diskreter Entfernung zugeschaut hatten. »Kommt und helft, dem Bruder ist nicht wohl!«

Menschen schnellten herbei, und jemand rief nach einem Wundarzt.

Jeroen beugte sich über de la Roche und half ihm, sich auf dem Pflaster auszustrecken. Der Bruder war im Gesicht ganz grau geworden, und sein Atem ging stoßweise. Trotzdem brachte er noch die Kraft auf, Jeroen beim Rock zu packen und zu sich herzuziehen, so daß er ihm abermals aus nächster Nähe in die Augen blicken konnte. »Vielleicht hast du ja recht«, zischte er. »Vielleicht hat Gott mich verlassen. Doch wenn ich durch deine Schuld auf der Straße sterben muß wie ein Hund, wirst du ganz gewiß in der Hölle brennen! Nicht einen Tag mehr wirst du ohne Reue leben!« Er löste den Griff von Jeroens Kleidern, legte sich hin und schloß die Augen.

Aber der Bruder war nicht tot, stellte Jeroen fest und wußte nicht so recht, ob er das nun gut oder schlecht finden sollte. Die umfängliche Brust des Dominikaners bewegte sich weiterhin bebend auf und ab.

Breit gestikulierend und rufend, man solle Platz machen, das Opfer brauche Luft, erschien der Chirurg. Er kniete sich neben de la Roche auf den Boden und legte das Ohr an die Brust des Dominikaners. »Es ist sein Herz«, sagte er und sprang hurtig wieder auf, als wolle er sich von der Schwäche seines Patienten distanzieren. »Bringt ihn unter Dach und Fach«, kommandierte er. »Er muß warm gehalten werden.«

Niedergeschlagen starrte Jeroen dem aufgeregten Grüppchen nach, das den Bruder in eines der Häuser am Markt trug. Der Rest der Menge zerstreute sich unter lebhaftem Gerede. Der eine oder andere warf Jeroen einen verstohlenen Blick zu, doch das war alles, was ihm noch an Aufmerksamkeit zuteil wurde.

»Ich weiß ja nicht, was du angestellt hast, aber solltest du über magische Kräfte verfügen, bin ich von jetzt an dein treuer Jünger.«

Jeroen blickte zu Jasper, der gesprochen hatte, ohne ihn sehen zu können, ja ohne auch nur zu wissen, ob er überhaupt noch da war. »Wenn ich magische Kräfte hätte, würden ganz andere Dinge geschehen«, erwiderte er säuerlich. Er ging zum Pranger und untersuchte die Verriegelungen, um zu sehen, ob er Jasper befreien könne.

»Laß«, sagte Jasper. »Wir würden alle beide nur noch mehr Ärger bekommen. Und bei Sonnenuntergang hab ich meine Strafe hinter mir. Trotzdem, die Geste sei dir gedankt. Eines könntest du aber doch für mich tun...«

»Einen Eimer Wasser über den Kopf gießen«, vervollständigte Jeroen den Satz. »Ich geh gleich welches holen.«

»Zu Gegendiensten jederzeit gern bereit«, sagte Jasper, als Jeroen sich entfernte. »Und Gott segne dich.«

Der Segen eines Sünders gegen den Fluch eines Mönchs, dachte Jeroen bitter. Er hoffte nur, Gott würde berücksichtigen, daß der Mönch ebenfalls ein Sünder war.

Offenbar hatte der Herr im Himmel Alain de la Roche noch nicht verlassen, denn der Bruder überlebte das erste Versagen seines Herzens. Kaum genesen, verließ er ’s-Hertogenbosch aus unerfindlichen Gründen und sollte auch nie mehr dorthin zurückkehren. Er ging zunächst nach Utrecht, wo er seine berüchtigten Strafpredigten fortsetzte, wenn auch mit deutlich geringerem Elan als zuvor. So behauptete man zumindest. Und danach reiste er weiter nach Zwolle, wo er schließlich einem zweiten Herzanfall erlag.

Jeroen vernahm die Nachricht vom Tode des Bruders mit einer Mischung aus Erleichterung und einer neuen, vagen Beunruhigung. Der Fluch, den Alain de la Roche gegen ihn ausgestoßen hatte, hatte sich tief in sein Gedächtnis eingegraben.

Eine neue Angst, mit der ich leben muß, dachte er resigniert. Und es würden vielleicht noch viele weitere hinzukommen, da machte er sich keine Illusionen. Er wußte, daß es nicht in seiner Natur lag, die Dämonen unbeschwert aus seinem Kopf zu bannen. Er war dazu verdammt, mit ihnen zu leben und sich auf Gedeih und Verderb ihrem finsteren Verlangen zu beugen.

8

Während er über Jeroens Schulter hinweg mit auf die Tafel schaute, deklamierte Anthonius: *»Auf daß ein jeder achte, nichts Unmögliches zu tun, nichts, das wider die Natur ist. Es sei denn, er wollte ein Traumwerk schaffen, denn darin kann er nach Wunsch allerlei Kreaturen miteinander vermischen.«*

»Worte des Horaz«, sagte Jeroen. »Du hast mich nicht umsonst zur Schule gehen lassen, Vater.« Konzentriert, mit vollkommen ruhiger Hand, pinselte er das linke Vorderbein einer schwarzen Kröte, die auf dem Schoß einer sitzenden Jungfrau lag. Jeroen arbeitete an einer Tafel, welche die sieben Todsünden und die vier letzten Dinge darstellte.

»*Weise* Worte des Horaz«, verbesserte Anthonius. »Ich kann mir beim besten Willen keine Hölle vorstellen, in der Satyrn das Lager mit liebreizenden Jungfrauen teilen!«

»Die größte Hölle ist das unbefriedigte Verlangen, Vater. Der Satyr und die Jungfrau haben, obwohl sie das Lager miteinander teilen, niemals geschlechtliche Gemeinschaft. Teuflische Wesen halten sie voneinander fern. Man kann natürlich auch der Überzeugung anhängen, die reinste Liebe sei die unerfüllte.«

»Hm... was hat der Kunstliebende von einem Gemälde, das ihm erst erklärt werden muß?«

»Wenn dieser Kunstliebende nicht von sich aus versteht, was der Künstler meint, sind Erklärungen ohnehin müßig.« Jeroen hielt in der Bewegung inne und sah seinen Vater unsicher an. »Verzeih, Vater, das ist mir so herausgerutscht. Es sollte nicht hochmütig klingen.«

Anthonius nickte mit säuerlicher Miene. »Derlei Entschuldigungen höre ich von dir in letzter Zeit zunehmend häufiger, Joen. Ich glaube, daß du ganz einfach hochmütig *bist,* es aber um des lieben Friedens willen zu vertuschen suchst.«

Jeroen zuckte die Achseln und arbeitete weiter. »Den Frieden herstellen zu wollen ist doch ein durchaus nobles Bestreben«, bemerkte er gewitzt.

»Hat deine Mutter, Gott habe sie selig, denn ein Monstrum geboren, frage ich mich bisweilen?«

»Schon möglich, ich glaube, daß in jedem Menschen ein Monstrum schlummert.«

»Was meinst du damit?«

»Das ganze Leben ist monströs; es besteht aus Töten, um zu überleben, aus liederlicher Begierde, um sich fortzupflanzen, aus Unterdrückung zum Erwerb von Macht, aus Spott um des Lachens willen, aus der Beraubung anderer zur eigenen Bereicherung. Je lauter einer seine eigene Heiligkeit von den Dächern herabschreit, desto gewisser ist, daß er nichts taugt.« Jeroen deutete mit seinem Pinsel auf eine kleine Figur auf der mannshohen Tafel. »Die Nonne hier hat einen Hammer, mit dem sie einen Sünder zu zerschmettern trachtet, den ein Teufel gepackt hält. Doch ihr geiler Blick ist auf das Gesäß des Mannes gerichtet. Ohne Zweifel wird sie beim Zerstampfen seines Fleisches und seiner Knochen eine Woge des Genusses durchfluten. Und der sogenannte Kunstliebende, der nichts versteht, wird sich natürlich nur blöde fragen, wie eine Nonne in die Hölle gelangen kann.«

»Jeroen, wenn ich dich so reden höre...« Anthonius verstummte und starrte auf den schmalen Rücken seines Sohnes. Er konnte nur schwer in Worte fassen, welche Empfindungen Jeroen in Momenten wie diesem bei ihm hervorrief. Das lag vor allem daran, daß diese Empfindungen so widersprüchlich waren. Jeroen hatte seine Pinsel mit einer Könnerschaft und einer Inspiriertheit zu handhaben gelernt, die weit über das hinausgingen, was eine normale Meisterschaft beinhaltete. Das hätte ihn als Vater mit Stolz erfüllen müssen, und das tat es auch oft, doch andererseits erfüllte ihn das zunehmend abstrusere Gedankengut seines Sohnes mit großer Sorge. Es überstieg jenen Drang nach künstlerischer Freiheit, der sich von Italien ausgehend nach und nach gen Norden ausbreitete. Und zwar bei weitem. Noch schienen die Spöttereien auf Kirche und Obrigkeit, deren Jeroen sich schuldig machte, zu subtil zu sein, um von denen, auf die sie abzielten, erkannt zu werden. Doch es würde nicht viel brauchen, daß sich das änderte. Kein kirchlicher oder weltlicher Machthaber würde es in diesen turbulenten Zeiten dulden, öffentlich verhöhnt zu werden. Mochte der fragliche Künstler auch noch so genial sein.

»Das ist es ja gerade, Vater«, sagte Jeroen und lächelte kurz. »*Du* hörst mich reden, andere aber nicht. Und ich habe einen viel besseren Weg gefunden, der Welt meine Bedenken kundzutun, als diese auszusprechen. Eine Manier, die mich, gerade weil die prunksüchtigen, hirnlosen Geldsäcke das Ganze nicht verstehen, wesentlich mehr befriedigt. Bei Gott, sie *bezahlen* sogar noch dafür!«

»Du wirst tollkühn, Joen, du spielst mit dem Feuer. Früher oder später wird dir das noch sauer aufstoßen.«

»Aha, das Feuer! Das Feuer, das sündige Leiber vertilgt und die Erde mit seinem erstickenden Rauch in Schwärze und Finsternis hüllt.«

»Mußt du denn selbst mich verspotten?«

»Das war kein Spott, Vater. Derlei Worte und Reden sind es, die mir wundersame Bilder vor Augen rufen, leider oft zu wundersam, als daß ich sie mit Farbe festhalten könnte.« Mit einer unerwartet mutlosen Gebärde ließ er seinen Pinsel sinken. »Die Beschränktheit der menschlichen Hand...« Er seufzte. »Es müßte ein Zaubermittel geben, mit dem man die geistigen Bilder in sichtbare oder gar greifbare Wirklichkeit umsetzen könnte.«

»Und was dann?«

»Dann wäre die Malerzunft sogleich arbeitslos«, antwortete Jeroen und grinste.

»Was ich fragen wollte: Warum diese ungewöhnliche Komposition?«

»Weil das eine Tischplatte werden soll.«

Anthonius zog ein verdutztes Gesicht. »Eine Tischplatte? Wie das?«

»Ich habe dem Bischof diesen Vorschlag gemacht, und er hielt das für eine erhabene Idee. Wirklich, das waren seine Worte. Er glaubt, daß ein Tisch, auf dem die sieben Todsünden prangen, ihn und seine Gäste zu frommer Kontemplation anregen wird.«

Anthonius hielt den Kopf schräg, um die Arbeit zu studieren. »Die Landschaften und die Interieurs sind fürwahr von besonderer Ausgefeiltheit«, räumte er ein, einen Anflug von Mißgunst in der Stimme.

»Wir müssen dem Monseigneur doch etwas bieten für sein Geld.« Jeroen trat einen Schritt zurück und legte Pinsel und Malstock auf den Arbeitstisch hinter sich. »Wie du zweifellos siehst, handelt das Ganze von Leben und Tod. Der große Kreis hier ist das Auge Gottes, mit Christus darin, der gerade auferstanden ist aus dem Grab. Da in der Bibel ein Zusammenhang zwischen Christus und der Sonne hergestellt wird, ist der Herr von hellen Sonnenstrahlen umgeben. Dieses Auge ist jedoch zugleich auch die Erde, auf der ich die sieben Todsünden angeordnet habe. Für den, der das alles nicht versteht, habe ich Beschriftungen hinzugefügt.« Jeroen zeigte mit dem kleinen Finger darauf. »Wie hier: *Abscondam faciem meam ab eis et considerabo novissima eorum.*« Er sah seinen Vater an: »Ich will mein Gesicht vor ihnen verbergen und sehen, was in Zukunft mit ihnen geschieht.«

Anthonius schüttelte den Kopf. »Ich frage mich manchmal, was dich so düster gemacht hat.«

Jeroen blickte verwundert. »Bin ich düster? Ich kann doch lachen!«

»Ja, aber es ist nahezu immer das Lachen des Spotts.«

Jeroen zuckte die Achseln. »Der Mensch und sein Verhalten sind eben allzuoft dergestalt, daß man nur spotten kann. Und das ist gut, denn es macht das Leben erträglich. Wer alles ernst nimmt, geht an Mißmut zugrunde.«

Anthonius schien diese letzten Worte nicht gehört zu haben. Er studierte die Arbeit erneut. »Fragt sich nur, wie der

Bischof darauf reagieren wird. Das alles ist, gelinde gesagt, recht ungewöhnlich: Bilder aus Mysterienspielen, allegorische Darstellungen der Sünden. Und warum, wenn ich fragen darf, hast du der Sünde des Zorns einen derart augenfälligen Platz eingeräumt? Ist nicht der Hochmut die bedeutendste Sünde?«

»Mag sein, aber er läßt sich nicht so spektakulär darstellen.«

Forschend sah Anthonius seinen Sohn an. »Ich bin mir immer unsicherer, wann du eine ernstzunehmende Antwort gibst und wann du mich zum Narren zu halten versuchst.«

»Herberta sagt immer, daß, was man nicht lachend sagen kann, nicht die Wahrheit ist, und ich glaube, sie hat recht.«

»Ach ja, deine Schwester...« Anthonius seufzte.

»Wieso nur äußert sich ein jeder immer so abfällig über sie? Mein Gott, Vater, ohne sie wäre ich wahrscheinlich nie Maler geworden!«

»Du wärst ein *anderer* Maler geworden«, verbesserte ihn Anthonius.

»Ja, vielleicht«, gab Jeroen zu. »Ein Allerweltsmaler wie mein Onkel und meine Brüder.«

Anthonius schnaubte. »Ich verstehe schon, warum Hochmut für dich nicht die größte Sünde ist. Du bist ja selbst mehr als reich damit bedacht.«

Jeroen überhörte das. »Einmal, schon vor langer Zeit, hat Herberta mir gesagt: ›Wenn mein Können in dir weiterlebt, wirst du vielleicht erfolgreich sein, wo ich zum Scheitern verurteilt bin, weil ich als Frau geboren wurde...‹«

Anthonius nickte grimmig. »Auch deine Schwester ist

reichlich prätentiös. Das habt ihr bestimmt von Großvater Jan, der sich auch über das gemeine Volk erhaben fühlte.«

»Was Herberta meinte, war –«

»Du brauchst mir nicht zu erklären, worauf deine Schwester hinauswollte!« fuhr ihm Anthonius gereizt über den Mund. »Ich weiß nur allzugut, worum es dem aufsässigen Ding geht! Sie wollte dich zu ihrem Verbündeten gegen den Rest der Familie machen, und das ist ihr auch vortrefflich gelungen!«

»Ach, Vater, das ist doch Unsinn!«

»So, dein Vater redet also Unsinn?«

Die scharfe Stimme Mechtelds ließ Jeroen zusammenzucken. Seine Stiefmutter war in der Ateliertür aufgetaucht.

»Unsinnige Reden ergeben sich immer aus Unkenntnis«, entgegnete er. Und dabei nahm seine Stimme unwillkürlich eine höhere Tonlage an. »Beide hättet ihr euch seinerzeit darum bemühen sollen, Herberta besser kennenzulernen. Jetzt ist es dafür zu spät.«

Mechteld wischte sich demonstrativ die Hände an ihrer verschmutzten Schürze ab. Wie der bedrohliche Schnabel eines angreifenden Raubvogels ragte ihre spitze Nase aus dem Gesicht. »Herberta besser kennenlernen? Als würden wir sie nicht kennen! Und wir sind leider nicht die einzigen. Sie bekommt ja nicht einmal einen Mann ab, sackerment! Wer sollte auch so ein freches Schandmaul wollen, das schon im Gefängnis gesessen hat! Daß sie dem Scheiterhaufen bisher noch entgangen ist, hat sie allein ihrem braven Vater zu verdanken! *Bisher,* sage ich wohlweislich, denn lange kann das Spielchen nicht mehr so weitergehen!«

»Daß sie einen viel zu braven Vater hat, bestreite ich durchaus nicht«, erwiderte Jeroen.

Der Unterton seiner Worte entging Mechteld. »Übrigens, wie kommt's, daß du selbst noch immer nicht auf Freiersfüßen wandelst? Du wirst bald dreiundzwanzig, und noch nie hab ich dich mit einem Mädchen gesehen. Goos ist längst verheiratet, und demnächst ist es auch bei Jan soweit. Ist bei dir etwa auch das eine und andere im argen?«

»Ich bin erst zweiundzwanzig«, sagte Jeroen. »Und mir sind alle Weiber lieb, solange sie nicht zu laut schnattern und nicht zu herrschsüchtig sind.«

»Joen, untersteh dich!« fuhr sein Vater ihn an.

»Hat doch tatsächlich die Stirn, mich in meinem eigenen Haus zu beleidigen, dein Früchtchen!« schrie Mechteld. Prompt mußte sie husten und stampfte wild mit dem Fuß auf, so als brächten ihre eigenen Lungen sie zur Weißglut.

Als sie sich wieder beruhigt hatte, fragte Jeroen: »Dein eigenes Haus? Hast du das ferne Rummeln gehört? Das war meine Mutter, die sich in ihrem Grab umgedreht hat!«

In erhitztem Ton sagte Anthonius: »Auch wenn du erwachsen bist, eine Tracht Prügel kann ich dir noch jederzeit geben!«

»Ach, Vater, du bist doch nur deshalb so fuchsig, weil du weißt, daß ich recht habe«, meinte Jeroen. Es hatte Zeiten gegeben, da hätte er vor dem Zorn seiner Stiefmutter den Kopf eingezogen, gegenwärtig jedoch fand er sie vor allem lächerlich.

Anthonius sagte: »Du lebst in meinem Haus, und du

trägst meinen Namen, du hast dich in deinem Benehmen also immer noch nach meinen Normen zu richten!«

Jeroen starrte seinen Vater einige Atemzüge lang brütend an und entgegnete dann: »An dem Namen läßt sich schon einmal was machen.« Unwirsch griff er zu seinem Pinsel, tauchte diesen in schwarze Farbe und beugte sich zum unteren Bildrand seiner Tafel hinunter. In aggressiven Buchstaben pinselte er den Namen *Hieronymus Bosch* auf den dunklen Untergrund. »So«, sagte er, sich befriedigt wieder aufrichtend. »Es klingt sogar gut, finde ich. Kraftvoller als van Aken, würde ich sagen. Und wir wohnen schon so lange in dieser Stadt, daß so eine Namensänderung nach meinem Dafürhalten von Hochachtung zeugt.«

»Wie kannst du es wagen!« zischte Mechteld. »Du undankbarer –« Weiter kam sie nicht, da sie abermals husten mußte.

In völlig verändertem Ton sagte Anthonius: »Eigensinn ist das Charakteristikum eines jeden Künstlers. Dem entgegenwirken zu wollen wäre gerade so, als versuchte man an einem mit Seife beschmierten Pfahl emporzuklettern. Wohl denn, es sei so; ich werde dich von nun an jedermann als Hieronymus Bosch vorstellen. Dessenungeachtet werden keine frechen Reden mehr aus deinem Mund geduldet, weder von mir noch von meiner Frau.« Er bedeutete Mechteld stumm, daß sie sich entfernen solle. Einen Moment lang hatte es den Anschein, als wolle sie noch etwas sagen, doch als sie Anthonius' Blick sah, besann sie sich. Mit wütend zusammengepreßten Lippen stampfte sie hinaus.

Anthonius warf noch einen letzten nachdenklichen Blick auf die Tafel mit den sieben Todsünden. Schließlich sagte er:

»Dein Werk besitzt eine gefährliche Anziehungskraft, Hieronymus Bosch. Wie die Sünde selbst.« Dann verließ er ebenfalls das Atelier, den finsteren Blick seines Sohnes im Rücken.

»Du besitzt die Gabe, hinter die Dinge zu sehen«, sagte Herberta. »So etwas ist nur wenigen gegeben. Und daß du diese für andere verborgene Welt auch noch mit Farbe wiedergeben kannst, ist ganz und gar außergewöhnlich. Natürlich macht das einigen angst. Das Unbekannte flößt nun einmal Furcht ein. Zumal wenn dieses Unbekannte vage an jene schleimigen Ungeheuer erinnert, die in den finsteren Nischen des eigenen verderbten Geistes nisten.«

»Eine Gabe… Für mich ist es manchmal eher eine Geißel«, entgegnete Jeroen. Er starrte zum Horizont, wo von West nach Ost eine bösartige schwarze Wolke der anderen folgte. Es ging ein böiger Wind, doch von dem spürten sie hier an ihrem Lieblingsfleckchen am Ufer der Dommel, zwischen Bäumen und dichtem Gesträuch, kaum etwas.

»Aber ich möchte lieber nicht darüber reden«, sagte Jeroen. »Derlei Gedanken machen nur schwarzgallig.« Er trank den letzten Rest von dem Wein, den sie mitgebracht hatten, und starrte Herberta über seinen Becher hinweg an. »Du bist heute auch nicht gerade in fröhlicher Stimmung, oder?«

»Ach, es geht, nur…« Herberta verstummte und biß sich auf die Unterlippe.

»Hat Mechteld dir wieder zugesetzt?«

»Sie will mich aus dem Haus haben, Joen.«

»Sie will *alle* aus dem Haus haben.«

»Aber jetzt hat sie es zum erstenmal ganz unverblümt gesagt. Sie findet, daß ich Vater und sie schon viel zu lange ausnutze. Ich sie ausnutzen! Ich verrichte mehr Arbeit im Haushalt als jeder andere, der im Hause Anthonius wohnt, verdammt noch mal!«

Sie hatte die Stimme erhoben, und da flog kaum zwei Schritte entfernt eine erschrockene Eule von einem Baumstrunk auf, wo sie vor sich hin gedöst hatte. Mit ungleichmäßigen Flügelschlägen flüchtete der Vogel auf die andere Seite des Flusses.

Der Eule nachstarrend, sagte Jeroen leise: »Es geht gar nicht ums Ausnutzen. Mechteld will uns vor allem voneinander trennen.«

»Warum? Ist sie etwa eifersüchtig?«

»Mechteld hat Probleme mit Menschen, die nicht genauso dumm, sauertöpfisch und reizbar sind wie sie selbst, weil sie die einfach nicht versteht. Und Vater ... ach, der heult mit den Wölfen. Obwohl ich mich immer öfter frage, warum er sich ihre Launen noch gefallen läßt.«

»Bestimmt nicht ihres häßlichen Hinterteils wegen. Das ist doch bestimmt geriffelt wie ein Waschbrett!«

Nachdenklich sagte Jeroen: »Er ist neuerdings immerzu müde, vielleicht ist er ja krank ...«

»Kein Wunder bei so einer Frau! Ich wünschte, ich *könnte* wegziehen«, seufzte Herberta. »Aber wovon soll ich leben? Soll ich irgendwo in einer schäbigen Hütte im Wald verkümmern?«

»Ich könnte dir helfen, für deinen Lebensunterhalt zu sorgen.«

Herberta sah Jeroen an. »Ist das jetzt dein Ernst?«

»Ich habe etwas gespart, genug, daß man eine Weile auskommen kann. Und es gehen immer mehr Aufträge ein. Früher oder später weiß ich gar nicht mehr, wohin mit meinem Geld.«

»Früher oder später heiratest du und brauchst das ganze Geld für dein eigenes Haus.«

»Heiraten?« Jeroen lachte höhnisch.

»Ich kenne mindestens drei Frauen, die einen so lieben Kerl wie dich mit Freuden nehmen würden.«

Jeroen sah seine Schwester mit verschleiertem Blick an. »Ich kenne nur *eine* Frau, die *ich* nehmen würde –«

»Und die ist ganz und gar nicht lieb«, sagte Herberta. Sie lächelte kurz, doch gleich darauf verfinsterte sich ihre Miene wieder. »Unsere Liebe ist sündig, Joen. Wir können schwerer dafür bestraft werden als für Mord und Totschlag, obwohl wir keiner Seele etwas zuleide tun. Und früher oder später wird die Wahrheit ans Licht kommen. Es gibt schon zu viele, die etwas ahnen.«

»Wenn du weiter entfernt wohnen würdest, könnte ich zu dir kommen, ohne daß ein Hahn danach krähte.«

Herberta legte sich auf den Rücken, die Hände im Nakken verschränkt. »Manchmal bist du von rührender Naivität, Joentje.«

Jeroen stellte seinen leeren Becher weg und schmiegte die linke Wange zwischen ihre Brüste. »Warum fällt es mir so schwer zu akzeptieren, daß sündig sein soll, was wir tun?«

»Vielleicht hast du ja kein Gewissen.«

»Herrgott, wie kann denn Liebe sündig sein? Waren nicht Adam und Eva Geschwister? Und Gott gab ihnen noch den Auftrag, sich zu vermehren!«

»Aber er hat sie aus dem Paradies geworfen. Wenn man der Bibel glauben darf, zumindest.«

»Und ihre Kinder?«

»Die armen Trottel hatten keine andere Wahl.« Herberta zog eine Hand unter ihrem Nacken hervor, um Jeroen durch die Locken zu fahren. »Die Kirche hat viele Jahrhunderte Zeit gehabt, sich Regeln auszudenken, mit denen wir uns rundherum unglücklich fühlen können, und darin hat sie denn auch größte Perfektion erreicht. Jeglicher Widerstand führt zu Kummer und Sorge. Sie hat die absolute Macht.«

»Aber ihre eigenen Diener huschen geschwind einmal zu den Huren!«

»Ah«, machte Herberta. »Das war es also.«

Jeroen stützte sich auf dem Ellenbogen auf, um sie anzusehen. »Was meinst du?«

»Jene geheimnisvolle Begegnung, die du damals im Lügenberg hattest und über die du nicht sprechen wolltest.«

Jeroen legte sich wieder hin, diesmal mit der Wange auf der Höhe von Herbertas Magen. »Hast du das nach all der Zeit noch nicht vergessen? Es war Alain de la Roche, wenn du es genau wissen willst. Aber die Toten soll man ruhen lassen.«

»Ach, ist er tot?«

»Es heißt, daß er vergangenen Monat in Zwolle gestorben ist.«

»Ist ja dann wohl doch nicht das Zölibat gewesen, was ihn umgebracht hat, wenn ich das so höre.«

»Hier drinnen rummelt es«, sagte Jeroen, der das Thema leid war. Er preßte das Ohr noch fester auf ihren warmen Leib. »Was für ein Getöse!«

»Möchtest du es noch besser hören?« Sie zog Kleid und Tunika bis zu den Achseln hinauf und drückte Jeroens Kopf auf ihren nackten Bauch. »Und?«

»Überwältigend«, antwortete Jeroen. Er drückte einen Kuß auf ihren Nabel und begrub dann die Nase im üppigen dunklen Kraushaar ihres Venushügels, dessen würziger Geruch ihn immer sogleich erregte. Doch da faßte Herberta ihn plötzlich unsanft bei der Schulter.

»Joen! *Da,* sieh!«

Jeroen schaute gerade noch schnell genug in die ihm gewiesene Richtung, um einen Kopf im Gesträuch verschwinden zu sehen. Ohne auch nur eine Sekunde nachzudenken, sprang er auf und rannte, seinen Dolch aus der Scheide ziehend, hinterher. Wenn es Strauchdiebe waren, war er schon so gut wie tot. Aber der Gedanke kam ihm gar nicht, dafür waren seine Wut und seine Empörung viel zu groß. Oder vielleicht war es auch die immerfort schwelende Angst, ertappt zu werden, die ihm ungeahnte Kräfte und tollkühnen Mut verlieh.

Doch der vor ihm fliehende Mann hatte längere Beine und rannte viel schneller als er. In einiger Entfernung sprang er schließlich auf ein ungesatteltes Pferd und galoppierte, ohne sich umzusehen, in nördlicher Richtung davon.

Keuchend und erbost ließ Jeroen seinen Dolch in die Scheide zurückfahren. Er starrte dem fliehenden Reiter nach, bis dieser in der Ferne hinter den Bäumen verschwunden und das Getrommel der Pferdehufe verklungen war.

Herberta hielt beunruhigt nach ihm Ausschau. Grimmig sagte Jeroen, als er zu ihr zurückkam: »Wenn du wirklich eine Hexe bist, ist jetzt der Moment gekommen, deinen stärksten Zaubertrank aufs Feuer zu stellen!«

»Kanntest du den Mann denn?«

Jeroen nickte und begann ihre Sachen zusammenzulesen. »Er und sein Vater haben es nie verwinden können, daß man dich seinerzeit so rasch wieder aus dem Gefängnis freigelassen hat. Ich vermute, daß er dir schon seit geraumer Zeit nachspioniert. Dir oder mir oder, wer weiß, vielleicht auch uns beiden?«

Beunruhigt fragte Herberta: »Erik Lubbert?«

»Die Räuber hätten ihn damals ganz totschlagen sollen! Aber leider ist das Glück immer denen hold, die es nicht verdienen.« Jeroen hatte alles zusammengesucht und sah seine Schwester nervös an. »Was nun?«

»O Gott, wenn sie mich noch einmal festnehmen, dann...« Herberta wagte nicht, ihren Satz zu Ende zu denken.

»Du mußt dich verstecken, irgendwo, wo dich niemand vermutet. Vielleicht weiß ich ja etwas.«

»O Gott!« sagte Herberta noch einmal.

Jeroen nahm seine Schwester beim Arm und ging mit ihr zu ihrem Pferdekarren, der ein Stück weiter weg stand. Er warf ihre Sachen hinten in den Kasten und stieg eilig auf den Bock. Als Herberta neben ihm saß, sagte er: »Besser, du gehst gar nicht mehr nach Hause. Ich kann dir später ein paar Sachen bringen. Mechteld wird dir bestimmt nicht nachtrauern«, fügte er grimmig hinzu.

»Aber... was ist mit dir? Was wird mit dir geschehen?«

Jeroen nahm die Zügel und trieb das Pferd an. »Wir wissen nicht, was Lubbert erzählen wird und ob sie ihm glauben werden.« Er sah Herberta an. »Was haben wir vorhin gerade gemacht? War es etwas, das der Kirche zu weit gehen würde?«

Mißmutig sagte Herberta: »O ja, und ob sie ihm glauben werden! Es gibt noch etliche andere, die mich gern brennen sehen würden!«

Jeroen zog ein Gesicht. »Das hast du dir dann wohl selbst zuzuschreiben, du mit deiner bösen Zunge!« Wütend peitschte er dem Pferd die Zügel auf den Rücken, so daß das Tier zusammenfuhr und in halben Galopp fiel.

Leise sagte Herberta: »Jeroen, das ist jetzt kein geeigneter Moment, um sich zu streiten.«

Er schien sie nicht gehört zu haben. »Und mit großer Unterstützung von Vaters Seite brauchst du diesmal auch nicht zu rechnen. Er ist derzeit kaum mehr als Mechtelds Hanswurst.«

Sie gelangten an den Karrenpfad, und Jeroen ließ das Pferd nach Süden abbiegen, anstatt auf die Stadt zuzuhalten.

Unglücklich fragte Herberta: »Wo bringst du mich eigentlich hin?«

Jeroen warf ihr einen kurzen Seitenblick zu. Irgendwie war etwas Ungewöhnliches an ihr, und es dauerte eine Weile, ehe ihm klar wurde, was es war. Zum erstenmal im Leben hatte sie ihr Schicksal in seine Hände gelegt und nicht umgekehrt. Jetzt hatte er die Leitung.

Das war ein Gefühl, das ihm ganz und gar nicht behagte.

9

Daß du nicht weißt, wo deine Schwester ist, glaubt kein Mensch«, sagte Anthonius. Er verzog schmerzvoll das Gesicht, während er den linken Fuß in seinen Schuh preßte. »Diese verdammten *Poulaines* sind nichts mehr für mich, ich komme mir vor wie ein Krüppel!«

Jeroen zuckte die Achseln. »Sollen die Leute glauben, was sie glauben wollen.« Doch seine Unbekümmertheit war gespielt. Es war schon eine geraume Weile her, daß Erik Lubbert ihn mit Herberta gesehen hatte, und immer noch hatte es den Anschein, als habe diese Pestbeule niemandem etwas erzählt. Bisweilen fragte sich Jeroen schon, ob er sich nicht vielleicht getäuscht hatte und der, der sie bespäht hatte, ein völlig Fremder gewesen war, der die van Akens gar nicht kannte. Diese Ungewißheit begann ihm ernstlich zu schaffen zu machen.

»Es wundert mich durchaus nicht, daß sie weggelaufen ist, ohne ein Wort zu sagen«, maulte Anthonius. »Ihr Leben ist eine einzige Anhäufung von verantwortungslosem Benehmen.« Schwankend balancierte er auf dem linken Fuß, während er sich abmühte, in den rechten Schuh zu kommen.

Um das Thema zu wechseln, fragte Jeroen: »Wieso muß man sich für eine Hochzeit bloß immer so herausputzen?«

Mit angewidertem Gesicht zupfte er an den modisch weiten Puffärmeln seines Rocks.

»Auf Traditionen hast du schon immer genausowenig gegeben wie Herberta.«

»Du weißt, wie ich über Äußerlichkeiten denke, Vater.«

»Ja, eben. Und deshalb tritt dein jüngerer Bruder heute in den Stand der Ehe, während du noch nicht einmal –« Anthonius machte eine ungeduldige Handbewegung, als wolle er die ganze Sache wegwischen. »Ich will nicht klagen an diesem freudigen Tag. Es ist schon störend genug, daß die Familie nicht vollzählig sein wird.«

Jeroen sah verdutzt auf, als Jan ins Zimmer trat, prunksüchtig wie ein Pfau. Er besah sich den herausgeputzten Bruder von Kopf bis Fuß und grinste. »Was zum Teufel soll denn das sein? Da sind ja noch nicht einmal Ärmel dran!«

»Das ist das Allerneueste«, erwiderte Jan von oben herab. »Man nennt es Wams. Goos hat gesagt, daß bald niemand mehr die dämlichen Ärmelröcke tragen wird. Außer vielleicht der Plebs, der in abgetragenem Zeug herumlaufen muß.«

Säuerlich fragte Anthonius: »Hat Goos gesagt, so, so. Kein Wunder, daß er drauf und dran ist, die Schneiderei seines Großvaters zugrunde zu wirtschaften. Er hätte sich lieber auf seine Pinselei beschränken sollen, anstatt obendrein noch die Schneiderei zu betreiben!«

Jan sah Jeroen an: »Mit Herberta brauchen wir wohl nicht zu rechnen, nehme ich an?«

Gereizt fragte Jeroen: »Wieso fragst du mich das?«

»Mir kommt so das eine und andere zu Ohren«, antwortete Jan geheimnisvoll.

»Oh, Verzeihung, ich hatte für einen Moment vergessen, welch hervorragender Spion du bist.«

»Ich bitte euch!« sagte Anthonius vorwurfsvoll. »Bewahrt euch den Atem für –« Er zog vor Schmerz eine Grimasse und sank auf die Bank nieder. »Ich sollte wohl lieber selbst mit meinem Atem haushalten«, konstatierte er. Er seufzte und blickte zu Jeroen auf. »Euer Vater wird alt.«

»Du hast einfach zu hart gearbeitet in den letzten Wochen«, meinte Jeroen, doch er konnte seine Besorgnis nicht ganz verbergen. »Dieses Retabel für die Liebfrauenbruderschaft, die Hochzeitsvorbereitungen ...« Und dann mußte auch noch Herberta weglaufen, dachte er. Und obendrein das immer ärger werdende Gemäkel und Gekeif von Mechteld. Anthonius hatte in den letzten Monaten kaum noch ohne Stock laufen können.

»Können wir jetzt endlich gehen?« fragte Jan ungeduldig.

Jeroen war ebenfalls ruhelos, jedoch aus ganz anderen Gründen. Er wollte zu Herberta, und das würde erst möglich sein, wenn das Hochzeitsfest richtig in Gang gekommen war, so daß er sich unauffällig davonstehlen konnte. Vielleicht kann ich ja bei ihr schlafen, dachte er hoffnungsvoll. Denn nachher würden allesamt viel zu betrunken sein, um zu bemerken, daß er in der Nacht nicht da war.

Er sagte zu Jan: »Hoffen wir, daß deine Justine nicht schreiend davonläuft, wenn sie dich in diesem Aufzug sieht.«

»Vor dir laufen sie schon schreiend davon, bevor du dich ihnen überhaupt nähern kannst«, konterte Jan.

»Jan!« warnte Anthonius in drohendem Ton.

Aber Jan fuhr unerbittlich fort: »Sogar deine geliebte

Schwester hat am Ende Reißaus genommen, und ich kann mir auch denken, warum!«

Trotz seiner Erschöpfung fuhr Anthonius wütend hoch. »Noch *ein* ungehöriges Wort, und du machst Bekanntschaft mit meinem Stock, Hochzeit hin oder her!«

Jan wich erschrocken vor dem drohend gegen ihn gerichteten Stock zurück. »Ich habe das doch gar nicht so böse gemeint, Vater. Ich wollte nur...«

»Laßt uns den Tag nicht mit sinnlosem Gezänk verderben«, wehrte Jeroen ab. Er haßte Streitereien. Von klein auf war er so oft gezwungen gewesen, sich Mechtelds Gegeifer anzuhören, daß laute Worte ihn manchmal geradezu krank machten.

Justine paßt wunderbar zu meinem Bruder, dachte Jeroen später, als sie in der zum Bersten gefüllten Sint-Jacobs-Kapelle angelangt waren. Auf den ersten Blick wirkte sie freundlich, ja sogar lieb. Doch wenn sie sich unbeobachtet fühlte, vergaß sie bisweilen, sich zu verstellen, und ihre Augen verrieten Argwohn oder beinahe schon Falschheit. Entweder verbünden sich die beiden in ihrer Hinterhältigkeit, dachte Jeroen, oder sie machen sich in kürzester Zeit gegenseitig das Leben zur Hölle.

Goossen und seine Frau Kathelijn waren auch bereits da. Jeroen mußte innerlich kichern, als er sah, daß sein älterer Bruder die gleiche idiotische Montur trug wie Jan. Ein Wams, dachte er. Wer kommt nur auf so etwas! Und noch dazu aus sündhaft teurem flämischen Tuch. Er fragte sich, was wohl von all dem prunksüchtigen Gehabe bliebe, wenn durch irgendein Wunder plötzlich ein jeder nackt dastehen würde, einschließlich der aufgeputzten Kirchendiener mit ihren pergamentenen Gesichtern. Das wäre gewiß kein schöner Anblick, stellte er voll Abscheu fest. Aber es lieferte zumindest ein ehrliches Bild, mit Hochachtung vor dem schönsten Körper und nicht vor den teuersten Kleidern.

Als die Messe begann, schweiften Jeroens Gedanken wieder zu Herberta ab. Deren Körper kannte nur wenige Unvollkommenheiten. Jeroen hatte sie schon oft nackt abgebildet. Ihr Bildnis prangte sogar in einigen Kirchen, ohne daß irgendwer im entferntesten ahnte, wer für die zarten, fast schon ätherischen Nymphen Modell gestanden hatte. Solche Wesen mit kleinen Brüsten und schmalen Hüften und schwereloser, alles Menschliche übersteigender Eleganz tauchten fortwährend in seinen Werken auf. Gerade wegen dieser überirdischen Aura waren sie Kunstkennern – ein Wort, das Jeroen seit langem nicht mehr ohne herablassenden Unterton aussprechen konnte – unverdächtig.

Der Weihrauchduft und die monotonen Rundgesänge ließen Jeroen tiefer und tiefer in Träumereien abgleiten. Er träumte von einem wunderbaren, überirdischen Garten, in dem schöne Menschen nackt auf Pferden und anderen Tieren ritten. Auch durch die Luft flogen sie, auf prachtvollen fliegenden Fischen und anderen geflügelten Wesen sitzend, so schwerelos, als gäbe es kein Gewicht. Andere schwammen oder spielten mit Traumwesen in einem See, der das Azur des Himmels widerspiegelte. Aus Felsen und lieblichen, sanft gewellten Wiesen wuchsen bizarr geformte und dennoch großartige organische Bauten empor, deren rosarote Höhlungen faszinierende Geheimnisse bargen. Alle Tiere, mochten sie auch noch so fremdartig erscheinen, und alle Menschen spielten friedlich miteinander oder gaben sich der Liebe hin. Doch nicht allein die wundersamen Formen machten den Garten in Jeroens Traum so außergewöhnlich. Mehr noch war es die Abwesenheit jeglicher Ängste. Ein Leben, wie Gott es gewollt hatte, bevor sich die Menschen in sein Vorhaben einzumischen begannen –

Jeroen schrak auf, als es um ihn her unruhig wurde. Die Messe war schon ein ganzes Ende fortgeschritten. Nun ging ein jeder nach vorn, um sich ein Stück von dem Brot abzuholen, über das der eucharistische Segen ausgesprochen worden war. Unwillkürlich erhob er sich, um den anderen zu folgen. In Gedanken hörte er, wie Herberta ihm vorwarf, daß er schon genauso scheinheilig war wie alle übrigen, doch er wollte nicht aus dem Rahmen fallen, schon gar nicht hier und jetzt.

Er mied den Blick des Priesters, der das Brot austeilte, da er überzeugt war, daß man ihm seine Sündhaftigkeit von den Augen ablesen konnte. Ich esse den Leib Christi, dachte er, während er das Stück Brot unsicher hinunterschluckte. Falls mich der Blitz treffen soll, wäre das jetzt wohl der geeignete Moment. Doch dann müßte der himmlische Zorn mindestens die Hälfte der Kongregation fällen, dachte er bitter, als er seinen Bruder Jan mit zur Decke der Kapelle aufgeschlagenen Augen dasitzen sah, als erwarte er, jeden Moment einen Heiligenschein zu bekommen. Scheinheiligkeit war die Norm, und schamlos machten alle mit. Wie etwa die Frauen höheren Standes, die ihre modischen, tief ausgeschnittenen Dekolletés sittsam mit einem Tuch bedeckten, als wenn Gott der Herr Anstoß an dem Fleisch nehmen würde, das Er selbst geschaffen hatte.

Zu träumen war eine gute Methode, unangenehme Momente rasch und beinahe unbemerkt verstreichen zu lassen, wurde Jeroen später bewußt, als er ein zweites Mal aufschrak. Nun setzte sich ein jeder in Bewegung, um hinter dem frischvermählten Paar her aus der Kapelle zu gehen.

»Viel Glück, Jan«, sagte er zu seinem Bruder, als sie kurz darauf draußen in der Sonne standen. Du wirst es brauchen können, dachte er, während er seine neue Schwägerin reserviert auf beide Wangen küßte. Sie roch vollkommen anders als Herberta, ein wenig säuerlich, wie Lumpen, in denen sich Nässe gestaut hatte. Die Vorstellung, das Bett mit ihr zu teilen, weckte eher Ekel denn Erregung. Aber vielleicht hatte sein Bruder ja einen anderen Geschmack. Und ihm waren auch zweifellos ganz andere Dinge wichtig.

Unter den Gästen waren auch seine Onkel Jan und Goessen mit ihren Ehefrauen. Er bekam sie nur selten zu Gesicht, doch da gerade Mechteld bei ihnen stand und aufgeregt auf sie einredete, machte er lieber einen großen Bogen um sie. Er gesellte sich zu Thomas, der sich ein wenig abseits hielt und grübelnd zum Dach der Kapelle hinaufstarrte.

Thomas fragte: »Na, wie hat dir die Zeremonie gefallen?«

Ausweichend antwortete Jeroen: »Wenn man *eine* Hochzeit gesehen hat, hat man sie alle gesehen.«

Thomas grinste. »Ich habe dich genau im Blick gehabt, da drinnen.«

»Ich mußte an ein Gemälde denken. Ich möchte die Welt malen, wie sie hätte sein können, wenn ...« Jeroen unterbrach sich, als ihm bewußt wurde, daß dies wohl kaum der geeignete Ort war, um über derlei Dinge zu reden. »Ich erzähl's dir später einmal oder noch besser: Ich werde dir zeigen, was ich meine. Ich mache eine Skizze.«

Thomas nickte ohne große Begeisterung. »Wie geht es Herberta?«

»Woher soll ich das wissen?«

»Ach komm, Joen, ich bin nicht dein Vater!«

»Dann frage ich es anders: Warum willst du das wissen?«

Thomas seufzte. »Sie ist meine Nichte, Joen. Und sie ist verschwunden!«

»Ich dachte, du hältst nichts von ihr?«

»Das hab ich nie gesagt. Ich fand immer, daß sie für ein so leicht zu beeinflussendes Kind wie dich nicht die richtige Gesellschaft war.«

»Onkel Thomas, sie hat mich Dinge gelehrt, die mir niemand anders hätte beibringen können.«

»Ja, das kann ich mir vorstellen.«

Jeroen runzelte die Stirn. »Weshalb dieser doppeldeutige Ton?«

»Doppeldeutiger Ton? Deine sündige Phantasie geht mit dir durch, Joen!«

»Mag sein«, sagte Jeroen verdrießlich. »Kommst du mit zum Fest?«

»Nur Idioten schlagen eine Einladung zu kostenlosem Essen und Trinken aus.«

»Obwohl du deine Familie dafür in Kauf nehmen mußt?«

»Nach dem dritten Becher Wein nimmst du die kaum noch wahr. Außerdem ...«, Thomas grinste, »... ist die Familie durchaus erträglich, solange man nicht mit ihr zusammenleben muß. Mit Ausnahme deiner Stiefmutter allerdings, die ist immer, überall und für jedermann unausstehlich. Ich verstehe nicht, wie mein Bruder das durchhält.«

»Ich fürchte, daß er es *nicht* durchhält«, sagte Jeroen ernst. Er blickte zu seinem Vater hinüber. Von dessen einst so kerzengerader Haltung war nichts mehr geblieben. Jetzt war sein Rücken derart gekrümmt, daß er schon fast einen Buckel hatte. Und er stützte sich so schwer auf seinen Stock, als könnten seine Beine sein Gewicht kaum noch tragen.

Thomas sagte: »Mein Bruder braucht vor allem Ruhe und ein heiteres Gemüt, und daran mangelt es ihm in den letzten Jahren sehr.«

»Uns allen mangelt es an Ruhe und heiterem Gemüt«, meinte Jeroen. »Fortwährend werden wir von irgendwas oder irgendwem aufgescheucht.«

Thomas nickte. »Weißt du, ich mag ja schon etwas zu alt dafür sein, aber vielleicht sollten wir, du und ich, doch einmal eine Reise in den Süden machen, nach Venedig. Es heißt, daß Künstler wie du und ich dort ein viel freieres Leben haben als hier.«

»So nah beim Vatikan?«

»Du kannst nur an die Kirchenmauer pinkeln, wenn du direkt davorstehst, Joen.«

»Du solltest deine widersprüchlichen Weisheiten in einem Buch zusammenfassen. Sie bedeuten nicht viel, aber sie klingen hübsch.«

»Vielleicht tue ich das eines Tages. Ich hörte, daß in Dordrecht eine Druckerei aufmachen soll.«

»Was, bei den *Kabeljauwen*? Die machen bestimmt nur Bücher, in denen die Herrlichkeit des großen Burgunderreiches beweihräuchert wird!«

Thomas sah ihn verwundert an. »Ich wußte ja gar nicht, daß du ein *Hoek* bist!«

»Ich bin gar nichts, Politik interessiert mich nicht. Ich habe mir nicht mal angesehen, wie sie vor einigen Wochen jene Magistraten durch die ganze Stadt gestoßen haben. Und wollen sie jetzt nicht wieder Krieg gegen die Gelderländer führen? Warum, Herrgott noch mal? Warum läßt nicht jeder jeden in Ruhe?«

»Sich von der Politik fernzuhalten ist auch eine Form von Politik, Joentje. Du gibst damit zumindest deine Mißbilligung zu erkennen.«

»Man merkt doch, daß du ein echter van Aken bist«, sagte Jeroen. Er schaute zu den Pferdegespannen hinüber, die sich von dem kleinen Platz vor der Kapelle aus zum Hochzeitsfest auf dem Markt in Bewegung setzten. Die meisten Kirchgänger waren zu Fuß gekommen. Manche warfen verstohlene Blicke in Jeroens Richtung. O Gott, ich wollte, ich könnte mich heimlich davonmachen, dachte er.

»Was meinst du damit?«

»Daß du immer das letzte Wort haben willst.« Jeroen machte eine einladende Gebärde. »Kommst du mit?«

»Nein, ich habe erst noch etwas zu erledigen. Ich komme später.« Thomas hob die Hand. »Grüß deine Schwester von mir«, sagte er in neutralem Ton, drehte sich auf dem Absatz um und entfernte sich mit für sein Alter außergewöhnlich beschwingtem Schritt.

Jeroen erschrak, als ihm jemand auf die Schulter tippte.

»Schlechtes Gewissen?« fragte eine bekannte Stimme hinter ihm.

»Jasper!« entfuhr es Jeroen erleichtert, als er den anderen

erkannte. Er hatte in der Tat kein ruhiges Gewissen. So, als erwartete er jeden Moment die beschuldigende Hand eines Magistraten auf seiner Schulter. »Lange nicht gesehen, was führt dich denn hierher?«

»Ich war neugierig, Meister, wie viele andere auch.«

»Noch am Pranger gestanden in letzter Zeit?«

Jasper verzog angewidert das Gesicht. »Könnten wir bitte über was anderes reden?«

»Ja«, antwortete Jeroen, dem plötzlich eine verwegene Idee kam. Jasper war groß und außergewöhnlich kräftig gebaut, ein Mann, der einen anderen mühelos das Fürchten lehren konnte. »Vielleicht schon. Kennst du Erik Lubbert?«

Jasper zog ein Gesicht. »Ich weiß, wer die Lubberts sind, ja. Machen sie dir Ärger?«

»Das ist noch gelinde ausgedrückt«, antwortete Jeroen säuerlich. »Vielleicht ist jetzt der Moment gekommen, da du mir den versprochenen Gegendienst erweisen kannst.« Er legte Jasper den Arm um die Schulter. »Komm, hiermit bist du zum Fest eingeladen.«

Zäh schleppte sich das Hochzeitsfest hin. So kam es Jeroen zumindest vor. Es wurde gegessen, getrunken und zu den fröhlichen Klängen von Laute und Rummeltopf getanzt, es wurde gescherzt und gelacht, und sogar das Wetter zeigte sich von seiner sonnigen Seite. Doch für Jeroen schien der Tag kein Ende nehmen zu wollen. Nicht einmal der schwere Rotwein wollte seine sonstige Wirkung tun. Jeroen war kein Rausch vergönnt, der seine Ungeduld hätte vertreiben können.

Jasper war längst wieder nach Hause gegangen, und Jeroen starrte, einen Becher Wein in der Hand, gelangweilt auf das fröhliche Treiben auf dem Platz vor ihrem Haus, als ein eben vorgefahrener zweispänniger Wagen am Rande des Festzelts plötzlich für besonderes Aufsehen sorgte. Das Interesse schien nicht etwa der Frau und dem Mann auf dem Bock zu gelten, die von Jan und seiner frisch Angetrauten willkommen geheißen wurden, sondern dem Wagen selbst.

Unwillkürlich neugierig geworden, schlenderte Jeroen näher.

»Schaut euch das an«, sagte Goossen, der mit einigen anderen jungen Männern neben einem der Räder des Wagens hockte. »Die Achsen hängen in Lederriemen! Eine Erfindung aus Ungarn, ich hatte davon gehört, aber daß es solche Wagen bereits gibt, ist mir neu. Es heißt, daß diese Riemen jegliche Erschütterung abfedern.«

»Die Riemen federn die ärgsten Erschütterungen ab«, sagte eine wohlklingende Frauenstimme hinter ihnen. »Aber diese Art zu reisen ist nach wie vor unangenehm. Ich ziehe den Rücken eines Vollbluts vor.«

Jeroen drehte sich zu der hochgewachsenen Frau um, die mit dem Wagen gekommen war. Sie war etwas größer als er selbst. Und sie schien auch einige Jahre älter zu sein. Sie hatte hochgestecktes dunkles Haar, das sich noch üppiger lockte als das seine, und sie trug ein so enganliegendes Kleid, daß es ihm ein Rätsel war, wie sie da überhaupt hineingekommen war. Sie hatte mandelförmige dunkle Augen, die eine rätselhafte Kühle ausstrahlten.

»Aleyt van der Meervenne«, stellte Jan sie vor. »Und das hier ist ihr Bruder Goyart. Beide Freunde und entfernte

Verwandte von Justine.« Er deutete achtlos auf Jeroen. »Mein Bruder Jeroen, der sich neuerdings gern Hieronymus Bosch nennen läßt.«

Goyart, ein kleiner magerer Mann mit stechendem Blick und asketischen Zügen, nickte nur kurz pflichtschuldig und wandte sich dann sogleich jemand anderem zu. Aleyt aber reichte Jeroen die Hand zum Kuß. »Ich habe von Euch gehört«, sagte sie mit dem Anflug eines Lächelns. »Ich habe sogar eines Eurer Werke gesehen.« Sie überlegte kurz oder tat zumindest so, als ob. »Ach ja, jetzt weiß ich es wieder: ›Jesus und die Ehebrecherin‹, so hieß es. Es war nicht signiert, aber der Besitzer verriet mir seine Herkunft. Mich hatte nämlich das Zeitgemäße des biblischen Moments frappiert: *Wer ohne Sünde ist, der werfe den ersten Stein...*«

»Der Besitzer?« fragte Jeroen verwundert. »Kennt Ihr denn Bischof Lecluze?«

»Aleyt und Goyart gehören einer sehr hochgestellten Familie an«, erklärte Jan in einem Ton, der verriet, wie stolz er war, daß seine Frau Beziehungen zu solch vornehmen Kreisen hatte. »Sie kennen viele bedeutende Persönlichkeiten.«

»Ah«, sagte Jeroen. »So ist das.« Er sah Aleyt an. »Ich erspare Euch die Peinlichkeit, mir darauf zu antworten, wie Euch das Gemälde gefallen hat.«

»Oh, aber meine Meinung würde Euch gewiß behagen.«

»Das freut mich«, sagte Jeroen. Er zögerte einen Moment, ehe er Aleyt mit leicht forciert wirkender Höflichkeit den Arm anbot. »Ihr habt doch gewiß Durst?«

»Das will ich meinen, die Reise von Oirschot hierher war außerordentlich staubig. Wir konnten leider nicht rechtzeitig zur Trauung hier sein, weil Goyart zuvor noch andere wichtige Dinge zu erledigen hatte.«

»Prioritäten«, sagte Jeroen. »Darum dreht sich das ganze Leben.« Was red ich nur für dummes Zeug, dachte er. Oberflächliche Plaudereien waren nicht sein Fall.

An dem großen Tisch, auf dem Weinkrüge, Becher und Humpen bereitstanden, goß er Aleyt einen Becher Wein ein.

»Jan hat mir gerade das eine und andere über Euch erzählt«, sagte Aleyt und musterte Jeroen dabei in, wie er fand, geradezu peinlicher Weise.

»So?« entgegnete er unbehaglich. »Ausschließlich Lobendes, will ich doch hoffen?« Er gab ihr den Becher und füllte den seinen.

»Unter anderem, daß Ihr kein großes Interesse an weiblicher Schönheit zeigt.« Der Blick aus ihren dunklen Augen bekam etwas Kokettes.

Sie war genauso unverblümt wie seine Schwester, fand Jeroen, der sich immer weniger zu helfen wußte. Oder wie eine Dirne aus einem Wirtshaus. Und das war für eine Dame von Stand höchst ungewöhnlich.

»Nicht viel weniger als andere Männer, würde ich meinen.« Und dann erhellte ein Geistesblitz sein Gemüt: »Wie sollte ich als Künstler auch die Augen vor Schönheit verschließen können, frage ich Euch?«

»Eine Frau ist kein Kunstwerk aus Holz oder Stein, Hieronymus Bosch. Ihre Schönheit aus der Distanz zu bewundern ist ein höchst unfruchtbares Tun.«

»Ihr seid noch unverheiratet?« platzte Jeroen heraus, den der Wein ein wenig dreister werden ließ.

Aleyt nippte bedächtig an ihrem Becher, ehe sie antwortete: »Bisher sind mir nur Männer begegnet, die mehr oder weniger offen auf mein bescheidenes Vermögen aus waren.«

»Einfalt regiert die Welt«, sagte Jeroen, ohne sich so recht darüber im klaren zu sein, daß er Aleyt damit ein Kompliment machte.

Aleyt lächelte. »Ihr seid ganz anders, als Jan Euch darstellte«, sagte sie. »Wollen wir einander nicht beim Vornamen nennen? Da redet es sich leichter.«

»Ein jeder sagt Jeroen zu mir. Manchmal auch Joen, wenn es besonders freundlich klingen soll.« Jeroens Becher war schon wieder leer, und er füllte ihn erneut.

Aleyt deutete mit dem Kopf zu einer Bank: »Wollen wir uns setzen? Dort ist es ein wenig ruhiger.«

Sie bahnten sich ihren Weg an den Tänzern vorbei, die mit ihrem ausgelassenen Gehopse die Parodie eines *Trionfo* abgaben, zu einer verlassenen Bank vor Sint Anthonius. Von dort konnten sie das festliche Treiben aus größerem Abstand verfolgen.

Aleyt fragte: »Feste feiern ist, glaube ich, nichts für dich, oder?«

Jeroen zuckte die Achseln. »Ich habe keinen Anlaß zur Freude. Warum also sollte ich feiern?«

»Du machst dir also nichts aus Musik und Wein?«

»Sagen wir, ich beobachte derlei menschliche Possen lieber, als mich selbst daran zu beteiligen.«

Aleyt sah ihn forschend an. »Gilt das für *alles* menschliche Tun, wenn ich fragen darf?«

Jeroen schaute ihr einige Sekunden lang in die dunklen

Augen, bevor er erschrocken den Blick abwandte. »Nein… ich male zum Beispiel lieber selbst, als das Werk anderer zu bewundern.«

»Würdest du mich nicht einmal malen wollen, Joen?«

Jeroens Blick wurde abermals durch eine geheimnisvolle Kraft zu ihren Augen hingezogen. Zögernd antwortete er: »Noch nicht, glaube ich…«

Aleyt zog eine Augenbraue hoch. »Noch nicht? Wie soll ich das verstehen?«

»Äh… Ich kenne dich noch nicht gut genug, Aleyt. Ich strebe immer danach, im Äußeren der Menschen, die ich male, ihr Inneres wiederzugeben.«

»Das klingt beunruhigend.«

»Kommt darauf an, was man zu verbergen hat.«

»Versuchst du jetzt ausfällig zu werden?«

»Nein!« widersprach Jeroen hastig. »Ich sage dir nur, wie ich es sehe, möglicherweise im Gegensatz zu den Männern, die auf dein Vermögen lauern.« Er lächelte, als wolle er seine Worte mildern.

Aleyt nickte bedächtig. »Erquickend«, sagte sie dann und gab ihm ihren geleerten Becher. »Ich wäre dir dankbar, wenn du mir den eben füllen würdest.«

Am Tisch mit dem Wein stieß Jeroen zu seinem Mißvergnügen auf Mechteld. »Eine Frau von Stand«, sagte sie mit einem Blick zu der Bank. »Ist es das, worauf du die ganze Zeit gewartet hast? Bist du also doch nicht so dumm, wie du immer tust?«

Jeroen füllte Aleyts und seinen Becher und hielt den Krug dabei so hoch, daß sich der Wein plätschernd daraus ergoß. »Mir war immer bange davor, eine etwaige Liebste mit dir zu konfrontieren«, sagte er. »Aber im vorliegenden Fall spielt das ja keine so große Rolle, da Aleyt dich schon zu kennen scheint.« Und damit drehte er sich um und ging davon, während seine Stiefmutter ihm nur sprachlos hinterherstarren konnte.

»Also«, fuhr Aleyt fort, als Jeroen wieder neben ihr saß, »wenn ich es recht verstanden habe, muß ich dir erst gestatten, mich besser kennenzulernen, ehe du mich malen willst?«

»Ja, aber das kann manchmal schnell gehen. Es hängt davon ab, wie schwer die Tür zu deinem versiegelten Ich zu öffnen ist.«

»Muß ich mich vor dir fürchten?«

Eher andersherum, dachte Jeroen. »Ich habe noch keiner Fliege etwas zuleide getan, Aleyt.«

»Aber man erwirbt sich nur Respekt, wenn man hin und wieder die Zähne zeigt.«

»Ich kann mich in meinen Werken äußern, und wer nicht versteht, was ich damit sagen will, ist meines Zorns gar nicht wert.«

»Welche Überheblichkeit!« sagte sie in spöttischem Ton.

Jeroen zuckte die Achseln. »Ich bin, wie ich bin.«

»Ich hatte wirklich ein ganz anderes Bild von dir vor Augen.«

»Vom Hörensagen rühren viele Lügen.«

Ein paar Kinder kamen in ihre Nähe und spielten lauthals Messer, Schere, Stein. Unter ihnen war der kleine Jan, das Söhnchen von Goossen und Kathelijn.

Sinnierend fragte Aleyt: »Wenn du die freie Wahl hättest, Joen, wie viele Kinder wolltest du dann?«

Jeroen dachte kurz nach. Nicht, weil er nicht wußte, was er darauf antworten sollte, sondern weil er sich nicht sicher war, ob es klug war, aufrichtig zu sein. Um Zeit zu gewinnen, trank er zunächst seinen Becher aus, bevor er sagte: »Möglicherweise gar keine.«

Wieder zog Aleyt eine Augenbraue hoch. »So?«

»Allzuoft sehe ich in Kindern die Sublimation des Bösen.«

»Die Sublimation des… in einem unschuldigen Kind?«

»Ein Kind schreit fortwährend nach Aufmerksamkeit, es scheißt und pißt, wo es gerade liegt, und es wähnt sich als Mittelpunkt der ganzen Welt. Schöne Eigenschaften!«

»Wenn ein jeder so denken würde wie du, wäre die Welt längst zum Stillstand gekommen.«

»Die Welt wird nicht zum Stillstand kommen, wenn es keine Menschen mehr gibt, Aleyt. Im Gegenteil, würde ich meinen. Es würde ihr höchstens guttun.«

»Warum springst du dann nicht gleich mit einem Stein um den Hals in die Maas?«

Jeroen sah Aleyt an. »Es hat Momente gegeben, da ich das erwogen habe…«

»Bist du immer so düster, oder höre ich da den Wein sprechen?«

Jeroen starrte auf seinen geleerten Becher. »Meistens macht der Wein mich fröhlich. Es wird wohl dieses Fest sein, das mich traurig stimmt. Feste machen mich immer schwarzgallig.«

Aleyt schaute Jeroen einige Augenblicke lang schweigend an. Sie wandte den Blick erst ab, als sie merkte, daß ihm dabei unbehaglich wurde. Dann sagte sie mit sorgsamer Aussprache: »*Visita interiora terrae, rectificando invehies occultum lapidem…*«

Jeroen sah sie verwundert an. »Erforsche das Innere der Erde, durch Läuterung und Besserung wirst du den verborgenen Stein finden. Ich verstehe die Worte wohl, aber ich weiß nicht, was du damit meinst.«

»Sagt dir der Name Paulus etwas? Propst Paulus von 's-Hertogenbosch?«

»Meines Wissens habe ich diesen Namen noch nie gehört.«

»Hmm…«

Als Aleyt stumm blieb, fragte Jeroen ungeduldig: »Worauf willst du hinaus?«

»Ich sagte ja schon, daß ich dein Werk kenne, Joen.« Eindringlich fixierten Aleyts dunkle Augen die seinen. »Und darin habe ich eine fesselnde Symbolik ausgemacht.«

»Ja, und? Jeder Künstler arbeitet mit Symbolen.«

»Aber nicht jeder Künstler wagt es, sich so offen alchemistischer Symbole zu bedienen, Joen.«

»Ich habe nicht die leiseste Ahnung, wovon du sprichst. Und wer ist dieser Propst Paulus?«

»Das werde ich dir vielleicht später einmal erklären.« Aleyt wandte den Blick ab und lehnte sich gegen die warme Hausmauer. »So, du weißt also nichts von Alchemie. Dann mußt du aber zumindest über so etwas wie ein intuitives Wissen auf diesem Gebiet verfügen, höchst interessant…«

»Was das Wort bedeutet, weiß ich natürlich schon.«

»Und du fühlst dich nicht dazu hingezogen? Du hast kein spezielles Interesse an dieser Wissenschaft?«

»Ist Wissenschaft denn wohl die richtige Bezeichnung?«

»Äußerst gelehrte Leute haben sich damit befaßt, Joen. Thomas von Aquin, Albertus Magnus. Papst Johannes XXII. hat in jungen Jahren sogar Abhandlungen über die Alchemie geschrieben: *L'Elixir des philosophes* und *L'Art transmutatoire*, obwohl er das später natürlich heftig abgestritten hat.« Aleyt grinste kurz. »Denn als er dann fest im Vatikan saß, verfaßte er sogar eine Bulle gegen die Lehre, deren Anhänger er zuvor gewesen war, nämlich die *Spondent pariter quas non exhibent*. Zum Glück haben die meisten diese Bulle bereits vergessen.«

»Zum Glück?«

»Wissen zu bekämpfen ist ein großer Fehler, Joen. Immer.«

Jeroen sah Aleyt forschend an. »Darf ich fragen ... wie kommst du zu dieser erstaunlichen Gebildetheit?«

Wieder richteten sich die dunklen Augen auf ihn. »Als dumme Frau, meinst du?«

Grimmig entgegnete Jeroen: »Ich bin gewiß der letzte, der den Verstand einer Frau unterschätzen würde.«

»Hm, so hört man Männer nicht oft reden.«

»Ich habe eben meine eigene Meinung.«

»Bewundernswert«, sagte Aleyt, aber Jeroen war sich nicht sicher, ob sie nicht vielleicht spottete. »Unsere Eltern fanden, daß man niemals klug genug sein könne, und sie hatten die Mittel, um gute Lehrer zu bezahlen.«

»Alchemie«, sagte Jeroen vor sich hin. »Der Stein der Weisen, Blei zu Gold machen – «

»Du hast *wirklich* keine Ahnung«, konstatierte Aleyt. »Das ist mir jetzt klar. Um so seltsamer finde ich die Anspielungen in deinem Werk.«

»Gott weiß, was ich noch alles über mich lernen kann.«

Aleyt nickte langsam. »Versuche diese Worte zu behalten«, sagte sie. Sie legte Jeroen eine Hand auf den Unterarm. »Weißt du, was ich glaube, Joen? Daß du ein einsamer Mensch bist. Einsam und schwermütig. Was du brauchst, ist eine gleichgesinnte Seele an deiner Seite, jemand, der die komplizierten Dinge versteht, die in deiner Künstlerseele herumgehen.«

Jeroen starrte auf die feingliedrige blasse Hand auf seinem Arm und versuchte den Gedanken zu vertreiben, der sich ihm bei diesen Worten aufdrängte. Aleyt wäre doch sicher viel zu hoch gegriffen... Dabei wurde ihm zugleich bewußt, daß er sich mit weniger niemals zufriedengeben würde.

»Ich hatte schon die Hoffnung aufgegeben, daß ich dich heute noch sehen würde«, flüsterte Herberta. So geräuschlos wie möglich schloß sie die schwere Eichentür hinter Jeroen. »Das ganze Kloster schläft schon. Na ja, schlafen, manchmal hört man hier die seltsamsten Geräusche. Es würde mich nicht wundern, wenn hier Geister umgingen.«

»Dieses dämliche Fest, ich konnte und konnte nicht wegkommen.« Jeroen ließ sich auf die harte Pritsche plumpsen, die Herberta als Bettstatt diente. »Und dann war da noch diese Frau...«

Herberta setzte sich neben ihn. »Diese Frau?«

»Aleyt van der Meervenne, eine entfernte Verwandte von Jans Liebster... von Jans Frau, muß ich ja jetzt sagen. Sie war mit ihrem Bruder Goyart da. Ziemlich reich, heißt es.«

»Ist sie jung und schön?«

»Sie besitzt die kühle Schönheit eines reifbedeckten Weidenbaums.«

»Eines jungen Weidenbaums?«

Jeroen schlang den Arm um Herbertas Taille. »Was denn? Ist meine große Schwester etwa eifersüchtig?«

»Ach, Joen ...« Herberta schmiegte den Kopf an seine Schulter. »Ich *weiß*, daß früher oder später eine Frau in dein Leben treten wird, die ...« Sie seufzte. »Ich wünschte, wir könnten weggehen, irgendwohin, wo man uns nicht kennt.«

»Ich muß mein Brot verdienen können, und sie würden mich schon bald an meinen Arbeiten erkennen, auch wenn ich sie nicht immer signiere.«

»Natürlich.« Herberta setzte sich wieder auf. »Aber träumen darf ich doch wohl?«

»Ja«, sagte Jeroen. »Das Traumland ist der einzige Ort, an dem wir ganz und gar frei sein können ...« Er sah seine Schwester von der Seite an. »Geht es einigermaßen?«

Herberta zuckte die Achseln. »Als du mich hierhergebracht hast, dachte ich im ersten Moment, du wolltest mich umbringen. Ein Kloster! Aber es ist besser als erwartet, sie lassen mir meine Ruhe.«

»Dafür habe ich sie bezahlt. Und hier in Uilenburg bieten sie so oft Frauen Unterschlupf, die sich vor einem Mann verstecken wollen.« Er hatte der Äbtissin nicht in allen Einzelheiten erklärt, vor wem sich seine Schwester versteckte. Das Wort *Mann* hatte genügt. Nach dem Teufel war ein Mann offenbar das Schlimmste, wovor eine Frau auf der Flucht sein konnte. Jeroen konnte Herberta besuchen, weil er ihr Bruder war. Vorausgesetzt, er kam und ging diskret und, vor allem, er respektierte die Klausur.

»Ich kann die ganze Nacht bei dir bleiben, wenn du möchtest.«

Herberta zog ein Gesicht. »So verlockend der Gedanke auch ist, meine Pritsche ist schon für mich allein kaum breit genug.«

Scherzhaft sagte er: »Es kann ja mal der eine, mal der andere unten liegen.«

Herberta seufzte. »Man wird hier beim allerersten Morgengrauen geweckt, und das ist in dieser Zeit des Jahres besonders früh.«

»Dann verschwinde ich eben noch früher«, sagte Jeroen dickköpfig.

»Der Wein trübt deinen gesunden Verstand, Joen. Wo soll ich hin, wenn sie mich hinauswerfen?«

»Vielleicht löst sich unser Problem dann von ganz allein.«

Herberta sah Jeroen argwöhnisch an. »Was meinst du damit?«

Jeroen hatte ihr von Jasper erzählen wollen, doch bei näherer Überlegung sah er doch lieber davon ab. Er war sich nicht so sicher, ob sie seinen kleinen Plan wohl gutheißen würde. Ausweichend sagte er daher: »Es wird daran gearbeitet.«

Herberta nickte. »Ich glaube, es ist am besten, wenn du wieder nach Hause gehst.« Sie sah Jeroen an. »Bleiben diese Frau – wie hieß sie noch? – und ihr Bruder über Nacht in der Stadt?«

»Ja, gewiß, es ist doch viel zu gefährlich, im Dunkeln eine so weite Heimreise zu unternehmen. Aber ich habe nicht danach gefragt, ich bin davongeschlichen, ohne mich zu verabschieden.«

»Das ziemt sich einer Dame gegenüber aber nicht, Joentje!«

»Nein, aber froh bist du schon darüber.«

Herberta lächelte traurig und drückte ihm einen Kuß auf die Lippen. »Mach, daß du fortkommst«, sagte sie, das Gesicht nah an dem seinen. »Und sei bitte vorsichtig.«

Als Jeroen durch den von Öllampen spärlich beleuchteten Klostergang zum Ausgang lief, begegnete er nur einer einzigen Nonne. Als er sich ihr näherte, wandte sie das Gesicht ab und blieb mit gesenktem Kopf stehen, bis er vorüber war. Erst als seine Schritte am Ende des Ganges verhallten, drehte sie sich nach ihm um. Nachdenklich starrte sie der Gestalt nach, die sich da so verstohlen entfernte.

10

Erik Lubbert rieb sich schon die Hände, als er einen Pferdekarren versteckt im Gebüsch stehen sah. Er band sein eigenes Reittier an einer jungen Birke fest und lief geduckt zu dem Wäldchen am Ufer der Dommel, von wo aus er schon öfter heimlich Liebespärchen beobachtet hatte.

Vorsichtig, auf daß er ja nicht bemerkt werde, schuf er sich mit beiden Händen einen Durchguck in dem dichten Faulbaumgeäst. Fast sogleich sah er das Paar ein Stück weiter weg zwischen den niedrigen Farnen dicht am Wasser liegen. Erwartungsvoll machte er es sich bequem. Als er erneut hinüberblickte, hatten sich die beiden aufgesetzt und schauten in seine Richtung. Bevor er sich duckte, sah er gerade noch, daß es zwei junge Männer waren.

Eine Verwünschung knurrend, trat er rasch einen Schritt zurück. Doch als er sich umwandte, um davonzulaufen, stand er zu seinem Schrecken einem kräftig gebauten großen Kerl gegenüber, der sich mit einem Halstuch vor dem Gesicht maskiert hatte.

»So, so«, sagte der Unbekannte mit durch den verdeckten Mund entstellter Stimme. »Versündigt sich unser Bauernsohn, indem er unzüchtiges Treiben bespäht?«

»Ich schaute nur nach… nach…« Lubbert verstummte und starrte furchtsam auf die rechte Hand des Unbekannten, die demonstrativ auf der Scheide von dessen Dolch ruhte. »Räuber, ihr seid Räuber...« Er wich zurück und drückte sich schutzsuchend ins Laub des Faulbaums. »Ich besitze nichts, ich habe nicht einmal eine Börse bei mir!« Krampfhaft deutete er auf die Birken im Hintergrund. »Mein Pferd, ihr könnt mein Pferd haben!«

Er erschrak abermals, als er die beiden anderen Männer hinter sich hörte. Sie hatten gleichfalls Halstücher vor dem Mund und stellten sich so auf, daß Lubbert jeder Fluchtweg abgeschnitten war. Schlagartig ging ihm auf, daß sie ihm diese Falle nur hatten stellen können, weil sie wußten, daß er öfter hierherkam. Heiser stammelte er: »Mein Vater hat etwas Gold, vielleicht kann er –«

»Schluß mit dem Geplärr!« blaffte der Größte der drei. »Wen hast du hier schon alles beobachtet, sprich!«

»Äh... was meint Ihr?«

»Red ich vielleicht italienisch?«

»Ich... äh... ich achte eigentlich nicht so darauf, wer... nicht so auf die Gesichter.«

»Das kann ich mir vorstellen!« kicherte einer der anderen.

»Also noch einmal anders gefragt: Hast du je einen von denen erkannt, die du hier belauert hast?«

»Ich weiß nicht –«

Einer der Männer versetzte Lubbert einen so schmerzhaften Tritt in den Allerwertesten, daß er vor Schreck einen Satz machte. Er fing an zu jammern wie ein kleines Kind, dem man den Hosenboden versohlt hatte.

»Das war nur eine freundliche Warnung«, sagte der große Kerl. »Von jetzt an...« Er zog seinen Dolch.

Lubbert jammerte noch lauter, verstummte jedoch, als

der Mann einen drohenden Schritt auf ihn zu machte. »Ich habe mal... ich habe mal einen gesehen, den ich kannte. Jemand von... von der Schule früher.«

»So? Erik Lubbert ist zur Schule gegangen? Wie kommt es dann, daß du so dumm bist?«

»Ihr wißt, wer ich bin«, sagte Lubbert in einem Ton, als wäre damit sein Todesurteil gefällt. Er ließ die Schultern hängen. Mit niedergeschlagenem Blick sagte er: »Es war... äh... ein gewisser Jeroen, Jeroen van Aken.«

»Meister Jeroen van Aken, meinst du wohl. Warum versuchtest du das zu verschweigen?«

Lubbert sah auf. »Weil ich ihn nicht verraten wollte...« Er hielt sich schützend die Hand vors Gesicht, als der andere eine Drohgebärde machte.

»Feine Ausrede. Nur Pech für dich, daß ich Lügen riechen kann!«

»Das ist wirklich wahr!« behauptete Lubbert hastig. »Als das mit seiner Schwester war, damals, da ... da hatte ich einen Unfall und... Seine Schwester ist eine Hexe!« bellte er plötzlich voller Groll und schien seinen Schrecken für einen Moment ganz vergessen zu haben.

»Nein, wirklich?« fragte der Mann spöttisch. »Und wenn du schlecht über ihren Bruder sprichst, verwandelt sie dich wohl in eine stinkende Kröte, was?«

»Dürfte ja nicht so schwierig sein«, bemerkte einer der anderen Männer, und der dritte im Bunde lachte.

»Und mit wem hast du Meister Jeroen van Aken hier gesehen?«

Jetzt machte Lubbert ein argwöhnisches Gesicht. »Warum wollt Ihr das denn unbedingt wissen?«

»Ich frage dich noch *einmal*«, entgegnete der Mann betont ruhig. Dabei prüfte er mit dem linken Zeigefinger die Schärfe seines gezückten Dolches. »Mit wem hast du Meister Jeroen van Aken hier gesehen?«

»Das weiß ich nicht«, antwortete Lubbert unglücklich. »Ich konnte ihre Züge nicht sehen, sie lag mit ihrer äh... mit ihrer Unterseite zu mir hin.«

»Und diese Seite interessierte dich natürlich weit mehr.«

Lubbert begann allmählich zu dämmern, daß die drei keine gewöhnlichen Strauchdiebe waren. Zögernd sagte er: »Ich verstehe nicht, warum Ihr mir solche Fragen stellt.«

»Es dürfte auch nur sehr weniges geben, was du schon verstehst«, meinte der große Mann. Er steckte seinen Dolch wieder weg und stemmte die Hände in die Seite. Auf Lubbert herabblickend, sagte er: »Das Unheil, das dir beim vorigen Mal zugestoßen ist, war natürlich nicht irgendein Unfall. Und wenn du Meister Jeroen van Aken oder den Seinen auch nur ein Haar krümmst, direkt oder indirekt, wirst du so hart dafür bestraft werden, daß dir die Hölle noch gnädig erscheinen wird. Ist das verständlich genug, oder gebrauche ich zu schwierige Worte für dein Spatzenhirn?«

Kaum hörbar flüsterte Lubbert: »Seid Ihr ein... ein Zauberer? Seid Ihr mit den Hexen im Bunde?«

»*Ein* Fehltritt«, warnte der Mann, »und du wirst zu spüren bekommen, mit wem du es zu tun hast!« Er deutete mit dem Daumen über seine Schulter. »Mach, daß du wegkommst, und laß dich hier nie wieder blicken, nie wieder!«

Lubbert rannte, wie er noch nie in seinem Leben gerannt war.

»Das Schießpulver!« zischte der große Mann. »Rasch, rasch!«

Grinsend zog einer der anderen die Verschnürung eines Leinenbeutelchens auf und schüttete schwarzes Pulver über dem Boden aus. Dann griff er zu einem Feuerstahl.

Gerade als Lubbert keuchend sein Pferd bestieg, wurde ein furchterregendes Zischen laut, das sein Pferd erschrokken aufschnauben und zurückscheuen ließ. Aus dem Wäldchen schoß eine blendende Stichflamme empor, und gleich darauf stieg ein weißer Rauchwirbel in den Himmel auf. Die drei Männer waren verschwunden.

In heller Panik schrie Lubbert auf und trieb seinem Pferd die Fersen in die Flanken. Mit halsbrecherischer Geschwindigkeit galoppierte er heimwärts.

Als Lubbert außer Sichtweite war, erhob sich Jasper und nahm sein Halstuch ab. »Was für ein ausgemachter Esel! Der schläft fürs erste keine Nacht mehr ruhig«, sagte er grimmig. »Jeroen kann zufrieden sein.«

Es klopfte leise an der Tür. Herberta sah unwillig von der Zeichnung auf, an der sie konzentriert gearbeitet hatte. Unwillkürlich wanderte ihr Blick zu dem vergitterten Fensterchen hoch oben in der Außenwand der Zelle, hinter dem ein Stückchen bewölkter Himmel zu sehen war. Es war noch lange nicht Abend. »Ja?«

Geräuschlos schwang die Tür in den von Herberta mit Schmalz geschmierten Angeln auf. Eine Nonne, deren blasses Gesicht durch die schwarze Haube größtenteils dem Blick entzogen war, streckte den Kopf herein. »Störe ich Euch auch nicht?«

»Kommt darauf an, was Ihr wollt«, antwortete Herberta nur halb im Scherz. Sie schob die unvollendete Zeichnung ein Stück von sich weg und reckte die Arme. »Kommt herein.« Sie unterdrückte ein Gähnen. Seit sie im Kloster war, hatte sie noch keine Stunde vernünftig geschlafen. Sie wußte nicht genau, woran es lag, an der Enge der Zelle, den seltsamen nächtlichen Geräuschen, der harten Pritsche, dem ungewohnten Essen, ihrer inneren Unruhe... Wahrscheinlich an allem zusammen, dachte sie.

Sie schaute zu der Nonne auf, die geräuschlos die Tür hinter sich zugemacht hatte und in der Mitte des kleinen Raums stehengeblieben war. »Was führt Euch zu mir, wenn ich fragen darf?«

»Ich bin Schwester Camelia, und ich wollte Euch warnen.«

Herberta spürte, wie sie erstarrte. »So? Und vor was denn wohl?«

»Ich weiß, daß Ihr hier oft von einem Mann besucht werdet.« Sie stieß das Wort »Mann« aus, als handelte es sich um etwas Unappetitliches.

»Ah!« Herberta entspannte sich. »Das ist mein Bruder, Jeroen. Die Äbtissin weiß Bescheid. Er bringt mir das eine und andere, Zeichenpapier und dergleichen, und wir unterhalten uns ein wenig. Ich fühle mich hier doch ziemlich einsam. Ich habe ja keine Sendung, so wie Ihr, versteht Ihr?« Sie bemühte sich, keinen herausfordernden Ton anzuschlagen. »Ich habe gewisse... äh... Bedürfnisse.«

»Euer Bruder?« sagte Schwester Camelia skeptisch.

»Ja, was dachtet denn Ihr? Mein Liebster etwa?« Herberta tat diese kratzbürstige Bemerkung sofort leid. Ihr war nur allzu klar, in was für einer schwachen Position sie sich hier befand, auch wenn Jeroen gutes Geld für ihren Aufenthalt bezahlte. »Verzeiht, Schwester«, sagte sie. »Ich wollte nicht ausfallend sein, aber … äh … ich fühlte mich angegriffen.«

»Ich habe auch einen Bruder«, sagte die Schwester. »Es ist sechs Jahre her, daß ich ihn zum letzten Mal sah.«

»Das tut mir leid für Euch«, sagte Herberta.

»Hm …« Schwester Camelia schob ihre Haube ein Stück nach hinten und deutete auf die Pritsche. »Darf ich mich setzen?«

»Natürlich.«

Herberta betrachtete die Nonne ein wenig eingehender. Sie war jünger, als ihre gebeugte Haltung vermuten ließ. Ihr Gesicht war hager, und sie hatte große tiefliegende Augen, als bekomme sie schon seit geraumer Zeit zuwenig zu essen. Spontan sagte Herberta: »Ich habe noch einen Apfel, wenn Ihr vielleicht …«

Schwester Camelia machte eine abwehrende Gebärde, die auch etwas Vorwurfsvolles hatte. »Ich habe keine Bedürfnisse«, sagte sie, gewollt oder ungewollt sarkastisch. »Jedenfalls nicht, was Essen betrifft.« Ihr Blick wanderte zu der Zeichnung auf dem kleinen Tisch. »Mag der Mann vielleicht auch Euer Bruder sein, es gibt Schwestern wie mich, die ihn kommen und gehen sehen und sich das Ihre dabei denken.«

»Ja, und?«

Durchdringend richtete sich der Blick aus den tiefliegenden Augen auf Herberta. »Manche werden klatschen, und zwar ohne Euch erst um eine Erklärung zu bitten.«

»Wollt Ihr damit andeuten, daß ich hier nicht sicher bin?«

»Sagen wir, Euer Aufenthalt hier ist nicht ohne Risiken. Es hängt natürlich davon ab, wovor Ihr Euch verbergt.«

Dieses scheinheilige Gespenst ist ganz einfach neugierig, dachte Herberta. Aber die Worte der Schwester beunruhigten sie dennoch. »Ich bin auf der Flucht vor einem Mann«, sagte sie. Sie versuchte dem Wort einen ebenso mißbilligenden Klang zu verleihen wie Schwester Camelia.

»Ja, das wurde mir gesagt, aber die Frage ist, wie gefährlich und vor allem wie einflußreich dieser Mann ist.« Schwester Camelias Blick wanderte wieder zu der Zeichnung.

»Er ist ein gewöhnlicher Bauernsohn.«

»Euer Ehemann oder Euer Verlobter?«

»Einfach einer, der es sich zur Lebensaufgabe gemacht zu haben scheint, mir das Leben zur Hölle zu machen.«

»Dazu wird es bestimmt nicht von allein gekommen sein.«

»Glaubt mir, Schwester Camelia, ich habe dieser Natter nichts getan.«

»Wenn dem so ist, dann wird Gott der Herr Euch zweifellos beistehen.«

»Dafür bete ich alle Tage«, log Herberta.

Die Nonne nickte. »Dürfte ich mir die Zeichnung kurz ansehen?«

»Sie ist noch nicht ganz fertig«, schickte Herberta voraus, während sie zu dem quadratischen Blatt Papier griff und es der anderen reichte. »Das Bild soll einen Gaukler darstellen, der mit raffinierten Kunststückchen sein dummes Publikum zum besten hält.«

Schwester Camelia drehte sich so zur Lampe, daß das Licht auf die Zeichnung fiel. »Was für ein seltsamer Blick auf die Dinge«, konstatierte sie. »Die Mauer und der Tisch sind ja ungewöhnlich zueinander angeordnet.«

Herberta schaute verblüfft. »Ihr scheint einigen Sachverstand zu besitzen.«

»Mein Vater ist Bildschnitzermeister. Ich habe das eine und andere von ihm gelernt. Ich hatte Talent, doch da ich ein Mädchen war…« Die Nonne zuckte die Achseln. »Ihr wißt ja, wie das ist.«

Ja, dachte Herberta, das weiß ich. »Seid Ihr deshalb diesem Orden beigetreten, weil Ihr nicht machen konntet, was Ihr gern gemacht hättet?«

»Auch das, ja. – Die Zuschauer sehen ebenfalls eigenartig aus, so als ob sie…« Schwester Camelia sah Herberta an. »Was soll diese seltsame Komposition?«

»Die Zuschauer bilden gewissermaßen *ein* Wesen mit vielen Köpfen. Eine machtlose Hydra, wollen wir einmal sagen, die den Kunststückchen des Betrügers auf den Leim geht. Und der Tisch und die Wand dienen dazu, eine gleichmäßige Raumaufteilung zu erreichen.«

»Ah«, sagte die Nonne. »Ihr seid ja wirklich äußerst versiert.«

»Nicht so sehr wie mein Bruder, der aus diesem Entwurf zweifellos ein wunderschönes Gemälde zaubern wird.«

»Höre ich da einen Anflug von Mißgunst?«

»Schon möglich, ich bin nur ein Mensch, wißt Ihr. Und auch ich wurde mit dem falschen Körper geboren.«

»Und deshalb zeichnet Ihr so bitterböse Sachen?«

»Bitterböse?« Herberta nahm der Schwester die Zeichnung ab und unterzog diese ihrerseits einer kritischen Betrachtung. »Ich habe mich von einem Sprichwort inspirieren lassen: ›Wer einem Gaukler lauscht, verliert sein Geld und wird von der Jugend verlacht.‹ Der Gaukler zieht einen Frosch aus dem geöffneten Mund dieses Einfaltspinsels, der unterdessen seiner Börse beraubt wird.«

Schwester Camelia nickte. »Das Verschlucken eines Frosches ist ein Sinnbild für die Leichtgläubigkeit mancher Menschen.«

»Vieler Menschen«, verbesserte Herberta. »Man merkt, daß Ihr studiert habt, Schwester Camelia.«

»Da wir unsere Zeit hier nicht mit weltlichen Dingen zu vergeuden brauchen, haben wir viel Zeit zum Studieren.« Die Nonne deutete auf die Zeichnung. Wie nebenbei fragte sie: »Warum sitzt eine Eule im Korb des Gauklers?«

Herberta erstarrte kurz, als sie den forschenden Blick der anderen gewahrte. »Sie gehört ganz einfach zu den Attributen eines Gauklers, genauso wie sein Zylinder und der Kegel und diese hohlen Kügelchen, die alle ineinander passen.«

»Hm… Steht die Eule nicht sinnbildlich für die Ketzerei?«

»Daran habe ich, ehrlich gesagt, noch gar nicht gedacht«, log Herberta. »Ich denke, daß etwas erst dann zum Sinnbild werden kann, wenn man es so beabsichtigt.« Plötzlich kam ihr ein Gedanke. »Als ich vor einiger Zeit einmal mit meinem Bruder an der Dommel… äh… spazierenging, flog plötzlich direkt vor uns eine Eule auf. Das Bild muß mir in Erinnerung geblieben sein. Ihr wißt ja, wie eigenartig der menschliche Geist bisweilen funktioniert.«

»*Höchst* eigenartig«, pflichtete Schwester Camelia bei, doch ihr Ton verriet, daß sie nicht an Herbertas Naivität glaubte. »In manchen Schriften wird die Eule als das Tier dargestellt, das Christen, die nicht in ihrem Glauben gefestigt sind, dazu verleitet, sich für das Böse zu entscheiden.«

Herberta lächelte unschuldig. »Ihr habt offenkundig mehr studiert als ich, Schwester Camelia.«

Die Nonne ließ das kleine Kompliment an sich abprallen. »Unwissenheit kann gefährlich sein«, meinte sie.

Herberta nickte. »Genau wie falsch angewandtes Wissen ... Ach, mein Bruder wird schon wissen, was er damit anfängt. Er ist der Künstler, ich bin nur seine Handlangerin.«

»Er schien mir jünger zu sein als Ihr, oder?«

»Ihr habt ihn Euch gut angesehen.«

Schwester Camelia zog kurz die Augenbrauen zusammen. »Er kam direkt an mir vorüber.«

»Und er hat ja einen ziemlich auffälligen Kopf.« Herberta grinste kurz. »Einen, den man nicht so leicht vergißt.«

»Ihr habt, wie mir scheint, eine besonders enge Beziehung zu Eurem Bruder, nicht wahr?«

»Wir haben uns immer ausgezeichnet verstanden«, räumte Herberta ein. »Bruder und Schwester sind nicht immer und überall wie Hund und Katz, wißt Ihr.« Sie legte die Zeichnung hin und gähnte hinter vorgehaltener Hand.

»Ihr seid müde«, stellte die Nonne fest, machte aber keinerlei Anstalten, sich zu erheben.

Herberta nickte. »Ich schlafe schlecht, mir fehlt die innere Ruhe.«

Schwester Camelia lehnte sich auf der Pritsche zurück, und der Blick, mit dem sie Herberta ansah, bekam etwas

Berechnendes. »Wenn Ihr wollt, könnt Ihr die Nacht bei mir verbringen. Meine Schlafstatt ist breiter als diese.«

Es dauerte einige Augenblicke, bis Herberta erfaßt hatte, was die Nonne meinte, und als sie nicht gleich antwortete, sagte diese, ihr Schweigen wohl mißverstehend: »Der Äbtissin wird nichts davon zu Ohren kommen.«

»Schwester Camelia ...« Herberta zögerte, da sie nicht recht wußte, wie sie sich jetzt am besten verhielt. Der bizarre Vorschlag hatte sogar etwas Schmeichelhaftes, mußte sie zugeben. Wenn es auch durchaus möglich war, daß sich die Nonne einfach nur verzweifelt nach ein wenig Wärme sehnte. »Das letzte, was ich wollte, wäre, Euch vor den Kopf zu stoßen, doch...« Herberta seufzte und wandte den Blick ab. »Ich dachte, Ihr seid mit Gott getraut?«

»Nur im Geiste, Herberta.«

Jetzt nennt sie mich auch noch beim Vornamen, dachte Herberta. Sanft sagte sie: »Ich empfinde keinerlei Bedürfnis, mit einer Frau zu schlafen, Schwester Camelia.«

»Bisweilen kennt man seine eigenen Bedürfnisse nicht.«

»Es tut mir leid, aber in diesem Fall bin ich mir ziemlich gewiß.«

Die Nonne machte eine ärgerliche Kopfbewegung und stand brüsk von der Pritsche auf. »Ein Irrtum«, sagte sie, ihre Haube wieder nach vorn ziehend, als wolle sie ihr Gesicht verbergen. Dann wandte sie sich mit einer eckigen Drehung um.

Herberta erhob sich ebenfalls. »Ich bin, wie ich bin, Schwester, und das kann ich auch nicht ändern.« Aus unerfindlichen Gründen fühlte *sie* sich abgewiesen, obwohl es doch genau andersherum war.

»Du solltest besser nicht mehr allzu lange hierbleiben«, sagte Schwester Camelia. Sie machte sich nicht die Mühe, die Tür hinter sich zuzuziehen, als sie hinausging.

Herberta wartete, bis die wütenden Schritte der Nonne verhallt waren, und schloß erst dann die Tür ihrer Zelle.

Nachdenklich rollte sie die Zeichnung mit dem Gaukler zusammen und band ein Stück Schnur darum. Danach suchte sie ihr Nachthemd und die anderen Sachen zusammen, die Jeroen ihr gebracht hatte. Viel war es nicht, es ließ sich alles in einen großen Leinenschal knoten.

Niemand sah Herberta fortgehen, als sie das Kloster durch die kleine östliche Seitentür verließ, um nie mehr zurückzukehren.

»Was suchst denn du noch so spät hier? Ich hatte schon geschlafen!« Thomas, der in der Tat im Nachthemd war, machte eine einladende Gebärde mit der Öllampe, die er in der Linken hielt. »Komm herein, bevor die Mücken vom Licht angelockt werden.«

Jeroen gehorchte. Als sein Onkel die Haustür geschlossen hatte, fragte er: »Ist Herberta hier?«

»Natürlich ist deine Schwester hier, wo hätte sie denn sonst hingekonnt? Ich nehme es dir übrigens sehr übel, daß du sie nicht gleich bei mir untergebracht hast. Was für eine Idee, sie in einem Kloster zu begraben!«

»Ich dachte, dort würde niemand sie suchen.«

»In der Höhle des Löwen? Bei all diesen kranken Frauen? Aber Junge!« Thomas schüttelte den Kopf, während er Jeroen voran zur Treppe ging.

»Kranke Frauen?«

»Na ja, normal sind die jedenfalls nicht, wenn du mich fragst.«

»Das sagt man von dir auch.«

»Mag sein, aber ich bin zumindest auf eine gesunde Art gestört, ohne mich damit brüsten zu wollen. Aha, da ist unser Flüchtling!«

Herberta lehnte im Türrahmen des Kämmerchens, in dem Thomas sie untergebracht hatte. Sie war ebenfalls im Nachthemd. Als sie Jeroen sah, flog sie ihm um den Hals, ohne sich um Thomas zu scheren, der sich, abermals kopfschüttelnd, in sein Zimmer verzog. Er nahm die Lampe mit und schloß demonstrativ die Tür hinter sich, so daß auf dem Treppenflur plötzlich Dunkelheit herrschte.

Jeroen empfand die körperliche Nähe seiner Schwester dadurch nur noch intensiver. Er drückte sie fest an sich und begrub das Gesicht an ihrem warmen Hals.

Herberta zog ihn in ihre Kammer. »Ich konnte es dort nicht mehr aushalten«, sagte sie.

Er hörte sie im Dunkeln herumtasten, dann war das Anschlagen eines Feuerstahls zu hören, und ein Zunderschwamm glühte auf. Kurz darauf zeigte sich die düstere Kammer im flackernden Licht einer Kerze.

»Onkel Thomas hat recht«, sagte Herberta. »Hier bin ich viel besser aufgehoben als in einer Klosterzelle von Uilenburg.«

»Verwandte bitte ich niemals um eine Gunst.«

»Er betrachtet das nicht als Gunst, Joen. Ich habe sogar den Eindruck, daß er froh ist über meine Gesellschaft.«

»Du hättest einfach wieder nach Hause kommen können«, sagte Jeroen. Er setzte sich auf den einzigen Stuhl der

Kammer. Abgesehen von einem Bettkasten, einem wackligen Tischchen und einer großen Truhe standen keine weiteren Möbel darin. Herbertas Habseligkeiten lagen achtlos hingeworfen in einer Ecke. »Lubbert hat dich an der Dommel nicht erkannt. Das behauptet er zumindest. Und es wird wohl stimmen, denn sonst hätte er uns längst verraten.«

»Das sind gute Nachrichten, aber ich gehe nicht mehr nach Hause. Ich würde mich dort kaum weniger gefangen fühlen als in dem Kloster.« Herberta goß Wasser aus einem Krug in eine Waschschüssel, die auf dem Tischchen stand, tunkte ein Tuch hinein und benetzte damit ihr Gesicht.

»Was gedenkst du denn zu tun? Du kannst doch nicht ewig hierbleiben.«

»Onkel Thomas hat gesagt, daß ich so lange hierbleiben kann, wie ich möchte. Und ich kann für ihn arbeiten.«

»Es wird Klatsch geben.«

»Joen …« Herberta setzte sich auf Jeroens Schoß und legte den Arm um seinen Nacken. Ihn von nahem ansehend, sagte sie: »Als ich zu Hause war, wurde auch geklatscht. Klatsch wird es *immer* geben. Für mich ist nur wichtig, daß ich mich wohl fühle und ich dich oft genug sehen kann.« Sie gab ihm einen raschen Kuß auf den Mund und stand wieder auf. »Und jetzt gehe ich schlafen, Brüderlein. Ich bin todmüde.«

Jeroen nickte ergeben. Sein Blick fiel auf die zusammengerollte Zeichnung auf dem Tisch. »Wie weit bist du mit dem Gaukler?«

»Du kannst ihn mitnehmen, ich hoffe, du kannst etwas damit anfangen.«

Jeroen steckte die Rolle in den weiten Ärmel seines Rocks. Säuerlich sagte er: »Vielleicht bekomme ich keine Aufträge mehr von der Kirche. Ich soll morgen vor dem Kapitel der Kathedrale erscheinen. Die Chorherren scheinen Probleme mit meiner ›Hochzeit zu Kana‹ zu haben.«

Herberta kuschelte sich behaglich in ihren Bettkasten. »Du mußt einfach heiliger tun als der Papst und den unverstandenen Meister herauskehren.«

Jeroen grinste bitter. »Verstünden sie mich, dann würde mir erst etwas blühen!«

»Es wird schon alles gut, Joentje. Dein Talent ist zu groß, als daß es sich durch ein Häuflein vertrockneter Pfaffen Zügel anlegen ließe. Nimm die Kerze ruhig mit nach unten.«

Jeroen blieb noch kurz stehen und starrte trübsinnig auf seine Schwester hinunter, die ihm den Rücken zugedreht hatte. Ich bin schon genau wie mein Vater, dachte er. Um zur Ruhe zu kommen, brauche ich Sicherheiten und Ordnung und ein geregeltes Leben. Und all das kann ich einfach nicht finden.

»Schlaf gut, Berta«, sagte er. Er bekam keine Antwort mehr.

Jeroen nahm die Kerze und ging nach unten.

Das Haus wirkte leer auf ihn, obwohl zwei Menschen darin schliefen. Vielleicht verläßt Herbertas Seele ja des Nachts ihren Körper, dachte er. Um irgendwo an einem Hexenritus teilzunehmen. Und vielleicht reiste Thomas' Seele ja mit. Sein Onkel war zu allem imstande.

Und während er die Kerze ausblies und auf die dunkle Straße hinaustrat, dachte Jeroen noch: Ich wünschte, ich könnte mit.

11

Jeroen ging quer über den zugigen Platz auf die Sint Jans zu. Im Südportal des Transepts blieb er kurz stehen, um seine Kleider zu ordnen. Säuerlich blickte er zu den Schreckgestalten empor, welche die Umgänge zierten. Höllengelichter, das von der Kirche herab auf das Volk blickte, dachte er. Die Bosschen Steinmetze, die diese Kunstwerke geschaffen hatten, schienen auch nicht ganz ohne Ironie gewesen zu sein.

Die bevorstehende Konfrontation mit dem Kapitel machte Jeroen Sorgen. Vielleicht hätte ich doch auf meinen Vater hören sollen, dachte er jetzt mit einigem Unmut. Der hatte ihn ja oft genug gewarnt, daß er früher oder später ernstliche Probleme mit dem Bischof oder dessen Umfeld bekommen werde, wenn er nicht aufhörte, seine Arbeiten mit verstecktem Spott und Seitenhieben auf die Geistlichkeit zu spicken. So virtuos er diese gemeinen Faxen auch zu tarnen verstand. Und mit »Die Hochzeit zu Kana« war er vielleicht in der Tat zu weit gegangen. Zumal jetzt das Gerücht ging, daß der neue Vikar des Bischofs, ein gewisser Dass aus Köln, ein ganz Scharfer sei. Man erzählte sich sogar, daß er eigens nach ’s-Hertogenbosch geschickt worden sei, weil der Vatikan die geistliche Führung des Bistums für zu permissiv befunden hatte.

Vielleicht habe Papst Sixtus in der Hinsicht ja recht, hatte Herberta bemerkt. Es gebe sogar Tage, da nirgendwo in der Stadt ein qualmender Scheiterhaufen zu sehen sei.

Als Jeroen den Versammlungsraum des Transepts betrat, sah er, daß das Kapitel der Kathedrale bei weitem nicht vollzählig war. Er hoffte, daß dies ein gutes Zeichen sei. Nicht einmal der Bischof selbst war anwesend, um seinem Beratungsgremium vorzusitzen. Alles in allem saßen nur ein halbes Dutzend Chorherren und ein Pfarrhelfer um den schweren langen Buchentisch. Das durch ein farbiges Bleiglasfenster hereinfallende Sonnenlicht teilte ihre Gesichter sowie die Tischplatte in blaue, grüne und gelbe Flächen auf. Die Männer starrten Jeroen bei seinem Eintreten schweigend an.

Am augenfälligsten unter den Anwesenden war sein eigenes Bild, »Die Hochzeit zu Kana«, sah Jeroen, der unsicher an der Tür stehenblieb. Die gut drei Fuß breite Tafel stand auf einer mannshohen Staffelei am Kopf des Tisches, wo sie den Stuhl des Bischofs ersetzte. Wegen des diffusen, farbigen Lichts waren kaum Details des Werkes auszumachen.

Jeroen erschrak, als er eine helle Männerstimme vernahm, die aus dem dunklen Schattenraum hinter dem Bild hervorzukommen schien: »Jeroen van Aken, alias Meister Hieronymus Bosch. Tretet vor, Meister. Steht nicht da, als wolltet Ihr jeden Moment wieder davonlaufen.«

Mechanisch folgte Jeroen der Aufforderung. Währenddessen trat der, zu dem die Stimme gehörte, direkt gegenüber von ihm aus dem Schatten: ein ganz in Purpur gekleideter hagerer Mann mit scharfen Zügen. Er blieb neben dem Bild stehen. Sein Gesicht war zur Hälfte rot und zur Hälfte grün beschienen, so daß es einer Teufelsmaske glich. Jeroen fragte sich, ob der Mann wohl ein Effekthascher war und diesen Standort mit Bedacht gewählt hatte.

»Ich bin Vikar Dass, aber das hattet Ihr vermutlich bereits erraten.«

Jeroen faßte sich. »Ein so bedeutender Mann wie Ihr braucht seinen Namen nicht zu nennen, Monseigneur«, sagte er.

Die grüne Hälfte der Lippen des Vikars kräuselte sich kurz. »Sehr schlagfertig«, sagte er anerkennend. »Man hatte mich vor Eurer listigen Zunge gewarnt.«

»Ich bin kein Schöntuer, Monseigneur, wenn Ihr das meint.«

»Ich dachte, ich hätte etwas anderes gesagt.« Dass machte eine Handbewegung zu einem freien Stuhl hin. »Nehmt Platz, Meister Bosch. Es könnte eine lange Sitzung werden. Es gibt Wein, und es gibt Wasser.«

Jeroen setzte sich. Er schaute verlangend zu einem kleinen silbernen Weinkrug, der in Reichweite auf dem Tisch stand, doch er wollte sich keine Blöße geben.

Er deutete auf das Bild. »Gefällt Euch mein Werk nicht, Monseigneur?«

»O doch«, entgegnete der Vikar. Dabei blickte er mit gespitzten Lippen auf die Tafel neben ihm, als sei er keineswegs so zufrieden, wie seine Worte nahelegten. »Das Kapitel hat freilich einige beherzigenswerte Fragen und Anmerkungen, bei denen weder der Bischof noch ich so recht weiterwissen. Daher hätten wir die erforderlichen Antworten und Erklärungen gern vom Meister selbst. Wir wissen, daß Eure Zeit kostbar ist, aber letztlich wird ein Großteil dieser Zeit ja von uns vergütet, nicht wahr?«

Jeroen überhörte letzteres. In neutralem Ton sagte er: »Ich werde Eure Fragen nach bestem Vermögen beantworten, Monseigneur.«

»Macht die Türen auf, damit wir mehr Licht haben«, sagte der Vikar, ohne gezielt jemanden anzusprechen.

Sofort sprang der Pfarrhelfer auf und öffnete beide Flügel der Eingangstür, so daß ein breites Bündel gleißenden Tageslichts hereinfiel und die vom Bleiglasfenster hervorgerufenen kaleidoskopischen Farbflecken vertrieb.

Das Licht fiel direkt auf das Bild, und es hatte beinahe den Anschein, als beginne es aus sich selbst heraus zu leuchten. Das war weder gut für die Farbe noch für das Holz, doch zum gegebenen Zeitpunkt hielt Jeroen es nicht für opportun, sich darüber auszulassen.

Sorgsam darauf bedacht, die Tafel nicht zu berühren, zeigte der Vikar mit einem dünnen weißen Stock auf das Gemälde. »Diese beiden Teufelchen hier im Kapitell der Kapelle. Der eine zielt mit einem Bogen auf den anderen, welcher sich in ein Loch in der Wand verkriecht. Was bezweckt diese Darstellung?«

Jeroen schaute erneut zu dem Weinkrug. »Ein Hochzeitsfest ist ein vergnügliches Ereignis, Monseigneur. Ich wollte dem Bild eine heitere Note geben. Daß der eine kleine Teufel den anderen unter Beschuß nimmt, bedeutet, daß wir sie unter diesen Umständen ja nicht ernst nehmen sollen.«

Der Vikar sah Jeroen stirnrunzelnd an. »Das Böse nicht ernst nehmen?«

»Die beiden kleinen Figuren sind keine Sinnbilder für das Böse. Sie haben keine tiefere Bedeutung, sie sollen nur zum Lachen anregen.«

»Mir macht es keine Freude, den Teufel zu schauen, gleich, in welcher Gestalt«, bemerkte einer der Chorherren.

Jeroen versuchte den Blick des Priesters einzufangen, doch der sah eisern in die entgegengesetzte Richtung. »Der eine ist leichter zum Lachen zu bringen als der andere, Ehrwürden«, bemerkte er.

Der Chorherr neben ihm kicherte kurz, doch die anderen verzogen keine Miene.

»Gut, belassen wir es vorerst bei Eurer wenig aussagekräftigen Erklärung«, sagte der Vikar. Er zeigte erneut mit seinem Stock. »Diese Speisen hier, die von Dienern aufgetragen werden…«, der Vikar beugte sich dem Gemälde zu, »…ein Schwan und ein Wildschweinkopf, wenn ich es recht sehe. Warum speien sie eine solche Hitze aus, daß dieser andere Diener hier davor zurückweicht?«

»Weil die Speisen geradewegs vom Feuer kommen, Monseigneur.«

Ohne sich zu ihm umzuwenden, sagte der Vikar: »Spöttische Akzente in Eurem Werk anzubringen ist *ein* Ding, Meister Bosch, aber ich warne Euch, versucht nicht, den Spott mit *mir* zu treiben!«

»Verzeiht, Monseigneur, das hatte ich nicht beabsichtigt«, sagte Jeroen eilig. Er verwünschte seine Zunge, die bisweilen rascher war als sein Verstand.

Der Vikar nickte. »Absichten«, konstatierte er, »das ist es doch, worum sich alles dreht, nicht wahr?« Der weiße Stock zeigte in die linke obere Ecke der Tafel. »Ein Sackpfeifer, der dem Fest mit seinen Klängen einen glanzvollen Rahmen verleiht?« Bohrend richtete sich der Blick aus seinen hellen Augen auf Jeroen. »Vielleicht bin ich auf keiner guten Schule gewesen, doch mich hat man gelehrt, daß eine derartige Figur für sinnliche Exzesse und Verderbtheit steht.«

»Ich muß Euch abermals um Verzeihung bitten, Monseigneur, aber der Zusammenhang zwischen Musik und Verderbtheit ist mir nicht ersichtlich. Zweifelsohne war meine Schule von weniger hohem Rang als die Eure, und dort wurde über derlei mystische Dinge nicht gesprochen.«

Ohne die Augen niederzuschlagen, erwiderte Jeroen den forschenden Blick des Vikars. Herberta hatte ihm beigebracht, wie man das machte: Man mußte nur ganz fest an etwas anderes denken. Er dachte an seine Schwester und wie sie ihn gelehrt hatte, seine Werke auf raffinierte Weise mit teuflischer List und Tücke zu durchsetzen, ohne daß ihm jemand dahinterkam, was denn nun genau seine Absicht gewesen war. Jeroen tat sich ein wenig schwer mit dem Gesichtsausdruck des Vikars. Der sprach zwar in gestrengem Ton und stellte bedrängende Fragen, doch Jeroen konnte sich des verwirrenden Gefühls nicht erwehren, daß der Vikar die Sache weniger ernst nahm, als er vorgab.

Der Vikar sagte: »Aber man hat mir doch gesagt, daß Ihr zumindest Latein studiert habt?«

Jeroen nickte. »Mein Vater wollte, daß ich neben der Bibel und den Gebetbüchern auch die Werke von Platon, Aristoteles, Thukydides und Herodot lesen könnte. Und da diese Werke in der Regel in Latein gedruckt werden –«

»Gedruckt werden!« Der Vikar schnaubte. »Der Traum des Johannes Gutenberg: die hohe Literatur unter den Massen verbreiten. Als wenn der Pöbel auch nur ein einziges Buch kaufen würde. Er kann ja gar nicht lesen!«

»Wenn Bücher leicht erhältlich sind, wird es vielleicht mehr Menschen geben, die Lesenlernen als sinnvoll erachten.«

»Glaubt Ihr das wirklich?« fragte der Vikar, ohne daß sich feststellen ließ, ob seine Verwunderung gespielt oder echt war. »Und was, so frage ich mich, werden sie dann daraus lernen? Auflehnung? Unzucht? Faulheit? Denn woher sollten sie die Weisheit nehmen, gutes von schlechtem Wissen zu unterscheiden?«

»Ebensowenig verfüge ich über die Weisheit, derlei philosophische Fragen zu beantworten«, sagte Jeroen vorsichtig.

Der Vikar nickte langsam und nachdenklich, als wäge er den Wert dieser Antwort ab. Am Ende kehrte er dem Kapitel den Rücken zu, um wieder auf das Gemälde zu schauen. »Hier im Hintergrund: Welche verborgene Bedeutung hat dieser vermeintliche Zeremonienmeister mit seinem Stock? Mir kommt er vor wie ein Zauberer, der verbotene Formeln über die Speisen ausspricht.« Der Blick aus den hellen Augen wanderte zu Jeroen. »Nun, Meister, ich höre?«

»Das habe ich abgeschaut«, antwortete Jeroen.

Der Vikar blickte überrascht. »Abgeschaut?«

»Ich sah eine derartige Figur auf anderen Darstellungen von Hochzeitsmahlen, unter anderem bei den Gebrüdern van Eyck. Und ich fand Gefallen an so einem prätentiösen Männlein, das zu Unrecht meint, alles in seinem Sinne dirigieren zu können.«

Jeroen hielt es nicht länger aus und zog den Weinkrug zu sich heran. Zum Teil tat er es auch, um dem Blick des Vikars ausweichen zu können. Er war sich darüber im klaren, daß er mit dem Feuer spielte, wenn er mit dem gleichen verhohlenen Spott sprach, mit dem er oft malte. Aber er konnte einfach nicht anders.

Während er sich einen silbernen Becher füllte, sagte er in einem halbherzigen Versuch, seine Worte zu beschönigen: »Seht Ihr, Monseigneur, als Künstler betrachte ich die Welt mit anderen Augen als Hinz und Kunz. Ich bin fortwährend auf der Suche nach der Wahrheit hinter dem schönen Schein. Und dann sieht man viele Dinge, die anderen entgehen.« Er kostete von dem Wein, der ein wenig säuerlich schmeckte, als sei er schlecht gelagert worden. Das enttäuschte ihn. Seine bisherige Erfahrung war, daß sich die Geistlichen für den eigenen Verzehr in der Regel die besten Weine sicherten.

»Und diese sogenannte Wahrheit, das sind dann die absonderlichen Gestalten, die immer wieder in Eurem Werk auftauchen?«

In seinen Becher starrend, sagte Jeroen: »*Citius, altius, fortius,* was folgt, wenn man diese Reihe weiterführt?«

»Stultius«, antwortete Dass prompt. »Was soviel heißt wie törichter. Ihr seid offenbar nicht vergebens auf der Lateinschule gewesen. Doch was hat das mit Eurem Werk zu tun?«

»Die Wahrheit hinter dem Schein ist meistens Torheit, Monseigneur. Und es ist ein unbezwingliches Bedürfnis meiner Künstlerseele, diese Torheit anzuprangern.«

»Wobei Ihr selbst natürlich über diese Torheit erhaben seid?«

»O nein«, entgegnete Jeroen. »Ganz und gar nicht, ich

bin leider auch nur ein Mensch.« Erst jetzt fiel ihm auf, daß die anderen Geistlichen um den Tisch allesamt mit einer Mischung aus Beunruhigung und gieriger Gespanntheit auf ihn und den Vikar blickten. »Ich habe nur *ein* kleines Talent, und für diese Gabe bin ich unserem Herrn besonders dankbar«, fügte er fromm hinzu.

Die Miene des Vikars verriet, daß er sich das Seine dabei dachte, doch er wandte sich ohne Kommentar wieder dem Gemälde zu. »Diese unheilverkündende Eule taucht immer wieder in Eurem Werk auf, habe ich mir sagen lassen. Was soll sie bedeuten?«

»Die Eule symbolisiert den distanzierten Beobachter«, antwortete Jeroen, ohne zu zögern.

»Euch selbst also, wenn ich es recht verstehe?«

Jeroen nickte. »So könnte man es auffassen, ja.«

»Hmm... Wenn ein Hochzeitsfest eine so fröhliche Angelegenheit ist, wie Ihr zuvor behauptet habt, warum haben die um den Tisch Versammelten dann allesamt so düstere Mienen?«

»Haben sie das?« Jeroen schaute verwundert. »Dessen war ich mir gar nicht bewußt. Vielleicht ist es noch früh, möglicherweise hat das Fest gerade erst begonnen, und die Fröhlichkeit muß erst noch Einzug halten?«

Nun lachte der Chorherr, der zuvor schon einmal gekichert hatte, laut auf, doch als der Vikar ihm einen vorwurfsvollen Blick zuwarf, erstarb das Lachen auf seinen Lippen.

»Vielleicht besitzt Meister Bosch ja noch ein zweites Talent«, bemerkte der Vikar säuerlich. »Das eines Possenreißers!«

»Es freut mich, daß ich zu Eurer Belustigung beitragen

kann, Monseigneur«, erwiderte Jeroen. Er stürzte seinen Wein hinunter und langte erneut nach dem Krug. Warum sollte ich schweigen? dachte er in einem Anflug von Auflehnung. Warum sollte ich mich ihnen untergeben fühlen? Diesen verdammten scheinheiligen Pfaffen!

Das waren nicht seine eigenen Gedanken, wurde ihm bewußt. Eher die seiner Schwester. Verärgert fragte er sich, ob er überhaupt noch eigenständig denken und reden konnte.

Der Vikar hatte noch etwas gesagt, doch das war Jeroen entgangen. »Bitte?« fragte er aufschreckend.

»Mir scheint, Eure Haltung zeugt von geringer Achtung für den, dessen Hand Euch nährt, Meister Bosch.«

Der, dessen Hand mich nährt, ist nicht da, dachte Jeroen mit einigem Bedauern. Er fragte sich, warum sich der Bischof nicht blicken ließ. Brachte er es womöglich nicht über sich, seinem Lieblingsmaler die Hölle heiß zu machen?

»Vergebt mir, Monseigneur«, lenkte Jeroen ein. »Ich bin nicht so wortgewandt, wie manche zu glauben scheinen. Das, was ich sage, vermag nicht immer genau das wiederzugeben, was mir im Kopf herumgeht. Nicht die Zunge, sondern der Pinsel ist mein Ausdrucksmittel.« Wenn ich besser faseln könnte als malen, wäre ich Prälat geworden, dachte er. Doch diesmal wußte er sich zu beherrschen.

»Ich bin bereit, diese Entschuldigung zu akzeptieren«, antwortete der Vikar. »Doch leider bleiben auch, was Eure Ausdrucksweise mit Farbe betrifft, große Fragezeichen.« Er stellte den Stock beiseite und lehnte sich, sich mit den Fingerknöcheln beider Hände auf der Tischplatte abstützend, über den Tisch. Jeroen fest in die Augen blickend, sagte er in unheilverkündendem Ton: »Spezialisten zufolge, deren

Sachverstand außer Zweifel steht, ist diesem Gemälde eine generelle astrologische Bedeutung zuzuschreiben, und zwar im Zusammenhang mit den Söhnen des Mondes...« Er hielt einen Moment inne, bis ihn alle Chorherren in gespannter Aufmerksamkeit ansahen. »Dieses Gemälde...«, er deutete mit dem rechten Daumen über seine Schulter, »...soll die ketzerische Vermählung des Juden Almaengien darstellen. Was habt Ihr darauf zu sagen?«

Das ist nun wirklich eindeutig unwahr, dachte Jeroen halb empört, halb erleichtert. Er konnte sich zwar vorstellen, wie jemand auf diese Idee kam, doch das war denn doch etwas weit hergeholt.

Jeroen setzte den Weinbecher an die Lippen und leerte ihn ganz, ehe er die Augen zum Vikar aufschlug und sagte: »Ich weiß nicht, auf welche Probe Ihr mich gerade stellen wollt, Monseigneur, aber ein studierter Mensch wie Ihr dürfte doch zweifelsohne auf Anhieb erkennen, daß dieses Werk nichts anderes ist als eine bildliche Darstellung des biblischen Hochzeitsmahls. Gut, ich habe das Ganze mit Details aus meiner eigenen Phantasie angereichert, eine Freiheit, die mir als Künstler zusteht, meine ich. Aber von irgendwelchem Spott oder – Gott behüte – Ketzerei kann hier wahrhaftig keine Rede sein.«

Jeroen erhob sich und ging auf den Vikar zu. Mit dem Handrücken auf das Gemälde deutend, sagte er: »Wie Ihr seht, gilt die Segnung Christi dem Weinpokal, den dieser Page dem Hochzeitspaar reicht. Ich habe diesen scheinbar unbedeutenden jungen Mann in einer so stolzen Haltung in die Bildmitte gestellt, damit er ganz von allein die gesamte Aufmerksamkeit auf sich zieht. Und warum das, werdet Ihr

Euch zweifelsohne fragen?« Jeroen sah den Vikar kurz an, doch der reagierte nicht. »Weil es sich hier um eine Allegorie des Wunders der Eucharistie handelt«, fuhr Jeroen in deklamierendem Ton fort, um seinen Worten größere Wirkung zu verleihen. »Der Zeremonienmeister – den Ihr als Zauberer seht – bei jenem Möbel mit sündhaft überflüssigem Tafelgeschirr, das eigentlich als ein Altar der Untaten aufzufassen ist, versinnbildlicht den Gegensatz zwischen Gut und Böse. Und wenn Ihr Euch die Gegenstände auf dem Möbel anseht: Sie verweisen allesamt auf die christliche Liturgie. Brot und Wein, eine Ölflasche, ein Pelikan – Symbol Christi, wie Ihr wißt –, ein Sankt Christophorus mit der Welt auf seinen Schultern. Demgegenüber seht Ihr hier diese beiden tanzenden Nackten, die die Sünde der Unkeuschheit versinnbildlichen, sowie den Seeigel.« Jeroen sah den Vikar abermals an. »Und woran denken wir beim Bild des Seeigels, wenn ich Euch fragen darf, Monseigneur?«

»An die Ketzerei«, antwortete Dass mechanisch.

»Dann dieser Schwan hier, mit dem Halbmond auf der Brust – ebenfalls ein ketzerisches Symbol, wenn ich das Kapitel daran erinnern darf –, der steht für verdorbenes Essen. So jedenfalls sehen es die Mystiker, für die der Schwan die Freßgier symbolisiert. Weiß von außen, aber schwarz von innen, wie man in Flandern sagt. Womit natürlich die Heuchelei gemeint ist.« Jeroen machte eine dramatische Armbewegung. »Herr im Himmel – und das sage ich, ohne Seinen Namen mißbrauchen zu wollen –, was hätte ich denn noch tun sollen, um meine rein christlichen Absichten zum Ausdruck zu bringen? So frage ich Euch, Monseigneur und Ehrwürden.«

Anstatt die Frage zu beantworten, sagte der Vikar lakonisch: »Dafür, daß Ihr nicht wortgewandt seid, versteht Ihr Euch aber erstaunlich gut herauszureden!«

Du hast ja keine Ahnung, dachte Jeroen. Er hatte den Schwan aus dem einfachen Grund gemalt, weil dessen dunkles Fleisch eine der bevorzugten Speisen sowohl bei den Festbanketten seiner Gilde wie bei denen der Liebfrauenbruderschaft war, der er seit einiger Zeit angehörte. Bei seiner Auslegung war er aber auf gut Glück von der Annahme ausgegangen, daß der hagere Vikar im Gegensatz zu den meisten anderen Prälaten wohl kein Freund von Bacchanalen war.

In einem Ton, der, so hoffte er, einigermaßen bescheiden klang, sagte Jeroen: »Ich gebe gern zu, daß ich meine künstlerischen Phantasien bisweilen auf eine bizarre Weise umsetze, die von weniger Gebildeten schon einmal falsch ausgelegt werden könnte, doch das ist letzten Endes nur Spielerei und äußere Aufmachung. Wer den Kern und die Seele meines Werkes unvoreingenommen und mit Sachkenntnis studiert, wird ohne den geringsten Zweifel zu dem einzigen Schluß kommen können, daß Hieronymus Bosch ein integrer und gottesfürchtiger Künstler ist, der seine Werke aus großem Respekt vor den biblischen Wahrheiten malt.«

Der Vikar nickte langsam vor sich hin. Ohne eine Miene zu verziehen, sagte er: »Mich stellt diese Erklärung weitgehend zufrieden. Und ich nehme an, daß dies für das gesamte Kapitel gelten dürfte.« Er ignorierte die Chorherren, die gehorsam nickten. »Zumindest fürs erste...« Er machte eine kaum sichtbare Handbewegung, und der Pfarrhelfer hastete zum Ausgang, um die Türen zu schließen. Erneut beherrschte das vom Bleiglas ausgehende rote, grüne und blaue Licht den Raum.

Ohne Jeroen eines weiteren Blickes zu würdigen, wandte sich der Vikar ab. Im Gehen sagte er schroff: »Die acht Pfund, die wir Euch noch schuldig sind, werden Euch demnächst ausbezahlt.« Er verschwand durch eine kleine Tür im Schattenwinkel hinter dem Gemälde, und mit ihm war auch die angespannte Atmosphäre fort, die die ganze Zeit fühlbar im Raum gehangen hatte.

»Ihr habt Euch ausgezeichnet verteidigt«, sagte der Chorherr, der Jeroen am nächsten saß. »Der Vikar ist ein großer Kenner der Malerei und kein einfacher Mensch.«

Jeroen sah den anderen einige Augenblicke lang nachdenklich an, ehe er antwortete: »Wißt Ihr, Ehrwürden… vielleicht bin ich ja auch kein so einfacher Mensch…«

Jeroen war sich seiner Sache nicht so gewiß, als er heimwärts ging. Zwar schien er das Kapitel größtenteils für sich gewonnen zu haben, doch beim Vikar war er sich im unklaren. Er hatte allerhöchstens ein Geplänkel gewonnen, konstatierte er. Und das gab ihm keine Garantie für die Zukunft. Vielleicht war es das beste, wenn er jetzt eine Weile nicht auf sich aufmerksam machte.

Innerlich fluchte er. Er hatte das düstere Gefühl, daß sich sein Leben mehr und mehr im verborgenen abspielen mußte. Keine einzige seiner Passionen wurde von seiner Umgebung toleriert.

Er hörte Hufgeklapper hinter sich und schaute verärgert auf, als der Reiter sein Tier direkt neben ihm anhielt. »Goos?« sagte er verwundert, als er seinen Bruder erkannte.

»Katherijn hatte einen Unfall.« Goos riß ungeduldig am Zügel, als ein kläffender Hund sein Pferd nervös zur Seite tänzeln ließ. »Sie ist oben aus dem Fenster gefallen, als sie die Scheiben geputzt hat. Sie ist schwer verletzt. Der Chirurg sagt, daß sie sterben wird.«

»O Gott, nein!«

»Sie fragt nach dir.« Goos zuckte die Achseln. »Ich weiß nicht, warum.« Er deutete mit dem Daumen über seine Schulter. »Spring auf.«

Geradezu tollkühn jagte Goos sein Pferd über das glatte Kopfsteinpflaster, doch als sie zu Hause ankamen, war Katherijn bereits tot.

Sie hatten sie unten auf den Tisch gelegt. Anthonius, Mechteld, Jan, der Chirurg und ein Jeroen unbekannter Priester standen um sie herum. Niemand hatte sich die Mühe gemacht, ihr das Blut abzuwischen, das ihr aus Mund und Nase gelaufen war.

Sie sieht aus wie eine Stoffpuppe, über die ein Karren hinweggefahren ist, dachte Jeroen, als er aus nächster Nähe auf seine tote Schwester hinabblickte. Unbeseelt und entstellt, allem beraubt, was sie zum Menschen gemacht hatte.

»Du bist zu spät gekommen«, sagte Anthonius leise. Es war kein Vorwurf, sondern eine Feststellung. »Sie wollte dich noch sehen...«

Jeroen schüttelte den Kopf. »Ich habe keine Ahnung...«, und er würde auch nie erfahren, was Katherijn ihm noch hatte sagen wollen, bevor sie starb. Vielleicht hatte sie sich ja nur von ihm verabschieden wollen, weil er unverändert freundlich zu ihr gewesen war. Im Gegensatz zu anderen, die oft ungeduldig und böse wurden, wenn sie mit rot angelaufenem Kopf dalag und nach Luft rang. Als wenn es ihre Schuld gewesen wäre, daß Gott ihr schlechte Lungen gegeben hatte. Sogar der Vater hatte auf ihr kurzatmiges Keuchen und Pfeifen, das, wenn es ihr besonders schlechtging, im ganzen Haus zu hören gewesen war, bisweilen ungehalten reagiert. Das aber vielleicht auch nur, weil es Mechteld so sehr auf die Nerven gegangen war.

Jeroen schaute zu seiner Stiefmutter, die dastand, als sei sie mit den Gedanken ganz woanders. Wahrscheinlich rechnet sie schon aus, wie groß die Einsparungen sein werden, wenn fortan ein Mund weniger zu stopfen ist, dachte er bitter.

Die Tür ging auf, und Herberta stand da. Ihre Brust wogte, als sei sie gerannt, und ihr Blick huschte flüchtig von einem zum anderen durch den Raum, bevor sie ihre Aufmerksamkeit auf den Leichnam ihrer Schwester richtete.

»Sie ist gefallen«, sagte Goos, ehe Herberta etwas fragen konnte. »Aus dem Fenster oben.«

»Sie hat nicht lange gelitten«, stellte der Chirurg fest. Er griff zu seiner Tasche, die neben Katherijn auf dem Tisch stand. »Ich muß weiter, liebe Leute. Die Lebenden bedürfen meiner Sorge.«

Herbertas Blick schoß zu ihm hinüber: »Es wäre besser, wenn Eure Sorge darauf ausgerichtet wäre, Kranke und Verletzte am Leben zu *erhalten*!« sagte sie unfreundlich.

Der Arzt schnaubte. »So, wie Ihr es aufgefaßt haben mögt, habe ich es nicht gemeint.«

»Das wollen wir hoffen«, sagte Herberta und wandte ihm den Rücken zu.

Der Arzt sagte nichts mehr. Er drehte sich auf dem Absatz um und rauschte hinaus. Knallend fiel die Tür hinter ihm ins Schloß.

Jeroen riß den Blick von Herberta los und schaute wieder auf Katherijn. Auf einmal sah er sie wieder vor sich, wie sie damals laufen gelernt hatte, in der einen Hand eine kleine Windmühle und mit der anderen Halt an einem Laufwägelchen suchend. Da hatte sie noch gesund gewirkt. Die Atembeschwerden waren erst später aufgetreten. Sie hatte damals noch nicht gewußt, welch gebrechliches Leben ihr bevorstand.

Katherijn hatte nie rennen, klettern und unbekümmert spielen können wie andere Kinder, und sie hatte nie wie eine Erwachsene lieben können. Sie hatte nur gearbeitet und gelitten und als Krönung auch noch einen gewaltsamen Tod gehabt. Wenn es einen Himmel gab, hatte sie ihn ganz gewiß verdient. Jeroen wünschte, er hätte diesen tröstenden Glauben so vieler anderer teilen können. Aber wie konnte man an einen Gott glauben, der angeblich alle seine Geschöpfe unendlich liebhatte, der jedoch duldete, daß die Katherijnen dieser Welt für das Elend geboren wurden?

Herberta sah ihn nachdenklich an, als wisse sie, was in ihm vorging. Das dürfte sie in der Tat, dachte Jeroen. Es war schon beinahe unheimlich, wie gut Herberta immer wußte, welche Gedanken ihn quälten.

»Wir müssen die Beerdigung in die Wege leiten«, unterbrach Anthonius das betretene Schweigen.

»Und eine Messe«, sagte der Priester unwillkürlich. »Es muß für ihr Seelenheil gebetet werden.«

»Als wenn sie sich das noch nicht verdient hätte«, bemerkte Herberta. »Die Arme!«

»Was mischst du dich ein?« ereiferte sich Mechteld. »Und was hast du hier überhaupt zu suchen?«

»Mechteld, bitte!« Anthonius legte seiner Frau beschwichtigend die Hand auf den Arm.

»Darf ich in meinem eigenen Haus wieder mal nichts sagen?«

»Es wäre in der Tat besser, wenn du gerade jetzt einmal den Mund hieltest!« antwortete Anthonius. »In Gottes Namen, Mechteld, meine jüngste Tochter ist gerade gestorben!«

»Und deine älteste Tochter kommt –« Mechteld brach ihren Satz ab, als der Priester die Hand hob und sie mahnend ansah.

»Laßt uns in Gegenwart des Todes Ehrerbietung und Respekt bezeugen«, sagte er.

Sein gebietender Ton verfehlte nicht seine Wirkung, und Mechteld lenkte ein.

Später, nachdem der Priester und Jeroen gegangen waren und Mechteld anderswo beschäftigt war, sagte Anthonius zu Herberta: »Ich würde es sehr begrüßen, wenn du wieder nach Hause kämst, Berta.«

»Warum? Damit ich wie früher die ganze Arbeit machen kann, nun, da Katherijn nicht mehr ist?«

»Du tust mir unrecht«, sagte Anthonius vorwurfsvoll. Er stützte sich schwer auf seinen Stock und blickte umher, als suche er einen Sitzplatz, blieb jedoch stehen. »Du bist meine Tochter, und du bist nicht verheiratet. Dein Platz ist hier bei mir.«

»Mein Platz ist dort, wo man mich akzeptiert, wie ich bin.«

»Ich akzeptiere dich, wie du bist, Berta. Deine Gedanken ärgern mich schon lange nicht mehr. Daß du so geworden bist, wird wohl zum Teil auch meine Schuld sein.«

»Daß ich so geworden bin? Wie bin ich denn geworden? Was für ein Monstrum seht ihr eigentlich in mir?«

Anthonius seufzte ermüdet. »Das machst du absichtlich, wie? Daß du meine Worte immer falsch verstehst?«

»Vater, in diesem Haus kann man nur leben, wenn man bereit ist, fortwährend scheinheilige Spielchen mitzuspielen. Und dazu habe ich keine Lust mehr.«

Anthonius nickte langsam. »Berta... ich habe auch nicht mehr so lange zu leben.«

»Das ist bei älteren Menschen nun mal so.«

Anthonius grinste bitter. »Du bist erbarmungslos, Berta. Weißt du das?«

»Ich betrachte mich lieber als aufrecht und ehrlich.«

»Ja«, sagte Anthonius. »So wird es wohl sein...« Er zog sich nun doch einen Stuhl heran und setzte sich, wobei er sich so vorsichtig bewegte, als fürchte er, sich bei diesem schwierigen Unterfangen zu verletzen. »Der Chirurg meint, daß mir noch höchstens zwei Jahre bleiben.«

»Was weiß denn dieser Giftmischer schon!«

»Er ist nicht dumm, Berta. Und er hat viel Erfahrung mit kranken Menschen.« Anthonius schaute zu Herberta auf. »Dann tu's wenigstens Joen zuliebe.«

Herberta runzelte die Stirn. »Was meinst du damit?«

»Nur, daß er dich auch schrecklich vermißt.«

»Sagt er das denn?«

»Das braucht er nicht, das sehe und spüre ich.«

»Und Mechteld? Willst du mit ansehen müssen, wie wir

uns die ganze Zeit mit gezückten Messern gegenüberstehen?«

»Ich werde sie schon im Zaum zu halten versuchen.«

»Versuchen!« Herberta lachte bitter. »Nein, Vater, tut mir leid, aber so lange dieser Drachen hier das Zepter schwingt...« Sie beendete ihren Satz nicht. »Tut mir leid«, sagte sie noch einmal.

Anthonius nickte ergeben. »Wohl denn, es sei so.« Er stemmte sich mühsam wieder hoch. »Ich hoffe dich jedenfalls bei der Beerdigung zu sehen.«

»Natürlich.«

»Und bei der meinigen?«

Herberta kicherte kurz. »Ich kann mich kaum erinnern, wann du zum letztenmal einen Scherz gemacht hast.«

»Ich scherze nicht, Herberta. Der Tod ist nicht zum Spotten.«

»Oh!« Herberta ging zur Tür. »Niemand wird mich davon abhalten können, bei deiner Beerdigung zugegen zu sein«, sagte sie. »Auch wenn du selbst nicht viel davon haben wirst.«

»Vielleicht nicht, vielleicht doch. Das wissen wir erst, wenn es zu spät ist.«

Herberta nickte und öffnete die Tür. »Grüß Joen von mir«, sagte sie.

Daraufhin sah Anthonius sie so eindringlich an, daß sie unweigerlich den Blick abwenden mußte.

Als sie die Tür hinter sich zugezogen hatte, blieb sie noch einige Atemzüge lang auf den Eingangsstufen stehen. Verstört schaute sie auf die Menschen auf dem sonnenüberfluteten Marktplatz. Deren alltägliche, ungerührte Geschäftigkeit stand im krassen Gegensatz zu dem Drama, dem Kummer und dem Grimm auf der anderen Seite der dünnen Holztür hinter ihr.

Nur Menschen, die dir etwas bedeuten, können dich innerlich berühren und verletzen, dachte sie. Folglich war unverletzlich, wer sich aus niemandem etwas machte.

Gleich einem Toten.

Rasch und ohne sich umzusehen ging sie davon, als fürchte sie, zurückgerufen zu werden.

12

Jeroen blickte nicht von seiner Arbeit auf, als sich die Ateliertür öffnete. Er hatte seinen Vater schon geraume Zeit durch das Haus poltern hören mit seinem Stock und seinem schweren, schleppenden Gang. Seit er kaum noch die Treppen hinaufkam, schlief er unten. Einmal erwacht, dauerte es nie lange, bis ihn sein zielloses Umherwandern ins Atelier führte, obwohl er selbst praktisch nicht mehr arbeitete.

»Karl der Kühne ist tot«, verkündete Anthonius schon an der Tür. »Bei Nancy hat es ihn erwischt. Dieser verdammte Haudegen, das mußte ja einmal so kommen!« Den Stock bei jedem Schritt mit wütendem Knall aufsetzend, kam er zu Jeroen herübergepoltert. »Kehrt denn niemals Ruhe ein?« schimpfte er. »Erst die Keilerei mit den Gelderländern, und jetzt das wieder. Du kannst Gift darauf nehmen, daß die Provinzversammlungen jetzt alles daransetzen werden, sich alte Privilegien wiederzuerobern. Und es heißt, daß Ludwig XI. bereits in Burgund einmarschiert. Danach wird er seine Armeen natürlich gen Norden schicken. Und was sollen wir nun mit Maria von Burgund? Einem neunzehnjährigen Ding!« Er schwieg, als er die Vorstudie sah, die Jeroen gerade zeichnete. »Was, zum Teufel, soll denn das nun wieder sein?«

Jeroen seufzte. »Bin ich denn ein solcher Pfuscher, daß selbst du das nicht erkennen kannst?«

»An deiner Zeichenkunst ist nichts auszusetzen. Aber leider scheinst du deinen Verstand nicht recht beisammenzuhaben!«

»Das habe ich dann wohl von meinem Vater.«

»Die scharfe Zunge hast du freilich nicht von mir!«

»Nein, die kommt daher, daß ich fortwährend von irgendwelchen Besserwissern angegriffen werde, die in alles ihre Nase hineinstecken.«

»Danke!«

»Das war nicht speziell auf dich gemünzt.«

»Ja, ja...« Anthonius trat zwei Schritte zurück und studierte Jeroens Werk mit zusammengekniffenen Augen. »So, wie es aussieht, singen diese Figuren, hm?«

»Sehr gut, Vater, sie singen ein Lied aus einem dicken Notenbuch, wie du hier sehen kannst.«

»Aber warum, frage ich mich mit meinem schlichten alten Verstand, sitzen sie denn um Himmels willen alle miteinander in einem Ei?«

»Weil das einmal etwas anderes ist«, antwortete Jeroen. Er hatte keine Lust, mühsam zu wiederholen, was Aleyt ihm über die mystische Bedeutung des Eis in der Alchemie erklärt hatte.

Mit unterdrücktem Stöhnen setzte sich Anthonius auf einen Stuhl. Danach schnupperte er demonstrativ. »Was ist das nur für ein fader Geruch, der hier neuerdings immer in der Luft hängt? Man könnte ja beinahe meinen, es ist Weihrauch.«

»Ich bin nun mal ein frommer Mensch, Vater.«

»Zweifelsohne«, sagte Anthonius in dem gleichen ironischen Ton wie Jeroen. »Weißt du, was ich glaube, Joen?«

»Das wirst du mir bestimmt gleich erzählen«, antwortete Jeroen, der seinerseits einen Schritt zurücktrat, um die Skizze zu studieren.

»Ich glaube, es wird höchste Zeit, daß du eine Frau findest.«

»Hat Mechteld dich wieder aufgestachelt?«

»Deine Stiefmutter hat nichts damit zu tun.«

Jeroen sah seinen Vater von der Seite an. »Was bringt dich dann so plötzlich darauf?«

»Ach... genaugenommen hat Mechteld *doch* etwas damit zu tun... Hast du dir je überlegt, wie wohl dein Leben hier in diesem Haus aussehen wird, wenn ich nicht mehr bin?«

»Mit Mechteld, meinst du?« Jeroen trat wieder an die Skizze zurück und wischte den Umriß des Eis teilweise fort, um mit beherztem Strich eine neue gekrümmte Linie zu ziehen. »Warum ist sie eigentlich so verbittert? Das habe ich mich oft gefragt.«

»Das hast du dich gefragt?« Anthonius nahm mit schmerzverzerrtem Gesicht eine andere Sitzhaltung auf dem harten Stuhl ein.

»Ja, weiß Gott. Sie hat alles, was sich eine Frau nur wünschen kann, und trotzdem ...« Jeroen zog die Schultern hoch.

So leise, daß Jeroen es kaum verstand, sagte Anthonius: »Ihren größten Wunsch habe ich nicht erfüllen können... Sie hat keine eigenen Kinder, Joen. Und ist es nicht das, was jede Frau sich wünscht? Frauen verhalten sich nicht immer rational.«

»Nein, manche Frauen nicht.«

»Du hast es vielleicht vergessen, aber anfangs war Mechteld sehr liebenswert. Als dann freilich ihr sehnlichster Wunsch unerfüllt blieb ...« Anthonius zog nun seinerseits die Schultern hoch. »Sie macht es mir zum Vorwurf, obwohl ich doch zur Genüge bewiesen habe, möchte ich meinen, daß ... Herrgott, was fasele ich denn nur alles daher!« Anthonius erhob sich so unwirsch, daß ihm der Stock aus der Hand rutschte und auf den Boden knallte.

Jeroen hob den Stock auf und gab ihn Anthonius. »Es läuft nicht immer alles so, wie wir es gern hätten, nicht, Vater?«

Anthonius nickte resigniert. »Leider hat Gott allzuoft schon einen anderen Weg für uns vorgezeichnet.«

»Du hättest diese Frau schon vor Jahren aus dem Haus werfen sollen, das hätte uns allen eine Menge Elend erspart. Nicht zuletzt dir selbst!«

»Joen, ich möchte nicht, daß du so über deine Stiefmutter redest!«

»Ich weiß«, sagte Jeroen säuerlich. »Aber mich warnen, daß es hier die Hölle für mich sein wird, wenn du nicht mehr bist!«

»Vergib mir meine guten Absichten!« Anthonius humpelte zur Tür.

Jeroen seufzte. »Warte ...« Er holte tief Luft. »Vielleicht werde ich mich ja in absehbarer Zeit vermählen.«

Anthonius drehte sich langsam um und sah Jeroen ungläubig an. »Versuchst du mich jetzt –«

Jeroen schüttelte ungeduldig den Kopf. »Mit Aleyt.«

»Aleyt?« Anthonius humpelte zu seinem Sohn zurück.

»Ich habe natürlich gemerkt, daß ihr euch gut versteht, aber da ich dich kenne –«

»Es ist noch nicht offiziell, Vater. Genaugenommen –«

»Du hast sie noch nicht gefragt!« folgerte Anthonius. Seine Begeisterung verflog.

»Wie du schon sagtest: Wir verstehen uns gut, und es ist nur noch eine Frage der Zeit –«

»Bis ein anderer sie dir wegschnappt!« ergänzte Anthonius. »Ist dir eigentlich klar, was für eine ausgezeichnete Partie Aleyt van der Meervenne ist? Ihr und ihrem Bruder gehört praktisch halb Oirschot!«

»Ich bin bestens imstande, selbst für meinen Lebensunterhalt aufzukommen, Vater.«

»Ja, und mir schwant, daß du das auch von deinem Vater hast.«

»Warum müssen wir uns eigentlich streiten, wenn ich fragen darf?«

»Weil du mir manchmal ganz schön auf die Nerven gehst.« Anthonius ließ sich wieder auf den Stuhl plumpsen und pustete erschöpft. »Und? Wann gedenkst du sie zu fragen?«

»Herrgott, hätte ich doch bloß den Mund gehalten!«

»Das habe ich dich schon öfter sagen hören…« Anthonius starrte an Jeroen vorbei ins Leere. »Sie trägt denselben Namen wie deine Mutter, Gott hab sie selig…« Er schaute auf. »Ist Aleyt nicht älter als du?«

»Ein paar Jahre«, antwortete Jeroen gleichgültig.

»Du hörst dich nicht gerade an wie ein verliebter Mann.«

»Wer sagte, daß ich das bin?«

Anthonius seufzte. »Ich versuche lieber gar nicht erst, das zu verstehen.«

»Und erwarte ja nicht von mir, daß ich dir auch noch Enkel schenke.«

Anthonius sah Jeroen eine Weile an, ehe er entgegnete: »Wie ich schon sagte: Ich versuche lieber gar nicht erst, das zu verstehen.«

Herberta starrte ausdruckslos auf die südwestliche Flanke der Sint Jans, die das gleißende Sonnenlicht zurückwarf. »Diese Kirche kommt mir immer vor wie ein lebendes Ungeheuer, das die Stadt und die gesamte Umgebung beherrscht«, sagte sie. »Keiner kann auch nur einen Schritt tun, ohne daß das Ungeheuer davon weiß.«

»Es ist nur ein Gebäude, Berta. Ein Haufen Steine.«

»An dem du mitarbeitest.«

»Viele Künstler haben daran mitgearbeitet, und es werden noch viele weitere folgen. Wir müssen nun einmal unser Brot verdienen.«

»Ja, natürlich«, sagte Herberta unwillig. »So rechtfertigt sich auch das Tribunal, das einen Menschen zum Tode verurteilt, und der Henker, der das Urteil vollstrecken muß.«

»Du vergißt den Totengräber«, sagte Jeroen leicht verschnupft. »Und die Würmer, die die Leiche auffressen, profitieren auch davon. Worauf willst du eigentlich hinaus?«

Herberta nickte resigniert. »Ach, ich bin einfach in einer schwarzgalligen Stimmung.«

Wegen dem, was ich ihr über Aleyt erzählt habe, dachte Jeroen düster.

Sie saßen auf einer Bank auf dem großen Platz neben der Kirche und blickten auf das Kommen und Gehen von Passanten, Reitern und Pferdekarren. Eine Schar Kinder rannte juchzend hinter einem großen Jungen her, der mit einem Stecken behende und in halsbrecherischem Tempo den Reifen von einem Karrenrad vor sich hertrieb.

Herberta sagte: »Mir war natürlich von jeher klar, daß du irgendwann heiraten würdest, aber ich habe den Gedanken immer verdrängt.«

»Da wird sich schon einmal bei etlichen Leuten das Mißtrauen legen.«

»Seit wann sorgst du dich denn um das, was andere denken?«

»Ich sorge mich in erster Linie um dich, Herberta, wie immer.«

»Solange wir uns nicht unter freiem Himmel lieben, kann uns niemand etwas anhaben. Und das haben wir seit dem Theater mit Lubbert nicht mehr getan.« Herberta sah Jeroen von der Seite an, die Augenlider gegen die Sonne halb gesenkt. »Seit damals haben wir es überhaupt kaum noch gemacht«, konstatierte sie.

Mit leichtem Unbehagen entgegnete Jeroen: »Der fleischliche Aspekt der Liebe war für mich nie der allerwichtigste.«

»Und jetzt, da du Aleyt hast, wahrscheinlich noch weniger.«

»Berta, bitte!«

»Kannst du nicht wenigstens ansatzweise *versuchen* zu verstehen, wie ich mich fühle? Stell dir doch mal vor, unsere Rollen wären vertauscht!«

Jeroen nickte vor sich hin. »Ich verstehe das vielleicht viel besser, als du denkst.«

»Und trotzdem läßt du dich nicht umstimmen.«

»Ich halte es für eine vernünftige Entscheidung.«

Herberta versuchte Jeroen in die Augen zu sehen, doch er wich ihrem Blick aus. »Vielleicht empfindest du ja mehr für sie, als du zugeben magst.«

»Ich habe besondere Hochachtung vor Aleyt.«

»O ja, weil sie so gebildet ist«, sagte Herberta hämisch. »Und ich bin natürlich nur eine unbedarfte Schlampe.«

»Das ist doch Unfug, Berta.«

»Und wo werdet ihr dann wohnen? In Oirschot, nehme ich an, oder?«

»Aleyts Vater besitzt ein Haus am Bosschen Markt, schräg gegenüber von Sint Anthonius. Es hat unten einen großen Raum mit einem Fenster nach Süden, wo ich gut arbeiten könnte. Vielleicht dürfen wir das Haus beziehen.«

»Du hast das ja alles gut durchdacht und geplant, wie ich so höre. Aber wenn ich dir noch glauben darf, hast du sie doch noch nicht einmal gefragt, oder?«

»Du weißt, daß ich nun einmal ungern in ein dunkles Gewässer springe, Berta. Ich möchte erst über alles Klarheit gewinnen, ehe ich eine endgültige Entscheidung treffe.«

»Und unser Gespräch jetzt gehört auch dazu? Mal sehen, was Herberta sagt, wie sie es aufnimmt? Versuchen, sie zu beschwichtigen?«

Jeroen seufzte. »Ich hatte gehofft, daß du vernünftiger sein würdest.«

»Und natürlich auch, daß ich nach deiner Vermählung deine Maitresse werden würde.«

»Es braucht sich nichts zwischen uns zu verändern, Berta.«

»Siehst du!«

»Was möchtest du denn, daß ich sage?«

»Ach, ich weiß nicht…« Herberta ließ sich auf der Bank nach unten rutschen und verschränkte die Arme, so daß sie ein wenig wie ein schmollendes Kind aussah. »Ich verstehe ja auch, daß –« Sie sah Jeroen an, und plötzlich sprangen ihr Tränen in die Augen. Kaum hörbar sagte sie: »Ich möchte dich nicht verlieren!«

»Und ich möchte nicht gezwungen sein, mich zu entscheiden«, sagte Jeroen unglücklich.

»Nein, das ist noch nie dein Fall gewesen«, bemerkte Herberta, aber ihr Ton blieb sanft. »Meinst du denn, es ist ein gutes Zeichen, daß sie denselben Namen trägt wie Mutter?«

»Es gibt viele Frauen, die Aleyt heißen, Berta.«

Unsicher legte Herberta die Hand auf Jeroens Oberschenkel, doch als ein Passant in ihre Richtung sah, zog sie diese hastig wieder zurück. »Das ist alles so ungerecht…«

»Vielleicht wird es ja irgendwann einmal besser. Überall ist von Veränderungen die Rede. In Italien erhalten die Künstler mehr Freiheiten, die Macht der Kirche beginnt da und dort zu bröckeln, unter der Oberfläche regt sich Widerstand, und diese Strömungen gewinnen an Macht und Bedeutung –«

»Veränderung ist nicht gleich Verbesserung, Joentje. Vielleicht wird alles nur noch schlimmer, nun da Karl der Kühne gefallen ist und das gesamte Reich neu geordnet werden muß.«

»Schlimmer geht es nicht«, meinte Jeroen. »Diese Unfreiheit ist kaum noch zu ertragen!«

»Sagte Hieronymus Bosch, der mehr Geld verdient, als er

ausgeben kann, und zudem bald noch eine reiche Erbin ehelichen wird!«

»Kann ich mir mit Geld etwa die Freiheit erkaufen, mich überall so mit dir zu zeigen, wie es uns beiden lieb wäre?«

»Nein«, antwortete Herberta leise. »Genausowenig, wie du dir dein Seelenheil erkaufen kannst.« Sie sah Jeroen an. »Du erwartest mich doch wohl nicht auf deinem Hochzeitsfest, hoffe ich?«

Jeroen antwortete nicht. Er blickte auf das imposante Kirchengebäude, wo Horden von Werkleuten an den Fundamenten für das nördliche Seitenschiff arbeiteten. Und danach würde ein südliches Seitenschiff folgen. Das Monstrum wird immer größer, dachte er. Als wollte es seinen Schatten über die ganze Stadt werfen, und das nicht nur im konkreten, sondern auch im übertragenen Sinne.

»Wenn es nach mir geht, wird es gar kein Fest geben«, sagte Jeroen. »Aleyt weiß übrigens schon, daß mir so etwas zuwider ist.«

»Sie scheint dich ja schon gut zu kennen ... Ach, zum Teufel!« entfuhr es Herberta, die sich selbst über ihren hämischen Tonfall ärgerte. Sie sprang auf. »Laß uns bitte nach Hause gehen. Diese Umgebung macht mich noch niedergeschlagener, als ich es ohnehin schon bin.«

Jeroen erhob sich gleichfalls. »Ist Onkel Thomas immer noch auswärts?«

Herberta nickte. »Aber ich möchte nicht, daß du mich begleitest, Joentje. Im Moment nicht...«

»Wie du willst«, sagte Jeroen, sich darein ergebend.

Sie gingen zusammen in Richtung Marktplatz. Sorgsam wahrten sie den gebührenden Abstand zueinander.

13

Ich wußte, daß es regnen würde«, murrte Jeroen. Demonstrativ schlug er seinen Mantelkragen hoch. »Welch ein Tag für eine Reise, noch dazu nach Norden. Womöglich stoßen wir noch auf eine Bande Gelderländer *Hoeken*!« Er trieb das Pferd an, und der Karren geriet auf der gewundenen Schotterstraße noch heftiger ins Schlingern.

»Ach, so weit fahren wir nicht. De Kil ist nur einen Bogenschuß von Dreumel entfernt.« Aleyt drapierte sich ihren Mantel sorgfältig um Nacken und Schultern. »Das bißchen Wasser wird uns nicht umbringen. Und wenn uns einer zu belästigen versucht, habe ich noch eine kleine Überraschung für ihn.« Letzteres sagte sie leise.

»Wir hätten besseres Wetter abwarten können.«

»Es ist beinahe Winter, Joen, da wird es nicht mehr besser. Sei froh, daß es nicht kalt ist. Und Clavuceel läßt einem keine Wahl, er bestimmt, wann er Besuch haben möchte.«

»Clavuceel, allein schon der Name!«

»Du wolltest doch selbst gern mehr über die Alchemie wissen, mein werter Gatte!« Aleyt grinste Jeroen an und klopfte ihm aufmunternd aufs Knie.

Jeroen ließ sich nicht mehr weiter darüber aus. Sie waren erst wenige Wochen verheiratet, aber er hatte bereits die Erfahrung gemacht, daß es nichts fruchtete, mit Aleyt zu diskutieren. Manchmal hatte er das frustrierende Gefühl, daß sie ihn nicht ganz ernst nahm. Aber er war in der Tat neugierig auf diesen Cousin Aleyts. Clavuceel war Adept der Alchemie. Dieser Titel besagte, daß er das sogenannte Große Werk vollbracht hatte: Er mußte also die berühmt-berüchtigte Formel für die Zubereitung des Steins der Weisen kennen. Clavuceel war daher mit Sicherheit nicht sein wirklicher Name. Ein Adept, der das Große Werk vollbracht hatte, war gehalten, sich hinter einem »hermetischen Namen« zu verstecken, wie das in Anlehnung an den griechischen Gott Hermes Trismegistos genannt wurde.

Das alles hatte ihm Aleyt erzählt. Sie schien sich in der Materie auszukennen, obwohl sie sich selbst nie konkret auf die Alchemie eingelassen hatte, wie sie behauptete.

Daß Clavuceel trotz seines Könnens nicht reich und berühmt war, beruhte Aleyt zufolge einzig und allein auf seiner Geisteshaltung. Er lehnte es ab, die Alchemie zu seiner eigenen Bereicherung anzuwenden.

Kurz nach Mittag trafen sie in De Kil ein. Der Ort war nicht mehr als eine in Gestein eingebettete, graue kleine Bucht an der Maas. Nur drei Häuser standen dort, und die beiden kleineren sahen unbewohnt aus. Bei dem einen fehlte das halbe Dach. Aus dem Schornstein des größten der drei Häuser stieg bläulicher Rauch auf.

Es regnete nicht mehr, und der rauhe, böige Nordwestwind riß dunkelblaue Spalte in das graue Gewölk. Im Süden blitzte ein winziger Strahl rötliches Sonnenlicht auf die Erde hinab. Die launisch sich kräuselnde Maas hatte die Farbe von Blei, das da und dort mit einem Silberschnörkel verziert war.

Als Jeroen den Karren bei dem großen Haus anhielt, erschien wie aus dem Nichts ein schweigsamer, mürrisch dreinblickender Knecht, der brüsk zur Haustür wies und ohne einen weiteren Kommentar ihr Pferd auszuspannen begann.

Im Gegensatz zu seinem Knecht war Clavuceel ein freundlicher Mann. Wenn er sich auch von Zeit zu Zeit blitzschnell umsah, als habe er aus dem Augenwinkel etwas wahrgenommen, was anderen verborgen blieb. Vielleicht sieht er ja Dinge, die nicht für die Augen von normalen Sterblichen bestimmt sind, dachte Jeroen. Clavuceel war klein und breit, aber wohl nicht wirklich untersetzt, soweit sein lose herabfallendes olivgrünes Gewand überhaupt Rückschlüsse darauf zuließ. Auch sein Alter war aufgrund seines gegerbten Gesichts schwer zu schätzen. Aber mindestens fünfzig war er gewiß. Sein Haupthaar lichtete sich bereits, und er hatte einen wirren grauen Bart, seltsamerweise jedoch nicht auf der Oberlippe, so daß diese ungewöhnlich nackt wirkte. Seine blauen Augen mit dem nachdenklichen Ausdruck schimmerten feucht, als könne er jeden Moment in Tränen ausbrechen.

Nachdem Clavuceel Aleyt und Jeroen begrüßt hatte, führte er sie in einen kleinen runden Raum, der mit Sitzbänken und vielen Kissen bequem eingerichtet war. Im offenen Kamin brannten Buchenholzscheite, die wohlige Wärme und einen würzigen Duft verbreiteten.

Doch was Jeroens Aufmerksamkeit sofort auf sich zog, war ein kaum einen halben Fuß breites kleines Gemälde, das als einziger Schmuck an der gerundeten Wand hing. Jeroens Blick wanderte von dem Bild zu Clavuceel, der ihn abwartend musterte. »Eine Arbeit von mir?« sagte er verwundert. »Mit Verlaub, wie seid Ihr denn daran gekommen?«

»Die Köpfe zweier Priester«, sagte Clavuceel. »Ihren Mitren und ihren säuerlichen Fratzen nach zu urteilen, böse, jüdische Priester. Oder war das nicht so gemeint? Um auf Eure Frage zu antworten: Prior Paulus hat es dem Bischof abgekauft, weil er mir damit eine Freude bereiten wollte. Der Bischof fand, es passe nicht in seine Sammlung.«

»Es paßt nirgendwo hinein«, sagte Jeroen. »Es war nur eine Studie und hätte eigentlich gar nicht verkauft werden dürfen. Aber anfänglich hat mein Vater gelegentlich etwas hinter meinem Rücken verschachert...« Jeroen zuckte die Achseln. »Faktisch ohne großes Gewicht.«

»Es ist nicht am Meister, das Gewicht seines eigenen Werkes zu beurteilen«, wies Clavuceel ihn zurecht. »Aber nehmt Platz.« Er setzte sich seinerseits auf eine der Bänke. »Ich hätte gern noch andere Arbeiten von Euch gekauft, doch mehr als das hier kann ich mir nicht erlauben, fürchte ich.«

»Und was reizt Euch so an meinem Werk, wenn ich fragen darf?«

»Hm, was soll ich sagen...« Clavuceel schaute auf das kleine Gemälde. »Die Verbindung von großer technischer Fertigkeit mit der raffinierten Verwendung von Symbolen. Die komplexe Widersprüchlichkeit der Formen. Euer besonderes Gespür für das Hybride, die Verquickung von Materiellem und Esoterischem. Und die sich schichtweise überlappenden Bedeutungen, aber vor allem...«, Clavuceels Blick sprang zu Jeroen, »...der unirdische Aspekt. Oder sollte ich besser sagen: die spirituelle Dimension? Wenngleich... oft verbirgt sich auch ein Augenzwinkern in Euren Werken, das etwas... äh... Teuflisches hat.«

Jeroen schaute seinerseits auf das kleine Bild an der Wand. »Davon ist in dieser Arbeit allerdings nichts zu sehen, würde ich meinen.«

»O doch. Da ist etwas in den Augen...« Clavuceel sah Jeroen an. »Es spielt keine Rolle, ob Ihr diesen zusätzlichen Pinselstrich bewußt anbringt oder nicht. Er ist in dem wenigen, was ich bisher von Euch habe bewundern dürfen, auf jeden Fall vorhanden. Oder nein, eigentlich spielt es durchaus eine Rolle; wenn es nämlich unabsichtlich geschähe, hätten wir wieder etwas, worüber wir tief nachdenken müßten. – Wein oder Bier?«

»Wein«, antwortete Jeroen mechanisch. Erst jetzt sah er den Knecht, der geräuschlos in der Türöffnung erschienen war und schweigend wartete.

Als er fort war, um das Gewünschte zu holen, fragte Clavuceel beiläufig: »Verzeiht mir meine so direkten Fragen, aber mein Interesse an Eurer Person ist besonders groß, und ich rede nicht gern um den heißen Brei herum. Nehmt Ihr bei der Arbeit gelegentlich rauscherzeugende Mittel?«

Jeroens Blick wanderte zu Aleyt, die ihn gelassen ansah. Unsicher fragte er: »Könntet Ihr diese Frage näher erläutern, äh... wie, möchtet Ihr, soll ich Euch nennen?«

»Clavuceel ist mein Name. Ich lege keinen großen Wert auf Förmlichkeiten.«

»Soweit ich verstanden habe, ist ein Adept in der Alchemie doch etwas sehr Hohes, nicht?«

»O ja, Hieronymus, etwas *sehr* Hohes«, bestätigte Clavuceel in einem Ton, als nehme er seine eigenen Worte nicht ernst. »Um genau zu sein, so ziemlich das Allerhöchste, was man werden kann.« Er grinste kurz. »Die Mächtigen der Erde wenden sich an mich und sind bereit, mich mit Reichtümern zu überschütten, wenn ich mir doch nur kurz die Mühe machen könnte, ihre hungrigen Schatzkisten mit alchemistischem Gold zu füllen.«

»Wieviel davon ist wahr?«

»Willem, mein Knecht, war immer Zeuge ihrer Besuche.«

»Nein, ich meine...« Jeroen winkte ab. »Ich zweifle nicht an deinen Worten, Clavuceel. Was ich wissen wollte, ist, ob der Stein der Weisen –«

»Ob der *Lapis philosophorum* in der Tat unedle Metalle in Gold oder Silber transmutieren kann? Ein relativ belangloses Faktum, das die Phantasie des Laien aber leider in besonderem Maße anzuregen scheint –«

Der Knecht erschien mit Bechern und einem Weinkrug, und Jeroen wartete, bis er wieder fort war, ehe er so beiläufig wie möglich fragte: »Warum denkst du, daß ich rauscherzeugende Mittel nehme?«

»Außer Wein und Bier, ja?« fragte Clavuceel ernst. Er füllte ihre drei Becher und lehnte sich dann, den eigenen Becher in der Hand, entspannt zurück. »In deinen Werken tauchen häufig finstere Wesen auf, die in den verborgenen Nischen unseres Geistes nisten. Nur wenige Menschen können den Blick ohne spezielle Hilfsmittel so tief in die eigene Seele richten, Hieronymus.«

Jeroen zögerte kurz, ehe er sagte: »Das habe ich schon einmal gehört.«

»Ich bin nicht der einzige weise Mann auf dieser Welt.«

»Diese finsteren Wesen, wie du sie nennst, existieren nur in meiner Einbildung.«

»Aha! Doch was ist Einbildung?«

Jeroen zog die Schultern hoch. »Inspiration, Phantasie, Vorstellungsvermögen –«

»Ein *wirklich* weiser Mann, ich glaube, es war Platon, hat einmal gesagt, daß sich der menschliche Verstand, so phantasiereich er auch sein mag, unmöglich etwas einbilden kann, was in der Natur nicht denkbar ist.«

»Ich habe Platon gelesen, aber ich kann mich an eine solche Äußerung nicht erinnern.«

»Dann habe ich sie wohl selbst erdacht, manchmal werfe ich alles durcheinander.« Clavuceel grinste.

»Nun, Clavuceel, wenn diese Aussage zutrifft, wird die Natur noch höchst Fremdartiges hervorbringen müssen!«

»Oh, aber die Möglichkeiten der Natur sind schier unbegrenzt. Ich bin der aufrichtigen Überzeugung, daß man sich nichts so Verrücktes ausdenken kann, wie es das nicht irgendwo in Zeit und Raum gibt oder gegeben hat oder geben wird.«

»Ein beängstigender Gedanke.«

»Warum? Die Natur hat den Menschen hervorgebracht. Was könnte noch beängstigender sein?«

»Mit derlei Reden kann man –«

»Auf dem Scheiterhaufen landen, ich weiß. Aber ich bin mir gewiß, daß ich in meiner jetzigen Gesellschaft nichts zu befürchten habe.« Clavuceel lächelte. »Der Klerus ist zwar auf Alchemisten nicht so gut zu sprechen, doch zum Glück für uns war Papst Johannes XXII. ein solcher Idiot, daß keiner ihn und seine Bulle ernst genommen hat. Damit hätte er nämlich eine wahre Alchemistenhatz in Gang setzen können. Nun wird nur selten ein Alchemist verurteilt, und wenn, dann meistens wegen Missetaten, die nichts mit der Alchemie zu tun haben.« Clavuceel nahm einen Schluck von seinem Wein und sah Jeroen über seinen Becher hinweg an. »Und ich habe immer noch keine Antwort auf meine Frage erhalten. Warum scheust du dich so, frage ich mich?«

»Warum ist die Antwort für dich so wichtig?«

»Reine Neugierde, Hieronymus. Abgesehen von dem, was ich vorhin schon sagte, erkannte ich auf einem deiner Werke eine Hanfpflanze, so genau und detailliert abgebildet, daß kein Irrtum möglich war. Meisterschaft ist manchmal verräterisch, weißt du.«

»Was ist so Besonderes an einer Hanfpflanze? Für die Seilerei werden ganze Wälder davon angebaut.«

»Du hattest recht«, sagte Clavuceel zu Aleyt, die noch immer kein Wort gesprochen hatte. »Dein Ehemann hat eine Zunge wie ein Aal: glatt und sich windend. Sein Problem ist, daß er nicht weiß, wann er freiheraus reden kann und wann nicht.« Er trank seinen Wein aus und stellte den Becher mit einem Knall auf den kleinen Eschenholztisch. »Laß uns eine Abmachung treffen, Hieronymus: Wenn du nicht auf eine Frage antworten möchtest, dann sagst du das einfach, das ist dein gutes Recht. Aber versuch nicht, mir einen Bären aufzubinden, abgemacht?«

Jeroen seufzte. »Ich habe das von meinem Onkel Thomas gelernt. Das mit dieser Hanfpflanze, meine ich. Der Rauch macht ruhiger und erhellt den Geist –«

Clavuceel nickte. »Ich kann dir zeigen, wie du Hanföl gewinnst, mit dem du eine viel stärkere Wirkung erzielst als mit dem Verbrennen von getrockneten Pflanzenteilen.« Er sah Jeroen verschmitzt an. »Die Hexen schmieren es auf ihre Besenstiele, weißt du.«

»Und damit fliegen sie in der Walpurgisnacht zu ihrem Sabbat auf dem Blocksberg?«

Clavuceel grinste. »Schweben tun sie durchaus, die wollüstigen Hündinnen. Aber nicht leibhaftig, ihr Körper bleibt hübsch auf dem Boden. Nimm noch Wein, dann habe ich einen Vorwand, mir selbst auch noch einmal einzuschenken.«

Während er zusah, wie Clavuceel den Wein eingoß, meinte Jeroen: »Man sagt, daß manche Figuren in meinen Arbeiten an Symbole aus der Alchemie erinnern?«

»*Man* sagt?« entgegnete Clavuceel. »Du meinst: *Aleyt* sagt.« Er lächelte sie kurz an. »Und sie erinnern nicht daran, sie sind es ganz einfach. Mehr noch: Sie tauchen immer im passenden Kontext auf. Und da du behauptest, ein Laie zu sein, ist das gelinde gesagt höchst erstaunlich.«

»Nochmals, Clavuceel, ich versichere dir, daß ich lediglich meine Einbildungskraft gebrauche.«

»Was du und viele andere Einbildungskraft nennen, ist vermutlich ein geheimer Zugang zu tieferem Wissen.«

»Ach, was spielt es denn schon für eine Rolle, wie man es nennt!«

»Eine große!« sagte Clavuceel. »Wir benennen die Dinge, um sie beherrschen zu können.«

»Das ist ein Satz aus der schwarzen Magie! Ich wußte nicht –«

»Aha! Davon weißt du also auch etwas?«

Jeroen seufzte. Clavuceels Angewohnheit, ihn mitten im

Satz zu unterbrechen, als ginge ihm alles zu langsam, begann ihn ein wenig zu ärgern. »Davon hat doch ein jeder zumindest eine ungefähre Vorstellung.«

»Ein jeder, der es wagt, über die dicke Mauer zu blicken, welche die Kirche um alles Wissen gezogen hat, das ihr nicht in den Kram paßt, meinst du.«

»Clavuceel, meine Schwester Herberta hat schon im Gefängnis gesessen, weil sie der Hexerei verdächtigt wurde. Ich habe nicht vor –«

»Nun selbst den Zauberstab zu schwingen.« Clavuceel hob abwehrend die Hand. »Das verlangt oder erwartet auch kein Mensch von dir. Ich möchte dir nur zu ein bißchen Wissen und Einblick verhelfen.«

»Warum, wenn ich fragen darf?«

»Aus Bewunderung für deine Kunst. Und darüber hinaus, damit dir selbst klarer wird, womit du befaßt bist. Das kann den Wert deiner Werke nur noch erhöhen. Und zu guter Letzt, weil deine Persönlichkeit mich fesselt. Es ist mir ein besonderes Anliegen, größeren Einblick in deine Denkart zu gewinnen.«

»Mir auch«, sagte Aleyt unvermutet. »Er ist mein Ehemann, doch ich habe das Gefühl, daß mir ein bedeutsamer Teil seiner Seele völlig verborgen bleibt.«

Jeroen sah sie argwöhnisch an. »Was hat denn die Alchemie damit zu tun?«

Aleyt zog die Schultern hoch. »Wenig vielleicht, aber wenig hilft schon weiter als gar nichts. Und Clavuceel hat recht: Wenn du selbst besseren Einblick in deine Triebfedern hast, kann das deine Arbeiten nur noch wertvoller machen.«

»Ihr meint also, ich habe bis jetzt einfach drauflosgekleckst, ohne recht zu wissen, was ich tat?«

Clavuceel schmunzelte: »Ein Pferd ist sich auch kaum bewußt, was es tut, Hieronymus, und doch leistet es dem Menschen beachtliche Dienste.«

»Danke, daß du mich mit einem Pferd vergleichst und nicht mit einem Esel«, sagte Jeroen säuerlich.

»Wenn du kein Interesse an dem hättest, was ich dir zu erzählen habe, hättest du nicht den weiten Weg hierher auf dich genommen, nicht wahr?«

Clavuceel erhob sich. »Ich möchte unter keinen Umständen gestört werden«, sagte er zu seinem Knecht, der abermals geräuschlos in der Türöffnung erschienen war. Dann nahm er eine Fackel aus einer eisernen Halterung an der Wand und entzündete sie am Kaminfeuer. »Gestatte mir voranzugehen, Hieronymus.« Er blickte kurz zu Aleyt, doch die schüttelte den Kopf und blieb ruhig sitzen.

Clavuceel führte Jeroen durch einen niedrigen schmalen Gang, der in das hinter dem Haus gelegene Gestein getrieben zu sein schien. Es roch muffig, und die rauhen Wände glänzten feucht.

Mit einem großen Schlüssel öffnete Clavuceel eine massive, eisenbeschlagene Tür. Dahinter befand sich ein mit Holzfußboden ausgelegter, vollständig leerer kleiner Raum mit einer weiteren Tür, die Clavuceel öffnete. Diesmal ließ er Jeroen demonstrativ vorangehen. Wie gebannt starrte Jeroen in den seltsam geformten Raum, der sich vor ihm auftat. Es war ein siebeneckiger Raum, dessen Boden und Decke jeweils in sieben Dreiecke unterteilt waren. Auf die Wände waren in regelmäßigen Abständen zueinander mannshohe Symbole gemalt, von denen manche Jeroen eigenartig vertraut vorkamen, obwohl er sich so gut wie sicher war, sie noch nie zuvor gesehen zu haben.

In der Mitte stand eine Art runder Altar mit einer Reihe ihm unbekannter Instrumente darauf. Vor dem Altar war eine Kupferplatte im glänzenden Fußboden verankert, die einen eingravierten Text trug: *Hoc universi compendium vivus mihi sepulcrum feci.*

Jeroen sah Clavuceel an. »Dieses Abbild des Alls habe ich mir zu meinen Lebzeiten zum Grabmal gemacht?«

»Das sind nicht meine Worte, Hieronymus. Es ist ein Satz von umfassender Bedeutung in der Alchemie.«

»Es klingt, gelinde gesagt, ein bißchen geziert«, meinte Jeroen. Er trat an eine der Abbildungen auf der Wand heran und betrachtete sie nachdenklich.

»Im ersten Prozeß der Auflösung entledigen sich der König und die Königin gegenseitig ihrer Unreinheiten, bis beide nackt sind«, erklärte Clavuceel, der Jeroen gefolgt war. Er deutete auf die nächste Abbildung. »Und hiermit ist die Konjunktion, beziehungsweise die vollkommene Auflösung gemeint. Wenn die beiden Körper in das flüssige Stadium übergehen, werden sie eins.«

»Das klingt wie etwas, was mir schon einmal gesagt wurde, was ich aber größtenteils vergessen hatte.«

Clavuceel nickte, als erstaune ihn das nicht. Er zeigte auf eine andere Abbildung und sagte: »Das männliche Prinzip, der Samen, wird gelegentlich auch der alte Mann genannt. Dort, im Erdinnern, vereinigt sich der alte Mann mit dem weiblichen Prinzip. Der Engel hier auf der Hügelspitze versinnbildlicht den flüchtigen Stoff und die rote Burg den festen. Den alten Mann nennen wir Boas, wie der Bauer aus Bethlehem, dessen Braut Ruth hieß.«

Jeroen kniff einen Moment die Augen zu. »Warum fühle ich mich seelenverwandt mit dem, der diese Abbildungen erdacht hat?«

Clavuceel lächelte vage. »Die Antwort auf diese Frage liegt in deiner eigenen Seele, Hieronymus.«

Jeroen deutete auf den Altar. »Darf ich näher herangehen?«

»Nur zu, momentan findet dort nichts statt«, antwortete Clavuceel. Doch als Jeroen die Hand nach einem großen, wunderlich geformten Gefäß auf dem Altar ausstreckte, warnte er: »Man sollte das *Ovum philosophicum* nicht mit ungereinigten Händen anfassen, Hieronymus. Das besagt jedenfalls das *Grimoire,* und was in derlei Schriften steht, sollte man besser nicht in den Wind schlagen.«

Zögernd zog Jeroen die Hand zurück. »Das *Grimoire*?«

»Nennen wir es ruhig den Schlüssel zur Herstellung des Steins der Weisen. Es besteht aus einem Kode von Hieroglyphen, Kabbala- und geheimen, konventionellen oder symbolischen Zeichen. Nur die Adepten können diesen Kode entziffern, und sie allein können Schüler in die Kunst der Alchemie einweisen.«

»Warum kommt mir auch dieses *Ovum philosophicum* bekannt vor?«

Clavuceel sah Jeroen nachdenklich an, ehe er antwortete: »Möglicherweise weil du es gemalt hast, Hieronymus.«

»Mir wird ganz sonderbar zumute«, bekannte Jeroen. »Ist der Stein der Weisen wirklich ein Stein? Ich meine, wie kann man denn einen Stein herstellen?«

»Der älteste Name lautet *Prima materia,* und es ist sehr wohl Stein. Das Material stammt aus einer Mine und hat die gleichen Eigenschaften wie alle Erze. Es wird erst zum echten Stein der Weisen, wenn dieser die letzte Vollkommenheit erreicht, also nach den von einem Adepten durchgeführten Veränderungen und Verbesserungen. So erhält er seine transmutierenden Eigenschaften.«

»Prima materia...« Jeroen sprach die Worte aus, als wollte er sie mit den Lippen kosten.

»Die *Prima materia* hat von Natur aus zwar eine unvollkommene Substanz, aber eine konstante Seele, eine durchdringende Farbe und ein klares, transparentes Leben. Sie ist flüchtig und beweglich. Der Kern enthält sowohl das Gold der Philosophen als auch das Quecksilber der Weisen.«

»Aber was ist diese Substanz denn *wirklich*?«

Clavuceel lächelte. »Kein Alchemist wird je ihre wahre Art enthüllen. Der Schüler hat selbst in die Mine zu gehen, um danach zu suchen. Ein besonders schwieriges und heikles Unterfangen, das während der richtigen Konstellation von Mond und Planeten stattfinden muß. Daher ist es notwendig, zuvor mit größtmöglicher Sorgfalt ein Horoskop zu erstellen. Das gilt übrigens auch für das Große Werk, das nur im Frühjahr, unter den Sternbildern Widder, Stier oder Zwilling, ausgeführt werden kann. Am günstigsten ist der Widder, weil dessen astrologisches Zeichen mit dem Kürzel der *Prima materia* in unserer Geheimschrift korrespondiert.«

»Ich finde das alles höchst faszinierend.« Jeroens Blick wurde erneut zu den Abbildungen auf den Wandflächen gezogen. »Wie alt muß man sein, um Schüler werden zu können?«

»Das ist im Prinzip ganz unerheblich, wenn auch gesagt werden muß, daß es nur wenigen vergönnt ist, das Große Werk zu vollenden, selbst wenn sie ihr ganzes Leben dafür aufbringen. Je mehr Jahre dir also zur Verfügung stehen, desto besser. Aber es ist natürlich auch eine Frage des Talents.«

»Zu sehen, wie sich Metalle unter den eigenen Händen verändern«, sagte Jeroen abwesend. »Als spielte man Gott. Kein Wunder, daß die Kirche davon nicht so –«

»Das ist kein Spiel, Hieronymus«, wies Clavuceel ihn zurecht. »Der Stein der Weisen vermag viel. Kranke zu heilen zum Beispiel, Mißgestalteten zu einem normalen Äußeren zu verhelfen oder das Leben zu verlängern. Alles lebt, alles besitzt einen Organismus, alles besitzt eine Seele. Ohne lebenden Organismus ist auch Metall nicht existent. Und die Sterne wachen über die Seele jeder Substanz. Minerale entstehen als unvollkommene Wesen und entwickeln sich Schritt für Schritt hin zur Vollkommenheit. Von einem scheinbaren Nichts reifen Wesen zu einem sichtbaren Etwas heran und so weiter, bis hin zum höchsten Adel, zu Gold. Wir Menschen können zu dieser Transmutation beitragen, indem wir uns die Quintessenz zunutze machen, die im Stein der Weisen enthalten ist.«

Jeroen zog eine Augenbraue hoch. »Die Quintessenz?«

»Wir kennen vier Essenzen: Feuer, Wasser, Erde und Luft. Aber die Schöpfung verfügt noch über eine fünfte Essenz, und das ist die Quintessenz, die Seele. Wer dieses fünfte Element aus seinen Fesseln befreien kann, hat den Stein der Weisen gefunden.«

»Faszinierend«, sagte Jeroen abermals. »Deine Worte sind ein berauschendes Elixier, Clavuceel.«

Clavuceel nickte. Mit einer Gebärde, die alle Abbildungen auf den sieben Wandflächen einschloß, sagte er: »Die Salamander sind Feuerwesen, die Vögel Luftwesen, die Fische natürlich Wasserwesen, und die Gnome oder unterirdischen Wesen sind Vertreter der Erde. Allesamt sind sie aus den reinsten Bestandteilen der Orte entstanden, an denen sie leben. Adam war der Vollkommenste, und daher war er ihr natürlicher König. Bis er durch den Sündenfall unrein wurde, seine Schönheit verlor und der ihn umgebenden Substanz in nichts mehr glich. Dadurch büßte er für sich und seine Nachkommen die Hoheit ein. Aber wir haben in der Natur die Mittel gefunden, diese Hoheit wiederzuerlangen.«

Jeroen sah sein Gegenüber kritisch an. »Wie denn?«

»Hierzu muß man eine Glaskugel mit Luft, Wasser und Erde füllen und sie einen Monat lang dem Sonnenlicht aussetzen, das man mit konkaven Spiegeln auf sie lenkt. So werden alle drei Elemente gereinigt und ziehen die Geister an, die ihre Eigenschaft besitzen. Man wird dann in der Luft die Sylphen segeln und aus dem Wasser die Nymphen emporspringen sehen, und die Gnome, als die Wächter über die Minen, werden ihre Gold- und Silberschätze hervorholen.«

Jeroen legte die Stirn in Falten. »Was sind denn das für Gaukeleien?«

»Gut so«, sagte Clavuceel zufrieden. »Ich wußte ja, daß du zwischen der wahren Lehre und dem unsinnigen Geschwätz mancher sogenannter magischer Alchemisten, das uns alle in ein schiefes Licht gerückt hat, würdest unterscheiden können. Aber ich wollte ganz sichergehen.«

Jeroen zog ein Gesicht. »Ich verübele es dir nicht, wenn du mich auf die Probe stellst, Clavuceel. Aber ich möchte schon gerne wissen, warum.«

»Weil ich meine Perlen nicht vor die Säue werfen möchte«, antwortete Clavuceel.

»Heißt das, du willst mich zum Schüler?«

Mit dem Anflug eines Lächelns antwortete Clavuceel: »Der Unterricht hat bereits begonnen, Hieronymus.«

»Vielleicht wäre es doch vernünftiger gewesen, Clavuceels Gastfreundschaft in Anspruch zu nehmen und bei ihm zu übernachten«, sagte Aleyt, als sie wieder auf dem Heimweg waren. »Es ist später, als ich dachte, vor Einbruch der Dunkelheit sind wir nie und nimmer zu Hause.«

Jeroen blickte nach Osten, wo der Himmel bereits schwarz wurde. »Wir haben morgen früh beide wichtige Termine, Aleyt.« Er sah sie von der Seite an. »Ich hatte eigentlich immer den Eindruck, daß du nicht unter Angst leidest.«

»Ich fürchte mich nicht vor Gespenstern. Aber Unholde aus Fleisch und Blut, die Reisenden wegen ein paar Stüvern die Kehle durchschneiden, machen mir schon Sorgen.« Aleyt sah nun ihrerseits Jeroen an. »Und wie kommt es, daß du so viel weniger nervös bist als auf der Hinfahrt?«

Das stimmte, stellte Jeroen fest. Es schien, als habe der Einfluß Clavuceels ihn ruhiger gemacht. Ausweichend sagte er: »Da fuhren wir in nördlicher Richtung, und ein jeder weiß, daß man dort momentan wegen all der Aufrührer nicht sicher ist. Nicht wenige *Hoeken* frönen unter dem Deckmäntelchen, für die gute Sache zu kämpfen, der eigenen Lust am Morden und Plündern.«

Er ließ die Peitsche knallen, doch ihr Pferd war nicht mehr sehr frisch und beschleunigte kaum den Schritt. Es hatte wieder ein Weilchen aufgehört zu regnen, und der Nordwestwind blies ihnen in den Rücken, so daß er ihnen kaum unangenehm war. Doch der Abendhimmel war trüb, und am Horizont zuckten hin und wieder Blitze.

Sie gelangten an eine Weggabelung, und Jeroen sagte: »Der kürzeste Weg führt geradeaus durchs Coudse Bos, doch dort können sich gut Strauchdiebe versteckt halten. Nehmen wir die Route über das Barne Veld, ist das jedoch gut die doppelte Wegstrecke, und wenn wir in ein Unwetter geraten –«

»Geradeaus«, erwiderte Aleyt, ohne zu zögern. »Hoffen wir, daß sich das Gesindel bei diesem Wetter nicht aus seinen Löchern hervortraut.«

Jeroen nickte schweigend und lenkte das Pferd geradeaus. Ohne nennenswerten Erfolg ließ er ein weiteres Mal seine Peitsche knallen. Die mit tiefen Pfützen durchsetzte, gewundene Fahrspur führte sie mitten ins Coudse Bos hinein, dessen kahle Bäume schwarzen Skeletten gleich düster aus dem dichten Unterholz aufragten.

Aleyt sagte: »Du hast mir noch nicht erzählt, welchen Eindruck du von Clavuceel hattest.«

»Für mich war es höchst interessant, seine Bekanntschaft zu machen, und dafür bin ich dir dankbar.«

Aleyt hielt wachsam das Gebüsch zu beiden Seiten des Weges im Auge. »Und weiter?« fragte sie.

»Er denkt, daß bestimmte spirituelle Aspekte der Alchemie meinem Werk zugute kommen würden.«

»Und wie denkst du selbst darüber?«

»Ich muß das alles erst noch verarbeiten«, antwortete Jeroen ein bißchen unwillig. Es war eine unangenehme Eigenschaft Aleyts, immer derart direkte, eindringliche Fragen zu stellen, fand er. Zumal, wenn er keine passenden Antworten parat hatte.

Seine Aufmerksamkeit wurde von ihrem Pferd abgelenkt, das plötzlich nervös die Ohren in alle Richtungen drehte. Es schüttelte den Kopf und schnaubte laut. Gleich darauf mußte es vor einem umgestürzten jungen Baum abbremsen, der quer über dem Weg lag. Da dieser zuvor eine scharfe Biegung gemacht hatte, war das Hindernis nicht eher zu sehen gewesen.

»Der liegt da nicht ohne Grund«, flüsterte Aleyt, als der Karren stand. Ihr Blick schoß nervös hin und her, als wolle sie die gesamte Umgebung auf einmal ins Auge fassen.

Jeroen fluchte lauthals, während er unwirsch die Zügel festmachte.

»Warte!« beschwor ihn Aleyt, als er vom Bock springen wollte. »Ich trau dem Ganzen nicht!«

»Der Baum muß weg, Aleyt«, sagte Jeroen ungeduldig. Er wollte absteigen, doch Aleyt faßte ihn am Arm und deutete stumm auf den rechten Wegrand, schräg hinter ihrem Karren. Dort waren drei zerlumpte Gestalten im Unterholz aufgetaucht. Alle drei hatten ein Tuch vor Mund und Nase. Einer von ihnen hielt ein großes Messer in der Hand, die anderen beiden waren mit furchterregenden Knüppeln bewehrt, die sie drohend erhoben hatten.

»Ein Herr und eine Dame von Stand, wie es scheint«, konstatierte der Mann mit dem Messer. Er hatte eine überraschend hohe Stimme, fast wie ein Kind. »Genau das, was wir brauchten.« Er deutete mit dem Messer auf Aleyt. »Eure Börsen!«

Jeroen holte tief Luft. Sein Herz hämmerte wie wild, doch er wußte sich einigermaßen zu beherrschen. »Wir haben fast nichts bei uns«, sagte er. »Wenn wir gewußt hätten, daß man uns überfallen würde, hätten wir mehr Geld mitgenommen.«

»Ein Witzbold«, stellte der Mann mit dem Messer fest. »Eure Börsen. Und wenn deine Hand in die Nähe deines Dolches kommt, hack ich deine schöne Frau in Stücke!«

»Das wäre aber schade«, bemerkte einer seiner Spießgesellen. »Laß uns lieber was Vergnüglicheres mit ihr anstellen, wo wir sie schon mal haben. In dem Karren ist es trocken.«

»Ich würd's auch im Stehen tun«, sagte der dritte Mann. »Das braucht nicht lange.«

»Bestimmt nicht so lange wie mit deiner häßlichen Alten!« meinte der andere und lachte laut.

»Maul halten!« blaffte der Mann mit dem Messer. Er stand jetzt neben dem Bock und setzte Aleyt die Spitze seiner Waffe auf den Leib. »Zum letztenmal!« mahnte er.

»Ich schwöre Euch, wir haben fast nichts ...«, flehte Jeroen. Er verstummte, als Aleyt ihn warnend anstieß.

»Ich habe etwas in meinem Gepäck, das einen Räuber gewiß interessieren wird«, sagte sie. »Es ist mir sehr lieb und teuer, doch meine Haut ist mir mehr wert.« Sie drehte sich halb um und wies auf den Karren hinter sich. »Gestattet Ihr?« fragte sie den Mann mit dem Messer. Als der schweigend nickte, schlug sie die Plane an einer Ecke um und kramte kurz in ihren Sachen.

»Seht nur, wie hübsch«, sagte sie schließlich und hatte dem Räuber im nächsten Augenblick den Lauf einer Radschloßpistole ans Gesicht gedrückt. Sie tat das derart kaltblütig, daß der Mann zurücktaumelte und beinahe sein Messer fallen ließ. »Da ist eine Kugel drin, die groß genug ist, dir den Kopf abzuschießen!« drohte sie in so scharfem Ton, daß selbst Jeroen erschrak.

Einer der anderen Räuber sagte: »Wir sind zu dritt, Frau, und du kannst nur *einmal* schießen!« Doch es hörte sich nicht sehr überzeugt an.

»Das wird euren Anführer wohl kaum interessieren«, sagte Aleyt in demselben scharfen Ton. Mit der freien Hand deutete sie auf den Baum, der über dem Weg lag. »Fort mit dem Ding, augenblicklich! Wird's bald!«

Jeroen sah ungläubig zu, wie alle drei Männer sichtlich erschraken und zu dem Hindernis eilten, das sie im Handumdrehen vom Weg geräumt hatten.

»Fahr!« raunzte Aleyt Jeroen an, die Pistole immer noch auf den Bandenführer gerichtet.

Jeroen gab dem Pferd einen so heftigen Peitschenhieb aufs Hinterteil, daß das Tier für einen Moment seine Lustlosigkeit vergaß und prompt lostrabte.

Jeroen wagte nicht, nach hinten zu schauen, doch er spürte die bohrenden Blicke der Räuber im Rücken, bis sie um die nächste Biegung waren und deren Blickfeld entschwunden. Als wüßte das Pferd, daß die Gefahr nun vorüber war, verfiel es unwillkürlich wieder in seinen alten Zuckeltrab.

Aleyt arretierte vorsichtig das Radschloß ihrer Pistole, legte die Waffe aber noch nicht weg. »Mein Vater hatte wieder einmal recht«, sagte sie.

»Dein Vater?« Jeroens Stimme klang heiser, und er räusperte sich kurz.

»Er sagte, wer ein wenig bessergestellt sei, müsse immer auf das Schlimmste vorbereitet sein. Die meisten Menschen sind im Grunde schlecht und gönnen dir nicht das Weiße im Auge.« Aleyt strich mit ausgestrecktem Zeigefinger über die Pistole in ihrer Hand. »Er hat sie mir gegeben, als ich sechzehn wurde, und brachte mir bei, wie man damit umgeht. Und wenn man mich hinreichend in Harnisch bringt, bin ich zu allem imstande.«

»Du bist sehr mutig«, sagte Jeroen. »Mir schlotterten eben ganz schön die Knie.«

Aleyt legte ihm die freie Hand auf den Schenkel. Sanft sagte sie: »Laß uns zusehen, daß wir heimkommen, ich brauche deine Wärme.«

14

Die Hände in die Seite gestemmt, blickte Mechteld auf Anthonius nieder. »Was ist, kommst du heute noch aus dem Bett? Die Magd muß hier saubermachen.«

Matt schaute Anthonius von seiner improvisierten Bettstatt in einer Ecke der Küche zu seiner Frau auf. Sein Augenlicht hatte sich in letzter Zeit rapide verschlechtert, und er sah sie wie durch dichten Nebel. Zumindest sah er so auch ihre bösen Blicke nicht so genau, fand er. Daß er fast völlig von ihr und ihren Launen abhängig geworden war, beunruhigte ihn. Und seit Katherijns Tod saß ihm die Angst im Nacken.

Am heutigen Tag aber kümmerte ihn das alles nicht sonderlich, registrierte er mit leichter Verwunderung. Er war schwächer denn je, und dennoch hatte er das seltsame Empfinden, daß ihm eigentlich nichts mehr etwas anhaben konnte. Ich sterbe, wurde ihm plötzlich klar. Er widmete sich diesem Gedanken ein Weilchen und ließ Mechteld unterdessen völlig in dem Nebel verschwinden, der seine Sicht einschränkte. Bis diese ihn mit schriller Stimme zur Ordnung rief.

»Anthonius? Ja, zum Donnerwetter, würdest du bitte einmal zuhören, wenn ich mit dir rede? Ist denn selbst *das* kleine bißchen Aufmerksamkeit schon zuviel verlangt?«

»Ich möchte meinen Sohn sehen...«

»Was?« Mechteld beugte sich über ihn, um ihn argwöhnisch aus der Nähe zu beäugen. »Deinen Sohn? Welchen Sohn? Du hast drei!«

Anthonius starrte auf den vollendet oval geformten purpurroten Fleck neben Mechtelds Nase. Aus solcher Nähe sah er den Fleck erstaunlich scharf. Wie gemalt, dachte er. Als hätte ihr einer Farbe dorthin getupft, um von ihren stets böse funkelnden Augen und den grimmigen Linien um ihre Mundwinkel abzulenken. »Jeroen«, flüsterte er. »Ich möchte Jeroen sehen...«

»Kannst du nicht lauter sprechen? Ich höre dich kaum!«

Und ob du mich hörst, dachte Anthonius. Aber du hast dich immer taub gestellt, wenn du etwas nicht hören wolltest.

In dem Moment hallte das Geräusch des Türklopfers durchs Haus. Der Chirurg, wußte Anthonius. Flink wie der Tod persönlich, was das Ausfindigmachen von Menschen betraf, die gerade dabei waren, die letzten Atemzüge zu tun.

Es schien eine Ewigkeit zu dauern, bis das bleiche Gesicht des Wundarztes aus dem Nebel auftauchte. Anthonius hatte derweil einen vollständigen Traum erlebt, in dem er mit einer Armbrust auf Wildschweinjagd gewesen war. Seltsam, denn eine solche Waffe hatte er in seinem ganzen Leben nicht von nahem gesehen, geschweige denn ein lebendiges Wildschwein.

»Wie geht es Euch heute?« erkundigte sich der Chirurg.

Er klang aufrichtig besorgt, konstatierte Anthonius. Der Mann spielte seine Rolle sehr gut. Aber das war wohl auch das mindeste. Für den Preis, den er für einen einzigen Besuch verlangte, konnte man zehnmal ins Volkstheater gehen. »Ich glaube, ich sterbe«, antwortete Anthonius kaum verstehbar.

»Das tun wir alle einmal«, sagte der Chirurg beschwichtigend, während er Anthonius die kalte Hand auf die Brust legte, um ihn zu untersuchen.

Anthonius flüsterte: »Ich möchte meinen Sohn sehen, Jeroen…«

Der Arzt blickte zu Mechteld, die die Achseln zuckte. »Vielleicht solltet Ihr besser die ganze Familie zusammenrufen«, sagte er ernst zu ihr.

Aha! dachte Anthonius, verwundert über seine Zufriedenheit. Ich *möchte* sterben! Einstmals hatte er sich vor dem Tod gefürchtet. Das schien ihm plötzlich sehr lange zurückzuliegen.

Mit einer Bewegung, die beinahe so etwas wie Scheu verriet, zog der Chirurg seine Hand fort und wischte sie instinktiv an der Seite seines schwarzen Leibrocks ab. »Ich werde hierbleiben, wenn Ihr das wünscht«, sagte er zu Mechteld.

»Was soll das für einen Sinn haben?«

»Äh… dann könnt Ihr derweil die nötigen Dispositionen treffen.«

»Dispositionen?«

»Die Kinder«, erinnerte sie der Arzt. Er klang ein wenig vorwurfsvoll.

»Jeroen…«, murmelte Anthonius in den Nebel hinein. »Zuerst Jeroen…«

»Ja«, sagte Mechteld zum Arzt. »Vielleicht solltet Ihr in

der Tat lieber eine Weile hierbleiben.« Sie hörte sich plötzlich etwas geistesabwesend an. »Ich sehe einmal, ob ich seine Kinder auftreibe.«

Seine Kinder, dachte Anthonius. Sie hatte seine Söhne und Töchter nie als die ihren anerkannt. Aber die hatten sie ihrerseits auch nie als zweite Mutter aufgefaßt. Außer Jan vielleicht, der manchmal den Eindruck erweckte, eine Art Geheimbündnis mit ihr geschlossen zu haben. Doch Jan versuchte sich immer mit Menschen zu verbünden, die stärker oder klüger waren als er. So war er auch an seine Frau Justine gekommen.

Und Goos schert sich um nichts, dachte Anthonius. Der kochte sein eigenes Süppchen, komme, was da wolle. Und dessen Sohn Jan schien noch ärger zu werden.

»Liegt da und grinst wie ein Idiot«, hörte er Mechteld sagen. »Das hat er vorhin auch schon getan.«

»Seid froh, daß er keine Schmerzen hat«, entgegnete der Arzt vorwurfsvoll.

Nein, dachte Anthonius, keine Schmerzen. Sterben war gar nicht schlimm. Seltsam, daß sich ein jeder so sehr davor fürchtete. Und danach konnte es nur noch besser werden... Er sank in einen warmen, behaglichen Halbschlaf.

Anthonius erwachte, weil Jeroen gekommen war. Er brauchte seinen Sohn nicht zu sehen, um zu wissen, daß er neben ihm stand. Jeroen strahlte etwas aus, was er gleichsam fühlen konnte. Mit seinen anderen Kindern hatte er das nie erlebt. Außer vielleicht hin und wieder mit Herberta, wenn er sich ausnahmsweise einmal nicht vor ihr verschlossen hatte. Und jetzt war das Gefühl stärker denn je, stellte Anthonius fest. Oder vielleicht hatte er früher nie so darauf geachtet, weil er es für selbstverständlich gehalten hatte.

»Joen?«

»Ich bin hier, Vater«, antwortete Jeroen. »Herberta und Thomas kommen auch gleich.« Er nahm Anthonius' Hand und beugte sich hinunter, damit dieser ihn sehen konnte. Die dünnen Finger seines Vaters wirkten so zerbrechlich wie die Zehen eines Vögelchens. »Ich dachte, du schläfst.«

»Nein, ich habe nicht geschlafen, ich war schon ein bißchen tot«, flüsterte Anthonius. »Aber ich wollte dir zuerst noch etwas erzählen...« Er versuchte den Kopf zu heben, um sich umzusehen, war jedoch zu schwach. »Dir allein, Joen...«

Jeroen blickte den Doktor und Goos an, der unterdessen mit seiner Kathelijn eingetroffen war. Mechteld war zu Jan gegangen und holte auch einen Priester.

Jeroen fragte: »Würde es euch etwas ausmachen, kurz hinauszugehen?«

Goos schien protestieren zu wollen, doch seine Frau faßte ihn schweigend beim Arm und zog ihn zur Tür. Zusammen mit dem Arzt verließen sie die Küche.

»Jetzt sind alle fort«, sagte Jeroen zu seinem Vater. Sie werden wohl mit dem Ohr an der Tür dastehen und horchen, dachte er, aber aus Vaters Geflüster werden sie kaum schlau werden. »Was wolltest du mir erzählen?«

Der Nebel hüllte Anthonius wieder stärker ein. Er war warm und weich und tröstend, und das Verlangen, sich willenlos von ihm davontragen zu lassen, war stark. Aber da ist doch noch etwas, was ich mir zuvor von der Seele reden will, erinnerte sich Anthonius. Obwohl es plötzlich nicht mehr so wichtig zu sein schien. Nichts war mehr wichtig, alles, was mit der Welt der Lebenden zu tun hatte, war so trivial...

»Vater?«

Anthonius schlug die Augen auf und sah in Jeroens Gesicht, das inmitten milchweißer Wolken direkt über dem seinen schwebte. Die grauen Augen seines Sohnes hatten etwas Eigenartiges an sich. Ihr Blick war besonders eindringlich, so als versuchten sie ihm bis in die Seele zu schauen. Seltsam, daß er das noch nie zuvor bemerkt hatte. Aber es gab wohl mehr, was er nie zuvor bemerkt hatte. Oder zu spät...

»Katherijn«, flüsterte er. »Deine Schwester...«

»Ja?« sagte Jeroen, als Anthonius die Augen schloß und nicht weitersprach.

»Was sie dir erzählen wollte, bevor sie starb...« Und jetzt bin ich dran, dachte Anthonius. Angenommen, ich sterbe auch, bevor... Er holte plötzlich so tief Luft, daß Jeroen erschrak. »Es war Mechtelds Schuld...«

»Was war Mechtelds Schuld? Daß Katherijn aus dem Fenster fiel?«

Anthonius nickte langsam, die Augen wieder geschlossen. »Mechteld hätte sie zurückhalten können, doch sie hat keinen Finger gerührt...«

Ungläubig sagte Jeroen: »Niemand hat etwas gesehen, Vater. Es kann doch sein, daß...«

Anthonius schüttelte ungeduldig den Kopf. »Mechteld konnte Katherijn nicht leiden. Sie hat ihr alles mögliche gegeben, was sie noch kränker werden ließ, mit Federn gefüllte Puppen... Und sie ließ sie im Staub arbeiten...« Anthonius seufzte zittrig. »Mechteld steckt voller Grimm, und das macht sie zu einem sehr unglücklichen Menschen –«

»Aber Vater!« sagte Jeroen bestürzt.

»Dir hat Katherijn vertraut, Joen…«

Jeroen starrte Anthonius mit großen Augen an. »Mein Gott, was soll ich jetzt tun?«

Anthonius seufzte abermals. »Nichts«, flüsterte er dann. »Ihre Strafe ist … sie bleibt ganz allein zurück … Aber ich wollte, daß du es weißt, um Katherijn, um ihr Andenken…«

Draußen wurden Stimmen und Gepolter laut. Die Tür ging auf, und Herberta und Thomas traten ein. Sie sahen beide etwas zerzaust aus.

»Es sind kleinere Krawalle ausgebrochen«, erklärte Thomas auf Jeroens beunruhigten Blick hin. »Hier auf dem Markt und wohl auch bei der Kirche, soweit wir gehört haben. Die *Hoeken* sind mit Banden von *Kabeljauwen* aneinandergeraten, die von außerhalb der Stadt gekommen sind. Wir mußten daher einen großen Umweg machen.«

»Mechteld ist zur Kirche«, sagte Goos, der mit hereingekommen war. »Sie wollte einen Priester holen.«

»Vielleicht ist Jan ja bei ihr«, warf seine Frau ein.

»Ja, der wird ihr eine große Hilfe sein!« höhnte Goos.

Herberta schenkte ihnen keine Beachtung. Sie hatte sich neben Jeroen gestellt und tastete nach seiner Hand. Ohne ihn anzusehen, fragte sie: »Wie geht es ihm?«

Mit unerwartet klarer Stimme sagte Anthonius: »Es sind die Lebenden, die der Sorge bedürfen. Das habe ich den Chirurgen auch schon einmal sagen hören, und als Handlanger des Todes muß er es wohl wissen.«

Herberta beugte sich stumm zu Anthonius hinunter und drückte ihm einen Kuß auf die Stirn.

»Ist es nicht himmelschreiend ...«, Anthonius' Stimme wurde wieder schwächer, bis sie kaum noch hörbar war, »... daß man erst sterben muß, um seine Familie vereint zu sehen?« Er schlug die Augen zu Jeroen auf. »Wo ist Aleyt?«

»Mit Goyart zusammen nach Breda«, antwortete Jeroen. »Geschäftlich.«

»Ach ja, Geschäfte ...«, murmelte Anthonius

Vom Marktplatz schallte Geschrei und anderer Lärm ins Haus herein.

»Zustände sind das«, sagte der Arzt. Er schien eher verärgert als beunruhigt. »In letzter Zeit ist aber auch ständig irgend etwas.« Er kam zur Bettstatt herüber und legte Anthonius noch einmal die Hand auf die Brust. Nach einigen Augenblicken schüttelte er langsam den Kopf. »Hoffen wir, daß der Priester rechtzeitig hier ist«, sagte er.

»Er darf nicht ohne die Letzte Ölung sterben«, sagte Goos. Er sah den Arzt an. »Könnt Ihr ihm nicht etwas geben?«

Der Doktor legte die Stirn in Falten. »Etwas, um sein Leben zu verlängern, meint Ihr? Wenn ich das könnte, wäre ich längst reich!«

An niemanden im besonderen gewandt, sagte Herberta: »Wenn es einen Himmel gibt, wird er auch ohne Priester dorthin kommen. Vater ist ein guter Mensch, und falls er gesündigt haben sollte, hat er längst zur Genüge dafür gebüßt.«

»Du mußt es ja wissen!« sagte Goos.

Herberta schickte sich schon an, ihm scharf darauf zu

erwidern, als Anthonius flüsterte: »Ist Mechteld schon zurück?«

»Nein«, sagte Joen. »Es kann sein, daß sie eine Weile in der Kirche bleiben muß, es ist nicht sicher in der Stadt.«

»Es ist nie sicher in der Stadt...«, murmelte Anthonius. Zitternd holte er Luft. »Kein... Priester?«

»Ich glaube, daß Herberta recht hat, Vater. Ein guter Mensch bedarf gewiß keiner Hilfe, um zu seinem Seelenheil zu gelangen.«

»Wir sind alle Sünder...«, flüsterte Anthonius.

»Eben«, sagte Herberta. »Ein guter Christ soll sich nur ja nie glücklich fühlen.« Sie sprach jedoch so leise, daß nur Jeroen sie verstand. Als der warnend ihre Hand drückte, sagte sie: »Nicht einmal in Frieden sterben kann ein Mensch, verdammt!«

Anthonius sah, daß sich Herbertas Lippen bewegten, doch er hörte ihre Worte nicht. Es grämte ihn nicht, er hatte genug daran, daß sie da war. Menschen reden ihr ganzes Leben lang, dachte er schläfrig. Und was haben sie letztlich gesagt? All ihre teuren Reden zusammengenommen füllen wahrscheinlich nicht einmal ein einziges Blatt Papier.

Der Nebel lichtete sich für einen Moment, so daß er Herberta besser sehen konnte. Er hatte eine schöne Tochter, stellte er fest. Das fiel neben Jeroen mit seinem sonderbaren Kopf um so mehr auf.

Jeroen mit seinem sonderbaren Kopf... Anthonius mußte innerlich lächeln, gerührt. Jeroen ist dabei, ein großer Meister zu werden, dachte er. Ein ganz großer Meister, ein Schöpfer jener Art von Kunst, die Jahrhunderte überdauern würde, wie Paläste und Kathedralen...

»Er lächelt wieder«, bemerkte Jeroen. »Er lächelt immerzu, man möchte beinahe glauben –«

Herberta nickte. »Sterben ist zweifelsohne weit weniger schlimm als geboren werden. So, wie das Einschlafen ja auch friedlicher ist als das Erwachen.«

»Ein trostreicher Gedanke«, sagte der Chirurg gereizt. »Wahrhaft ein Satz, den man in einen Grabstein meißeln sollte.« Er sprach leise, als fürchte er, der Sterbende würde ihn hören.

Goos warf Herberta einen spöttischen Blick zu, hielt aber wohlweislich den Mund.

Einschlafen, dachte Anthonius, während ihn der milchweiße Nebel abermals zudeckte, so daß er selbst Jeroen und Herberta nicht mehr sah. Friedlicher als erwachen, weniger schlimm als geboren werden... Er fragte sich, woher seine Tochter diese Weisheit nahm. Und warum sie das Geborenwerden als so schlimm empfand.

Ein weiteres Mal fühlte er die kühle Hand des Chirurgen auf seiner Brust, hatte aber keine Lust, die Augen zu öffnen. »Sein Herzschlag wird immer schwächer«, hörte er den Mann mit gedämpfter Stimme sagen. Danach entfernte sich die Hand.

»Vater?«

Jetzt schlug Anthonius wohl die Augen auf. Jeroens Gesicht hing direkt über dem seinen, so daß es ungewöhnlich groß aussah. Und des Nebels wegen schien es, als blickte sein Sohn aus dem Himmel auf ihn nieder. »Joentje, Junge...«

Jeroen wollte antworten, doch es schnürte ihm die Kehle zu.

Anthonius' Blick wurde starr.

Mechanisch schloß Jeroen seinem Vater die Augen. »Es ist vorbei...«, sagte er ins Leere.

Er fühlte, wie Herbertas Hand erneut nach der seinen tastete und sie mit ungewöhnlich viel Kraft umschloß. Regungslos starrte er auf den leblosen Körper seines Vaters hinab. Zwei Tränen zogen eine nasse Spur über seine Wangen.

Der Chirurg nickte. »Meister Anthonius van Aken ist nicht mehr«, konstatierte er feierlich.

Draußen auf dem Marktplatz gingen Anhänger und Gegner Burgunds wutschäumend aufeinander los.

Zwei Wochen nach dem Tod seines Vaters begab sich Jeroen wieder nach Sint Anthonius.

Seltsam, beim eigenen Elternhaus anklopfen zu müssen, dachte er. Aber Mechteld hatte Anthonius' Kindern gleich nach dessen Beerdigung die Schlüssel abverlangt. Weil sie nicht zu jeder Unzeit gestört werden wollte, hatte sie erklärt. Sie hatte ihre Schlüssel bekommen. Zu dem Zeitpunkt waren sie alle noch zu fassungslos gewesen, um zu protestieren.

Jeroen ließ den Türklopfer ein einziges Mal laut aufschlagen und wartete mit dem Rücken zur Tür. Es erstaunte ihn einen Moment, daß der Marktplatz so verlassen dalag, doch dann fiel ihm ein, daß ja für die meisten Menschen jetzt Essenszeit war. Derlei Regelmäßigkeit gab es in seinem Leben kaum. Er aß, schlief oder arbeitete dann, wenn es für ihn am geschicktesten war, daran hatte auch seine Ehe – seine Frau führte ja auch ein reges geschäftliches und gesellschaftliches Leben – wenig geändert. Jeroen bedauerte das nicht. Er mochte nun mal keine Regeln, auch nicht im eigenen Haushalt. Außerdem vergaß er, wenn er malte, oft die Zeit, bis ihn die einsetzende Dunkelheit gemahnte, daß er wieder einmal den ganzen Tag ohne Unterbrechung im Atelier verbracht hatte. Genausooft freilich tat er tagelang nichts anderes, als in der Stadt umherzustreifen und die Leute zu beobachten.

Die Tür hinter ihm ging auf, und er drehte sich um.

Mechteld spähte ihn an, die dichten Augenbrauen gerunzelt, als würde sie ihn nicht gleich erkennen.

»Darf ich kurz hereinkommen? Ich habe etwas mit dir zu besprechen.«

Mechteld zuckte die Achseln, ließ die Tür offen und schlurfte ins Haus zurück. Sie hustete, ohne sich die Hand vor den Mund zu halten. Es klang wie das Kläffen eines Hundes.

Das Haus war überraschend sauber, registrierte Jeroen, als er ihr in die Küche folgte. Irgendwie hatte er etwas anderes erwartet. Demnach hatte Mechteld die Magd also noch nicht entlassen. Auf dem Tisch stand allerdings ein Sammelsurium benutzter Bierhumpen um einen großen Krug.

»Du bist der erste, den ich von der ganzen Bagage zu sehen bekomme, seit dein Vater unter der Erde ist«, sagte Mechteld. Es hörte sich nicht so an, als machte ihr das viel aus. Sie ließ sich auf einen Stuhl plumpsen, verschränkte die Arme auf dem Tisch und sah Jeroen ausdruckslos an. »Nun?«

»Goos, Jan, Herberta und ich haben uns untereinander auf eine Regelung geeinigt«, begann Jeroen. Er schaute kurz zu einem Stuhl, entschied sich aber, stehen zu bleiben. Er war nicht der Geselligkeit halber hier.

»Ach?« sagte Mechteld mißtrauisch. »Eine Regelung? Und was hattet ihr denn wohl zu regeln?«

Nachdenklich, seine Gefühle auslotend, starrte Jeroen auf sie hinunter. Er haßte sie nicht, stellte er fest, trotz allem. Was er empfand, war in erster Linie Verachtung und Abscheu. »Wir haben uns darauf geeinigt, daß du aus diesem Haus hinausmußt.«

»Was?« Mechteld sprang so brüsk auf, daß sie den Krug umstieß. Und sogleich bekam sie einen Hustenanfall. Das Bier strömte über den Tisch und ergoß sich als kleiner Wasserfall auf den Boden. »Das ist *mein* Haus!« bellte sie, als sie wieder Luft bekam. »Ihr laßt eure dreckigen Finger davon, verstanden!«

»Jan, meine Schwester und ich haben unsere Erbteile Goos abgetreten. Da kann er sein Haus verkaufen und hier einziehen. Seine Geschäfte gehen in letzter Zeit nicht gut, und auf diese Weise wird er ein wenig entlastet.«

»Das ist *mein* Haus!« bellte Mechteld abermals. Sie schrie jetzt so laut, daß Jeroen fürchtete, man würde sie bis auf den Markt hinaus hören. Sie stemmte die Hände in die Seite, wie sie es immer tat, wenn sie streitlustig war. »Und wie gedachtet ihr mich hier herauszubekommen? Wollt ihr mich etwa mit Stöcken treiben? Hä?«

»Zur Not«, antwortete Jeroen ruhig. Seine Verachtung für sie verhütete, daß er sich ereiferte. »Oder mit dem Schultheißen.«

»*Was?* Dem Schultheißen? Was hat denn der damit zu schaffen?«

»Mechteld …« Jeroen holte tief Luft. »Ich weiß, daß es deine Schuld war, daß Katherijn aus dem Fenster fiel.«

Mechteld schnappte sich den umgefallenen Krug vom Tisch und hob ihn drohend in die Höhe. »Wenn du nicht machst, daß du –«

»Ja, du bist zu Gewalt imstande«, konstatierte Jeroen. Er sprach noch immer ruhig, rüstete sich aber, notfalls mit einem Sprung auszuweichen.

Einen Moment lang sah es so aus, als wolle Mechteld tatsächlich zuschlagen, doch dann ließ sie den Krug plötzlich sinken. »Du faselst dummes Zeug. Ihr habt euch das nur ausgedacht, damit …«

»Katherijn hat Vater erzählt, was geschehen ist, und er hat es wiederum mir erzählt, kurz bevor er starb. Sterbende lügen nicht, Mechteld.«

»Nein, aber die, die nur auf Geld aus sind! Ihr habt euch das einfach aus den Fingern gesogen!« Wütend schmetterte sie den Krug vor ihren Füßen auf den Boden, so daß er in tausend Stücke zersprang und die Scherben meterweit umherflogen. »Das sind dreckige Lügen!«

»Wir haben früher oft genug mit ansehen müssen, wie du Katherijn das Leben zur Hölle gemacht hast, Mechteld. Wie du sie absichtlich noch kränker gemacht hast, als sie es schon war.«

»Lügen! Dreckige Lügen!«

»Wenn Goos, Herberta und ich das bezeugen und sich auch die Nachbarn dazu erklären, stehst du auf verlorenem Posten, Mechteld. Entweder du verschwindest aus diesem Haus, oder du wanderst in den Kerker.«

»Eher noch stecke ich diese ganze lausige Bude in Brand!«

Jeroen war sich einen Moment unsicher, doch dann dachte er: Nein, das tut sie nicht. Sie würde wahrscheinlich nicht löschen, wenn von allein ein Feuer ausbrach. Genauso, wie sie nicht hinzugesprungen war, als Katherijn aus dem Fenster fiel. Aber eigenhändig hinausgestoßen hatte sie diese nicht. Dazu hatte sie denn doch nicht die Stirn. »Ich werde die Gerichtsherren über dein Vorhaben in Kenntnis setzen«, sagte Jeroen.

»Du Lumpenhund!« schrie Mechteld. »Du warst für mich schon immer der Hinterhältigste von der ganzen Bagage! Keinen Schritt konnte ich in dieser Bruchbude tun, ohne daß du es gesehen hast! Dieses ständige Gelauere! Und das Gekungel mit deiner Schwester! Du bist krank, weißt du das? Du mit deinen wahnsinnigen Bildern! Alle hast du vergiftet mit deinem ketzerischen Wahnsinn, deinen eigenen Vater eingeschlossen. Wenn es einen in dieser Familie gibt, der auf den Scheiterhaufen gehört, dann bist du es!«

»Da wird Herberta aber betrübt sein, daß sie nicht mehr deine Favoritin ist«, stellte Jeroen fest. Er kehrte Mechteld den Rücken zu und ging zur Tür. Ohne sich noch einmal umzusehen, sagte er: »Du hast eine Woche Zeit, deine Siebensachen zu packen.«

Als er die Tür hinter sich zugezogen hatte, blieb er kurz stehen und lauschte. Doch das erwartete Geklirr von entzweigeworfenem Irdengeschirr blieb aus.

Der Zinngießer aus dem Nachbarhaus stand in seiner Tür und hob die Hand zum Gruß. Jeroen grüßte abwesend zurück, ehe er auf sein eigenes Haus zulief. Ihm war ein wenig schwindlig im Kopf, als hätte er getrunken.

Er hoffte, daß dies nun das allerletzte Mal gewesen sein würde, da er sich das Geschrei seiner Stiefmutter anhören mußte.

Er hoffte es, aber verlassen konnte er sich nicht darauf.

15

Drucker Leempt blätterte mit spitzen Fingern in dem speckigen Buch, als ekle er sich vor den mit Flecken übersäten Seiten. Er trat ans Fenster seines Ladens und las hier und da ein paar Sätze, das Buch dabei auf nahezu eine Armeslänge von sich weg ins Licht haltend. »Ich kann nicht erkennen, was hieran so Besonderes sein soll«, resümierte er schließlich. »Und wer ist dieser Autor…«, er hielt das Buch noch weiter von sich weg, um den Namen ablesen zu können, »Killdary?«

»Ein Ire«, antwortete Jeroen. »Niemand kennt ihn, aber ich versichere dir, daß es ein begeisterndes Werk ist. Ich habe es schon mindestens ein halbes dutzendmal gelesen. Dieser Druck wurde vor einigen Jahren in Antwerpen besorgt, und der Erfolg war groß.«

»Der Erfolg?« Leempt warf Jeroen einen skeptischen Blick zu. »Können denn in Antwerpen so viele Leute lesen?«

»Antwerpen ist eine große Stadt, Johannes. Und es gibt dort Schulen.«

»Hmm…«

So, wie er das Buch beäugt, sieht er aus wie ein Specht, der einem Baumstamm zu Leibe rücken will, dachte Jeroen. Mit seiner spitzen Nase, seinem dünnen Hals und seinem buschigen Schopf… »Es handelt von einem irischen Ritter namens Tundal, dem vor dreihundert Jahren nach einem Leben in Müßiggang und Verderbtheit die göttliche Gnade zuteil wurde, einen Besuch im Jenseits machen zu dürfen. Reuevoll und geläutert kehrte er nach wenigen Tagen auf die Erde zurück. Er erzählte von den Verdammten, die entsetzliche Qualen erlitten. Die allerärgste Marter sei jedoch, daß sie auf dem Weg in die Hölle durch das mit Gold und Edelsteinen ausgeschmückte Paradies gehen müßten, wo jene, die sich auf der Erde ihr Seelenheil erworben hätten, immerwährende Freuden erwarteten. Natürlich war Ritter Tundal von da an bekehrt und verrichtete nur noch gute Taten.«

»Und das Begeisternde liegt wohl in den Verderbtheiten, die gewiß farbig geschildert sind, wie?«

Jeroen schüttelte ungeduldig den Kopf. »Es geht vornehmlich um die Visionen Tundals, wie schon der Titel sagt. Einzigartige Wahnbilder, die in wunderbar inspirierender Weise in Worte gefaßt sind.«

Killdary, wer immer er auch sein oder gewesen sein mochte, war zweifelsohne ein Geistesverwandter, wußte Jeroen. Die von Killdary in Worte gefaßten Seelenregungen entsprachen genau dem, was Jeroen mit dem Pinsel zu veranschaulichen suchte. Und doch lebten sie Hunderte von Meilen auseinander.

Bisweilen träumte Jeroen von einer Insel, auf der er nur mit Menschen zusammenleben würde, mit denen er sich geistig verwandt oder in deren Gegenwart er sich wohl fühlte. Killdary würde ein geeigneter Kandidat dafür sein. Einer der raren geeigneten Kandidaten.

Seine kleine Insel würde außergewöhnlich dünn besiedelt

sein, wurde Jeroen hin und wieder bewußt. Doch er würde sich dort wahrscheinlich weniger einsam fühlen als in der Stadt, in der er lebte, mit den Tausenden von Menschen, die nicht sahen, was er sah, und nicht fühlten, was er fühlte. Oder die überhaupt nichts zu sehen und zu fühlen schienen.

»Wahnbilder, hm?« sagte Leempt.

»Die Phantasiewelt, die Killdary beschreibt, ist einzigartig. Sie kommt so lebensecht daher, daß man sich fragt, ob es denn wohl auch eine Phantasiewelt ist oder ob der Autor diese wundersamen Dinge nicht vielleicht wirklich gesehen hat.«

»Etwa auf einem deiner Bilder«, bemerkte Leempt spitz.

»Das Buch wurde geschrieben, bevor ich mein erstes richtiges Werk zustande gebracht hatte, Johannes. Möglicherweise ist Killdary schon tot.«

»Dann brauche ich ihm also nichts zu bezahlen.«

»Da kenne ich mich nicht aus. Aber selbst wenn du ihm oder seinen Erben etwas vergüten müßtest, ich versichere dir, daß dieses Buch –«

»Schon gut, schon gut!« unterbrach ihn Leempt. Er machte eine müde Handbewegung. »Ich werde ein paar Dutzend davon drucken und sehen, wie es läuft.«

»Du sagst das gerade so, als würdest du mir eine Gunst damit erweisen, wo es doch genau andersherum ist!«

»Du möchtest doch einfach nur ein neues Exemplar haben, denn aus dem hier kann deine Frau ja schon Suppe ziehen!«

»Ich habe es jemandem abgekauft, der es auch viele Male gelesen hatte, und vor ihm hat es vielleicht noch einen anderen gegeben.«

»Eine gräßliche Unsitte ist das«, sagte Leempt. Er löste sich vom Fenster, warf das Buch auf den Ladentisch und stemmte die Hände auf die hölzerne Tischplatte. »Gräßlich, diese Leute, die Bücher weiterverkaufen oder ausleihen! Wie, zum Teufel, soll man als Drucker denn da noch sein Brot verdienen?«

»Indem man schöne, wertvolle Bücher herausbringt, die ein jeder besitzen und hegen möchte.« Jeroen ging zur Tür.

»He, warte mal!«

Die Klinke in der Hand, blieb Jeroen stehen. »Ja?«

»Mir ist gerade was Hübsches eingefallen: Was hältst du von einer Umschlagillustration vom Pictor Hieronymus Bosch?«

»Da sagst du etwas...« Jeroen ließ die Türklinke wieder los. »Ein Bild von mir auf einem Buch...« Und nicht irgendeinem Buch, sondern just auf *Die Visionen des Tundal.* So kamen der Schriftsteller und er auf eine Weise doch noch zusammen.

»Das könnte deiner Bekanntheit förderlich sein«, meinte Leempt listig. »Eine Zeichnung von dir, Dutzende, ja vielleicht gar Hunderte Male abgedruckt und verbreitet, so daß viel mehr Menschen sie sehen können, als das normalerweise bei deinen Gemälden der Fall ist, die in Sammlungen feiner Herren verschwinden, wo sie so gut wie niemand zu Gesicht bekommt.«

»Das muß ich mir überlegen«, sagte Jeroen.

»Tu das«, sagte Leempt. Aber er kannte den Sohn von Meister Anthonius van Aken lange genug, um zu wissen, wie die Antwort lauten würde.

»Hältst du das für vernünftig?« fragte Thomas später. »Deinen Namen mit einem gedruckten Buch in Verbindung zu bringen? Du weißt doch, daß die Kirche am liebsten alle gedruckten Bücher verbrennen lassen würde!«

»*Die Visionen des Tundal* ist ein frommes Buch«, meinte Jeroen. »Ein liederlicher Mann erkennt seine Verfehlungen und kommt zur Einkehr. Was kann der Klerus noch mehr wollen?«

»Joen, dieser Ire hat sein Buch genauso geschrieben, wie du deine Bilder malst. Diese sogenannte Frömmigkeit dient nur als Tarnung für allerlei hinterlistige Spötteleien!«

Jeroen nickte. »Deshalb habe ich es dich lesen lassen. Ist das nicht wunderbar?«

Thomas seufzte. »Ich weiß nicht, wieso ich mich noch über deine Unbesonnenheiten aufrege, du bist ja ohnehin unverbesserlich.«

Jeroen grinste. »Wo ich gerade dachte, daß ich mich stetig bessere.« Er sah seinen Onkel forschend an. »Das Hanföl scheint nicht die gewünschte Wirkung auf deine Laune zu haben.«

»Mich beunruhigt vor allem, welche Wirkung es auf deinen gesunden Menschenverstand hat!«

»Ach, es macht das Leben erträglicher, und man bekommt keine Kopfschmerzen davon wie von zuviel Wein. Dieser Clavuceel ist ein kundiger Mann.«

»Noch so etwas!« ereiferte sich Thomas und warf, als müsse er seinen Worten noch die nötige Wucht verleihen, die Pinsel, die er gerade gereinigt hatte, mit lautem Geklapper in eine große Holzkiste. »Wie kannst du nur in aller Öffentlichkeit Umgang mit einem … einem Magier pflegen!«

Jeroen starrte auf die Tafel, an der Thomas gerade arbeitete. Das Auf und Ab seiner Kieferknochen verriet, daß er nahe daran war, seine Geduld zu verlieren. »Erstens ist Clavuceel weder ein Magier noch ein Scharlatan, sondern ein höchst versierter Alchemist. Und zweitens sind unsere Treffen immer sehr diskret.«

»So diskret, daß es ein öffentliches Geheimnis ist, genauso wie...« Thomas biß sich auf die Oberlippe. Genauso wie deine heimlichen Treffen mit deiner Schwester, hatte er sagen wollen, doch er wollte nicht, daß Jeroen türenschlagend davonlief, wie das schon einmal geschehen war, als sie dieses Thema angeschnitten hatten. Daher sagte er in völlig verändertem Tonfall: »Die neue Freiheit, von der im Süden so viel geredet wird, ist uns leider nicht vergönnt, Joen. Im Gegenteil, Papst Innozenz hat vor, die Verfolgungen von Ketzern und Magiern noch zu verschärfen.«

Grimmig entgegnete Jeroen: »Er hat das nicht nur vor, er ist schon vollauf dabei. Vergangene Woche hat er eine neue Bulle erlassen, die *Summis desiderantes affectibus.* Fortan ist ein jeder, der nicht nach der Pfeife der Kirche tanzt, praktisch vogelfrei. Und man könnte fast meinen, daß er es speziell auf 's-Hertogenbosch abgesehen hat.«

»Ja, auf dich womöglich«, sagte Thomas spöttisch. Doch als er Jeroens ernste Miene sah, fragte er beunruhigt: »Was meinst du damit?«

Jeroen befreite einen Hocker von dem darauf liegenden Krempel und setzte sich, einen Ausdruck der Ermattung in seinen Bewegungen, der Thomas kurz an Anthonius erinnerte. Jeroen sah seinen Onkel an. »Sagt dir der Name Jakob Sprenger etwas?«

»Nicht wirklich, nein«, antwortete Thomas nachdenkend.

»Sprenger ist Dekan an der Universität Köln, soll ein Spießgeselle des verstorbenen Alain de la Roche sein und wurde jetzt zum Inquisitor ernannt.«

Thomas blickte alarmiert. »Und?«

»Er kommt nach 's-Hertogenbosch.«

»Warum?«

»Er soll im Dominikanerkloster Ordnung schaffen und es zu einem Bollwerk für die Verfolgung von Hexen und Ketzern machen. Clavuceel hält ihn für einen besonders ehrgeizigen und fanatischen Menschen.«

Thomas' Gesichtsausdruck veränderte sich. »Wie will dieser Clavuceel das so genau wissen? Aus welchen Quellen denn wohl?«

»Ich sage dir, und du kannst mir ruhig glauben: Clavuceel versteht sich darauf, auf selten beschrittenen Pfaden an Informationen zu gelangen.«

»Ist er gar auch noch ein Spion?«

Ungeduldig erwiderte Jeroen: »Was soll denn das jetzt? Was uns viel mehr zu interessieren hat, ist, daß wir womöglich einen weiteren fleischgewordenen Alptraum dazubekommen.«

»Desto mehr erstaunt es mich, daß du derartige Risiken eingehst und sogar noch darüber lachen kannst!«

»In einer Welt von Toren genießt der größte Narr das höchste Ansehen.«

»Bis du zu weit gehst, und sie dir den Kopf abschlagen!«

Jeroen zuckte die Achseln. »Ich bin ein Huhn, das goldene Eier legt, mein Kopf ist relativ sicher. Aber es gibt andere, um deren Leben ich fürchte.«

Just in dem Moment ging die Ateliertür auf, und Herberta erschien in der Türöffnung. Sie sah die beiden Männer forschend an. »Ich konnte oben schon fast jedes Wort von euch verstehen! Habt ihr Streit?«

Jeroen sah sie einige Wimpernschläge lang schweigend an und entschied sich dann, sie nicht mit seiner Besorgnis zu behelligen. Er deutete auf das Bild, an dem Thomas gearbeitet hatte. »Schon wieder eine ›Anbetung der Könige‹?«

Verstimmt entgegnete Thomas: »Im Gegensatz zu gewissen gutsituierten Freimeistern befinde ich mich nicht in der beneidenswerten Position, mir selbst aussuchen zu können, was ich malen möchte. Ich muß derzeit froh sein, wenn ich überhaupt einen Auftrag bekomme.«

»Der Trick ist, daß du versteckte Details einflechten mußt, welche die Wollust der Pfaffen erregen, die sie ja angeblich nicht kennen. Von solchen Bildern bekommen sie nie genug.«

Thomas schüttelte den Kopf. »Manchmal könnte man fast glauben, daß du das ernst meinst!«

»Man dichtet meinen Werken doch ohnehin schon allerlei versteckte Absichten an. Warum sollte ich da nicht selbst das eine oder andere hineinlegen?«

Herberta hatte sich hinter die beiden Männer gestellt, um sich Thomas' Bild anzusehen. »Ein ungewöhnliches Kompositionsschema«, stellte sie fest. »Mit diesen großen Figuren im Vordergrund, dem geduckten, kleinen Stall als Hintergrund und der ansteigenden Landschaft in der Ferne...« Sie legte den Kopf ein wenig schief. »Weißt du, woran mich das erinnert? An eine vergrößerte Miniatur.« Sie sah Thomas vorwurfsvoll an. »Hast du wieder in meinen Sachen geschnüffelt?«

»Ich weiß nicht, wovon du sprichst«, entgegnete Thomas.

Jeroen sagte: »Ich glaube, ich weiß schon...« Er studierte die Tafel aus der Nähe. »Das mit dem aus dem Himmel herabregnenden Manna auf dem Ärmel des schwarzen Königs Kaspar stimmt nicht mit der Geschichte aus der Bibel überein. Wo ist das Gefolge der Könige? Und soweit ich erkennen kann, haben sie keine Geschenke dabei, sondern Gegenstände, die man für eine Eucharistiefeier benötigt.«

Mit leichtem Unbehagen sagte Thomas: »Du bist eben nicht der einzige, der sich die künstlerische Freiheit erlaubt, es mit der Biblischen Geschichte bisweilen nicht so genau zu nehmen.«

»Und vor allem meine Schwester ist dem nicht abgeneigt«, erwiderte Jeroen. »Mich erstaunt nur, daß du diese Details nicht sicherheitshalber abgeändert hast. Oder waren deine Bibelkenntnisse dafür zu ungenügend?«

Herberta suchte demonstrativ in dem Durcheinander auf Thomas' Arbeitstisch herum. »Wo hast du meine Miniatur versteckt?«

Thomas seufzte und ließ die Schultern hängen. Dadurch fiel Jeroen plötzlich auf, wieviel älter ihr Onkel geworden war. Er war ja auch kaum jünger als ihr Vater, erinnerte er sich. Doch von seinem Geist her hatte Thomas immer etwas Jugendliches gehabt, und er war auch weitaus weniger ernst gewesen als sein verstorbener Bruder.

»Ach, was soll ich es auch leugnen«, sagte Thomas. »Als wenn es ein Verbrechen wäre, jemandes Werk zu kopieren.

Dutzende von Künstlern tun das in einem fort.« Er sah Herberta an. »Im Gegenteil, du müßtest es eigentlich als Kompliment auffassen!«

»Das würde ich vielleicht auch, wenn du es nicht klammheimlich gemacht hättest«, antwortete Herberta. »Jetzt kommt es mir so vor, als hättest du dich mit meinen Federn schmücken wollen.«

»Glaub mir, Berta, das war nie meine Absicht...« Thomas machte ein unglückliches Gesicht. »Ich habe nicht das Talent deines Bruders, aber es muß Brot auf den Tisch kommen und wenn möglich auch noch etwas mehr. Denn wie lange werde ich noch arbeiten können? Meine Augen werden schlechter, und meine Hand beginnt zu zittern –«

»Versuchst du jetzt, Mitleid zu erregen, Onkel Thomas?«

»Ja«, bekannte Thomas.

Herberta seufzte. »Du bist unverbesserlich! Und ich finde, daß ich für meine Bleibe und das bißchen Essen teuer bezahlen muß.«

Jetzt blickte Thomas böse. »Was fällt dir ein!«

»Genau«, sagte Herberta. »Das hab ich auch gedacht, als ich dieses Bild sah.« Sie lächelte Thomas lieb an, ehe sie sich Jeroen zuwandte. »Ich wollte dir noch etwas unter vier Augen erzählen.«

»Wir sollten Onkel Thomas gegenüber etwas mehr Rücksicht aufbringen«, sagte Jeroen, als sie in Herbertas Kammer waren und die Tür hinter sich zugemacht hatten.

»Ach, Joen, es gefällt ihm doch, wenn ich ihn ein bißchen piesacke. Das hält ihn lebendig.« Sie setzte sich auf den Rand ihres Bettkastens und sah Jeroen von unten herauf forschend an. »Aber du könntest mir gegenüber etwas mehr Aufmerksamkeit aufbringen.«

Jeroen ließ sich auf den einzigen Stuhl der Kammer fallen. Es war ein wunderlich geformter Stuhl mit bizarr gedrechselten Beinen und einem Bezug aus bemaltem englischen Tuch. Thomas hatte ihn einmal auf irgendeiner Versteigerung ergattert. »In seiner Häßlichkeit ist er schön«, hatte er gesagt. »Wie manche Frauen.«

Jeroen sagte: »Ich kann mich leider nicht teilen, Berta.«

»Ich sehe dich kaum noch. Wenn dir wirklich so viel an mir läge, wie du immer behauptest, würdest du schon Zeit für mich zu finden wissen!« Herberta hatte die Stimme erhoben, und Jeroen sah sich rasch zur Tür um. In unwirschem Ton sagte Herberta daraufhin: »Onkel Thomas ist kein Lauscher, und außerdem beginnt er schwerhörig zu werden.«

»Verheiratetsein schafft Verpflichtungen, Berta.«

»Ach, Jeroen, deine Frau ist mehr auf Reisen als zu Hause! Wo steckt sie denn jetzt wieder?«

»Sie ist bei ihrem Bruder«, antwortete Jeroen widerstrebend. »Goyart ist schwer krank.«

»Und sie muß euch die nächste Erbschaft sichern, nehme ich an.«

»Du darfst sie nicht hassen, Herberta, bitte, sie hat dir nichts getan.«

Herberta ließ den Kopf hängen. »Ich habe ja gleich gewußt, daß es so gehen würde, daß du mich beiseite schieben würdest, wenn du erst verheiratet bist.« Sie schaute auf. »Ist sie eine gute Liebhaberin?«

»Berta... können wir nicht über etwas anderes reden?«

»Nein, verdammt!« fuhr Herberta ihn an. »Ich will wissen, woran ich bin, hier und jetzt!«

Jeroen seufzte. »Was, zum Teufel, willst du denn von mir hören?«

Herberta stand mit einer brüsken Bewegung auf und trat an das kleine Fenster, um auf die Straße hinauszuschauen. Vielleicht will ich hören, daß er mich nicht mehr liebt, dachte sie. Das würde alles einfacher machen. Schmerzhaft, aber einfacher. Zugleich hatte sie aber auch schreckliche Angst davor, daß er das sagen würde.

Sie sagte: »Wir hätten dereinst machen sollen, was wir uns ausgemalt hatten, zusammen weggehen, irgendwohin, wo man uns nicht kennt...«

Jeroen trat hinter sie ans Fenster. Er zögerte kurz, doch dann schlang er die Arme um sie und grub das Gesicht in ihren Nacken. »Du riechst so verteufelt gut...«

»Besser als Aleyt? Verzeih, ich hatte einen Moment vergessen, daß ich keine solchen Fragen mehr stellen darf.«

»Es wäre besser, wenn du auch jemand anderen hättest.«

Mißmutig entgegnete Herberta: »Ach, Joen, ich will nicht einfach irgendwen. Aber das verstehst du natürlich nicht, du bist nun einmal ein Mann.«

»Was willst du denn dann?«

Das Unmögliche, dachte Herberta. Aber sie wußte nicht, wie sie das erklären sollte.

Als Jeroen nach Hause kam, war Aleyt schon da. Sie saß an dem Pult, an dem sie immer ihre Schreibarbeiten erledigte, und starrte mit hängenden Schultern reglos ins Leere.

Jeroen blieb einige Augenblicke lang schweigend stehen

und blickte auf ihren Rücken. Er kam sich plötzlich ertappt vor, und eine heiße Welle des Schuldgefühls stieg in ihm auf.

Ohne sich umzusehen, sagte Aleyt: »Goyart ist tot... Er ist heute nacht gestorben. Ich habe am Morgen einen Kurier hergeschickt, doch der konnte dich nicht finden.«

»Ich war schon früh unterwegs, zum Drucker. Und danach bin ich die ganze Zeit bei Onkel Thomas gewesen...« Jeroen verstummte verwirrt und rätselte, warum er denn gerade jetzt glaubte sich rechtfertigen zu müssen. Unbeholfen fragte er: »Hatte er... hat er gelitten?«

Aleyt schüttelte den Kopf. »Kaum ...« Sie drehte sich langsam auf ihrem Stuhl um und sah zu Jeroen auf. »Würdest du mich einmal in den Arm nehmen, Joen... bitte?«

Sie erhob sich, um sich an ihn zu drücken. Als er sie umarmte, spürte er, daß sie zitterte. »Er ist einfach nicht mehr aufgewacht«, flüsterte sie. »Ich konnte mich nicht einmal von ihm verabschieden.«

Jeroens Gedanken wanderten zu Katherijn. Wie gut ich sie verstehe, dachte er, sagte aber nichts.

»Ich muß morgen nach Oirschot zurück, um auf Gut ten Roedenken alles Nötige zu regeln. Ich hoffe, es macht dir nichts aus?«

»Nein, natürlich nicht. Möchtest du, daß ich dich begleite?«

Aleyt löste sich aus Jeroens Umarmung und setzte sich wieder. »Du mußt arbeiten. Es genügt, wenn du zur Beerdigung da bist.« Sie begann dezidiert in einem Stapel Papieren zu kramen, als betrachte sie das emotionale Zwischenspiel damit als beendet.

Jeroen starrte unentschlossen auf sie hinunter, nicht wissend, was er noch sagen könnte. Mit ihr verband ihn etwas ganz anderes als mit Herberta, wurde ihm zum erstenmal bewußt. Seine Beziehung zu Herberta fußte vor allem auf Verständnis und Einfühlung, so daß sie ihre Empfindungen nicht voreinander zu verbergen brauchten.

Jeroen wollte gerade den Raum verlassen, als Aleyt leise sagte: »Joen...« Sie schob die Papiere von sich und schaute vor sich ins Leere. »Warum haben wir noch immer keine Kinder?«

Jeroen blieb überrascht stehen. Er hatte immer gedacht, daß sie sich die Kinder aus dem Kopf geschlagen hätte, und daß sie ausgerechnet jetzt davon anfing, fand er um so verwunderlicher. Oder auch wieder nicht. Vielleicht war die Zeugung neuen Lebens ja die beste Vergeltung für den Tod.

Unsicher sagte er: »Ich dachte, darüber hätten wir schon geredet?«

»Ein einziges Mal, ja. Als wir frisch verheiratet waren.« Jetzt drehte sie sich zu Jeroen um. »Du sagtest damals, daß du die Zeugung eines Kindes für ein Verbrechen an dem ungeborenen Leben hieltest.«

Jeroen nickte grimmig. »Und davon bin ich unterdessen nur noch mehr überzeugt. Welches Recht haben wir, ein Kind zu zwingen, in einer Welt wie dieser zu leben? Und ich entsinne mich, daß du damals ganz meiner Meinung warst.«

»Damals noch, ja. Zumindest dachte ich das –«

»Und was hat deinen Sinneswandel bewirkt, wenn ich fragen darf?«

»Wir verfügen über bessere Möglichkeiten als die meisten anderen, einem Kind ein gebührendes Leben zu geben.«

»Das Unheil schert sich nicht darum, in welches Nest du geboren wurdest. Und in dieser Welt lebt es sich von Tag zu Tag schlechter.«

»Du würdest dir also aufrichtig wünschen, nie geboren worden zu sein?«

»Ach, Aleyt...«

»Du bist gesund, du hast Talent, du bist wohlhabend, du genießt Ansehen, du genießt die Liebe einer Frau...«

Die Liebe zweier Frauen, korrigierte Jeroen in Gedanken. Doch nur Toren würden ihn darum beneiden.

In bitterem Ton sagte er: »Wir leben in einer Welt, in der dir alles auf einen Schlag genommen werden kann, Aleyt.«

Aleyt zog eine Augenbraue hoch. »Und *das* ist für dich Grund genug, keine Kinder haben zu wollen?«

»Ich fürchte...« Jeroen setzte sich auf ein mit rotem Samt bezogenes Fußbänkchen, um seine Verlegenheit zu überspielen. »Ich fürchte, daß ich mich nicht zur Vaterschaft eigne«, sagte er. Er hörte selbst, wie einfältig das klang, aber es war ihm Ernst damit. »Ein Kinderwunsch ist mir fremd, und noch weniger habe ich das Bedürfnis, das Fortbestehen meines Namens zu sichern. Derlei Vermessenheiten sind mir schon ganz und gar fremd.«

»Ist nicht ein Kind der einzige Weg, ein Stückchen ewiges Leben zu erobern?«

»Es sei denn, es stirbt eher als du selbst.«

Ein wenig unwirsch entgegnete Aleyt: »Daß deine kleine Schwester verunglückt ist, bedeutet noch nicht –«

»Und welchen Zweck soll so ein Stückchen ewiges Leben

erfüllen? Daß man sich einreden kann, das Sterben sei nicht das Ende? Ich habe keinen Bedarf an derlei pathetischen Illusionen, Aleyt.«

»Ein Künstler lebt ja auch in den Werken weiter, die er hinterläßt –«

»Und was bringt einem das?«

Aleyt schloß die Augen, als wollte sie ihre Seele von innen beleuchten. »Weißt du, Joen...« Sie schüttelte den Kopf. »Es war gerade diese ungewöhnliche Einstellung, die mich zu dir hinzog, als ich dich kennenlernte, vielleicht weil ich mir auch gern meine eigene Meinung über Menschen und Dinge bilde –«

»Aber das ist jetzt vorbei?«

Sie starrte Jeroen mit ihren großen dunklen Augen so intensiv an, daß er sich unbehaglich zu fühlen begann. »Deine Geisteshaltung beruht zum Teil auf Dickköpfigkeit, soviel steht fest.«

»Nun denn, sei es so. Ich bin zu alt, um mich noch zu ändern.«

Aleyt lächelte vage. »Weil du dickköpfig bist.«

Jeroen grub das Gesicht in die Hände, als wolle er sich verstecken. »Wie auch immer, ich will keine Kinder, Aleyt, damit wirst du dich abfinden müssen.«

Mit gespitzten Lippen nickte Aleyt langsam vor sich hin. »Vielleicht ist deine Argumentation gerechtfertigt, vielleicht begehst du aber auch einen großen Fehler. Und leider wird es zu spät sein, wenn du deinen Fehler irgendwann einmal einsiehst. Meine fruchtbaren Jahre schwinden rasch, Joen.«

Grimmig erwiderte Jeroen: »Das ist eine der wenigen guten Seiten, die das Verstreichen der Zeit an sich hat.«

Darauf kam keine Antwort mehr, und als Jeroen aufschaute, war Aleyt fort. Mit einem Knall, der durch das ganze Haus dröhnte, schlug die Haustür zu.

Jeroen starrte einige Augenblicke lang abwesend vor sich hin, bis er sich schließlich erhob und mit schleppenden Schritten, als müßte er sich dazu zwingen, in sein Atelier ging. Dort stand ein gezeichnetes Selbstporträt, an dem er dann und wann weiterarbeitete, wenn es mit seinen anderen Arbeiten nicht so recht vorangehen wollte. Anfänglich war es ein gewöhnliches Porträt gewesen, doch im Laufe der Zeit hatte es sich zu einer Art Karikatur entwickelt, die kaum noch Ähnlichkeit mit dem Bild hatte, das er sah, wenn er in den Spiegel schaute. Und wieder und wieder veränderte er den Ausdruck der Augen, je nachdem, in welcher Stimmung er gerade war.

Jeroen krempelte sich die Ärmel hoch und nahm ein Stück Holzkohle. Mit energischen Strichen verlieh er dem Porträt den Ausdruck eines selbstgefälligen Idioten.

16

Alart de Hameel drückte behutsam die Tür zum Wirtshaus ›Das Haupttor‹ auf und ließ den Blick durch die Schankstube wandern. Es waren nur wenige Gäste da, und so hatte er Jeroen beinahe auf Anhieb entdeckt. Er saß allein an einem Tisch im dunkelsten Winkel des Wirtshauses, als scheue er das Licht. Vor ihm auf dem Tisch standen ein Bierkrug und ein Humpen, um den sich eine dunkle Pfütze gebildet hatte, wie Alart sah, als er sich dem Tisch näherte. Da war wohl beim Einschenken etwas danebengegangen.

»Man sagte mir, daß ich dich wahrscheinlich hier antreffen würde«, sagte er, während er sich auf die Bank Jeroen gegenüber setzte. Es klang leicht entschuldigend. Er hob kurz den Krug und schüttelte ihn prüfend. Da nicht mehr viel darin war, winkte er dem Wirt.

»Man?« fragte Jeroen, ohne seinen Freund zu begrüßen.

Er guckte etwas seltsam aus den Augen, fand Alart, der sein Gegenüber aufmerksam und mit einiger Besorgnis musterte. Als wäre er gerade erst aus einem von Alpträumen gestörten Schlaf erwacht. »Dein Onkel Thomas«, antwortete er. »Einen frischen Krug«, sagte er zum Wirt, der ihn abwartend ansah. »Gern ein wenig kühl, wenn sich das machen ließe.«

Der Wirt nickte stumm und schlurfte davon, um das Gewünschte zu holen.

Alart blickte sich mißbilligend um. Es war stickig in der Schankstube, und wie in den meisten Wirtshäusern stank es nach schalem Bier, Wein und ungewaschenen Leibern. »Ich verstehe nicht, was du hier treibst. Bei dir zu Hause ist es doch wesentlich gemütlicher, wenn du mich fragst.«

»Aber ich frage dich nicht«, sagte Jeroen. Er verstand sich gut mit dem Bildhauer. Sie hatten bei einigen Projekten für die Sint Jans intensiv zusammengearbeitet. Doch es gab Momente, da er in Ruhe gelassen werden wollte, und jetzt war so ein Moment.

»Ich wollte dich einladen«, sagte Alart. Er wartete kurz, bis der Wirt mit lautem Knall den vollen Bierkrug und einen zweiten Humpen mitten auf den Tisch gestellt hatte, und fuhr dann fort: »Die Schwanenbrüder geben in der neuen Kapelle der Bruderschaft ihr alljährliches Bankett, und man hat mich ermächtigt, dich als einen der Ehrengäste dazu einzuladen.«

»Ach ja?« sagte Jeroen verwundert. »Und welchem Umstand habe ich diese Ehre zu verdanken, wenn ich fragen darf?« Er griff zum Krug und füllte zuerst Alarts und dann seinen eigenen Humpen.

»Ich vermute, sie möchten gern, daß du der Bruderschaft nun endgültig beitrittst.«

»So? Und wer sagt, daß ich das möchte?«

»Es würde nur von Vorteil für dich sein, Joen. Nicht nur, daß die Mitgliedschaft deinen Status als Künstler aufwerten würde, die Bruderschaft ist außerdem ein großzügiger Auftraggeber. Dein Vater hat ja auch für sie gearbeitet, wie du weißt.« Alart sah stirnrunzelnd zu, wie Jeroen aus einem kleinen Beutel, der an seinem Gürtel hing, ein Fläschchen hervorfischte und daraus einige Tropfen einer öligen braunen Flüssigkeit in sein Bier fallen ließ. »Ist das eine Arznei? Bist du krank?«

»Ja auf beide Fragen«, antwortete Jeroen. »Aber frag mich nicht, was mir fehlt, denn ich habe keine Lust, dir das zu erklären.« Er trank seinen Humpen halb leer und stellte ihn auf einen trockenen Fleck neben der Pfütze. »Eine Einladung, hm? Schenken die frommen Brüder noch immer so guten Wein aus?«

»Willst du mir wirklich nicht sagen, was los ist?«

Jeroen sah den anderen nachdenklich an. »Hast du noch nie das Gefühl gehabt, daß du nicht in diese Welt paßt, daß du nicht dazugehörst, daß du ein Fremdkörper bist?«

Alart nickte langsam. »Bisweilen...«

»Bisweilen...«, wiederholte Jeroen. Er hatte dieses Gefühl immerfort, und es wurde zunehmend stärker. Aber er wußte nicht, wie er das erklären sollte. Immer häufiger fragte er sich, ob er nun der einzig Normale in einer Welt voll Toren war oder ob es sich genau andersherum verhielt. Manchmal kam ihm der grimmige Gedanke, daß er jetzt womöglich reif fürs Steinschneiden war, daß ein Dämon unter seiner Schädeldecke wuchs, der gewaltsam herausgeholt werden mußte.

»Ich verstehe die Welt nicht mehr«, sagte er. Genaugenommen hatte er die Welt noch nie verstanden. Aber früher war er sich dessen weniger bewußt gewesen. »Warum leiden Menschen Hunger? Warum herrscht so viel Angst?«

»Tja, das ist nun einmal so. Von jeher.«

Jeroen schüttelte unwirsch den Kopf. »Warum werden Vermögen für Kriege hinausgeworfen, die niemand will? Warum lagern Reichtümer an Gold, Silber und Edelsteinen in den Kirchen, wo niemand etwas davon hat? Warum unterwerfen sich Tausende von Menschen Befehlen und Gesetzen einzelner, die nackt auch nicht anders aussehen als du und ich und irgendwer, wo ihnen das doch nichts als Elend einbringt?«

»Ohne Regeln kann nun mal kein –«

»Das ist doch alles vollkommen absurd!« fuhr Jeroen, der immer lauter wurde, dazwischen. »Allein mit dem, was die Kirche überall geraubt hat, könntest du den Hunger und die Armut in der gesamten bekannten Welt ein für allemal beenden! Und wenn wir obendrein noch alle diese machtbesessenen Könige, Fürsten und Prälaten auf ihre eigenen Scheiterhaufen werfen würden, anstatt uns willfährig wie Vieh von einer Schlacht in die nächste treiben zu lassen, hätten wir sogleich wieder das Paradies auf Erden. Warum tun wir das nicht? Welche teuflische Macht sorgt dafür, daß sich ein jeder dem Wahnsinn einer Handvoll Menschen beugt?«

»Sie haben ihre Heere, die –«

»Soldaten sind doch auch Menschen! Warum gehorchen sie diesen Befehlen? Warum lassen sie sich auf Befehl willenlos abschlachten? Warum? Und wem nützt es? Wieder einmal besagtem Grüppchen Machtbesessener! Wo wären sie, wenn keiner mehr einen Finger für sie rühren würde? Und dennoch läßt sich die dumme Masse immer mehr vor deren Karren spannen...« Jeroen seufzte und ließ sich auf seiner Bank ein Stück tiefer rutschen. »Das soll noch einer begreifen...«

»Wie viele Krüge Bier hast du schon intus?«

»Viel zu wenige«, antwortete Jeroen. »Denn noch immer sehe ich nichts als Häßlichkeit um mich her.«

Vorsichtig fragte Alart: »Hast du dich etwa mit Aleyt gezankt?«

Jeroens Gesicht nahm einen anderen Ausdruck an. »Mit einer hochgesinnten Frau wie der meinen zankt man sich nicht, mit der hat man höchstens eine Meinungsverschiedenheit.«

»Aha!« sagte Alart.

Jeroen leerte seinen Humpen und füllte ihn gleich wieder nach. Woraufhin er das nämliche Fläschchen aus seinem Beutel zog und es nachdenklich schüttelte.

»Was ist das für ein Zeug?«

»Hä?« Jeroen hörte auf zu schütteln und starrte auf das Fläschchen in seiner Hand. »Tauwerkessenz.« Er grinste. »Es hat jedenfalls bestrickende Eigenschaften, wenn man sich einmal daran gewöhnt hat.« Er ließ ein paar Tropfen in seinen Humpen fallen. »Du auch?«

»Lieber nicht«, antwortete Alart. »Es scheint ja vor allem miesepetrig zu machen, und darauf bin ich weiß Gott nicht versessen.«

»Miesepetrig?« Jeroen steckte das Fläschchen sorgfältig wieder weg. »Mein bester Freund, du hast ja keine Ahnung, wie miesepetrig ich wäre, wenn ich das Zeug nicht hätte!«

»Ehrlich gesagt, Jeroen, ich verstehe nicht recht, was dich umtreibt.«

»Ich auch nicht«, bekannte Jeroen. »Und das dürfte der Kern des Problems sein. Obendrein spioniert man mir nach.«

»Man spioniert dir nach?« Alart sah sich beunruhigt um. »Wer?«

Jeroen zog die Schultern hoch. »Was weiß ich, irgendwelche finsteren Gestalten, die sich in Hauseingängen verstecken, sobald man sich umdreht. Unbekannte, die mich aus den Augenwinkeln beobachten.« Jeroen grinste abermals. »Sie haben noch nicht mitbekommen, daß ich mehr sehe als andere, daß ich das Auge des Meisters habe...«

»Ehrlich gesagt, würde es mich gar nicht wundern, wenn du beobachtet wirst, bei all den gotteslästerlichen und aufrührerischen Sachen, die du so lauthals verkündest!«

Jeroen beugte sich vertraulich zu Alart hinüber. »Wenn du mich fragst, steckt der werte Herr Inquisitor Jakob Sprenger dahinter.«

Alart machte ein erschrockenes Gesicht. »Darüber sollte man nicht spotten!«

»Wieso nicht? Auch er sieht doch nackt genauso aus wie ein Schwein, das auf den Hinterbeinen läuft! Wenn er sein Schwänzchen freilich auch vorne trägt –«

»Scht!« machte Alart warnend. »Joen, bitte! Sprenger steht unter Maximilians direktem Schutz!«

»Und wennschon. Wenn du Maximilian die Hose runterziehst, dann –«

Alart packte Jeroen beim Oberarm und zog ihn hoch. Mit der freien Hand fischte er eine Münze aus seiner Börse und warf sie auf den Tisch. Dann schleifte er Jeroen, der keine nennenswerte Gegenwehr leistete, unter den entgeisterten Blicken von Wirt und Gästen auf die Straße hinaus.

Der Abend dämmerte bereits, und Alart schloß seinen weiten Mantel am Hals gegen die Kälte. »Ich bringe dich nach Hause«, sagte er zu Jeroen. Rasch blickte er einmal rundum. Nirgendwo Spione, jedenfalls nicht, soweit er sehen konnte.

»Ich will nicht nach Hause«, sagte Jeroen. »Ich will zu… zu meinem Onkel Thomas.«

»Auch recht«, sagte Alart. Wenn du nur von der Straße herunter bist, dachte er.

Ihm war in der Rolle des Beschützers ein wenig seltsam zumute. Obwohl Jeroen einige Jahre jünger war als er, hatte er neben einer gewissen Freundschaft immer in erster Linie Hochachtung vor dem Künstler mit seinem besonderen Talent und seinen außergewöhnlichen Ideen empfunden. Jeroens eigensinnige Denkart war nicht ganz ungefährlich, auch für diejenigen, die vertraulich mit ihm verkehrten. Doch seine ungewöhnliche Gedankenwelt strahlte zugleich auch eine aufregende Anziehungskraft aus. Alart warf einen kurzen Seitenblick auf Jeroen, der ein wenig schwankend neben ihm herging, scheinbar so tief in düsteres Gegrübel versunken, daß er die Welt um sich her vergessen hatte.

Der Bildhauer sagte: »Ich möchte dir doch dringend anraten, die Einladung der Bruderschaft anzunehmen.«

»Hä?« Jeroen sah ihn verwirrt an, als wüßte er nicht mehr, was sie denn hier auf der Straße suchten.

»Die Schwanenbrüder«, verdeutlichte Alart. Er sprach langsam und mit übertrieben deutlicher Aussprache, als redete er mit einem Kind. »Beziehungsweise die Liebfrauenbruderschaft, wie sie offiziell heißt.«

»Der Schwan hat doch bestimmt was mit euren alljährlichen Freßgelagen zu tun.«

Alart seufzte. »Wir reden lieber noch einmal darüber, wenn du wieder nüchtern bist.«

Jeroen nickte gleichgültig. Er war kein Trinker. Sein Körper akzeptierte nur eine begrenzte Menge Alkohol, und dann war seine Kehle wie zugeschnürt, so daß kein Tropfen mehr hindurchging. Daher wurde er nie ganz betrunken. Hin und wieder versuchte er es erneut, wider besseres Wissen hoffend, daß sich etwas geändert hätte. Doch das Vergessen, auf das er aus war, wollte sich nie ganz einstellen. Allerhöchstens kamen ihm die Menschen um ihn her etwas weniger unausstehlich vor.

Alart ist nicht unausstehlich, dachte er mit einem Anflug von Dankbarkeit. Der Bildhauer war einer der raren Menschen, für die er so etwas wie Freundschaft empfand.

Impulsiv legte Jeroen Alart den Arm um die Schulter. »Du bekommst einen Platz auf meiner Insel«, versprach er mit feierlichem Ernst.

»Vielen Dank im voraus«, antwortete Alart, der nicht die leiseste Ahnung hatte, wovon der andere sprach. »Und ich werde dir einen Platz in der Bruderschaftskapelle freihalten«, fügte er hinzu.

Thomas' Haus war dunkel, und Jeroen verschaffte sich mit seinem eigenen Schlüssel Zugang. Er ließ die Tür geräuschvoll hinter sich zufallen.

»Onkel Thomas? Herberta?«

Aus den dunklen Räumen kam kein Laut. Thomas war ja des öfteren außer Haus, in einer Schenke oder bei einer Freundin. Aber Herberta ging wie die meisten Frauen nach Einbruch der Dunkelheit praktisch nie allein nach draußen.

»Herberta?« rief Jeroen abermals, während durch seinen leichten Rausch hinweg Beunruhigung aufkeimte.

Er entzündete eine Öllampe, die neben der Tür bereitstand, und ging zur Kammer seiner Schwester. Herberta war nicht da. Ihre Kammer sah aus, als wäre eine Windhose hindurchgefahren.

Jeroen ließ sich auf den einzigen Stuhl fallen und blickte sich entgeistert in dem von der flackernden Öllampe gelblich beleuchteten Chaos um. Er hatte die Lampe etwas zu unruhig gehalten, und nun räucherte der Docht ein wenig. Einer plötzlichen Eingebung folgend, sprang Jeroen wieder auf und eilte ins Atelier.

Neben Thomas' Arbeit mit den drei Königen stand eine weitere mannshohe Tafel, auf die mit derben, wütenden Strichen ein Kreuzigungsbild gemalt war. Ans Kreuz war eine nackte Frau genagelt, die schicksalsergeben ins Leere starrte, als wäre sie tot. Ein römischer Soldat zückte mit gänzlich ausdrucksloser Miene eine Lanze in Form eines Phallus gegen ihren Schoß. Im Vordergrund war ein Bacchanal im Gange, an dem samt und sonders monströs häßliche Männer mit riesigen Dickbäuchen teilnahmen. Die meisten trugen kirchliche Gewänder. Mit der Gier ausgehungerter Raubtiere verleibten sie sich gigantische Mengen von Speisen und Getränken ein, während Fett und Saft ihnen über Hände und Gesicht liefen. Keiner der Männer schenkte der gekreuzigten Frau auch nur die geringste Aufmerksamkeit. Im Hintergrund waren Flammen und Rauch eines lichterloh brennenden Hauses zu sehen, aus dem Dutzende unförmiger schwarzer Vögel in alle Himmelsrichtungen flohen.

Die Frau am Kreuz war Herberta. Ihre Züge waren nur grob angedeutet und nicht ausgearbeitet, doch die Ähnlichkeit war unverkennbar. Die gesamte Arbeit war alles andere als ausgefeilt, doch er war gebannt von der ungeheuren Kraft, die sie ausstrahlte. Es war eine negative Kraft. Eine Kraft, die einen Sog ausübte, die den Betrachter in einen nimmer endenden Alptraum der zähneknirschenden Unterwerfung an das Schicksal hineinzuziehen drohte.

Irgendwo im Atelier war ein Geräusch zu hören gewesen, doch das Gemälde hatte Jeroen derart gepackt, daß es eine Weile dauerte, ehe ihm das ins Bewußtsein drang. Die Lampe hoch über sich haltend, drehte er sich um und spähte in die dunklen Winkel des unordentlichen Ateliers. »Wer ist da?«

Die Antwort war nicht mehr als ein schwaches Stöhnen, doch jetzt sah Jeroen, von wo das Geräusch kam: von einer formlosen, bleichen, nackten Gestalt, die zusammengekrümmt auf einem Haufen Lumpen auf dem Fußboden lag.

Es war Herberta, und sie war krank. Links und rechts von ihrem Kopf lag säuerlich riechendes Erbrochenes. Neben ihrer rechten Hand lag ein umgefallener Becher, aus dem eine Flüssigkeit mit einem ganz anderen Geruch gelaufen war. Einem fad-süßlichen Geruch, den Jeroen nur allzugut kannte. Herberta hatte das Zeug unverdünnt zu sich genommen, stellte er erschrocken fest, als er etwas von dem Vergossenen auftupfte und zwischen Daumen und Zeigefinger rieb. Clavuceel hatte ihn wiederholt gewarnt, das nur ja nie zu tun, weil man nicht nur krank, sondern auch verrückt davon werden konnte.

Mit großer Mühe gelang es Jeroen, Herberta so weit aufzurichten, daß er sie über seiner Schulter in ihre Kammer tragen konnte. Trotz ihrer Nacktheit fühlte sich ihr Körper ungewöhnlich warm und verschwitzt an. Jeroen legte sie in ihren Bettkasten und holte einen vollen Krug frisches Wasser vom Brunnen, um ihr zu trinken zu geben. Als sie sich zu schlucken weigerte, kniff er ihr die Nase zu und goß ihr das Wasser in den Mund. Sie hustete und würgte, als müsse sie ertrinken, doch Jeroen ließ sich nicht erweichen. Das Gift mußte seiner Meinung nach so rasch wie möglich aus ihrem Körper gespült werden. Er ließ nicht locker, bis sie gut den halben Krug leer getrunken hatte.

Seinerseits fast krank vor Besorgnis blickte Jeroen auf Herberta nieder. Sie hielt die Augen fest geschlossen und atmete schnell und flach durch den Mund. Die Haare klebten ihr in nassen Strähnen am Kopf, und sie glänzte von Schweiß. Kurz darauf näßte sie ihr Bett ein. Jeroen griff sofort wieder zum Wasserkrug. Doch als er Herberta abermals zwingen wollte zu trinken, schlug ihre Faust ihm plötzlich mit unerwarteter Kraft den Krug aus der Hand. »Willst du mich umbringen?!«

Ihr heiserer Ausruf erschreckte Jeroen mehr als der in Scherben gehende Krug. »Du hast zuviel Hanföl geschluckt, ich versuche...«

Herberta sah Jeroen mit einem verstörten Blick an, der sich auf einen Punkt in der Mitte seiner Stirn zu richten schien. »Was mischst du dich ein?!«

»Du bist krank, Berta!«

»Krank? Ich bin ganz und gar nicht krank, ich fühle mich großartig.« Sie grinste schief. »Ich bin geflogen wie die Hexen! Nicht mit einem Besen, das wollte mir nicht gelingen...« Sie machte eine obszöne Gebärde zu ihrer Scham hin. »Er wird wohl tiefer rein müssen, aber dafür brauche ich dich.« Ihr Grinsen wurde noch breiter. »Ich fliege noch immer...« Sie verdrehte kurz die Augen nach oben, so daß nur noch das Weiße zu sehen war, doch das Grinsen wich nicht von ihrem Gesicht.

»Um Gottes willen, Berta!« Jeroen wußte sich mit seiner Schwester keinen Rat.

»Gott hat mich die Seligkeit schauen lassen, aber er schubst mich immer wieder raus...«

»Ich drehe Thomas den Hals um!« schimpfte Jeroen zornig. »Wie kommt der alte Esel dazu –«

»Ich habe seinen kleinen Vorrat gefunden«, raunte Herberta verschwörerisch. »Kannst du schweigen?«

»Ich werf das Dreckszeug ins Feuer!«

»Das Feuer ...« Herbertas Gesicht bekam auf einmal einen überraschend verklärten Ausdruck. »Das läuternde Feuer, das reinigende Feuer, das Feuer, das alles tötet, um neues, reines Leben zu erschaffen...«

»Du mußt mehr Wasser trinken«, drängte Jeroen.

»Wasser?« Herbertas Blick wanderte zu der nassen Bettwäsche, und sie zog ein angewidertes Gesicht. »Das läuft ja gleich am andern Ende wieder raus!«

»Vielleicht... vielleicht sollte ich besser den Chirurgen holen?«

»Diesen Betrüger? Ich bin nicht krank, liebes Brüderlein, ich war noch nie so gesund...« Herberta warf den Kopf hin und her und faßte Jeroens Handgelenke. »Ich liege auf dem Rücken, und doch muß ich mich festhalten, um nicht zu fallen...« Sie lachte irre, bis das Lachen urplötzlich aus ihrem

Gesicht verschwand und sie todernst fragte: »Hast du deiner Frau schon ein Kind gemacht?« Als Jeroen bestürzt schwieg, brach sie erneut in irres Gelächter aus.

»Berta, kannst du nicht wenigstens versuchen, den Mund zu halten, bis es vorüber ist?«

»Vorüber ist? Was soll vorüber sein? Meine Liebe zu dir oder mein Haß auf Aleyt?«

Hilfesuchend sah sich Jeroen in der Kammer um. »Wieviel hast du von dem Zeug geschluckt?«

»Viel zuwenig«, antwortete Herberta wieder ernst. »Denn ich lebe noch.« Sie legte die Stirn in Falten. »Ich lebe doch noch, oder? Ja, natürlich, sonst würde ich mich ja nicht in einem nassen Bett herumwälzen...«

»Berta... was bedeutet das Bild im Atelier?«

»Die...«, sie rülpste laut, »... die Anbetung der Könige, oder wie?«

»Du weißt ganz genau, was ich meine.«

»Nein, das weiß ich nicht. Von welchem Bild redest du?«

»Von der Kreuzigung. Dachtest du, ich würde nicht erkennen, wenn etwas von dir ist? Ich erkenne es, selbst wenn es kopiert wird!«

»Ich weiß nichts von einer Kreuzigung.« Herberta rülpste abermals, hielt sich diesmal aber den Handrücken vor den Mund. »Ich male nur Miniaturen, wir dummen Frauen ohne Künstlerseele dürfen ja nichts anderes.« Sie packte Jeroen bei der Schnürung seines Leibrocks und zog sein Gesicht so nah an das ihre, daß sich ihre Augen für ihn zu einer einzigen dunklen Höhlung zu vereinigen schienen. »Wußtest du, liebes Brüderlein, daß ich genauso berühmt hätte werden können wie du? Aber nein!« Sie ließ ihn los, und ihr

Kopf plumpste aufs Kissen zurück. »O nein, ich mußte ja ohne so ein lächerliches Ding zwischen den Beinen geboren werden! So ein verdammt lächerliches Ding, das stark genug ist, die Hälfte aller Menschen zu unterdrücken und zu unwerten Sklavinnen zu machen!«

»Berta... kannst du nicht versuchen, ein wenig zu schlafen?«

»Schlafen? Ich schlafe schon fast vierzig Jahre! Wird es da nicht höchste Zeit, einmal aufzuwachen? Und mußt du nicht schleunigst zu deinem Frauchen? Sie wird dich vermissen! Husch, nach Hause, ehe sie einen anderen bittet, ihr ein Kind zu machen! Einen, der weiß, wie das geht. Denn du verstehst ja offensichtlich nichts davon...«

Herbertas Stimmung schlug wieder um, sie begann zu schluchzen. »Was bist du doch für ein Scheißkerl«, murmelte sie mit gepreßter Stimme, warf sich wild auf den Bauch herum und grub das Gesicht ins Kissen. Ihr Oberkörper zuckte lautlos.

»Berta...« In quälender Ohnmacht starrte Jeroen auf den weißen Körper, der mit einem Mal furchtbar verletzlich wirkte.

»Geh weg...«, murmelte Herberta erstickt. Als Jeroen nicht reagierte, hob sie ruckartig den Kopf und funkelte ihn böse an. »Mach, daß du wegkommst, sage ich dir!«

Jeroen wich zurück, als hätte sie ihn geschlagen. »Bist du dir sicher, daß...«

Herberta winkte ab und grub das Gesicht wieder ins Kissen.

Jeroen flüchtete aus der Kammer, ohne die Lampe mitzunehmen. Im Dunkeln stolperte er auf die Straße hinaus.

17

Es ist mir eine Freude, Euch beim alljährlichen Bankett unserer Bruderschaft willkommen zu heißen, Meister Bosch«, sagte Propst Paulus in feierlichem Ton. »Und zugleich danke ich Euch im Namen aller Anwesenden für Euer Geschenk. Ein besonders passendes Geschenk, darf ich wohl sagen.« Er lächelte liebenswürdig.

Jeroen hatte der Bruderschaft einen Tag zuvor zwei lebende Schwäne bringen lassen. Er fragte sich, ob die Tiere wohl gleich fix und fertig gebraten auf den alles andere als kärglich gedeckten Tisch kommen würden.

Mit leichtem Zwang führte Propst Paulus Jeroen zu einem freien Stuhl zwischen einigen Honoratioren am Kopf des Tisches. »Wußtet Ihr, daß Schwäne außergewöhnlich monogame Tiere sind, Meister? Es heißt, daß sie ihr ganzes Leben lang ein und demselben Partner treu bleiben.«

»Das war mir bekannt«, antwortete Jeroen. Er versuchte zu ignorieren, daß ihm einige der an der Festtafel Versammelten verstohlene Blicke zuwarfen. Es waren eine ganze Reihe von Kirchenvertretern darunter, stellte er fest. »Daher sind es wohl auch so übellaunige Tiere.« Er lächelte breit, um zu unterstreichen, daß das ein Scherz sein sollte.

Der Propst zog es vor, nicht weiter darauf einzugehen. Er deutete auf einen freien Stuhl.

»Vielen Dank«, sagte Jeroen. »Ach, ehe ich's vergesse: Kann ich Euch später kurz sprechen? Ich möchte gern zwei Altarwerke von der Bruderschaft zurückkaufen, die mein seliger Vater unvollendet zurückgelassen hat.«

Der Propst blickte überrascht, aber Jeroen war sich nicht sicher, ob das nicht vielleicht gespielt war. »Ihr wollt die Werke zurückkaufen? Und in welcher Absicht, wenn ich fragen darf? Wollt Ihr sie vollenden? Damit würdet Ihr uns eine besondere Freude bereiten.«

Jeroen zögerte kurz, bevor er antwortete: »Ich möchte sie zurückkaufen, weil sie mir lieb und teuer sind und weil Ihr in der jetzigen Form doch nichts davon habt.«

»Hm ... Nun ja, möglicherweise werde ich den ganzen Abend keine Zeit für geschäftliche Erörterungen haben. Können wir, was das betrifft, nicht vielleicht später noch einmal ein Treffen vereinbaren?«

Jeroen nickte. »Es hat keine Eile.«

Der Propst deutete eine Verbeugung an und überließ ihn seinem Schicksal, um einen Neuankömmling zu begrüßen.

Als Jeroen ein wenig verunsichert Platz nahm, wandte sich sein Tischnachbar ihm zu und sah ihn forschend an. »Darf ich mich vorstellen, mein Name ist Desiderius Erasmus.« Er streckte ihm die Hand hin.

Er kann höchstens zwanzig sein, dachte Jeroen. Doch sein Blick ist der eines wesentlich älteren Mannes oder vielleicht auch eines, der nie jung gewesen ist. Jeroen drückte die Hand, die sich warm und trocken anfühlte. »Ich bin –«

»Meister Hieronymus Bosch.« Desiderius lächelte. »Ich trachte schon seit geraumer Weile danach, Eure Bekanntschaft zu machen.«

»So?« sagte Jeroen vorsichtig. »Und welcher Beschäftigung geht Ihr nach, wenn ich fragen darf? Zum Broterwerb, meine ich?«

»Ich studiere, Meister. Ich fand Aufnahme bei den Brüdern vom gemeinsamen Leben.«

»Im Bruderhaus von Sint Gregorius am Hinthamereind? Dort bin ich früher auch zur Schule gegangen.«

Desiderius nickte. »Das war mir bekannt. Es gibt dort ein Verzeichnis mit den Namen ehemaliger Schüler, die es zu etwas gebracht haben. Und damit prunken sie bei jeder Gelegenheit.« Er schmunzelte. »Ich habe den Eindruck, daß sie auf Euch besonders stolz sind, Meister.«

»Nenn mich ruhig Jeroen, damit brauchst du nicht zu warten, bis der Wein die Förmlichkeiten fortspült. Und was studierst du dort?«

»Vornehmlich *bonae litterae.*«

»Was haben denn heute nur alle mit der Literatur?«

Desiderius sah Jeroen ernst an. »Das ist ein sowohl interessantes wie vorerst noch unriskantes Studiengebiet«, sagte er.

In dem Moment wurde Jeroens Aufmerksamkeit durch die Ankunft Alarts abgelenkt. Der Bildhauer trug einen auffälligen scharlachroten Leibrock, kurz, wie es gerade Mode war, und mit besonders weiten golddurchwirkten Mahoîtres. Er nickte und winkte einigen Bekannten zu, ehe er sich auf dem Stuhl neben Jeroen niederließ. »Gut, daß du doch endlich gekommen bist, mein Freund.«

»Ach, ich esse gern gut, und euren Banketten geht ja ein gewisser Ruf voraus.«

Alart nickte Desiderius zu. »Ich sehe, ihr habt euch schon

miteinander bekannt gemacht.« Er beugte sich zu Jeroen und flüsterte ihm ins Ohr: »Der Knabe hat so seine speziellen Ansichten über Religion und geistliche Macht. Ich glaube, ihr werdet euch gut verstehen.«

»Knabe ist das treffende Wort«, entgegnete Jeroen leicht säuerlich.

»Unterschätze ihn nicht, Joen. Er ist ein sehr gescheiter Kopf.«

Jeroen nickte skeptisch und griff zu dem gläsernen Becher, der vor ihm auf dem Tisch stand. Er drehte das überreich verzierte Trinkgefäß um und studierte dessen Unterseite.

»Cristallo«, erklärte Alart. »Aus Venedig. Diese Verzierung mit Emaille und Gold, auf die sie so stolz sind und um die sie ein solches Geheimnis machen, haben sie den Syrern abgeguckt.«

»Ich wußte gar nicht, daß in Syrien Glas hergestellt wird.«

»Man hat dort sehr schöne Dinge hergestellt, bis die Kreuzfahrer das Ganze zuschanden gemacht haben. Und jetzt tun die Venezianer gerade so, als hätten sie das warme Wasser erfunden.« Alart wandte sich an Desiderius. »Wie denkst du über die Kreuzzüge?« Er stieß Jeroen an.

Der Angesprochene ließ den Blick kurz über die anderen Gäste hinwegschweifen, ehe er antwortete: »Mir scheint, das ist nicht der geeignete Ort, um derlei Dinge zu kommentieren.«

»So kenne ich unseren jungen Freund«, sagte Alart zu Jeroen. »Immer hübsch vorsichtig mit seinen Worten. Im Gegensatz zu manch anderem hier am Tisch, dessen Namen ich lieber nicht nennen möchte.«

»Ich bitte um Nachsicht, daß ich so damit verfahre«, sagte Desiderius in ruhigem Ton, »aber ich verkehre leider nicht in derlei komfortablen finanziellen und sozialen Verhältnissen wie ein gutsituierter Meister.«

»Da täusch dich nur ja nicht«, entgegnete Jeroen unwirsch. »Je mehr du besitzt, desto größer die Gefahr, der Habgier der Obrigkeiten, ob nun kirchlicher oder anderer, zum Opfer zu fallen. Und obendrein bezahle ich wohl die höchsten Steuern von der ganzen Stadt!«

»Welch ein Glück, daß du noch nüchtern bist und deine Meinung nicht quer über den Tisch posaunst«, bemerkte Alart mit einem raschen Blick in die Runde. »Laß mich bitte nicht bereuen, daß ich dich hierher eingeladen habe!«

Jeroen stellte den Becher wieder hin. »Diese übertriebene Nüchternheit beeinträchtigt mich schon ein bißchen«, sagte er. »Wo bleibt der Wein?«

Desiderius fragte: »Geh ich recht in der Annahme, daß du dem Klerus nicht eben wohlgesinnt bist, Jeroen?«

Jeroen sah den jungen Mann forschend an. »Was geht es dich an, wenn ich fragen darf?«

»Ich frage das einfach aus Interesse. Ich weiß gern, was die Menschen umtreibt.«

»Was sie umtreibt?« Jeroen zog ein Gesicht. Das stetig anschwellende Stimmengewirr in der Bruderschaftskapelle irritierte ihn. Es bildete eine fast greifbare, störende Geräuschwand, die ihn hinderte, seinen Gedanken freien Lauf zu lassen.

Desiderius sagte: »Erzähl mir nicht, daß du ein Menschenhasser bist.«

Nein, dachte Jeroen. Das bin ich nicht. »Die meisten sind

es gar nicht wert, gehaßt zu werden«, erwiderte er und registrierte sofort, daß das gröber klang, als er es gemeint hatte.

»Was hat dich so bitter gemacht?«

»Herrgott, was stellst denn du für Fragen?« sagte Jeroen mit wachsender Gereiztheit.

»Wie ich schon sagte: Es interessiert mich, was in den Menschen vorgeht.«

»Selbst in solchen, denen du gerade mal vor einer Viertelstunde zum erstenmal begegnet bist?«

»Aber gewiß doch, da gibt es ja noch so viel Neues zu entdecken!«

»Der macht mich wahnsinnig!« sagte Jeroen zu Alart. »Ah!« entfuhr es ihm, als er einen Bediensteten ausmachte, der sich anschickte, Weinkrüge auf den Tisch zu stellen. Doch seine Miene verfinsterte sich sofort wieder, als er Vikar Dass bemerkte, der soeben die Kapelle betrat. Der Vikar ließ den Blick den gesamten Tisch entlangwandern und dabei einige Wimpernschläge lang auf Jeroen ruhen. Dann wurde seine Aufmerksamkeit jedoch von Propst Paulus abgelenkt, der ihn ansprach und, seinen ausholenden Gesten nach zu urteilen, in ein animiertes Gespräch verwickelte.

»Ein Freund?« erkundigte sich Alart.

»Ich weiß nicht«, antwortete Jeroen nachdenklich. »Seltsam, aber ich habe bisweilen das Gefühl, als sei der Vikar mir nicht übelgesinnt... Wie kommt's, daß er noch immer nicht nach Köln zurückgekehrt ist?«

»Das wird vermutlich nicht mehr lange dauern, nun, da Sprenger sich eingerichtet hat.«

»Ein ausgesprochen schlechter Tausch«, bemerkte Desiderius leise.

»Aha«, sagte Jeroen. »So ganz hältst du mit deiner Meinung also doch nicht hinter dem Berg!«

»Im Moment dringt hier ja wohl auch keine Stimme mehr als zwei Ellen weit.«

»Was weißt du über Jakob Sprenger?«

»Er soll ein notorischer Anhänger der Scholastik sein, und das finde ich verwerflich.«

»Ach?« sagte Jeroen, der den anderen nun mit neuem Interesse ansah. »Und wieso das, wenn ich fragen darf?«

»Versteh mich nicht falsch, ich betrachte mich selbst als guten Christen. Doch ich bin ein Vertreter der *philosophia Christi,* womit ich meine, daß ich einem rationalistischen und moralistischen Glauben mit einem Minimum an Dogmen und kirchlichen Ritualen anhänge. Mit anderen Worten, ich bin Verfechter einer schlichten biblischen Frömmigkeit und einer hohen Moral, einer *humanitas christiana.* Auch wenn sich das für viele wie ein Widerspruch anhören mag.«

Nachdenklich sagte Jeroen: »Die *philosophia Christi* … Von wem stammt diese Bezeichnung?«

Desiderius lächelte kurz. »Von mir«, sagte er. »Ich sehe Christus nicht als Befreier, sondern als *coelestis doctor,* als eine Art himmlischen Lehrmeister. Ich strebe an, meine diesbezügliche Philosophie bei Gelegenheit zu Papier zu bringen.«

»Bei Gelegenheit?«

Desiderius nickte. »Ich bin noch zu jung, um in moralistischen Fragen für voll genommen zu werden«, sagte er ernst.

»Ich glaube, ich verstehe, was du meinst.« Jeroen griff

zum Krug, der in seiner Reichweite hingestellt worden war. »Wein?«

»Ich bewahre mir lieber einen klaren Kopf.«

»Eine schlechte Gewohnheit«, meinte Jeroen. Er füllte seinen und Alarts Becher. »Und wie gedenkst du deine Philosophie – die sich für mich übrigens ausgesprochen erfrischend anhört – mit dem zu vereinbaren, was Rom uns als die einzig wahre Glaubensanschauung aufzwingt?«

Desiderius richtete seinen nachdenklichen Blick auf den Becher, den Jeroen mit einiger Verve an den Mund setzte. »Das ist in der Tat ein besonderes Problem. In meinen Augen ist der freie Wille eine *conditio sine qua non* für die vernunftmäßige und religiöse Reifung des Menschen.«

Jeroen ließ seinen Becher wieder sinken, ohne daraus getrunken zu haben. Er sah den jungen Mann verblüfft an. »Laufen noch mehr von deiner Sorte frei herum? Sollte es also doch noch Hoffnung für die Menschheit geben?«

Desiderius blieb ernst. »Alle großen geistigen Umwälzungen hatten einen einzelnen Anstifter, Jeroen. Was nicht heißen soll, daß ich den gewaltsamen Umsturz predigen möchte. Ich bin für den sanften Weg über den Intellekt.«

Jeroen wandte sich Alart zu. »Du hattest recht«, gestand er, »das ist ein außergewöhnlicher junger Mann. Allein seinetwegen lohnt es sich, daß ich heute hergekommen bin.« Er wandte sich wieder an Desiderius. »Ich habe das aufregende Gefühl, daß dein Name irgendwann einmal in goldenen Lettern im Verzeichnis der Brüder vom gemeinsamen Leben prangen wird«, sagte er.

»Es freut mich sehr, das aus dem Mund eines so berühmten Künstlers zu hören, Jeroen.«

Nachdenklich sagte Jeroen: »Ich glaube, mit einer Religion, wie du sie anregst, könnte ich mich anfreunden.«

»Das könnten sehr viele Menschen, meine ich, und es würde einen jeden erheblich glücklicher machen.«

»Da ist nur ein Problem, Desiderius...« Jeroen setzte erneut den Becher an die Lippen und trank ihn diesmal auf einen Zug halb leer, ehe er fortfuhr: »Du lebst in einer Welt von Toren, die sich immer unweigerlich für das entscheiden, was am schlechtesten für sie ist.«

»Hm... Es mag dir entgangen sein, weil du zu sehr in deine Kunst vertieft bist, Jeroen, aber die Welt, wie wir sie kennen, wird nicht so bleiben. Es gibt Anzeichen dafür, daß die Veränderung bereits begonnen hat, und sie beschränkt sich nicht mehr nur auf Italien.«

Jeroen wandte sich wieder Alart zu. »Verdammt beschlagen für so einen Grünschnabel! Und das kann nicht nur an seinem Unterricht liegen, obwohl die Fratres exzellente Lehrmeister sind, wie du ja zweifelsohne schon an meinem Beispiel ablesen kannst.«

Alart schnaubte demonstrativ. »Vielleicht gibt es ja tatsächlich so etwas wie göttliche Vorsehung, und unser Freund ist berufen, darin einen besonderen Platz einzunehmen?« Er lachte spöttisch. »Und es wird noch interessanter: Von Neulingen wird nämlich erwartet, daß sie im Verlauf des Abends eine Ansprache halten...«

Jeroen sah den anderen einige Augenblicke lang in brütendem Schweigen an und wandte sich dann an einen der Honoratioren an der Ecke des Tisches. Mit völlig ernster Stimme fragte er: »Mit Verlaub, Monseigneur, ist beim Bankett schon je einer am Tisch ermordet worden?«

»Hochverehrtes Publikum, mein Name ist Hieronymus Bosch, und ich bin Malermeister. Warum ich Maler bin, fragt Ihr mich? Weil ich zu nichts anderem tauge. Ich bin mit einer Frau mit gar schönen Hinterbacken und schönen Brüsten getraut, doch ich habe keine Kinder, weil ich nicht in jene berüchtigte Falle Satans tappen will –«

»Komm, Joen, los, runter da!« bat Alart eindringlich. Er blickte nervös auf dem dunklen Marktplatz umher. In einiger Entfernung huschten noch ein paar nächtliche Passanten vorbei, schemenhaft wie Geister, von der Angst vor der Dunkelheit getrieben. Sie achteten nicht auf Jeroen, der schwankend auf einem leeren Weinfaß stand und feierliche Reden hielt.

Unter dem Vorwand, daß ihm nicht wohl sei, hatte Jeroen fluchtartig das Bankett verlassen, als die Ansprachen begannen. Der Propst hatte ihn noch zum Bleiben zu überreden versucht, weil sie doch noch ein Treffen vereinbaren müßten, doch Jeroen hatte sich nicht erweichen lassen.

»Was ich hier heute abend um mich sehe, hochverehrtes Publikum, gemahnt mich an ein Narrenschiff«, fuhr Jeroen unerbittlich fort.

»Jeroen, bitte! Gleich kommt die Nachtwache! Du bist betrunken!« sagte Alart vorwurfsvoll.

»Fast«, räumte Jeroen ein, »aber eben nicht richtig. So ist das immer. Die werte Bruderschaft möchte die Mächtigen dieser Erde an den Pranger stellen. Doch nach dem zu urteilen, was ich heute abend gesehen habe, scheint ihr nur deshalb ein Problem mit der wachsenden weltlichen Macht zu haben, weil sie euch zu unterdrücken droht. Ihr seid eine Bruderschaft von Heuchlern, hochverehrtes Publikum! Wie natürlich nicht anders zu erwarten war, alldieweil Mitglieder wie Vorstand geflissentlich allerhand Prälaten in den Arsch kriechen – «

»Ich laß dich gleich hier stehen, Jeroen!« drohte Alart. »Verdammt noch mal, kannst du mit deinem Gefasel nicht warten, bis du bei dir zu Hause bist?«

»Ich bin dem verehrten Narrenschiff eine Ansprache schuldig, und meinen Verpflichtungen pflege ich immer nachzukommen. Also ...«, seinen Freund ignorierend, der ihn energisch am Arm zog, holte Jeroen tief Luft.

»Was ich hier allenthalben sehe und höre, ist Trunksucht, gepaart mit unzüchtiger Lautenmusik und verderbtem Gesang. Ein Haufen genußsüchtiger Brüder seid ihr, genau wie die in der *Carmina Burana.* Ihr spottet der von euch selbst gepredigten Mäßigung und Sittlichkeit, daß es einen widert...«, er blickte auf Alart nieder, dessen Gesicht als bleicher Fleck im Dunkel sichtbar war. »Wußtest du, daß der Vater unseres guten Freundes Desiderius Erasmus Priester war? Der geile Bock zeugte ein Kind, als er seine Magd besprang.«

»Jetzt hab ich genug«, sagte Alart böse. »Ich geh nach Hause, sieh doch selbst zu, wo du bleibst.« Ruckartig drehte er sich um und rauschte mit raschem, unwirschem Schritt davon.

»Ich werde das Narrenschiff malen!« rief Jeroen ihm nach. Seine Stimme hallte zwischen den eisig stummen, dunklen Häusern rund um den Marktplatz wider. »Einen blauen Kahn mit einem kotzenden Verdammten, der den Ekel über die Verlotterung der menschlichen Würde versinnbildlichen soll. Und am Mast werde ich eine Fahne mit dem Zeichen des Irrsinns und Haselzweige zur Versinnbildlichung der Verrohung wehen lassen!« Plötzlich ermattet, ließ Jeroen die Schultern hängen. Halb springend, halb stürzend, kam er von dem Weinfaß herunter und starrte benommen in die Richtung, in die Alart davongerauscht war. Dessen Schritte waren schon nicht mehr zu hören.

»Geht es, Meister Bosch?«

Jeroen drehte sich zu der dunklen Gestalt um, die lautlos wie ein Geist aus dem Dunkel aufgetaucht war. »Wer seid Ihr, wenn ich fragen darf?«

»Du hast offenbar zuviel Wein getrunken«, antwortete der Mann in sachlichem Ton.

»Ich habe viel zuwenig Wein getrunken. Und was geht Euch das überhaupt an?«

»Für einen, der sich in einer so heiklen Situation befindet, schlägst du ja einen gefährlich dreisten Ton an.«

Unbeeindruckt entgegnete Jeroen: »Ihr braucht mich meiner Börse wegen nicht zu töten, die könnt Ihr auch so haben.«

»Kennst du wirklich keine Angst, oder scheint das nur so?«

»Oh, Angst ist mir sehr wohl vertraut, Herr. Ich kenne viele Ängste, aber keine davon hat etwas mit dem Tod zu tun. Jedenfalls nicht mit dem meinen.«

»Jeder fürchtet sich vor dem Sterben.«

»Hmm...« Jeroen schien einen Moment nachzudenken. »Vor dem Sterben in der Tat. Aber nicht vor dem Totsein. Kommt darauf an, was Ihr meint.«

»Das mußt du mir näher erläutern.«

»Wenn es ein Leben nach dem Tod gibt, kann es nur besser sein als dieses irdische, in dem Gott uns krepieren läßt. Und wenn es kein Leben nach dem Tod gibt … warum sollte man sich da Sorgen machen?«

»Muß ich diese Worte als ketzerisch auffassen?«

»Interpretiert, was Ihr wollt, Herr. Wohl denn, durchbohrt Ihr mich nun mit Eurem Dolch, oder laßt Ihr mich einfach nach Hause gehen?«

»Erstaunlich«, sagte der Mann. »Und es kann nicht allein der Wein sein, der da spricht.«

»Wein spricht nicht«, wandte Jeroen ein. »Er nimmt nur dem, was man sieht, die Spitze.« Er tastete nach seiner Börse. »Viel habe ich nie bei mir, aber …«

»Ach, Jeroen!« sagte der Mann ungeduldig. »Ich habe nicht einmal eine Waffe! Erkennst du mich denn nicht?«

Jeroen trat zögernd einen Schritt näher, um das Gesicht des anderen in der Dunkelheit besser sehen zu können. »Desiderius?« sagte er überrascht. »Was treibst du denn hier?«

»Dasselbe wie du, würde ich sagen: heimgehen. Soll ich dich begleiten?«

»Ich bin so gut wie zu Hause.« Jeroen deutete grob in die Richtung seines ehelichen Hauses auf der anderen Seite des Marktplatzes.

»Dein Freund, der Bildhauer, hat dich im Stich gelassen, sah ich?«

»Ach, Desiderius, Alart de Hameel ist oft vernünftiger als ich.«

»Wenn du das auch nie zugeben würdest, solange er dabei ist.«

»Natürlich nicht.«

Desiderius schmunzelte im Dunkeln. »Komm, ich gehe

doch eben mit dir mit, wenn du nichts dagegen hast.« Er blickte kurz über seine Schulter. »In der Nacht sieht man keine Schatten, aber das bedeutet noch lange nicht, daß keine da sind.« Er faßte Jeroen beim Oberarm und lotste ihn zu seinem Haus.

»Warum gibst du nicht einfach zu, daß du im Dunkeln Schiß hast?«

»Ich bin in der Tat nicht mit deiner Todesverachtung gesegnet, Jeroen.«

Jeroen schwieg einige Atemzüge lang, bevor er fragte: »Ist das denn ein Segen?«

»Wie meinst du das?«

»Nun ... ich habe zunehmend häufiger das Gefühl, daß mir Dinge entgehen. Es ist bisweilen so, als ... als liefe ich an dem Schönen vorüber, ohne es gesehen zu haben. Verstehst du?«

»Ich denke schon, Jeroen.« Keine Liebe zum Leben, keine Liebe zu Gott und keine Liebe zu Kindern? Wenn man wirklich so war, entging einem in der Tat vieles Schöne. Doch es konnte unmöglich sein, daß es einem so begnadeten Künstler wie Jeroen in dem Maße an Gefühl mangelte, da war sich Desiderius ganz sicher.

Er sagte: »Vielleicht sollten wir bei anderer Gelegenheit einmal eingehend über alle diese Dinge reden.«

Argwöhnisch fragte Jeroen: »Alle diese Dinge? Welche denn?«

»Die, mit denen sich nicht vom Wein getrübte Geister befassen«, antwortete Desiderius ausweichend.

»Ich bin nicht betrunken, Desiderius. Ich bin noch nie betrunken gewesen.«

»Wenn du es noch nie warst, wie kannst du es dann wissen?«

Jeroen seufzte. »Vielleicht gilt das ja auch für andere Erfahrungen...« Sie waren unterdessen bei seinem Haus angekommen. »Darf ich dich noch kurz hereinbitten?«

»Es ist spät, Jeroen. Und ich möchte nicht, daß die Brüder mich aussperren.«

»Na, dann vielleicht ein anderes Mal«, gab Jeroen nach. Er steckte den Schlüssel ins Schloß. »Sei vorsichtig.«

»Das bin ich immer«, erwiderte Desiderius. »Was man nicht von einem jeden behaupten kann.« Und ebenso lautlos, wie er zuvor aufgetaucht war, verschwand er in der Dunkelheit.

»Mit wem hast du denn da gesprochen?«

Jeroen erschrak, als er die Stimme seiner Frau hörte. Er hatte nicht erwartet, daß sie noch aufsein würde, und noch weniger, daß sie in der dunklen Küche sitzen und auf ihn warten würde.

»Mit einem gewissen Desiderius Erasmus«, antwortete er und tastete nach der Zunderbüchse und der Kerze, die immer auf einem Tischchen neben der Tür lagen. »Ein Priesterssohn, der eine philosophische Abhandlung darüber zu schreiben gedenkt, wie sich die Kirche betragen müßte, um die Menschen weniger unglücklich zu machen...« Er kniff die Augen vor dem grellen Aufglühen des Zunderschwamms zusammen.

»Ich hatte dich nicht so früh zurück erwartet. Wie war das Bankett?«

»Interessant«, antwortete Jeroen ausweichend. Er stellte

die brennende Kerze auf den Küchentisch. »Warum hast du hier im Dunkeln gesessen?«

»Ich habe nachgedacht, und dazu braucht man kein Licht.«

»Denken ist nicht gut«, sagte Jeroen. »Kommst du mit ins Bett?«

»Deine Schwester war hier.«

»Herberta?«

»Ja, wer sonst?«

»Entschuldige, ich bin nicht mehr so ganz klar.«

»Das scheint in der Familie zu liegen. Herberta hat sich für mein Gefühl auch reichlich seltsam aufgeführt.«

»Ach ja?« sagte Jeroen argwöhnisch. Er ließ sich zögerlich auf einem Stuhl nieder. »Was meinst du damit, wenn ich fragen darf?«

Aleyt sah Jeroen forschend an, ihre dunklen Augen funkelten im flackernden Licht der Kerze. »Deine Schwester liebt dich, Joen...«

»Ja?« sagte Jeroen, ruhiger, als ihm zumute war. »Es soll ja häufiger vorkommen, daß Geschwister sich mögen.«

»Ich hoffe, daß es wirklich nur das ist.«

»Könntest du dich bitte deutlicher ausdrücken?«

»Ist das wirklich notwendig?«

Jeroen lehnte sich ein wenig zurück, als wolle er vermeiden, daß die Kerze sein Gesicht zu hell erleuchtete. »Ich bitte dich darum.«

»Ich vermute, daß Herberta dich nicht wie einen Bruder liebt, sondern wie einen... wie einen Liebsten.«

So gefaßt, daß es ihn selbst erstaunte, fragte Jeroen: »Was hat dir denn diesen törichten Gedanken eingegeben?« Er war dankbar für den Wein in seinen Adern, der jegliche Aufgeregtheit weitgehend unterdrückte. »Was hat sie denn gesagt?«

»Ich bin eine Frau, Joen. Mir braucht man nicht alles mit Worten nahezulegen.«

»Das ist absurd!« sagte Jeroen, der auch seine Erleichterung recht gut zu verbergen verstand.

»Die Blindheit der Männer! Die wird mich wohl für alle Zeit in Erstaunen versetzen. Warum hast du noch immer nicht gefragt, was sie denn eigentlich hier wollte?«

»Das schien mir nicht so wichtig. Wollte sie ein Becherchen Mehl borgen?«

»Derlei dumme Bemerkungen machst du nur, wenn du verbergen willst, was du wirklich denkst.«

»Im Gegensatz zu dir denke ich momentan überhaupt nichts. Es war ein schwerer Tag, und ich bin müde, ich gehe zu Bett.«

»Und das wäre dann der zweite Hinweis: Du läufst davon.« Aleyt lächelte bitter. »Ich kann mich an eine Zeit erinnern, da du dich gern mit mir unterhalten hast.«

»Das tue ich noch immer, aber zu einem geeigneteren Zeitpunkt.«

»Der Aufstand in Flandern ist von den deutschen Söldnern Maximilians niedergeworfen worden.«

Jeroen sah seine Frau stirnrunzelnd an. »Was hab ich damit zu tun?«

»Ich kann mich auch an eine Zeit erinnern, da du Interesse an dem hattest, was im Land geschieht.«

Jeroen nickte düster. »Das kann ich nicht leugnen. Es war freilich zu einer Zeit, als ich den Irrsinn und die Unsinnigkeit unseres Daseins noch nicht so ganz erfaßt hatte. Als ich noch nicht begriffen hatte, daß die Welt ein … daß sie nicht mehr als ein Narrenschiff ist.«

»Ach? Und das hast du jetzt also begriffen?«

Jeroen sah Aleyt einige Augenblicke lang nachdenklich an, ehe er antwortete: »Das glaubte ich, aber ich habe heute einen jungen Mann kennengelernt, der …« Er verstummte verwirrt. Mit einem Mal wußte er nicht mehr so genau, warum Erasmus einen so außerordentlichen Eindruck auf ihn gemacht hatte.

Als Jeroen nicht fortfuhr, fragte Aleyt neugierig: »Einen jungen Mann?«

»Desiderius Erasmus, den Knaben, der mich bis an die Tür brachte.«

»Ach, dieser Sohn eines gefallenen Priesters.«

»Er besitzt nicht nur Verstand, sondern benutzt ihn auch, und das ist schon außergewöhnlich.«

»Er muß in der Tat außergewöhnlich sein, wenn er so tiefen Eindruck auf dich gemacht hat.«

»Höre ich da Spott?«

»Im Gegenteil. Es freut mich ganz besonders, daß du endlich wieder einmal jemanden kennengelernt hast, dem du dich nicht haushoch überlegen fühlst.«

Mißvergnügt entgegnete Jeroen: »Und ob du spottest!« Er erhob sich. »Verzeih, Aleyt, aber ich möchte jetzt wirklich schlafen.« Er ging zur Treppe.

»Es hat wohl keinen Sinn, dich zu begleiten, nehme ich an?«

Jeroen blieb stehen, um Aleyt anzusehen. »Was meinst du denn damit schon wieder?«

»Herberta zufolge wirst du nie ein Kind wollen, unter keinen Umständen. Und deine Schwester scheint dich erheblich besser zu durchschauen als ich, hab ich den Eindruck.«

»Habt ihr darüber geredet?«

»Das ist nun einmal etwas, das Frauen beschäftigt.«

»Du kanntest meinen Standpunkt doch schon, dazu hast du doch meine Schwester nicht gebraucht.«

»Vielleicht verstehe ich es ja jetzt etwas besser?«

Jeroen preßte für einen Moment krampfhaft die Augen zu. »Aleyt...« Er seufzte. »Ich bin hundemüde, können wir nicht morgen weiterreden?«

Aleyt nickte resigniert. »Morgen oder an einem anderen Tag oder nie...« Sie blies die Kerze aus, so daß es stockfinster wurde.

»Was machst du jetzt?«

»Ich möchte weiter nachdenken«, antwortete Aleyt. »Schlaf gut, mein Gemahl.«

Jeroen starrte noch einige Augenblicke lang dorthin, wo Aleyt saß. Ihre Erscheinung hatte sich seinen Augen derart eingebrannt, daß es einen Moment lang schien, als leuchtete seine Frau grell in der Dunkelheit auf. Doch dann erlosch ihr Bild, bis es sich gänzlich in der Schwärze der Nacht aufgelöst hatte.

18

Unter den gespannten Blicken der älteren Frau legte Herberta bedachtsam neun Tarotkarten zu einem keltischen Kreuz aus. Dann mischte sie die übrigen Karten und forderte die Frau auf, eine zu ziehen. Mit zitternder Hand zog die Frau die Königin der Münzen.

Herberta versuchte ihren Kopf freizumachen und starrte auf die Position der Tarotkarten vor ihr auf dem wackligen Tisch. Drei der Stäbe, gekreuzt vom Ritter der Kelche, darunter der Tod als Ausgangspunkt, Neun der Schwerter als jüngere Vergangenheit, die umgekehrte Fünf der Schwerter als mögliche Zukunft und die umgekehrte Welt als nahe Zukunft. Die umgekehrte Sechs der Kelche kennzeichnete die Einstellung des Ratsuchenden, die Drei der Kelche das Umfeld, der Turm die Hoffnungen und Ängste, und der Eremit das Endergebnis...

Sie sah zu der Frau auf, die ihren Bewegungen halb mißtrauisch, halb angstvoll folgte. »Hast du auch jeden Tag Tee aus den Kräutern getrunken, die ich dir gegeben habe?«

Sie hatte für die Frau eine kräftige Mischung aus Ackerschachtelhalm, Bohnenkraut und Apfelblüten bereitet, die nur selten ihre Wirkung verfehlte. Es sei denn, man mußte gegen Mißtrauen und Unglauben ankämpfen, wogegen in der Regel kein Kraut gewachsen war. Sie konnte Menschen von ihren Wehwehchen befreien, doch es bedurfte dafür schon einer gewissen Mitarbeit des Kranken.

Die Frau nickte. »Morgens, mittags und abends, aber es hat nichts geholfen.« Sie griff sich an die linke Schulter. »Der Schmerz ist sogar noch ärger geworden.« Der Vorwurf in ihrer Stimme war unüberhörbar.

»Es fragt sich, ob du auch wirklich gesund werden *willst*«, sagte Herberta streng. Sie blickte erneut auf die vor sich ausgelegten Tarotkarten. »Den Karten zufolge genießt du die Aufmerksamkeit, die dir aufgrund deines Leidens zuteil wird.«

»Du lügst!« brauste die Frau auf. »Ich kann meinen Arm kaum noch benutzen, zum Teufel! O Verzeihung!« schickte sie hastig hinterher, als ihr bewußt wurde, daß sie geflucht hatte, und sie bekreuzigte sich. Woraufhin sie Herberta sogleich wieder beunruhigt anschaute. »Es macht dir doch nichts, wenn ich mich bekreuzige, oder?«

Herberta runzelte die Stirn. »Wieso, was meinst du damit?«

»Ich dachte ...«, die Frau wand sich, »ich dachte, daß Hexen ...« Sie verstummte und rutschte unbehaglich auf ihrem Stuhl hin und her.

»Hexen gibt es nicht, Frau Lisa, das sind doch nur Märchen!«

»Der Priester und der Wundarzt denken ganz anders darüber«, verteidigte sich Lisa.

»Der Priester und der Wundarzt?« Jetzt war es Herberta, die mißtrauisch blickte. »Hast du mit ihnen über mich geredet?«

Trotzig entgegnete Lisa: »Der Priester fragte mich nach

der Messe, wie es mir gehe. Hätte ich ihn etwa anlügen sollen? Und der Chirurg… Ich bin gestern bei ihm gewesen. Meine Schulter wurde und wurde nicht besser, und da…« Sie verstummte unglücklich.

Herberta sagte: »Würdest du bitte kurz deine Schultern entblößen?«

»Da ist nichts zu sehen…« Lisa legte die Hand auf ihre schmerzende Schulter, als wolle sie diese schützen.

»Der Scharlatan hat also wieder einmal seine Brenngläser eingesetzt!« konstatierte Herberta.

»Er sagte… er sagte, das sei die einzige gute Behandlungsmethode.«

»Die einzige Behandlungsmethode, die er kennt, meinte er wohl! Abgesehen von seinen Blutegeln natürlich. Und? Hat es geholfen?«

»Gleich danach schon, ja…«

»Natürlich, weil die Brandblasen stärker geschmerzt haben als alles andere!«

»Jetzt bist du mir böse«, bemerkte die Frau.

»Ich bin wütend, ja, aber nicht so sehr auf dich.« Herberta sammelte ihre Karten ein. »Hiermit können wir jetzt wenig anfangen.« Sie schüttelte den Kopf. »Der Priester und der Wundarzt!« Sie sah Lisa an. »Und was nun?«

»Sie haben versprochen, daß sie mich beschützen werden.« Lisa machte ein Gesicht, als wolle sie jeden Moment davonlaufen.

»Beschützen? Vor was denn wohl?«

»Vor… vor dir…«

»Lisa, um Himmels willen, was faselst du denn da für ein wirres Zeug? Ich versuche doch nur zu helfen!«

»Es wär mir lieber, wenn du nicht mehr zu mir ins Haus kämst, Herberta.«

»Wie du willst«, sagte Herberta, schob mit einem wütenden Ruck ihren Stuhl zurück und erhob sich. »Manchmal wünschte ich, ich hätte wirklich teuflische Kräfte!« raunzte sie, während sie zur Tür ging. »Nein, du brauchst mir nichts zu bezahlen. Gib das nur dem Priester für seine arme Kirche!«

Sie sah nicht mehr, wie Lisa sich abermals bekreuzigte und zu dem Fläschchen mit Weihwasser griff, das ihr der Priester gegeben hatte, um reichlich davon über den Stuhl zu sprenkeln, auf dem Herberta gesessen hatte.

»Die Gesamtheit der vier Elemente wird hin und wieder durch einen sechszackigen Stern symbolisiert, meistens jedoch durch ein Dreieck. Das Dreieck mit der Spitze nach unten stellt das Wasser dar. Wird es im unteren Bereich von einer Linie durchschnitten, steht es für die Erde. Ist die Spitze nach oben gewandt, symbolisiert es das Feuer. Und wird es im oberen Bereich von einer Linie durchschnitten, steht es für das Element Luft. Ein Löwe, ein Kind mit Krone und ein rotes Königsgewand sind Symbole für das Große Werk. Es gibt auch noch ein philosophisches Ei, das als männliches Element Schwefel und als weibliches Quecksilber enthält. Diese beiden Drachen, wie der Hintergrund in Blau und Schwarz, versinnbildlichen die wahren Grundprinzipien der alchemistischen Philosophie, welche die Weisen nicht offen darzulegen wagten, nicht einmal ihren eigenen Kindern. Der untere Drache, dieser hier ohne Flügel, verkörpert das Feste, Männliche. Der obere, schwarze, dunkle, verkörpert das Flüchtige, Dominante, Weibliche.«

»Das Weibliche dominant?« Jeroen sah Clavuceel an. »Wie soll ich denn das verstehen?«

Clavuceel schaute von dem großen, in Holz und schwarzes Leder gebundenen Buch auf, das zwischen ihnen auf dem Tisch lag. »Das weibliche Wesen ist bei Mensch und Tier Trägerin des Lebens. Die Rolle des männlichen Wesens ist immer von untergeordneter Natur. Das Brüllen und Feuerspeien des Drachen ist nur äußere Schau. Mag er auch noch so sehr wüten, er kann nicht ein einziges Ei legen.«

»Aber er kann es befruchten.«

»Ursprünglich waren alle Lebewesen zweigeschlechtig. Die Flüchtige hat jedoch den Festen abgestoßen, weil er sie zugrunde richtete. Seither richtet der Feste vor allem sich selbst zugrunde.«

»So?« sagte Jeroen skeptisch.

»Es sind doch ausschließlich die Männer, die mit dem Schwert groß werden und Krieg führen, Joen. Frauen tragen das Leben in sich, Männer vernichten es.«

Jeroen zog ein Gesicht. »Das würde meiner Schwester bestimmt gefallen, wenn sie es hörte.«

Clavuceel lehnte sich auf seinem Stuhl zurück. »Schade, daß ich Herberta noch nicht kennengelernt habe. Sie muß eine höchst ungewöhnliche Frau sein. Vorausgesetzt natürlich, daß dein Urteil nicht stark gefärbt ist.«

Jeroen runzelte die Stirn. »Mein Urteil gefärbt? Was meinst du damit, wenn ich fragen darf?«

Clavuceel zog die Schultern hoch. »Herberta ist deine Blutsverwandte, und sie bedeutet dir offenbar viel.«

»Ist das etwa ein Verbrechen?«

Clavuceel sah Jeroen einen Moment lang aufmerksam an. »Warum plötzlich dieser verteidigende Ton?«

Jeroen wandte den Blick ab. »Verzeih, Clavuceel, aber was meine Schwester betrifft, bin ich im Augenblick etwas empfindlich. Zumal seit Aleyt...« Er verstummte entnervt.

»Aleyt ist nicht gerade erfreut über die enge Beziehung, die du zu deiner Schwester hast«, folgerte Clavuceel.

»Nimm's mir nicht übel, aber ich möchte lieber nicht darüber sprechen.«

»Wie du wünschst, Jeroen.«

Clavuceel erhob sich, ging zu einem wackligen alten Schrank und zog eine Schublade auf, aus der er einige dichtbeschriebene Seiten nahm. »Ich habe dein Horoskop fertig. Es war nicht leicht, denn die Stellung der Gestirne im Moment deiner Geburt war besonders kompliziert.«

»Das hatte ich schon befürchtet«, sagte Jeroen, nur halb im Scherz.

Clavuceel setzte sich wieder und breitete die Seiten vor sich auf dem Tisch aus. »Auffällig ist in deinem Horoskop die starke Ausprägung der disharmonischen Aspekte des Quadrats im Verband mit jenen des Quincunx und der Opposition, die insgesamt außerordentliche Reibungsenergien erzeugen. Sextil und Trigon werden fast vollständig davon verdrängt. Deine Polarität ist ausgesprochen negativ, das heißt introvertiert und regressiv.«

»Wie heißt die Sprache, die du jetzt sprichst?«

Jeroen war vom Nutzen eines Horoskops nicht so ganz überzeugt. Jeder Hof, der auf sich hielt, hatte mindestens einen renommierten Astrologen in seinen Diensten, welcher den geeigneten Zeitpunkt für Kriege und Schlachten oder die Zeugung eines weiteren Nachkommen ausfindig zu machen hatte. Doch dessenungeachtet wurden genauso viele Kriege verloren wie gewonnen und kamen auch in Königshäusern schwachsinnige und mißgestaltete Kinder zur Welt.

Aber Clavuceel war nicht irgendein Stümper, das mußte er zugeben. Jeroen zweifelte, wie immer, wenn er mit Überzeugungen konfrontiert wurde, die sich der gewöhnlichen Wahrnehmung ganz oder teilweise entzogen. Doch wer war er, daß er etwas verwarf, an das weitaus weisere und belesenere Menschen als er sehr wohl glaubten?

Clavuceel sah von seinen Papieren auf. »Zwei Lieben«, sagte er. Er ließ es wie eine Frage klingen. »Zwei Frauen?«

»Geht das schon wieder los!« erwiderte Jeroen verärgert. »Ich liebe Aleyt. Und ich liebe meine Schwester. Ich wüßte nicht, was daran absonderlich sein soll.«

»Wenn es sich bei letzterem um normale Bruderliebe handelt, ist es das auch nicht.«

»Und solche Spitzfindigkeiten kannst du aus einem Horoskop herauslesen?«

Clavuceel zuckte die Achseln. »Es gibt eine Menge unverkennbarer Zeichen und Hinweise.« Er beugte sich aufs neue über seine Seiten. »Mag sein, daß ich mir das eine oder andere noch einmal ansehen und es neu berechnen muß. Die arabischen Punkte sind nicht ganz eindeutig, vor allem im Hinblick auf den aufsteigenden Mondknoten. Erfolg und Wohlstand sind allgegenwärtig, doch da sind auch Schatten, und einer davon ist schon besonders dunkel. Du hast einen Hang zur Selbstzerstörung, Jeroen.«

»Hat das nicht jeder Mensch? Wenn ich mir anschaue, was um uns her so alles geschieht –«

Clavuceel schüttelte den Kopf, ein klein wenig ungeduldig, wie es schien. »Die stärksten Triebfedern in der Natur sind das Überleben und die Fortpflanzung.« Er sah Jeroen ernst an. »Bei dir sind diese Kräfte nur sehr schwach ausgeprägt.«

»Ach, wirklich? Dann gleicht es ja einem Wunder, daß ich ein so fortgeschrittenes Alter erreicht habe!«

Clavuceel ignorierte den spöttischen Ton des anderen. »Paradoxerweise kann mangelnde Todesangst bisweilen lebensrettend wirken. Angst ist ein schlechter Ratgeber.«

»Ja, zumal wenn man nicht schnell genug davonrennen kann.«

»Ich weiß, daß dieser Spott gespielt ist, Jeroen. Im Grunde deines Herzens spürst du, daß ich recht habe.«

Jeroen deutete auf die Papiere auf dem Tisch. »Versuchst du mich vor irgend etwas zu warnen? Seinem Fatum entgeht doch ohnehin keiner?«

»Die Zukunft kann die Astrologie dir nicht vorhersagen, Jeroen. Aber sie kann dein Wesen durchschaubar machen und Strömungen aufzeigen. Aus beidem lassen sich Wahrscheinlichkeiten für dein Leben ableiten. Der freie Wille des einzelnen verhindert allerdings, daß diese Wahrscheinlichkeiten zwangsläufig zu Gewißheiten werden.«

»Und so hast du immer auf die eine oder andere Weise recht.«

»Woher auf einmal diese Skepsis?«

Jeroen blies mit geblähten Wangen den Atem aus, als müsse er überschüssigen Druck ablassen. »Verzeih, aber ich bin nicht ganz ich selbst...« Er sprang mit einer unwirschen Bewegung auf und trat an das Fenster von Clavuceels Arbeitszimmer, um hinauszuschauen. Das tat er jedesmal: Wenn ihn seine eigenen Gedanken irritierten, kehrte er jedermann den Rücken zu.

Die Sonne schien, und die üppige Farbenpracht der Welt dort draußen stand im krassen Mißverhältnis zu Jeroens Stimmung. Das Wasser der Maas glitzerte, daß es seine Augen blendete.

»Da ist so eine Unruhe in mir«, sagte er vor sich hin. »Irgendeine Kraft in mir zwingt mich, fortwährend nach etwas zu suchen, was es wahrscheinlich gar nicht gibt –«

»Ein jeder sucht nach irgend etwas, doch meistens handelt es sich dabei um Glück oder Reichtum.«

»An materiellen Dingen mangelt es mir nicht, Clavuceel.«

»Dann also Glück?«

Jeroen schwieg eine Weile, ehe er entgegnete: »Was ist Glück, weißt du eine Antwort darauf?«

»Für mich besteht es aus flüchtigen Momenten des Wohlbefindens und Wohlbehagens. Jenen seltenen Momenten, da Geist und Körper völlig im Einklang sind und du auch mit deiner Umgebung im reinen bist. Aber ich denke, daß das bei jedem Menschen anders ist.«

»Flüchtige Momente... Mag sein, daß ich einmal so etwas wie Glück empfunden habe, früher, vor langer Zeit... Ich fürchte, daß mir dieses Vermögen nach und nach verlorengegangen ist. Jetzt kenne ich nicht einmal mehr normale Zufriedenheit. Ich komme nie zur Ruhe, nicht einen Moment. Nicht einmal im Schlaf –«

»Das ist nicht gut, Jeroen.«

Widerborstig fragte Jeroen: »Und was tut man dagegen?«

»Das Leben und die Welt so nehmen, wie sie sind. Du allein kannst sie ohnehin nicht verändern.«

»Hm... Laut Desiderius Erasmus dürfte es aber schon häufiger vorgekommen sein, daß ein einzelner der Anstifter für große Umwälzungen im menschlichen Denken war. Sokrates und Jesus Christus betrachtet er da als leuchtende Beispiele.«

»Ach ja, Desiderius Erasmus, ein Knabe mit der Weisheit eines hundertjährigen Propheten.«

»Ich bewundere seinen Intellekt.«

»Welch ein Kompliment aus deinem Munde!«

Letzteres entging Jeroen. Er spähte mit plötzlicher Wachsamkeit auf die gegenüberliegende Seite von De Kil, wo wie aus dem Nichts ein Reiter aufgetaucht war. Der Mann hatte sein Pferd angehalten und starrte, wie es schien, regungslos zu Clavuceels Haus herüber. Ob das tatsächlich zutraf, konnte Jeroen nicht eindeutig ausmachen, da er direkt in die tiefstehende Sonne blickte.

Clavuceel spürte die plötzliche Angespanntheit Jeroens, und er trat neben ihn, um gleichfalls hinauszuschauen. Wie Jeroen spähte er einige Augenblicke lang zu dem Reiter hinüber und sagte dann: »Hier kommen nie Durchreisende vorüber, dafür liegen wir viel zu weit ab von den gängigen Routen.« Er sah Jeroen von der Seite an. »Wirst du immer noch bespitzelt?«

»Ich weiß es nicht, ein jeder sagt, ich bilde mir das nur ein...«

Clavuceel ging zu einem Schrank und zog eine Schublade

auf, aus der er ein kleines kupfernes Teleskop nahm. Er schob das Instrument mit leichtem Klacken auseinander und setzte das Okular ans rechte Auge. »Ein Söldner«, stellte er verwundert fest. Er suchte mit dem Fernrohr die Umgebung ab. »Das hab ich mir schon gedacht, er ist nicht allein.« Er deutete auf eine Ansammlung von Felsblöcken jenseits von De Kil. »Dort hinten, man möchte fast meinen, daß sie nicht gesehen werden wollen. Das gefällt mir nicht, Jeroen ...« Er lief mit energischen Schritten zur offenstehenden Tür und streckte den Kopf zum Gang hinaus. »Willem? Sei so gut und verriegle die Haustür!«

»Wenn die Söldner hier hereinwollen, wird auch eine verriegelte Tür sie nicht davon abhalten«, bemerkte Jeroen.

»Aber zumindest so lange, daß wir entkommen können. Es gibt einen zweiten Ausgang, auf der Rückseite des Hügels hinter dem Haus, und etwas weiter weg habe ich ein kleines Boot am Wasser liegen.«

»Müssen wir Angst haben?«

»Kommt darauf an, was du zu verlieren hast«, antwortete Clavuceel ausweichend.

»Aber was wollen sie denn von uns?«

»Das werden wir noch schnell genug erfahren, nehme ich an. Ich vermute aber, daß sie es auf mich abgesehen haben. Jakob Sprenger hat die unangenehme Angewohnheit, Hexen und Alchemisten über einen Kamm zu scheren. Alain de la Roche hat ihn ausnehmend gut unterwiesen, er ist regelrecht besessen.« Clavuceel spähte abermals durch sein Fernrohr. »Was stehen sie da verdammt noch einmal herum und gaffen?«

Er ist nervöser, als er zugeben will, dachte Jeroen, der

selbst auch alles andere als gelassen war. Es konnte gut sein, daß er selbst sie auf Clavuceels Spur gebracht hatte.

»Möglicherweise warten sie, bis es dunkel ist«, murmelte Clavuceel. »Das dauert nicht mehr lange, die Sonne geht bereits unter. Vielleicht denken sie, daß wir Schußwaffen haben und uns verteidigen werden –«

»Und, hast du eine Schußwaffe?«

»Was sollte ich damit gegen ein halbes Dutzend Söldner oder gar mehr ausrichten? Nein, Jeroen, das einzig Vernünftige, was wir tun können, ist fliehen.« Er ließ sein Fernrohr sinken. »Das einzig Vernünftige, was *ich* tun kann, ist fliehen«, verbesserte er sich. »Du bist, soweit ich das beurteilen kann, keiner großen Gefahr ausgesetzt.«

»Vielleicht ist ja gar nichts. Vielleicht lungern diese Söldner dort nur ein wenig herum –«

»O nein«, unterbrach ihn Clavuceel grimmig. »Ich spüre schon seit ein paar Tagen, daß der kalte Schatten des Schicksals über diesem Haus hängt. Es ist beinahe eine Erleichterung, daß es nun soweit ist.«

»Wohin wirst du gehen?«

»Ich habe ein paar Fleckchen, wo ich untertauchen kann, bis sich die Wogen wieder etwas geglättet haben, aber die solltest du, zu deinem eigenen Besten, lieber nicht kennen. Und Willem nehme ich sicherheitshalber mit.«

»Du willst das alles hier also einfach aufgeben?«

»Ich hänge nicht an materiellen Dingen, Jeroen.« Clavuceel legte das Fernrohr beiseite und deutete zur Tür. »Komm, ich will das Nötigste packen, solange es noch geht.«

Während Clavuceel ein paar Sachen in eine Schultertasche packte, lief Jeroen in wachsender Beunruhigung von einem Fenster zum anderen, um nach draußen zu spähen. Aus unerfindlichen Gründen wanderten seine Gedanken fortwährend zu Herberta.

»Dieser Schatten des Unheils ... den scheine ich ja schon fast greifbar mit mir herumzutragen«, dachte er laut.

»Das ist Unsinn, Jeroen.« Clavuceel schnürte mit energischen Bewegungen seine Tasche zu. »Sie hätten mich gewiß auch ohne dein Zutun auf irgendeine Weise gefunden.«

»Aber wie können sie wissen, wer du bist und was du ... mit was du dich befaßt?«

»Scharfmacher wie Jakob Sprenger lauern wie Spinnen in der Mitte ihres Netzes. Über die Fäden dieses Netzes fließen ihnen laufend allerlei Informationen zu, aus denen sie ihre fatalen Schlußfolgerungen ziehen. Und ich lebe beileibe nicht wie ein Eremit.«

»Verdammt noch mal!« fluchte Jeroen, erbost über seine eigene Machtlosigkeit.

Clavuceel legte ihm die Hand auf die Schulter. »Du brauchst dir nichts vorzuwerfen, Jeroen. So etwas passiert nicht zum ersten Mal, ich selbst muß lernen, vorsichtiger zu sein.« Er warf einen raschen Blick nach draußen. »Die Sonne ist beinahe untergegangen, ich sehe mal eben nach, ob Willem fertig ist.«

»Nimm dich um Himmels willen in acht!«

»Du auch«, entgegnete Clavuceel ernst. »Wenn du ihnen aus dem Weg gehen möchtest, kannst du ein Stück mit uns kommen.«

Jeroen schüttelte trotzig den Kopf. »Mir ist eher danach, ein ernstes Wörtchen mit ihrem Hauptmann zu reden!«

»Der führt doch nur seine Befehle aus. Und wenn er dich nicht kennt, riskierst du womöglich noch, daß er dir sein Schwert durchs Herz stößt!«

»Vielleicht kann ich ja seine Aufmerksamkeit ablenken, so daß du mehr Zeit hast, dich in Sicherheit zu bringen.«

Clavuceel drang nicht weiter in ihn. »Es ist nicht an mir, dir vorzuschreiben, was du zu tun hast«, sagte er und hängte sich die Tasche über die Schulter. »Wir werden uns schon wiedersehen, wenn nicht in diesem, so in einem nächsten Leben.«

»Jetzt mach aber bitte, daß du wegkommst!«

Clavuceel schien noch zu zögern. »Da ist noch etwas, eine Kleinigkeit... Wenn du denn zu den Raufbolden hinüberwillst, ist es besser, daß du als erster gehst. Und laß bitte die Stalltür auf, ja?« Er klopfte Jeroen aufmunternd auf die Schulter und wedelte mit der Hand in Richtung Eingangstür.

Kaum stand Jeroen draußen, reute ihn seine Dreistigkeit. Er kam sich mit einem Mal furchtbar verletzlich und schutzlos vor, und ihn fröstelte trotz der noch warmen Abendluft. Beinahe wäre er wieder hineingegangen, doch da hörte er hinter sich Clavuceel mit dezidiertem Knall die Tür verriegeln, und er wollte sich vor den Söldnern, die zu ihm herschauten, nicht lächerlich machen.

Unsicher ging er zu dem ans Haus grenzenden Stall. Er holte sein Pferd heraus und ließ die Tür offen, wie Clavuceel ihn gebeten hatte.

Nachdem er sein Reittier gesattelt hatte, führte er es am Zügel um De Kil herum bis zu den Söldnern, die sich die ganze Zeit über kaum gerührt hatten, als interessiere sie sein Tun gar nicht.

Der Hauptmann, ein kleiner Mann mit aufgedunsenem Gesicht, der mit in die Seite gestemmten Händen dastand und zum Haus hinüberspähte, sagte, ohne Jeroen anzusehen: »Es empfiehlt sich nicht, sich noch länger hier aufzuhalten, Meister Bosch.«

»So, Ihr kennt mich also?«

»Es gehört zu meinen Aufgaben, zwischen bedeutsamen und unbedeutenden Personen unterscheiden zu können, Meister.«

»Und zu welcher Kategorie gehört Clavuceel?«

Nun sah der Hauptmann Jeroen an. Er hatte kreisrunde kleine Äuglein, wie ein Bär. Überhaupt hatte seine ganze Erscheinung etwas Bärenhaftes, fand Jeroen.

»Euer Freund genießt das besondere Augenmerk von Inquisitor Jakob Sprenger, Meister. Und das macht ihn bedeutsam.«

»Was habt Ihr mit ihm vor?«

»Ich rate Euch abermals, Meister, setzt Euren Weg fort.«

Der Hauptmann brauchte dem keine ausgesprochene Drohung hinzuzufügen, sein Tonfall war deutlich genug.

»Wohl denn…« Jeroen stellte den Fuß in den Steigbügel, doch noch bevor er aufsitzen konnte, ertönte hinter ihm ein dumpfer Knall, der den Boden erzittern ließ. Sein Pferd erschrak und machte einen solchen Satz, daß Jeroen beinahe das Gleichgewicht verlor. Mit einem geradezu akrobatischen Sprung gelang es ihm dennoch, sich in den Sattel zu schwingen. Das Pferd tanzte nervös vor und zurück, beruhigte sich aber unter seinem Reiter und ging nicht durch.

Einer der Söldner rief etwas Unverständliches, und der Hauptmann fluchte laut, ehe er einen Befehl bellte. Seine Männer rannten auf das Haus zu, aus dem plötzlich rote Flammen aufloderten. Eine Explosion hatte einen Teil des Daches und sämtliche Fenster weggesprengt.

Der Hauptmann faßte Jeroens Pferd beim Zügel, um es unsanft zum Stehen zu bringen. Drohend fragte er: »Wußtest du etwas hiervon?«

»Herrgott, nein!« Jeroen schaute bestürzt auf das lichterloh brennende Haus. »Ich hatte zunächst vorgehabt, dort zu bleiben!«

Der Hauptmann schien ihm zu glauben, denn er ließ die Zügel los. »Mach, daß du wegkommst!« raunzte er. Dann sprang er seinerseits auf sein Pferd und galoppierte seinen Männern nach.

Gerade als die ersten Söldner das Haus erreichten, ertönte ein zweiter Knall, diesmal gedämpfter. Er schien von unterhalb des Hügels hinter dem Haus zu kommen. Starke Luftmassen bliesen für einen Moment die Flammen auseinander, doch nur, um sie gleich darauf mit doppelter Wucht auflodern zu lassen. Bockend kam Clavuceels Pferd aus dem Stall gelaufen. Dann jagte es in gestrecktem Galopp in östlicher Richtung davon.

Die Söldner brauchten die Haustür gar nicht aufzubrechen. Sie war bei dem zweiten Knall aus den Angeln geflogen. Freilich war das Flammeninferno nun so heftig, daß sich niemand hineinwagte. Die Männer wichen vor der Hitze zurück und sahen gemeinsam mit ihrem Hauptmann aus der Nähe von De Kil zu, wie das Haus rasch in Schutt und Asche fiel. Es schien, als würde keinem von ihnen die unselige Idee kommen, einmal auf der anderen Seite des Hügels nachzusehen.

Regungslos auf seinem Pferd sitzend, starrte Jeroen auf die fauchenden Flammen und die funkensprühenden schwarzen Rauchwirbel, die von der Abendbrise über das dunkel werdende Wasser der Maas hinweggetrieben werden. Die gespenstische Szenerie weckte Erinnerungen an ein anderes Feuer, vor vielen Jahren, das die Hälfte seiner Geburtsstadt in Flammen hatte aufgehen lassen. Erinnerungen auch an seine geifernde Stiefmutter und die tröstende Wärme seiner Schwester Herberta.

Das Feuer lenkte die Aufmerksamkeit ab, begriff Jeroen. Das hatte sich Clavuceel schlau ausgedacht, auch wenn es ihn seinen gesamten Besitz gekostet hatte.

Seinen materiellen Besitz, korrigierte sich Jeroen in Gedanken. Denn der bedeutsamste Reichtum Clavuceels befand sich in dessen Kopf. Ich werde die inspirierenden Gespräche mit Clavuceel vermissen, dachte er mit einem ersten Anflug von Betrübnis.

Es wurde stetig dunkler, und einen Moment lang erwog Jeroen, den Hauptmann zu fragen, ob die Söldner ihn nach 's-Hertogenbosch eskortieren könnten, gegebenenfalls gegen Bezahlung. Ein vernünftiger, aber zugleich auch absurder Gedanke, den er gleich wieder verwarf. Er lenkte sein Pferd gen Süden. Lieber ließ er sich überfallen und berauben, als daß er den triumphierenden Gesichtsausdruck des Hauptmanns in Kauf genommen hätte.

Er schaute sich noch ein letztes Mal um, doch das hügelige Gelände verdeckte bereits die Sicht auf die Glut des brennenden Hauses. Der Abendhimmel war noch silbrig und mit ein wenig Blau durchsetzt, doch das Land lag bereits fest in der Gewalt sich rasch vertiefender schwarzer Schatten.

Die Nacht hat keine Farbe, überlegte Jeroen. Ebensowenig wie düstere Gedanken, der Schatten des Schicksals, die Seele eines Sünders, das Gewand des Todes und der Rauch eines brennenden Hauses. Er fragte sich, ob Jakob Sprenger wohl in Schwarz gekleidet ging...

Dieser Gedanke brachte ihn wieder auf seine Schwester. In plötzlicher Hast stieß er seinem Pferd die Fersen in die Flanken, um es zum Galopp anzutreiben. Als das Tier gehorsam seine Gangart änderte, ließ er die Zügel locker, auf daß es sich im zunehmend schwächer werdenden Licht selbst den Weg suchte.

Laß sie bitte frei und wohlbehalten sein, dachte Jeroen wieder und wieder und merkte gar nicht, daß sein Wunschgedanke die Form eines Gebets annahm.

Die schläfrigen Torwächter verhielten sich nicht anders denn gewöhnlich, als Jeroen die Stadtmauern erreichte. Sie kannten ihn und ließen ihn ungehindert passieren. Aus irgendeinem Grund hatte er das nicht erwartet.

Das laute Klappern der Hufe seines Pferdes hallte zwischen den schwarzen Häusern der Stadt wider, während Jeroen auf den großen Marktplatz zutrabte. Das Pferd kannte den Weg, so daß er es kaum zu lenken brauchte.

Als er von Norden her auf den in geheimnisvolles Dunkel gehüllten Marktplatz gelangte, sah er sogleich, daß weiter unten in der Kerkstraat, dort, wo Thomas und Herberta wohnten, irgend etwas vor sich ging. Das Pferd bockte kurz, als Jeroen ihm ungewöhnlich heftig in die Flanken trat. Es weigerte sich, in der Dunkelheit auf dem kaum sichtbaren, rutschigen Pflaster zu galoppieren.

Jeroen fluchte laut, zog mit einem wütenden Ruck die Zügel an und sprang aus dem Sattel, um das letzte Stück zu Fuß zu rennen. Die schmale Kerkstraat war vom flackernden Licht räuchernder Fackeln erhellt. Ein halbes Dutzend zerlumpter Männer trug in fieberhafter Eile allerlei Sachen aus Thomas' Haus heraus und warf sie auf einen Pferdekarren. Zwei von ihnen sicherten mit gezückten Dolchen die Umgebung. Auf der gegenüberliegenden Straßenseite sah man hinter geschlossenen Fenstern die bleichen Gesichter gaffender Nachbarn, doch niemand wagte es, sich mit den Plünderern anzulegen.

»He!« rief Jeroen schon von weitem. *»He,* ihr da!« Seine Wut und seine Beunruhigung waren zu groß, als daß er noch an die Gefahr gedacht hätte. Er rannte auf die Plünderer zu, ignorierte einen drohend gegen ihn erhobenen Dolch, riß wüst einen überraschten Mann aus dem Weg und stürmte in das Haus seines Onkels. »Herberta!« schrie er. »Herberta!?«

Ihre Kammer war leer. Auch Thomas war fort. Wider besseres Wissen rannte Jeroen ins Atelier, aber auch dort war niemand.

Er wandte sich an einen Mann mit Fackel, der ihm ins Haus gefolgt war. »Wo sind sie?«

Unter buschigen Augenbrauen hervor, die Schatten über sein ungewaschenes Gesicht warfen, schielte der Plünderer Jeroen mißtrauisch an. Herausfordernd fragte er: »Und wer fragt das?«

»In Gottes Namen, Mann, ihr könnt von mir aus die ganze Bude leer stehlen, aber antworte mir wenigstens auf eine schlichte Frage!« blaffte Jeroen, der sich immer noch nicht bewußt war, welcher Gefahr er sich aussetzte.

Seine Haltung schien Eindruck zu machen, denn ein anderer Plünderer, der hinter dem ersten aufgetaucht war, sagte: »Die Frau und der Mann, die hier wohnten, sind so sicher, wie man es nur sein kann.« Er grinste und ließ ein überraschend makelloses Gebiß sehen. »Sie sitzen im Kerker.«

In dem Moment wurden draußen warnende Rufe laut: »Die Nachtwache! Die Nachtwache!«

Die beiden Plünderer machten sich so geschwind aus dem Staub, daß das Auge ihnen kaum folgen konnte. Einer von ihnen warf jedoch in der Eile seine Fackel weg, die gegen einige an der Wand aufgestellte bemalte Tafeln rollte. Das Holz fing sofort Feuer.

Es war kein Wasser zur Hand, und so tat Jeroen das einzig Mögliche: Er riß das Fenster auf, raffte die Fackel vom Boden auf und warf sie hinaus. Er sah Menschen beiseite springen und hörte Schreie und Flüche, doch dem zollte er keine weitere Beachtung. Die brennenden Tafeln ließ er denselben Weg gehen. Die dann noch am Holzfußboden leckenden Flämmchen konnte er austreten.

Es wurde dunkel im Atelier. Das einzige Licht kam von den tanzenden Flammen draußen auf der Straße.

Urplötzlich verließ Jeroen die Kraft, die ihm seine Wut eingegeben hatte, und er fühlte sich unendlich müde und schwach. Er ließ sich auf einen Hocker sinken und starrte mit leerem Blick durch das offene Fenster nach draußen.

»Alles in Ordnung... Meister?«

Widerwillig richtete Jeroen den Blick auf die beiden Männer der Nachtwache, die ins Atelier getreten waren. Einer von ihnen hielt eine Fackel hoch und sah sich forschend um. Sie kannten ihn nicht; daß sie ihn Meister nannten, lag wohl an seinen Kleidern und dem Atelier.

»Ich bin Hieronymus Bosch«, sagte er matt. »Ich wohne nicht hier, dies ist das Haus meines Onkels, Thomas van Aken. Soweit ich verstanden habe, wurde er gefangengenommen, zusammen mit meiner Schwester Herberta. Die Bande von Strolchen war gerade dabei, das Haus zu plündern.«

»Unbewachte Häuser sind eine Pest«, sagte einer der Nachtwächter. Es klang, als wäre nicht der Abschaum das Übel, sondern die Häuser selbst. »Gedenkt Ihr hier zu übernachten, Meister?«

»Ich weiß es nicht«, antwortete Jeroen wahrheitsgemäß. Er mußte zu seiner Frau. Sie erwartete ihn zu Hause und würde sich Sorgen machen. Es sei denn, sie wußte, was mit Herberta und seinem Onkel geschehen war. Nein, *zumal* wenn sie wußte, was mit ihnen geschehen war, korrigierte er sich in Gedanken.

»Ich muß nach Hause«, sagte er. »Könnte hier einer Wache halten, bis ich morgen die nötigen Dispositionen habe treffen können?«

»Das läßt sich machen«, antwortete einer der Wächter, der das Wort Dispositionen wahrscheinlich noch nie gehört hatte. »Gegen eine angemessene Vergütung natürlich.«

»Natürlich«, antwortete Jeroen. Er erhob sich und warf ein paar Münzen auf den Tisch. »Ich bin bei Sonnenaufgang zurück.«

Jeroens Haus war so hell erleuchtet, als würde dort ein Fest gefeiert. Aleyt hatte sämtliche Kerzen und Lampen angezündet, die sie hatte finden können, wie um böse Geister fernzuhalten.

»Ich hatte Angst«, bekannte sie. »Als ich hörte, daß sie Herberta und Thomas festgenommen haben...« Sie schüttelte den Kopf. »Du bist manchmal so töricht, ich hatte eine Heidenangst, daß du irgend etwas Dummes tun würdest.«

Das habe ich auch, dachte Jeroen düster. Als er seine Frau an sich zog, spürte er, daß sie zitterte. »Es muß doch möglich sein, sie freizukaufen«, sagte Aleyt unsicher.

Jeroen ließ sie los, um einen Krug Wein zu holen. »Je reicher du bist, desto größer die Gefahr, Aleyt. Sie saugen ihre Opfer erst aus und richten sie dann trotzdem noch hin. So geht es fast immer.«

»Aber du genießt doch Ansehen? Du –«

»Ach, Aleyt!« sagte Jeroen ungeduldig. »Ansehen...« Er schenkte sich einen Becher Wein ein. »Du auch?« Und als Aleyt den Kopf schüttelte: »Ich habe vielleicht Bewunderer, aber ich habe auch Feinde, soviel steht fest. Ich vermute, daß Jakob Sprenger nur auf eine passende Gelegenheit lauert, mich zu schnappen. Er muß sich nur absolut sicher sein, daß er mich wegen Gotteslästerung, Ketzerei oder wer weiß was sonst noch verurteilen kann. Vielleicht hat Alain de la Roche ihm vor seinem Tod aufgetragen, mir nach Möglichkeit ein Bein zu stellen. Es würde mich verdammt noch mal gar nicht wundern, wenn er Herberta und Onkel Thomas nur dazu benutzte, mich zu Dummheiten zu verleiten...«

»Es ist gut, daß du das erkennst.«

»Ja, aber was kauf ich mir dafür?« Jeroen trank den Becher Wein in einem Zug leer und goß ihn sogleich wieder voll. »Verdammt!« fluchte er abermals.

»Was hast du Alain de la Roche eigentlich getan?«

Jeroen sah Aleyt einen Moment lang hitzig an, ehe er antwortete: »Ich habe ihn bei einem allzu menschlichen Verhalten ertappt, und das hat er mir bestimmt nie verziehen.«

»Könntest du dich vielleicht etwas deutlicher ausdrükken?«

»Er war ein Hurenbock!« blaffte Jeroen. »Ist das deutlich genug?« Er ließ den Kopf hängen und starrte in seinen Becher Wein. »Was soll jetzt aus Herberta werden?«

»Deine Schwester hat gefährliche Spielchen gespielt, Joen. Und sie hat sich dabei weniger geschickt angestellt als du...«

Jeroen sah zu seiner Frau auf. »Sie haben auch Clavuceel festzunehmen versucht.«

»O mein Gott!« sagte Aleyt und sank auf einen Stuhl nieder. »O mein Gott!«

»Das scheint dir ja näherzugehen, als daß meine Schwester im Kerker sitzt!«

Aleyt schien die Frage nicht gehört zu haben. »Versucht, sagtest du. Ist er entkommen?«

»Er war darauf vorbereitet«, antwortete Jeroen grimmig. »Und du hast meine Frage nicht beantwortet.«

»Dein Ton gefällt mir nicht, Joen.«

»Nein, mir auch nicht.« Jeroen sprang auf und begann auf und ab zu gehen. »Diesmal werden sie sie nicht gehen lassen!« Er blieb stehen, um Aleyt anzusehen. »Vielleicht können wir die Wärter bestechen, wenn wir ihnen nur genug zustecken –«

»Ich glaube, es ist besser, wenn wir morgen früh weiterreden.«

»Morgen früh? Meine Schwester sitzt im Gefängnis!« blaffte Jeroen.

»Dein Onkel Thomas ebenfalls. Und im Moment kannst du rein gar nichts dagegen tun«, sagte Aleyt, die sich alle Mühe gab, ihren ruhigen Ton zu bewahren. »Es ist für alle Teile besser, wenn du deine Erregung erst einmal etwas abklingen läßt, so daß du vernünftig nachdenken kannst, anstatt herumzuschnauben wie ein Pferd, das einen Schweinestall wittert.«

Einen Moment lang sah es so aus, als wollte Jeroen Aleyt erneut anfahren, doch dann holte er tief Luft und setzte sich wieder an den Tisch. Mit eckigen Bewegungen goß er sich abermals seinen Becher voll Wein. »Du hast natürlich recht«, räumte er widerstrebend ein. Er trank einen kräftigen Schluck. »Aber du verstehst nicht, daß ...« Er verstummte und starrte mit einem Ausdruck des Unbehagens ins Leere.

Aleyt setzte sich ebenfalls. Sie versuchte Jeroen in die Augen zu schauen, doch er mied ihren Blick. »Joen... warum bist du mit mir verheiratet? Weil du eine Fassade gebraucht hast?«

Es trat eine lange quälende Stille ein, bis Jeroen endlich sagte: »Meine Gefühle für dich sind nicht gespielt, Aleyt...«

»Aber deine Gefühle für Herberta gehen weit tiefer«, konstatierte Aleyt tonlos.

»Himmelherrgott, mach es mir doch nicht so schwer!«

rief Jeroen und knallte seinen Becher auf den Tisch. Dann sprang er auf und floh aus dem Raum.

Später fand Aleyt ihn in seinem Atelier, wo er beim Licht einiger Öllampen in einem Stuhl hing und auf die Tafel starrte, an der er in den letzten Tagen gearbeitet hatte. Es war eine gespenstische Szene, in der ein angstvoller Mann im Bett von Teufeln und Ungetümen angesprungen wurde. Um das Bett herum rangen stilisierte menschliche Figuren verzweifelt die übermäßig langen Arme. Im Hintergrund war das Tor zur Hölle zu sehen. Verdammte verschwanden mit demütig gesenktem Kopf für alle Ewigkeit in der tintenschwarzen Finsternis. Die einzige normale Figur war ein nackter Jüngling, der am Fußende des Bettes auf dem Boden saß. Er streckte zögernd die Hand aus, um von einer großen Elster einen Brief entgegenzunehmen.

»Er ist noch zu jung, um zu wissen, was das Wort Verdammnis bedeutet«, hatte Jeroen Aleyt erklärt. »Aber die Elster bringt ihm dieses vermaledeite Wissen. Die Elster ist die Erfahrung der Jahre, die schwarze Flügel bekommen hat. Wer der Jüngling ist? Die Jugend des gottlosen Mannes, der dort im Bett gerade seinen letzten Atemzug aushaucht. Der Junge könnte schon erfahren, wie sein Schicksal und seine Zukunft aussehen, doch er kann oder will noch nicht hinschauen. Und so gehört es sich auch, denn wer seine Zukunft kennt, verliert jegliche Hoffnung...«

Es war kein gutes Bild, fand Aleyt. Den Figuren schien es an innerer Kraft zu mangeln. Im jetzigen Zustand würde das Werk niemals das Atelier verlassen. Jeroen würde es von Grund auf überarbeiten oder die ganze Tafel verbrennen, wie er es immer tat, wenn sich Farbe und Pinsel allen Anstrengungen zum Trotz hartnäckig weigerten, seine morbiden Visionen zum Leben zu erwecken.

»Joen... kommst du ins Bett?«

Jeroen schaute nicht auf. Er schien sie nicht einmal gehört zu haben.

Aleyt drängte nicht weiter. Sie wandte sich um und ging, Jeroen mit seinen Dämonen allein lassend.

19

Der Schultheiß, bei seinem Eintreten vom Ausrufer feierlich als *der Scultetus* angekündigt, war ein unscheinbares Männlein. Daß er über Leben und Tod entscheiden konnte, erschien Herberta kaum glaublich. Mühsam nahm er auf der Bank hinter seinem Tisch Platz, hob demonstrativ das rechte Hinterteil und ließ einen krachenden Furz entweichen. Herausfordernd schielte er zum schaulustigen Publikum, als suche er nach einem, der es wagte, Mißbilligung zu zeigen. Am Ende blieben seine wäßrigen grauen Augen auf Herberta ruhen. *»Ego inquiro«*, sagte er. Und danach in fragendem Ton: »Die Angeklagte...«, er griff zu einem Vergrößerungsglas, um auf ein Papier zu sehen, das der Ausrufer vor ihn auf den Tisch gelegt hatte, »... Herberta van Aken?« Sein Blick wanderte wieder zu ihr.

»Ja, äh ... Euer Ehren«, antwortete Herberta. Sie sehnte sich nach ein wenig Unterstützung und wollte sich umsehen, ob nicht Jeroen zwischen den Neugierigen zu entdecken war. Doch der Schöffe und der Ankläger blickten sie von ihren Plätzen so streng und mißfällig an, daß sie sich nicht zu rühren wagte. Sie schlug die Augen nieder und starrte auf die Kette und die Eisenkugel an ihren Fußgelenken.

»Und die Anklage lautet –« Der Schultheiß spähte erneut durch sein Vergrößerungsglas.

»Betreiben der Hexerei und Quacksalberei, Euer Ehren«, sagte der junge Ankläger eifrig.

Der Blick des Schultheißen wanderte zu ihm hinüber. »Seid Ihr etwa auch angeklagt?«

»Nein, Euer Ehren, aber –«

»Warum antwortet Ihr dann?«

»Äh... ich weiß nicht, ich dachte –«

»Wie, Ihr wißt nicht, warum Ihr antwortet? Ihr habt doch wohl nicht vergessen, zu welchem Zweck Ihr auf dieser Bank sitzt, will ich hoffen!«

Einige Zuschauer wagten es, laut zu lachen. Herberta fühlte plötzlich eine schwache Hoffnung aufkeimen, daß es vielleicht doch nicht ganz so schlimm werden würde. Der Schultheiß verhielt sich ja beinahe so, als stünde er auf ihrer Seite.

»Betreiben von Hexerei und Quacksalberei...«, wiederholte der Schultheiß, durch sein Vergrößerungsglas spähend. »Hm, das ist keine Kleinigkeit. Und es liegen diverse Zeugenaussagen vor, wie ich hier sehe. Von einem Bürger namens Erik Lubbert, von einer Witwe Mechteld van Aken, einem gewissen Jan van Aken, einem Chirurgen namens –«

»Euer Ehren!« mahnte der Schöffe erschrocken. »Es ist nicht gebräuchlich, die Namen der Kläger öffentlich zu nennen!«

»Das ist mir bekannt«, entgegnete der Schultheiß, ohne aufzusehen. »Verfügt Ihr noch über weitere besondere Kenntnisse, die Ihr meint, an mich weitergeben zu müssen?« Er hörte jedoch auf, die Namen laut vorzulesen.

Der Wortwechsel rauschte gänzlich an Herberta vorbei. Mechtelds Namen und, ärger noch, den ihres eigenen Bruders Jan in diesem Zusammenhang zu hören hatte sie so sehr erschüttert, daß ihr ganz elend war. Was habe ich ihnen denn um Himmels willen getan? fragte sie sich verzweifelt. Warum tun sie mir das an? Geld. Vielleicht war ihnen für ihre Bezeugungen viel Geld versprochen worden. Und den Chirurgen hatte sie natürlich mehrfach gekränkt. Und Lubbert –

Sie fuhr hoch, als der Schultheiß sich wieder an sie wandte. »Ich bitte um Vergebung, Euer Ehren«, sagte sie hastig. »Ich war so schockiert, als ich die Namen hörte, und –«

»Schockiert?« unterbrach sie der Schultheiß. »Ich vermute, daß etliche Menschen weitaus schockierter über Eure teuflischen Künste sein dürften! Krankheit und Tod von Mensch und Tier, Unwetter, Hagel, Mißernten, mißgestaltete Kinder, die Verabreichung giftiger Rezepturen ... Was habt Ihr sonst noch alles auf dem Gewissen?« Als Herberta ihn nur sprachlos anstarrte, zu entsetzt, um antworten zu können, wandte er sich ungeduldig an den Schöffen. »Ist die Angeklagte schon der Wasserprobe unterzogen worden?«

»Nein, Euer Ehren, dafür war noch keine Zeit.«

»Keine Zeit? Was gibt es denn soviel Wichtigeres?«

»Darf ich Euch daran erinnern, Euer Ehren, daß wir noch weitere Gefangene haben, die unsere Aufmerksamkeit erfordern?«

Der Schultheiß wandte den Blick wieder Herberta zu. »Unsere Aufmerksamkeit!« sagte er in vertraulichem Ton zu ihr. Er schüttelte den Kopf.

Herberta brachte die ständig wechselnde Haltung des Schultheißen ganz durcheinander. Mit wachsender Verzweiflung fragte sie sich, ob ihm überhaupt klar war, daß er sie mit seiner Anordnung der Wasserprobe praktisch zum Tode verurteilte. Der Hexerei beschuldigte Frauen wurden nie rechtzeitig aus dem Wasser geholt, wenn sie zu ertrinken drohten, auch wenn damit bewiesen war, daß sie keine Hexe waren. Aber der Scheiterhaufen war noch schlimmer, konstatierte Herberta. Gewöhnliche Ketzer wurden zwar in der Regel erwürgt, bevor man das Feuer entzündete, doch bei Hexen war das meistens nicht der Fall. Möglicherweise wollte der Schultheiß sie ja davor bewahren.

»Ich sehe hier, daß die Angeklagte früher schon einmal festgenommen wurde«, sagte der Magistrat, der wieder durch sein Vergrößerungsglas spähte. Er hielt kurz ein Dokument ins Licht, als wolle er dessen Echtheit überprüfen. »Und ohne Folgen wieder freigelassen?«

»Nach Fürsprache des Bischofs«, beeilte sich der Schöffe zu erklären.

Der Schultheiß legte das Dokument hin und nickte. »Die hochmögenden van Akens«, resümierte er. Er sah Herberta an, und diesmal war sein Blick vorwurfsvoll. »Wie geht es denn Eurem so berühmten profanierenden Bruder Hieronymus?«

Herberta zögerte einen Moment, ehe sie antwortete: »Ich bitte um Vergebung, Euer Ehren, aber ich weiß nicht, was das Wort *profanieren* bedeutet.«

Der Schultheiß lächelte beunruhigend freundlich. »Das Dümmste, was ein Angeklagter tun kann, ist, mich zum Narren zu halten.«

Sein eisiger Ton stand in so krassem Widerspruch zu seinem freundlichen Gesichtsausdruck, daß Herberta vor Entsetzen eine Gänsehaut überlief. Es kam ihr vor, als könnte der Schultheiß in sie hineinsehen und würde jede Lüge unerbittlich anprangern. Dennoch beharrte sie stammelnd: »Ich weiß es wirklich nicht, Euer Ehren. Ich –«

»Schweig!« blaffte der Schultheiß mit schallender Stimme, die rein gar nicht zu seinem unscheinbaren Äußeren paßte. Er schnappte ein Buch vom Tisch und hielt es demonstrativ in die Höhe. »Nicolaus Eymericus postuliert in seinem *Directorium inquisitorum,* daß man freundlich mit Verdächtigen umgehen solle, doch es gibt Grenzen!« Er knallte das Buch auf den Tisch zurück und fuchtelte, an den Schöffen gewandt, ärgerlich mit der Hand. »Keine Wasserprobe. Legt sie auf die Folterbank. Unterrichtet mich, sobald die Angeklagte Geständnisse abgelegt hat. – Führt den nächsten Verdächtigen vor.« Er besiegelte das Gesagte mit einem neuerlichen lautstarken Furz.

Niemand wagte zu lachen.

»Der Gerechtigkeit ist Genüge getan«, sagte Mechteld zu Jan. »Komm, wir haben hier nichts mehr verloren.«

Als sie sich zum Gehen umwandte, stand sie Jeroen gegenüber. Tonlos sagte er: »Ich wollte, ich wüßte, was euch treibt.« Sein Blick wanderte zu Jan, der in sichtlichem Unbehagen zur anderen Seite sah, als suchte er nach einer Fluchtmöglichkeit. »Insbesondere dich«, sagte Jeroen zu ihm. »Was hat Herberta dir denn je angetan, daß du so rachsüchtig bist? Und warum schlägst du dich auf die Seite dieser Person, die schon den Tod von einer von uns auf dem Gewissen hat?«

»Du und Herberta, ihr seid perverse Ketzer!« schnauzte

Jan aggressiv. »Ihr reißt uns mit eurem anstößigen Benehmen noch mit in die Hölle!«

»Komm«, sagte Mechteld zu ihm. »Wir haben mit deinem Bruder nichts mehr zu tun.« Sie faßte Jan beim Arm.

»Warte!« herrschte Jeroen sie an, die Umstehenden völlig ignorierend. »Wer hat euch Geld gegeben, daß ihr meine Schwester fälschlich beschuldigt?«

»Fälschlich beschuldigt?« höhnte Mechteld. »Fälschlich beschuldigt? Diese Hure, die mit ihrem eigenen Bruder schläft und obendrein mit ihrem Onkel, weil er ihr Obdach gewährt? Oder vielleicht sogar, weil es ihr Spaß macht, das würde mich nicht wundern!«

»Du bist krank«, konstatierte Jeroen angewidert. »Und du auch«, sagte er zu Jan. »Du hast dich von diesem Drachen anstecken lassen!«

»Krank? Ich?« blaffte Mechteld. »Ich –« Ein heftiger Hustenanfall unterbrach sie. Als sie wieder sprechen konnte, fuhr sie röchelnd und nach Luft schnappend fort: »Ich erweise der Stadt einen großen Dienst damit, daß ich diese Hexe auf den Scheiterhaufen befördere! Und sei du nur hübsch vorsichtig, Meister, denn du bist vielleicht nicht gar so unverletzlich, wie du zu denken scheinst. Du mit deinen ganzen Flausen!«

»Mein Gott, Mechteld, woher nur dieser Haß?«

»Du bist ein Heide und ein Hurenbock. Bedarf es noch mehr, um jemanden zu verabscheuen?«

»Als meine Stiefmutter kannst du so etwas doch nicht sagen! Und sei es nur aus Respekt vor meinem Vater!«

»Stiefmutter? Die du hast verkommen lassen, sobald sich dir die Gelegenheit dazu bot!«

»Ich bitte dich, Mechteld, mit der Zuwendung, für die mein Vater gesorgt hat, brauchst du nicht einmal zu arbeiten für dein Brot!«

»Zuwendung? Das ist kaum genug, um nicht Hungers zu sterben. Wer weiß, was aus mir geworden wäre, wenn Jan mich nicht aufgenommen hätte! Und dabei habe ich die besten Jahre meines Lebens geopfert, um dich großzuziehen!«

»Mechteld …« Jeroen biß sich auf die Unterlippe und blickte zu den Umstehenden, bevor er zischte: »Du gibst hier in aller Öffentlichkeit eine Kostprobe deines kranken Geistes!«

»Jeroen hat recht«, sagte Jan nervös. Er zog an Mechtelds Arm. »Laß uns gehen, sonst klatscht womöglich noch die ganze Stadt über uns!«

Mechteld wandte sich demonstrativ an die Umstehenden. »Habt ihr gehört? Wer will bezeugen, wie mein Stiefsohn mich in aller Öffentlichkeit demütigt?«

Doch die meisten Neugierigen gingen achselzuckend davon, und nur einige wenige Sensationslüsterne blieben feixend stehen.

»Den Feiglingen die Welt!« höhnte Mechteld. »Aber eines steht auf jeden Fall fest.« Sie kam Jeroen mit dem Gesicht so nahe, daß er ihren üblen Atem riechen konnte, und setzte eine triumphierende Miene auf. »Deine schöne Schwester wird diesmal nicht entkommen, nun, da dein törichter Alter nicht mehr ist, der sie aus dem Kerker holt! Brennen wird sie, die dreckige Hündin!«

»Du bist *wirklich* krank«, konstatierte Jeroen. Er spürte, wie seine Wut verebbte, als sei er an einen Punkt gelangt, da

Zorn müßig war. »Vater hat mir einmal erzählt, woher dieser Grimm rührt.« Er versuchte Jan zu fixieren, doch der wandte den Blick sogleich ab. »Du konntest selbst keine Kinder bekommen und bist deswegen versauert. Genau wie Wein in einem Faß aus schlechtem Holz, bis am Ende nur noch Essig bleibt.«

Die Ohrfeige, die Mechteld ihm gänzlich unvorbereitet gab, traf ihn so hart, daß er beinahe das Gleichgewicht verlor. Einen Moment lang drehte sich die Welt vor seinen Augen, und in seinem rechten Ohr setzte ein höllisches Pfeifen ein. Es dauerte einige Augenblicke, bis er sich von dem Schlag und dem Schrecken erholt hatte. Die Hand an der taub gewordenen linken Wange, sah er Mechteld mit Jan hintendrein wütend davonrauschen.

»Ich schätze, du könntest dringend eine kleine Stärkung gebrauchen.«

»Jasper!« rief Jeroen überrascht aus, als er den langen Lulatsch erkannte, der neben ihm aufgetaucht war.

»'n Weilchen her, was?« stellte Jasper fest. Er machte eine Kopfbewegung zum Wirtshaus ›Die Blaumeise‹ hinüber. »Wollen wir?«

Jeroen zögerte. »Ich kann nicht so einfach … meine Schwester…« Er blickte verzweifelt in Richtung der Menge, die das improvisierte Podium verdeckte, auf dem das Tribunal tagte.

»Vielleicht können wir etwas für sie tun, aber nicht, wenn wir weiter hier herumlungern.«

»Was?«

»Komm mit.«

Jasper lotste Jeroen in das Wirtshaus, wo er, ohne Jeroen

groß zu fragen, einen Krug Jenever bestellte. Die Gaststube war vollkommen leer, und Jasper wählte einen Tisch, der möglichst weit vom Schanktisch entfernt stand, damit der Wirt nicht mithören konnte.

»Sie werden sie foltern ...« Jeroen starrte mit trübem Blick durch das schmutzige Fenster nach draußen.

»Sie wird schon klug genug sein, gleich alles zu sagen, was man von ihr hören will.«

»Da bin ich mir nicht so gewiß. Herberta ist ziemlich dickköpfig... Mein Gott!« Jeroen schlug die Hand vor die Augen, als wollte er sich gegen die Bilder abschirmen, die seine Einbildungskraft ihm vorgaukelte.

»Jakob Sprenger ist ein absoluter Befürworter des Scheiterhaufens, er vertraut nicht auf bloßes Einsperren. Er sagt, im Feuer lebe ein heiliger Geist, der nicht nur den Verbrecher, sondern auch das Verbrechen verzehrt. Wenn es nach ihm ginge, wanderten nicht nur Hexen und Ketzer auf den Scheiterhaufen, sondern ein jeder, der irgend etwas falsch gemacht hat, so geringfügig sein Vergehen auch sein mag. Seiner Meinung nach säubert das Feuer dann schließlich die gesamte Gemeinde von bösen Geistern.«

»Ja, wie bei Jeanne d'Arc in Frankreich. Zuerst mußte sie dran glauben, und jetzt ist sie verdammt noch mal eine Heldin und eine Heilige! Der größte böse Geist, der in 's-Hertogenbosch herumspukt, ist Jakob Sprenger selbst! Was ist das nur für ein Teufel? Er ist ja geradezu von Hexen besessen...« Jeroen sah Jasper an. »Glaubst du, daß es Hexen gibt?«

Vorsichtig antwortete Jasper: »Ich glaube nicht, daß deine Schwester eine ist.«

»Du sagtest vorhin, daß du vielleicht etwas für sie tun kannst. Was meintest du damit?«

Jasper senkte die Stimme. »Sie befreien«, sagte er verschwörerisch.

»Aus dem Kerker? Mein Gott, dafür brauchst du ein ganzes Heer!«

Jasper schüttelte ungeduldig den Kopf. »Angenommen, sie wird zum Tod auf dem Scheiterhaufen verurteilt. Dann müssen sie sie am Tag der Hinrichtung doch von der Lovensche Poort zum Rathaus bringen, oder?«

»Und da willst du sie dann so eins, zwei, drei den Wärtern entreißen?«

»Angenommen, es brechen genau zu diesem Zeitpunkt Krawalle zwischen *Hoeken* und *Kabeljauwen* aus. Das ist ja nichts Ungewöhnliches, das geschieht nach wie vor so gut wie jede Woche, selbst jetzt noch, da das Haus Burgund auf dem letzten Loch pfeift. Die Wärter werden überrannt, und Herberta verschwindet spurlos.«

Jeroen sah sein Gegenüber verblüfft an. »Ich möchte fast glauben, das ginge! Wer bist du eigentlich?«

»Ach, sagen wir mal, ich habe viele Interessen«, antwortete Jasper wenig auskunftsfreudig. »Und die decken sich nicht immer mit dem, was die Obrigkeiten wollen. Ich habe Kontakte zu Leuten aus beiden Lagern, sowohl aus dem der *Hoeken* wie aus dem der *Kabeljauwen.* Sobald wir wissen, wann die Hinrichtung stattfindet –«

Jasper brach mitten im Satz ab, weil zwei Männer das Wirtshaus betraten. Es waren Bauern, und sie nahmen an einem der Tische Platz, ohne Jeroen oder Jasper eines Blikkes zu würdigen.

Skeptisch fragte Jeroen: »Lassen die sich denn so auf Kommando aufeinander loshetzen?«

»Die meisten sind ohnehin nichts anderes als Krawallmacher. Denen geht es nur darum, sich zu prügeln, ganz egal, wer gerade an der Macht ist. Jeder Anlaß ist ihnen recht. Und ein guter Anlaß könnten zum Beispiel ein paar Goldstücke sein, die man in die richtigen Hände wandern läßt.«

»Auf Geld kommt es mir nicht an, wenn es um Herbertas Freiheit geht.«

»Ach, wie gern ich doch Leute reden höre, denen es an nichts fehlt!«

Jeroen sah den anderen scharf an. »Falls du Geldprobleme haben solltest –«

Jasper hob abwehrend die Hand. »Ich bin kein Schnorrer.« Er schmunzelte leicht. »Vielleicht brauch ich dich ja irgendwann noch einmal für etwas anderes als dafür, mir einen Eimer Wasser über den Kopf zu gießen.« Er legte seine Hand auf die von Jeroen, die auf dem Tisch ruhte. »Ich kann dir nicht garantieren, daß es glückt, Jeroen. Aber vielleicht ist es die einzige Chance, die deine Schwester noch hat.«

Jeroen nickte. »Ich war vorhin selbst für einen Augenblick tot, scheint mir…«

Jasper griff zum Jeneverkrug. »Die Dinge sind selten so hoffnungslos, wie es scheint«, sagte er unbekümmert, auch wenn das vielleicht nur gespielt war.

In der mit Fackeln und Öllampen erleuchteten Folterkammer hing ein säuerlicher Geruch aus Angstschweiß und Urin. Während Herberta, an Händen und Füßen gefesselt, auf der Streckbank lag, hielten die beiden Magistrate, die bei ihrer Befragung zugegen zu sein hatten, ein gemütliches Schwätzchen. Der eine von ihnen saß an einem kleinen Pult, ein Buch vor sich, in dem er die Geständnisse zu notieren hatte. Der andere hatte darüber zu wachen, daß auch alles vorschriftsgemäß verlief, und niederzuschreiben, welche Foltern in welchem Ausmaß angewandt wurden. Ein in Schwarz gekleideter Henker stand auf der anderen Seite der Streckbank, bereit, das Stellrad zu betätigen, auf daß ihr der Leib und die Gliedmaßen auseinandergezogen wurden. Der Strick, der von ihren Handgelenken zur Walze lief, war so straff gespannt, daß sie sich nicht rühren konnte. Die Schmerzen in ihren Schultern waren schon jetzt kaum zu ertragen, und dabei hatte die eigentliche Folter noch gar nicht begonnen.

Herberta war nackt, und man hatte ihr alles Haar an Kopf und Körper abgeschoren, weil die Magistrate nach einem Teufelsmal gesucht hatten. Auch hatten sie ihr Nadeln überall in den Körper gestochen, um zu überprüfen, ob sie womöglich unempfindliche Stellen besaß, die nicht bluten wollten. An den Stellen sollte sie der Teufel berührt haben.

Herberta vernahm Gepolter an der Tür. Sogleich hörten die Magistrate auf zu reden, und der Mann am Pult setzte sich kerzengerade auf. Der Mann, der eintrat, stellte sich zwischen Herberta und den Fackeln an die Wand, so daß sie sein Gesicht aus ihrer liegenden Position heraus kaum erkennen konnte. Er trug eine Mönchskutte, doch sein Gebaren war alles andere als fromm und bescheiden. Mit vorgestrecktem Bauch, die Hände in den Taschen seiner Kutte, sah er sie von oben herab an, und einen kurzen Moment hatte sie die irrwitzige Vorstellung, er würde sie gleich bepinkeln.

»Wahrsager, die ihre eigene Zukunft nicht kennen, mächtige Zauberer, die in Armut leben, Alchemisten mit nichts als Kupfer anstelle von Gold in der Börse, Hexen, die nicht einmal aus einem Kerker entkommen können. Eines der großen Rätsel ist, warum euereins so schlecht für sich selbst sorgen kann.«

Sprenger! wußte Herberta mit einem Mal. Sie hatte die Geschichten über seine ungewöhnlich nasale Stimme gehört, hervorgerufen durch ein verwachsenes Nasenbein, dessentwegen er nur durch den Mund atmen konnte. Er wirkte groß und beeindruckend, doch das war darauf zurückzuführen, daß sie selbst sich in einer so erniedrigenden und verletzlichen Position unten am Boden befand. Von dort, wo sie lag, sah ein jeder groß und beeindruckend aus.

In einem Anlauf, ihre Angst zu verdrängen, fragte sie: »Und warum faßt man mich so hart an, wenn ich doch ein Scharlatan bin?«

»Ah, die bekannte Vorwitzigkeit der van Akens«, konstatierte der Inquisitor. Er schien zufrieden, daß ihm ein Vorurteil bestätigt wurde. Doch der Ton, den er danach anschlug, war scharf wie eine Glasscherbe: »Es ist kaum von Belang, ob du nun eine echte Hexe bist oder nicht. Auch Betrüger sind eine Plage, die mit der Wurzel ausgemerzt werden muß!« Der Inquisitor blickte kurz zu den Magistraten. *»Ius puniendi«,* sagte er. »Wir haben das Recht zu strafen.«

Herbertas Angst wurde immer größer, doch ihre Zunge

schien wie so oft ein Eigenleben zu führen. »*Schuldige* zu strafen«, korrigierte sie.

Ohne sich zu ihr umzudrehen, entgegnete Sprenger: »Es ist nicht an der Inquisition zu beweisen, daß du schuldig bist. Es ist an dir zu beweisen, daß du es *nicht* bist.«

»Und wie sollte ich das? Indem ich lieber sterbe, als zu bekennen?«

»Wer unschuldig stirbt, kommt in den Himmel. Was kann man sich Schöneres wünschen?«

»Nichts fürchte ich mehr als das!« Herberta erschrak selbst über ihre Worte, aber irgend etwas, das stärker war als sie, hinderte sie daran, klein beizugeben. »Und wie läßt es sich vereinbaren, daß man einerseits Nächstenliebe predigt, aber andererseits Gefangene zu Tode quält?«

»Was die Ketzerei anbelangt, benötigen wir jetzt wohl kaum noch ein weiteres Bekenntnis«, konstatierte Sprenger seelenruhig. »Aber ich werde mich herablassen, dir deine profane Frage zu beantworten: Die Kirche quält niemanden. Wir beaufsichtigen die peinliche Befragung vielmehr, um die Folter auf das Allernötigste zu beschränken. Wenn wir dem Volk und der weltlichen Macht freie Hand ließen, würde die Gerichtsbarkeit völlig außer Kontrolle geraten, und es würde zu den größten Exzessen kommen.«

»Ach, wirklich? Soweit ich gehört habe, hat aber gerade Euer Amtsantritt in 's-Hertogenbosch derlei Exzesse ausgelöst, und –«

»Schweig, unverschämtes Weib!« blaffte der Magistrat am Pult. »Verzeiht, Herr, daß ich sie kurz gewähren ließ«, sagte er zu Sprenger.

Herr? dachte Herberta verwundert. Und das zu einem

Mönch? Ach ja, entsann sie sich, er war ja Dekan an der Universität Köln gewesen.

Sprenger stellte sich wieder mit dem Rücken zu den Fackeln, die Hände nach wie vor entspannt in den Taschen und den ziemlich umfangreichen Bauch womöglich noch weiter vorgestreckt. »Anhand dessen, was über dich erzählt wird, hatte ich mir ein Bild von dir gemacht«, sagte er zu Herberta. »Es befriedigt mich, daß dieses Bild zutrifft. Und das bedeutet auch schon einmal, daß die Kläger nicht gelogen haben.«

Herberta wandte das Gesicht vom Inquisitor ab, der für sie allmählich etwas Gespenstisches bekam. »Schade, daß ich nicht ausschweifender gelebt habe, dann wäre mein Tod wenigstens nicht vergebens.«

»Ich muß dir zugestehen, daß du Mut hast«, sagte Sprenger gönnerhaft. »Nur wenige würden in deiner Situation und zumal als minderwertige Frau solch einen erstaunlich unehrerbietigen Ton anzuschlagen wagen.«

Es irritierte Herberta, daß er so ruhig blieb. Das schien seine Macht über sie zusätzlich zu unterstreichen.

»Ich bin nicht mutig«, sagte sie. »Und vor Schmerzen fürchte ich mich ganz entsetzlich, auch wenn ich denn eine Frau bin. Sagt mir, was ich bekennen soll: Hexerei oder einen Pakt mit dem Satan? Oder einfach Betrug vielleicht? Womit kann ich Eure fanatischen, stumpfsinnigen Vorurteile am besten befriedigen?«

»Das ist unerhört!« sagte der Magistrat am Pult empört. »Diese Dreistigkeit!«

»Ein jeder Sünder verarbeitet seine Angst auf die ihm eigene Weise«, sagte Sprenger kühl. Die Hände noch immer in den Taschen, ging er zur Tür und trat dagegen, auf daß der Wachtposten ihm öffnete. Bevor er hinausging, sagte er zum Henker: »Ich gebe dir meine Einwilligung, die Beschuldigte auch nach ihrem Bekenntnis weiterzufoltern. Möglicherweise ist dieses Bekenntnis nicht die volle Wahrheit.«

Die Tür schloß sich so geräuschlos hinter ihm, daß Herberta zweifelte, ob er wirklich fort war. Doch dann setzte sich knarrend das Rad in Bewegung, und es tat sich eine Welt des Schmerzes auf, in der kein Raum mehr war für irgendeinen vernünftigen Gedanken.

20

Mein Name ist Hieronymus… äh… van Aken«, sagte Jeroen zu einer Wache der Lovensche Poort. »Ich möchte meine Schwester, Herberta van Aken, sehen.«

Der Mann musterte kurz Jeroens Kleidung und antwortete dann: »Das wird nicht viel Sinn haben, Meister. Sie ist der peinlichen Befragung unterzogen worden und –«

»Ich will sie sehen!« beharrte Jeroen. Die Wache zuckte gleichgültig die Achseln und ließ Jeroen durch. Angehörige hatten das Recht, Gefangene zu besuchen, und auch bei Hexen wurde da seines Wissens keine Ausnahme gemacht. Er bedeutete seinem Gesellen, den Meister zu begleiten.

Herberta lag rücklings auf dem Stroh ihrer Pritsche, mit einem Schandlaken zugedeckt, so daß nur ihr Gesicht zu sehen war. Im diffusen Licht des Kerkers wirkte es ungewöhnlich weiß. Man hatte ihr die Haare abgeschoren, und an ihrer Nase klebte geronnenes schwarzes Blut. Sie hielt die Augen geschlossen.

»Berta?« Jeroen umfaßte die Gitterstäbe der Zelle und rüttelte daran. »Berta? Kannst du mich hören?«

Herberta reagierte nicht. Sie lag so regungslos da, daß Jeroen die Panik ergriff und er für einen Moment dachte, sie wäre tot. Doch dann sah er, daß sich ihre Brust hob und senkte, nicht ruhig wie bei einer Schlafenden, sondern mit kurzen, nervösen Rucken. Wie ein Vogel mit gebrochenen Flügeln, dachte Jeroen, dem Tode geweiht, wenn sich niemand seiner annimmt. Jeroen schwankte zwischen tiefem Mitleid und rasender Wut.

»Vorhin war sie kurz bei Bewußtsein. Sie sagte, sie hätte keine Schmerzen mehr, aber sie ist gleich wieder ohnmächtig geworden.«

Jeroen drehte sich zu der Zelle schräg hinter ihm um, von wo die Stimme gekommen war. Es dauerte einige Augenblicke, ehe er bei dem schwachen Licht das Gesicht erkannte. »Onkel Thomas?«

»Ja, ja, ich bin auch noch da«, antwortete Thomas, doch seine Stimme klang eher müde als sarkastisch. »Sie haben mich zu einem Jahr Haft verurteilt, wegen Beherbergung einer Hexe. Es hätte schlimmer kommen können, aber sie glaubten wohl, daß sie mich verhext hat und ich daher nicht wußte, was ich tat.« Er löste sich vom Gitter und ließ sich auf den Rand seiner Pritsche sacken. »Wir haben Feinde, Junge...«, sagte er vor sich hin. »Niemandem etwas zuleide zu tun scheint heutzutage ein Verbrechen zu sein.«

»Ich werde dich schon freikaufen«, sagte Jeroen, die Augen wieder auf Herberta gerichtet.

»Jakob Sprenger steckt dahinter«, sagte Thomas. »Und der achtet ganz genau darauf, daß der Schultheiß keine Strafen umwandelt, bei niemandem.«

»Und Herberta?«

»Na, was dachtest du?«

»Wann?«

»Montag, falls sie bis dahin wieder auf den Beinen stehen kann.«

»Dieser verfluchte Inquisitor ist ein Ungeheuer!« ließ sich die Stimme eines Unbekannten bitter aus einer der anderen Kerkerzellen vernehmen. Der Mann selbst zeigte sich nicht. »Wenn ich jemals hier herauskomme...« Er ließ die Drohung in der Luft hängen.

»Ich halte das hier kein Jahr lang aus«, sagte Thomas. Er stand auf und lehnte sich mit der Stirn gegen das Gitter. »Ich werde krank oder verrückt oder beides –«

»Ich werde alles versuchen, dir zu helfen«, versprach Jeroen. Er blickte wieder zu seiner Schwester, die sich noch immer nicht bewegt hatte. »Hat sie denn keinen Durst?« fragte er den Wärter.

»Sie bittet um nichts«, antwortete der Mann. »Wie Ihr selbst feststellen könnt«, fügte er hinzu.

Jeroen sah den Wärter scharf an, doch dessen Miene verriet nicht den geringsten Anflug von Spott. »Ist es erlaubt, sie von einem Chirurgen untersuchen zu lassen?«

Der Wärter sah Jeroen verwundert an. »Was soll das für einen Sinn haben, wenn ich fragen darf?«

Leise sagte Jeroen: »Warum sollte sie unnötig leiden müssen, bevor sie...« Er verstummte hilflos.

»Ihr könnt ein Gesuch an den Schultheißen richten, doch bis das behandelt wird, ist das Urteil längst vollstreckt.«

Jeroen nickte resigniert. Dann öffnete er den Beutel an seinem Gürtel und nahm ein Fläschchen heraus. Er hielt es dem Wärter zusammen mit einem Goldstück hin. »Würdet Ihr dann bitte so menschenfreundlich sein, ihr diese Medizin zu geben, wenn sie wieder bei Bewußtsein ist?«

Das Goldstück verschwand in Windeseile unter dem Koller des Wärters. Dann erst nahm er das Fläschchen entgegen. Die braune Flüssigkeit darin prüfend gegen das Licht haltend, fragte er mißtrauisch: »Das hat doch wohl nichts mit Hexerei zu tun, hoffe ich?«

»Es ist eine Arznei, die ich selbst gegen Schmerzen und Schwarzgalligkeit einnehme«, antwortete Jeroen. »Ich schwöre bei der Seele der mir lieben Verstorbenen, daß das nicht das geringste mit Zauberei zu tun hat.«

»Wohl denn, ich werde sehen, was ich tun kann.«

»Gott wird es dir lohnen«, sagte Jeroen. Es gelang ihm, seine Worte einigermaßen aufrichtig klingen zu lassen.

Er verabschiedete sich von Thomas, warf einen letzten Blick auf das gespenstisch weiße Gesicht Herbertas und floh hinaus.

An jenem Montag regnete es wie aus Kübeln von einem bleigrauen Himmel herab. Der Marktplatz und die umliegenden Straßen verschwanden unter einer Wasserschicht, die das Trommelfeuer Abertausender dicker Wassertropfen zum Sieden zu bringen schien.

Jeroen nahm den Regen kaum wahr, obwohl er bis auf die Knochen durchnäßt war. Schon eine gute Stunde lang lief er am Eingang der Hinthamerstraat auf und ab, von wo er die Lovensche Poort im Auge behalten konnte.

Am heutigen Tag sollte die Hinrichtung zweier Ketzer und einer Hexe stattfinden. So war es am Rathaus angeschlagen, mit den Vor- und Zunamen der Verurteilten. Jasper hatte Jeroen versichert, daß er alle notwendigen Vorbereitungen für Herbertas Befreiung getroffen habe, doch Jeroen fühlte sich keineswegs beruhigt. Auch, weil das Wetter wohl alles durcheinanderbrachte. Der Marktplatz lag verlassen da, weit und breit keine Spur von den Freiwilligen, die die Scheiterhaufen errichten sollten.

Jeroen rieb sich wütend das Wasser aus den Augen und ließ den Blick zum wer weiß wievielten Male suchend über die trostlose Umgebung schweifen. Er hatte erwartet, um diese Stunde hier und dort Unbekannte herumlungern zu sehen, jene Krawallmacher eben, die Jasper mit Jeroens Geld bezahlt hatte. Doch außer einigen Kindern, die quer über den Marktplatz rannten und juchzend durch die tiefen Pfützen sprangen, war vorerst keine Menschenseele zu entdecken.

Man wird die Exekutionen wohl verschieben, dachte Jeroen mit wachsender Verzweiflung. Vielleicht auf eine spätere Stunde, vielleicht auf den nächsten Tag oder gar auf die nächste Woche. Und wenn es dann endlich geschieht, wird niemand darauf vorbereitet sein...

»Verdammt!« fluchte Jeroen laut. »Gottverdammt, gottverdammt!« Doch der strömende Regen dämpfte seine Stimme, so daß Gott ihn nicht hören konnte.

Plötzlich waren rasche Schritte zu vernehmen, und aus dem grauen Wasserschleier tauchte eine dunkle Gestalt auf, die Jeroen ein Stück Kanevas um die Schultern legte. »Was du hier tust, ist unsinnig«, sagte Aleyt. »Versuch doch wenigstens, nicht krank zu werden, denn dann hätte niemand mehr etwas von dir. Auch deine Schwester nicht!«

Ihm war kalt, merkte Jeroen erst jetzt. Aber daran konnte auch dieses Stück Leinwand nichts ändern. Die Kälte kam tief aus seinem Innern, und die Nässe verstärkte diese Empfindung nur.

»Ja, vielleicht ist es unsinnig...«, räumte er widerstrebend ein. Aber er wußte, daß er, wenn er wegginge, das Gefühl haben würde, Herberta im Stich zu lassen. »Tagelang ist es trocken gewesen«, klagte er. »Und jetzt...« Er machte eine verzweifelte Armbewegung. »Womit hab ich denn das nur verdient?«

»Meinst du nicht doch, daß es besser ist, wenn du ins Haus kommst? Ich habe ein Feuer im Kamin gemacht.«

Jeroen schaute in das regennasse Gesicht seiner Frau, als sähe er sie zum erstenmal. Sie sah sorgenvoll aus. Das hätte ihn eigentlich rühren sollen, doch es bereitete ihm eher Unbehagen. Weil ich ihre Besorgnis nicht verdiene, dachte er. Wenn sie eifersüchtig und böse gewesen wäre, hätte er das wahrscheinlich als befreiend empfunden. Als sie ihn jedoch weiterhin fragend ansah, nickte er schließlich ergeben. »Du hast recht«, sagte er. »Ich kann hier nichts ausrichten.«

Ich kann ja von Zeit zu Zeit zum Rathaus gehen und schauen, ob sich dort etwas tut, dachte er. Auch wenn das wohl nichts mehr ändern würde, nun, da der Plan buchstäblich ins Wasser gefallen war. »Mein Gott!« sagte er laut und mußte für einen Moment der Versuchung widerstehen, sich an der nächsten Hausfassade den Schädel einzurennen.

Aleyt nahm ihn beim Arm und lotste ihn nach Hause, als wäre er ein Blinder. In gewissem Sinne war er das auch; Bilder von hoch auflodernden Flammen, die würgenden Teufelsklauen gleich Herbertas Gesicht umzüngelten, hinderten ihn, die reale Welt um ihn her zu sehen.

Aleyt half ihm beim Anziehen trockener Kleider, und sie schürte das Feuer im Kamin ordentlich an. Dann bereitete sie Jeroen eine heiße Milch mit Honig, in die sie reichlich von dem sirupartigen braunen Zeug tropfte, das er in seinem Atelier aufbewahrte, denn sie wußte, daß es ihm davon meistens besserging.

Jeroen saß am Tisch in der Küche, den Rücken dem Kaminfeuer zugewandt, dessen wohltuende Wärme er rasch durch Kleider und Haut dringen spürte. Ohne Aleyt anzusehen, fragte er: »Warum bist du so gut zu mir?«

Aleyt sah Jeroen einige Wimpernschläge lang prüfend an, ehe sie erwiderte: »Weil ich deine Frau bin.«

Jeroen schüttelte den Kopf. »Dazu bedarf es mehr, als kraft des Segens eines Geistlichen jemandes Frau zu sein.« Er hielt kurz inne. »Du liebst mich«, stellte er dann fest.

»So, wie du das sagst, klingt es ja beinahe wie ein Vorwurf.«

Geliebt zu werden schafft Verantwortung, dachte Jeroen. Es bürdet einem eine Last auf. Er sagte: »Ich scheine nicht imstande zu sein, deine Liebe so zu beantworten, wie es sich gehörte. Manchmal macht mich das ärgerlich, auf mich selbst...« Er wandte sich ab. »Aber vielleicht ist die Liebe ja nie ausgeglichen.«

»Du stellst dir wenigstens Fragen«, sagte Aleyt sanft. Sie zeigte auf Jeroens Becher. »Möchtest du noch Milch?«

Jeroen schüttelte langsam den Kopf. Er fühlte sich ein wenig benommen, und das lag nicht allein an der Wärme. Die Hanfessenz begann zu wirken.

Sein Blick wanderte zum Fenster. Der Regen schien nachgelassen zu haben, und die Farbe des Himmels hatte sich von Grau in ein bleiches Weiß verwandelt. Gedankenlos starrte er eine Weile darauf, bis ihn plötzlich durchfuhr, was das bedeuten konnte.

»Ich muß zum Rathaus!« Er sprang auf und lief zur Tür.

Dort blieb er jedoch noch kurz stehen, um Aleyt anzusehen. Sie war sitzen geblieben und blickte ausdruckslos zu ihm auf. »Aleyt…«

Aleyt wartete auf die Fortsetzung seines Satzes, doch die blieb aus. Also nickte sie nur, weil sie sich in etwa vorstellen konnte, was er sagen wollte, aber nicht sagen konnte. Und als Jeroen gegangen war, betete sie aus tiefstem Herzen, daß Herberta es irgendwie überleben würde.

Sie fürchtete, daß ihre Ehe Herbertas Tod womöglich nicht gewachsen wäre.

Jeroen stockte für einen Moment das Herz, als er sich dem Rathaus näherte. Beim Blaustein stand ein hoch mit Brennholz beladener Pferdekarren. Zwei Männer waren dabei, das Holz abzuladen und um drei Pfähle zu schichten, an die bei Hinrichtungen die Verurteilten gekettet wurden. Die Männer arbeiteten in einem Tempo, als habe man sie dazu angehalten, möglichst rasch fertig zu sein. Vielleicht behagte ihnen aber auch einfach der feine Nieselregen nicht, in den der vorherige Regen übergegangen war.

Auch anderes Volk war jetzt wieder auf den Beinen. Vor allem Frauen, die, nachdem nun die ärgsten Schauer vorüber waren, rasch ihre Besorgungen machten.

Urplötzlich wurde Jeroen unsanft in einen Hauseingang gezogen. Noch ehe er sich von seinem Schrecken erholt hatte, zischte Jasper: »Du hast hier nichts verloren!« Er streckte kurz den Kopf vor, um hastig nach links und rechts zu schauen. »Du solltest zu Hause sein, bei deiner Frau, oder in irgendeinem Wirtshaus, wo man dich kennt!«

»Aber –«

»Was meinst du wohl, wo sie als erstes anklopfen werden, wenn deine Schwester verschwindet? Und wenn du dann nicht nachweisen kannst, daß du mit etwas Harmlosem beschäftigt warst, dann blüht dir was!«

»Das hatte ich noch gar nicht bedacht«, bekannte Jeroen. »Und ich glaubte ... ich fürchtete, daß es nicht klappen würde.«

»Die Farbe von Gold wirkt Wunder, Jeroen. Wir wären Tag für Tag wiedergekommen, bis es soweit gewesen wäre.«

»Mein Gott, ich war verrückt vor Sorge, daß –«

»Ja, ja, jetzt mach aber lieber, daß du nach Hause kommst!«

»Wohin bringst du Herberta, wenn du ... wenn du sie befreit hast?«

Jasper sah Jeroen einen Moment lang an, ehe er antwortete: »Ich glaube, es ist besser, wenn du das vorerst nicht weißt. Du kannst zu schlecht lügen. Aber geh jetzt, rasch!« Jasper schob Jeroen aus dem Eingang. »Du weißt von nichts!« ermahnte er ihn noch. »Du bist völlig überrascht über das Verschwinden deiner Schwester und fragst dich beängstigt, ob sie womöglich doch eine Hexe ist.«

»Gut ... gut ... Und warum war ich nicht bei der Hinrichtung?«

»Mein Gott, Jeroen, weil du das natürlich nicht hättest ertragen können! Fort jetzt, auf!«

Als Jeroen schon fast zu Hause war, mochte er jedoch nicht hineingehen. Nein, nicht nach Hause, eine neuerliche Konfrontation mit Aleyt schreckte ihn allzusehr.

Er ging weiter zum Wirtshaus Der Lügenberg. Dort war

er zwar seit dem Vorfall mit Alain de la Roche nicht mehr gewesen, und so würde ihn dort wahrscheinlich niemand mehr kennen, aber er konnte ja mehrfach seinen Namen fallenlassen, und sei es nur den Dirnen gegenüber, die dort ihr Brot verdienten.

Lysbeth war älter, als er sie in Erinnerung hatte, und weniger fröhlich. Sie würdigte Jeroen kaum eines Blickes, als er mit für seine Verhältnisse ungewöhnlich großem Gewese eintrat und an einem Tisch am Fenster Platz nahm. In der Wirtsstube saß ein halbes Dutzend anderer Gäste, doch er kannte niemanden.

Lysbeth zog eine Tür hinter dem Schanktisch auf und rief mit gellender Stimme: »Veerle! Kundschaft!«

Die Dirne war klein und mollig, aber nicht häßlich. Nur fehlte ihr leider ein Schneidezahn, wie Jeroen sah, als sie ihn anlächelte. Und sie hatte eine kleine Narbe auf der Oberlippe, als sei ihr dieser Zahn ausgeschlagen worden.

»Ich mag Malermeister«, sagte sie. »Weil sie immer in weichen Samt gekleidet sind.« Sie strich ihm kurz prüfend über die Schulter. »Was darf ich dem Meister bringen?«

Jeroen fing aus dem rechten Augenwinkel eine Bewegung auf und wandte den Blick von dem Mädchen ab, um nach draußen zu schauen, gerade rechtzeitig, um einige junge Männer vorbeirennen zu sehen. Sie hatten Knüppel in der Hand. Einer von ihnen führte sogar einen martialisch aussehenden Morgenstern mit.

»Wein«, sagte Jeroen, den Blick immer noch nach draußen gerichtet. »Einen Krug.«

Sein Herzschlag beschleunigte sich, und er mußte gegen den Drang ankämpfen, gleich wieder hinauszulaufen. Aber

Jasper hatte recht. Er mußte den Anschein erwecken, absolut nichts zu tun zu haben mit –

Er fuhr hoch, als Veerle den Krug Wein und zwei Becher auf den Tisch knallte. »Der Krug war doch wohl nicht für dich allein gedacht, nehme ich an?« Als Jeroen sie ansah, deutete sie mit leichter Ungeduld auf den Platz neben ihm.

»Äh … nein, natürlich nicht«, antwortete Jeroen etwas konfus. »Mein Name ist Jeroen«, sagte er, sich wieder in seine Rolle fügend. »Und ich bin in der Tat Maler, wie du so scharfsinnig bemerkt hast.«

»Ich glaube, es gibt wieder Krawalle«, sagte das Mädchen, während es neben ihm Platz nahm. »In letzter Zeit ist es ja kaum mehr ruhig in der Stadt.«

»Es finden Hinrichtungen statt, vielleicht hat es damit zu tun.«

»Hinrichtungen? Die gibt es doch fast jeden Tag.« Veerle schien nicht weiter davon berührt zu sein. Sie füllte die beiden Becher. »Worauf sollen wir anstoßen?«

»Auf die Liebe«, antwortete Jeroen, ohne nachzudenken.

Veerle nickte. »Auf daß ich sie irgendwann einmal kennenlernen möge«, sagte sie mit einem zynischen Tonfall, der kaum zu ihrem Alter passen wollte. Während sie trank, sah sie Jeroen über den Rand ihres Bechers hinweg an. »Du bist nervös«, konstatierte sie. »Und du bist mit deinen Gedanken woanders. Laß mich raten: Du bist es nicht gewohnt, zu den Mädchen zu gehen?«

»Den Mädchen …«, wiederholte Jeroen, als ließe er sich die Worte auf der Zunge zergehen. »Kommt darauf an, wie du diesen Terminus definierst.«

»Wie ich *was*? Könnten wir bitte normal reden?« Sie

lachte kurz auf, und Jeroens Blick wurde unweigerlich zu der jämmerlichen Lücke zwischen ihren Schneidezähnen hingezogen. Hastig wandte er die Augen ab.

Sie hatte seinen Blick gesehen. »Der Liebesbeweis eines Kunden«, sagte sie, und es klang nicht einmal bitter. »Manche Männer sind besonders leidenschaftlich.« Unter dem Tisch legte sie ihm die Hand auf den Schenkel. »Wie schön weich, dieser Samt«, sagte sie lächelnd. »Möchtest du es nicht mit mir machen, ohne dich auszuziehen?«

Er begehrte sie, registrierte Jeroen verwundert. Nicht einmal unbedingt, weil er sich geschlechtlich mit ihr vereinigen wollte, sondern weil er einen warmen Leib in den Armen halten wollte. Und weil er den Trost brauchte, der von weiblichen Rundungen und weiblichen Gerüchen und vom Streicheln einer zarten Hand ausging.

Ich bin verderbt, dachte er unmutig. Ich habe zwei Frauen, die mich von ganzem Herzen lieben, eine von ihnen steht kurz vor ihrer Hinrichtung, und mir steht der Sinn danach, das Lager mit einer Hure zu teilen...

Jeroen leerte seinen Becher, ehe er entgegnete: »Mir gehen zu viele andere Dinge im Kopf herum, später vielleicht –«

»Vielleicht kann ich dir ja von deinen Sorgen abhelfen. Ich kenne ein paar Spielchen, von denen dein langweiliges Eheweib gewiß noch nie gehört hat.«

Veerle beugte sich zu Jeroen, um ihm etwas ins Ohr zu flüstern, doch er wehrte ab. »Wenn meine Frau nicht dir noch das eine oder andere beibringen könnte!« erwiderte er in ungewollt scharfem Ton.

In dem Moment wurden draußen Rufe laut, und wieder rannten einige Männer vorbei.

»Herrgott, was für ein Theater!« sagte Veerle gereizt. Es war nicht ganz deutlich, ob sie nun den Tumult auf der Straße meinte oder Jeroens Haltung. Sie füllte ihm den Becher auf und goß dabei reichlich Wein über.

Jeroen starrte auf ihre Hände. Die Finger waren zu kurz, als daß man sie schön hätte nennen können. Und die Nägel waren allesamt abgekaut. Doch Veerle würde ihre Hände zweifellos zu gebrauchen wissen ... Jeroen zog eine Grimasse, wie er nur so denken konnte.

»Es hat nichts mit dir zu tun«, sagte er, als er merkte, daß Veerle ihn ansah. »Es ist nur gerade ein sehr schlechter Moment.« Er zog seine Geldbörse heraus und legte eine Münze auf den Tisch, die er ihr mit ausgestrecktem Finger zuschob. »Das ist für deine Gesellschaft, mehr brauchst du nicht dafür zu tun.« Er versuchte zu lächeln.

Veerle starrte auf die Münze. »Du hast wirklich ein Problem, was?«

Jeroen nickte schweigend und sah wieder nach draußen. Es war jetzt ganz und gar trocken. Das Holz der Scheiterhaufen würde wohl zu entzünden sein ... Er seufzte zitternd.

»Eine Frau?« fragte Veerle.

»Was?« Jeroen sah sie erschrocken an, als fühlte er sich ertappt.

Sie lächelte. »Also ja.«

»Zwei Frauen«, rutschte es Jeroen heraus. Er hatte plötzlich das überwältigende Bedürfnis, mit irgend jemandem darüber zu reden, jemandem, der ihn nicht gleich verurteilen würde. Das hatte er nie gekonnt, wurde ihm dunkel bewußt. Es gab einfach niemanden, dem er seine Geschichte anvertrauen konnte. Nicht einmal seinem Onkel Thomas, obwohl der nur zu gut wußte, was los war.

»*Zwei* Frauen«, sagte Veerle. »Holla!« Sie setzte eine Miene auf, als halte sie das für eine beachtliche Leistung. »Wen wundert's da, daß ich dich nicht reizen kann. Und? Beide jung und schön?«

»Sie sind alle beide etwas ganz Besonderes.«

»Und haben sie auch so einen Busen wie ich?«

Jeroen seufzte. »Ich will gern darüber reden, aber nicht auf diese Art.«

»Wieso, du bist doch ein Mann, oder?«

»Und Männer sind alle gleich?«

»O ja«, antwortete Veerle im Brustton der Überzeugung. »Ob Magistrat, Prälat, Künstler, Bauer oder Kloben, wenn sie die Hose runterlassen, sind sie alle genau gleich.«

»Ach, vielleicht hast du ja recht«, sagte Jeroen müde. »Ich habe auch schon einmal ähnlich argumentiert.« Er machte sich nicht die Mühe, nach einem einfacheren Wort für »argumentieren« zu suchen. »Aber was soll man von Frauen halten, die sich für ein wenig Liebe bezahlen lassen?«

Veerle schien nicht beleidigt zu sein. »Ich verkaufe keine Liebe, Meister«, wies sie Jeroen zurecht. »Liebe ist unbezahlbar. Männer bezahlen mich nur dafür, meinen Körper besudeln zu dürfen.«

»Dein Vater ist auch ein Mann, Veerle...«

»War«, sagte sie ruhig. »Der Drecksack ist tot, von einem Pferd zu Matsch getrampelt, der Teufel möge ihm gnädig sein.« Herausfordernd erwiderte sie Jeroens Blick. »Der war der Schlimmste von allen.« Sie senkte den Blick. »Obwohl ich nicht weiß, wieso ich dir das erzähle.«

»Vielleicht, weil ich alt und weise aussehe?« Jeroens Bedürfnis, ihr seine Geschichte zu erzählen, war verflogen. Auch Veerle wird mich verurteilen, dachte er. Aus ihrer Voreingenommenheit heraus, genau wie alle anderen.

Veerle sah ihn forschend an. »Wie alt bist du eigentlich, wenn ich fragen darf?«

»Ich bin schon ein Weilchen über die Dreißig hinaus.«

»Du siehst ein ganzes Stück älter aus«, sagte Veerle schonungslos. »Du grübelst zuviel, glaube ich. Oder vielleicht erschöpfen dich deine zwei Frauen zu sehr.«

Jeroen griff zu seinem Becher und trank daraus. Das dürfte wohl beides zutreffen, dachte er. »Ich habe nicht so viele Gründe, fröhlich zu sein.«

»Ach je!« spottete Veerle. Sie zog ein Gesicht, als strengte sie sich sehr an: »Wart, ich versuche Mitleid mit dir zu haben... Nein, es gelingt mir nicht, tut mir leid.«

»Meine Schwester ist zum Tod auf dem Scheiterhaufen verurteilt, sie wird in diesem Augenblick hingerichtet.«

»O mein Gott!« sagte Veerle erschrocken. Sie legte eine Hand auf seinen Arm. »Das tut mir jetzt aber *wirklich* leid«, sagte sie.

Jeroen nickte. »Ich hätte das einfach nicht mit ansehen können, deswegen bin ich hier.« Er hätte den Anblick in der Tat nicht ertragen.

Er schaute nach draußen. Auf der Straße wirkte jetzt alles ruhig. Er fragte sich, wie lange er wohl im Hintergrund bleiben mußte, oder besser gesagt, wie lange er das wohl aushalten würde, ohne zu wissen, was war.

»Was hatte sie denn verbrochen?«

»Wie?« Jeroen sah Veerle an. Ihr Blick drückte wahrhaftig Mitgefühl aus, stellte er mit leichtem Erstaunen fest. Doch dieses Mitgefühl galt vielleicht seiner Schwester und nicht ihm. »Sie hat hin und wieder jemandem zu helfen versucht, und das ist in dieser Welt gefährlich.«

Veerles Hand lag noch immer auf seinem Arm, und jetzt drückte sie ihn kurz. »Bist du sicher, daß du nicht mit mir nach hinten willst? Das würde dir vielleicht guttun.«

»Ich möchte dich nicht besudeln«, entgegnete Jeroen verdrießlich.

»Vielleicht liege ich ja falsch, vielleicht sind doch nicht alle Männer Halunken.« Sie suchte seinen Blick. »Gib mir Gelegenheit, das herauszufinden.« Einer der Gäste in der Wirtsstube rief ihr etwas zu, und einige andere Männer lachten übertrieben laut. Ohne sich zu ihnen umzudrehen, machte sie eine wegwerfende Handbewegung. »Dreckige Schweine!« sagte sie so leise, daß nur Jeroen es hören konnte.

»Nein«, sagte Jeroen. »Nicht jetzt, ich würde mich selbst dafür verachten.«

Veerle zog ihre Hand zurück und trank aus ihrem Becher. »Nichts ist so begehrenswert wie ein Mann, der einen abweist«, konstatierte sie. »Das ist eine unserer großen weiblichen Schwächen.« Sie lächelte mit einiger Selbstironie. »Und so hast du heute doch noch etwas dazugelernt.«

Die Tür flog auf, und zwei Männer kamen herein. Sie sahen gehetzt aus. Der hintere schloß die Tür sogleich und lehnte sich mit dem Rücken dagegen. Der andere ließ den Blick durch die Gaststube schweifen, als suche er jemanden. Draußen rannten weitere Männer vorüber, nun in die entgegengesetzte Richtung wie vorhin.

Der Blick des Mannes heftete sich auf Jeroen, der erschrocken aufgesprungen war. »Meister Bosch?« Und als Jeroen schweigend nickte: »Ich dachte mir schon, daß ich dich hier finden würde.« Mit drei raschen Schritten war er an Jeroens Tisch. »Hau ab!« schnauzte er Veerle an. Sie zog ein böses Gesicht, gehorchte jedoch und ging zum Schanktisch, von wo sie Jeroen und den Unbekannten beleidigt anstarrte.

Der Mann beugte sich zu Jeroen. »Ich habe eine Nachricht von Jasper«, zischte er. »Er selbst konnte nicht kommen, er hat gehörig was abgekriegt.« Der Mann warf einen schnellen Blick über seine Schulter zu den anderen Gästen in der Wirtsstube, ehe er fortfuhr: »Deine Schwester ist tot. Sie ist im Kerker gestorben...«

Es hatte wieder zu regnen angefangen, und deswegen war weniger Volk als sonst auf dem Platz vor dem Rathaus, um sich die Hinrichtungen anzusehen. In eisigem Schweigen schaute das Häuflein Menschen auf die beiden Scheiterhaufen, aus denen rote, knisternde Flammen emporloderten, so hoch, daß die Verurteilten den Blicken gänzlich entzogen waren. In der feuchten Luft qualmte der schwarze Rauch aus den Feuern wie mit Widerwillen empor und trieb langsam in südlicher Richtung über die naßgeregneten Dächer der Häuser davon.

Ganz hinten im Publikum stand ein einsamer Mann, dessen Locken vom Regen flach am Kopf klebten. Er hatte keinerlei Interesse für die brennenden Scheiterhaufen, sondern starrte nur dumpf auf den dritten Pfahl, um den kein Feuer loderte.

»Für die Hexe war's nicht mehr nötig«, sagte eine beleibte Frau. »Die war heut morgen schon tot. Wird wohl dafür gesorgt haben, daß der Teufel sie rechtzeitig geholt hat.« Sie bekreuzigte sich routiniert.

Jeroen löste den Blick von dem leeren Pfahl und schaute auf den Rücken der Frau. »Nein«, sagte er kaum hörbar. »Der Teufel selbst hat dafür gesorgt, und sein Name ist Jakob Sprenger…«

Die Frau schien ihn dennoch gehört zu haben, denn sie blickte sich zu Jeroen um. Und als sie dessen Gesichtsausdruck sah, bekreuzigte sie sich eiligst noch einmal.

21

Joen?« Aleyt rüttelte an der Ateliertür. »Mach auf, es muß jetzt genug sein!« Sie stellte den Becher Kräutertee, den sie für ihn dabeihatte, auf das Schränkchen neben der Tür.

Er hatte jedenfalls etwas gegessen. Der Teller Brotpudding, den sie ihm hier vor einigen Stunden zurückgelassen hatte, war leer. Das war seit Tagen das erste, was er nicht unangerührt hatte stehenlassen.

Doch dann sah sie noch etwas: Am Tellerrand waren Blutflecke.

»Jeroen?!« Nun zu Tode beunruhigt, hämmerte sie mit beiden Fäusten gegen die Tür. »Bist du krank?«

Im Atelier blieb es still. »Jeroen, verdammt...!« Aleyt legte die erhitzte Stirn an die Tür. Und da nahm sie noch etwas wahr. Durch die Türritzen drang ihr ein Geruch wie von verwesendem Fleisch in die Nase.

Sie wußte den Anfall von Panik, die einer Flutwelle gleich in ihr emporstieg, zu unterdrücken. Ihr Blick schoß zu dem leeren Teller. Vor weniger als zwei Stunden hatte Jeroen noch etwas gegessen, und keine Leiche begann derart rasch zu stinken, mochte es auch noch so warm sein. Doch mit diesem Gedanken war der seltsame Geruch aus dem Atelier nicht vertrieben.

Nachdem sie noch ein letztes Mal gegen die Tür gehämmert hatte, wandte sich Aleyt ab und rannte hinaus, um den Schmied zu holen.

Die Methoden des Schmieds waren alles andere als delikat. Er keilte einen schweren Eisenstab zwischen Tür und Türrahmen und brach das Ganze mit einem einzigen, kräftigen Ruck auseinander, daß die Splitter nur so umherflogen. »Nanu«, sagte er verwundert. »Der Riegel war ja gar nicht vorgeschoben, Frau. Die Tür war nur zugesperrt...«

Aleyt war schon hineingerannt. Es war stockdunkel im Atelier, die Fensterläden waren geschlossen, und es brannten keine Kerzen. Der Gestank nach verwesendem Fleisch war unerträglich, und aufreizendes Fliegengesumme erfüllte den Raum.

»Jesus, Maria!« sagte der Schmied. »Liegt hier etwa ein Toter?« Als ihm bewußt wurde, was er da gesagt hatte, murmelte er hastig: »Nichts für ungut, Frau!«

Aleyt beachtete ihn nicht. Die Hand vor Nase und Mund, lief sie zu dem einen der beiden Fenster und riß die Läden auf. Das hereinfallende Bündel Abendlicht ließ erkennen, daß Jeroen nicht da war, enthüllte aber zugleich eine makabre Szenerie.

Auf dem Fußboden und auf den beiden mit diversem Krempel übersäten Tischen lagen Fleischstücke und Tierhautfetzen, an denen sich eine Legion von großen gefräßigen Fliegen mit grünglänzenden Leibern gütlich tat. Auf einem der Tische lag das Skelett eines großes Hundes. Die nur grob entfleischten Knochen waren sorgfältig in der Reihenfolge angeordnet, in der sie im Leib des Tieres gesessen hatten. Nur der Kopf war noch unangetastet. Er lag am oberen Ende des Skeletts, das eine große Schlappohr auf bizarre Weise ausgestreckt. Das Auge war ein wenig nach unten gerichtet, als starrte das Tier verwundert auf seine eigenen Knochen oder vielleicht auch auf die Insekten, die emsig in seinen unsauber abgetrennten Hals hinein- und wieder daraus hervorschwärmten.

Womöglich noch abscheulicher war das Gemälde, das inmitten des stinkenden Unrats auf einer Staffelei prangte. Darauf war mit wütenden Strichen ein Mann in Kutte abgebildet, der von Höllengetier in hundeähnlicher Gestalt zerfleischt wurde. Die Ungeheuer hatten allesamt drei menschliche Köpfe, zwei von einer Frau und einen von einem Mann. Sie rissen mit großen Zähnen blutige Stücke aus dem dicken Bauch des Mönchs, welcher mit den Händen abzuwehren versuchte, daß sie mit seinen Eingeweiden auf und davon gingen. Sein Gesicht war von äußerster Angst und Grauen derart verzerrt, daß es völlig unkenntlich war und nichts Menschliches mehr besaß.

»Jesus, Maria!« sagte der Schmied abermals und bekreuzigte sich. »Mein Magen...«, murmelte er dann entschuldigend und rannte mit der Hand vor dem Mund hinaus.

Aleyt war stocksteif stehengeblieben und starrte voll Abscheu auf das grausige Gemälde. Im Hintergrund stand ein Text, entdeckte sie nun. Die hingekritzelten schwarzen Buchstaben sahen auf den ersten Blick wie Vögel aus, die hoch oben am Himmel schwirrten. Es war ein lateinischer Text, den sie nur mit größter Mühe entziffern konnte: *...Eine abscheuliche Lust, die mir mit ihren scharfen Zähnen das Fleisch aufreißt und wie mit einer Klaue in die Eingeweide langt, um mein Inneres nach außen zu kehren, die mein Denken zerfrißt, bis ich mich diesem glühenden Un-*

geheuer, das Besitz von mir ergriffen hat, nur noch ergeben möchte, diesem Ungeheuer, das ich mit meinem eigenen Blut nähre...

»Mein Gott, Jeroen!« flüsterte Aleyt, gegen die Übelkeit und die Angst vor den bösen Geistern ankämpfend, welche fühlbar im Atelier schwebten.

Sie ergriff ihrerseits die Flucht, fort aus dem Stückchen Hölle, das Jeroen sich geschaffen hatte, fort von dem stinkenden Hauch des Bösen, den sie im Nacken spürte.

Die ältere Frau, die Jeroen in Thomas' Haus einquartiert hatte, bis sein Onkel zurück sein würde, stellte keine Fragen. Sie war froh, ein Dach über dem Kopf zu haben und obendrein noch ein wenig Geld zu bekommen. Allerdings blickte sie schon ein wenig befremdet, als sie das verwahrloste Äußere des Meisters bemerkte, doch als der nicht einmal ihren Gruß erwiderte, schlurfte sie achselzuckend in die Küche zurück, wo sie den größten Teil ihrer Zeit mit dem Ausbessern von Kleidung für Verwandte und Bekannte zubrachte.

Jeroen ging stracks in Herbertas Kammer und schloß die Tür hinter sich. Dort saß er, während es allmählich dunkel wurde, auf dem einzigen Stuhl und starrte ins Leere. Als er kaum noch etwas sehen konnte, legte er sich bäuchlings auf das Bett seiner Schwester und preßte das Gesicht in ihre Decke. Bei jedem Atemzug sog er ihren immer noch darin hängenden Duft ein. Doch dieser Duft bescherte ihm nicht mehr jene angenehme Erregung von früher. Jetzt war ein jeder Atemzug wie ein Hammerschlag, der ihm den spitzen Keil des Kummers tiefer und tiefer ins Herz trieb.

Er hatte vage vorgehabt, die Nacht in diesem Zimmer zu verbringen, doch die Erinnerungen an Herberta waren so stark, daß sie ihn einer Lawine gleich zu zermalmen drohten. Schließlich floh er wieder hinaus.

Die alte Frau in der Küche schaute kurz auf, als sie die Haustür zuschlagen hörte, arbeitete jedoch ungerührt weiter. Je weniger man über das Tun und Lassen von Herren und Meistern wußte, desto besser. Diese Weisheit hatte sich für sie seit vielen Jahren bewährt.

Jeroen wollte nicht nach Hause. Er wollte überhaupt nichts, außer daß sich die Erde unter seinen Füßen auftat und ihn für immer verschluckte. Er irrte durch die dunklen Gassen der Stadt, bis er der Nachtwache in die Arme lief.

Der Hauptmann musterte Jeroen im Licht seiner Laterne von Kopf bis Fuß. »Es empfiehlt sich nicht, sich so spät noch allein hinauszuwagen, Meister«, sagte er. Er hielt die Lampe ein wenig näher an Jeroens Gesicht. »Ihr seht aus, als habe man Euch überfallen, oder täusche ich mich?«

»Ihr täuscht Euch«, antwortete Jeroen. »Und wenn es so wäre, wär's mir auch einerlei.«

»Eine gefährliche Einstellung«, sagte der Hauptmann tadelnd. »Habt Ihr getrunken, wenn ich fragen darf?«

»Nein«, sagte Jeroen. »Ich bin leider unfähig, mich zu betrinken, das ist eine der vielen Unzulänglichkeiten, mit denen mich das Schicksal geschlagen hat. Würde es Euch etwas ausmachen, wenn ich jetzt meinen Weg fortsetzte? Das Licht tut mir in den Augen weh.«

»Wie Ihr wünscht, Meister, Ihr seid ein freier Mann. Es ist jedoch meine Pflicht, Euch zu warnen –«

»Ihr habt Eurer Pflicht Genüge getan«, unterbrach Jeroen ihn ungeduldig. Er drehte den Männern den Rücken zu und ging davon, gekrümmt, als trüge er eine schwere Last auf den Schultern.

Der Hauptmann sah Jeroen nach, bis dieser im Dunkel verschwunden war, zuckte dann die Achseln und gab das Zeichen zum Weitergehen. »Künstler!« murmelte er verächtlich, und einer seiner Männer lachte.

Jeroens ziellose Schritte führten ihn zum Lügenberg. Das merkte er erst, als er vor der Tür des Wirtshauses stand und ein wenig verstört auf das gelbe Licht starrte, das zwischen den geschlossenen Fensterläden nach draußen sickerte. Von drinnen war das Plinkplank einer Laute zu hören.

Das Instrument der Wollust, dachte er. Und die Wärme eines Frauenkörpers... Er stieß die Tür auf und trat ein.

»Ah, da ist ja unser Meister wieder«, sagte eine Mädchenstimme, als er sich in den dunkelsten Winkel der Gaststube gesetzt hatte, um dort auf den Fußboden zu starren.

Jeroen schaute auf und runzelte die Stirn. »Wie war noch dein Name?«

»Veerle«, sagte das Mädchen. Es schien sie nicht zu stören, daß er ihren Namen vergessen hatte. »Wein? Einen ganzen Krug?«

Jeroen nickte und wandte den Blick dem Musikanten zu, der auf einem Kissen auf dem Fußboden saß. Der Mann ließ während seines Spiels die Augen unaufhörlich über das Dutzend Gäste wandern, als wollte er auf diese Weise ihre Bewunderung erzwingen. Man zollte ihm jedoch kaum Beachtung, und in dem Schüsselchen, das er vor sich auf dem Boden stehen hatte, lag nicht eine einzige Münze. Von Zeit zu Zeit schwoll das Reden und Lachen derart an, daß die Töne der Laute kaum noch zu hören waren.

Schöne Klänge gehen in Lärmen unter, das die Ohren peinigt, dachte Jeroen. So, wie Schönheit überall der von Menschen geschaffenen aufdringlichen, omnipräsenten Häßlichkeit weichen muß. So, wie Liebe verjagt wird von Haß und Neid und Rachsucht...

»Den Teufel gibt es nicht«, sagte er zu Veerle, als diese seinen Wein brachte. »Der Mensch selbst ist der leibhaftige Teufel, und mit jedem Kind, das geboren wird, wird die Hölle größer.«

Veerle sah ihn einen Moment prüfend an, ehe sie sagte: »Deine Schwester ist hingerichtet worden, ja?«

»Ich bin beschämt«, sagte Jeroen. »Weil du dich an Dinge, die mich betreffen, erinnerst, und ich mir nicht einmal deinen Namen gemerkt hatte. Und nein, Herberta ist nicht hingerichtet worden, sie wurde im Kerker umgebracht, von einem Ungeheuer namens Jakob Sprenger. Mögen die Maden seine Eingeweide fressen, die Raben ihm die Augen auspicken und die Ratten sein Geschlecht zerfleischen, ehe er tot ist.«

»Scht!« machte Veerle hastig und legte Jeroen die Hand auf die Lippen. »Da hinten am Tisch sitzt ein Pfaffe«, flüsterte sie. »Vikar Dass, kennst du ihn nicht?«

Jeroen nahm ihre Hand und legte sie sich über die Augen. »Mach mich blind, damit ich die Häßlichkeit nicht mehr sehen kann...«

»He, du machst mir ja angst!« sagte Veerle. Sie zog ihre Hand weg. »Was hast du denn da an den Fingern? Das sieht ja aus wie angetrocknetes Blut. Bist du verletzt?«

»Vikar Dass, der große Kunstkenner aus Köln«, sagte Jeroen. Er sah zu dem Tisch hinüber, den Veerle ihm gewiesen hatte, doch der Prälat saß mit dem Rücken zu ihm. »Kundschafter in Sachen profane Darstellungen.« Er grinste bitter. »Selbst aber offenbar auch kein Verächter weltlicher Vergnügen. Oder sollte sich der Herr Vikar auf eine hochgeistige Unterhaltung bei einem unschuldigen Becher Wein beschränken? Im Gegensatz zu einem gewissen Bruder Alain de la Roche, der von seinem eigenen Gott so rasch dafür bestraft wurde, daß man beinahe an eine Gerechtigkeit des Schicksals glauben mag...«

»Unterschätz den Vikar nicht«, warnte ihn Veerle ernst. »Er ist weiß Gott nicht so dumm!«

»Kommt darauf an, mit wem du ihn vergleichst«, sagte Jeroen herablassend. »Mag sein, daß er nicht ungefährlich ist, aber das ist etwas anderes, Veerle.« Er klopfte neben sich auf die Bank. »Mir ist nach Gesellschaft... glaube ich.«

Veerle zögerte. »Ich habe einen Kunden, der mich erwartet. Vielleicht später? Oder soll ich Virgilie für dich rufen? Die ist gerade hinten und ißt etwas.«

»Virgilie? Wo habe ich den Namen schon gehört?«

»In einem früheren Leben vielleicht«, sagte Veerle. Sie entfernte sich.

Jeroen sah ihr grübelnd nach. Weiche Brüste und ein warmes Hinterteil, dachte er. Und nur noch leeres, loses Geplauder... Der Gedanke war verlockend. Konnte man sich einen schöneren Tod vorstellen, als zwischen wohlgeformten Frauenschenkeln zu ersticken?

Herberta war schön gewesen. Doch bei ihrem Tod war von all dem Schönen nur noch ein entehrter, geräderter

Körper übrig. Auseinandergerissen aufgrund der Willkür eines … Jeroens Blick wanderte erneut zum Rücken von Vikar Dass, und er spürte Haß in sich aufwallen wie eine Woge ätzender Säure.

»Ich kenne dich, du bist schon einmal hier gewesen, vor einer geraumen Weile.«

»So?« sagte Jeroen zu der Frau, die wie aus dem Nichts an seinem Tisch aufgetaucht war. Seit ein paar Tagen war ihm bisweilen, als nehme er das normale Fortschreiten der Zeit nur lückenhaft wahr. »Du bist also Virgilie?« Sie war etwas älter als Veerle. Und in der Tat kamen ihm ihre Züge irgendwie bekannt vor. »Ich bin einmal mit meinem Onkel Thomas hier gewesen, aber ich finde es erstaunlich, daß du ein so gutes Gedächtnis hast.«

»Habe ich gar nicht, aber du hast einen Kopf, den man nicht so leicht vergißt.« Sie kraulte ihm durch die wilden Locken. »Welche Art von Tieren züchtest du darin?« Sie ließ ein perlendes Lachen erklingen.

Ihr fehlten noch keine Zähne, sah Jeroen. Offenbar hatte sie bisher mehr Glück gehabt als ihre Kollegin.

Sie setzte sich neben ihn, zog dann aber angeekelt die Nase hoch. »Wo hast du dich denn herumgetrieben, in einem Schlachthaus oder so?«

»Ich wollte einen Hund malen, wußte aber nicht, wie so ein Tier anatomisch gebaut ist. Also habe ich einen gefangen und ihn mir von innen angesehen.«

»Was?«

»Das habe ich auch als Kind schon gemacht, mit Fischen und kleinem Getier. Man kann ein Tier niemals richtig malen, wenn man nicht weiß, was unter seiner Haut ist.«

Unsicher fragte Virgilie: »Gilt das auch für Menschen?«

Jeroen starrte vor sich hin. »Ich wüßte schon einen, den ich mit Vergnügen entbeinen würde«, sagte er. »Übrigens besteht kein so großer Unterschied zwischen Menschen und Tieren, außer vielleicht, daß wir unser eigenes Nest beschmutzen und Spaß daran haben, Artgenossen zu quälen und zu töten.«

Virgilie sah Jeroen argwöhnisch an. »Sag mal, was hast du denn gegessen?«

»In den letzten Tagen nichts als Brotpudding. Haß ist außerordentlich nahrhaft.«

»Du machst mir angst, Meister.«

»Ja, das sagte deine Freundin auch schon. Ist mir neu, daß ich eine so furchteinflößende Persönlichkeit habe, muß ich gestehen.« Jeroen sah Virgilie an. »Habt ihr hier irgendwo einen Zuber, den du mit warmem Wasser füllen kannst?«

»Ah, der Meister wünscht gebadet zu werden?«

»Es sei denn, du findest Leichengeruch erregend?«

»Der Gestank sitzt in deinen Kleidern, Meister.«

»Dann müssen die wohl auch gewaschen werden.«

»Hast du vor, die Nacht hier zu verbringen?«

»Vielleicht ja. Wenn ich nicht allein zu schlafen brauche.«

»Alles ist möglich, Meister. Wenn du bezahlst.«

»Sei lieb zu mir, und ich werde mich nicht lumpen lassen.«

»So hör ich's gern«, sagte Virgilie. Sie erhob sich. »Ich werde den Wasserkessel füllen.«

Jeroen sah Virgilie nicht nach, als sie ging, so betont sie sich auch in den Hüften wiegte. Sein Blick wanderte zum Rücken von Vikar Dass, der Jeroens Anwesenheit noch immer nicht registriert zu haben schien. Dabei mußte der ihn doch gesehen haben, als er hereingekommen war. Aber vielleicht hat er mich ja nicht erkannt, dachte Jeroen. Oder ich bin ihm einfach völlig unwichtig, ein belangloser Wicht, wie Alain de la Roche es ausgedrückt haben würde.

Der Vikar teilte den Tisch mit zwei anderen Männern, die pergamentene Gesichter mit der fahlen Farbe Geistlicher hatten, jedoch wie der Vikar gewöhnliche Alltagskleidung trugen. Jeroen meinte einen von ihnen von einem Bankett der Liebfrauenbruderschaft zu kennen, doch er war sich dessen nicht ganz sicher. Die drei unterhielten sich in leisem Plauderton, vor sich geleerte Teller, als hätten sie gerade gegessen.

Vielleicht ist Dass ja aus vollkommen harmlosem Anlaß hier, dachte Jeroen mit einem Anflug von Enttäuschung.

Sein Blick kreuzte den Veerles, die am anderen Ende der Gaststube saß und ihn nachdenklich anstarrte. Ein kleines, schmächtiges Männlein nuckelte leidenschaftlich an ihrem Ohr, doch sie schien das gar nicht zu bemerken.

Jeroen wandte den Blick ab und schaute auf seine Hände. Sie waren schmutzig, sah er nun selbst. Unter der angetrockneten Schicht geronnenen schwarzen Hundebluts war von seinen Fingernägeln kaum noch etwas zu erkennen. Eigenartigerweise war ihm das vollkommen gleichgültig, ihm, der sonst nie aus dem Haus ging, ohne erst sorgfältig auch noch die letzten Farbreste von seinen Händen entfernt zu haben. Diese Hände hier paßten zu ihm, fand er. Sie sahen genauso schmutzig aus, wie er sich von innen her fühlte. Vielleicht sollte er lieber doch kein Bad nehmen. Wenn er herauskam, würde er sich nicht mehr wiedererkennen...

Er starrte auf den Krug Wein, mochte aber nicht davon trinken. Ermattet schloß er die Augen. Das Stimmengewirr in der Gaststube hatte eine einschläfernde Wirkung auf seinen müden Geist, und er spürte, wie ihm das Kinn mit kleinen Rucken zur Brust hinabsank.

»Darf ich Euch mein Beileid zum Tode Eurer Schwester ausdrücken, Meister Bosch?«

»Was?« Jeroen schrak auf und blickte überrascht auf die unwirklich hoch vor ihm aufragende Gestalt von Vikar Dass, der ernst auf ihn herabblickte. »Oh, Verzeihung, ich war, glaube ich, ein wenig eingenickt«, murmelte er, während er sich linkisch aufsetzte.

»Mit offenen Augen?«

»Ja, das passiert mir bisweilen ...« Jeroen rieb sich mit der rechten Hand über das Gesicht, als wollte er eine Spinnwebe entfernen. Die Welt nahm wieder ihre normalen Proportionen an, und der Vikar wirkte nicht länger wie ein Riese.

»Ich bedaure zutiefst, was Eurer Schwester widerfahren ist, Meister Bosch.«

Jeroen sah sein Gegenüber mit zusammengekniffenen Augen an. Der Vikar vermittelte den Eindruck, als meine er es aufrichtig, und nicht, als wolle er nur Salz in die Wunde streuen. »Meine Schwester wurde ermordet«, sagte Jeroen.

»Ich verstehe Euren Gram, Meister Bosch, aber –«

»Nein!« fuhr ihn Jeroen an, nun plötzlich hellwach. »Wenn Ihr meinen Gram verstündet, würdet Ihr Euch nicht in meine Nähe wagen!«

Die Gespräche in der Gaststube verstummten.

Der Vikar beugte sich leicht zu Jeroen hinunter und sagte

leise, so daß nur dieser es verstehen konnte: »Ich bin nicht Euer Feind, Meister Bosch. Wir wollten Euch eine Funktion im Vorstand unserer Liebfrauenbruderschaft anbieten…«, er richtete sich wieder auf, »aber vielleicht sollten wir uns lieber unterhalten, wenn Ihr wieder Ihr selbst seid«, sagte er in normaler Lautstärke. Er nickte kurz zum Gruß und ging zur Tür, wo seine beiden Tischgenossen auf ihn warteten. Ohne sich noch einmal umzusehen, entfernten sie sich.

»Euer Bad ist fertig, Meister.« Es war nicht Virgilie, sondern die Wirtin, die ihm die Nachricht brachte.

Jeroen nickte und stand auf, mit leichtem Widerstreben, als erwarte ihn eine unangenehme Arbeit. Er ignorierte die anderen Gäste, die ihn noch immer befremdet angafften, und ging zu der Tür, die ihm die Wirtin schweigend gewiesen hatte.

Im ersten Morgengrauen schlich Jeroen heimwärts. Wie ein gekrümmter grauer Schatten huschte er an den Häuserfassaden entlang, als versuche er unsichtbar zu sein für die Krämer, die zu dieser frühen Stunde auf dem Weg zum Marktplatz waren, um dort ihre Waren feilzubieten.

Als Jeroen den Marktplatz erreichte, blieb er stehen und blickte verstört auf das emsige Treiben. Die Szenerie war so nüchtern und alltäglich, daß sie in seinen Augen etwas Unwirkliches hatte. Diese Realität kam ihm unecht vor. Als gehöre er noch weniger dazu denn je, als habe er sich hierher verirrt, in diese Welt, die weit farbloser und formloser und kälter und roher war als die seine. In seiner Welt brauchten die Menschen keine Kleider zu tragen, um ihre Häßlichkeit zu verbergen. In seiner Welt waren alle schlank und elegant und lebten in unendlichen, lieblichen Gärten, wo sie den ganzen Tag nichts anderes taten, als zu essen und zu trinken, zu spielen und sich zu lieben. Und das wichtigste: Dort gab es keinen Gott und keine Kirche, und daher konnte auch das Böse dort nicht existieren...

Unsicher blickte Jeroen hinter sich, als wüßte er mit einem Mal nicht mehr, woher er gekommen war. Er erinnerte sich nur bruchstückhaft an die vergangene Nacht, an Momente von an Schmerz grenzender Wollust mit zwei Frauen, die ihn unter ihrem Fleisch begraben hatten. Beinahe hatte sich ein kürzlich gehegter Wunschtraum erfüllt, doch ihn zu ersticken, dazu hatte die Kraft der beiden Frauen nicht ausgereicht, so sehr er auch danach verlangt hatte. Es hatte Höhepunkte gegeben und Tränen, doch das ganze nächtliche Geringe hatte am Ende nichts als Erschöpfung gebracht. Nicht die Erschöpfung der Befriedigung, sondern die eines schmerzlichen Verlustes, der nie mehr wiedergutzumachen war.

Vielleicht ist dies ja nur ein Scheinleben, dachte Jeroen allen Ernstes. Vielleicht befindet sich mein Geist in der realen Welt, und mein Körper wurde an diesem garstigen Ort der Grausamkeit zurückgelassen. *Ergo* könnte ich besser ganz tot sein, denn dieser Körper ist mir nur eine Last, weil er mich hier festkettet...

»Welch dumme Gedanken!« sagte Jeroen laut und setzte seinen Weg fort. Mein Geist ist nicht entflohen, dachte er. Er ist nur schwer krank von dem Zuviel an Boshaftigkeit und Heuchelei. Das war eine Feststellung, die weder tröstete noch zornig machte.

Jeroen erreichte das ›Rotkreuz‹, wie Aleyt ihr Haus am

Markt genannt hatte, zögerte noch ein wenig vor der Tür, trat dann aber schicksalsergeben ein.

Er wußte nicht, ob seine Frau zu Hause war, schloß die Tür aber sicherheitshalber so leise wie möglich hinter sich, um Aleyt nicht aufzuschrecken, falls sie noch schlief.

Verdutzt blieb sein Blick einen Moment lang an der zersplitterten Tür zu seinem Atelier hängen. Der Luftzug von dort trug Seifenduft zu ihm herüber.

Dann schlich er sich geräuschlos in die in graues Morgenlicht getauchte Küche und ließ sich todmüde auf einen Stuhl sinken. Wenn er jetzt ins Bett ginge, würde er vielleicht bis zum nächsten Tag durchschlafen. Aber er traute sich nicht, nach oben zu gehen, weil er sich scheute, Aleyt unter die Augen zu treten.

Weil ich ein Feigling bin, dachte er. Schleiche im Halbdunkel durch mein eigenes Haus und fürchte mich zu Tode, einer Frau zu begegnen, die ich zufällig kennengelernt und geheiratet habe, weil es die Kirche so vorschreibt. Absurd das Ganze! Da schienen die Fleischtöpfe der vergangenen Nacht mit einem Mal viel näher am wirklichen Leben zu sein als diese vorgezeichnete Aussichtslosigkeit.

Jeroen schrak aus seiner düsteren Sinniererei auf, als er ein leises Knarren der Treppe vernahm. Ein Lichtschein fiel durch die offene Flurtür herein. Gleich darauf erschien zu seiner Verblüffung ein Mann in Leibwäsche in der Türöffnung, der eine brennende Kerze vor sich hielt.

»Verzeiht«, sagte der Fremde mit hartem deutschen Zungenschlag. »Ich saß in meinem Zimmer und zeichnete, als ich hier unten etwas zu hören meinte.« Er lächelte freundlich.

»In *Eurem* Zimmer?« wiederholte Jeroen ungläubig. »In *Eurem* Zimmer, sagtet Ihr?«

»Im Gästezimmer, meine ich, das mir Eure Gemahlin freundlicherweise für die Nacht angeboten hat. Ich nehme doch an, daß Ihr Meister Hieronymus Bosch seid?«

»Das bin ich, ja. Und darf ich fragen, wer zum Teufel Ihr seid?«

»Martin Schongauer«, antwortete der Fremde in einem Ton, als würde sein Name alles erklären. »Aus Colmar. Ich bin auf Studienreise durch die Niederlande und hatte mir fest vorgenommen, Euch zu besuchen.«

»Welche Ehre«, sagte Jeroen sarkastisch. »Und was ist Euer Beruf, wenn ich fragen darf?«

»Ich bin Maler, Kupferstecher und Zeichner. Sohn des Goldschmieds Casper Schongauer, ein Name, den ein gelehrter Mann wie Ihr zweifelsohne kennen wird.«

Das stimmt, dachte Jeroen, dessen Geist gleich einer Windmühle arbeitete, welcher der Sturm einen Flügel abgerissen hatte. Er kannte den Namen Schongauer sehr wohl, aber er wußte nicht, woher.

Er betrachtete den kleinen blonden Mann eingehender, doch dessen Äußeres sagte ihm nichts. Schließlich hatte er ja auch noch nicht viele Männer in Leibwäsche gesehen.

Jeroen erkundigte sich: »Und warum seid Ihr an meinem Werk interessiert?«

Schongauer lachte. »Ist denn das so absonderlich? Als wenn ich der einzige wäre!« Er blies die Kerze aus und stellte den Leuchter auf den Tisch. »Ihr seid ein Künstler mit deutschem Blut, der selbst am spanischen Hof Bewunderer hat.«

»Die Spanier kaufen alles«, erwiderte Jeroen gleichgültig. »Was ich für einigermaßen dumm halte, wenn die Gerüchte wahr sind, daß sie die Eroberung der Niederlande vorbereiten.« Er sah Schongauer an. »Und was das deutsche Blut betrifft: Ich bin niemandes Landsmann. Daß meine Eltern aus Aachen stammten, war reiner Zufall, eine Laune des Schicksals. Ebenso wie ihr Umzug nach 's-Hertogenbosch und meine Geburt hier.«

»Ach ja?« Schongauer lächelte. »Ich hatte das Vergnügen, einige Eurer Werke studieren zu dürfen, Meister Bosch. Und für mich seid Ihr von Eurer tieferen Natur her unverkennbar im Germanischen verwurzelt.« Seine Augen verengten sich. »In einigen Eurer Figuren, die an Einsamkeit in Zeit und Raum und der daraus erwachsenden Herzens- und Seelenpein leiden, schimmert Euer Äußeres durch. Nun, da ich merke, daß Ihr Eure Wurzeln verleugnet, ist mir das schon teilweise erklärlich.«

»Eine interessante Analyse«, sagte Jeroen säuerlich. »Aber es ist schon erstaunlich, daß manch einer mein tieferes Selbst besser zu kennen glaubt als ich. Und wenn ich erstaunlich sage, dann ist das höflich gemeint.«

»So erstaunlich ist es nicht, Meister Bosch. Wir betrachten unser eigenes Selbst nun einmal wie durch rußgeschwärztes Glas. Und bei den meisten ist diese Rußschicht sehr dick.« Schongauer kicherte entschuldigend. »Ich fürchte, für eine derart hochgeistige Diskussion bin ich nicht passend gekleidet. Wenn Ihr erlaubt, werde ich mir erst einmal etwas überziehen.«

»Tut das«, antwortete Jeroen.

So, jetzt ist das Rotkreuz also zum Gasthaus für Spaßvögel geworden, dachte er, während er Schongauer hinterherstarrte. Aber vielleicht war das ja ganz gut so, vielleicht lenkte das seine Frau etwas ab.

Als hätte sie seine Gedanken gehört, tauchte im gleichen Moment Aleyt in der Türöffnung auf. Sie hatte einen Krug Milch in der Hand, die sie aus dem Keller geholt hatte. Offenbar war sie schon seit einer Weile wach, denn sie war vollständig angezogen und sah wie immer sehr gepflegt aus. Jeroen hatte Aleyt noch nie ungepflegt gesehen. Sogar wenn sie krank war, gelang es ihr, sich ein vorzeigbares Äußeres zu geben. Das war eine der Eigenschaften, derentwegen er sie bewunderte. Er nannte sie bisweilen einen Ruhepol für seine Augen in einer Welt der Häßlichkeit.

Herberta hatte weniger um ihr Aussehen gegeben, entsann er sich. Was, ihrer eigenen Auslegung zufolge, aber nur deswegen so gewesen war, weil sie es nicht so nötig hatte...

»Ah«, sagte Aleyt, »Meister Bosch hat sich bequemt, nach Hause zu kommen!« Ihr Ton war unangenehm, aber es entging Jeroen nicht, daß sie vor allem erleichtert war. Sie nahm einen Becher aus dem Schrank und schenkte sich Milch ein. »Darf ich fragen, wo du dich die ganze Nacht herumgetrieben hast, oder habe ich kein Anrecht darauf, das zu erfahren?«

Jeroen wandte den Blick von ihr ab und starrte ins Leere. »Ich glaube, daß du das lieber nicht wissen würdest...«

Aleyt nickte. »Bei den Huren also.«

»Wo hast du denn den seltsamen Deutschen aufgegabelt?«

»Wie? Ach, Martin...« Aleyt trank von ihrer Milch. »Ein fröhlicher Geselle. Ich empfinde ihn, ehrlich gesagt, als Aufmunterung. Hast du seine Arbeiten schon gesehen? Seine Bilder haben warme Farben, die dargestellten Szenen sind lieb und innig. Ich glaube, er ist ein Mensch, der im Einklang mit sich und seiner Umgebung lebt.«

»Wieso hat er denn dann ein solches Interesse an mir?«

Aleyt zuckte die Achseln. »Der Gegensatz vielleicht? Schönheit und Widerwärtigkeit ziehen sich auch irgendwie an. Was sollte mich denn sonst einst zu dir hingezogen haben?«

»Ich habe dich nie widerwärtig gefunden«, sagte Jeroen.

»Verdammtes Scheusal!« fuhr ihn Aleyt plötzlich an und warf ihm den noch halb vollen Becher an den Kopf. »Was, zum Teufel, hast du eigentlich vor? Warum mußt du unbedingt dein Leben ruinieren, und meines dazu?!«

Jeroen blickte abwesend auf die Milch, die ihm über den ohnehin schon fleckigen und zerknitterten Rock in den Schoß tropfte. Ohne Aleyt anzusehen, sagte er beinahe im Flüsterton: »Aleyt, bitte … ich flehe dich an, laß du mich nicht auch noch im Stich …«

Aleyt starrte eine ganze Weile stumm und mit verbissenem Gesicht auf ihn nieder, ehe sie endlich tonlos sagte: »Geh dich ein bißchen frisch machen, wir haben einen Gast.«

22

Meine Glückwünsche, Meister Bosch«, sagte Propst Paulus. »Die Wahl war nahezu einstimmig, ich habe das Vergnügen, Euch zum Schatzmeister der Liebfrauenbruderschaft zu ernennen.« Er hängte Jeroen eine schwarze Schärpe um, auf die ein seidener weißer Schwan genäht war.

Als der bescheidene Applaus der Geladenen am Tisch verklungen war, sagte der als Zeuge aufgetretene Vikar Dass: »Eine folgerichtige Wahl, zumal Ihr ja eines der reichsten Mitglieder der Bruderschaft seid. Der Rat ging davon aus, daß die Versuchung, mit der Schatzkiste auf und davon zu gehen, bei Euch am geringsten sein dürfte.« Er lächelte breit, und hier und da am Tisch erklang ein dezentes Lachen.

»Wenn man sich da nur nicht täuscht«, bemerkte Jeroen. »Reichtum zieht Reichtum an, das ist doch bekannt.« Man braucht sich nur einmal kurz hier in der Sint Jans umzusehen, um zu wissen, was ich meine, hätte er beinahe noch hinzugefügt, doch irgend etwas im Blick des Vikars hielt ihn davon ab, in dieses Fettnäpfchen zu treten. Eine Warnung, die nur er sehen konnte, schien es. Es war nicht das erste Mal, daß Jeroen das Gefühl hatte, der Vikar versuche ihn zu schützen.

Später an diesem Nachmittag, als die Versammlung ihrem Ende entgegenging und die Mitglieder der Bruderschaft grüppchenweise aufbrachen, machte Jeroen die Bekanntschaft eines kleinen dunklen Mannes mit dünnem Kranzbart. Ihre Blicke hatten sich zuvor schon mehrmals gekreuzt.

»Mein Name ist Jacob de Almaengien«, sagte der Mann. »Propst Paulus hatte mir längst angeraten, daß ich Eure Bekanntschaft machen müsse, doch bisher hatte ich leider keine Gelegenheit dazu.«

»De Almaengien«, wiederholte Jeroen nachdenklich. »Ein ungewöhnlicher Name, der auch in der Bibel vorkommt, nicht wahr?«

Die dunklen Augen Almaengiens bohrten sich in die Jeroens, als wollte er ihn hypnotisieren. »Ich bin in der Tat Jude, wenn Ihr darauf anspielt.«

Jeroen nickte. »Ein wenig überraschend, hier in dieser Runde.«

»Ich habe durchblicken lassen, daß ich vorhabe, mich taufen zu lassen und Christ zu werden.«

»Ach? Und warum das, wenn ich fragen darf?«

Almaengien zog eine Augenbraue hoch. »Solltet Ihr nicht eher sagen: Sehr vernünftig, das Christentum ist die einzig wahre Lehre, oder irgend etwas in der Art?«

»Meistens pflegt man mich darauf hinzuweisen, daß ich bestimmte Dinge *nicht* sagen sollte.«

»Das ist mir schon zu Ohren gekommen«, sagte Almaengien. »Und um Eure Frage zu beantworten: Ich möchte bestimmte Türen aufgehen sehen, die mir derzeit verschlossen sind, um es einmal so auszudrücken.«

»Mit der Motivation kommt Ihr bestimmt in den Himmel.«

Almaengien schmunzelte. »Derlei Bemerkungen sind einer der Gründe, weshalb ich Euch gern kennenlernen wollte.«

»Gibt es denn noch weitere?«

Almaengien warf einen raschen Blick um sich und senkte die Stimme: »Wir haben einen gemeinsamen Freund.«

»So? Angesichts der Tatsache, daß ich nur sehr wenige Freunde habe, ist das ein höchst bemerkenswerter Zufall.«

»Clavuceel«, sagte Almaengien beinahe im Flüsterton.

Es mutete so sonderbar an, diesen Namen just hier und unter diesen Umständen zu hören, daß Jeroen einen Moment lang ganz verschreckt war. Vorsichtig sagte er: »Daß er mein Freund ist, habt *Ihr* gesagt.«

Almaengien nickte. »Nennen wir ihn also einen gemeinsamen Bekannten, die Bezeichnung ist nicht von Belang.«

»Ich habe nichts mehr von ihm gehört, seit er aus seinem Haus verjagt wurde.«

»Wäre Euch daran gelegen, ihn wiederzutreffen?«

»Es fragt sich eher, ob ihm daran gelegen wäre.«

»Ihr wirkt weniger unverfroren, als er es mir darstellte.«

Letzteres überhörte Jeroen. »Wenn ich Euch recht verstehe, habt Ihr also Kontakt mit ihm?«

Almaengien antwortete nicht. Er blickte über Jeroens Schulter, und sein Gesichtsausdruck veränderte sich. Als Jeroen sich umschaute, sah er, daß der Vikar aus einiger Entfernung nachdenklich in ihre Richtung sah.

»Es würde mich nicht wundern, wenn er von den Lippen

ablesen könnte«, sagte Almaengien. »Und um ganz ehrlich zu sein: Es gibt hier nur wenige, denen ich vertraue.«

»Hör zu, Jacob«, sagte Jeroen. »Ich darf doch Jacob sagen?« Und als sein Gegenüber stumm nickte: »Ich verstehe nicht so recht, auf was du anspielst, aber es trifft auf alle Fälle zu, daß ich Clavuceel gern wiedersehen würde. Vorausgesetzt, daß ihn das in keiner Weise in Gefahr bringt.«

»Diese Haltung ehrt dich«, sagte Almaengien. Er legte Jeroen eine Hand auf den Rücken und steuerte mit ihm zum Ausgang der Kapelle, wo sie mit dem Rücken zu den anderen Anwesenden standen. »Ich meine verstanden zu haben, daß du ernstliche Probleme mit Jakob Sprenger hast?«

Jeroen runzelte die Stirn. »Worauf willst du hinaus?«

»Wir beide müssen uns einmal irgendwo ganz in Ruhe sprechen und unsere Gedanken austauschen, Jeroen«, sagte Almaengien ernst. »Vielleicht auch im Beisein von Clavuceel und einigen anderen. Ich glaube, das würdest du höchst interessant finden.«

»Einigen anderen? Das klingt ja fast wie eine Verschwörung.«

»Und so etwas ist dir zuwider.«

»Natürlich, ich bin ein aufrechter Bürger und ein gottesfürchtiger Mensch.«

»Wer würde das bezweifeln. Hör zu: Du wirst fast eine Tagesreise dafür erübrigen müssen, mit mir zusammen. Wenn das kein Hinderungsgrund ist, schlage ich vor, daß wir gleich eine Verabredung treffen.«

Aleyt hängte ihren Einkaufskorb vom rechten auf den linken Arm und steckte den Schlüssel ins Schloß der Eingangstür. In dem Moment fiel ein Schatten über sie. Mit einem unbehaglichen Gefühl drehte sie sich, ohne aufzuschließen, langsam um.

»Ja?« sagte sie zu der großen Gestalt in Mönchskutte, die ihr nun gegenüberstand, die Hände entspannt in den Taschen. »Womit kann ich Euch dienen?« Der Mann war ihr unangenehm dicht auf den Leib gerückt, und sie fragte sich, ob sie wohl würde hineinflüchten können, ohne daß er den Fuß in die Tür stellen konnte, wie Bettelmönche das schon einmal taten.

Der Mönch nahm eine Hand aus der Tasche, um seine Kapuze ein wenig nach hinten zu schieben, so daß sie seine Züge sehen konnte. Trotz seiner etwas korpulenten Statur hatte er ein hageres Gesicht mit engstehenden blassen Äuglein. Sein Alter war schwer zu schätzen. Sein unsorgfältig gestutzter, kurzer Bart und seine Augenbrauen waren blond, ohne eine Spur von Grau, doch sein Gesicht hatte die Farbe von Knochen, als säße überhaupt keine Haut darauf. Seine große Nase war in der Mitte seltsam verdickt.

»Jakob Sprenger«, sagte er mit nasaler Stimme. Es klang belustigend, hatte aber zugleich etwas Bedrohliches, wie eine Warnung für den, der es wagen sollte, darüber zu spotten. »Inquisitor. Und Ihr seid Aleyt van der Meervenne, nehme ich an, Ehefrau des berühmten Pictors Hieronymus Bosch?«

»Ja?« sagte Aleyt unsicher. Ihr Verlangen davonzulaufen wuchs. Der Ruf, der Jakob Sprenger vorauseilte, war nicht übertrieben. Der Inquisitor strahlte Unerbittlichkeit aus.

»Ich möchte gern ein paar Worte mit Euch wechseln.«

Sprenger machte eine Kopfbewegung zur Tür. »Wir sind doch hier ziemlich den Blicken preisgegeben, und ich kann mir vorstellen, daß Ihr das lieber im geheimen haltet.«

»Was... was soll ich im geheimen halten?«

»Gehen wir doch hinein, ja?«

Sprenger sprach in ruhigem Ton, aber Aleyt gehorchte, als hätte man ihr einen zwingenden Befehl erteilt. Sie drehte sich um, öffnete mit hölzernen Bewegungen die Tür und ging voran ins Haus. Sprenger schloß selbst die Tür hinter ihnen, nachdem er noch beiläufig einen raschen Blick über den Marktplatz geworfen hatte.

Aleyt stellte ihren Korb auf den Küchentisch und drehte sich zu Sprenger um, der sich interessiert umsah. »Mein Mann ist zu einer Zusammenkunft der Liebfrauenbruderschaft. Aber das wußtet Ihr bereits, nehme ich an?«

Sprenger nickte. »Um zum Schatzmeister ernannt zu werden. Meister Bosch erwirbt sich einen zunehmend vornehmeren Stand.«

Widerstrebend fragte Aleyt: »Möchtet Ihr etwas trinken? Wein?«

Anstatt zu antworten, sagte Sprenger: »Es erstaunt mich, hier keine Werke des Meisters hängen zu sehen.«

»In der Küche?«

»Bei einem Vielmaler wie ihm würde man erwarten, daß in seinem Haus sämtliche Wände damit behängt sind.«

»Es tut mir leid, daß ich Euch enttäuschen muß.«

»Der Name Eures Hauses«, sagte Sprenger nachdenklich, »Rotkreuz... das erinnert doch stark an Rosenkreuz...«

»Ja, und?«

Sprenger zuckte die Achseln. »Ich habe mich nur gefragt,

ob Meister Bosch etwa ein Freund der Rosenkreuzerbruderschaft ist. Deren Stifter, Christian Rosencreutz, ist ja unlängst gestorben. Und das ist für die Anhänger so eines Volksverführers meist Anlaß, sich zu rühren.«

»Ich habe nicht die geringste Ahnung, wovon Ihr sprecht«, sagte Aleyt wahrheitsgemäß. Sie war müde und wollte sich setzen, doch solange der Inquisitor das nicht tat, blieb sie lieber aufrecht stehen. Er war so schon dominierend genug.

»Das erstaunt mich«, sagte Sprenger, »eingedenk der hohen Bildung Meister Boschs und seines Interesses für die Geheimwissenschaften. Doch ich gebe zu: Das bedeutet nicht notwendigerweise, daß er auch die Gnostik zu würdigen weiß.«

»Herr Sprenger, warum sagt Ihr mir nicht, was der Zweck Eures Besuchs ist? Hat mein Mann irgend etwas getan, das Euren Zorn erregt hat?«

»Meinen Zorn erregt?« Sprenger lachte amüsiert. »Das habt Ihr schön gesagt, Frau. Aber Ihr seid natürlich auch nicht irgendeine, nicht wahr? Tochter aus dem reichen Geschlecht der van der Meervennes, Großgrundbesitzer zu Oirschot. Ihr habt Eurerseits Unterweisung erfahren, was ja doch außergewöhnlich ist. Vergeudete Zeit bei dem begrenzten Verstand einer Frau. Aber wohl denn, Ihr hattet wahrscheinlich ohnehin nichts anderes zu tun, da ja die erforderlichen Knechte und Dienstboten vorhanden waren, um zu säubern, was Ihr beschmutztet, und jeglicher Ermattung vorzubeugen.«

Aleyt spürte kalte Wut aufkommen, und die vertrieb die nagende Angst. Einen Moment lang wünschte sie sich ihre

Pistole herbei, die oben im Schlafzimmer lag. »Wollt Ihr mir nun endlich sagen, was Euch herführt, es sei denn, Ihr wolltet mich nur in meinem eigenen Haus beleidigen?«

»Da beginnt das Gegeifer schon«, sagte Sprenger in spöttischem Ton. »Ich habe nie verstanden, was erwachsene und vernunftbegabte Männer dazu bewegt, mit einer Frau unter einem Dach zu leben. Man sperre sie allesamt ein, und das Leben wäre erheblich angenehmer und vor allem weniger sündig.«

In verhaltenem Ton sagte Aleyt: »Daß Ihr ein Frauenhasser seid, war mir schon zu Ohren gekommen, Herr Sprenger. Ich sehe jetzt, daß das kein bloßes Gerücht war.«

»Ich, ein Frauenhasser?« Sprenger setzte eine verblüffte Miene auf. »Haß ist eine gar heftige Gefühlsregung, die ich mir lieber für Ebenbürtige vorbehalte.«

»Wie Jeroen, nehme ich an? Was hat er verbrochen, wenn ich fragen darf, daß Ihr Euch dazu herablaßt, das Wort an ein so unbedeutendes Wesen wie seine Frau zu richten?«

»Die Wortwahl ist schon einmal geziemend«, sagte Sprenger ruhig. »Allein der Ton zeugt noch nicht vom erforderlichen Respekt.«

»Wie mein Mann habe ich allen Respekt vor denjenigen, die ihn verdienen, Bruder Sprenger.«

Sprenger seufzte. »Was ist eine Frau mehr als eine Zunge auf zwei Beinen?«

»Unter anderem ein Wesen, das Euch Kinder gebärt!« schnauzte Aleyt, obwohl ihr klar war, daß Sprenger sich wahrscheinlich an ihrer Wut weidete.

»Ach ja, Kinder...«, sagte er gleichgültig.

An denen Leute wie du sich vergreifen können, dachte

Aleyt. Weil du dich bei einer Frau nicht beweisen kannst. Aber das sprach sie wohlweislich nicht laut aus.

»Da Ihr selbst davon beginnt: Es ist doch eigenartig, daß Ihr keine Kinder habt«, bemerkte Sprenger. Er sah sie mit leichtem Schmunzeln an. »Ist der Acker unfruchtbar geworden von unnatürlichem und sündigem Treiben?«

»Mein Mann hält die Welt für zu schlecht, als daß er Kinder hineinsetzen wollte. Und vielleicht ist Gott da mit ihm eins.«

»Ach, die Kinderlosigkeit ist also gewollt?« fragte Sprenger interessiert.

Aleyt biß sich auf die Unterlippe. »Das habe ich nicht gesagt, ich sagte nur –«

Sprenger hob ungeduldig die Hand. »Erspart mir die unwürdige Herumwinderei!« sagte er scharf. »Es geht hier um ganz anderes.« Als Aleyt, innerlich schäumend, verstummte, fragte er: »Wußtet Ihr davon, daß Euer Mann Straßenräuber gedungen hat, um seine verurteilte Schwester zu befreien?«

»Was?« fragte Aleyt ungläubig. »*Was* hat er... *was* soll er getan haben?«

»Ihr habt mich sehr wohl verstanden, Frau. Festgenommene Bandenmitglieder haben nach Befragung gestanden.«

»Nach Befragung«, sagte Aleyt und nickte resigniert. »So wie auch Herberta befragt wurde?«

»Ich will diese Bemerkung einmal dem weiblichen Unvermögen zuschreiben, die Dinge im richtigen Verhältnis zu sehen«, sagte Sprenger ungerührt. »Und ich stelle fest, daß Ihr in der Tat nicht eingeweiht wart. Zu Recht natürlich, man müßte schon sehr dumm sein, wenn man eine Frau in eine Verschwörung einbezöge. Und Hieronymus Bosch mag zwar unverfroren sein, aber der Dummheit kann ich ihn vorerst nicht bezichtigen.«

»Werdet Ihr ihn … gefangennehmen?« Nein! schrie es in Aleyt, doch es gelang ihr, diese neuerliche Angst weitgehend zu verbergen.

»Eine delikate Angelegenheit…« Sprenger stieß mit der Spitze seiner Sandale gegen ein Tischbein, als wollte er dessen Festigkeit prüfen. »Meister Bosch hat einige besonders hochmögende Bewunderer, die meinen Handlungsspielraum in dieser Frage ziemlich beschränken. Aber es ist lediglich eine Frage der Zeit, wann er den Bogen derart überspannt, daß ein jeder gezwungen sein wird, die Hand von ihm abzuziehen. Und da er immer vermessener wird in seiner Profaniererei und seinem unehrerbietigen Benehmen…« Sprenger zuckte die Achseln.

»Und solange Ihr ihm nicht beikommt, kühlt Ihr Euer Mütchen an seiner Familie?«

Sprenger sah Aleyt einige Atemzüge lang ausdruckslos an, ehe er sagte: »Wohlwollend, wie ich bin, will ich diese und die vorangehenden unverschämten Bemerkungen noch einmal dem Umstand zuschreiben, daß Frauen von ihren Männern beeinflußt werden, da sie zu eigenständigem Denken nun einmal nicht befähigt sind.«

Aleyts Blick wanderte kurz zu dem Hackbeil auf dem Holzblock hinter dem Inquisitor, doch sie sagte beherrscht: »Ich danke Euch vielmals für Eure Milde, Herr Sprenger.«

Sprenger nickte und fragte dann wie nebenbei: »Hört Ihr noch gelegentlich von Eurem Freund Clavuceel?«

Der Inquisitor schaute sie nicht direkt an, doch Aleyt

konnte sehen, daß er sie aus dem Augenwinkel beobachtete. Sie war froh, daß sie in aller Aufrichtigkeit antworten konnte: »Seit er aus seinem Haus vertrieben wurde, haben wir nichts mehr von ihm vernommen.«

»Er wurde nicht vertrieben«, korrigierte Sprenger. »Er zog es vor, die Flucht zu ergreifen und alle Beweise gegen sich zu vernichten.«

»Beweise? Und wofür denn wohl?«

Sprenger schüttelte den Kopf. »Versucht Ihr mir jetzt weiszumachen, daß Eure Dummheit keine Grenzen kennt?«

»Ich dachte, davon wärt Ihr schon überzeugt?«

»Euer Mann verkehrt gern in gefährlicher Gesellschaft, Frau. Auch *das* wird ihm früher oder später sauer aufstoßen.«

»Seid Ihr eigens hergekommen, um mir das zu erzählen?«

»Ich wollte einmal Bekanntschaft mit der Frau machen, die es verstanden hat, einen so außergewöhnlichen Mann wie Hieronymus Bosch in ihrem Netz der Verführung zu fangen.«

»Freut mich, daß Ihr ihn für einen außergewöhnlichen Mann haltet.«

»O ja«, antwortete Sprenger. »*Sehr*...« Er grinste unangenehm.

Aleyt schlug einen beiläufigen Ton an: »Euer Vorgänger, Alain de la Roche, schien auch schon dieser Meinung zu sein. Und Ihr wart doch sein Schüler, wenn ich recht informiert bin?«

Sprenger nickte beinahe unmerklich, ehe er entgegnete: »Vielleicht muß ich meine Meinung über Euch revidieren.

Vielleicht gehört Ihr gar zu den Frauen, die Gott der Herr mit einem Hauch von männlichem Verstand versehen hat.«

»Ver-*giftet* wäre in diesem Fall wohl das treffendere Wort, nicht wahr?« meinte Aleyt.

Sprenger nickte erneut, deutlicher jetzt, als sehe er eine Vermutung bestätigt. »Leider werden bei solchen Phänomenen die Talente immer viel zu spät erkannt und anerkannt. Jeanne d'Arc war dafür ein interessantes Beispiel.« Er drehte Aleyt den Rücken zu und ging zur Tür. Dort blieb er kurz stehen, um ihr noch einen stummen Blick zuzuwerfen. Grußlos trat er dann hinaus.

Aleyt starrte noch einige Augenblicke lang verstört auf den Fleck, an dem gerade noch der furchterregende Inquisitor gestanden hatte. Dann rannte sie mit der Hand vor dem Mund in den Garten, um sich zu erbrechen.

23

Jeroen bog gerade um die Ecke zur Lovensche Poort, als er seine Schwägerin Kathelijn aus dem Gefängnis kommen sah. Sie steuerte sofort auf ihn zu. »Du kannst dir die Mühe sparen«, sagte sie schon aus einigen Schritten Abstand. Es hörte sich böse an, doch ihr Gesichtsausdruck war besorgt. »Onkel Thomas ist tot…«

Jeroen erfuhr diese Nachricht nicht mehr als Schock. Der Gesundheitszustand seines Onkels hatte sich zusehends verschlechtert, nachdem sich erwiesen hatte, daß er in der Tat nicht freizukaufen war. Kathelijn zeigte Jeroen den kleinen Korb, den sie bei sich trug. »Und dabei hatte ich ihm noch etwas Schmackhaftes zubereitet.«

»Onkel Thomas war immer frei und ungebunden«, sagte Jeroen. »Wenn man Menschen wie ihn einsperrt, ist das ihr Tod.« Jeroen hatte seinen Onkel von jeher als einen Freund betrachtet, als eine Art Bundesgenossen gegen den Wahnwitz der Welt. »Und der Mord an Herberta hat ihm auch nicht gutgetan«, fügte er etwas leiser hinzu. »Er hatte überhaupt keinen Kampfeswillen mehr.«

»Der Mord an Herberta? Es ist doch vor allem *deren* Schuld gewesen, daß er im Kerker gelandet ist!«

Jeroen machte eine wegwerfende Handbewegung. »Jetzt fang du bitte nicht auch noch an.«

Kathelijn funkelte ihn einen Moment aufgebracht an, doch dann wich der Protest aus ihrer Haltung. »Ach, vielleicht konnte sie ja auch nichts dafür.« Sie starrte über Jeroens Schulter hinweg auf den Marktplatz hinter ihm. »Seit Anthonius gestorben ist...« Sie seufzte. »Es hat beinahe den Anschein, als laste seither ein Fluch auf der Familie.«

Jeroen sah sie an. »Was frißt dir denn an der Leber? Ist etwas mit meinem Bruder?«

»Goos ist nicht krank, wenn du das meinst.« Kathelijn faßte Jeroen beim Ellenbogen. »Laß uns hier weggehen, ich ertrage diesen Ort nicht mehr. Die Lovensche Poort scheint einen aus ihren Fensterhöhlen anzustarren wie ein Totenschädel.« Als Jeroen zögerte und zum Gefängnis hinüberblickte, sagte sie: »Du kannst nichts mehr für Thomas tun, Jeroen. Sie lassen einen nicht einmal von ihm Abschied nehmen. Wir müssen bis zur Beerdigung warten. Komm...«

Sie bogen um die Ecke und liefen gemeinsam auf Jeroens Elternhaus zu.

»Goos verkauft so gut wie nichts mehr«, sagte Kathelijn. »Er bekommt keine Aufträge mehr, und wenn er von sich aus etwas malt, kann er es nicht an den Mann bringen. Nicht, daß er anfangs so erfolgreich gewesen wäre, aber er konnte sich über Wasser halten. Doch jetzt...« Sie starrte auf ein Grüppchen Kinder, die auf dem Platz Bockspringen machten.

»Hat er seinen Stil verändert?«

»Ach wo«, antwortete Kathelijn unwirsch. »Und er malt besser denn je, wenn du mich fragst. Aber niemand scheint seine Arbeiten mehr zu wollen. Und die Schneiderei geht auch nicht gut.«

»Und ist das von heute auf morgen so gekommen?« Jeroen wünschte, er hätte diese Frage nicht gestellt, denn er wollte die Antwort lieber nicht hören.

»Es fing nach dem Tod deiner Schwester an.«

»Sprenger!« entfuhr es Jeroen.

»Was?«

»Jakob Sprenger, dieser Inquisitor in Mönchskutte, vor dem sich jeder in die Hosen macht!«

»Und was hat Goos damit zu tun?«

»Sprenger, dieser Lumpenhund, lauert meiner Familie auf, weil er mir vorerst noch nicht beikommen kann. Er hat sogar meine Frau schon in Angst und Schrecken versetzt.«

»Aber was hast du ihm denn getan? Kannst du ihn denn nicht um Vergebung bitten?«

»Um Vergebung bitten?« Jeroen spuckte verächtlich aus. »Ich bin kein gewalttätiger Mensch, aber bei Gott, wenn ich jemals die Waffe gegen jemanden erheben sollte, dann gegen ihn!«

»Scht!« warnte Kathelijn. »Nochmals, Jeroen: Was hast du Schlimmes verbrochen, um eine solche Fehde auszulösen?«

»Ich bin, der ich bin, das wird wohl mein größtes Verbrechen sein. Und Sprenger ist bei Alain de la Roche in die Lehre gegangen. Möglicherweise hat der ihm eingeschärft, mir mit allen nur denkbaren Mitteln das Leben zur Hölle zu machen.«

»Aber wieso denn nur?«

Jeroen zog die Schultern hoch. »Alain de la Roche fiel wie tot um, nachdem er mich geschlagen hatte...«

»O mein Gott!« sagte Kathelijn und schlug die Hand vor den Mund.

Jeroen sah seine Schwägerin argwöhnisch an. »Was hast du denn jetzt wieder?«

»Die Geschichte ist also wahr? Ich meine, daß dieser Mönch zusammenbrach, nachdem er dich... O mein Gott!« sagte Kathelijn abermals und bekreuzigte sich. »Ich konnte Jan kaum glauben, als er sagte, daß die Federn in deinem Kopfkissen früher bei euch zu Hause immer kraus waren.« Sie sah Jeroen mit vor Schrecken geweiteten Augen an.

Ärgerlich sagte Jeroen: »Typisch Jan, das willfährige Sprachrohr unserer Stiefmutter!«

»Jeroen, krause Federn im Kopfkissen, das ist ein Hexenzeichen!«

»Ach, hol euch der Teufel!« schnauzte Jeroen und ging davon.

»Bitte nicht!« flehte Kathelijn hinter ihm. »Nimm das zurück! Bitte!« Sie lief ihm hinterher und zog ihn so fest am Ärmel, daß er stehenbleiben mußte. »Bitte, Jeroen, laß das nicht so stehen, nimm diese Verwünschung zurück!«

Jeroen blickte mit einer Mischung aus Unglauben und Abscheu in ihr angstverzerrtes Gesicht. »Wenn ich über magische Kräfte verfügte, würden ganz andere die Opfer sein!« versicherte er ihr grimmig. »Aber gut, ich nehme meine Worte zurück, ich wünsche dir nur das Beste! Und jetzt laß mich bitte in Ruhe, ich habe heute noch eine lange Reise vor mir.«

Almaengien lenkte den Pferdekarren mit lockerer Hand gen Westen. Die meiste Zeit ließ er die klapprige Fuchsmähre selbst ihren Weg auf der verlassenen Fahrspur suchen. Jeroen, der neben ihm auf dem Bock saß, brütete stumm vor sich hin, blind für die überquellende Schönheit der Natur an diesem warmen Junitag.

»Du machst deinem Ruf als düsterer Mensch heute alle Ehre«, bemerkte Almaengien schließlich.

»Mein Onkel Thomas ist heute morgen gestorben.«

»Oh!« sagte Almaengien. »Wärst du dann nicht lieber ein anderes Mal nach Rosmalen gefahren?«

Jeroen schüttelte den Kopf. »Ich hoffte, daß diese kleine Reise mich auf andere Gedanken bringen würde.«

»Das kommt schon noch«, versprach Amaengien. Er schmunzelte vor sich hin.

»Ich bin einmal geschäftlich in Rosmalen gewesen, viel gab es dort nicht zu sehen. Fand ich zumindest.«

»Unser Reiseziel liegt im Wald südlich von Rosmalen.«

»Im Wald«, sagte Jeroen skeptisch.

»Keine Sorge, ich werde dich gewiß nicht ersuchen, dich unter den Bäumen schlafen zu legen.« Ein anderes Gefährt kam ihnen entgegen, und Almaengien zog die Zügel ein wenig an. »Was für ein Mensch war dieser Onkel von dir?«

»Thomas?« Jeroen dachte nach. »Ein Freigeist«, sagte er dann. »Und auch eigensinnig.«

»Letzteres hattet ihr ja dann gemein.«

»Ich betrachte mich auch gern als Freigeist.«

Almaengien nickte. »Das wärst du gern, aber du bist es nicht.«

Der entgegenkommende Karren passierte sie. Er war hoch beladen, doch eine verschlissene Leinwandplane entzog ihrem Blick, woraus die Ladung bestand. Ein einsamer Bauer saß auf dem Bock, der Jeroen und Almaengien mit einem Kopfnicken grüßte. Sein Pferd rollte mit den Augen und wieherte, doch die Fuchsmähre bewegte nur kurz wachsam die Ohren.

»Ich schätze, damit hast du gar nicht so unrecht«, sagte Jeroen. »Mein Geist fühlt sich in letzter Zeit an wie ein Fisch in einem Eimer: Wohin er sich auch dreht und wendet, er findet nicht mehr heraus.«

Den Blick auf einen Schwarm Stare gerichtet, sagte Almaengien ernst: »In einem Eimer leben Fische für gewöhnlich nicht lange...«

Sie erreichten ihr Ziel am späten Nachmittag, aber die Tage waren zu dieser Zeit des Jahres besonders lang, und die Sonne stand noch hoch am Himmel.

Almaengien hatte das Pferd auf einer kaum sichtbaren Fahrspur im Wald angehalten, und staunend blickte Jeroen auf die liebliche Szenerie, die sich vor seinen Augen auftat. Mitten im Wald stand ein recht großes, U-förmiges Gebäude aus schneeweißem Stein mit einem ziegelroten Dach. Es war einstöckig und besaß weder Türme noch sonstige äußere Kennzeichen einer religiösen Bestimmung. Mehr wie ein Bauernhof sah es aus, obwohl nirgendwo Vieh oder Ackerflächen auszumachen waren. Das Gebäude hatte große Fenster aus klarem Glas, als scheuten die Bewohner kein Licht. Die Öffnung des U lag nach Süden, und dort erstreckte sich auf sanft gewelltem Gelände ein allem Anschein nach schön angelegter, weitläufiger Garten mit einem kleineren Weiher im Vordergrund und einem größeren weiter hinten. In der Mitte des größeren Weihers lag eine kleine Insel mit einem nahezu kugelförmigen Gebäude darauf. In beiden Weihern badeten Menschen, sah Jeroen, und soweit er das aus dieser Entfernung erkennen konnte, waren sie nackt. Auch auf den Rasenflächen lagen und saßen hier und da kleine Grüppchen von Menschen, die gleichfalls keine Kleider trugen. Die ganze Szenerie strahlte einen solchen Frieden aus, daß Jeroen ein Bild aus einer Phantasiewelt vor Augen zu haben meinte. Vielleicht gar aus meiner eigenen Phantasiewelt, dachte er mit neuerlicher Verwunderung.

»Nun?« fragte Almaengien, der Jeroen beobachtet hatte.

Nur widerstrebend riß Jeroen den Blick von dem Bild los, um Almaengien anzusehen. »Was ist das?«

»*Ecce Homo,* Jeroen. So habe ich diese Heimstatt der Brüder und Schwestern vom Freien Geist genannt, deren Großmeister ich bin. *Siehe, welch ein Mensch,* die Worte, mit denen Pilatus den gegeißelten und dornengekrönten Jesus der Menge vorstellte. Du verstehst, daß der Name in unserem Fall ironisch gemeint ist.«

»Eine geheime Bruderschaft? Hier?«

»Du hast ja selbst gesehen, wie schwer der Weg hierher zu finden ist, obwohl wir gar nicht so weit von Rosmalen entfernt sind. Und keines der Mitglieder wird je etwas ausplaudern. Nicht nur, weil sie das schwören mußten, sondern auch weil sie verdammt gut wissen, was sie durch ihren Verrat verlieren würden. Außerdem bin ich bei der Anwerbung neuer Brüder sehr wählerisch. Und um ganz sicherzugehen, wird die Umgebung versteckt bewacht.« Almaengien deutete auf das Gebäude. »Dieses Gebäude wurde dereinst von Katharern erbaut, die hier ein Leben im Verborgenen führten, um der Verfolgung durch die Kirche zu entgehen. Doch irgendwann haben sie alles aufgegeben und sind bei Nacht und Nebel verschwunden. Wohin, weiß niemand. Möglicherweise sind sie bei einem Pilgerzug überfallen und umgebracht worden, wie so viele von ihnen, wer weiß?«

»Aber wie habt ihr denn diesen Ort gefunden?«

Almaengien lächelte. »Wir haben in unserer Bruderschaft Menschen mit besonderen Gaben, die so etwas ausfindig machen können.«

»Sind die Leute dort wirklich nackt?«

»Wir versuchen hier so zu leben, wie Gott es gewollt hat, Jeroen. Und das ist etwas ganz anderes als das, was uns von jenen vorgeschrieben wird, die für sich beanspruchen, Gottes Stellvertreter in dieser Welt zu sein.«

»Leben, wie Gott es gewollt hat...«, wiederholte Jeroen sinnierend. »Wie kann einer wissen, was Gott will?«

»Dieses Wissen steckt in jedem von uns. Man muß nur gewillt sein, ihm nach Möglichkeit auch zu gehorchen.«

»Sieht es denn nicht für einen jeden anders aus?«

»Eine gute Frage«, antwortete Almaengien. »Und eine der vielen Fragen, über die wir bei vielfältigen Anlässen eingehend philosophieren.«

»Auf die du aber keine Antwort hast.«

»So etwas wie eine absolute Antwort gibt es nicht, Jeroen. Auf keine einzige Frage. Wir lehnen von vornherein jedes Dogma ab. Einem Dogma anzuhängen ist ein Beweis vollkommener Ignoranz. Denn ein Dogma verschließt sich Tatsachen und Argumenten. Die Kirche bestimmt selbst, was richtig und was falsch ist, und verbannt jede Tatsache, die dem widersprechen könnte, aus ihren Gedanken und ihrem Blickfeld. Ihre Thesen sind so töricht, daß ein vernünftiges Gespräch gar nicht mehr möglich ist. Der Klerus reagiert nicht auf Fragen. Warum sollte er sich Fragen stellen, wenn er doch davon überzeugt ist, daß er über alle richtigen Antworten verfügt? Es entgeht ihm offensichtlich, daß er mit dieser Geistesbeschränktheit die eigene Religion beleidigt, die niemals und nirgendwo solchen blinden Fanatismus verlangt.«

Jeroen nickte, den Blick auf die nackten Gestalten in der Ferne gerichtet, die sich hell vom tiefgrünen Gras abhoben. »Du bist außerordentlich redegewandt, Jacob. Du wärst ein guter Diskussionspartner für Erasmus.«

»Oh, aber mit unserem Freund Desiderius hatte ich schon fesselnde Gespräche. Ein ausnehmend interessanter junger Mann.«

»Ist er Mitglied dieser Bruderschaft?«

Almaengien schüttelte den Kopf, mit Bedauern, wie es schien. »Rotterdam ist doch sehr weit von hier. Er kommt auch nur selten zu Zusammenkünften unserer Liebfrauenbruderschaft.«

»Außerdem ist Erasmus sehr vorsichtig«, sagte Jeroen wie von ungefähr.

»Das ist wohl das Geringste, was man über unseren jungen Freund sagen kann. Vielleicht ist er zu vernünftig für Wagestücke.«

»Im Gegensatz zu Hieronymus Bosch, meinst du?«

»Im Gegensatz zu den Menschen, die finden, daß man sein Leben hier und jetzt leben sollte. Anstatt es im blinden Vertrauen auf ein fragwürdiges Jenseits zu vergeuden.« Almaengien nahm die Zügel wieder auf, und sie fuhren weiter.

Als sie das Gebäude fast erreicht hatten, sagte Jeroen: »Es kommt mir so vor, als hätte ich diese Szenerie irgendwann schon einmal gesehen. Nicht in der Wirklichkeit, sondern in einem Traum oder einer Vision...«

Almaengien lächelte. »Ich kann mir vorstellen, daß du nicht der einzige mit solchen Träumen bist.«

»Von wem wird das alles hier instand gehalten?«

»Von denen, die fest hier wohnen. In *Ecce Homo* haben Menschen Unterkunft gefunden, die sich aus irgendeinem Grund den Bannstrahl der Kirche eingehandelt haben. Einige von ihnen wirst du gewiß kennen. Natürlich benötigen wir auch Geld, und dafür haben wir wiederum einige begüterte Mitglieder.« Dieser Wink schien Jeroen zu entgehen.

Ohne Almaengien anzusehen, fragte er: »Vermute ich richtig, daß meine Schwester hierher gebracht worden wäre, wenn man sie hätte befreien können?«

Almaengien nickte düster. »Das Fatum schert sich nicht sonderlich um des Menschen Vorhaben.«

»Herberta hätte es hier sehr gefallen.«

Almaengien legte Jeroen warm die Hand auf die Schulter. »Laß uns hineingehen.«

Ecce Homo war mehr oder weniger wie ein Kloster eingerichtet, entdeckte Jeroen. Freilich eines, in dem Gebet und Selbstkasteiung durch Gesang und Vergnügen ersetzt waren. Almaengien genoß den Respekt und das Ansehen eines Abts, ohne daß er diese Autorität in irgendeiner Weise für sich zu beanspruchen schien.

Eines der großen Fenster spendete einem geräumigen Maleratelier Licht. Im Gegensatz zu Jeroens Werkstatt im

Rotkreuz war es bemerkenswert sauber und ordentlich, als werde es nur selten benutzt. Nichtsdestoweniger war darin ein Maler bei der Arbeit, ein junger Mann mit ungewöhnlich langen blonden Haaren, die er im Nacken zusammengebunden hatte. Er hatte auffällig blaue Augen, die sich forschend auf Jeroen hefteten, als Almaengien diesen vorstellte.

»Mathis Gothart aus Würzburg«, sagte Almaengien. »Mathis ist nur auf der Durchreise eine Weile hier bei uns, um sich etwas Geld für die Fortsetzung seiner Reise zu verdienen. Ich habe ihn in der Stadt auf der Straße aufgelesen.«

Jeroen hörte gar nicht zu. Er schaute fasziniert auf die große Tafel, auf welcher der junge Maler an einer Wassermühle arbeitete, um die zerbrechliche Nymphen tanzten. »Mein Gott, was für eine Farbgebung!« Er trat einen Schritt näher und dann wieder zurück, um das Werk besser studieren zu können. »Das ist... ekstatisch, ja, das ist das richtige Wort!«

»Ich will hoffen, daß das als Kompliment gemeint ist«, sagte Gothart. »Zumal es von einem so unvergleichlichen Meister wie Euch kommt.«

Jeroen schmunzelte. »Mein Vater hatte das auch bisweilen«, sagte er. »Dieses Artige, meine ich, das wohl eurer Abstammung eigen ist.«

Gothart schüttelte den Kopf. »Nein, Meister, ich meine es aufrichtig. Was mich an Eurem Werk immer aufs neue verblüfft, ist die vor allem von den Farben ausgehende Magie. Seht Ihr, mir ist weit mehr an Farben denn an Formen gelegen, und deshalb...« Er suchte nach Worten. »Die Farben in Eurem Werk senden unsichtbare Wellen aus, die auf den Zuschauer eine gleichsam hypnotische Wirkung haben.« Er fuchtelte mit seinem Pinsel in der Luft herum. »Das furchterregende Rot der Scheiterhaufen, das beklemmende giftige Grün der gespenstischen Häuser, das abstoßende metallische Blau der schrecklichen Waffen und unmenschlichen Folterwerkzeuge – dieses Wetterleuchten, das von Eurer Palette auf Eure Tafeln spritzt! In all diesen Farben erkennt die dafür empfängliche Seele die Widerspiegelung von Bedrohungen und Schrecknissen, die unsere Welt für viele zur wahren Hölle machen.«

Jeroen sah sein Gegenüber ungläubig an. »Wie alt bist du noch mal?«

»Ich werde bald zwanzig«, antwortete Gothart. »Warum fragt Ihr?«

»Wieviel hast du von meinem Werk gesehen?«

»Lang nicht genug. Man erhält ja auch nicht so leicht Zugang zu Werken, die derart rasch in Sammlungen verschwinden, an welchen sich nur noch der reiche Käufer erfreuen kann.«

»Höre ich da so etwas wie einen Vorwurf heraus?«

»Ach nein, Meister. Das ist nun einmal der Lauf der Dinge.«

»Hm...« Jeroens Blick wanderte erneut zu der Tafel, an der Gothart arbeitete. »Ich finde das großartig, Mathis. Du mußt mir bei Gelegenheit einmal erklären, wie du dieses ganz besondere Licht im Vordergrund geschaffen hast. Es ist so echt, daß –«

»Daß es schon unecht wirkt«, ergänzte Gothart. Er lächelte. »Das hat man mir schon häufiger gesagt, doch dem Vernehmen nach scheint das eine Qualität zu sein.«

»Ich möchte diese Arbeit kaufen«, sagte Jeroen. »Um sie

in meiner eigenen Sammlung verschwinden zu lassen«, fügte er ein wenig herausfordernd hinzu. »Es sei denn, sie hat schon eine andere Bestimmung?«

Gotharts Augen wurden so groß, daß sie noch blauer wirkten, als sie es ohnehin schon waren. »Ihr wollt eine Arbeit von mir kaufen?«

»Vorausgesetzt natürlich, du verlangst kein Vermögen dafür, ich bin schließlich kein Bischof.«

»Ich würde sie Euch mit dem größten Vergnügen gratis geben, Meister Bosch!«

»So wirst du nie reich«, entgegnete Jeroen. Er klopfte dem jungen Mann auf die Schulter. »Wir werden uns später schon darüber einigen.«

Als sie außer Hörweite von Gothart waren, sagte er zu Almaengien: »Der Knabe ist wahrlich talentiert! Und das sage ich nicht, weil er sichtlich zu meinen Bewunderern zählt.«

Almaengien nickte. »Der Grünschnabel hat schon ein Angebot vom Erzbischof von Aschaffenburg in der Tasche, dessen Hofmaler zu werden.«

»Was macht er dann noch hier?«

Almaengien zog die Schultern hoch. »Er möchte erst noch einige Jahre seine Freiheit genießen, sagt er. Ein wenig umherreisen, so viel wie möglich von anderen Malern lernen…«

»Letzteres sollte er ganz gewiß nicht tun! Seine Stärke liegt gerade in seinem ganz persönlichen, höchst ungewöhnlichen Stil.« Jeroen schaute über Almaengiens Schulter hinweg zu der Tafel, der Gothart sich nun wieder mit Hingabe widmete. »Unvorstellbar, diese Farbgebung. Man könnte meinen, er habe das Licht der Sonne eingefangen, diese Tafel *strahlt*!«

»Höre ich da einen Hauch von Neid?«

Jeroen dachte kurz nach. »Belassen wir es lieber bei Bewunderung«, sagte er dann. Sein Blick wanderte nach draußen, in den Garten. »Ich würde hier, ehrlich gesagt, auch gern hin und wieder ein paar Tage arbeiten.«

»Derzeit ziehen etliche Künstler gen Süden, vor allem nach Venedig, um sich von den italienischen Meistern anleiten zu lassen. Wäre das nicht auch etwas für dich?«

»Ich reise nicht gern«, antwortete Jeroen. »Einmal bin ich bis nach Gent gekommen, vor langer Zeit, mit meinem Vater. Für mich keine Erfahrung, die nach einer Wiederholung verlangt. Außerdem, diese italienischen Einflüsse, ich weiß nicht so recht...« Er blickte zu Gothart hinüber. »Ich habe gesehen, wie sich das Werk von Malern veränderte, nachdem sie sich jenseits der Alpen aufgehalten hatten, und das längst nicht immer zum Besseren. Ich glaube, mir genügt...« Er seufzte. »Der Hochmut lauert doch immer und überall.«

»Bei deinem Talent kannst du dir schon einen gewissen Hochmut leisten.«

Jeroen schüttelte ungeduldig den Kopf. »So, wie ich es sehe ...« Er dachte einen Moment nach, ehe er fortfuhr: »Die Schöpfung der Welt ist noch nicht vollendet, Almaengien. Sie setzt sich fort, ohne Unterlaß. Wir sind allesamt daran beteiligt, und somit sind wir auch allesamt verantwortlich für den Weg, den die Schöpfung nimmt. Dennoch wird jeder einzelne unerbittlich und, ohne daß er etwas dagegen ausrichten könnte, im Gesamtgeschehen mitgezerrt.

Dieser Widerspruch ist ein ständiger Quell der Inspiration für jene, die keine Scheuklappen tragen. Dafür brauche ich nicht über die Alpen zu ziehen. Zum Glück, möchte ich beinahe dazusagen.« Er schaute erneut in den Garten, mit sehnsüchtigem Blick. »Ich würde hier wirklich gern das eine oder andere Werk schaffen, ganz im Ernst.«

»Was hindert dich?«

Jeroen sah Almaengien an. »Kann ich meiner Frau von *Ecce Homo* erzählen?«

»Der einzige, der dir das beantworten kann, bist du selbst, Jeroen. Ich kenne deine Frau nicht.«

»Sie war mit Clavuceel befreundet, schon bevor ich sie kennenlernte.«

»Das ist schon einmal eine gute Empfehlung.«

»Wo ist Clavuceel eigentlich?«

»In seiner Werkstatt.« Almaengien sah Jeroen an. »Wo er nicht gestört werden darf«, warnte er. »Niemals.«

Jeroen schien sich nicht von der Aussicht losreißen zu können. »So friedlich ... *Ecce Homo* müßte von einem zwanzig Fuß hohen Zaun umgeben sein, damit es ein für allemal von der Außenwelt abgeschlossen ist.«

»Das wäre der falsche Ansatz, Jeroen. *Ecce Homo* müßte sich vielmehr ausbreiten, über alle Angst, alles Grauen und allen Fanatismus hinweg, bis es *die Welt* ist.«

Jeroen nickte. »Erasmus hat einmal gesagt, daß ein einzelner Mensch das Denken eines ganzen Volkes verändern kann. Vielleicht bist du ja so ein Mann?«

»Dafür bedarf es einer Kraft, die ich leider nicht in mir verspüre. Eine lebbare kleine Welt für mich und meine Freunde aufrechterhalten, zu mehr scheine ich nicht imstande zu sein. Ich wollte, es wäre anders. Diese Bruderschaft hat schon lange vor meiner Zeit existiert, mußt du wissen. Und noch 1411 wurde ihr in Cambrai vom bischöflichen Tribunal der Prozeß gemacht. Man verübelte es unseren Vorgängern sehr, daß sie nicht wie die christliche Kirche an Hölle und Verdammnis glaubten.« Er sah auf, als es klopfte. »Aha, da haben wir ja einen deiner Bekannten.«

»Jeroen! Hab ich doch richtig gehört, daß du hier bist!« Es war Jasper, der ins Atelier geeilt kam und Jeroen freudig an seine Brust drückte. Seine Stimmung schlug aber sogleich um. »Deine Schwester«, sagte er in völlig verändertem Ton. »Mein Gott, Jeroen, ich wollte, es wäre anders gelaufen.«

Jeroen nickte schweigend. »Was ist mit deinem Ohr passiert?«

»Das ist irgendwo auf dem Bosschen Markt liegengeblieben«, antwortete Jasper. Er befühlte die Stelle, an der sein Ohr gesessen hatte und jetzt nur noch eine frische, rosafarbene Narbe zu sehen war. »Ein Wächter hat mir mit seinem Schwert eins übergezogen.«

»Aber du konntest entkommen?«

»Mit Hilfe meiner Freunde.« Jasper sah Jeroen aufmerksam an. »Woher dieser gestrenge Ton?«

»Sprenger wußte davon, daß wir Herberta befreien wollten.«

»Nicht von mir, das kann ich dir versichern. Ich habe diesen Sauhund nicht mal gesehen.«

»Und keiner deiner Leute wußte, daß ich etwas damit zu tun hatte?«

»So war es verabredet. Das kann keinem der Gefangenen

unter der Folter entlockt worden sein. Sprenger muß es erraten haben.«

Jeroen nickte nachdenklich. »Sein Verdacht war natürlich ziemlich naheliegend.«

»Und natürlich könnte auch irgendwer Sprenger einfach gesagt haben, was er hören wollte, nur um damit die eigene Haut zu retten«, meinte Almaengien. »Was würdest denn du tun, wenn sie dir Arme und Beine länger zu machen versuchten?«

Grimmig sagte Jasper: »Es wird höchste Zeit, daß dem Terror dieses Teufels in Mönchskutte ein Ende gemacht wird, egal, wie!« Mit den Fingerspitzen der linken Hand rieb er sich dabei zwanghaft über die Narbe an seinem Kopf.

Den Blick auf den Rücken des eifrig weiterarbeitenden Gothart gerichtet, sagte Almaengien leise: »Wenn du versuchen solltest, ihn zu ermorden, läßt Rom mit großer Wahrscheinlichkeit ganz 's-Hertogenbosch in Schutt und Asche legen!«

Geistesabwesend fragte Jeroen: »Wenn es ein Leben nach dem Tode gibt, warum hat Herberta dann noch keine Rache genommen?«

»Weil sich die Seelen der Toten nicht mit Stofflichem abgeben«, antwortete Almaengien sarkastisch. »Das würde der Klerus dir darauf antworten.«

»Es muß einen Weg geben, ihm Einhalt zu gebieten«, meinte Jasper. »Es kann doch nicht sein, daß er allein weiterhin Zehntausende von Menschen terrorisiert?«

Jeroen sah Almaengien an. »Jasper hat recht, Jacob. Es *muß* einen Weg geben.«

»Schon möglich«, erwiderte der. »Aber es ist auf alle Fälle nicht Sache eines Malers, sich darüber den Kopf zu zerbrechen.« Er legte die Arme um Jeroens und Jaspers Schultern und lotste sie hinaus. »Kommt, wir wollen uns heute Fröhlicherem widmen«, sagte er.

Wieder mit sich allein, pinselte Gothart voller Elan weiter. »Mathis Gothart erzählt in Farben«, hatte einmal jemand über ihn gesagt. An diesem Tag jedoch jubelte der junge Künstler in Farben, mit einer Kraft und einer Energie, gegen die Worte buchstäblich verblaßten. Und er wußte, daß er seine Palette nicht niederlegen würde, ehe er sein Werk nicht mit den Worten signieren konnte: *Für Hieronymus Bosch von Mathis Gothart in demütigem Respekt…*

24

Mit verschränkten Armen stand Vikar Dass regungslos da und schaute dem konzentriert arbeitenden Jeroen zu. Dieser bemalte die Außenseite des rechten Altarflügels in der Kapelle der Liebfrauenbruderschaft. Ein junger Gehilfe, den er bei sich hatte, säuberte gerade die Pinsel. Der Bursche bemerkte den Vikar, schwieg jedoch, als dieser warnend einen Finger an die Lippen legte. Unsicher huschte sein Blick zwischen dem Vikar und Jeroens Rücken hin und her.

Die Kapelle war ansonsten verlassen, und es war so still dort, daß das Tschilpen einiger Spatzen draußen vor dem Bleiglasfenster schon einem Höllenlärm gleichkam.

»Wenn ich Euch hier so hingebungsvoll bei der Arbeit sehe, erstaunt es mich, daß sich keine Gewitterwolken über der Kirche zusammenbrauen«, sagte der Vikar. Seine Stimme hallte unheimlich zwischen den nackten Steinwänden der Kapelle wider, doch das erschreckte ihn nicht, denn er war es gewohnt, sich in hohl tönenden Räumen sprechen zu hören.

Jeroen aber erschrak sichtlich, denn er zuckte zusammen, und seine Hand zog mit dem Pinsel einen dunkelgrünen Strich, der im Licht der vielen Kerzen, welche dem Maler leuchteten, fettig glänzte.

»Ich habe Euch nicht kommen hören«, sagte Jeroen, während er sich aus der gebückten Haltung, in der er gearbeitet hatte, aufrichtete. Er reckte sich, und einen Moment verzog sich sein Gesicht vor Schmerz.

»Heftiges Erschrecken zeugt meistens von einem unreinen Gewissen«, meinte der Vikar.

»Oder davon, daß man schon schlechte Erfahrungen mit Bösewichtern gesammelt hat, die sich von hinten anschleichen«, entgegnete Jeroen. »Womit ich natürlich nicht sagen will, daß Ihr ein Bösewicht seid.« Er legte den Pinsel auf die Palette, die er in seiner Linken hielt, und massierte sich die unteren Rückenwirbel. »Womit kann ich Euch dienen?«

»Ich wollte nur einmal schauen, wie Ihr vorankommt. Es ist immer ein Vergnügen, einen wahren Meister bei der Arbeit zu sehen.«

»Ein solches Vergnügen offenbar, daß Ihr mich täglich beehrt«, sagte Jeroen. »Ich bin wahrlich gesegnet.«

»Meister Bosch...«, der Vikar kam näher und setzte sich auf eine Bank. »Schon seit unserer ersten Begegnung nehmt Ihr mir gegenüber eine kaum verhohlen feindselige Haltung ein. Gut, wir hatten einen heftigen Disput, aber der wurde doch letztlich zu Euren Gunsten beigelegt. Weshalb also dieser Groll, frage ich mich?«

Jeroen blickte grübelnd auf den Vikar hinab. »Was Ihr für Feindseligkeit haltet, ist vielleicht ganz einfach meine Art zu reden. Ich bin nun einmal kein umgänglicher Mensch, Monseigneur.«

»Meister Bosch...« Der Vikar sprang ruhelos wieder auf und beugte sich, die Hände auf dem Rücken, über Jeroens Werk. »Es ist mir bekannt, daß Ihr Euch, ob durch eigenes

Zutun oder nicht, Feinde gemacht habt. Doch zu denen gehöre ich nicht, seht das doch bitte ein.«

»Und das, obwohl man Euch doch ursprünglich hierher entsandt hat, um mir auf die Finger zu klopfen. Oder beanspruche ich damit zuviel der Ehre für mich? Und welchem Umstand habe ich Eure Gewogenheit zu verdanken, wenn ich fragen darf?«

»Das würde auch mich brennend interessieren«, sagte eine nasale Stimme, die aus dem Schatten einer Madonna in einer Ecke der Kapelle drang.

Der junge Gehilfe Jeroens ließ vor Schreck sein Holzkästchen mit Utensilien aus der Hand fallen. Der Knall, mit dem es auf den Bodenfliesen aufschlug, war so ohrenbetäubend wie ein Schuß aus einem Vorderlader.

»Ein schreckhaftes Gewissen«, sagte Sprenger, der nun aus dem Schatten trat. Seine Stimme klang streng: »Welche Sünden kann ein Jüngling wie du begangen haben, daß er schon seine Gemütsruhe verloren hat?«

Der unglückliche Bursche versuchte eine Antwort zu stammeln, aber Jeroen sprang für ihn ein: »Die Gemütsruhe verliert man nicht, die wird einem geraubt.«

Jeroens Ton war so schneidend, daß der Vikar hastig sagte: »Was Meister Bosch meint –«

»Ich weiß sehr gut, was Meister Bosch meint«, unterbrach ihn Sprenger ungeduldig. Mit den Händen in den Taschen blickte er stirnrunzelnd auf Jeroens Arbeit. »Ich sehe keinerlei Bezug zum Werk Eures Vorgängers.« Er machte eine unwirsche Kopfbewegung in Richtung der Bildhauerarbeit, die Adriaan van Wesel einige Jahre zuvor auf dem Mittelteil des Flügelaltars angebracht hatte.

»Oh, da gibt es durchaus einen Bezug«, antwortete Jeroen. »Ich wurde ersucht, eine Arbeit von gleicher Qualität wie die van Wesels zu liefern, und daran halte ich mich, wie Ihr selbst feststellen könntet, wenn Ihr auf diesem Gebiet beschlagen wärt.«

Sprenger wandte sich an den Vikar: »Wird er auch die Flügelinnenseiten machen?«

»Das wurde Goyart Cuper angetragen«, antwortete Dass unbehaglich. »Es war mir nicht bekannt, daß Ihr Euch für Kunst interessiert?«

»Ich interessiere mich für alles, was unsere Gesellschaft bewegt«, antwortete Sprenger. Ohne den Vikar anzusehen, fragte er: »Ihr habt Meister Boschs Frage noch nicht beantwortet: Welchem Umstand hat er Eure Gewogenheit zu verdanken?«

Dass zögerte kurz, ehe er antwortete: »Ich bin ein Bewunderer fachlichen Könnens, und Meister Bosch ist ein großer Fachmann, das wird niemand bestreiten.«

»O ja«, sagte Sprenger. »Ein großer Fachmann ist er gewiß. Keinem anderen Künstler wäre es so lange gelungen, den profanen Unterton und die hintergründigen Absichten seines Werkes dergestalt zu verstecken, daß der arglose Betrachter sie nicht erkennt.« Sein Blick schoß zu dem Gehilfen, der mit einigem Getöse seine heruntergefallenen Utensilien zusammenklaubte. »Ruhe, Schafskopf!« bellte er.

In kühlem Ton fragte der Vikar: »Wollt Ihr damit sagen, daß ich arglos bin?«

»Ich sagte das ganz allgemein, Vikar«, antwortete Sprenger, den Blick noch immer drohend auf den Gehilfen gerichtet, der infolgedessen noch täppischer zu Werke ging.

Jeroen musterte den Inquisitor von der Seite, den Kopf voll wütender Gedanken, die wild umherflatternd wie gefangene Vögel zu entkommen suchten. »Der Vikar ist ein großer Kunstkenner und in höchstem Maße kompetent, mein Werk zu beurteilen«, sagte er. »Das meine und das anderer.« Er betonte das Wort Vikar, um Sprengers untergeordnete Position hervorzuheben.

Scheinbar widerwillig wandte Sprenger den Blick Jeroen zu. Dass' gemessene Redeweise nachahmend, fragte er: »Wollt Ihr damit unterstellen, ich verstünde nichts von Kunst?«

»Ich wollte gar nichts unterstellen, Herr Sprenger«, log Jeroen. »Meine Bemerkung bezog sich ausschließlich auf den unverkennbaren Kunstverstand des Herrn Vikar.«

»Sieh an«, sagte Sprenger geringschätzig. »Ein Herz und eine Seele.« Er schlug sich theatralisch vor die Stirn. »Natürlich, wie hatte ich auch übersehen können, daß die Herren beide Mitglied der illustren Liebfrauenbruderschaft sind! Eine Mitgliedschaft, die einem Künstler selbstredend zum Vorteil gereicht, wie man sieht.«

In gereiztem Ton sagte der Vikar: »Nicht, daß es Euch etwas anginge, Herr Inquisitor, aber ich möchte doch bemerken, daß Meister Bosch anderswo das Zehnfache von dem verdienen könnte, was die Bruderschaft ihm bezahlt.«

»Welch lobenswertes Opfer«, erwiderte Sprenger spöttisch. »Und ich sehe es sicher falsch, daß Meister Bosch zum Ausgleich für sein Entgegenkommen einige besonders lukrative Aufträge zugeschoben werden?«

»Herr Sprenger ...«, Jeroen nahm von seinem Gehilfen einen Lappen entgegen und entfernte sorgfältig einen Farbklecks von seinem rechten Handrücken, »nicht, daß es Euch etwas anginge, wie Monseigneur gerade zu Recht bemerkte, aber ich bin reich genug, um bis ans Ende meiner Tage nicht mehr arbeiten zu müssen. Von den Steuern, die ich abführe, das ist hier allenthalben bekannt, kann das Bistum nahezu Euer gesamtes Dominikanerkloster unterhalten. Insofern nehme ich nur Aufträge an, die mich aus künstlerischen Gründen interessieren.«

»Und bei denen Ihr nach Herzenslust Eurem Mangel an christlicher Moral Ausdruck verleihen könnt!« sagte Sprenger scharf.

»Ach ja«, sagte Jeroen, »die christliche Moral. Wohin die führen kann, habe ich erst kürzlich erfahren dürfen.« Er ignorierte den Vikar, der ihn erschrocken ansah.

»Eure heidnische Schwester hatte ihre teuflischen Praktiken gestanden, noch ehe sie der Folter unterzogen wurde!« bellte Sprenger.

Jeroen nickte langsam. »Was nur vernünftig von ihr war.« Er sah Sprenger an. »Und warum wurde sie dennoch zu Tode gefoltert, wenn ich fragen darf?«

»Weil ...« Sprenger wollte erneut seinen bellenden Ton anschlagen, wußte sich aber zu beherrschen: »Ich brauche den Lauf der Gerechtigkeit nicht vor jemandem wie Euch zu rechtfertigen!«

Jeroen schnaubte. »Den Lauf der Gerechtigkeit!« Müde setzte er sich hin und sah Sprenger von unten herauf an. »Eine Frage noch, die mich besonders interessiert: Was habe ich Euch getan, Herr Sprenger?«

Unbehaglich warf der Vikar ein: »Meine Herren, das ist hier doch nicht der Ort, um Streitigkeiten auszutragen!«

»Das ist ein Ort, an dem sich gewisse Leute gar nicht erst aufhalten dürften!« entgegnete Sprenger scharf. Sein Blick schoß zum Vikar. »Und das wißt Ihr so gut wie ich! Denn wie sonst soll ich die sich über dieser Kirche zusammenbrauenden Gewitterwolken verstehen, von denen ihr vorhin so dichterisch gesprochen habt?« Er setzte ein unangenehmes Grinsen auf. »Aber wie ich schon sagte: ein Herz und eine Seele. Verwerflich, diese Haltung, doch sie wird wohl ihre Gründe haben.« Er blickte herablassend auf Jeroen nieder: »Ihr seid für die Inquisition nicht mehr als ein Name auf der Liste der Personen, die der Ketzerei verdächtigt werden. Freilich steht Ihr ganz oben auf dieser Liste, falls das Eurer Eitelkeit schmeichelt.«

Nach einem letzten bösen Blick auf den Gehilfen, der regelrecht zusammenfuhr, drehte Sprenger sich um und rauschte hinaus. Der Knall, mit dem er die kleine Seitentür hinter sich zuschlug, hallte noch lange in der Kapelle nach.

»Bespitzeln und belauschen!« sagte der Vikar empört.

Jeroen erhob sich und zog seinen Arbeitskittel aus. »Sich auf meine Seite zu schlagen ist gefährlich, Monseigneur«, sagte er. »Warum tut Ihr das? Abgesehen von Eurer vorgeblichen Bewunderung für mein fachliches Können?«

Dass sah Jeroen einen Moment schweigend an, ehe er antwortete: »Ihr habt Feinde, Meister Bosch. Aber Ihr habt auch hochgestellte Gönner … und Gönnerinnen.«

Skeptisch sagte Jeroen: »Und die haben Euch gebeten, ein Auge auf mich zu haben?«

»Mit Verlaub, Meister Bosch, das darf ich Euch nicht sagen.«

»Ich fühle mich geehrt«, sagte Jeroen. Er winkte seinem

Gehilfen. »Dieser Teufelsmönch hat mir die Freude an der Arbeit vergällt. Wenn Ihr gestattet, werden wir morgen weitermachen.«

Der Vikar legte ihm die Hand auf den Arm. »Nehmt Euch vor Jakob Sprenger in acht«, sagte er ernst. »Auch er hat hochgestellte Gönner.«

Den Blick auf seinen Gehilfen gerichtet, der eilig dem Ausgang zustrebte, froh, aus der Kapelle entwischen zu können, sagte Jeroen grimmig: »Ich bin zwar kein Kriegsherr, Monseigneur, aber ich entsinne mich eines Ausspruchs Karls des Kühnen: Wenn der Kopf des Feindes allzugut geschützt ist, mußt du weiter unten zuschlagen...«

Aleyt blickte verwundert, als sie Jeroen in seinem Atelier antraf, wo er gerade in einem Steingefäß Leim und Kreide zu einer Grundierung mengte. »Du bist früh zu Hause.«

»Ich hatte keine Lust mehr, die Atmosphäre in der Kapelle war mir zu unangenehm.«

»Und da gehst du einfach weg?«

»Ja.« Jeroen nahm einen Holzspatel und begann die Grundierung mit breiten, gleichmäßigen Strichen auf einer Holztafel zu verteilen, die er auf einer Staffelei bereitgestellt hatte.

»Du wirst, scheint mir, immer arroganter, Jeroen.«

»Arrogant? Weißt du eigentlich, was das heißt, arrogant? Dieser Lumpenhund, der dich in unserem eigenen Haus belästigt hat, der ist die Arroganz in Person!«

Aleyt stellte sich hinter Jeroen und legte ihm die Hände auf die Schultern. Seine Nackenmuskeln fühlten sich an, als wären sie aus Holz. »Bist du Jakob Sprenger begegnet?«

Jeroen nickte widerwillig. »Er war in der Kapelle.«

»Was hat er gesagt?«

Jeroen ließ einen Klacks Grundierung auf den Boden fallen und stieß ihn wütend weg. »Müssen wir jetzt wirklich darüber reden?«

»Ich möchte wissen, was uns bevorsteht, Joen.«

Jeroen ließ den Kopf hängen und starrte in den Topf mit der Grundierung, den er in der Linken hielt. »Bevor dieser verdammte Mönch hier auftauchte, hatten wir ein den Umständen entsprechend angenehmes Leben...«

»Den Umständen entsprechend?«

»Ich meine: soweit es die Kirche und andere Obrigkeiten zulassen, daß man ein angenehmes Leben hat.«

»Undankbar warst du wohl schon immer, was?«

»Aleyt...« Jeroen wand sich unter ihren Händen heraus und stellte den Topf auf den Tisch, der seit dem letzten Großputz noch immer ungewöhnlich aufgeräumt aussah. »Wohlstand ist gut, aber...«, er seufzte, »...den Seelenfrieden kann man sich damit nicht kaufen.«

»Ohne Wohlstand ist fehlender Seelenfriede weit schwerer zu ertragen.«

Jeroen nickte ohne Überzeugung. »Du wirst wohl wieder einmal recht haben.« Er starrte auf die teilweise grundierte Tafel auf der Staffelei. »Ich habe eine neue Methode erdacht, wie ich schneller malen kann: Naß auf naß, nicht mehr warten, bis die erste Schicht trocken ist, ehe man weiterarbeitet.«

»Warum solltest du denn schneller arbeiten?«

Abwesend antwortete Jeroen: »Ich habe ein Bild im Kopf, etwas ganz Besonderes, vielleicht gar mein *Opus ma-*

gnum...« Er setzte ein bitteres Lächeln auf. »Und es würde mich grämen, wenn ich es womöglich nicht fertig bekäme.«

Aleyt blickte mit einem Mal beunruhigt. »Du bist doch nicht etwa krank?«

»Nein, nein.« Jeroen winkte ab. »Körperlich fehlt mir nichts, abgesehen von den ersten Verschleißerscheinungen.«

Er trat wie so oft ans Fenster und sah hinaus. Das Wetter war gut, und auf dem Marktplatz herrschte reges Treiben. Menschen, Pferde, Esel und Karren bewegten sich geschäftig von hier nach dort.

Immer ist ein jeder irgendwohin unterwegs, dachte Jeroen. Das ist eine der unzähligen ermüdenden und sinnlosen Verhaltensweisen des Menschen. Hätten wir Wurzeln wie die Bäume, gäbe es längst nicht so viele Gelegenheiten, einander das Leben zur Hölle zu machen. Oder einander zu lieben, dachte er plötzlich. Aber vielleicht wäre ja auch das besser. Denn die Wunden, welche die Liebe schlug, heilten weit schwerer als körperliche Blessuren.

Jeroen kehrte dem Fenster den Rücken zu und sah Aleyt an, die am Tisch lehnte und ihn sorgenvoll musterte. »Das kommt alles durch diesen verfluchten Inquisitor«, sagte er, von seinen eigenen Gedanken irritiert.

Wenn ich nicht so ungern reiste, wäre das jetzt der ideale Zeitpunkt, um sich für ein paar Jahre davonzumachen, dachte er. Der Süden mit seiner Sonne, seinen Farben und seiner ausschweifenden Welt der Künste übte plötzlich eine nie dagewesene Anziehungskraft auf ihn aus. Am Ende des Sommers abreisen, den kalten Winter und die vom verhaßten Dominikanerkloster ausgehende düstere Bedrohlichkeit hinter sich lassen...

Almaengien hatte ihm den Samen dazu in den Kopf gepflanzt. Und das womöglich nicht unabsichtlich, sondern als Appell an seinen Verstand...

Aber er würde nicht weggehen, das wußte Jeroen nur zu gut. Denn Sprenger würde das gewiß so auffassen, als laufe er vor ihm davon, und diese Genugtuung gönnte er dem Inquisitor nicht. Außerdem wäre es keine dauerhafte Lösung, denn früher oder später müßte er zurückkehren und wäre dann aller Wahrscheinlichkeit nach aufs neue mit Herbertas Mörder konfrontiert.

»Wenn du vorsichtig bist, kann er dir nichts anhaben«, sagte Aleyt. »Auch Jakob Sprenger hat sich an bestimmte Regeln zu halten.«

»Regeln gelten nicht für den, der sie aufgestellt hat, hat einmal jemand zu mir gesagt. Und Sprenger stellt seine eigenen Regeln auf. Er gehört zur verachtenswerten Gattung jener, deren Lehre die komplette Ignoranz ist, die sich allen Tatsachen und Argumenten verschließen.«

Ich habe wahrhaftig Almaengiens Philosophie übernommen, stellte Jeroen fest. Aber so erstaunlich war das gar nicht, denn Almaengiens Denken kam dem, was Herberta vertreten hatte, verführerisch nahe.

Aleyt sagte: »Ein Grund mehr, vorsichtig zu sein, Joen.«

»Soll ich denn für den Rest meines Lebens bei jedem Wort, bei jedem Pinselstrich und bei jedem Schritt über meine Schulter sehen? Soll ich meine Meinungen an der verabscheuenswerten Moral Jakob Sprengers messen, ehe ich sie äußere? Oder soll ich einfach immer und überall schweigen? Soll ich mich am Morgen bangen Herzens fragen, ob ich einen sündigen Traum gehabt habe?«

»Was ist die Alternative?«

Es *gibt* eine Alternative, dachte Jeroen. Wenn seine Arbeit am Altar der Kapelle fertiggestellt war, konnte er sich für eine Weile nach *Ecce Homo* zurückziehen und nur dann in der Stadt blicken lassen, wenn er Geschäfte abzuwickeln hatte. Doch dann würde er Aleyt einweihen müssen. Und wenn sie einmal von der Existenz *Ecce Homos* wußte, war es zur Sicherheit aller am besten, sie gleich dorthin mitzunehmen.

»Ich habe Neuigkeiten über Clavuceel«, sagte er.

»So?« fragte Aleyt verwundert und sah Jeroen abwartend an.

»Ich weiß, wo er ist.«

»Dann weißt du mehr als ich.«

Jeroen nickte langsam mit gespitzten Lippen. Einen Beschluß fassend, sagte er: »Ich muß dir etwas erzählen, Aleyt…«

25

Unbefangen blickten Clavuceel und Almaengien auf die nackte Aleyt, die sich von dem kleinen Holzsteg ins Wasser gleiten ließ. Das Wasser des »Jungbrunnens«, wie Clavuceel den kleineren der beiden Weiher nannte. »Selbst wenn du häßlich oder gar verunstaltet wärst, gäbe es nichts, dessen du dich schämen müßtest«, hatte er zu ihr gesagt. »Wir sind einfach ein Teil der Natur, die uns gemacht hat. Dessenungeachtet gibt es da draußen in der Sonne wohl kaum eine, die so schön ist wie du, Aleyt. Du bist sichtlich die Auserwählte eines Kenners des Schönen.«

»Sichtlich ist nur, daß mir der Kindersegen erspart geblieben ist«, hatte Aleyt entgegnet. Ihrem Tonfall war nicht zu entnehmen gewesen, ob sie das als gut oder als schlecht erachtete.

Sie ist wirklich schön, dachte Jeroen. Er blickte mit den beiden anderen vom Wasser aus auf sie, und einen Moment lang war es ihm, als betrachte er sie durch deren Augen. Aleyts Schönheit war freilich ganz anders geartet als die Herbertas. Aleyts Formen hätten jemanden wie Leonardo da Vinci zu einem kühlen bildhauerischen Werk inspirieren können. Herberta dagegen hatte eher die faszinierende Anmut eines wilden Tieres besessen.

»Es ist kalt«, klagte Aleyt. Bis zum Kinn im Wasser, das

undurchsichtig grün war von den darin treibenden Algen, suchte sie mit dem Rücken Halt an einer der kleinen Holzleitern, die am Weiherrand angebracht waren.

»Weil deine Haut von der Sonne aufgeheizt ist«, sagte Almaengien. Er legte sich zurück, bis er ohne großes Zutun auf dem Rücken trieb, mit seinem Bauch wie einer schaukelnden weißen Insel an der Oberfläche. »Der Jungbrunnen hat heilende Eigenschaften. Du wirst dich nachher vollkommen erquickt fühlen.«

Aleyt fuhr hoch. »Da strich etwas an meinen Beinen entlang!« rief sie erschrocken.

»Fische«, sagte Jeroen ein wenig ungeduldig. »Es wimmelt hier von Fischen, doch sie tun niemandem etwas zuleide.« Die Ellenbogen auf einem im Weiher verankerten kleinen Floß abgestützt, suchte er das Gefühl der Schwerelosigkeit auszukosten, die das Wasser ihm verlieh, sowie die meditative Ruhe, die von dem großen Garten und den trägen nackten Menschen ausgingen. Jedes Wort störte ihn, weil es seinen Geist an der Versenkung in tiefere und reichere Regionen hinderte.

Clavuceel sagte: »Wenn dieser Weiher das Lebenselixier enthielte, sollten die Frauen mit einem Raben, einem Pfau und einem Löffler auf dem Kopf darin baden, den Symbolen der Leichtgläubigkeit, der Eitelkeit und der vergangenen Freuden.«

»Aber er enthält kein Lebenselixier«, konstatierte Aleyt.

Clavuceel schüttelte den Kopf. »Jungbrunnen ist in diesem Falle leider nur ein Name.« Er lächelte kurz. »Und im übrigen bedarfst du dieses Elixiers auch nicht.« Er wandte den Blick dem kuriosen blauen Bau auf dem Eiland im weiter hinten gelegenen größeren Weiher zu. »Ich weiß nicht, wer diesen Garten entworfen hat, aber das Gebäude dort erinnert mich stark an den Brunnen des Ehebruchs aus dem Buch *Der Liebesgarten.*«

»Aber das hier war doch zuvor ein Zufluchtsort von Katharern?« wandte Jeroen ein. »Ich kann mir kaum vorstellen, daß die sich von so einem Buch hätten inspirieren lassen.«

»Vielleicht war es ja auch der *Roman de la Rose,* der ihn inspiriert hat«, sagte Clavuceel nachdenklich. »Darin kommt die gleiche Beschreibung vor. Die Katharer kamen übrigens aus dem Süden Frankreichs, bevor Papst Innozenz III. sie dort ausrotten ließ.«

»Ich dachte, die Katharer waren alles andere als wollüstige Zeitgenossen?«

»Sind«, korrigierte Clavuceel. »Mögen die Albigenser-Katharer auch ausgerottet sein, so gibt es doch überall in Europa noch untergetauchte Grüppchen, die an ihrer Auslegung der Bibel festhalten. Aber du hast recht, sie sind strenge Asketen. Sie gehen davon aus, daß nicht Gott, sondern Satan die Welt geordnet hat. Unser Leib ist demnach durch und durch schlecht. Um also die Seele wieder ihrem göttlichen Ursprung zuzuführen, entsagen die Katharer allem Weltlichen. Was das genaue Gegenteil von dem sein dürfte, was unsere kirchlichen Obrigkeiten tun, möchte ich mal sagen.«

Jeroen blickte sinnierend zu Almaengien hinüber, der ein Stück von ihnen fortgedümpelt war. »Jacob hat seine Erkenntnisse vermutlich in der einen und anderen Hinsicht den ihren angeglichen.«

»Wollen wir hoffen, daß die armen Katharer nie wieder

hierher zurückkommen«, bemerkte Aleyt und bewegte einen Fuß zwischen Jeroens Beinen aufwärts. »Jacob hatte recht, das Wasser ist nicht so kalt, wie ich anfangs dachte. Ich wollte, ich könnte schwimmen.« Neidisch sah sie einem jungen Mann nach, der mit ruhigen, entspannten Zügen vorüberschwamm, fast ohne dabei Wasser aufspritzen zu lassen.

Jeroen klemmte Aleyts Fuß zwischen den Knien fest, so daß sie nicht höher gelangte. Er erinnerte sich an die Male, die er mit Herberta zusammen in der Dommel geschwommen war. Aus Furcht vor zufälligen Passanten allerdings nicht nackt.

Für Herberta wäre das hier das Paradies gewesen, dachte er. Aber es hatte nicht sein sollen …

Er versuchte sich vorzustellen, wie es gewesen wäre, wenn er mit seiner Schwester anstatt mit Aleyt hier gewesen wäre. Dieser Gedanke ließ jedoch einen so heftigen Schmerz in ihm aufwallen, daß er ihn eiligst unterdrückte.

Aber auch Aleyt liebt mich, dachte er. Und sie war immer aufs äußerste darum bemüht gewesen, ihm alles recht zu machen. Wenn irgend jemand es verdiente, geliebt zu werden, dann sie. Doch manchmal schien es ihm, als wäre das bißchen Liebe, das er einst für sie empfunden hatte, mit Herberta gestorben.

»Oh, entschuldige«, sagte er, als ihm bewußt wurde, daß Clavuceel etwas zu ihm gesagt hatte. »Ich war mit den Gedanken gerade ganz woanders.« Er wechselte die Haltung und bewegte dabei die Beine, was Aleyt sofort dazu nutzte, ihren Fuß höher emporgleiten zu lassen. Mit zurückgelegtem Kopf und geschlossenen Augen lehnte sie sich gegen die

Leiter, wobei die obere Hälfte ihrer milchweißen Brüste gerade so weit aus dem grünen Wasser herausragte, daß es aussah, als trüge sie ein auf den Leib geschneidertes, tief ausgeschnittenes Dekolleté.

»Almaengien erzählte mir, daß du vorhast, diesem Garten ein großes Werk zu widmen?«

»Dieser Ort wirkt inspirierend«, bestätigte Jeroen. Aleyts Fuß war jetzt dort, wo sie ihn haben wollte, und Jeroen spürte, daß er unwillkürlich eine Erektion bekam. Herberta hatte sich oft beifällig über seinen rasch reagierenden Körper geäußert, doch er selbst war nicht immer glücklich darüber. »Zumal ich einmal eine Art Vision von einem Ort wie diesem gehabt habe«, sagte er, sich mit aller Macht auf das Gespräch konzentrierend. »Das Bild ist mir immer lebhaft in Erinnerung geblieben...« Sein Blick wanderte wie von selbst zu einem nackten Paar, das sich etwas weiter entfernt auf dem Rasen ohne die geringste Scham dem Liebesspiel hingab. In unmittelbarer Nähe der beiden saßen andere Menschen, die ihnen jedoch keine besondere Beachtung schenkten.

Clavuceel folgte Jeroens Blick und sagte: »In der Bibel steht, daß du dein Auge ausreißen sollst, wenn dir mißfällt, was du siehst. Wer kommt nur auf so eine Idee!«

Mir mißfällt nicht, was ich sehe, dachte Jeroen. Nein, zum erstenmal seit, wie ihm schien, langer, langer Zeit sah er rein gar nichts, was ihn störte. Dieses sich liebkosende Paar war weder häßlich noch anstößig. Es kam ihm so vor, als sei überhaupt jegliche Häßlichkeit aus *Ecce Homo* verbannt. Wenn man lange genug hier bleiben könnte, würde schließlich auch der eigene Geist von jeglicher Häßlichkeit gereinigt werden, dachte er. Diese Häßlichkeit kam nicht von innen, wie die Pfaffen immer behaupteten. Sie war ein von der wahnsinnigen Gesellschaft abgesondertes, schleichendes Gift, das schon in der Wiege in ein jedes Kind sickerte, bis es den gesamten Geist vergiftet hatte und Häßlichkeit zur Norm geworden war. Eine Häßlichkeit, nach der ein jeder sein Verhalten ausrichtete, als müßten alle diese widerwärtigen Gedanken obendrein fühlbar gemacht werden.

Das Absurde ist, daß man diesen Lauf der Dinge umkehren kann, dachte Jeroen. Wie es hier ja wie von selbst geschah. Man brauchte nur zu wollen. Aber ein jeder schien Wahnsinn und Häßlichkeit, Angst und Pein vorzuziehen. Vielleicht hatten die Katharer recht, vielleicht hatte in der Tat Satan die Welt geordnet.

»Möglicherweise könnte ich dir bei deiner Arbeit helfen«, bot Clavuceel an. »Du könntest den Bildern eine weit tiefere Bedeutung verleihen, wenn du die alchemistische Symbolik hineinlegtest.«

»Könnte sein…«, sagte Jeroen abwesend. Mit Blick auf das sich liebkosende Paar befiel ihn die eigenartige Anwandlung, wie ein brünstiger Hund auf Aleyts Fuß zu reiten. »Man könnte eine Parade der Wollust um diesen Weiher malen«, fuhr er fort, »mit Panthern, Bären, Löwen, Leoparden, Hirschen, mythischen Einhörnern, Schweinen, Pferden, Eseln, Kamelen, Ziegen, Tigern, sämtlich geritten von nackten Menschen, so wie es in den *Bestiaria* beschrieben wird. Symbole der Unzucht und anderer Sünden, aber auch der Befreiung, als Metapher für den Menschen, der das Göttliche in sich verneint und ihm nicht gerecht wird…«

Aleyt bewegte spielerisch ihre Zehen. Jeroen sah sie an, doch sie hielt die Augen immer noch geschlossen. Ein vages Lächeln umspielte ihre Mundwinkel.

»Liebende mit Köpfen gleich taubenetzten Früchten tun sich an Erdbeeren, Kirschen, Himbeeren und Trauben gütlich, wie Artemidor es in seinem Buch von der Traumdeutung beschrieb«, fuhr Jeroen fort, die Augen auf den sichtbaren Teil von Aleyts Brüsten gerichtet. »Ihrem Gesäß entsprießen tropische Pflanzen. Ich sehe rote Korallen, aus denen riesige Agaven emporwachsen. Eine Muschel mit einem Liebespaar darin, als Sinnbild für das ewig Weibliche, sich umeinander windende, schleimige Meeresfische als Metapher der Sinnlichkeit. Organisch gewachsene Türme, die von sich liebkosenden Paaren bewohnt sind. An den Türmen Palmwedel und Hörner, Kegel und Mondsicheln –« Er stockte kurz, als Aleyt sich bewegte, um den Druck zwischen seinen Beinen zu erhöhen. Dabei wippten ihre Brüste für einen Moment bis zu den rosafarbenen Spitzen aus dem Wasser. »Ein Apfel, der einem Liebespaar als Schiffchen dient, als Sinnbild für die weibliche Brust. Allenthalben sieht man die alchemistische Vereinigung des weiblichen und des männlichen Prinzips ...«

Clavuceel sah Jeroen an. »Du bist ein besserer Schüler, als ich angenommen hatte«, konstatierte er.

Aleyt sagte: »Joen besitzt die seltene Gabe, anderen zuhören zu können. Wenn er will. Denn zumeist findet er die Meinungen seiner Mitmenschen wenig erhebend.« Sie bewegte ihren Fuß vor und zurück, und das so behutsam, daß man ihr die Bewegung kaum anmerkte. »Hin und wieder fließt dann über seinen Pinsel heraus, was er dabei an neuem

Wissen aufgenommen hat. Oder besser gesagt: wie er dieses Wissen interpretiert.«

»Jeder von uns interpretiert das Wissen, das ihm vermittelt wird, auf seine Weise«, entgegnete Clavuceel, »und so entstehen neue Ideen.«

Jeroen hörte zwar die Worte, nahm deren Bedeutung aber kaum richtig in sich auf. Sie wurden zur plätschernden Untermalung der Leidenschaft, die ihn vom Unterleib her in kurzen, heißen Wellen durchpulste. Er preßte das Gesäß so fest zusammen, daß Aleyt der Fuß schmerzen mußte, doch sie zuckte nicht mit der Wimper.

»Vielleicht solltest du auch einmal die *Offenbarung* lesen«, regte Clavuceel an. »Falls du das nicht schon getan hast. Die des Baruch, meine ich. Darin finden sich Beschreibungen, die an diesen Garten und wie du ihn gerade mit Leben erfüllt hast, erinnern.«

Jeroen nickte. Er hatte jetzt gleichfalls die Augen geschlossen. »Er nennt seine Vision einen Traum von Seelen, welche durch die Sünde mit Blindheit geschlagen sind...« Unter Wasser krümmten sich seine Finger um die schleimige Unterkante des Floßes. »Die Verherrlichung des selbstsüchtigen Denkens, das sich weigert, den anderen als eigenständig fühlenden Menschen zu betrachten, sondern sie lediglich als fühlbar –«

»Ihn«, bemerkte Clavuceel. »Der andere ist *er*.« Als er keinerlei Reaktion darauf erhielt, blickte er verwundert zu Jeroen, dessen Gesicht einen gequälten Ausdruck angenommen hatte. Dann fing er Aleyts Blick auf, die ihm zuzwinkerte. »Aha«, sagte er und zog sich still und leise aus dem Wasser zurück. Er spazierte zu einem sonnenbeschienenen

Fleckchen und streckte sich dort zum Trocknen aus, den Blick auf einen einzelnen Wolkenbausch gerichtet, der nahezu regungslos am blaßblauen Himmel hing.

Dies war einer der seltenen Momente, da Clavuceel sich einsam fühlte. Und dazu trug gerade die Lieblichkeit *Ecce Homos* maßgeblich bei. Als sei das Paradies kein Ort für ein Einzelwesen…

»Mathis Gothart hat Wort gehalten«, sagte Almaengien später an diesem Tag. Er deutete in eine Ecke des Ateliers. »Da steht seine Wassermühle mit den Nymphen. Er sagte, du sollest selbst bestimmen, was dir das Werk wert ist, und diesen Betrag *Ecce Homo* stiften.«

Jeroen nickte. »Wahre Kunst ist nie materialistisch«, sagte er.

»Mit Verlaub, Jeroen, aber aus deinem Munde klingen diese Worte ein wenig heuchlerisch.«

Jeroen zuckte die Achseln. »Ich bin nicht auf Besitz aus, Jacob. Nur selten bestimme ich selbst den Preis für mein Werk, ich nehme, was mir geboten wird.«

»Und einem reichen Mann wie dir wagt man natürlich nichts anderes zu bieten als den allerhöchsten Preis.«

»Dafür bin ich nicht verantwortlich.«

Almaengien zog es vor, darauf nicht weiter einzugehen. »Es hat auch noch ein weiterer Meister ein Geschenk für dich hinterlassen, ein gewisser Martin Schongauer.« Er nahm einen kleinen Stich auf, der am Boden an der Wand gelehnt hatte, und reichte ihn Jeroen. »Ist dir der Bursche bekannt?«

»Ich traf ihn kürzlich in meinem Haus an. Aleyt hatte

ihm Obdach gewährt. Ein etwas grobschlächtiger Geselle, schien mir.« Verdutzt gewahrte Jeroen die außerordentlich verfeinerte Darstellung eines Geiers auf dem Stich. »Da habe ich mich wohl gehörig getäuscht.«

Almaengien sagte: »Man könnte meinen, es führe eine geheimnisvolle Spur nach *Ecce Homo,* die begnadeten Künstlern den Weg hierher weist.«

Jeroen lächelte. »Ich habe da so eine Vermutung, wer diese Spur zieht. Fürchtest du denn nie, daß einer dieser zufälligen Besucher doch irgendwann einmal etwas nach außen ausplaudern könnte?«

»Fortwährend«, antwortete Almaengien ernst. »Es sind auch früher schon Niederlassungen unserer Bruderschaft niedergebrannt worden.«

Den Blick auf die Geierdarstellung gerichtet, sagte Jeroen: »Die Kirche muß schon enge Beziehungen zur Hölle haben, daß sie selbst so gern und so oft eine solche anrichtet.« Er sah Almaengien an. »Ich benötige eine Tafel im Format von etwa sieben Fuß Breite und sechs Fuß Höhe.«

»Das läßt sich machen.« Almaengien folgte Jeroens Blick nach draußen. »Ich schätze, es wird eine wundersame Erfahrung sein, Zeuge deiner großartigen Einbildungskraft zu sein.«

»Was ich male, ist keine Einbildung, Almaengien. Ich sehe Menschen und Dinge lediglich mit anderen Augen.«

»Dann mußt du freilich in einer außergewöhnlich beängstigenden Welt leben!«

»Das tun wir doch alle, Jacob. Ich sehe es nur ein wenig deutlicher als die meisten.« Jeroen stellte den Stich wieder an seinen Platz zurück. »Was ich hier sehe, hat jedoch kaum etwas Beängstigendes, falls dich das tröstet. Obgleich, wenn ich mir vergegenwärtige, wie verletzbar *Ecce Homo* ist, wie rasch und leicht das alles hier ausgelöscht werden könnte –«

»Diesen furchtbaren Gedanken solltest du besser gleich aus deinem Kopf verbannen und deinem Pinsel wenigstens dieses eine Mal eine paradiesische Welt entsteigen lassen.«

»Hm... Vielleicht verleiht ja gerade die ständig drohende Gefahr, die Angst, womöglich alles zu verlieren, dem Leben im Paradies jene Würze, die verhindert, daß man sich am Ende langweilt.«

»Wenn dem so wäre, müßte dieser ewige Himmel der Pfaffen ja entsetzlich langweilig sein!«

»Genau das denke ich«, sagte Jeroen. Er drehte dem Fenster den Rücken zu, als wollte er sein Gesicht nicht länger dem alles enthüllenden Licht preisgeben. »Ich habe Jasper noch immer nicht gesehen. Habt ihr schon darüber beraten, wie dem Mörder meiner Schwester beizukommen wäre?«

Almaengien zögerte kaum merklich, ehe er antwortete: »Können wir die Unterhaltung darüber auf morgen vertagen?«

»Natürlich«, sagte Jeroen, sich darein ergebend. »Im Paradies geziemt es sich ja auch nicht, ungeduldig zu sein...«

Am Abend des nämlichen Tages sagte in der wahren Welt Jasper zu seinem Kumpan Cornelius: »Das ist mitnichten die beste Zeit des Jahres; die Tage sind mir zu lang und die Nächte zu kurz.«

»So redet nur Gelichter«, entgegnete Cornelius und grinste. »Aber wenigstens ist es warm, das macht die endlose Warterei erträglicher. Obgleich ich gestehen muß, daß mir dieser Auftrag nicht behagt. Ich bin ja keine ängstliche Natur, aber alles hat seine Grenzen.«

Sie saßen versteckt hinter einem Karren, von wo aus sie ungesehen das Rathaus im Auge behalten konnten. In das war Jakob Sprenger vor geraumer Zeit hineingegangen. Sie folgten dem Inquisitor schon gut einen halben Tag lang, seit er das Dominikanerkloster verlassen hatte. Er hatte der Lateinschule in der Kerkstraat einen Besuch abgestattet, und er war in drei verschiedenen Wohnhäusern in der Stadt gewesen, ehe er schließlich dem Rathaus zugestrebt war. Nun waren die Stadtschreiber längst fort, und die Sonne stand bereits tief am Himmel, doch Sprenger wollte und wollte nicht wieder zum Vorschein kommen.

»Was treibt er da bloß?« fragte sich Jasper laut. »Was gibt es dort zu finden? Wein? Eine Frau? Im Rathaus?«

»Ach, dunkel ist es noch lange nicht«, sagte Cornelius. »Aber was, wenn sich uns keine Gelegenheit bietet, unser Werk zu verrichten?«

»Dann versuchen wir es morgen aufs neue.«

»Nochmals: Das behagt mir nicht, Jasper. Herrgott, Sprenger ist nicht irgendein Vagabund, um den sich niemand schert. Die ganze Stadt zittert vor ihm!«

»Glaub mir, Cornelius, seine Haut ist nicht weniger verletzlich für einen Dolch als die eines jeden anderen.« Jasper befühlte den Ansatz seines nicht mehr vorhandenen Ohres. »Mein Ohr juckt«, sagte er. »Als wenn's noch dran wäre.«

»Wenn sie uns schnappen, werden wir weit mehr drangeben müssen als ein Ohr!«

»Denk an das Geld«, sagte Jasper. »Zwanzig Pfund pro Mann, das kannst du allein mit Arbeit nie und nimmer zusammenbringen. Und obendrein erweisen wir der Gesellschaft einen Dienst. Und wir *lassen* uns nicht schnappen, jedenfalls nicht lebend. So war es vereinbart. Jetzt mach keinen Rückzieher. Ich habe dich ausgewählt, weil du ein ganzer Kerl bist.«

Cornelius brummte kurz. »Du wirst wohl recht haben. Aber ich habe Hunger und Durst, und das macht mich mißmutig.«

Jasper machte eine warnende Handbewegung. »Da haben wir ihn!«

Sprenger kam ohne Begleitung die Rathaustreppe herunter, blieb kurz stehen, um nach links und nach rechts zu schauen, und überquerte dann gemächlich den Marktplatz in südlicher Richtung.

»Das hatte ich gehofft«, flüsterte Jasper. »Er geht in Richtung Hafen. Da sieht er sich des öfteren einmal die Schiffe an, bevor er sich wieder in sein Nest im Kloster verzieht.«

Sie folgten dem Inquisitor in sicherem Abstand. Es war noch viel Volk auf den Beinen, und Sprenger blieb hin und wieder kurz stehen, um mit Leuten zu reden, da wagten sich Jasper und Cornelius lieber nicht zu nahe heran. Doch niemand achtete auf die beiden Männer, die im Straßenbild nicht weiter auffielen.

Am Hafen war es ruhiger. Einige kleinere Schiffe waren am Kai des bescheidenen Docks vertäut, doch zu dieser Stunde zwischen Arbeitsende und Beginn des Nachtlebens tat sich hier nicht viel. Auf dem Achterdeck eines der kleinen Frachtschiffe spielte ein dunkelhäutiger Mann auf einer eigenartig geformten großen Flöte. Wehmütig schwebten deren Klänge über dem stillen Wasser.

Sprenger hatte wie gewöhnlich die Hände in den Taschen seiner Kutte, während er am Kai entlangschlenderte. Ab und an blieb er kurz bei einem Boot stehen, um sich das Takelwerk näher anzuschauen, so als hegte er dafür ein besonderes Interesse. Er blickte sich nicht ein einziges Mal um.

»Weiter dort hinten ist ein Speicher«, sagte Jasper. Obgleich niemand sie hören konnte, flüsterte er. »Ich schlage einen kleinen Bogen und erwarte ihn dort. Du folgst ihm weiter und richtest es so ein, daß du beim Lagerhaus zu ihm aufschließt. Du weißt, was du zu tun hast.«

Unsicher wandte Cornelius ein: »Es ist noch nicht dunkel...«

»Dann sehen wir wenigstens, was wir tun«, sagte Jasper. Er klopfte dem anderen aufmunternd auf den Oberarm und verschwand ohne weiteren Kommentar im Laufschritt in einer schmalen Gasse, die im rechten Winkel vom Kai abzweigte.

Zwanzig Pfund, dachte Cornelius, den Blick auf den breiten Rücken Sprengers gerichtet, der in einiger Entfernung stehengeblieben war und auf das Wasser schaute. Was man mit soviel Geld nicht alles kaufen konnte... Er atmete ein paarmal tief durch, um seine Nerven zu beruhigen, und ging dann weiter, von Schattenfleck zu Schattenfleck, wünschend, er wäre vollkommen unsichtbar.

Er hatte sich Sprenger bis auf zwanzig Schritt genähert, als drei Büttel, die mit gezückten Schwertern drohend hinter einem Kistenstapel hervortraten, ihm gänzlich unerwartet den Weg versperrten.

»Im Namen des Schultheißen, ergebt Euch!« forderte einer von ihnen in amtlichem Ton.

Cornelius stand einige Wimpernschläge lang wie erstarrt da, während ihm das Herz bis zum Hals hinauf schlug. Er sah, daß Sprenger sich umgedreht hatte und gemächlich in seine Richtung spaziert kam. Und im Geiste sah er auch noch anderes: den Kerker, die Folterbank, seinen Kopf auf einem Richtblock in Erwartung des vergeltenden Schwerthiebs...

Er wirbelte herum, um davonzurennen, doch da standen drei weitere Büttel mit gezückten Waffen.

»Zum letzten Mal: Im Namen des Schultheißen...«

Cornelius zog seinen Dolch, umklammerte das Heft mit beiden Fäusten und richtete die Spitze auf sein eigenes Herz.

»Habt acht!« rief Sprenger, der seine Schritte beschleunigt hatte. »Hindert ihn doch, ihr blöden Tölpel!«

Cornelius zögerte, freilich so kurz, daß es nicht merklich war. »Möge Gott meiner Seele gnädig sein!« entfuhr es ihm, und er stieß sich den Dolch in die Brust.

»Und der Schultheiß hatte mir seine besten Männer versprochen!« blaffte Sprenger. Er keuchte leicht, während er auf Cornelius hinabblickte, der zuckend in einer rasch größer werdenden Blutlache lag. »Selbsttötung ist eine schwere Sünde, zusätzlich zu all den anderen.« Er schüttelte den Kopf. Dann wedelte er ungeduldig mit dem Arm. »Beeilt euch, auf daß ihr mir den anderen Galgenstrick schnappt«, blaffte er. »Und diesmal lebend!«

26

Jasper ist noch immer nicht wieder aufgetaucht«, sagte Aleyt.

Sie sprach zum Rücken Jeroens gewandt, der regungslos am Fenster stand und in den Garten hinausstarrte. Im Atelier hing der Geruch von Hanf.

»Kein Mensch weiß, wo er steckt«, fuhr sie fort. »Almaengien läßt schon seit drei Tagen überall nachfragen, jedoch vergeblich.«

»Eine Dummheit war das«, sagte Jeroen tonlos. »Als wenn sich der Teufel von zwei Spießgesellen umbringen ließe. Almaengien hätte besser daran getan, so etwas nicht ohne mein Wissen einzufädeln. Er kennt Sprenger nicht, wie ich ihn kenne.«

»Von dem einen Mal, da du ihm begegnet bist?«

Jeroen nickte vor sich hin. »Ich habe seine Seele gespürt...«

Aleyt trat an die weiß grundierte große Tafel in der Mitte des Ateliers, auf der bisher nur vage Umrisse zur Aufteilung der Fläche angebracht waren. »Jasper kann sich doch nicht in Luft aufgelöst haben, Joen.«

»Sprenger hält ihn gefangen. Er wird Jasper foltern lassen, bis er sagt, was der Teufel hören will, und dann wird er umgebracht. Sein Kumpan war glücklicher dran.«

Leise sagte Aleyt: »Oder vielmehr schneller...«

»Oder vielmehr schneller«, pflichtete Jeroen scheinbar ungerührt bei.

»Wenn Jasper tatsächlich irgendwo gefangengehalten wird, müßte das doch herauszufinden sein?«

»Nicht, wenn Sprenger es nicht will.« Mit flachen Händen massierte Jeroen die Region um seine Augen. »Vielleicht könnte ja Vikar Dass etwas in Erfahrung bringen...«

Aleyt blickte bedenklich. »Dann mußt du dem Vikar gegenüber eingestehen, daß zwischen dir, Jasper und Cornelius eine Verbindung bestand! Ist das nicht gefährlich?«

»Dass scheint von irgendwem den Auftrag erhalten zu haben, als mein Schutzengel aufzutreten.« Jeroen zog ein Gesicht. »Von einem hochmögenden Bewunderer, vermute ich.«

»Joen...« Aleyt stellte sich hinter ihn und schlang die Arme um seine Brust. Über seine Schulter hinweg schaute sie in den lieblichen Garten, der wegen der kühlen Witterung verlassen dalag. »Ich habe Angst«, bekannte sie.

»Trink etwas von dem Tee, der auf dem Tisch steht. Er kann die Sorgen zwar nicht aufheben, doch er macht alles ein wenig erträglicher.«

»Vielleicht ist es besser, wenn einer von uns einen klaren Kopf bewahrt.«

»Ich *habe* einen klaren Kopf«, behauptete Jeroen mit Ungeduld in der Stimme.

»Was sollen wir tun, wenn Jasper alles verrät?«

Abwesend antwortete Jeroen: »Vielleicht sollten wir ja doch verreisen... Um nie wieder hierher zurückzukehren.«

»Das kann ich nicht, Joen. Und das weißt du.«

»Ach ja, Besitz, Verpflichtungen –«

Aleyt ließ Jeroen los. »Wenn du allein fortwillst, werde ich dich nicht zurückhalten.« Sie wandte ihm den Rücken zu und ging langsam zur anderen Seite des Ateliers hinüber, in banger Erwartung seiner Antwort.

Es war ein verlockender Gedanke, fand Jeroen. Doch er wußte, daß er nirgendwo Ruhe finden würde, so weit er auch fortlief. Das wußte auch Aleyt. Und sie wußte gleichermaßen, daß er sich nicht von seinen Wurzeln würde lösen können, ohne dadurch in seinem Wesen von Grund auf und vielleicht in nimmer wiedergutzumachender Weise erschüttert zu werden.

»Man müßte sein Leben vorübergehend stillegen können«, dachte er laut. »Um erst weiterzumachen, wenn so eine schwarze Phase vorüber ist…« Aber man kann es nur endgültig stillegen, dachte er. Eine erwägenswerte Wahl, wenn es keine Hoffnung mehr gab, daß sich die Dinge zum Guten wenden würden.

Ernstlich über letzteres nachdenkend, vergaß Jeroen völlig, daß Aleyt auf eine Antwort wartete. Es kommt darauf an, womit man sich zufriedengibt, dachte er. Vielleicht stellte er ja zu große Ansprüche, vielleicht hatte ihn das Schicksal ja schon in höherem Maße begünstigt, als man es nach menschlichem Ermessen erwarten durfte…

»Joen?«

Die Stimme seiner Frau ließ Jeroen aus seiner Sinniererei aufschrecken. Der Garten, den er für einen Moment verschwommen und verzerrt gesehen hatte wie durch eine regenbenetzte Scheibe, nahm wieder feste Konturen an. »Du stellst mich vor eine Wahl, die keine Wahl läßt.«

Das ist nicht das, was ich hören wollte, dachte Aleyt. Er hätte sagen müssen, daß er sie unter keiner Bedingung allein lassen wolle, daß er nicht ohne sie leben wolle. Sie lächelte bitter über ihre eigenen Gedanken. Nur eine Frau würde so etwas denken und freimütig äußern, dachte sie. Männer hatten andere Prioritäten. Zumal Männer, die das bißchen Liebe, das sie aufzubringen vermochten, an eine Tote vergeudeten…

Die folgenden Tage hielt sich Jeroen nahezu ununterbrochen im Atelier auf. Auf der Tafel wurde zunächst ein zwar stilisiertes, aber doch erkennbares Abbild des Gartens von *Ecce Homo* sichtbar, so wie ein jeder ihn sehen konnte, wenngleich auch der Wald durch die blauen Weiten einer scheinbar unendlichen Hügellandschaft ersetzt war, gemalt in märchengleicher Traumhaftigkeit. Anschließend füllte er diese Szenerie systematisch mit einer Eruption von Formen und Farben in flamboyanter Bewegtheit wie auch hauchzarter Zerbrechlichkeit. Er schuf bizarre, aber dennoch außerordentlich schöne und feinsinnige Darstellungen von Skulpturen und ätherischen menschlichen, tierischen und halb menschlichen, halb tierischen Wesen, wie sie nur das innere Auge des Künstlers zu sehen vermochte. Er ließ Gebilde in kristallener Transparenz aus dem Boden sprießen, wie nur die Natur sie hätte bauen können, wäre sie mit grenzenloser Einbildungskraft und mythischem Wissen ausgestattet. Die Gebilde wurden von teils irdischen, teils kosmischen Geschöpfen bevölkert, die dem Werk gleichsam eine innere Glut verliehen. Des Meisters Anfall von *horror vacui* ging so weit, daß er nahezu jeden Daumenbreit verfügbarer Fläche mit fremdartigen, aber für den versierten Träumer nicht gänzlich unbekannten Wesen füllte, welche durchaus hätten leben können, wäre die Natur nicht durch ihre eigenen Gesetze in ihrer großartigen Schöpfungskraft eingeschränkt gewesen.

Es war jedoch nicht so, daß Jeroen fortwährend arbeitete. Immer wieder stand er längere Zeit regungslos da und starrte in den Garten, mit Augen, die sowohl das strahlend Schöne wie auch das schwärzeste Grauen erblickten. Kein anderer Sterblicher konnte wie er beide Seiten der Natur und des Menschen zu gleicher Zeit sehen. Bisweilen trat er dann plötzlich eiligen Schrittes an seine Staffelei, um mit seinen feinsten Pinseln ein Detail anzufügen, so winzig, daß allein er es inmitten der teils unschuldigen, zumeist jedoch wollüstigen Phantome ausmachen konnte, welche das stetig wachsende Werk bevölkerten.

Bisweilen trat er auch ein paar Schritte zurück, um sich im Schneidersitz auf dem Boden niederzulassen. Dort saß er dann inmitten zahlloser brennender Kerzen bei einem Kupfertopf mit schwelenden Hanfblüten und starrte auf die Tafel. Er vergaß den Hunger und die Schmerzen, die seinen Körper allmählich befielen, er vergaß auch die Zeit, während die Kerzen um ihn her nach und nach erloschen, bis das Atelier nur noch von den Sternen erleuchtet wurde, die kalt und gleichgültig durch das Fenster hereinschauten. Vor Jeroens geistigem Auge aber glühte die Tafel aus sich selbst heraus, so daß er auch weiterhin jede Einzelheit erkennen konnte. Es war, wie mit offenen Augen zu träumen, wie die Betrachtung eines Traums durch einen Schleier auf der Hornhaut, wovon Macrobius in seinem Kommentar zu

Ciceros *Scipios Traum* geschrieben hatte. Oder wie die Traumvisionen im Buch des Propheten Daniel, das Jeroen wieder und wieder fasziniert gelesen hatte.

Aleyt, Almaengien, Clavuceel und viele andere schauten hin und wieder neugierig, aber auch beunruhigt ins Atelier herein. Für Jeroen waren sie bloße Geister. Er nahm ihre Anwesenheit nur entfernt wahr, und sie konnten sich des seltsamen Gefühls nicht erwehren, daß er durch sie hindurchsah und taub war für das, was sie sagten. Jeroen wohnte im Atelier und suchte nur ganz selten einmal sein Bett in einem angrenzenden Zimmer auf. Dann schlief er zusammengekrümmt gleich einem Neugeborenen und Aleyt den Rücken zugekehrt. Und wenn sie ihn zu berühren versuchte, knurrte er wie ein Hund und zog sich noch weiter in sich zurück.

Aleyt brachte ihm regelmäßig Mahlzeiten. Hin und wieder aß er davon, zumeist jedoch nicht. Es war beinahe so wie während seiner Trauerphase nach Herbertas Tod. Jeroen magerte sichtlich ab, und sein Gesicht war zerfurcht wie das eines alten Mannes. Er rasierte sich nicht mehr, und mit dem kurzen ungepflegten Bart, dem wild abstehenden Kraushaar und den tiefliegenden Augen bekam sein Gesicht etwas so Diabolisches, als wäre er selbst zu einer dieser bösartigen Gestalten aus seinen früheren Werken geworden. Hinzu kam noch, daß er sich seine Kleidung – ob absichtlich oder nicht, ließ sich nicht sagen – von oben bis unten mit hellroter Farbe beschmiert hatte. Wenn ein argloser Betrachter ihn so an seinem Gemälde arbeiten sah, mußte er fast den Eindruck gewinnen, hier malte der Teufel persönlich das verlorene Paradies.

Und dann fand Clavuceel Jeroen eines Tages halb auf einem Stuhl liegend vor, die Arme schlapp am Körper herabbaumelnd, die Palette mit der Oberseite nach unten neben sich auf dem Fußboden. Clavuceel dachte, er schliefe, doch als er sich ihm vorsichtig genähert hatte, sah er, daß er reglos vor sich hin starrte. Clavuceel blieb stehen und blickte ehrfürchtig auf das Gemälde. »Das ist einfach … göttlich«, sagte er beinahe flüsternd. »Frivol, aber göttlich.«

»Wenn es göttlich wäre, hätte es mich keine solche Mühe gekostet.«

Nur widerstrebend riß Clavuceel die Augen von dem Werk los, um Jeroen anzusehen. Der wirkte zwar erschöpft, doch sein Blick war wieder klar, stellte er erleichtert fest. Ohne vorwurfsvoll zu klingen, sagte er: »Du hast uns angst gemacht in den vergangenen Wochen.«

»Ich mir selbst auch«, antwortete Jeroen. Er deutete mit einer kraftlosen Gebärde auf sein Gemälde. »Ich dachte gerade über einen Titel nach, aber dann habe ich mir gesagt: Warum soll ein Bild immer einen Titel haben?«

Clavuceel blickte wieder auf das Gemälde. Sinnierend sagte er: »*Ars amandi,* die Kunst der Liebe. Oder vielleicht: Der Traum der Seelen…«

»Oder vielleicht *Luxuria,* die Zügellosigkeit. Menschen beiderlei Geschlechts und unterschiedlicher Hautfarbe, die paarweise oder in ganzen Gruppen ihren fleischlichen Gelüsten frönen, miteinander oder mit Tieren … Weißt du, Clavuceel, die Sünde ist das deutlichste Verbindungsglied zwischen Himmel und Hölle –«

»Man könnte meinen, du sprichst vom Werk eines anderen.«

»Das ist immer die Frage«, erwiderte Jeroen. Er setzte sich ein wenig auf. »Könntest du mir bitte den Becher Wasser geben, der dort steht? Ich wage nicht, mich zu erheben, meine Beine fühlen sich so sonderbar an…« Er nahm den Becher von Clavuceel entgegen und trank mit langsamen, genüßlichen Schlucken, als wäre das Wasser eine Art Göttertrank. »Wer hat das Bild gemacht? Es waren zwar meine Hände, aber wer hat sie geführt? Und wer hat mir diese bizarre Landschaft und diese seltsamen Wesen in den Kopf gesetzt?« Er lächelte müde, als er Clavuceels beunruhigte Miene sah. »Nein, ich habe nicht mein letztes bißchen Verstand verloren…« Er nahm abermals einen Schluck Wasser und reichte Clavuceel dann den leeren Becher. »Schau es dir an«, kommandierte er mit einer Handbewegung in Richtung des Gemäldes. »Sind solche Szenen von dieser Welt?«

»Von *meiner* gewiß nicht«, räumte Clavuceel ein. »Aber ich gehe davon aus, daß meine Welt weitaus beschränkter ist als die deine.«

Jeroen seufzte. »Ich weiß nicht…« Er sank wieder auf seinem Stuhl zusammen, als fände er das Geradesitzen zu anstrengend. »Es ist noch nicht fertig.«

»Was kannst du dem hier denn um Himmels willen noch hinzufügen?«

»Es soll ein Triptychon werden. Die beiden anderen Flügel sollen eine Erklärung für den Mittelteil liefern. Das heißt, eine Erklärung, die andere als du und ich nachvollziehbar und akzeptabel finden, so daß dieses Werk weniger beunruhigend wirkt.«

»Weniger profan, meinst du wohl.«

Jeroen nickte, und seine Miene wurde verdrießlich. »Du

darfst nach Herzenslust fleischliche Sünden abbilden, wenn du sie nur ja gleich mit einer furchtbaren Strafe verknüpfst. Auf dem rechten Flügel werde ich dann zuletzt die Hölle darstellen, wie sie sich selbst der größte Unheilsprophet noch nicht vorzustellen gewagt hat. Im Vergleich dazu werden die Strafpredigten Alain de la Roches zu Ammenmärchen verblassen. Ich habe das nicht im Auftrag gemalt, doch je heiliger sich Edelleute und Prälaten selbst wähnen, desto höher werden sie für dieses Triptychon bieten. Ich sage dir, wenn ich hiermit fertig bin, werden sie diesem Werk gar erbauliche Qualitäten zuerkennen!«

»Sie?«

»Du weißt sehr wohl, wen ich meine.« Jeroen machte plötzlich ein beunruhigtes Gesicht. »Hast du noch immer nichts von Jasper oder, Gott behüte, von Jakob Sprenger gehört?«

»Nichts als Stille, Jeroen. Ich beginne zu hoffen, daß dein Freund uns nicht verraten hat.«

»Hm… Könntest du mir einen Handwerksmann besorgen, der die beiden zusätzlichen Tafeln anfertigen kann, und zwar so, daß sie sich von außen und innen bemalen lassen?« Jeroens Blick wanderte zum Fenster hinaus. »Auf der Außenseite des Retabels möchte ich die Erde in ihrer Gesamtheit darstellen, durchsichtig wie Glas, in der Dunkelheit schwebend, der sie entstammt. Und für den, der die Flügel öffnet, soll es so sein, als blicke er durch die Augen Gottes auf die Welt, *bevor* der Mensch die Schöpfung seinen eigenen Wahnbildern gemäß zu verunstalten begann, und auf der rechten Tafel dann das Finale und der unabwendbare Abgrund –«

»Jeroen… meinst du nicht, du solltest erst einmal eine Weile ausruhen, um wieder zu Kräften zu kommen?«

»Oh, aber der Rest des Werkes wird mich keine solche Anstrengung kosten. Das hier ist mein Kind, das unter Schmerzen zur Welt kam, der Rest ist nur noch eine Art Nachgeburt.« Jeroen erhob sich mit unterdrücktem Ächzen und trat steifbeinig an das Gemälde. »Ich werde den Geier Martin Schongauers mit hineinarbeiten«, sagte er. »Auf dem linken Flügel, bei der Hochzeit von Adam und Eva. Das wird ihm gefallen, falls er dieses Werk je zu Gesicht bekommt.«

»Ein Geier? Bei der Hochzeit Adam und Evas?«

»Keine menschliche Unternehmung, so schön sie auch beginnen mag, geht ohne Kadaver aus. Leichenpicker gehören zu den nützlichsten Wesen, welche die Schöpfung hervorgebracht hat. Sonst wären wir längst unter Bergen verwesenden Fleisches begraben.«

»Du benötigst *wirklich* dringend Ruhe«, konstatierte Clavuceel. Doch trotz seiner Besorgnis zog es seinen Blick fortwährend zu dem Gemälde. Wenn er es aus der Nähe betrachtete, verspürte er eine beinahe schon schmerzliche Sehnsucht, die ihn umgebende Welt zu verlassen und sich in eine dieser faszinierenden Szenen hineinzubegeben. »Liebespaare in Glasglocken?« Er sah Jeroen an. »Erkenne ich da das flämische Sprichwort: ›Glück ist wie Glas, es zerbricht leicht‹?«

»Möglich«, antwortete Jeroen unwillig. »Ich dachte nicht daran, als ich es malte. Zumindest entsinne ich mich dessen nicht.«

»Das Rotkehlchen als Sinnbild der Wollust, der Schmetterling der Widersetzlichkeit, die Eule der Ketzerei, die Silbermöwe der Scheinheiligkeit, der Rabe der Leichtgläubigkeit...«, Clavuceel blickte wieder Jeroen an, »...das heißt, den Mystikern zufolge. In der Alchemie steht der Rabe für den Stoff, der schwarz wird, wenn er zu kochen beginnt.«

Jeroen lächelte vage. »Und der orangefarbene Lichtkreis, der im zweiten Stadium des Kochens dem Weiß vorausgeht, und das Rot als Höhepunkt des Schöpfungsprozesses... Ein jeder, der ein Bild betrachtet, fügt sein eigenes Bild hinzu, Clavuceel. Daher ist jede Interpretation eine überaus persönliche. Vielleicht sind manche Interpretationen gar besser als die des Meisters selbst, wer weiß? Sobald ein Kunstwerk vollendet ist, gehört es nicht mehr dem Künstler. Ja, stärker noch...«, er lächelte erneut, mitleidig jetzt, »...ein Kunstwerk ist nie mehr als ein schwacher Abglanz dessen, was der Künstler im Geiste gesehen hat.«

»Dann würde ich gern einmal einen Blick in deinen Geist werfen!«

»Nein«, sagte Jeroen ernst. »Das würdest du *nicht*...«

Clavuceel schaute wieder auf das Gemälde. »Was soll ich mir bei der Maus dort in diesem Glasrohr denken?«

»Dort sitzt der einsame Denker in seinem Versteck. Das spielt auf die Hinterhältigkeit der kirchlichen Lehrsätze an, die den wahren Gläubigen vom rechten Pfad abbringen.«

»Und was soll dieses Paar dort unten in der Höhle bedeuten, mit dem einzigen angekleideten Mann?«

»Clavuceel...« Jeroen ließ sich wieder auf den Stuhl fallen. »Mir steht jetzt nicht mehr der Sinn danach, nicht heute. Können wir dieses Gespräch nicht ein anderes Mal fortsetzen?«

»Natürlich!« antwortete Clavuceel eilig. »Verzeih, daß ich dich so bedrängt habe, aber ich bin ganz einfach überwältigt.«

»Wie geht es meiner Frau?«

»Äh...« Clavuceel geriet bei dieser Frage ein wenig ins Stottern. »Sie ist für einige Tage nach Hause gefahren, und nach Oirschot. Da war irgend etwas mit einem säumigen Zahler, der eines Besseren belehrt werden mußte.«

»Das war keine Antwort auf meine Frage.«

»Ich mische mich nicht gern in persönliche Angelegenheiten ein, Jeroen.«

»Eine Frage zu beantworten hat nichts mit Einmischung zu tun.«

Clavuceel nickte langsam. »Aleyt ist nicht glücklich, Jeroen.«

Jeroen nickte und starrte auf den Boden vor seinen Füßen. »Ich weiß, und mir ist auch bewußt, daß ich daran schuld bin.«

»Das Wort ›Schuld‹ ist in Gefühlsdingen selten angebracht. Man hat keine Kontrolle über seine Gefühle. Höchstens unterdrücken kann man sie.«

»Was für die Betroffenen zumeist die schlechteste Lösung ist, nicht wahr?«

»Ja«, räumte Clavuceel ein. »Zumeist schon, ja.«

»Soll ich Aleyt dann ihre Freiheit wiedergeben?«

»Das ist wohl das letzte, was sie möchte.«

»Aber *was* möchte sie dann?«

»Daß du sie liebst, wie sie dich liebt.«

»Ich wollte, ich könnte das. Mein Gott, wäre ich ein glücklicher Mensch, wenn ich das könnte...« Jeroen stand mühsam auf und ging mit Clavuceel zur Tür. »Aleyt ist eine außergewöhnliche Frau, Clavuceel. Aber… ich weiß nicht, aus irgendeinem Grund genügt mir das nicht.«

Der andere nickte. »Die Liebe geht ihre eigenen Wege, und kein Mensch kann sie zwingen, eine andere Richtung einzuschlagen.«

Jeroen sah Clavuceel an. »Heißt das, du verstehst mich?«

»Ich versuche es jedenfalls«, antwortete Clavuceel. Er schob Jeroen leicht in Richtung von dessen Schlafzimmer. »Als erstes brauchst du jetzt einmal Schlaf. Und falls du wach liegen solltest, dann denk einmal daran, wie einsam und kalt ein Bett sein kann, wenn man allein darin liegt…«

In dieser Nacht träumte Jeroen zum erstenmal seit langer Zeit wieder von einer Stadt, die in einem höllischen Flammenmeer aufging. Pechschwarze Rauchwolken verdunkelten das Himmelslicht. In den Rauchwolken schwebten teuflische Ungeheuer, die mit spitzen Waffen Jagd auf Seelen machten, welche den giftigen roten Flammen zu entkommen suchten. Lange Reihen nackter Menschen krochen auf Händen und Füßen dem Feuer entgegen, angetrieben von schwarzen Mönchen mit langen Spießen und riesigen Messern, mit denen sie links und rechts Frauen die Brüste und Männern die Geschlechtsteile abhackten. Die einzigen, die dem vorerst noch entgingen, waren Menschen, die freiwillig mit Monsterwesen halb tierischer, halb menschlicher Gestalt mitliefen. Sie wurden an finstere Orte gelotst und dort gezwungen, auf die unnatürlichste Weise mit den abscheulichen Geschöpfen zu kopulieren. Anschließend wurden sie Legionen gefräßiger Käfer, Heuschrecken, Kakerlaken und Wespen zur Beute vorgeworfen. Doch nicht, ohne ihnen zuvor noch die Gliedmaßen abzuhacken, damit sie nicht davonkriechen konnten. Ein dicker Mann, der zu entkommen suchte, indem er auf einen gespenstisch weißen, hohlen Baum kletterte, wurde von einem aus dem Nichts heranfliegenden brennenden Pfeil in den After getroffen. Hinter dem seltsamen Baum hervor spähte ein übergroßes bleiches Gesicht auf das ganze Geschehen, grinsend wie ein geiler Idiot.

Halb träumend, halb wachend wurde Jeroen gewahr, daß er selbst dieser Idiot war, den all diese Schrecken beunruhigend kalt ließen. Er betrachtete diese Hölle mit einer Distanziertheit, als habe er sie selbst geschaffen.

Als er erwachte, sah er die Szenerie aus seinem Traum noch bis ins letzte greuliche Detail deutlich vor sich. Ja, es schien gar, als kämen noch weitere Teufelskreaturen und Höllenmonstren hinzu. Fluchend und kreischend füllten sie das gesamte Zimmer. Ein wahres Pandämonium. Und das Wehklagen und Schreien der Verdammten durchzog das alles mit unerträglicher Verzweiflung.

Da wußte Jeroen, daß er wieder malen mußte.

27

Aleyt brachte ihr Pferd am Waldrand zum Stehen, um auf *Ecce Homo* zu blicken. Noch immer hatte das Haus für sie etwas beunruhigend Unwirkliches an sich, so als könnte es sich jeden Moment vor ihren Augen auflösen, und der Wald würde sich schließen, als hätte diese liebliche Oase nie existiert. Jeroen hatte einmal gesagt, daß ein barmherziger Gott, sollte es den geben, *Ecce Homo* so, wie es war, erhalten und den Rest der Welt vernichten würde. Leider schien die göttliche Vorsehung jedoch eher geneigt, ihren Bannstrahl *gegen* alles Schöne und Gute zu richten. Als hätten die Katharer recht damit, daß die Ordnung der Welt vom Teufel bestimmt wurde.

Jeroen paßte ausgezeichnet in dieses unwirkliche *Ecce Homo,* fand Aleyt. Auch er hatte manchmal etwas nicht ganz Reales. Was er dachte, konnten nur wenige verstehen, und er sah Dinge, die andere nicht sehen konnten. In seinen Träumen machte er beängstigende Reisen, die ihn zwischen Gott und der Hölle pendeln ließen. Die Erinnerungen daran hielt er in Bildern fest, die grausamen Martern gleich sowohl Abscheu erregten wie grenzenlose Faszination ausübten. Jedoch auch Frustration und Zorn bei solchen auslösten, welche gerade genug von seinem Werk verstanden, um zu erfassen, daß ihrem unzureichenden Intellekt die eigentlichen, gekonnt versteckten Bedeutungen entgingen.

Oder die sich fruchtlos auf vermeintliche versteckte Bedeutungen versteiften, welche aber just nicht vorhanden waren. Denn manchmal pinselte Jeroen die Dinge einfach so, wie sie ihm gerade einfielen, ohne groß über deren Rolle im Gesamtzusammenhang nachzudenken. Und mit diesen scheinbar unsinnigen Anwandlungen hatten die Übeldenkenden oft die größte Mühe. Möglicherweise, weil sie nicht in ihr Konzept paßten, so daß auch ihr Urteil über das restliche Werk ins Wanken geriet.

Aleyt zuckte zusammen, als unvermittelt ein Eichelhäher mit klatschendem Flügelschlag im Geäst zu ihrer Rechten landete. Ein Eichhörnchen huschte gleich einem roten Blitz erschrocken am Stamm des nämlichen Baumes empor, um im Blätterdach zu verschwinden.

Angst, dachte Aleyt. Es schien, als sei jeder und alles von Angst getrieben. Es gab kaum einen Moment, da man sich nicht bewußt oder unbewußt vor irgend etwas oder irgend jemandem fürchtete. Sogar innerhalb des lieblichen Kokons von *Ecce Homo* war das so.

Jeroen hat recht, dachte Aleyt, während sie die Zügel wieder aufnahm und das Pferd sich in Bewegung setzte. Torheit regiert die Welt. Mag auch bei einigen wenigen noch das Verlangen wach sein, die Welt zu verbessern, so vermögen sie doch nichts gegen die Masse auszurichten, die es aus unerfindlichen Gründen vorzieht, sich ein unnützes Leben lang im schimpflichsten Sumpf zu wälzen. Wie Maden in verwesendem Fleisch.

Als Aleyt bei den Ställen hielt und vom Wagen stieg, sah

sie etwas weiter weg Jeroen auf einem Stuhl im Gras sitzen, zusammen mit einer jungen Frau. Jeroen saß augenscheinlich entspannt zurückgelehnt, und die Frau erzählte ihm etwas, leicht zu ihm hinübergeneigt und hin und wieder mit den Händen gestikulierend.

Als Aleyt sich die Frau genauer ansah, lief ihr unvermittelt ein kalter Schauer über den Rücken, als stehe sie im Luftzug. Im ersten Moment verstand sie diese Reaktion gar nicht so recht, doch dann erkannte sie, daß die Frau, zumindest aus dieser Entfernung, stark an Herberta erinnerte. Die Art, wie sie von Zeit zu Zeit die langen Haare zurückwarf, die Körperhaltung, die kleinen Gebärden...

»Soll ich das Pferd ausspannen?«

Verwirrt blickte Aleyt den jungen Mann an, der herbeigesprungen war, als er sie hatte eintreffen sehen. Erst als er ihr Pferd am Zaum nahm, wurde ihr bewußt, was er gefragt hatte. »Ja«, sagte sie. »Natürlich, gern.«

Sie nahm ihre Reisetasche vom Karren und ging zu Jeroen hinüber. Es gelang ihr, der Versuchung zu widerstehen, hinter ihm und seiner Gefährtin stehenzubleiben, um zu lauschen, worüber sie sprachen. Betonter als sonst gab sie Jeroen einen Kuß und nickte dann der jungen Frau zu. »Ich bin Aleyt van der Meervenne«, erklärte sie und fügte der Deutlichkeit halber hinzu: »Jeroens Frau.«

»Ihr seid mir sehr wohl bekannt«, antwortete die junge Frau. »Ich habe Euch schon häufiger hier gesehen. Ich dagegen falle wohl weniger ins Auge, fürchte ich.« Sie lächelte freundlich. »Ich heiße Mathilde.«

»Mathilde malt auch«, sagte Jeroen. »Sie macht schöne Miniaturen.« Er sah zu Aleyt auf, die Augen gegen das Sonnenlicht zu schmalen Schlitzen zusammengekniffen. »Und? Wie ist es um die Außenwelt bestellt?«

Er klang fröhlicher, als sie ihn seit langem erlebt hatte, stellte Aleyt fest. Und sie wußte nicht sogleich, ob sie sich darüber freuen oder ärgern sollte. »In Rotterdam wird gekämpft«, antwortete sie. Sie sah sich suchend nach einem dritten Stuhl um, doch der war nicht vorhanden.

Mathilde sprang auf. »Setzt Euch doch«, bot sie an. »Ich werde mir ein wenig die Beine vertreten.« Und sie hüpfte davon, auf den kleineren der beiden Weiher zu.

Wie eine junge Geiß, die einem Schmetterling nachspringt, dachte Aleyt mißgestimmt, während sie sich setzte. Der Stuhl war warm. Irritierend warm. Sie sagte: »Ein Junker Frans van Brederode und eine Bande holländischer *Hoeken* haben sich von aufständischen Flamen zur Eroberung Rotterdams aufwiegeln lassen. Es heißt, daß dort heftig gekämpft wird.«

»Immer wieder das gleiche«, sagte Jeroen kopfschüttelnd. »Hört das denn nie auf?« Und dann plötzlich: »O mein Gott!«

Aleyt sah ihn beunruhigt an. »Was?«

»Desiderius Erasmus wohnt in Rotterdam!«

Aleyt zuckte die Achseln. »Wenn der Bursche so klug ist, wie du behauptest, wird er schon irgendwo in Deckung gehen, bis das Schlimmste vorbei ist.«

»Ja«, sagte Jeroen, »gewiß...« Er entspannte sich wieder.

»Es gibt noch andere Neuigkeiten. Ich glaube, du solltest lieber nach Hause kommen.«

Jeroen runzelte die Stirn. »Sprenger?«

Aleyt schüttelte den Kopf. »Deine Stiefmutter ist tot. Ich

wollte nicht gleich davon anfangen, als die Kleine noch dabei war.« Sie deutete mit dem Kinn zu Mathilde hin.

Jeroen schien die Nachricht nicht merklich zu erschüttern. »Schwindsucht«, konstatierte er ruhig. »Sie hustete sich ja schon seit langem die Lunge aus dem Leib. Und wozu braucht man mich dabei? Kann nicht Jan, dieser Schleimer, alles Nötige regeln?«

»In einer Stadtgemeinde empfiehlt es sich selbst für einen Künstler, sich ein wenig nach den Sitten und Gebräuchen zu richten. Und was deinen Bruder Jan betrifft ... der steckt wahrhaftig in Problemen.«

Jeroen machte eine ungeduldige Gebärde. »Er hat ja unbedingt sein Heil darin suchen müssen, seiner Stiefmutter in den Arsch zu kriechen und auf niedrigste Weise zu intrigieren, anstatt zu arbeiten!« Er funkelte Aleyt an. »Und nein, ich kann es ihm in der Tat nicht verzeihen, daß er in der Reihe der Lumpenhunde stand, die Herberta ans Kreuz nageln lassen wollten!«

Aleyt nickte resigniert. »Was hast du mit Mathilde vor?«

»Hä?«

»Ihr scheint euch gut zu verstehen.«

»Ist das vielleicht eine Sünde?«

»Sie sieht Herberta auffallend ähnlich.«

»Hä?« entfuhr es Jeroen abermals.

Seine Verblüffung war nicht gespielt, registrierte Aleyt. Im übrigen war Jeroen auch kein guter Schauspieler, er konnte kaum etwas vor ihr verborgen halten. Aber irgendwie beunruhigte sie seine Ahnungslosigkeit um so mehr. Es war besser, daß er wußte, warum die Kleine ihn anzog.

»Es überrascht mich, daß du das noch nicht gesehen

hast«, sagte sie. »Ihr habt so dicht beieinandergesessen, daß du ihre Wimpern hättest zählen können.«

Jeroen hörte ihr gar nicht mehr zu. Er blickte verwundert zu Mathilde hinüber, die sich in einiger Entfernung von ihnen mit einer älteren Frau unterhielt. »Du hast sogar recht. Seltsam, daß mir das nicht aufgefallen war.«

»Und jetzt, da du es siehst, was wirst du jetzt tun?«

Jeroen sah Aleyt an, war mit seinen Gedanken aber offensichtlich woanders. »Vielleicht sollte ich mich weitmöglichst von ihr fernhalten, bevor sie ebenfalls im Kerker landet...«

Und schon verfiel er wieder in die Düsterkeit, die Aleyt schon so lange von ihm gewöhnt war, so daß ihr ihre Sticheleien sogleich leid taten. Vielleicht ist er ohne mich besser dran, dachte sie nicht zum erstenmal. Und einen kurzen Moment fragte sie sich, ob sie ihn wohl genügend liebte, um ihm seine Freiheit schenken zu können. Doch sie schrak vor ihren eigenen Gedanken zurück.

Sie legte ihre Hand auf die Jeroens und sagte in milderem Ton: »Ich wollte dich nicht verletzen, aber es ist so, daß...« Sie seufzte. »Als ich dich hier in so fröhlicher Unterhaltung sah, mit diesem jungen Ding zusammen –«

»Da dachtest du: Den Spaß darf ich ihm nicht gönnen.«

Aleyt zog jäh ihre Hand zurück. Sie starrte Jeroen einige Augenblicke lang mit zusammengepreßten Lippen an und erhob sich dann so unwirsch, daß ihr Stuhl umfiel. »Ich fahre in die Stadt zurück«, raunzte sie. »Dann brauchst du dich nicht zu genieren, wenn du dich mit diesem Gänschen auf der Wiese tummeln möchtest!« Sie schnappte ihre Reisetasche vom Boden und rauschte in Richtung Stallungen davon.

Jeroen wußte, daß er ihr hätte nachlaufen und sie zurückhalten sollen, daß er seine dumme Bemerkung irgendwie hätte zurücknehmen, ihr erklären sollen, daß er Mathilde an diesem Tag zum erstenmal getroffen hatte und sie ihm nichts bedeutete ... Aber er tat nichts, ja er schaute Aleyt nicht einmal nach. Es war, als rege sich in ihm eine finstere Kraft, die ihn unwiderstehlich in eine fatale Richtung lenkte.

Sein Blick wanderte wieder zu Mathilde hinüber, die ihn auffing und Jeroen lachend winkte. Jeroen winkte nicht zurück, schaute sie aber unverwandt an.

Die Ähnlichkeit war in der Tat frappierend. Unbegreiflich, daß er das nicht gleich gesehen hatte. Und aufgrund dieser Ähnlichkeit konnte sie ihm natürlich sehr wohl etwas bedeuten, wurde ihm mit einer seltsamen Mischung aus Erregung und Beunruhigung klar.

Als er Aleyts Wagen davonfahren hörte, schaute er sich endlich um. Seine Frau saß zusammengekauert auf dem Bock und schlug so heftig mit der Peitsche, daß das Pferd wieherte und vor Schreck prompt in schnellen Trab verfiel. Der Wagen verschwand zwischen den Bäumen.

Jeroen blickte zum Himmel empor. Die Sonne stand noch hoch, Aleyt würde vor Einbruch der Dunkelheit zu Hause sein. Er wußte, daß er sie nicht hätte fahren lassen dürfen, nicht so. Und sogleich erfaßte ihn auch wieder das Schuldgefühl, das er so verfluchte. Eine kleine Weile starrte er noch grimmig vor sich hin, taub und blind für seine Umgebung, die Finger um die Armlehnen seines Stuhls geklammert, als widersetze er sich einer Kraft, die ihn zum Aufstehen zwingen wollte. Doch dann hielt es ihn nicht länger.

Eine Verwünschung murmelnd sprang er auf und eilte zu den Stallungen, um sein Pferd zu satteln.

Mathilde starrte Jeroen verwundert nach. Wie konnte er ohne ein Wort davongehen, nachdem sie sich so angeregt unterhalten hatten?

Auf halbem Wege nach 's-Hertogenbosch holte Jeroen seine Frau ein. Er machte sein Pferd hinten am Wagen fest und stieg zu Aleyt auf den Bock.

»Manchmal verstehe ich nicht, wie du mit mir leben kannst«, sagte er.

»Das verstehe ich manchmal selbst nicht«, erwiderte Aleyt und dachte bei sich, ärgerlich über ihre eigene Schwäche: Weil es ohne dich *gar nicht* ginge.

Sie sagte: »Zwischen uns hängt schon sehr lange eine dunkle Wolke, Joen. Nur du kannst sie vertreiben. Und es wird höchste Zeit, daß du es tust, denn unsere Ehe zerbricht daran.« Sie zog die Zügel an und brachte den Wagen zum Stehen. Abwartend sah sie Jeroen an, der stur geradeaus starrte. Doch dann sah sie eine Träne auf seiner Wange glitzern und legte ihm den Arm um die Schulter. »Erzähl mir von Herberta«, sagte sie und dachte: Erzähl mir die Wahrheit, vor der ich mich fürchte. Aber Ungewißheiten waren noch viel schlimmer.

Für einen Moment noch fühlten sich seine Schultern an, als wären sie aus Holz, doch dann erschlaffte sein Körper plötzlich, als weiche aller Widerstand. Beinahe wüst schlang Jeroen die Arme um Aleyt und zog sie so kräftig an sich, daß er ihr weh tat. Er grub das Gesicht an ihren Hals und schluchzte haltlos.

Gegen die eigenen Tränen ankämpfend, ließ Aleyt ihn gewähren. Tröstend tätschelte sie seinen Rücken.

Das verweinte Gesicht an Aleyts Hals, flüsterte Jeroen kaum verständlich: »O Gott, wie habe ich sie geliebt...«

Bruder Stanislas bekreuzigte sich und holte tief Luft, ehe er die Zelle betrat, in der Sprenger seinen Gefangenen untergebracht hatte. Die Zelle wurde kaum gelüftet, und es stank dort nach Blut und Exkrementen. Der Gefangene lag im Halbdunkel auf einer nassen, schimmligen Strohschicht. Sein nackter Leib war nur notdürftig mit einem zerfetzten Stück Jute bedeckt. Obwohl er so schwach war, daß er sich aus eigener Kraft nicht mehr aufrichten konnte, waren seine Fuß- und Handgelenke mit einer Eisenkette gefesselt, die mit Gewichten beschwert war. Beide Hände waren mit Lumpen umwickelt, die braun waren von geronnenem Blut. Der Unglückliche hatte nur noch Daumen und Zeigefinger, wußte Bruder Stanislas. Jedesmal, wenn Sprenger seinen Gefangenen aufsuchte, ließ er diesem vom Henker einen weiteren Finger abschneiden. Nicht abhacken, sondern abschneiden, damit der Schmerz länger währte. Das war gegen die Vorschriften. Und daher hatte Sprenger den Gefangenen im Kloster untergebracht, anstatt ihn dem Magistrat auszuliefern.

»Ich habe Brei mitgebracht«, sagte Bruder Stanislas. Er versuchte ganz normal zu sprechen, obwohl er sich in Gegenwart des Gefangenen höchst unbehaglich fühlte. Schuldig vor allem, registrierte er. Weil er nicht den Mut aufbrachte, etwas gegen diesen menschenunwürdigen Zustand zu unternehmen. Mochten die Dominikaner auch zu den wichtigsten Anwälten der Inquisition auserkoren worden sein, was in dieser Zelle geschah, hatte nichts mehr mit dem normalen Lauf der Gerechtigkeit zu tun. Doch Bruder Stanislas wußte nur allzugut, daß er sein eigenes Leben aufs Spiel setzte, wenn er Sprenger in die Quere kam.

Er ging neben dem behelfsmäßigen Lager in die Hocke. »Du mußt etwas essen«, sagte er, während er den Blechnapf mit Brei vor sich auf den Boden stellte und einen Löffel unter seiner Kutte hervorzog. »Wenn du nicht ißt, wirst du sterben.«

Jasper wandte langsam den Kopf und sah den Bruder mit fieberglänzenden Augen an. Mit heiserer Stimme sagte er: »Ich bete darum, sterben zu dürfen...«

»So darfst du nicht reden.« Bruder Stanislas faßte Jasper mit einer Hand unter den Kopf, um ihn zu stützen, und tauchte den Löffel in den Napf. »Warum erzählst du Sprenger nicht, was er wissen möchte? Was kann so wichtig sein, daß es dieses Leiden wert ist?« Er hielt Jasper den Löffel an die Lippen, doch der wandte das Gesicht ab. Kaum hörbar murmelte er: »Schneid mir die Gurgel durch, Bruder. Vielleicht verdienst du dir damit das Himmelreich...«

Bruder Stanislas starrte auf Jaspers umwickelte Hände. Man hatte ihm die Fingerstümpfe zugebrannt, damit er nicht verblutete. Der Gedanke daran ließ Bruder Stanislas erschauern, und er verwünschte das Schicksal, das ausgerechnet ihn dazu ausersehen hatte, in dieser unerquicklichen Sache Sprengers Vertrauter zu sein. Dieses greuliche Treiben konnte niemals Gottes Wille sein, davon war er überzeugt. Nicht zum erstenmal fragte er sich, ob Sprenger womöglich ein Abgesandter des Teufels war und nicht Gottes und der Kirche. Denn gerade sein fanatisches und mitleidloses Verhalten schien immer mehr Menschen in 's-Hertogenbosch an den Segnungen des Christentums zweifeln zu lassen. Für Stanislas hatte es bisweilen den Anschein, als handele es sich hier um eine besonders raffinierte Strategie des Bösen. Und er wußte, daß er nicht der einzige war, der so darüber dachte.

Aber Jakob Sprenger ist Dekan an einer Universität und somit ein hochgelehrter Mann, dachte er dann wieder. Überdies ist er ein Vertrauter des Papstes und genießt die Unterstützung Maximilians. Er muß Zusammenhänge sehen, die ein gewöhnlicher Sterblicher nicht durchschauen kann.

»Ich wollte, ich könnte etwas tun, um dein Leiden zu mildern«, sagte Stanislas unglücklich. »Aber es liegt nicht in meiner Macht, dir –«

»Und ob!« flüsterte Jasper. »Du hast nur nicht den Mumm, deinem Herzen zu folgen.«

»Ich flehe dich an!« bat Stanislas. »So etwas darfst du nicht von mir verlangen!«

»Verzeih, daß ich dir Unannehmlichkeiten bereite«, sagte Jasper sarkastisch. Er mußte heftig husten, ehe er noch hinterdreinschicken konnte: »Friß deinen dreckigen Brei doch selbst, und ich hoffe, du erstickst dran!«

»Möge der Herr dir gnädig sein«, sagte Stanislas leise, während er sich aufraffte.

Als er sich zum Gehen wandte, stand er zu seinem Erschrecken Jakob Sprenger gegenüber, der geräuschlos eingetreten war.

»So, so«, sagte Sprenger. »Die Durstigen laben und die

Hungrigen speisen. Ich sehe, daß du die Lehre Christi sehr ernst nimmst, Bruder Stanislas. Und das gänzlich gegen meine Anweisungen?«

Der Angesprochene wußte gut zu verbergen, wie erschrocken er war. »Der Gefangene wird sterben, wenn er keine Nahrung erhält, Herr Sprenger«, antwortete er. »Und ich nehme an, daß er für Euch dann von keinerlei Nutzen mehr sein dürfte.«

»Da mögt Ihr nicht so ganz unrecht haben«, räumte Sprenger ein. »Und diese offenstehende Tür, habt Ihr dafür auch eine so einleuchtende Erklärung?«

»Mit Verlaub, Herr Sprenger, aber ich glaube nicht, daß der Gefangene in der Lage ist davonzulaufen.«

»Treibt keinen Spott mit mir!« herrschte Sprenger ihn an. »Ich habe um absolute Diskretion gebeten. Wie wollt Ihr die garantieren, wenn hier jeder Neugierige einfach so hereinschauen kann?«

»Dieser Flügel des Klosters ist vollkommen –«

»Scher dich fort!« bellte Sprenger. Er schlug eigenhändig die Tür hinter dem Bruder zu. Dann trat er zu Jasper und blickte, die Hände in den Taschen seiner Kutte, auf ihn nieder. »Der Henker konnte heute nicht kommen«, sagte er in sachlichem Ton. »Da ich kein Blut vergießen darf, ist das ein wenig hinderlich.«

»Daß dich die Pest hole!« zischte Jasper.

»Ich werde Menschen wie dich nie verstehen.« Sprenger zog einen Hocker heran und setzte sich. »Du glaubst weder an den Himmel noch an die Hölle, und somit ist alles vorbei, wenn du tot bist. So denkst du doch, oder? Warum dann dein Leiden unnötig verlängern, frage ich mich?«

Jasper biß die Zähne zusammen und schloß die Augen. Tot zu sein *war* der Himmel, so kam es ihm vor. Doch das triumphierende Grinsen Sprengers miterleben zu müssen, ehe er starb, erschien ihm schlimmer als alle Qualen, die er bis jetzt hatte erdulden müssen.

»Warum bist du nicht wütend auf den, der dir das hier eingebrockt hat und dich hier verrotten läßt? Warum schützt du ihn wider besseres Wissen? Früher oder später finde ich ja doch heraus, wer dein Auftraggeber war. Was hat also dieses ganze Elend für einen Sinn?«

Jasper öffnete die Augen und sah Sprenger kurz an, ehe er mühsam hervorstieß: »Was mußt du doch für ein Schwächling sein, daß du deine Macht gegen einen mißbrauchst, der verstümmelt, geschwächt und angekettet ist? Warum sollte ich einen Auftraggeber brauchen, um einem Lumpen wie dir die Kehle durchschneiden zu wollen?«

»Hmm...«, machte Sprenger. Er zog die linke Hand aus der Tasche und blickte mit gespitzten Lippen auf seine ausgestreckten Finger, als dächte er nach. »Mag der Henker auch nicht da sein, Schmerzen lassen sich auch so zufügen.« Und er stieß seinen Hocker zurück und faßte Jasper blitzschnell bei den Hoden. Auf ein Knie gestützt, das Gesicht dicht über dem Jaspers, zischte er: »Die hätten sie dir schon vor Jahren zerquetschen sollen, du gottloser Messerstecher! Mir graut's bei dem Gedanken, daß so ein Geschmeiß wie du auch noch Kinder zeugen kann!«

»Höre ich da etwa Neid?« Jaspers Worte gingen in rasselnde Laute über, und er schnappte nach Luft, als Sprenger ihm mit aller Kraft die Hoden quetschte und raunte: »Wer war dein Auftraggeber?« Als Jasper aus Luftmangel nicht gleich antworten konnte, bellte Sprenger: »Ich drück dir dein dreckiges Gehänge zu Brei, hörst du!«

Jasper schrie so laut, daß es noch weit außerhalb der dicken Zellenmauern zu hören war. Dann verlor er das Bewußtsein.

»Abschaum!« knurrte Sprenger. Angewidert wischte er sich die Hand am Stroh ab und richtete sich auf. Ohne noch einmal nach seinem Opfer zu sehen, verließ er die Zelle.

Bruder Stanislas sah Sprenger das Kloster verlassen, das Gesicht unter der Kapuze seiner Kutte versteckt.

Geraume Zeit stand der Bruder tief in Gedanken versunken an einem der hohen, schmalen Fenster des Kreuzgangs und starrte hinaus. Dann nickte er schließlich vor sich hin, wandte sich um und ging in seine Zelle. Von dort nahm er sein Kopfkissen mit und begab sich durch den verlassenen Gang zur Zelle des Gefangenen. Er wartete kurz an der Tür, um sich zu vergewissern, daß niemand ihn gesehen hatte, und trat dann rasch ein.

Der Unglückliche war wenigstens bewußtlos. Das war ein Segen, nicht nur für den Gefangenen, sondern auch für ihn selbst.

Bruder Stanislas nahm das Kopfkissen in beide Hände, schloß kurz die Augen für ein stilles Gebet um Vergebung und beugte sich dann über Jasper. Vorsichtig, beinahe liebevoll, drückte er ihm das Kissen aufs Gesicht, so daß er nicht mehr atmen konnte.

28

Erik Lubbert sah händeringend zu, wie die Hebamme sein totgeborenes Kind in ein Tuch wickelte. Beinahe achtlos legte sie den kleinen Leichnam beiseite und erhob sich hölzern von ihrer Wirkstätte. »Da kann man nichts machen«, sagte sie, den steifen Rücken streckend. »Es war schon tot, bevor es geboren wurde, genau wie das vom vergangenen Jahr. Das Schicksal meint es nicht gut mit dir, Junge.«

»Gestern waren drei Hexenringe auf dem Hof!« zischte Eriks Mutter, eine kleine korpulente Bäuerin mit von der vielen Arbeit im Freien grob und rot gewordenem Gesicht. »Die Hündin verfolgt uns noch aus der Hölle!« Sie bekreuzigte sich schnell und stellte sich dicht zu ihrem Mann, als suche sie Schutz.

»Ihr hättet sie in Ruhe lassen sollen«, sagte der Bauer vorwurfsvoll. Er spuckte in Richtung des halbvollen Nachttopfs, der neben dem Bettkasten auf dem Fußboden stand, traf aber daneben. »Ich hab euch noch so gewarnt. Jetzt seht ihr ja, wieviel Unheil geschieht! Die Mechteld von der Schwindsucht dahingerafft, der Chirurg unter einen Karren geraten und halb tot, und jetzt das!«

»Und nicht zu vergessen: Jan van Aken, der fast am Bettelstab ist«, ergänzte seine Frau. »Seine Hand zittert so sehr, daß er nicht mehr malen kann.« Sie bekreuzigte sich abermals und fragte dann verzweifelt: »Mein Gott, warum hat man sie denn nur nicht auf dem Scheiterhaufen verbrannt? Warum?«

»Weil sie schon tot war«, sagte der Bauer. »Und ich wette, sie hat das selbst so eingerichtet. Hexen sind zu allem imstande, zu *allem*! Wir müssen den Schultheißen bitten, jetzt doch noch ihre Gebeine zu verbrennen.«

»Vielleicht haben Hildegonde und Erik ganz einfach Pech«, sagte die Hebamme. Mit einem feuchten Tuch wischte sie Eriks Frau große Schweißtropfen von Stirn und Oberlippe. »Es kommt ja so häufig vor, daß Kinder tot geboren werden oder sterben, kaum daß sie auf der Welt sind. Wer wollt's ihnen verübeln?« fügte sie hinzu, doch niemand reagierte auf ihren zynischen Scherz.

Hildegonde sagte schwach: »Wir können es doch noch einmal versuchen, nicht? Oder besteht jetzt keine Möglichkeit mehr...?«

»Aber natürlich«, sagte die Hebamme und wischte sich die blutigen Hände an demselben Tuch ab, mit dem sie Hildegonde das Gesicht abgetupft hatte. »Aller guten Dinge sind drei. Du bist noch jung genug, Hildegonde, und daß dein Mann schon vierzig ist, macht gar nichts.« Sie lächelte Hildegonde aufmunternd zu und nahm den Korb auf, in dem sie ihre Utensilien mitführte. »Ich sehe morgen noch einmal vorbei.«

»Einfach nur Pech«, höhnte die Bäuerin, als die Hebamme fort war. »Das glaubt sie doch selbst nicht!«

Der Bauer sank auf einen Stuhl. »Wenn keine Kinder kommen... was soll dann aus dem Hof werden?« Er schüttelte den Kopf und sah seinen Sohn vorwurfsvoll an. »Wie oft noch müssen wir den Tag verfluchen, da diese Herberta van Aken deinen Weg gekreuzt hat? Warum nur konntest du dich nicht von diesen ketzerischen Städtern fernhalten!«

»Vater, Herberta van Aken ist tot!«

»Tot, ja, aber nicht verbrannt«, blaffte die Bäuerin. »Ihr böser Geist geht hier noch um, sag ich dir!« Sie bekreuzigte sich zum wiederholten Mal.

Zögernd sagte Erik: »Vielleicht kann ich Inquisitor Jakob Sprenger um Rat fragen. Es heißt, daß er alles über Hexen weiß und was man gegen sie tun muß.«

»Es heißt, es heißt?« Der Bauer zielte aus seiner sitzenden Position ein weiteres Mal in Richtung Nachttopf, den er diesmal traf, wenn auch nur von außen. Der Speichel zog eine feuchte Spur und glitt langsam gen Boden. »Es heißt auch, gerade dieser Sprenger sei schuld daran gewesen, daß das Satansweib zu rasch starb!« Er starrte auf die blutgetränkten Tücher, welche die Hebamme auf dem Boden verstreut hatte. »Alles umsonst...«, murmelte er.

»Und dennoch werde ich um eine Unterredung mit dem Inquisitor bitten«, sagte Erik trotzig. »Ich *muß* irgend etwas tun!«

»Erik hat recht«, sprang Hildegonde ihm mit schwacher Stimme bei. »Es kann zumindest nicht schaden.«

»Nein«, sagte die Bäuerin, »es sei denn, daß es die Hexe noch mehr erzürnt, wovor Gott uns behüten möge!«

»Ich werde den Schultheißen ersuchen, ihre Gebeine zu verbrennen«, wiederholte der Bauer.

»Gleich morgen früh gehe ich zu den Dominikanern«, sagte Erik, für seine Verhältnisse sehr entschieden.

»Hexenringe, wie?« sagte Sprenger. »Und dein Sohn tot geboren. Hmm...« Er hatte Erik auf dem verlassenen Innenhof des Klosters empfangen, wo sie nun auf einer Bank saßen. Der Himmel war grau und regengeschwängert, doch es war schwül und nahezu windstill. Ein Bienenschwarm summte ohrenbetäubend laut im Erdbeerbeet zu ihren Füßen.

»Es ist diese Herberta«, sagte Erik. Seine Stimme klang heiser vor Nervosität ob der Nähe des gefürchteten Inquisitors. Dessen nasale Stimme jagte ihm kalte Schauer den Rücken hinunter. Doch sein Groll war stärker. »Das weiß ich genau! Aber nein, man mußte sie ja beim erstenmal unbedingt freilassen. Und jetzt...« Er schwieg erschrocken, als ihm bewußt wurde, daß er drauf und dran gewesen war, dem Inquisitor Vorwürfe zu machen.

»Und jetzt starb sie, ehe das Feuer sie reinigen konnte«, ergänzte Sprenger ruhig. »Aber ich sage dir, diese Hexe ist für kein Unheil mehr verantwortlich.«

»Ach nein?« fragte Erik ungläubig.

Sprenger schüttelte den Kopf. Er starrte mit zusammengekniffenen Augen auf die Bienen, als wollte er sie kraft seines Willens zum Verstummen zwingen. »Gott nimmt sich schon der Toten an. Es sind die Lebenden, gegen die wir Maßnahmen ergreifen müssen...« Er sah Erik an. Seinem mißbilligenden Blick war zu entnehmen, daß er den Bauernsohn nicht gerade wertschätzte. »Du kennst doch gewiß Herbertas Bruder, den Maler Hieronymus Bosch?«

»Wir sind eine Zeitlang zusammen zur Schule gegangen, ja...«

Sprenger nickte, als sei ihm das bekannt. »Du hast natürlich nicht ohne Grund gegen dessen Schwester gezeugt. Hattest du vielleicht je ein Problem mit ihm?«

»Äh... ja, früher einmal... Aber das waren nur, wie soll ich sagen, äh... Kindereien.«

»Hexen vergessen und vergeben nie etwas, Erik.«

Als Erik begriff, worauf Sprenger hinauswollte, preßte er in einer Anwallung neuerlicher Angst instinktiv die Beine zusammen. »Jeroen?«

»Ich bin davon überzeugt, daß Herbertas teuflische Kräfte auf ihn übergegangen sind. Seine Macht jedoch ist viel größer, gefährlich viel größer. Mit seinem unbestreitbaren malerischen Talent kann er Fürsten und Prälaten beeinflussen, was er denn auch eifrig tut. Die ketzerischen Symbole in seinen Arbeiten sind unendlich viel subtiler und raffinierter geworden, so daß sie nur noch für äußerst wachsame Augen wie die meinen erkennbar sind. Desto wirkungsvoller jedoch verrichten sie ihr unterminierendes Werk.«

Erik hörte der Darlegung des Mönchs kaum zu. Sein Geist rang verzweifelt mit dem bestürzenden Gedanken, daß Jeroen etwas mit seinem totgeborenen Kind zu tun haben sollte. »Oh, verzeiht!« sagte er erschrocken, als er mitbekam, daß Sprenger ihn etwas gefragt hatte.

»Du fürchtest ihn«, stellte Sprenger fest. »Und das ist gut, denn es mahnt dich zur Vorsicht.« Seine blassen Augen bohrten sich in die Eriks, der unbehaglich auf der Bank herumrutschte. »Du wirst mir einige Hilfe leisten müssen.«

»Natürlich«, antwortete Erik hastig. »Was Ihr nur wollt, Monseigneur.«

Sprenger ließ sich das »Monseigneur« mit gnädigem Nicken gefallen. »Hast du ein Pferd?«

»Wir haben mehrere Pferde auf dem Hof, Monseigneur«, antwortete Erik nicht ohne Stolz.

»Sowohl Meister Bosch als auch dessen Frau verschwinden oft für mehrere Tage aus der Stadt. Ich möchte wissen, wohin sie jedesmal fahren.«

Erik wartete gespannt ab, doch als nichts mehr folgte, fragte er unsicher: »Ist das… alles?«

»Unterschätz den Auftrag nicht«, wies Sprenger ihn zurecht. »Meister Bosch soll keinen einzigen Schritt mehr tun, weder bei Tag noch bei Nacht, ohne daß ich darüber informiert werde. Und du wirst mit keiner Menschenseele außer mir darüber reden.«

»Gewiß, Monseigneur«, sagte Erik hastig. »Ganz gewiß!«

»Und komm nicht mehr hierher. Ich werde dich schon zu finden wissen. Hast du verstanden?«

»Ganz gewiß, Monseigneur«, sagte Erik abermals.

Sprenger machte eine Gebärde, als verscheuchte er eine Fliege, und wandte seine Aufmerksamkeit wieder den Bienen zu. Erik sprang auf und machte eine nervöse Verbeugung, die Sprenger nicht einmal wahrzunehmen schien. Dann beeilte er sich fortzukommen.

Jeroen starrte auf die beiden Totengräber, die ohne Eile die Grube zuschütteten, in der Mechtelds Sarg verschwunden war. Trotz allem hatte die Begräbnisfeier ihn doch bewegt, stellte er erstaunt fest. Er hatte erwartet, daß es ihm nicht mehr ausmachen würde, als wenn ein Hund im Sarg läge. Vielleicht hat es ja damit zu tun, daß Mechteld meinem Vater etwas bedeutet hat, dachte er unmutig.

Nur wenig Volk hatte sich eingefunden. Auch Goossen und seine Frau waren nicht da, die waren mit ihrem Sohn Jan auf Studienreise in Frankreich. Nur ein paar Leute aus der Stadt drückten sich herum, neugierige Zuschauer, wie sie bei schönem Wetter bei jeder Beerdigung auftauchten, sowie einige Honoratioren, die eher im Gedenken an Anthonius und Jeroens wegen gekommen waren als der Verstorbenen zuliebe, die sie kaum oder gar nicht gekannt hatten.

Jeroens Blick wanderte zu seinem Bruder Jan, der in niedergeschlagener Haltung allein am Rande stand, den rechten Arm in einer Schlinge. »Was fehlt ihm?« fragte er Aleyt.

»Er hat irgend etwas mit seiner Hand. Wenn er sie überanstrengt, fängt sie an zu zittern, und die Finger tun ihm weh, soweit ich verstanden habe.«

»Jan war schon immer leicht überanstrengt«, sagte Jeroen. »Und jetzt hat er niemanden mehr, der für ihn und seine Frau die Magd spielen kann. Deshalb macht er natürlich ein so betrübtes Gesicht.«

Und das sagt der Mann, der eine Magd *und* einen Knecht in Diensten hat, dachte Aleyt. Doch sie sagte es nicht laut, da in diesem Moment Vikar Dass auf sie zukam.

»Mit Verlaub, ich möchte Euren Mann gern einen Moment unter vier Augen sprechen«, sagte der Vikar zu Aleyt, die ergeben nickte und sich abwandte.

Dass entfernte sich mit Jeroen einige Schritte von Aleyt. Dann sagte er mit einem Blick auf die Umstehenden: »Es geht das Gerücht, daß Euer Freund Jasper ins Dominikanerkloster gebracht wurde.«

Jeroen nickte grimmig. Gespannt fragte er: »Weiß man auch, ob er noch lebt?«

Der Vikar schüttelte den Kopf. »Er soll im Kloster gestorben sein. Aber nochmals: Es sind nur Gerüchte.« Er sah Jeroen forschend an. »Ich weiß noch immer nicht, warum Euch das Schicksal dieses Straßenräubers so sehr am Herzen liegt.«

»Jasper war kein Straßenräuber, Monseigneur. Vielleicht war er ein Rebell, aber ganz gewiß kein Dieb.« Ich sage *war,* dachte Jeroen. Als wäre ich mir schon sicher, daß er tot ist. Vage sagte er: »Er hat mir einige Male einen Dienst erwiesen.«

Der Vikar fragte nicht weiter. Statt dessen sagte er: »Die Scheiterhaufen werden in letzter Zeit gar nicht mehr gelöscht. Jakob Sprenger ist eine wahre Geißel für diese Stadt –«

»Gehört Ihr denn nicht in dasselbe Lager?«

»Täuscht Euch nicht, ich bin ein sehr gottesfürchtiger Mann. Und Sprengers Verhalten hat kaum noch etwas mit Gottesfurcht zu tun.«

Jeroen nickte und ließ den Blick über den Friedhof wandern. Die Schaulustigen hatten sich allesamt davongestohlen, und die wenigen Offiziellen, die gekommen waren, standen in einem Grüppchen beisammen und unterhielten sich in gedämpftem Ton. Auch Jan war fort, registrierte Jeroen mit Erleichterung. Er war nicht gern mit seinem Bruder konfrontiert.

Mechtelds Grab war fast zugeschüttet, der Grabstein würde später kommen. Der Steinmetz würde von ihm erwarten, daß er sich eine passende Inschrift ausgedacht hatte. Laut sagte er: *»Hier liegt sie, und das ist gut so, für ihre wie für unsre Ruhe…«*

»Verzeiht«, sagte der Vikar, »ich fürchte, ich habe einen Moment nicht zugehört.«

»Da ist Euch nichts entgangen«, sagte Jeroen. »Gehen wir? Dieser Ort ist nicht gerade inspirierend.«

»O doch. Ich komme gern zum Meditieren her, wenn sonst niemand da ist.« Dass folgte Jeroen, der wieder zu Aleyt zurückging. »Die Menschen, die hier liegen, kennen die große Antwort, und das ist ein aufregender Gedanke.«

»Wieso?« fragte Aleyt, die diese letzten Worte gehört hatte. »Ihr zweifelt doch wohl nicht an der Existenz des Jenseits, Vikar?«

»Natürlich nicht«, erwiderte Dass dezidiert. »Doch wie das, was uns nach unserem Tod erwartet, im einzelnen beschaffen ist, wissen wir nicht, und das ist besonders fesselnd.«

»Ich dachte, die Bibel kennt alle Antworten?«

Der Vikar sah Aleyt einige Augenblicke lang nachdenklich an, ehe er sagte: »Die Bibel kennt die Antworten, Frau. Doch die Interpretation dieser Antworten durch die Gelehrten ist so manches Mal subjektiv und fraglich.«

Aleyt wollte erneut etwas einwenden, doch als Jeroen ihr einen warnenden Blick zuwarf, änderte sie ihr Vorhaben. »Das ist mir zu hoch«, sagte sie. »Ich bin ja nur eine einfache Gläubige.« Sie lächelte freundlich.

Dass zog es vor, nicht darauf zu reagieren. Statt dessen wandte er sich wieder Jeroen zu. »Der Altar in der Kapelle der Bruderschaft ist noch immer nicht fertig. Wann gedachtet Ihr daran weiterzuarbeiten, wenn ich fragen darf?«

»Demnächst«, versprach Jeroen. »Ich hatte eine Weile zuviel mit anderen Dingen zu tun.«

»Womöglich habt Ihr bald noch mehr zu tun. Beim Bischof weilt gerade ein Abgesandter des spanischen Hofes, und der zeigt besonders großes Interesse an Eurem Werk.«

Jeroen nickte sinnierend. »Das braucht nicht unbedingt zusätzliche Arbeit zu bedeuten, ich hätte da noch etwas, was ihn vielleicht interessiert...«

Später, als sie nach Hause gingen, fragte Aleyt: »Hältst du es denn für vernünftig, dem spanischen Gesandten das Bild zu zeigen, das du in *Ecce Homo* gemalt hast?«

»Für mich wäre es ein beruhigender Gedanke, wenn es nach Spanien entschwinden würde.« Jeroen schüttelte den Kopf. »Jakob Sprenger gewinnt mehr und mehr Gewalt über unser Leben!«

Wir *haben* zumindest noch ein Leben, dachte Aleyt, zog es aber vor zu schweigen.

Als sie in die Maalderstraat einbogen, sahen sie etwas weiter weg, in Richtung Markt und Rathaus, blauen Rauch über die Häuser wehen.

»Schon wieder ein Scheiterhaufen«, sagte Jeroen bitter. »Hören sie denn gar nicht mehr auf, Menschen umzubringen? Dagegen ist ja ein Krieg fast noch besser! In dem stirbt man wenigstens nicht grundlos!«

Er hatte das lauthals geäußert, und einige Passanten auf der gegenüberliegenden Seite der schmalen Gasse schauten kurz in seine Richtung, ehe sie ängstlich, mit eingezogenen Köpfen weiterhuschten.

»Ich bleibe nicht hier«, beschloß Jeroen. »Ich fahre nach *Ecce Homo* zurück.«

»Ich habe noch Geschäftliches zu erledigen.«

»Man kann doch hier kaum noch atmen, Aleyt!«

»Sollten wir uns nicht besser in acht nehmen? Es fällt gewiß auf, daß wir beide so häufig weg sind.«

»Du bist schon immer oft auswärts gewesen, und ich… Herrgott, ich wollte, ich wüßte genau, was Jasper widerfahren ist!« seufzte Jeroen. »Offenbar haben sie ihn in Sprengers Kloster zu Tode gefoltert. Aber was hat er verraten?«

»Nichts, sonst wäre das nicht ohne Folgen geblieben.«

»Ich weiß überhaupt nichts mehr«, sagte Jeroen mutlos. »Vielleicht will Sprenger uns erst noch ein wenig schmoren lassen, vielleicht will er mich ja benutzen, um –«

Aleyt legte ihm die Hand auf den Arm. »Wahrscheinlich versucht er dich nur irrezumachen«, sagte sie. »Und falls dem so ist, hilfst du schon nach Kräften mit, muß ich sagen.«

Jeroen nickte unsicher. »Ach, du wirst wohl wieder recht haben.« Er blickte kurz über seine Schulter zurück. »Und vielleicht bin ich sogar schon ein bißchen irre, denn ich habe wieder einmal das unangenehme Gefühl, daß ich verfolgt werde, obwohl ich niemanden sehe.«

Sie gelangten auf den Markt, wo vor dem Rathaus in der Tat wieder ein Scheiterhaufen rauchte. Einige Schaulustige standen darum herum, doch ihre Zahl war längst nicht mehr so groß wie noch unlängst bei derlei Anlässen. Es schien, als sei die Masse das greuliche Spektakel endlich leid.

»Schon als Kind habe ich mich gefragt, was für ein Gott so etwas geschehen läßt«, sagte Jeroen. »Und ich habe nach all den vielen Jahren immer noch keine Antwort darauf.«

Herberta hatte ihm beigebracht, sich solche Dinge zu fragen, entsann er sich. Doch er hatte gelernt, den Namen seiner Schwester im Beisein seiner Frau nicht mehr zu erwähnen.

Aleyt sagte: »Es ist Kindern und Narren eigen, Fragen zu stellen, die sich nicht beantworten lassen...«

Auf der gegenüberliegenden Seite des Marktplatzes wandte sich Erik Lubbert hastig ab, als er sah, daß Jeroen sich kurz noch einmal umschaute, ehe er hinter Aleyt das Rotkreuz betrat.

Er *weiß* es! dachte er in aufkommender Panik. Er spürt, daß ich ihm folge... Mit einem Mal begann er zu fürchten, daß Jeroen ihn von einem der Fenster seines Hauses aus belauerte. Und unversehens rannte er davon, ohne die Passanten zu beachten, die ihm nachblickten. Er hielt erst inne, als er den Markt einige Straßen weit hinter sich gelassen hatte und völlig außer Atem war. Keuchend und eine Hand auf die stechende Seite gepreßt, lehnte er sich rücklings an eine Hausfassade. Er verwünschte sich für seine schwachköpfige Anwandlung, mit Jakob Sprenger zu reden. Davor hatte er sich lediglich vor einem Gespenst gefürchtet, das vielleicht gar nicht existierte. Jetzt aber war sein Leben gleich von zwei Bedrohungen beherrscht: Jeroen und Sprenger, und beide versetzten ihn auf ihre Weise in Angst und Schrecken.

Sein Atem wurde ruhiger, und er konnte wieder etwas klarer denken. Es half nichts, da mußte er hindurch, sah er widerstrebend ein. Wenn er Sprengers Wünschen Folge leistete, war er von beiden erlöst. Und das vielleicht für immer. Mit Gottes Hilfe würde sein nächstes Kind dann bei guter Gesundheit zur Welt kommen, und er würde endlich ein normales Leben führen können...

Lubbert atmete tief durch, ordnete seine Kleidung und ging mit einem verbissenen Zug im Gesicht wieder zum Marktplatz zurück, auf der Suche nach einem Versteck, wo er notfalls die ganze Nacht würde ausharren können.

29

Jeroen ist im Atelier«, sagte Almaengien zu Aleyt. Sein Blick wanderte über ihre stark mitgenommene Kleidung.

»Die Wege waren entsetzlich staubig«, erklärte Aleyt. »Wir brauchen dringend Regen.« Sie ging an Almaengien vorbei. »Ist er allein?«

»Äh... das weiß ich nicht. Vielleicht solltest du besser...« Aber Aleyt hörte schon nicht mehr. So sah sie auch den beunruhigten Blick nicht, mit dem Almaengien ihr nachschaute, als sie resolut den Gang hinunterlief.

Die Ateliertür, die bei dieser Wärme so gut wie immer offenstand, war zu.

Die Hand schon am Türknauf, zögerte Aleyt mit einem Mal. Einem instinktiven, blitzschnell aufkommenden Mißtrauen nachgebend, legte sie das Ohr ans Holz der Tür und horchte. Sie hörte leise Geräusche, die sie nicht einordnen konnte, keine Stimmen. Als sie anklopfen wollte, zögerte sie erneut. Schließlich drehte sie lautlos den Knauf und drückte die Tür vorsichtig ein Stück auf. Sie kam sich töricht dabei vor, aber sie gehorchte einem Drang, der stärker war als sie.

Jeroen war in der Tat beschäftigt, und das Objekt, das er bearbeitete, hieß Mathilde. Da die beiden dem Fenster zugewandt waren, konnten sie Aleyt nicht sehen. Das junge Mädchen lag mit bis zur Taille hochgerafften Röcken vornüber auf dem Arbeitstisch, und Jeroen, die Hose auf den Knöcheln, stand hinter ihr. Da er größer war als Mathilde, hatte er die Beine gespreizt und die Knie leicht gebeugt. Wenn es jemand anders als Jeroen gewesen wäre, hätte Aleyt womöglich über diesen ulkigen Anblick gelacht, doch jetzt verspürte sie in erster Linie Brechreiz. Einen kurzen Moment nur stand sie wie angewurzelt da und nahm das Ganze in sich auf, dann knallte sie die Tür zu und lief davon.

Jeroen erschrak und blickte hinter sich. »Da war jemand an der Tür!«

»Ach, Joen, was macht denn das schon?« Mathilde faßte ihn rücklings bei den Hüften, um zu verhindern, daß er wegginge.

»Vielleicht war es ja Aleyt«, sagte er und spürte, wie sich sein Herzschlag beschleunigte.

»Die sollte doch erst in einigen Tagen kommen?«

»Kann sein, daß sie früher fertig geworden ist.«

Mathilde kicherte. »Fürchtest du dich vor ihr?«

Nicht vor ihr, dachte Jeroen. Aber vor seinem eigenen Gewissen, wenn er Aleyt abermals Kummer bereitete. Er ließ so abrupt von Mathilde ab, als fürchte er plötzlich, sich an ihrem Körper zu verbrennen.

»Du weißt doch gar nicht, wer da war!« protestierte Mathilde. Sie drehte sich um, faßte ihm frech zwischen die Beine und zog ein enttäuschtes Gesicht. »Schlaff, schlaff!«

Mathilde ist nicht Herberta, dachte Jeroen mißvergnügt. Obwohl sie dieser rein äußerlich so sehr ähnelt. »Ich bin nicht mehr in Stimmung«, sagte er, während er sich in seine engen Beinkleider zwängte.

»Weil jemand an der Tür war? Wie dumm!« fand Mathilde, während sie ihrerseits ihre Kleidung ordnete. »Sie tun es hier doch ganz freiheraus im Garten!«

»Vielleicht bin ich kein so freier Geist, wie ich dachte.«

»Du? Du wirst schlicht und einfach alt.« Mathilde sah Jeroen stirnrunzelnd an. »Wie alt bist du überhaupt?«

»Sechsunddreißig.« Jeroen öffnete die Tür und schaute den Gang hinab. Da war niemand zu sehen.

»Da bin ich ja noch angenehm überrascht«, sagte Mathilde schnippisch. »Ich dachte, du wärst noch älter.«

Aber Jeroen hörte sie schon nicht mehr. Er war in den Gang und zu seinem Zimmer gelaufen. Dort fand er Aleyt. Sie saß vor sich hin starrend auf einem Stuhl und sah nicht auf, als Jeroen hereinkam.

Er blieb eine ganze Weile unbehaglich stehen und blickte auf sie hinunter, bis er schließlich sagte: »Ich hatte dich noch nicht hier erwartet.«

»Das habe ich gemerkt.«

Jeroen schloß die Tür hinter sich. Nicht wissend, was er zu seiner Verteidigung vorbringen könnte, sagte er: »Ich möchte es dir gern erklären, aber ich weiß nicht, wie...«

»Ich brauche keine Erklärung, es war deutlich genug.«

»Das Mädchen ...« Jeroen seufzte mutlos. »Wir haben nur ein wenig... getollt. So geht es hier nun einmal zu«, fügte er hinzu. Er hörte selbst, wie dumm das klang, auch wenn etwas Wahres daran war.

Ohne ihn anzusehen, sagte Aleyt tonlos: »Noch vor wenigen Tagen hast du mir mit Tränen in den Augen erzählt, wie sehr du deine Schwester geliebt hast und wie sehr du auch mich angeblich liebst...« Sie schüttelte den Kopf. »Ich verstehe das nicht mehr...« Sie redete so leise, daß Jeroen sie kaum verstand. »Ich müßte mich erzürnen, doch das kann ich nicht mehr. Ich bin so furchtbar enttäuscht...«

»Aleyt...« Jeroen versuchte ihr den Arm um die Schultern zu legen, doch sie wehrte ihn mit einer ärgerlichen Bewegung ab.

»Soll ich auch das jetzt wieder irgendwie wegstecken? Ich weiß nicht, ob ich das noch kann, Jeroen. Ich weiß es wirklich nicht mehr.«

Jeroen nahm ebenfalls auf einem Stuhl Platz und starrte auf Aleyts gesenkten Kopf. »Ich bin ein sinnlicher Mensch, Aleyt. Ich habe Bedürfnisse – « Er schämte sich seiner Worte.

»Die deine eigene Frau nicht befriedigen kann?«

Jeroen seufzte niedergeschlagen. »Vielleicht hast du recht«, sagte er leise. »Vielleicht ist es das nicht wert. Denn im nachhinein sind da doch immer wieder das Bedauern und das Schuldgefühl – «

»Soll ich jetzt Mitleid bekommen?«

Mit kindlicher Widerborstigkeit sagte Jeroen: »Wenn es falsch ist, andere Frauen zu begehren, warum hat Gott uns dann diesen Drang gegeben?«

»Er hat uns auch den Drang zum Stehlen und Morden gegeben«, sagte Aleyt. »Sollen wir dem also auch freien Lauf lassen? Sollen wir womöglich leben wie die Tiere?«

»Beim Liebesakt wird niemand bestohlen oder verletzt.«

»Niemand bestohlen oder verletzt«, wiederholte Aleyt. Sie schaute auf. »Ich wünschte, du könntest spüren, wie sehr du mich verletzt hast, Jeroen. Und jemandem das Vertrauen und die Gemütsruhe zu nehmen ist tausendmal schlimmer, als ihm die Börse zu stehlen.«

Alles, was sie sagt, ist wahr, dachte Jeroen. Und doch ... Die Verwirrung in seinem Geist machte ihn wütend. »Was möchtest du denn, daß ich tue?«

»Ich weiß es wirklich nicht mehr ...« Aleyt starrte wieder auf den Boden. Ohne den Blick zu heben, deutete sie zur Tür. »Besser, du gehst jetzt.«

»Bist du dir sicher, daß ... Kann ich nicht ...?«

»Bitte!«

Jeroen seufzte resigniert und stand auf. Leise schloß er die Tür hinter sich und ging ins Atelier zurück. Mathilde war fort, und das bedauerte er nicht. Sie erschien ihm plötzlich als hirnloses Ding, und er verstand selbst nicht mehr, warum er sich an ihr vergriffen hatte. Daß sie Herberta ähnlich sah, war schwerlich eine Entschuldigung. Nichts als Schenkel und Brüste, dachte er in einem Anflug von Selbstverachtung. Ich bin krank. Krank oder verrückt. Oder beides.

Mit Augen, die nichts sahen, starrte er durch das Fenster in den Garten, als seine Aufmerksamkeit von einem Tumult vor dem Haus auf sich gezogen wurde. Vom Wald her hatten sich zwei junge Männer genähert, die einen dritten Mann mit Strick um den Hals und auf den Rücken gebundenen Händen recht unsanft hinter sich herzogen. Er strauchelte in einem fort. Andere liefen herbei, darunter auch Almaengien.

Jeroen spürte, wie er erstarrte, als er den Gefangenen erkannte. »O Gott, nein!« entfuhr es ihm laut. Dann wandte er sich um und eilte hinaus.

»Ihr kennt euch, wie ich sehe«, sagte Almaengien kurz

darauf, als Jeroen auf den Gefangenen zuging und dieser zurückprallte, als sähe er ein Gespenst.

»Erik Lubbert«, sagte Jeroen. »Wie kommt es nur, daß wir einander immer unter unerfreulichen Umständen begegnen?«

»Er spionierte im Wald herum«, sagte einer der jungen Männer, die ihn festhielten. »Er ist Eurer Frau hierher gefolgt, Meister Bosch.«

»Das ist nicht wahr«, stritt Erik ab. »Ich hatte mich nur verirrt, ich wußte nicht, wo ich war.«

»Ein verirrter Bauer, wie?« sagte Jeroen. »Und noch dazu so weit von zu Hause?«

»Wir haben auch sein Pferd gefunden, Meister«, sagte der andere junge Mann.

»Ich vermutete schon, daß ich bespitzelt werde«, sagte Jeroen. »Aber ich hatte weiß Gott keine Ahnung, daß du es bist.«

»Nein?« fragte Lubbert und blickte nun verwundert.

Drohend sagte Almaengien: »Versuch ja nicht zu spotten! Oder willst du, daß wir dich gleich aufhängen, wo du ohnehin schon einen Strick um den Hals hast?«

»Nein, Herr!« sagte Erik eilig. »Ich versuche nicht zu spotten, ich dachte nur...«, er zog ein bedeppertes Gesicht, »...ich dachte, Meister Bosch wüßte alles!«

»Alles?« fragte Jeroen nun seinerseits perplex. »Und was müßte ich denn alles wissen?«

»Alles eben«, antwortete Erik furchtsam und unglücklich. »Wissen Hexen denn nicht alles?«

»Hexen?« Jeroen sah Almaengien an. »Wovon redet dieser Schwachkopf in drei Teufels Namen?«

Almaengien zuckte die Achseln. »Er scheint zu wissen, daß du eine Hexe bist.« Dabei zwinkerte er Jeroen zu, ohne daß Erik es sehen konnte.

»Ah!« machte Jeroen, als er erfaßte, was Almaengien bezweckte. Er sah Erik drohend an. »Wie bist du hinter mein Geheimnis gekommen?«

Erik wich zurück, doch der Strick um seinen Hals ließ ihm wenig Spielraum. »Ich dachte, es wäre deine Schwester... Herberta, daß die mich... daß die mich immer noch verfolgte –«

»Du hältst dich ja wohl für sehr wichtig!«

»Mein Sohn wurde tot geboren, und da... und da...«

»Schlimm für dich, mag sein, aber möglicherweise gut für die Gemeinde«, sagte Jeroen erbarmungslos. »Und da?«

»Da bin ich –« Erik verstummte und biß sich auf die Oberlippe. Er hatte Todesangst, den Namen Sprenger zu nennen, obwohl Jeroens Blick ihm eisige Schauer über den Rücken jagte.

»Jetzt wird er aber sehr blaß«, bemerkte Almaengien. »Gleich fällt er uns noch in Ohnmacht!«

»Und da?« wiederholte Jeroen drohend. »Ich warne dich, ein Griff, und du wirst überhaupt kein Kind mehr machen *können*!« Demonstrativ holte er mit der Hand gegen Eriks Unterleib aus.

Erik wollte abermals zurückweichen, doch die beiden jungen Männer hielten ihn davon ab. »Jakob Sprenger hat mir aufgetragen, dich zu bespähen!« platzte es aus ihm heraus.

Jeroen starrte sein Gegenüber noch einige Atemzüge lang stumm an und wandte sich dann ab, um sich in einigen Schritten Entfernung mit Almaengien zu beraten. »Was jetzt?«

Almaengien machte ein besorgtes Gesicht. »Wir können ihn nicht gehen lassen, das steht fest. Andererseits ist mir Gewalt zutiefst zuwider.«

»Und wenn er entkommt?«

Almaengien nickte. »Das ist jetzt eine besonders prekäre Situation.« Er sah Jeroen an. »Er hat eine Heidenangst vor dir, und das können wir uns vielleicht zunutze machen.«

»Vor Sprenger wird er sich genauso in die Hosen machen.«

»Aber dich hält er für eine Hexe. Und die sind schlimmer. Vielleicht können wir seine Angst noch ein wenig schüren.«

»Hm, das ist schon einmal gelungen«, entsann sich Jeroen. »Nur hatte er damals keine Ahnung, daß ich mit dahintersteckte.«

»Kannst du eine lebensgroße Zeichnung von dir anfertigen? Schön muß sie nicht sein, nur ähneln soll sie dir.«

Jeroen zog ein Gesicht. »Wenn sie mir ähneln soll, kann sie gar nicht schön sein. Was heckst du aus?«

Grübelnd sagte Almaengien: »Wir haben einen Schauspieler hier, und Clavuceel weiß bestimmt einige hübsche Gaukeleien.«

»Jacob, so sehr du ihm auch bange zu machen verstehst, Sprenger wird ihn doch auf die eine oder andere Weise brechen können!«

»Da wär ich mir nicht so gewiß«, sagte Almaengien. »Es ist mir auf alle Fälle einen Versuch wert.«

Jeroen blickte über seine Schulter zu Erik, der mit angsterfüllten Augen zu ihm hersah. »Wohl denn«, sagte er, sich fügend. Er wußte längst, daß es keinen Sinn hatte, sich Almaengiens Einfällen zu widersetzen.

Als Jeroen wieder in sein Zimmer zurückkam, war Aleyt fort. Sie hatte ihm einen Zettel hinterlassen, auf dem sie ihm mitteilte, daß sie nicht länger in *Ecce Homo* bleiben könne, wo sie ihm ja ohnehin nur im Wege sei. Sie fahre nach Hause. Nicht in die Stadt, sondern in ihr elterliches Haus in Oirschot. Um sich zu besinnen, schrieb sie. Er solle ihr nicht nachkommen, denn sie wolle ihn vorläufig nicht sehen.

Niedergeschlagen hielt Jeroen den Zettel in der Hand und wußte nicht, was er tun sollte. In der Aufregung um Erik hatte er Aleyt nicht einmal wegfahren sehen, wurde ihm mit neuerlichem Schuldgefühl bewußt. Und er spürte auch, daß er sie erstmals seit Tagen vermißte.

Es klopfte leise, und er eilte zur Tür, hoffend, daß sie vielleicht zurückgekommen sei. Doch es war Mathilde.

»Tut mir leid, daß ich vorhin so gemein war«, sagte sie. Sie spähte an ihm vorbei ins Zimmer. »Bist du allein?«

Jeroen nickte. »Ich bin allein, und so möchte ich es auch fürs erste halten.«

»Du bist mir böse«, konstatierte Mathilde.

Ja, ich bin böse, dachte Jeroen. Aber auf wen oder was, wußte er nicht so recht zu sagen. Auf die Welt, die es ihm so schwermachte? Oder auf sich selbst, weil er mit dieser Welt offenbar nicht zurechtkam?

»Du hast nichts Unrechtes getan«, sagte er. »Aber ich habe einige Probleme, über die ich nachdenken muß.«

»Probleme? Mit deiner Frau?«

»Geh jetzt, bitte.« Er machte Anstalten, die Tür zu schließen.

»Wenn du möchtest, kann ich die Nacht bei dir verbringen.«

»Im Moment nicht, Mathilde.«

Mathilde nickte resigniert und ging schweigend davon. Bevor sie im Gang um die Ecke bog, schaute sie noch einmal zurück, doch Jeroen hatte seine Tür bereits geschlossen.

Sie hatten Erik eine einigermaßen komfortable Schlafstatt auf dem Dachboden von *Ecce Homo* zugeteilt. Doch er lag mit ans Bett gefesselten Hand- und Fußgelenken auf dem Rücken und konnte sich nicht drehen und nicht wenden. Überdies war er viel zu ängstlich und nervös, um schlafen zu können. Erst als die Nacht seinem Empfinden nach bereits weit fortgeschritten sein mußte, sank er in einen unruhigen Schlummer, in dem er von verwirrenden Traumfetzen heimgesucht wurde, die wie vom Wind aufgescheuchtes Herbstlaub in seinem Kopf umherwirbelten. Und kaum eingenickt, ließ ein Geräusch auf dem Dachboden ihn wieder hochschrecken.

Aus dem rechten Augenwinkel sah er einen winzigen Lichtschein, kaum mehr als das Glimmen eines Glühwürmchens. Sogleich beschleunigte sich sein Herzschlag wieder, und er drehte den Kopf so weit nach rechts, wie es seine Haltung auf dem Bett zuließ, doch mehr als ein vages bläuliches Glimmen in einer Ecke des unordentlichen Dachbodens konnte er nicht ausmachen. Noch während er sich mit aller Macht einzureden versuchte, daß es etwas ganz Harmloses sei, vernahm er plötzlich ein scharfes Zischen. Und gleich darauf drang ihm penetranter Schwefelgestank in die Nase.

»Jesus, Maria ...«, murmelte Erik und zerrte an seinen Fesseln. »Herr im Himmel, steh mir bei ...« Das Zischen wurde heftiger, und der Dachboden war plötzlich in blendendes blaues Licht getaucht. »Jesus Christus!« schrie Erik verzweifelt auf. Der Schwefelgestank war beinahe nicht mehr zu ertragen, und das Licht aus unsichtbarer Quelle wurde greller und greller.

Erik kniff die Augen zu, so fest er konnte. Doch nicht zu sehen, was um ihn her geschah, war noch beängstigender, und so machte er sie sogleich wieder auf. Da blickte er direkt in ein dämonisches Gesicht mit stechenden Augen und grinsendem Mund, aus dem bis über die Unterlippe reichende scharfe Eckzähne ragten. An der Stirn saßen gekrümmte kleine Hörner.

Der Teufel! schrie es in Eriks Kopf. Der Teufel!! Und der Teufel hatte die Züge Jeroens ...

Erik brüllte wie am Spieß, noch mehr, als er einer rot behaarten Klaue ansichtig wurde, die sich drohend nach seiner Kehle krümmte. Dann aber brach das Schreien unvermittelt ab und ging in Laute über, die sich irgendwo zwischen Schluchzen und Husten bewegten. Die Augen quollen ihm hervor, und er schnappte panisch nach Luft. Er wollte nach seiner Brust greifen, in der ein glühendes Tier mit scharfen Zähnen fraß, doch seine Fesseln hinderten ihn daran. Und da entschied sich seine verzweifelte Seele für den einzigen noch verbleibenden Ausweg: Eriks Herz hörte auf zu schlagen.

»Jeroen?«

Jeroen seufzte. Er hatte das Hämmern an der Tür gehört. Irgendwer war hereingekommen und an seinen Bettkasten getreten, doch er hatte keine Lust gehabt, darauf zu reagieren. Jetzt drehte er sich widerwillig auf den Rücken und schaute zu Almaengien auf, der gerade die Hand ausstreckte, um ihn wach zu rütteln. Als er sah, wie besorgt Almaengien blickte, setzte er sich auf. »Was ist –« Seine Stimme war so kratzig, daß man sie kaum verstand, und so räusperte er sich, ehe er es noch einmal versuchte. »Was ist los?«

»Erik Lubbert ist tot«, antwortete der andere.

»Und das ist...«, Jeroen zögerte, weil er nicht gleich erfaßte, was diese Mitteilung implizierte, »...eine gute oder eine schlechte Nachricht?«

»Darüber bin ich mir noch nicht im klaren«, antwortete Almaengien ernst. »Ich fürchte, daß wir ihm allzu wörtlich einen Todesschreck eingejagt haben.«

Jeroen starrte eine Weile vor sich hin, ehe er sagte: »Er war nicht gerade ein mutiger Mensch, von jeher nicht. Falls dich das tröstet.«

Erik Lubbert tot, dachte er, und dieser Gedanke löste seltsame Empfindungen aus. Da war Erleichterung, aber auch neue Besorgnis wegen der möglichen Folgen.

»Wir werden ihn mit seinem Pferd auf irgendeinem Weg abladen, der nicht in diese Richtung führt«, sagte Almaengien, als hätte er Jeroens Gedanken mitverfolgt.

»Todesschreck«, sagte Jeroen vor sich hin. »Allmächtiger Gott!« entfuhr es ihm ungläubig.

»Ein wenig Schwefel, etwas bengalisches Feuer und deine

Zeichnung, das war alles, was wir eingesetzt haben. Ach ja, und dieser Schauspieler hatte sich Hundehaare auf die Hand geklebt. Ich denke, daß es vor allem dein Bild war, was ihm den Rest gegeben hat.«

Jeroen setzte sich auf die Bettkante und begann sein Nachthemd aufzuknöpfen. »Mein Bild hat Erik Lubbert zu Tode erschreckt...«

Almaengien fragte: »Wo ist deine Frau?«

»Wie? Oh, äh... nach Oirschot.« Jeroen erhob sich und goß aus einem Krug, der auf einem niedrigen Schränkchen stand, Wasser in einen Zuber.

»Besteht die Gefahr, daß sie die Bruderschaft verrät?«

Mit unvermittelter Schärfe richtete Jeroen den Blick auf sein Gegenüber: »Wie kannst du es wagen, so etwas zu fragen!«

»Verzeih«, lenkte Almaengien erschrocken ein. »Aber versteh doch, ich kenne sie nicht wie du. Und eine Frau, die sich gedemütigt fühlt...« Er ließ den Satz unvollendet.

»Ich möchte kein böses Wort über Aleyt hören, nicht *ein* böses Wort, von niemandem!«

»Schon gut, schon gut«, beschwichtigte Almaengien. »Ich wollte mich nur vergewissern.« Er ging zur Tür. »Unruhige Tage für *Ecce Homo*«, sagte er noch, ehe er hinausging. »Ich hoffe, daß bald wieder Frieden einkehrt.«

Ja, dachte Jeroen, während er sich Wasser aus dem Zuber ins erhitzte Gesicht spritzte. Hoffen ist das einzige, was wir gefahrlos tun können.

30

Stirnrunzelnd musterte der Schultheiß den Inquisitor, der in wenig respektvoller Haltung, die Hände in den Taschen seiner Kutte, vor seinem Eichenholzschreibtisch stand. »Ihr seid Euch über die Tragweite Eurer Worte vermutlich nicht ganz im klaren, Herr Sprenger«, sagte er. »Meister Bosch ist eines der angesehensten Mitglieder unserer Gemeinde. Ohne stichhaltige Anklage und schlüssige Zeugenaussagen kann und will ich ihn nicht verfolgen. Und allein Euer Wort reicht mit Sicherheit nicht aus, wie Ihr zweifellos wißt.«

Ich mag den Inquisitor nicht, dachte der Schultheiß nicht zum erstenmal. Das war schon von jenem ersten Tag an so gewesen, da Sprenger mit seinem Beglaubigungsschreiben von Maximilian von Österreich in seinem Büro vorstellig geworden war. Und die Erbarmungslosigkeit, mit der Sprenger die Dominikaner von 's-Hertogenbosch unter seine Knute gebracht hatte, sowie der grausame Fanatismus bei seiner Jagd auf das Böse – oder vielmehr das, was in seinen Augen das Böse darstellte – hatten es nicht besser gemacht.

Und dann diese ewige Kutte, dachte der Schultheiß mißvergnügt. Womöglich trug er die nur der Taschen wegen. Der Schultheiß nahm sich vor, beim Bischof einmal Erkundigungen darüber einzuziehen, ob es dagegen nicht Vorschriften gab.

»Man hatte mich schon darauf vorbereitet, daß es den weltlichen Obrigkeiten am Willen zur Zusammenarbeit mangelt«, sagte Sprenger kühl. »Ich sage Euch: Es besteht nicht der geringste Zweifel, daß Meister Bosch sich ebenso wie einst seine Schwester teuflischer Künste und der Ketzerei schuldig macht. Überdies ist er eindeutig mit einem gewissen Clavuceel, einem berüchtigten Alchemisten, befreundet gewesen, bevor wir diesen aus seinem Loch heraustrieben. Die Erwägung einer peinlichen Befragung drängt sich bereits seit geraumer Weile auf, und ich fordere –«

Der Schultheiß hob mahnend die Hand. »Herr Sprenger...«, er lehnte sich in seinem Stuhl zurück und zwirbelte einen Gänsekiel zwischen den gestreckten Fingern, »...die Eigenmächtigkeit, die Ihr Euch hier in der Stadt angemaßt habt, ist dem Rat schon seit geraumer Zeit ein Dorn im Auge. Mögt Ihr auch der Unterstützung des Königs versichert gewesen sein, als Ihr unser Kloster, das gegen Eure Lehre aufbegehrte, in die Knie gezwungen habt – Forderungen an die Stadt zu stellen, das überschreitet Eure Befugnisse als Inquisitor denn doch, meine ich. Um eine Gunst bitten könnt Ihr natürlich jederzeit.« Er sah Sprenger aus seinen wäßrigen Augen abwartend an und ließ demonstrativ einen lauten Furz.

Sprenger zog ein angeekeltes Gesicht und erwiderte den Blick des unansehnlichen Schultheißen so, als brütete er über einer scharfen Replik, doch am Ende sagte er lediglich: »Möglicherweise habe ich mich in der Hitze meiner Überzeugung ein wenig unglücklich ausgedrückt.«

Ehe Sprenger fortfahren konnte, sagte der Schultheiß: »Es ist nicht nur das: Die Bevölkerung murrt über Eure Schreckensherrschaft, und allzu große Unzufriedenheit können wir in diesen turbulenten Zeiten nicht gebrauchen. Dem dürfte selbst Euer großer Freund Maximilian beipflichten, nachdem man ihn in Brügge ein Weilchen hinter Gitter gesetzt hat. Den verdammten Habsburger!«

Letzteres fügte der Schultheiß nur gemurmelt an, so daß sich Sprenger nicht gewiß sein konnte, ob er sein Gegenüber auch richtig verstanden hatte. In scharfem Ton entgegnete er: »Mag die Bevölkerung auch murren, Tatsache ist, daß ich die städtische Gemeinde auftragsgemäß und nach bestem Vermögen von teuflischen und ketzerischen Einflüssen gesäubert habe!«

»Möglich, möglich...« Der Schultheiß setzte sich wieder auf und legte den Gänsekiel hin. »Jedoch fällt dem Rat auf, daß es niemanden glücklicher macht.«

»Es ist dem Menschen nicht gegeben, in diesem Leben glücklich zu sein. Unsere einzige Sorge sollte sein, daß wir dereinst unsere Seligkeit erlangen!«

»Im Grunde müßte also ein jeder ins Kloster, wollt Ihr damit sagen?«

»Treibt Ihr Spott mit mir, Herr Schultheiß?«

»Ach was«, entgegnete der Schultheiß müde. »Ich tue mich nur schwer mit einem Glaubenseifer, der der Vernunft keinen Raum mehr läßt, Herr Inquisitor.«

Wie nebenbei sagte Sprenger: »Ich hörte, daß Schultheißen da und dort Vögten unterstellt werden...«

Die Augen des Schultheißen verengten sich. »Versucht Ihr mich jetzt einzuschüchtern?«

»Genausowenig wie Ihr Spott mit mir treibt, werter Herr Schultheiß. Ich wünschte lediglich, Ihr würdet begreifen, daß Meister Bosch sehr wohl ein großes Problem darstellt.«

»Ein Problem? Für wen? Für die, die zu dumm sind, seine Kunst gebührend zu würdigen? Seine Werke zieren die Wände fürstlicher Schlösser und bischöflicher Paläste!«

Diesmal wußte Sprenger sich zu beherrschen. »Mir sind Gerüchte zu Ohren gekommen, daß Meister Bosch zusammen mit einigen anderen Künstlern Mitglied einer gottlosen Bande Entarteter sein soll, die sich der Nacktgeherei und anderer sinnenfreudiger Exzesse schuldig machen.«

»Wirklich?« fragte der Schultheiß, gegen seinen Willen erstaunt. »Und wo, frage ich mich, finden denn diese zügellosen Praktiken statt? Im Rotkreuz etwa, seinem kleinen Häuschen?«

»Der Mann, den ich zu seiner Beobachtung angestellt hatte, ist tot aufgefunden worden, ohne sichtbare Todesursache.«

»Ein Mann, den Ihr –« Die wilden Verdächtigungen sogleich vergessend, blickte der Schultheiß zutiefst empört. »Mit welchem Recht laßt Ihr angesehene Bürger ohne meine Billigung beobachten, frage ich Euch nachdrücklich?«

»Mit dem Recht, das König Maximilian mir verliehen hat, und mit meinem Recht als Inquisitor«, antwortete Sprenger von oben herab.

»Aber ich bitte Euch!« fuhr ihn der Schultheiß böse an. »Euer Beschützer schlägt sich gerade mit den Ungarn und den Türken, da wird er wohl andere Sorgen haben als das Wohl und Wehe der Inquisition im hintersten Winkel seines Reiches!« Er sah Sprenger an. »Und wer war denn wohl dieser Mann, der in Eurem Auftrag sein Leben ließ?«

»Ein Bauernsohn, ein gewisser Erik Lubbert.«

»Lubbert, Lubbert…« Der Schultheiß dachte mit gerunzelter Stirn nach. »Warum klingt mir der Name so bekannt in den Ohren?«

»Er stützte seinerzeit die Anklage wegen Hexerei gegen Herberta van Aken, die Schwester von Meister Bosch.«

Der Schultheiß nickte langsam. »Ja, jetzt weiß ich es wieder. Und diesen Mann hattet Ihr also wieder ausgegraben, um Meister Bosch zu beobachten?«

»Er hat von sich aus seine Dienste angeboten. Er war nämlich eines der Opfer der Teufelskünste des Meisters.«

»Ach ja? Und wie kommt es, frage ich mich, daß Ihr selbst niemals das Opfer solcher Teufelskünste zu werden scheint? Ihr dürftet in der Welt von Hexerei und dergleichen doch etliche Feinde haben!«

»Weil ich kraft meines Glaubens an Gott geschützt bin. Überdies hatte mich schon mein Mentor, der selige Alain de la Roche, gewarnt, mich ja vor Meister Bosch in acht zu nehmen.«

»De la Roche?« Der Schultheiß zog eine Grimasse. »Der war doch nur ein Hurenläufer mit schwachem Herzen!« Als sei er das Gespräch leid, nahm er eine Akte von dem Stapel auf seinem Schreibtisch und schlug sie auf. Den Blick auf die Papiere gerichtet, sagte er: »Mir scheint, daß Meister Bosch einer Hetze gegen seine Person zum Opfer zu fallen droht.«

»Es war ein Fehler, um Eure Mitarbeit zu ersuchen«, konstatierte Sprenger.

»Das würde ich nicht sagen. Der Rat hatte mich ohnehin

schon gebeten, einmal ein ernstes Wörtchen mit Euch zu reden.« Wieder zeigte der Schultheiß sein überraschendes Lächeln.

»Wohl denn, es sei so.« Sprenger zog eine Hand aus der Tasche, um einen imaginären Fussel von seiner Kutte zu entfernen, und wandte sich zum Gehen. »Nun weiß ich zumindest, welche Dispositionen ich meinerseits zu treffen habe.«

Grußlos verließ er den Raum.

»Hoffen wir vor allem, daß es vernünftige Dispositionen sind«, sagte der Schultheiß ins Leere hinein.

»Meister?« Unsicher drückte die junge Magd die Ateliertür ein Stück weit auf und streckte den Kopf hinein. »Meister, seid Ihr da?« Ihr schlug so starker Qualm von verbranntem Hanf entgegen, daß sie sich fragte, wie einer darin noch atmen konnte. »Ob Ihr etwas zu essen möchtet?« Als keine Antwort kam, machte sie zögernd einige Schritte auf Jeroen zu, der in der Mitte seiner Werkstatt beschäftigt war. »Und ob ich hier aufräumen und saubermachen darf? Frau Aleyt hat gesagt –«

Jeroens Kopf fuhr in die Höhe. »*Was* hat meine Frau gesagt?«

»Daß… äh… daß Ihr, wenn Ihr zu Hause arbeiten solltet, daß Ihr dann beizeiten zu essen bekommen müßtet und ich dafür sorgen müsse, daß es hier nicht… äh… nicht zum Saustall wird. Mit Verlaub, Meister, aber so hat Frau Aleyt es ausgedrückt.«

»Ist sie denn noch zu Hause gewesen, ehe sie nach Oirschot abgereist ist?«

Die Magd nickte. Sie war näher getreten und starrte sprachlos auf das Bild, an dem Jeroen gerade malte. »Großer Gott!« murmelte sie und schlug sich die Hand vor den Mund.

Jeroen sah sie an. »Was denn? Etwa noch nie von der Hölle geträumt?«

Die Magd bekreuzigte sich hastig. »Jesus, Maria, Meister, jetzt traue ich mich nicht mehr hier hinein!«

»Das trifft sich gut, denn ich wünsche in Ruhe gelassen zu werden.«

»Aber… Frau Aleyt sagte –«

»Frau Aleyt ist nicht da«, entgegnete Jeroen brüsk. »Und vielleicht sehen wir sie auch nie wieder. Gewöhn dich also schon einmal an meine Anweisungen.«

»Wie Ihr wünscht, Meister«, sagte die Magd. Sie machte einen ungelenken Knicks und eilte davon.

»Er macht mir angst«, sagte sie zum Knecht, der in der Küche gerade Jeroens Schuhe putzte. »Er schaut so eigenartig, es ist, als glühten seine Augen! Und dann das Bild, an dem er gerade malt…« Sie schauderte demonstrativ. »Wer will denn für so etwas noch Geld geben?«

Der Knecht unterbrach seine Putzerei. »Sie haben sich wieder entzweit«, sagte er. »Der Meister und Frau Aleyt. Und dann ist er wie von Sinnen.«

Die Magd schüttelte den Kopf. »Es ist dieser eigenartige Rauch, der immer im Atelier hängt. Man braucht nur kurz drinnen zu sein, und es ist, als sei man berauscht, ohne etwas getrunken zu haben.«

Der Knecht grinste. »Das muß spaßig sein!«

»Spaßig? Und warum blickt er dann drein, als habe er

alles Leid der Welt zu tragen?« Die Magd machte sich mit viel Getöse daran, ihre Siebensachen zusammenzusuchen, um die oberen Zimmer putzen zu gehen. »Wenn du mich fragst, ist er ganz einfach krank«, sagte sie. »Hier oben.« Sie tippte sich mit dem Zeigefinger an die Stirn.

Der Knecht zuckte die Achseln und setzte seine Arbeit fort. »Hauptsache, er bezahlt uns pünktlich.«

In dem Moment ertönte der Türklopfer am Eingang, und der Knecht unterbrach seine Arbeit erneut, um nachzusehen, wer da war. »Meister Alart«, hörte die Magd ihn sagen. »Ja, Meister Bosch ist zu Hause. Aber er ist bei der Arbeit, und ich weiß nicht, ob –«

»Für Meister Alart wird sich der Meister gewiß Zeit nehmen wollen«, rief die Magd eilig. »Ich werde ihn rasch ankündigen.« Sie stellte ihre Utensilien ab und lief zum Atelier.

Meister Bosch unterhielt sich gern mit Alart de Hameel, wie sie wußte. Dessen Besuch würde die Atmosphäre im Haus vielleicht ein wenig aufhellen, und sei es auch nur vorübergehend.

»Mein Gott, was für eine Luft!« konnte Alart sich nicht enthalten zu bemerken, als er Jeroens Werkstatt betrat. »Solltest du nicht einmal kurz ein Fenster öffnen?«

»Dieser Rauch ist zu wertvoll, um ihn einfach verfliegen zu lassen, mein Freund«, entgegnete Jeroen. Er legte Palette und Pinsel auf den Tisch und massierte seine Nackenmuskeln. »Was führt dich her, wenn ich fragen darf?«

Alart antwortete nicht, sondern starrte nur mit großen Augen auf die bemalte Tafel auf der Staffelei. »Du bist einfach besessen von Höllenszenen!« stellte er fest.

»Zunehmend«, räumte Jeroen ein. Kritisch betrachtete er sein Werk.

»Brennendes Wasser…« Alart sah Jeroen an. »Brennendes Wasser?«

»Offenbarung 21,8. Du solltest die Bibel besser lesen. Übrigens: Woher willst du so genau wissen, daß das hier Wasser ist? Es könnte genausogut Öl sein, was das Feuer logisch erklären würde. Manchmal ist es für einen Künstler schon frustrierend, daß ein jeder sieht, was er oder sie sehen will, und nicht, was wirklich gemalt wurde.«

»Aber es ist doch Wasser, oder?«

»In der Tat, aber diese Schlußfolgerung lag nicht auf der Hand. Zumal wenn man die Bibel nicht so gut kennt.«

Alart seufzte. »Dein Knecht hat mich schon vorgewarnt, daß du wieder in einer solchen Stimmung bist.«

»Mein Knecht sollte lieber mehr Diskretion üben. Aber warum sollte auch ausgerechnet ich dem Klatsch entgehen!«

Alart sah Jeroen forschend an. »Jeroen… was ist denn jetzt *wirklich* los?«

Jeroen setzte sich auf einen Stuhl und kniff die Augen zu. »Ich wußte nicht, daß ich so müde bin…«

»Abigajil, David, Salomo und Batseba harren deiner auch noch immer in der Kapelle der Bruderschaft.«

»Der Bruderschaft?«

»Der Unserer Lieben Frau, erinnerst du dich noch?«

»Du brauchst nicht sarkastisch zu werden, ich hatte einfach zuviel zu tun, um noch an den Altar zu denken.«

»Propst Paulus ist nicht sonderlich beglückt, daß du die Bruderschaft lukrativerer Arbeiten zuliebe hintanstellst.«

»Lukrativere Arbeiten, wie?« Jeroen deutete müde auf das Gemälde auf der Staffelei. »Das ist keine Auftragsarbeit, Alart. Das mache ich rein zu meinem Vergnügen.«

»Ist Vergnügen da noch das richtige Wort?«

»O ja. Meine Dämonen amüsieren sich zu Tode.«

»Ich mache mir Sorgen um dich, Jeroen. Und ich bin nicht der einzige.«

»Ach nein? Wer ist denn der andere?«

»Deiner Zunge fehlt auf alle Fälle noch nichts.«

»Nein«, sagte Jeroen bitter. »Nur, wenn ich sie wirklich benötige, sind plötzlich alle schönen Worte in den abgrundtiefen Löchern der Vergeßlichkeit meines trüben Geistes verschwunden.«

»Deine Frau ist fort«, stellte Alart fest.

Jeroen nickte. »Sie ist nach Oirschot, vielleicht für immer.«

»Mit wem hast du sie betrogen?«

»Siehst du, deswegen hatte ich nie gern Freunde. Sie sind oft so verdammt grob!«

»Vielleicht fühlst du dich ja besser, wenn du darüber geredet hast.«

»Ich habe Aleyt nicht betrogen. Jedenfalls nicht im Geiste.«

»Aber im Fleische schon, soll das wohl heißen.« Alart schüttelte den Kopf. »Was bist du nur für ein komischer Kauz!«

Jeroen schwieg einen Moment brütend, ehe er entgegnete: »Daß ich ein komischer Kauz bin, ist mein Problem. Mein Leben lang blicke ich erstaunt, erbost und betrübt auf eine Welt, die nicht die meine zu sein scheint.«

Alart deutete nun seinerseits auf das Bild auf der Staffelei. »Ist das denn etwa deine Welt?«

»Ansatzweise, berücksichtigt man die Grenzen von Pinsel und Farbe sowie die unzulängliche Weise, in welcher der Geist die Hände befehligt und steuert.«

Auf die Tafel starrend, sagte Alart: »Ich wollte nicht in deiner Welt leben.«

Jeroen nickte. »Ich auch nicht, aber ich bin nun einmal an sie gebunden.«

»Warum reist du Aleyt nicht nach, um ihr zu sagen, daß es dir leid tut?«

»So etwas kann man nur *einmal* glaubhaft machen, Alart.«

Alart sah Jeroen ungläubig an. »Nur *einmal*...? Es ist also noch ärger, als ich dachte?«

»In der Bibel steht, daß das Fleisch schwach ist.« Jeroen zog eine Grimasse. »Das ist etwas vom Dümmsten, was darin steht. Das Fleisch ist verdammt stark! Der Geist ist es, der schwach ist und immer unterliegt.«

»Und sich dann schreiend mit höllischen Bildern rächt.«

Jeroen zuckte gleichgültig die Achseln. »Eine klägliche Rache, muß ich zugeben.«

»Ich finde dennoch, daß du mit Aleyt reden solltest.« Alart rieb sich über die Stirn. »Was ist das nur mit diesem Rauch? Da wird einem ja ganz benommen!«

»Aleyt ist nicht mein einziges Problem...« Jeroen erhob sich und ging zum Tisch, wo in einer Kupferschale der Hanf auf einem Häuflein weißer Asche schwelte. Mit einem Stück Holz drückte er die glühenden Späne aus. »Inquisitor Jakob Sprenger jagt mich wie ein Bluthund eine Ratte.«

»Was hast du ihm getan?«

»Was hatten seine anderen Opfer ihm getan? Was hatte meine Schwester ihm getan?«

Sorgenvoll sagte Alart: »Du solltest dich lieber ein wenig zurückziehen, bis sich das wieder gelegt hat.«

»Ich kann nicht in Unfreiheit leben, Alart.«

»Im Kerker hättest du *gar keine* Freiheit mehr!«

»Danke, daß du mich daran erinnerst.«

»Kannst du nicht mit ihm reden, versuchen, zu einem Vergleich zu kommen, gegebenenfalls durch eine geldliche Kompensation?«

»Dieses Raubtier läßt sich nicht bestechen, nicht mit Geld zumindest. Und falls er eine andere Schwäche haben sollte, dann ist sie ein gutgehütetes Geheimnis.«

»An dieser neuen Arbeit wird er schon einmal nichts aussetzen können. Es sei denn, er stößt sich an der Nacktheit der Verdammten.«

»Sprenger stößt sich an allem«, sagte Jeroen verdrießlich. »Für den profaniert man schon, wenn man das Kreuz Jesu nicht im richtigen Größenverhältnis abbildet. Und mit Maximilian hinter sich wähnt er sich übermächtig.«

»Wenn ich du wäre, würde ich mich für eine Weile nach Oirschot zurückziehen.«

Jeroen schüttelte den Kopf. »Ich muß arbeiten, Alart. Sonst werde ich verrückt. Und in Oirschot fehlen mir die Möglichkeiten dazu.«

»Und es gibt auch keinen anderen Ort, wohin du gehen könntest?«

Jeroen blickte mit einem Mal mißtrauisch. »Darf ich fragen, worauf du damit anspielst?«

Alart wandte den Blick ab. »Ich dachte einfach, daß einer mit deinen Mitteln doch wohl mehrere Möglichkeiten hat.«

»Ich werde beobachtet, Alart. Man belauert mich mehr und mehr.«

»Weißt du das genau? Ist das nicht nur ein Hirngespinst?«

»Ja, das weiß ich ganz genau.«

»Kannst du nicht irgendwen verdingen, der dem ein Ende bereitet?«

»Damit habe ich besonders schlechte Erfahrungen gemacht«, erwiderte Jeroen grimmig. Er ließ den Blick durchs Atelier schweifen. »Hier müßte einmal gründlich saubergemacht werden.«

»Wozu hast du eine Magd?«

»Die scheuche ich hier immer hinaus.« Jeroen grinste schief. Er trat ans Fenster und starrte in den Himmel. »Man könnte schwören, der Herbst liege bereits in der Luft...« Er blickte sich zu Alart um. »Oder ist es schon Herbst? Ich habe die Zeit ein wenig aus dem Auge verloren.«

»Es ist noch nicht Herbst. Da draußen jedenfalls nicht. Hier drinnen ist es eher Winter.«

»Deine Gesellschaft ist äußerst erhebend.«

»Du kapselst dich zu sehr ab, Jeroen. Komm mit in die Sint Jans. Und wenn du keine Lust hast, deine Arbeit am Altar fortzusetzen, kannst du mir ja bei meinen Figuren helfen.«

»Mir ist diese Kirche nicht mehr ganz geheuer. Ich weiß auch nicht, warum. Vielleicht liegt es ja an deinen häßlichen Figuren.«

»Es dürfte eher mit deiner schwarzen Seele zu tun haben.«

»Und mit denen, die es auf meine Seele abgesehen haben.« Ohne Alart anzusehen, fragte er: »Glaubst du an Märchenwelten?«

»Hmm, bisweilen schon, kommt darauf an.«

»Ich möchte dir gern eine zeigen.«

»Ein Gemälde?« Alart schaute sich um.

»Nein, kein Bild. Greifbare Wirklichkeit.«

»Dann ist es keine Märchenwelt.«

»O doch, ohne Toren könnte die ganze Erde eine Märchenwelt sein.«

»Aber Toren gibt es überall, das sagst du doch selbst immer!«

»Ich kenne einen Ort, zu dem ihnen der Zutritt verwehrt ist.«

»Und dorthin willst du mich mitnehmen? Muß ich mich jetzt geehrt fühlen?«

»Spar dir deinen Sarkasmus lieber, bis du es gesehen hast. Voraussetzung ist freilich, daß du mir schwörst, mit niemandem darüber zu sprechen.«

»Du machst mich neugierig.«

»Komm morgen früh bei Tagesanbruch zu den Stallungen. Und sei darauf gefaßt, daß es ein ziemliches Stück Wegs ist.«

»Na ja, wenn ich dir damit eine Freude machen kann.«

»Du wirst vor allem dir selbst eine Freude damit machen«, sagte Jeroen. »Nun, da es noch geht.«

»Nun, da es noch geht?«

Meine ganze Welt gerät aus den Fugen, dachte Jeroen. Wer weiß, welcher Teil morgen wieder in Trümmern liegt. Doch ihm war nicht danach, Alart dieses Gefühl zu erläutern. »Morgen früh«, wiederholte er. »Wenn du nicht da bist, gehe ich allein.«

»Frau Aleyt van der Meervenne«, kündigte der Bedienstete an. »Gemahlin von Meister Hieronymus Bosch. Ich habe sie gebeten, kurz in der Kapelle zu warten.«

Verwundert fragte Vikar Dass: »Wünscht sie eine Unterredung mit mir oder mit dem Bischof?«

»Frau van der Meervenne hat ausdrücklich nach Euch gefragt, Monseigneur.«

»Gut, bitte sie, sich eine Viertelstunde zu gedulden. Ich habe noch etwas zu erledigen.«

»Sehr wohl, Monseigneur.« Der Bedienstete machte eine kleine Verbeugung und ging.

Dass legte das brokatene Pallium, das er gerade bewundert hatte, zu den anderen Bischofsparamenten zurück. Er hatte in letzter Zeit zunehmend das frustrierende Empfinden, daß er an seiner jetzigen Position festgenagelt wurde, daß Rom keine weiteren Beförderungen für ihn vorgesehen hatte. Ja, man schien ihn dort sogar vergessen zu haben, so daß sein befristeter Auftrag einen dauerhaften Charakter anzunehmen begann.

Vielleicht habe ich mir das selbst zuzuschreiben, dachte er. Vielleicht bin ich nicht ehrgeizig genug, fehlt mir die heilige Inbrunst. Vielleicht…, er zögerte innerlich, aus Angst, diesen Gedanken zu Ende zu denken,… vielleicht gehe ich zuwenig über Leichen.

Er dachte an die Frau, die in der Kapelle auf ihn wartete. Ihr Mann war einer der Gründe gewesen, warum man ihn hierhergeschickt hatte, entsann er sich. Weil dessen

Kunst als nicht unverdächtig galt. Und das war sie auch wirklich nicht, wie Dass ausfindig gemacht hatte. Doch bei Gott, wie nichtig waren diese puritanischen Mäkeleien über mögliche, kaum zu beweisende Profanierungen angesichts eines so meisterlichen Talents wie dem von Hieronymus Bosch!

Leider dachte nicht ein jeder so darüber, auch wenn Meister Bosch hochgestellte Bewunderer hatte. Und so war es allmählich zu der paradoxen Situation gekommen, daß er Hieronymus Bosch, ohne daß es seine Absicht gewesen wäre, genau gegen die Macht verteidigte, die ihm den Auftrag erteilt hatte, den bösen Hintergedanken des Meisters auf den Grund zu gehen.

Und so werde ich es wohl nie zum Kardinal bringen, dachte Dass stoisch. Man hatte sich mit seinen Überzeugungen eben der römischen Hierarchie unterzuordnen...

Aleyt van der Meervenne saß auf einer Bank und starrte gedankenverloren vor sich hin, was Dass Gelegenheit gab, noch einen Moment in dem dunklen Winkel der Kapelle stehenzubleiben, um sie zu betrachten. Eine Dame mit Stil und fast aristokratisch zu nennenden Zügen, fand er. Und dazu dieser so nachlässig daherkommende Hieronymus Bosch, das hatte ihn immer erstaunt. Aber es kam ja häufiger vor, daß sich außergewöhnliche Frauen zu Künstlern hingezogen fühlten. Wenn er auch nie hatte ausfindig machen können, warum.

Aus dem Schatten heraustretend, sagte er: »Verzeiht, daß ich Euch kurz warten ließ, Frau van der Meervenne.« Er ging mit ausgestreckter Hand auf sie zu. »Womit kann ich Euch dienen?« Ihre Hand war warm und zart. Sie hatte lange, schlanke Finger, die ganz offensichtlich noch nie grobe Arbeiten verrichtet hatten.

»Ich wollte Euch wegen meines Mannes sprechen.«

Dass nickte und setzte sich neben Aleyt auf die Bank. »Meister Bosch hat doch wohl keine Probleme?«

»Leider doch. Große Probleme sogar.«

Aleyts Kopftuch war ein wenig verrutscht, so daß er die zarte Linie ihres Halses sehen konnte. Dass registrierte ein leises erregtes Prickeln in sich und rückte in instinktivem Selbstschutz ein wenig von ihr ab, so daß er ihre verwirrende Wärme nicht länger fühlen konnte.

»Er ist doch wohl nicht krank? Er hat schon wochenlang nicht mehr am Altar in der Kapelle unserer Liebfrauenbruderschaft gearbeitet.«

»Er ist schwer krank, und seine Krankheit heißt Inquisitor Jakob Sprenger.«

»Oh!« entfuhr es Dass.

»Ihr scheint Jeroens Vertrauen zu genießen, Monseigneur. Und da er nur selten jemandem vertraut...« Aleyt klang müde. »Ich wußte nicht, an wen ich mich sonst wenden sollte.«

Der Vikar konnte sich ein zweites »Oh!« gerade noch verkneifen. »Ich fühle mich geehrt, Frau van der Meervenne«, sagte er. »Aber ich wüßte nicht, was ich tun könnte. Jakob Sprenger ist auch mir nicht gerade wohlgesinnt.«

»Aber Ihr besitzt größere Macht als mein Mann und zudem die Weisheit, die Eurem Amt geziemt.«

Sie versucht mir zu schmeicheln, dachte Dass. Es war ihm nicht unangenehm. »An was hattet Ihr denn gedacht, Frau van der Meervenne?«

»Mein innigster Wunsch ist, daß dieser Inquisitor ein für allemal aus der Stadt verschwinden möge.«

Das wünschen sich einige, dachte der Vikar, sagte aber dennoch: »Das klingt recht drastisch. Und wie dachtet Ihr das zu bewerkstelligen, wenn ich fragen darf?«

»Ich selbst kann natürlich wenig dazu beitragen, aber Ihr und der Schultheiß sowie...«, Aleyt zögerte einen Moment, »...sowie dieser geheimnisvolle hochmögende Bewunderer, für den Ihr ein Auge auf meinen Mann haben sollt, wie Jeroen mir sagte, Ihr müßtet doch etwas unternehmen können, denke ich. Zumal, wenn Ihr über Beweise verfügt, daß Sprenger wiederholt das Gesetz übertreten hat.«

»Beweise?«

»Ein Wärter aus der Lovensche Poort ist bereit zu bezeugen, daß Sprenger Auftrag gegeben hat, Jeroens Schwester zu Tode zu foltern.«

Der Vikar sah Aleyt einige Atemzüge lang forschend an, ehe er fragte: »Ein bestochener Wärter, nehme ich an?«

»Ich habe ihm eine ansehnliche Vergütung angeboten, zur Entschädigung für die Ängste, die er zweifelsohne wird ausstehen müssen, wenn er gegen den Inquisitor aussagen muß, auch wenn das angeblich anonym geschieht. Da er aber nur die reine Wahrheit sagen wird, habe ich Einwände gegen das Wörtchen ›bestochen‹.«

»Und das ist alles, was Ihr in der Hand habt?«

Aleyts dunkle Augen bohrten sich in die von Dass, und der Vikar änderte unbehaglich seine Sitzposition. »Ist *ein* Mord denn nicht genug?«

»Vielleicht reicht das Wort eines Wärters gegen das eines Inquisitors nicht aus.«

Aleyt brauste auf: »Aber das Wort irgendwelcher Klatschmäuler genügt, um einen Menschen in den Kerker zu bringen!«

Beschwichtigend entgegnete der Vikar: »Ich weiß, Frau, ich weiß...« Er machte eine müde Handbewegung. »Die Gesetze lassen sich nun einmal so oder so auslegen.«

»Aber in der Tat ist da noch etwas. Es ist so gut wie sicher, daß Jakob Sprenger einen zweiten Mord auf dem Gewissen hat. Wie ja auch Ihr wußtet, hat Sprenger einen Mann namens Jasper Collet, einen Freund Jeroens, allem Anschein nach im Dominikanerkloster gefangengehalten. Auch dieses Opfer hat seine Gefangenschaft nicht überlebt.«

»Habt Ihr auch dafür einen Zeugen?«

»Sprenger will sich die Hände nicht mit Blut beschmutzen und läßt die Drecksarbeit daher von anderen erledigen. So einen anderen kann ich in diesem Fall möglicherweise ausfindig machen.«

»Frau van der Meervenne...« Der Vikar änderte erneut seine Sitzposition. Er wußte nicht, was ihn so nervös machte, das Gesprächsthema oder die Nähe dieser anziehenden Frau. »Das sind außerordentlich schwere Anschuldigungen, und Sprenger ist ein einflußreicher Mann. In solchen Fällen geschieht es nur allzuoft, daß eher die Köpfe der Kläger rollen als die des Beschuldigten.«

Verbissen entgegnete Aleyt: »Dessen bin ich mir bewußt, und ich zittre bei dem Gedanken, Jakob Sprenger trotzen zu müssen.«

»Und dennoch?«

Aleyt nickte. »Und dennoch...«

»Gut«, sagte der Vikar, einen Entschluß fassend. »Ich werde prüfen, welche Möglichkeiten bestehen.« Er sah Aleyt an. »Erlaubt mir, Euch zu sagen, daß ich Euch für eine außergewöhnlich mutige Frau halte.«

Nein, dachte Aleyt. Mutig ist nicht das richtige Wort, sondern verzweifelt…

31

Leicht gereizt fragte Alart: »Wieso setzt du dich nicht gleich andersherum? Dann brauchst du dich nicht immerfort umzudrehen.«

»Es ist mir schon zur Gewohnheit geworden, immer über meine Schulter zu blicken«, erwiderte Jeroen verdrießlich. »Ich kann auch nichts dafür, daß dir das auf die Nerven geht.«

»Man kann hier kilometerweit sehen, Jeroen, da ist keine Menschenseele. Ich glaube, du siehst Gespenster.«

Das tut ein jeder dann und wann, dachte Jeroen. Er schaute wieder geradeaus und versuchte sich zu entspannen. Der Pferdekarren schaukelte auf der kaum benutzten Fahrspur unregelmäßig von einer Seite zur anderen. Der Himmel war grau in grau, und es war so gut wie windstill und schwül. Die Vögel waren schon vor geraumer Weile verstummt, was der Atmosphäre zusätzlich etwas Unnatürliches verlieh.

Alart fragte: »Ist es noch weit? Womöglich gibt es gleich ein Gewitter.«

»In den Wäldern dort hinten ...« Jeroen hielt inne und setzte sich auf, als wolle er besser in die Ferne blicken können. »Ist das Rauch, was ich dort über den Bäumen sehe?«

In der Tat hing eine dünne Rauchwolke nahezu reglos

über dem Wald, gewahrte Alart, als er genauer hinsah. Als hätte der graue Himmel dort eine etwas schmutzigere Tönung.

Jeroen murmelte etwas Unverständliches, während er die Zügel nahm und die Peitsche aus der Halterung riß. Sogleich galoppierte ihr Pferd los und ließ den schleudernden Karren in so halsbrecherischer Geschwindigkeit durch die Schlaglöcher prallen, daß er in allen Fugen krachte. Alart, der beinahe vom Bock gefallen wäre, klammerte sich panisch an der Sitzbank fest.

Das war kein Waldbrand, wußte Jeroen sofort. Das war der schon teilweise verflogene Rauch von einem in Feuer aufgegangenen Gebäude. Angsterfüllt dachte er an Clavuceel und Almaengien, Mathilde und all die anderen, und er verfluchte die Langsamkeit, mit der sich ihr Gespann fortbewegte, sosehr er dem Pferd auch die Peitsche gab.

Alart faßte ihn beim Arm. »Wir werden noch verunglücken!« rief er über den Lärm hinweg.

Jeroen hörte nicht. Er schüttelte Alarts Hand ab, und abermals klatschte die Peitsche auf den Rücken des schwitzenden Pferdes, und wieder und wieder. Die Räder des Karrens wirbelten eine Staubwolke auf, die meilenweit zu sehen sein mußte, doch das war Jeroen plötzlich völlig einerlei.

Wohlbehalten erreichten sie den Rand des Laubwaldes, wo sie die Geschwindigkeit zwangsläufig drosseln mußten, damit sich das schaumbedeckte Pferd seinen Weg zwischen den Bäumen suchen konnte. Und jetzt war das Feuer auch zu riechen. Das Pferd scheute. Schnaubend warf es den Kopf in die Höhe, rollte wild mit den Augen und drehte die Ohren nervös in alle Richtungen.

Voll banger Erwartung spähte Jeroen durch den Bewuchs und betete zu allen Göttern, die es hören wollten, *Ecce Homo* möge unversehrt hinter den Bäumen auftauchen.

Bis unvermittelt deutlich wurde, warum das Pferd so schreckhaft tat. Wie aus dem Nichts erschien ein halbes Dutzend Landsknechte auf ihrem Weg. Und während einige von ihnen den Karren zum Anhalten zwangen, tauchte ein Hauptmann zu Pferd zwischen den Bäumen auf. Er warf einen raschen Blick in den nahezu leeren Karren und faßte dann Jeroen und Alart prüfend ins Auge. Der Mann war klein, aber kräftig, sein Gesicht so ausdruckslos, daß es wie aus Holz erschien.

»Wohin geht die Reise, wenn ich fragen darf?«

Er hatte sich an Alart gewandt, der wahrheitsgemäß antwortete: »Äh... ich weiß es nicht, Hauptmann.« Er blickte beunruhigt zu Jeroen. »Ich bin einfach mit meinem Freund hier mitgefahren.«

»Das stimmt«, sagte Jeroen. Er war derart in Sorge wegen dem, was sich dort vor ihnen zugetragen hatte, daß ihn der Hauptmann und seine Söldner kaum schrecken konnten. Die waren für ihn nicht mehr als ein lästiges Hindernis. »Ich hatte meinen Freund auf eine kleine Rundfahrt mitgenommen«, sagte er. »Und dann sahen wir den Rauch, und ich dachte...« Er zögerte.

»Ich dachte: Mal sehen, ob wir das Feuer nicht löschen können?« ergänzte der Hauptmann. Einige seiner Männer lachten, doch das Gesicht des Hauptmanns blieb völlig unbewegt.«

»Ja, vielleicht«, sagte Jeroen. »Ich dachte: Vielleicht steht dort ein Haus in Flammen, und wir können helfen.«

»Überaus löblich«, pries ihn der Hauptmann in einem Ton, der eine ganz andere Sprache sprach. »Und Ihr seid also aufs Geratewohl umhergefahren, ausgerechnet in dieser Gegend, meilenweit von der Stadt entfernt, wo es so gar nichts zu erleben, ja nicht einmal richtige Straßen gibt? Wie kommt es nur, daß ihr Bürger immer denkt, wir wären Dummköpfe?«

Jeroen hörte kaum hin. Nach wie vor versuchte er vergeblich zwischen den Bäumen hindurchzuspähen.

»Keine Sorge«, sagte der Hauptmann. »Die Flammen sind erloschen, da ist nichts mehr, was noch brennen könnte. Der Ort der Verderbtheit ist ein für allemal dem Erdboden gleichgemacht.«

Unsicher sah Alart Jeroen an. »Ort der Verderbtheit? Wolltest du mich etwa zu einem Bordell bringen?«

»Entweder seid Ihr ein besonders guter Schauspieler, oder Ihr wußtet tatsächlich von nichts«, konstatierte der Hauptmann. »Obwohl ich letzteres für höchst unwahrscheinlich halte. Wie sind Eure Namen?«

»Mein Freund hier ist Meister Alart de Hameel, Bildhauer. Und ich bin Meister Hieronymus Bosch, Maler.« Jeroen blickte in das Gesicht des Hauptmanns, das noch immer keinerlei Gemütsregung verriet. »Hat es bei dem Brand Opfer gegeben?«

Der Hauptmann schien die Frage nicht gehört zu haben. »Ich muß Euch arretieren«, sagte er. Er machte eine kaum sichtbare Kopfbewegung zu seinen Männern hin, von denen zwei sogleich auf den Bock stiegen, um Jeroen und Alart die Hände zu fesseln. »Setzt Euch hinten in den Karren. Einer meiner Männer wird das Pferd lenken.«

Jeroen fragte: »Darf ich zumindest erfahren, was wir verbrochen haben, Hauptmann?«

»Es ist Sache des Inquisitors, das festzustellen, Meister. Mir genügt, daß Ihr Euch an diesem Ort aufgehalten habt.« Der Hauptmann wendete sein Pferd und verschwand im Grün.

Der Landsknecht, der Alart die Hände gefesselt hatte, setzte sich auf den Bock und bekam den Karren auf dem schmalen Raum zwischen den Bäumen mit einiger Mühe gewendet. Dann ging es auf nach 's-Hertogenbosch. Zwei berittene Söldner folgten dem Karren in einigem Abstand als Bewachung.

Flüsternd raunzte Alart: »Und ich war so naiv zu glauben, daß wir einen unschuldigen Ausflug machen. Darf ich jetzt endlich erfahren, was das für ein Ort der Verderbtheit ist?«

Jeroen starrte verbissen vor sich hin, ohne so recht zuzuhören. »Der Herr Inquisitor!« höhnte er, den Hauptmann nachäffend. »Dieser verfluchte Sprenger!«

»Jeroen, ich habe dich etwas gefragt!«

Etwas Wildes im Blick, sah Jeroen Alart an. »Ich bin kein gewalttätiger Mensch«, sagte er, »aber jetzt, in diesem Moment, würde ich mit Wonne jemandem den Kopf abschlagen!«

Alart blickte beunruhigt über seine Schulter zu dem Söldner auf dem Bock. »Ich glaube, es empfiehlt sich, daß wir uns hübsch ruhig verhalten, bis wir genau wissen, was sie von uns wollen.«

»Von dir wollen sie nichts.« Jeroen schlug sich mit den gefesselten Händen vor die Stirn. »Hätten sie doch wenigstens so lange mit dem Anzünden von *Ecce Homo* gewartet, bis ich da gewesen wäre. Jetzt werde ich mich bis ans Ende meiner Tage fragen, was mit all den Menschen geschehen ist.«

»Jeroen ... was *ist* das, *Ecce Homo*?«

»Ein Ort, an dem rechtschaffene Seelen so leben konnten, wie Gott es vielleicht beabsichtigt hat«, antwortete Jeroen bitter. »In den Augen der Toren damit ein Ort der Verderbtheit.« Er sah Alart an. »Ich hätte dich nicht mitnehmen dürfen.«

»Ich werde da schon wieder herauskommen«, sagte Alart, und es klang selbstsicherer, als er sich fühlte.

Jeroen hörte es schon wieder nicht. Zu sehr quälten ihn die Schreckensbilder von Flammen, welche Almaengien und die anderen verschlangen. Schweigend erduldeten sie ihr grausames Los; einzig ihr Blick war vorwurfsvoll auf Jeroen gerichtet.

Aber ich habe niemanden verraten, dachte er verzweifelt. »Ich will nicht mit noch größerer Schuld beladen werden ...«, sagte er laut.

Unbehaglich erwiderte Alart: »Ich kann dir nicht helfen, ich bin ein Außenstehender.«

Jeroen nickte. »Dafür danke dem Himmel auf bloßen Knien.«

Sie wurden zur Lovensche Poort gebracht und in getrennte Zellen gesperrt, ein gutes Stück voneinander entfernt, so daß sie sich nicht verständigen konnten. Es dauerte freilich nicht lange, bis zwei Wächter Alart holten. Und er kehrte nicht mehr zurück.

Freigelassen, schloß Jeroen. Alart de Hameel war nichts vorzuwerfen, das wußte ein jeder.

Den Rest des Tages und der Nacht brachte Jeroen in seiner muffig riechenden Zelle damit zu, den seltsamen, oft tierhaften Lauten zu lauschen, die andere Gefangene von sich gaben. Die Fesseln an seinen Händen hatte man ihm abgenommen, dafür jedoch eine Kette an seinen Fußgelenken befestigt, die gerade so lang war, daß er mit kleinen Schrittchen von der einen zur anderen Wand schlurfen konnte. Es war ihm unmöglich, auf dem feuchten, schmutzigen Stroh zu schlafen, aus dem ihm allerlei spitze Enden in den Rücken stachen und in dem ab und an etwas raschelte und sich fühlbar bewegte. Einmal kam ein stummer Wärter und brachte ihm einen Krug Wasser und einen Brocken saures Brot. Das Wasser war lauwarm und schmeckte, als sei es schon einmal getrunken worden, und das Brot... Jeroen biß ein kleines Stückchen davon ab und warf den Rest sogleich durch das Luftloch in der Außenmauer hinaus, da er es nicht den allgegenwärtigen Ratten überlassen wollte.

Er hatte alle Zeit zum Nachdenken, und das war noch das Schlimmste. Seine eigene Einbildung ersparte ihm nichts und entwarf in seinem Kopf eine fortwährende Folge höllischer Szenerien, die furchterregender waren, als er sie jemals würde malen können. Zumal die darin vorkommenden Verdammten ein erkennbares Gesicht hatten.

Am frühen Morgen kam man ihn holen. Zwei Wärter fesselten ihm die Hände und lösten seine Fußkette von der Wand. So wurde er in einen kleinen Raum gebracht, der bis auf einen Holztisch und einige Stühle völlig kahl war. Wohl aber hatte er ein Fenster, durch das die Strahlen der tiefstehenden Sonne hereinfielen. Nach dem Halbdunkel des Kerkers wirkte das Licht in dem Raum geradezu gleißend, und Jeroen kam sich plötzlich beschämend schmutzig vor.

Man ließ ihn allein, und er setzte sich auf einen der Stühle, mit dem Rücken zum Fenster. Kaum hatte er sich niedergelassen, öffnete sich die Tür wieder, und Sprenger trat ein, wie immer in seiner Mönchskutte und die Hände in den Taschen. Er blieb kurz in der Türöffnung stehen und blickte auf Jeroen herab, ehe er ganz hereinkam und die Tür mit einem Fuß hinter sich zustieß. Er deutete autoritär auf einen anderen Stuhl. »Du setzt dich dorthin«, kommandierte er. »Ich will deine arrogante Visage im vollen Licht haben, um sehen zu können, wie du die Fassung verlierst.«

Jeroen erhob sich ergeben, um den Sitzplatz zu wechseln. Er war zu müde, sich zu widersetzen, obgleich er spürte, wie sich beim Anblick Sprengers sein Herzschlag beschleunigte.

Sprenger setzte sich nicht. Er ging auf die andere Seite des Tisches und lehnte sich neben dem Fenster rücklings an die Wand. Des grellen Gegenlichts wegen sah Jeroen ihn schwarz und zweidimensional wie die Federzeichnung von einem Kopf ohne Gesichtszüge.

»Früher oder später mußtest du ja ins Netz gehen«, stellte Sprenger fest. »Wenn es nach mir gegangen wäre, hätte das ruhig schon viel früher geschehen können. Gott weiß, wieviel lieber ich wieder in meinem zivilisierten Vaterland wäre, als meine Zeit hier in diesem Loch vergeuden zu müssen.«

»Ich fühle mich geehrt, daß Ihr eigens meinetwegen all diese Unannehmlichkeiten auf Euch nehmen mochtet«, sagte Jeroen. Zu seinem eigenen Erstaunen hörte sich seine Stimme recht klar an.

»Deinet- und dieser ganzen Bande Gottloser wegen, die sich in den Wäldern versteckt hielten, um dort heimlich mit dem Teufel zu tanzen und ihr liederliches Leben voll schmutziger Tollheiten und niederster körperlicher Ausschweifungen zu führen.«

»Ihr seid sehr wortgewandt, Herr Inquisitor. Doch ich weiß leider nicht, wovon Ihr sprecht.«

»Wie kommt es nur, daß sich selbst ein ehrenvoller Titel aus deinem Munde wie eine Beleidigung anhört?«

»Möchtet Ihr, daß ich Euch anders nenne?«

»Versuch nicht abzulenken!« fuhr ihn Sprenger unerwartet laut an.

Jeroen erschrak über den Ausbruch, ließ sich das jedoch nicht anmerken. »Mit Verlaub, sind Mitglieder der Inquisition nicht gehalten, freundlich mit jenen umzugehen, welche sie befragen?«

Sprenger ignorierte die Frage. »Wie lange bist du schon Mitglied dieser Bande von Nacktgehern, die sich Bruderschaft vom Freien Geist nennt?«

Jeroen zog die Schultern hoch. »Wenn es eine Sünde wäre, nackt umherzulaufen, hätte Gott uns angekleidet zur Welt kommen lassen.«

»Was, selbst jetzt noch, unter diesen Umständen, sprichst du in solch gotteslästerlichem Ton?«

»Ich bin ja ohnehin schon verurteilt! Warum sollte ich meine Worte da noch abwägen?«

»Vielleicht, weil es schmerzhafte und weniger schmerzhafte Hinrichtungsarten gibt?«

»Ihr spielt auf das an, was Ihr meiner Schwester angetan habt, nehme ich an?«

Sprenger schwieg einen Moment, ehe er antwortete: »Für eine Hexe war sie schon außergewöhnlich schnell zu brechen.«

Jeroen suchte die Augen des anderen, doch dessen Gesicht blieb ein schwarzer Fleck. »Mir scheint eher, daß Ihr sie aus schierer Ohnmacht ermordet habt.«

»In *einem* Punkt hattest du soeben recht«, entgegnete Sprenger in verächtlichem Ton. »Du bist in der Tat bereits verurteilt.«

»Wenn das Jenseits so schön ist, wie es immer dargestellt wird, beweist Ihr mir da nicht eine Gunst, indem Ihr mich umbringt?«

»Die ewige Seligkeit ist nicht den Gottlosen, Meister Bosch.«

»Nanu? Ihr werdet mir doch wohl nicht die letzten Sakramente vorenthalten? Das würde selbst der Papst nicht gutheißen!«

Scheinbar noch immer ruhig fragte Sprenger: »Wie weit versuchst du mich zu treiben?«

Jeroen seufzte. »Ich versuche gar nichts, werter Herr Inquisitor. Freilich bin ich über den Punkt hinaus, da mich mein Schicksal noch kümmert.«

Sprenger setzte sich auf den Stuhl Jeroen gegenüber. »Unlängst hat ein Abgesandter des spanischen Hofes ein Gemälde von dir mit nach Spanien genommen. Es handelte sich um ein Triptychon, das geschlossen gut sieben Fuß breit war, wurde mir erzählt. Aus sicherer Quelle weiß ich jedoch, daß dieses Werk nicht in deinem Atelier im Rotkreuz zustande gekommen ist. Und in Oirschot hast du kein Atelier. Wo also hast du das Werk dann gemalt, frage ich mich?«

»Diese Quelle, von der Ihr sprecht«, sagte Jeroen, »die würde ich gern kennen. Obgleich ... wie ich schon sagte: Was kümmert's mich noch?«

»Ich habe dir eine Frage gestellt, Meister Bosch. Wenn dich das alles nicht mehr kümmert, warum gibst du dann nicht einfach zu, daß du in jenem schmutzigen Sündenpfuhl dieses Juden Jacob de Almaengien gewesen bist?«

Gute Frage, dachte Jeroen. Warum gebe ich nicht einfach alles zu? Warum die Streckbank aushalten? Was hat das alles noch für einen Sinn? Es hat Sinn, solange ich diesen Lumpenhund triezen kann, beantwortete er sich seine Frage. Und solange ich mir wenigstens das Gefühl bewahren kann, daß ich die wenigen Freunde, die ich hatte, nicht meinerseits verrate, mögen sie vielleicht auch allesamt schon tot sein.

»Ach«, sagte er, »das Haus von Almaengien ... das war doch nichts weiter als ein ruhig gelegenes Ausweichquartier, wo Künstler wie ich bisweilen arbeiteten, wenn wir in der Stadt keine Inspiration fanden.«

»Wenn es so harmlos war, warum wurde dann ein solches Geheimnis daraus gemacht?«

»Weil wir dort nicht gestört werden wollten. Was dachtet Ihr denn?«

»Für wie dumm hältst du mich eigentlich?«

»Meine Ehrfurcht vor der Kirche verbietet mir, Euch darauf nach Wahrheit zu antworten.«

Sprenger ließ das an sich abprallen. »Meister Bosch ...«, er lehnte sich zurück, und sein Stuhl ächzte unter seinem Gewicht, »... meine Söldner haben dort Menschen vorgefunden – soweit man bei derlei Monstren noch von Menschen sprechen kann –, die nicht nur nackt umherliefen, sondern auch vor aller Augen im Garten kopulierten wie die Tiere.«

»Das hat den Söldnern gewiß großartig gefallen«, sagte Jeroen.

Es ist ein glücklicher Zufall, daß mein Gemälde vom Garten *Ecce Homos* nach Spanien gegangen ist, dachte er. Mit einem so überdeutlichen Beweisstück hätte Sprenger in die ganze Welt hinausschreien können, daß er recht hatte. »Welch ein Glück für Euch, daß Ihr nicht dabei wart«, sagte er. »Sonst hättet Ihr Euch die Augen herausreißen müssen.«

»Ich beginne mich ernstlich zu fragen, ob ich dich vor deiner Hinrichtung nicht zuerst einem Exorzisten anheimgeben sollte.«

»Mit Verlaub, Herr Inquisitor, ich bin zwar nur ungenügend mit dem normalen Verlauf der Rechtsprechung vertraut, aber ist nicht der Schultheiß derjenige, der meine Hinrichtung anzuordnen hätte? Oder habt Ihr auch diesmal nicht vor, so lange zu warten?«

»Fürwahr, mich dünkt, da höre ich den Teufel selbst sprechen!« entgegnete Sprenger verächtlich. »Daher natürlich die Schläue, mit der du all die Jahre auch die klügsten und frömmsten Würdenträger zu täuschen verstanden hast.«

»Aber Ihr seid nicht darauf hereingefallen«, stellte Jeroen fest.

Sprenger nickte selbstbewußt. »Sogar der Teufel findet früher oder später seinen Meister.«

Nachdenklich sagte Jeroen: »Der Meister des Teufels … das wird sich eines Tages hübsch auf Eurem Grabstein ausmachen.«

Sprenger erhob sich, und Jeroen duckte sich instinktiv in Erwartung einer Züchtigung. Doch der Inquisitor ging stumm zur Tür, die sich sogleich öffnete, als habe jemand durchs Schlüsselloch gespäht. Wortlos trat Sprenger hinaus.

»Ich bin höflich geblieben«, sagte Jeroen zu dem Wärter, der gleich darauf erschien und ihm bedeutete, sich zu erheben. »Ich habe die ganze Zeit ›Ihr‹ zu ihm gesagt.«

Als sich der Wärter unvermittelt zu ihm beugte, zuckte Jeroen abermals zusammen. Doch der Mann flüsterte ihm nur ins Ohr: »Eure Frau ist verständigt, Meister Bosch.« Danach sagte er in lauterem Ton, so daß sein Kollege in der Türöffnung es gut hören konnte: »Steht auf, Meister. Wir bringen Euch in Eure Zelle zurück.«

Meine Frau ist verständigt, dachte Jeroen ein wenig konfus, als er wieder an der Wand angekettet war. Da wird sie sich bedanken.

Der Tag verstrich in nervöser Angespanntheit. Jedesmal, wenn die Kerkertür aufgeworfen wurde, hoffte und bangte Jeroen, daß Aleyt erschiene. Besucher kamen und gingen, doch Aleyt war nicht darunter. Und sie bezahlte offenbar auch noch nicht für seinen Aufenthalt in der Lovensche Poort, denn das Essen blieb gleichermaßen ungenießbar.

Aber vielleicht war er zu ungeduldig. Schließlich lag Oirschot ein gutes Stück von 's-Hertogenbosch entfernt, und überhaupt, warum sollte sie nach allem, was er ihr angetan hatte, in fliegender Hast herbeigeeilt kommen? Man würde sie so oder so zwingen, für die Kosten aufzukommen, doch darüber hinaus konnte er ihr vielleicht einfach gestohlen bleiben.

Der Wärter, der ihm am Morgen zugeflüstert hatte, erschien mit einem Krug Wasser. Er warf Jeroen einen verwirrenden Blick des Einvernehmens zu, sagte jedoch kein Wort. Er war freilich auch nicht allein und konnte vielleicht deshalb nichts sagen.

Und so brach die zweite Nacht in der Zelle an, eine Nacht, die der ersten an Erbärmlichkeit in nichts nachstand.

Eine Gefängnisstrafe war das Schlimmste, was einem Menschen widerfahren konnte, das war Jeroen schon jetzt klar. Hingerichtet zu werden war weitaus barmherziger. Wenn sie ihn hinrichten wollten, dann sollten sie das am besten so bald wie möglich tun. Herberta war tot, seine Frau war fort, und Kinder hatte er nicht. Nur eines bereitete ihm Mißbehagen: der unerträgliche Gedanke, daß Sprenger triumphieren würde.

Jeroen sprang von seinem Strohsack auf und lief im Dunkeln auf und ab. Seine Kette rasselte über den Steinboden, und ein anderer Gefangener gab einen Laut der Verärgerung von sich. Die Schicksalsergebenheit, die Jeroen die letzten Stunden hatte durchstehen lassen, wich ohnmächtiger Wut. Daß ein größenwahnsinniger Bibelfanatiker wie Jakob Sprenger so einfach über Leben und Tod verfügen konnte! Was hatte er schon für außergewöhnliche Gaben oder geistige Eigenschaften vorzuweisen, um eine solch fatale Macht ausüben zu dürfen? Sinnlose Wut, sagte sich Jeroen. Du kannst nichts dagegen ausrichten. Wenn es einen Gott gibt, der die Welt regiert, muß Er entweder ein vollkommener Schwachkopf oder ein Sadist sein. Oder, was noch wahrscheinlicher ist: Wir, die wir uns selbst für so wichtig halten, sind in Seinen Augen nicht mehr als eine Art dressierter Mäuse, die Er zeitlebens lächerliche und demütigende Kunststückchen ausführen läßt. Und wer nicht mitspielen will, wird wie eine Laus zerdrückt.

Durch das Luftloch versuchte Jeroen einen Blick auf den Sternenhimmel zu erhaschen, doch die Nacht war sternenlos. Da war nichts als Schwärze, und irgendwie erschien ihm das passend.

Er ließ sich auf seinen Strohsack fallen, sprang aber schon nach wenigen Atemzügen wieder auf. Die Wut wollte ihn nicht loslassen. Mit aller Wucht trat er die an seinen Fußgelenken befestigte Kette gegen die Zellentür. Das Getöse zog empörtes Rufen und Schimpfen nach sich, doch das registrierte Jeroen kaum. »Ich will Vikar Dass sprechen!« schrie er. »Kann ihn einer holen? Ich will ihn jetzt sprechen.«

Die Protestlaute aus den Nachbarzellen gingen in Buhrufe über, und ein einzelner lachte spöttisch.

Dann flog die Kerkertür auf, und ein Wärter kam die Treppe herunter, in der einen Hand eine Öllampe, in der anderen ein Schwert. Er blieb auf der Mitte der Treppe stehen und leuchtete den Kerker ab, während sein Gesicht hinter dem Licht der Lampe unsichtbar blieb.

»Ich will, daß du Vikar Dass herkommen läßt!« schnauzte Jeroen. »Und es ist mir einerlei, daß es mitten in der Nacht ist. Tu, was ich dir sage!«

»Ach, du bist das!« sagte der Wärter, und der Krakeel im Kerker machte erwartungsvoller Stille Platz. Der Wärter kam vollends die Treppe herab und blieb vor Jeroens Zelle stehen. »Willst wohl Krawall machen, was?«

Jeroen fragte: »Wo ist der andere Wärter, der von vorhin?«

»Dachtest du etwa, Verbrecher wie du brauchen nur mit

dem Finger zu schnippen, und wir bedienen sie bei Tag und Nacht?«

»Ich will Vikar Dass sprechen, oder gegebenenfalls auch den Bischof.«

»Oder gegebenenfalls auch den Bischof«, wiederholte der Wärter nickend. »Weißt du, wen du gleich zu sprechen bekommst, wenn du nicht endlich dein großes Maul hältst? Die Klinge meines Schwertes!«

»Weißt du überhaupt, wer ich bin?«

»Natürlich«, antwortete der Wärter spöttisch. »Ein Maler, der teure Werke für die Prälaten macht.«

»Ich male dir gratis ein Bild so groß wie die Wand, wenn du den Vikar für mich holst.«

»Ach ja? Und wie lange brennt so ein Bild? Wie lange können meine Frau und ich uns im Winter daran wärmen? – Maul halten, Galgenpack!« brüllte er, als im Kerker ein Chor aus Hohngelächter und Buhrufen erschallte.

Jeroen ließ den Kopf hängen. »Wieder so ein Schwachkopf, das hätte ich mir ja auch denken können –«

Der Wärter reagierte so schnell, daß Jeroen völlig unvorbereitet war. Haargenau zwischen den Gitterstäben hindurch hieb er ihm die breite Seite des Schwertes mitten vor die Stirn. Jeroen taumelte zurück, stolperte und stürzte, wobei er mit dem Hinterkopf hart auf den Steinen aufschlug. Sogleich verschwand die Welt um ihn her, als wollte der Tod ihm schon einmal einen kleinen Vorgeschmack geben.

32

Vikar Dass bekreuzigte sich und erhob sich aus seiner knienden Haltung vor dem Hauptaltar der Sint Jans. Als er sich umdrehte, stieß er beinahe mit einem Dominikaner zusammen, der sich ihm lautlos genähert hatte. Vor Schreck drohte er das Gleichgewicht zu verlieren. Der Mönch faßte ihn eilig beim Arm. »Verzeiht, Monseigneur«, sagte er. »Ich nahm an, Ihr hättet mich gehört.«

»Ich war in Gedanken versunken«, antwortete der Vikar, der sich gefangen hatte. »Das kommt beim Beten schon einmal vor«, fügte er mit einem Hauch von Sarkasmus hinzu. Daß er einen kurzen Moment gedacht hatte, Jakob Sprenger vor sich zu haben, sagte er lieber nicht. »Womit kann ich Euch dienen, Bruder?«

»Mein Name ist Stanislas, und …« Der Bruder zögerte und schaute sich kurz um.

»Ja?« hakte der Vikar nach, etwas freundlicher nun, da er die Verwirrung des anderen sah.

»Es klingt vielleicht vermessen, doch ich wagte zu hoffen, Ihr würdet mir die Beichte abnehmen wollen, Monseigneur.«

Der Vikar runzelte die Stirn. »Ich? Warum ich? Die Beichte abzunehmen, gehört nicht zu meinen üblichen Aufgaben.«

»Ihr steht im Ruf, ein gerechter Mann zu sein«, entgegnete der Mönch.

»Sind denn das nicht alle Geistlichen? Gerecht, meine ich?«

»Der eine mehr als der andere, nehme ich an.«

»Hm, mag sein. Wir bleiben nun einmal Menschen mit ihrem jeweils eigenen Temperament.«

»Gerade das meine ich«, sagte der Mönch. »So eine Aussprache –« Der Mönch schien über seine eigenen Worte zu erschrecken. »Verzeiht, Monseigneur, ich wollte gewiß nicht unehrerbietig klingen, jedoch –«

Der Vikar winkte ab. »Sind Eure Sünden so außergewöhnlich, daß Ihr Euch nicht an Euren eigenen Orden wenden könnt?«

Der Mönch zögerte kurz, ehe er antwortete: »Nein, Monseigneur, an meinen eigenen Orden kann ich mich nicht wenden, schon gar nicht, solange Jakob Sprenger dort der Herr und Meister ist.«

Teils durch diesen Namen, teils durch den Ton des Mönchs hellhörig geworden, fragte der Vikar plötzlich gespannt: »Haben Eure Sünden etwas mit dem Inquisitor selbst zu tun?«

Bruder Stanislas starrte den Vikar einen Augenblick lang schweigend an und nickte dann langsam. »Es geziemt einem Mönch vielleicht nicht, so zu reden, aber ich habe Todesangst vor ihm, Monseigneur. Buchstäblich Todesangst. Ich möchte Euch daher auch in aller Demut ersuchen, mir, wenn irgend möglich, ein sicheres Unterkommen zu gewähren.«

Noch gespannter fragte der Vikar: »Haben Eure Sünden

womöglich etwas mit einem gewissen Jasper Collet zu tun, der unlängst spurlos verschwunden ist?«

Der Mönch schlug die Augen nieder und nickte abermals.

»Vielleicht...« Der Vikar zögerte, unsicher, welchen Weg er einschlagen sollte. »Wenn Ihr mir Eure Sünden unter dem Sakrament der Beichte anvertraut, bin ich durch das Beichtgeheimnis gebunden, das wißt Ihr so gut wie ich. Wäre es daher nicht besser, wenn Ihr mir einfach erzähltet, was geschehen ist, so daß ich möglicherweise im guten von Eurer Information Gebrauch machen kann?«

»Von meiner Information? Gebrauch machen?« Der Mönch machte ein ängstliches Gesicht, als würden ihm die möglichen Konsequenzen seines Vorhabens nun erst so recht bewußt. »So gern ich auch in den Himmel möchte, ist mein Leben mir doch lieb!« sagte er und schien über seine eigene Stimme zu erschrecken, die unter der gewölbten Decke des Kirchenschiffs unheimlich widerhallte. Einen Moment lang glich es dem Jammern einer verdammten Seele.

»Ihr seid Geistlicher, Bruder Stanislas. Nicht Euer Leben, sondern das Eurer unschuldigen Nächsten sollte Eure vornehmlichste Sorge sein.«

Der Mönch schien noch kleiner zu werden, als er es ohnehin schon war. »Vergebt mir, Monseigneur. Ihr habt natürlich vollkommen recht, aber so weit war ich mit meinen Überlegungen noch nicht gediehen.«

Der Vikar legte dem anderen den Arm um die Schultern und lotste ihn zum lichtdurchflutet in der Ferne winkenden Ausgang. Beschwichtigend sagte er: »Erzählt mir alles, was Ihr Euch über Jakob Sprenger von der Seele reden möchtet.«

Nachdem Jeroen aus der Bewußtlosigkeit infolge des zweifachen Schlages auf seinen Kopf zu sich gekommen war, war er, benommen und dem Erbrechen nahe, auf den Strohsack gekrochen und dort in Schlaf gefallen. Die Erschöpfung hatte ihn durchschlafen lassen, bis der Tag schon ein Weilchen Einzug gehalten hatte. Er wurde von dem Lärm geweckt, welchen die beiden Wächter beim Austeilen von Wasser und Brot machten. Er hatte gehöriges Nasenbluten gehabt, stellte er fest. Und auf dem Hinterkopf fühlte er eine Beule. Die Stelle, an der ihn das Schwert getroffen hatte, schmerzte zum Glück nur, wenn er darauf drückte. Solange er still liegenblieb, hatte er kaum Beschwerden; als er sich jedoch aufsetzte, begann es in seinem Kopf sogleich im Rhythmus seines Herzschlags zu hämmern.

»He, du da«, rief er dem Wärter, der an seiner Zelle vorüberkam, heiser zu. »Ich möchte mich waschen!«

Der Wärter sah nicht einmal zu ihm her. Auf die Treppe zugehend, entgegnete er lediglich: »Sobald es regnet, werden wir dich draußen an einen Pfahl knüpfen.«

Sein Kumpan lachte lauthals, und beide traten zur Tür hinaus, die sie dröhnend hinter sich zuschlugen.

»Dabei meinte ich doch gehört zu haben, daß Gefangene anständig behandelt werden sollen«, sagte Jeroen in die Leere seiner Zelle hinein.

»Nicht, wenn du zu geizig bist, dafür zu bezahlen!« rief irgendeiner, und ein anderer ließ ein freudloses Lachen erklingen.

»Und hier ist es noch gemütlich«, sagte die erste Stimme. »Hier können wir wenigstens miteinander reden, was man nicht von jedem Kerker behaupten kann.«

»Und er muß es wissen!« höhnte ein anderer Gefangener.

Jeroen nahm den Blechkrug, den man ihm durch die Klappe im unteren Teil seiner Zellentür hineingeschoben hatte, goß sich ein wenig Wasser in die Hand und wusch sich, so gut es ging, das geronnene Blut von Nase und Gesicht. Während er das tat, fragte er sich, warum er überhaupt noch so ein Aufhebens um sein Äußeres machte. Es hatte wohl etwas mit Würde zu tun. Wenn man stank, verlor man seine Menschenwürde. Hunde waren da besser dran; je stärker ihr Geruch, desto wohler fühlten sie sich. So würde es einem wohl auch gehen, wenn man lange genug in diesem Kerker eingesperrt war. Vielleicht dauerte das gar nicht einmal so lange. Er war erst zwei Tage hier und verspürte schon ein rapides Abwärtsgleiten.

Abwärtsgleiten in die Hölle, dachte Jeroen. Immer wieder diese verdammte Hölle, auf die alle Wege zuzuführen scheinen... Mit starrem Blick sank er auf den Strohsack nieder, den Wasserkrug zwischen den Beinen.

Satan auf seinem Thron, dachte er, und sogleich begann die greuliche Szenerie vor seinem geistigen Auge Gestalt anzunehmen. Der Thron stand am Fuße eines Turms, dessen Bögen von bösartigen Kröten eingerahmt waren. Verirrte und verdammte Seelen schleppten sich mit demütig gekrümmten Rücken dahin. Sie wurden Satan vorgeführt und in Gruppen eingeteilt. Links vom Teufel befand sich die Gruppe der Unzucht. Eine nackte Frau – Mathilde? – wurde von musizierenden Dämonen umringt, von denen einer eine Sackpfeife – Sinnbild fleischlicher Sünden – spielte, während ein anderer über ihren Köpfen eine Engelsharfe aus dem Fenster warf. Hinweg mit allem, was schön, wohlklingend und lieblich war! Jenseits davon eine einsame Frau, die von Kröten und Schlangen gefoltert und danach als Schießscheibe benutzt wurde, als von Vergewaltigern belagerte Jungfrau. Und da… ein Gebäude in Form eines Ofens wie in den Visionen des Tundal, und dessen Riesen, die sich in majestätischem Aufmarsch auf eine brennende Landschaft im Hintergrund zubewegten. Und eine Hexe, die dem allen verzweifelt auf ihrem Zauberbesen zu entrinnen suchte. Doch leider zu spät, sie war schon zu Tode gefoltert, nur ihre Seele würde –

Jeroen packte den Krug mit beiden Händen und warf ihn wütend an die Zellenwand. Das tat einen gehörigen Schlag, und noch ärger war das Scheppern, mit dem der leere Krug danach quer über den Boden sprang. Die Beschwerden aus den anderen Zellen verstummten, als die Kerkertür aufflog und die beiden Wärter Jeroen ein weiteres Mal aus seiner Zelle holten.

Er erwartete eine zweite Sitzung mit Sprenger und rüstete sich bereits dafür, diesmal keinen Schein von Höflichkeit mehr zu wahren. Doch als er in den kleinen Verhörraum gebracht wurde, erwartete ihn dort Aleyt.

»Gewährt mir ein wenig Zeit«, sagte sie zu einem der Wärter und drückte ihm mit einer diskreten Bewegung etwas in die Hand. Schweigend verließen er und sein Kumpan den Raum. Erst danach sah Aleyt Jeroen an, der schmutzstarrend vor ihr stand, die Hände gefesselt, eine Kette an den Füßen, das Gesicht immer noch teilweise blutig.

»Mein Gott, wie siehst du aus!« stellte sie fest.

Jeroen nickte. »Du bestätigst meine bängsten Vermutungen.«

Und nach dem Schmutz des Kerkers mit den schon halbwegs zu Tieren gewordenen Geächteten darin sieht Aleyt aus wie ein Wesen, das strahlend vom Himmel herabgeschwebt ist, dachte er. Mitsamt der dazugehörigen Unerreichbarkeit.

»Ich wagte kaum noch zu hoffen, daß du kommen würdest«, sagte er. Er bewegte sich steifbeinig auf einen der Stühle zu und setzte sich, den Rücken dem Fenster zugewandt.

Aleyt nahm gleichfalls Platz. »Du bist immer noch mein Mann, Jeroen.« Sie schlug einen sachlichen Ton an, der ihre Gefühle recht gut kaschierte. »Und das schafft Verpflichtungen.«

»Wie zum Beispiel die Bezahlung für meinen luxuriösen Aufenthalt hier...«

»In der Hoffnung, daß man dich ein wenig besser versorgt, damit ich mich beim nächsten Besuch nicht mehr vor dir zu ekeln brauche.«

Sie ekelt sich vor mir, dachte Jeroen. Ob das allein mit seinem Äußeren zu tun hatte?

Er fragte: »Hast du schon Nachrichten von –«, instinktiv blickte er kurz zur Tür und senkte die Stimme, »...von Clavuceel oder Almaengien?«

»Almaengien wohnte gerade einer Zusammenkunft der Liebfrauenbruderschaft bei, als es passierte, einer Zusammenkunft, bei der man übrigens auch Alart und dich erwartete. Er ist vorläufig auf freiem Fuß, so lange, bis ihn irgendeiner verrät. Denn noch weiß niemand, wer ermordet wurde, wen sie festgenommen haben und wer aus *Ecce Homo* entkommen konnte. Clavuceel ist auf alle Fälle unter den Vermißten.« Aleyt sah Jeroen an. »Ebenso wie Mathilde.«

Auf letzteres reagierte er nicht. »Sie haben uns im Wald ergriffen, noch ehe ich sehen konnte, was passiert war.«

»Das Haus ist vollständig abgebrannt, den Garten haben sie mit Pflügen zerstört und die Weiher mit Mist und Unrat vollgeschüttet.«

»Und so wurde die Engelsharfe wieder einmal aus dem Fenster geschleudert.«

»Wie bitte?«

»Ich bekomme von Tag zu Tag ein genaueres Bild davon, wie wohl die Hölle aussehen muß. Wobei ich mich freilich allmählich frage, ob es denn in Wirklichkeit gar so arg werden kann. Meine Höllenbilder werden nämlich von Menschen geweckt, und ich bezweifle, daß der Teufel überhaupt derart pervers sein kann.«

Aleyt nickte. »Ich habe deine jüngste Arbeit gesehen, zu Hause.« Sie schüttelte den Kopf. »Du machst mir in letzter Zeit zunehmend angst, Jeroen.«

Was du auf der Tafel gesehen hast, waren die Schrecknisse, die dein Weggang mir beschert hat, wollte er sagen, doch er brachte die Worte nicht heraus. Statt dessen sagte er: »Wenn Jakob Sprenger seinen Willen bekommt, und wer sollte das verhindern, dann wirst du dich nicht mehr lange vor mir ängstigen müssen.«

Aleyt wandte das Gesicht ab. »Wie sehr ich deine Schwarzseherei hasse.«

»So war ich auch schon, als du mir zum erstenmal begegnet bist, Aleyt.«

»O nein, damals warst du noch ein feinfühliger junger

Mann mit lediglich leicht makabrem Einschlag. Erst seit deine Schwester –« Aleyt biß sich auf die Lippen.

Leise sagte Jeroen: »Ich dachte, darüber hätten wir uns ausgesprochen.«

»Vergeben ist nicht gleich vergessen, Jeroen. Und dann wieder diese junge Dirne –«

Nun wandte Jeroen das Gesicht ab. »Eine Schwäche, anders kann ich es nicht entschuldigen.« Sie nennt mich Jeroen, dachte er. Wo war das alte Joen geblieben?

Aleyt nickte langsam vor sich hin. »Es wird geraume Zeit brauchen, das alles zu verarbeiten.«

Jeroen holte tief Luft. »Und Zeit haben wir nicht mehr.«

»Du bist noch nicht verurteilt.«

»Der werte Herr Inquisitor hat die unangenehme Angewohnheit, nicht erst Verurteilungen abzuwarten, wenn er sein Mütchen kühlen will.«

»Vielleicht können wir ihn diesmal daran hindern.«

Jeroen runzelte die Stirn, mochte das Fünkchen Hoffnung, das Aleyts Worte weckten, gar nicht zulassen. »Ihn hindern, inwiefern?«

»Mehr kann ich nicht sagen, solange die Gefahr besteht, daß man dich foltert.«

Jeroen nickte säuerlich. »Ich danke dir für deine aufmunternden Worte.«

Sie legte über den Tisch hinweg ihre Hand auf die seine. »Laß dich nicht gehen, Joen.«

Er blickte in ihre dunklen Augen, in denen sich in Form zweier Lichtgevierte das Fenster widerspiegelte. »Wenn ich hier herauskomme –« Er wollte ihr erklären, wie sehr er sich darum bemühen würde, doch noch etwas Gutes aus seinem Leben mit ihr zu machen, doch wieder wollten ihm nicht die rechten Worte über die Lippen kommen.

Als er stumm blieb, stand Aleyt auf. Leise sagte sie: »Ich wollte, ich hätte den Trost des Glaubens. Und ich nehme an, daß das im Moment wohl auch für dich gilt.«

Vielleicht können wir ihn diesmal daran hindern, wiederholte Jeroen in Gedanken Aleyts Worte, als man ihn in seine Zelle zurückgebracht hatte. Er versuchte sich an diese hoffnungsvollen Worte zu klammern, doch es wollte ihm nicht recht gelingen. Nur eine göttliche Intervention kann Sprenger hindern, dachte er. Und er hielt sich nicht für bedeutsam genug, auf einen solchen Eingriff zählen zu dürfen.

»Ich bin Inquisitor Sprenger weiß Gott nicht wohlgesinnt«, sagte der Schultheiß, »wenn ich das einem Bürger gegenüber auch niemals zugeben dürfte.« Er schielte kurz zu Aleyt hinüber, die angespannt auf dem Stuhl auf der anderen Seite seines Schreibtischs saß. »Überdies verhänge ich lieber Geldbußen als die Todesstrafe, denn von Geldbußen habe ich wenigstens noch etwas.« Er erlaubte sich ein kleines Grinsen. »Doch die Art der Anklage und die Einrede des Beschuldigten binden mich. Wenn der Beschuldigte nicht beweisen kann, daß die Anschuldigungen falsch sind ...« Der Schultheiß machte eine hilflose Gebärde.

»Aber wie soll man sich denn gegen solche Anschuldigungen verteidigen? Warum wird nicht der Ankläger verpflichtet zu beweisen, daß seine Anschuldigungen zutreffen, anstatt andersherum?«

»So ist nun einmal unsere Rechtsprechung, Frau. Ich

habe die Gesetze nicht gemacht, ich führe sie nur nach bestem Vermögen aus.«

»Aber solche Gesetze machen Fanatiker wie Jakob Sprenger geradezu allmächtig!«

»Dessen bin ich mir bewußt, Frau. Aber nochmals ...« Der Schultheiß zog die Schultern hoch.

»Es kümmert Euch gar nicht!«

»Frau ...« Der Schultheiß reckte den Hals und zog kurz am Kragen seines Leibrocks, als bekäme er zuwenig Luft. »Bislang habe ich den Eurer Stellung gebührenden Respekt gewahrt, und ich erwarte, daß Ihr der meinen mindestens ebensoviel Respekt zollt.«

»Ich bitte um Verzeihung, Euer Ehren«, lenkte Aleyt ein. Der Magistrat ihr gegenüber mochte zwar etwas einfältig aussehen, doch zu spaßen war mit ihm gewiß nicht. »Es ist nur ... ich fühle mich so machtlos.« Es gelang ihr, feuchte Augen zu bekommen, und sie sah, wie der Blick des Schultheißen milder wurde.

»Ich werde alles in meiner Macht Stehende tun, daß es zu einer Geldbuße kommt«, sagte er. »Zu unser aller Vorteil, darf ich wohl sagen.« Wieder war da dieses verschwörerische Grinsen, dessentwegen seine Gegner häufig vergaßen, sich vor ihm in acht zu nehmen. »Aber ich kann die Vorschriften nicht umgehen, Frau. Nicht einmal einem so geehrten Künstler wie Hieronymus Bosch zuliebe. Und ich zweifle nicht daran, daß eine so gebildete Dame wie Ihr das verstehen wird.«

Der Schultheiß sah Aleyt durch das Fenster nach, als sie das Rathaus dessenungeachtet erhobenen Hauptes verließ.

So eine Frau haben und im Gefängnis sitzen müssen,

dachte er mitleidig. Eine schwerere Strafe konnte er sich kaum vorstellen. Leider war ihrem Mann nur auf eine Weise der Hals zu retten, nämlich indem man verhinderte, daß er vor dem Tribunal zu erscheinen hatte. Wie er das gegen Sprengers Willen verhindern könnte, wußte der Schultheiß freilich bei Gott nicht, obgleich der Inquisitor gehalten war, den Anweisungen des Schultheißen Folge zu leisten, und nicht andersherum.

Es klopfte diskret, und Herzogin Anna von Bretagne blickte verstört von der Landkarte Frankreichs auf, die sie an ihrem Schreibtisch studiert hatte. *»Entrez!«*

Ihre Hofdame drückte die Flügeltür auf und blieb in der Öffnung stehen. »Monseigneur Dass aus 's-Hertogenbosch ist soeben eingetroffen und bittet Euch um eine Unterredung. Es sei äußerst dringlich, sagt er.«

»Monseigneur Dass!« wiederholte die Herzogin angenehm überrascht. »Führ ihn sogleich in den Salon, ich werde ihn dort empfangen.«

Sie erhob sich und trat an den hohen, in Kupfer gerahmten Wandspiegel, um kurz ihr Gesicht zu studieren. Sie kannte Dass schon, seit er wie sie jetzt Anfang Zwanzig gewesen war und hin und wieder ihren Vater in Nantes besucht hatte. Schon als Kind hatte sie ihn gern um sich gehabt. Und das vor allem, so war ihr später bewußt geworden, weil er sie – im Gegensatz zum überwiegenden Teil ihrer sonstigen Entourage – nie wie ein Kind behandelt hatte. Er hatte sie immer ernst genommen, und das hatte sie ihrerseits eine große Hochachtung für ihn entwickeln lassen. Er war es auch wiederum gewesen, der vollstes Verständnis gezeigt hatte, als sie gegen jedermanns politischen Willen vor einer Zwangsheirat mit Alain le Grand geflohen war, und ihr – er war damals schon Vikar – geistlichen Beistand gewährt hatte.

Das Bild im Spiegel gefiel ihr nicht sonderlich, doch das war schon von jeher so gewesen. Der Spiegel war nicht ihr bester Freund. Sie benutzte ihn lediglich, um vor dem Empfang eines wichtigen Gastes zu kontrollieren, ob es an ihrer Aufmachung auch nichts zu beanstanden gab.

»Julien!« sagte sie kurz darauf und ging mit ausgebreiteten Armen auf den Vikar zu. Sie ignorierte ihre Hofdame, die mit einiger Verwunderung zusah, und umarmte ihn innig. »Nimm Platz, möchtest du etwas trinken?« Sie betrachtete ihn forschend von Kopf bis Fuß. »Du siehst aus, als seist du in einem Stück nach Köln durchgefahren!«

»Entschuldige bitte, daß ich so staubig bin, aber mein Knecht und ich sind in der Tat seit gestern nahezu ohne Unterbrechung unterwegs.« Dass ließ sich in einen mit hellblauer Seide bezogenen Fauteuil fallen. »Der Bischof hat mir nicht mehr als fünf Tage Abwesenheit zugestanden.«

Beunruhigt fragte die Herzogin: »Doch nicht etwa Probleme, hoffe ich?« Sie winkte ihrer Hofdame. »Schenk dem Monseigneur etwas ein. Wein?«

Dass nickte. Danach wanderte sein Blick zu einem Bild in Hochformat, das zwischen zwei größeren Werken an der Wand des Salons prangte. Es stellte eine Szene aus der Bibel dar: Jesus und die Ehebrecherin. Überdeutlich verriet es die Handschrift eines jüngeren, noch weniger schwarzgalligen Hieronymus Bosch.

Dass nahm den Römer entgegen, den die Hofdame ihm

reichte, und trank dankbar, ehe er sagte: »Probleme, in der Tat. Wenn auch keine persönlichen. Ich hoffe, du unterhältst noch immer gute Beziehungen zum Kardinal?«

Die Herzogin lächelte: »Sagen wir einmal, wir sind gute Nachbarn.«

Mit dem Römer auf das Gemälde deutend, sagte der Vikar ernst: »Die Zeit ist gekommen, deine besondere Bewunderung für Meister Bosch, so möglich, in Taten umzusetzen.«

Ohne anzuklopfen, warf Sprenger die Zellentür des Abts auf und überfiel ihn mit der Frage: »Wo ist Bruder Stanislas?«

Der Abt erschrak heftig, versuchte sich das jedoch nicht anmerken zu lassen. Er war von Sprenger selbst eingestellt worden, nachdem dieser den vorherigen Abt wegen angeblicher Insubordination hinausgeworfen hatte, und setzte seither alles daran zu beweisen, daß er seine Aufgabe so erfüllen konnte, wie Sprenger es von ihm erwartete. Doch Sprenger vermittelte ihm fortwährend das Gefühl, daß er seiner Aufgabe nicht gewachsen sei oder sich zumindest nicht genügend darum bemühe.

»Äh … in seiner Zelle, soweit ich weiß«, antwortete der Abt unsicher und sann sogleich fieberhaft über eine Methode nach, wie er möglicherweise zu jeder Minute des Tages wissen könnte, wo sich seine Brüder aufhielten und womit sie sich gerade befaßten.

»In seiner Zelle, soweit ich weiß«, wiederholte Sprenger in unheilverkündendem Ton. »Soweit *ich* weiß, ist er verschwunden.«

»Verschwunden?« Der Abt mußte sich alle Mühe geben,

ein erstauntes Gesicht zu machen, denn in Wirklichkeit erstaunte es ihn eher, daß noch nicht mehr Mönche aus dem Kloster geflüchtet waren. »Vielleicht macht er nur einen Spaziergang?« Das Kloster ist schließlich kein Gefängnis, dachte er. Jedenfalls keines mit Gittern.

Seit Sprenger das Kloster gewaltsam den von ihm vorgegebenen Regeln unterworfen hatte, hatten sich bereits zwei Brüder aus schierer Verzweiflung in ihrer Zelle erhängt. Der Abt begann allmählich zu verstehen, warum.

»Seit heute morgen hat ihn keiner mehr gesehen. Er ist zweimal nicht zum Essen erschienen!«

»Es tut mir aufrichtig leid«, sagte der Abt, der seinem Gegenüber kaum in die Augen zu sehen wagte. »Aber mir wurde nichts gemeldet.«

»Mir wird auch nie etwas gemeldet!« blaffte Sprenger. »Informationen und Kenntnisse fallen einem nicht von allein zu, dafür muß man etwas tun!« Er rauschte wieder hinaus, die Tür hinter sich offenlassend.

Zitternd erhob sich der Abt, um die Tür zuzumachen. Als er auf den Gang hinausblickte, sah er Sprenger gerade noch mit großen Schritten um die nächste Ecke biegen.

Vorsichtig, als fürchte er, das geringste Geräusch zu machen, schloß der Abt die Tür.

Nun, da er wieder ein wenig nachdenken konnte, entsann er sich, wer Bruder Stanislas war: ein kleiner, etwas zaghafter Mann, der selten den Mund aufmachte. Vielleicht ist Bruder Stanislas ja das dritte Opfer der Schreckensherrschaft des Inquisitors, dachte er. Und Sprenger würde das wieder eine feige Flucht ins ewige Nirgendwo nennen. Denn Selbstmörder kamen nicht in den Himmel.

Einem Schrecknis aber entkommen sie wenigstens schon einmal, dachte der Abt. Ein Gedanke, der einer näheren Betrachtung wert war, fand er.

In der dritten Nacht im Kerker hatte Jeroen seltsamerweise keine Alpträume, sondern einen langen süßen Traum von einer als ein weltumspannendes *Ecce Homo* wiedererschaffenen Erde, bar allen Hasses und Neids und jeglicher Pein. Menschen und Tiere lebten friedfertig neben- und miteinander, ein jeder war jung und schön, und das Leben war eine einzige süße Lust in einem immergrünen duftenden Garten, in dem immer die Sonne schien und die saftigsten Früchte zum Greifen nah an den Bäumen wuchsen. Wer die Arme ausstreckte, konnte sich in den blauen Himmel emporschwingen, und wer in das laue Wasser sprang, konnte schwimmen wie ein Fisch. Es gab keinen Gott und somit auch keine Sünde, die Schrecknisse von Geburt und Tod existierten nicht mehr, und vor allem war alles von Liebe durchdrungen, in einer solchen Intensität, daß es gerade eben nicht schmerzte...

Das Erwachen war schrecklich. Jeroen lag rücklings auf seinem harten, stinkenden Strohsack und fühlte sich von der Wirklichkeit überrollt wie von einem mit Nägeln beschlagenen Wagenrad. Was blieb, war nichts als Elend und Pein.

Mein Körper ist schuld, dachte er mit einer Mischung aus Wut und Verdruß. Mein Geist könnte im Nu an die lieblichsten Orte reisen, die meine Einbildungskraft zu ersinnen imstande ist, doch er ist in meinem Körper gefangen. Mein Körper ist ein Anker, der im Unrat dieser Welt festhängt. Befreie deinen Geist durch den Tod und...

Nein, dachte er, so schön und einfach kann es niemals sein. Überdies hätte das Leben dann gänzlich seinen Sinn und Zweck verloren, so daß man jedem Neugeborenen am besten gleich den Hals umdrehte. Nein, zweifellos hatte die Sache einen Pferdefuß, da mußte es einen höchst bedeutsamen geheimen Schlüssel geben, den er nur nicht finden konnte, weil sein Verstand nicht ausreichte, das große Ganze zu überblicken und zu erfassen.

Es ist erbärmlich, wenn man zu der Erkenntnis gelangen muß, daß man nicht genug Hirn hat, dachte er. Da ist man besser gleich ein ganzer Schwachkopf. Einen ähnlichen Gedanken hatte er Jahre zuvor schon einmal gehegt. Gar nichts zu wissen war vielleicht die höchste Form der Glückseligkeit. Warum sonst lachten Idioten fast immerzu?

Vielleicht hätte mir dieser Wärter den Kopf spalten sollen, anstatt nur die breite Seite seines Schwertes zu benutzen, dachte Jeroen – ein Gedanke, der seltsamerweise nichts Bitteres hatte. Dann wüßte ich jetzt die Antwort. Oder wüßte jetzt gar nichts mehr. Zwei Möglichkeiten, die gleichermaßen verlockend waren.

Jeroen setzte sich auf und starrte durch das Luftloch in das kleine Geviert sich lichtenden Himmels empor. Die Sonne geht wieder auf, dachte er. Was auch geschieht, sie geht wieder auf und blickt auf das jämmerliche Gewimmel hier unten hernieder. Das hat sie auch vor fünfzehn Jahrhunderten schon getan, als man Jesus ans Kreuz schlug, weil seine Weisheit eine Bedrohung für die Macht der Toren darstellte. Und sie würde noch weitere Jahrtausende ungerührt auf- und untergehen, lange über die Zeit hinaus, da sich die

Menschen bis auf den letzten Hohlkopf gegenseitig ausgerottet hätten.

Regungslos in den Himmel emporstarrend, fragte sich Jeroen, ob das nun ein trostreicher oder ein entmutigender Gedanke war. Doch er kam zu keinem Schluß, es hatte etwas von beidem.

Plötzlich flog die Kerkertür auf – ein aggressives, störendes Geräusch, an das man sich nicht gewöhnen konnte. Unter lautem Poltern kamen die Wärter mit den Morgenrationen für die Gefangenen die Treppe herab.

Jeroen bekam frisch riechendes Brot und Milch, ja sogar einen Brocken Käse. Die erste Bezahlung für seinen Kerkeraufenthalt war offenbar registriert worden.

»Nachher kommt der Barbier«, sagte einer der Wärter zu ihm. »Du siehst mir so aus, als könntest du ihn brauchen.« Er ging davon, ohne eine Antwort abzuwarten.

»Ja«, rief der Mann in der Nachbarzelle. »Es wär auch gar zu schmerzhaft, wenn er mit seinem Zottelkopf womöglich in die Walze der Streckbank geriete!«

Jeroen ignorierte das Gelächter. Er hatte sich von jeher gut gegen seine Umgebung abschließen können, und hier konnte er das hervorragend vervollkommnen. Wenn ich mich nur genügend anstrenge, erreiche ich vielleicht gar den Punkt, da die Welt um mich herum ganz aufhört zu existieren, dachte er. Auf diese Weise könnte ich Sprenger vielleicht doch noch ein Schnippchen schlagen.

33

Ein langgezogener Donnerschlag rollte über die Niederungen, und sogleich schlugen die ersten großen lauen Regentropfen ein und ließen auf den Sandstreifen entlang der gepflasterten Straße Staubwölkchen auffliegen.

»Das fehlte uns gerade noch«, sagte Vikar Dass. Er griff hinter sich nach seinem Mantel, den er sich um die Schultern drapierte. Dann nahm er dem Knecht die Zügel ab, so daß auch dieser sich etwas überziehen konnte.

Besorgt sah Dass zum Himmel auf, der im Norden beinahe nachtschwarz aussah, obwohl es noch relativ früh am Tage war. Als wollte Gott der Herr nicht, daß wir rasch vorankommen, dachte er. Oder vielleicht will er mich auch nur auf die Probe stellen, um zu sehen, wie zäh ich unter meiner blassen Haut bin. Nein, da der Herr allwissend ist, braucht er nichts herauszufinden, verwarf er diese Überlegung. Er will es mir vielleicht schwermachen, und dafür wird er ohne Frage seine Gründe haben.

Zu seinem Knecht, der sich unterdessen in eine Plane gehüllt hatte, sagte Dass: »Vielleicht können wir im Minoritenkloster in Meert andere Pferde bekommen und die ganze Nacht durchfahren.«

Sein Knecht warf ihm einen erschrockenen Blick zu, ehe er entgegnete: »Mit Verlaub, Monseigneur, Ihr seid schon jetzt sehr erschöpft. Wie wollt Ihr diese beschwerliche Reise durchstehen?«

»Womit du eigentlich sagen willst, daß du selbst hundemüde bist und gern eine Herberge aufsuchen würdest«, erwiderte Dass. »Bei Gott, Menno, was ist schon so ein bißchen Ungemach, wenn ein Menschenleben davon abhängt? Ich kann durchaus ein Pferdegespann lenken, weißt du. Wir werden uns jeweils abwechselnd ein Weilchen hinten in den Kasten legen, um auszuruhen.«

»Mit Verlaub, Herr«, sagte der Knecht abermals, nun mit beklommener Miene, »könnten wir nicht einmal kurz haltmachen? Ich... ich muß meine Notdurft verrichten!«

Verärgert nahm der Vikar seinem Knecht ein zweites Mal die Zügel ab. Mit dem Daumen über seine Schulter deutend, sagte er barsch: »Dann erledige das hinten vom Rand aus, wir haben keine Zeit anzuhalten.«

Das Unwetter brach nun vollends los. Das herabströmende und aufspritzende Wasser bildete einen hellen Schleier über der Straße und den Rücken der sich abmühenden Pferde. Links und rechts des Wegs entstanden reißende kleine Schlammbäche. Die rasch aufeinanderfolgenden Donnerschläge machten die Pferde scheu, so daß sie hin und wieder aus dem Tritt gerieten, doch sie trabten dennoch stetig weiter, als seien sie sich der Wichtigkeit dieser Reise bewußt.

Der Knecht kletterte auf seinen Platz neben dem Vikar zurück. Sich mit dem Mundwinkel das Wasser aus den Augen blasend, sagte er bedeutungsvoll: »Wenn einen so etwas bei Nacht ereilte –«

»Dann sähest du eines von Gottes schönsten Schauspielen«, sagte der Vikar. »Und wer frei von Todsünden ist, braucht sich vor dem Blitz nicht zu fürchten.« Er ließ die Peitsche knallen – ein Laut, der sich gegen das Toben der Natur lächerlich dünn ausmachte. Die Pferde reagierten denn auch nicht darauf.

Gott will uns kurz daran erinnern, wie klein und unbedeutend doch alles menschliche Tun ist, dachte der Vikar, schüttelte aber sogleich den Kopf über diesen Gedanken. Was sollte Gott daran liegen? Rauben uns etwa die Ameisen den Schlaf, die wir womöglich bei jedem Schritt zertreten?

»Soll ich wieder übernehmen, Monseigneur?«

»Was ...? O ja«, antwortete der Vikar und gab seinem Knecht die Zügel. Nun hatte er wenigstens beide Hände frei, um seinen Mantel gegen das Wasser zuzuhalten, das ihm in Bächen vom Hut herabrann.

Und doch ist auch den Ameisen ihr Leben wichtig, dachte der Vikar. Wie allen Geschöpfen Gottes. Er hatte Menschen wie Jakob Sprenger daher auch nie verstanden. Was aber vielleicht darauf zurückzuführen war, daß ihm die wahre heilige Inbrunst fehlte. Gemäßigte Menschen brachten es in der Regel nicht so weit wie die Sprengers dieser Welt, die erst zufrieden waren, wenn sie mit stolzgeschwellter Brust den Fuß auf die Leiche eines gefallenen Feindes stellen konnten. Und doch hielten sie sich beide nach bestem Vermögen an die Lehre Christi. Das war ein Paradox, das den Vikar schon sein Leben lang beschäftigte: Auf der einen Seite jagte der höchste Kirchenvater in Rom seine Heere unerbittlich in den Kampf, um Abertausende Abtrünniger, Katharer und Heiden auszurotten, und auf der anderen Seite setzten die niederen Geistlichen oft ihr Leben dafür ein, das Leiden ihrer Nächsten zu lindern.

Der Vikar erschrak, als der Karren über eine Unebenheit in der Straße holperte und er unsanft gegen seinen Knecht geschleudert wurde.

»Wenn wir zu schnell fahren, müßt Ihr es sagen, Monseigneur«, sagte Menno hoffnungsvoll. Er mußte beinahe schreien, um sich über das Rattern der Wagenräder auf dem Pflaster und das Tosen des Unwetters hinweg verständlich zu machen.

Mit einiger Mühe gewann der Vikar das Gleichgewicht zurück. »Nein«, antwortete er grimmig, während er sich den Mantel wieder um den Hals zusammenzog. »Wir dürfen keine Zeit verlieren.«

Er würde es sich niemals verzeihen, wenn sie zu spät kämen, das wußte er. Und somit zeigt sich wieder einmal, daß ein jeder Beweggrund, mag er auch noch so edel erscheinen, letztlich doch von Selbstsucht eingegeben ist, dachte er resigniert.

Vor vier Jahren hat auch Herberta hier gesessen, dachte Jeroen. Auf derselben Bank vor dem Tribunal. Und für einen kurzen Moment war ihm, als spürte er ihre Wärme durch seine Kleider dringen. Nur sehr kurz freilich, denn dann fing er den Blick Sprengers auf, der ihn von seinem Platz auf der gegenüberliegenden Seite aus ansah. Und das war, als würde ihm sein Blut durch Eiswasser ersetzt.

Jeroen schloß die Augen und vergegenwärtigte sich das Bild seiner Schwester. Das gelang ihm mühelos, wenngleich er nur ihr Gesicht sah, so als hätte sie keinen Leib mehr.

Berta, wenn du da bist, wenn du mich hören kannst... *füg* ihm etwas zu!

Sprenger starrte ihn unverwandt über den Tisch hinweg an, während seine linke Hand mit den Blättern einer vor ihm liegenden Akte spielte. Langsam zog er die dichten Augenbrauen zusammen, als ahnte er, woran sein Opfer dachte.

Jeroens Blick wanderte zum Schöffen, der tat, als sei er in den Inhalt eines blauen Papiers vertieft, das er sich mit leicht zitternder Rechter in gehörigem Abstand vor die Augen hielt. Vielleicht lernt er ja die Beschuldigungen gegen mich auswendig, dachte Jeroen. Obgleich die wohl kaum auf ein einziges Blatt Papier passen würden. Sprengers Akte kam dem schon näher.

Der Schultheiß ließ zwar auf sich warten, doch die Zuschauer verhielten sich ruhig, sogar ruhiger denn gewöhnlich, so als fänden sie den Prozeß schon im voraus weniger pläsierlich.

Jeroen war nicht danach, sich umzusehen, ob Bekannte da waren. Wenn, dann hätte er deren Blick gemieden. Um keine Schadenfreude sehen zu müssen. Oder gar Mitleid.

Und er fürchtete, daß er einen Blick seiner Frau auffangen würde. Oder sehen mußte, daß sie *nicht* da war...

Seine Fußgelenke schmerzten von den Eisenbändern, an denen die Kette befestigt war, und vorsichtig versuchte er die Beine zu strecken. Sogleich legte ihm einer der beiden Bewacher hinter ihm gebietend die Hand auf die Schulter. »Ruhig sitzen bleiben!« befahl er.

Als wenn ich irgendwohin könnte, dachte Jeroen ärgerlich. Aber sein Bewacher wollte wohl Eindruck auf das

Publikum machen. Einer wie der hatte ja sonst nur wenig, womit er sich hervortun konnte. Die beiden würden gewiß viel Ehrfurcht dafür ernten, daß sie zu zweit einen angeketteten Maler in Schach hielten.

Jeroen fragte sich, wo wohl der Wärter geblieben war, der ein paarmal halbherzig versucht hatte, mit ihm in Kontakt zu kommen. Er hatte ihn schon seit drei Tagen nicht mehr gesehen. Es war frustrierend, daß er nicht einmal wußte, was der Mann gewollt hatte. Vielleicht hatten sie ihn ja hinausgeworfen, weil er zu menschlich gewesen war, dachte Jeroen verdrießlich.

Ein junger Kurier traf ein, der keuchte, als sei er schnell gerannt. Er beugte sich über den Schöffen und flüsterte diesem etwas ins Ohr. Der Schöffe blickte erst entnervt, nickte dann ergeben, schickte den Kurier mit einer Handbewegung wieder hinaus und erhob sich. »Seine Ehren, der Herr Schultheiß, läßt ausrichten, daß er verhindert ist und die Sitzung des Tribunals daher bis auf weiteres vertagt wird«, teilte er in feierlichem Ton mit.

»Unerhört!« rief Sprenger und schlug mit einem wütenden Knall seine Akte zu. »Was sind das für unhaltbare Zustände?«

»Es steht mir nicht an, die Beschlüsse Seiner Ehren, des Herrn Schultheiß, zu kommentieren«, wies der Schöffe ihn zurecht. Er wandte sich den Bewachern zu. »Bringt den Beschuldigten in seine Zelle zurück. Ich wünsche Euch allen einen guten Tag.« Dezidiert marschierte er davon.

Jeroen kam sich auf eigenartige Weise geprellt vor. Er hätte das elende Theater so gern hinter sich gehabt, und nun war alles Aufhebens umsonst gewesen.

Sprenger mußte sichtlich an sich halten. Und nun? hätte Jeroen ihn beinahe gefragt, doch einer der Bewacher zog ihn hoch und bedeutete ihm, daß er das an der Kette befestigte Gewicht aufnehmen solle. Jeroen gehorchte und trottete zwischen den beiden Bewachern unverrichteter Dinge zur Lovensche Poort zurück. An Passanten und Umstehenden sah er vorbei. Wahrscheinlich erkannten sie ihn nicht einmal wieder, und wenn doch, war es ihm auch einerlei.

Als sie an seinem Elternhaus vorüberkamen, befiel Jeroen jedoch plötzlich ein so heftiges Heimweh, daß er zögerte und stehenblieb, so daß der hinter ihm gehende Bewacher beinahe über ihn gefallen wäre. Jeroen hob den Blick auf Sint Anthonius und verspürte mit einem Mal eine schreckliche Leere in sich. »Sie wird noch am Galgen enden!« hörte er Mechteld wieder keifen, und es war, als hätte es all die Jahre zwischen damals und heute nicht gegeben. Sie hat mehr als recht bekommen, dachte er. Auch ihr Stiefsohn würde am Galgen enden...

Einer der Bewacher versetzte ihm einen Stoß in den Rücken. »Geh weiter!«

Widerstrebend riß Jeroen den Blick vom Haus los und trottete weiter. Seltsam, wie sehr Häuser jemandes Vergangenheit gefangenhalten, dachte er. Bisweilen schienen die eigenen Erinnerungen begraben zu sein, doch ein Haus, in dem man gewohnt hatte, konnte sie alle wieder zum Leben erwachen lassen, die guten wie die schlechten.

Sie brachten Jeroen in seine Zelle, kamen ihn am gleichen Nachmittag jedoch abermals holen. Und diesmal führten sie ihn in die Folterkammer.

Wie betäubt starrte Jeroen in dem von Öllampen und

Fackeln erleuchteten Raum um sich. Ein Fenster gab es nicht, damit die Bürger draußen auf der Straße nicht durch die Schreie der Befragten belästigt wurden, und so hing denn ein entsprechend penetranter, säuerlicher Gestank aus Angstschweiß und anderen Ausscheidungen von Gefangenen darin, die man bis an die Grenzen dessen, was ein Mensch aushalten konnte, und bisweilen darüber hinaus gefoltert hatte.

Jeroens Blick verweilte auf der Streckbank, auf der seine Schwester den Tod gefunden hatte, und sogleich wallte die alte Wut wieder glühendheiß in ihm empor.

»Wo sind der Schreiber und der Notar, die meinem Verhör beizuwohnen haben?« Sein Blick schoß zu einem der Wärter. »Wollen sie mich ebenfalls klammheimlich meucheln?«

»Es hat dem Herrn Inquisitor gefallen, dich hierherbringen zu lassen«, antwortete der Mann in neutralem Tonfall. »Darüber hinaus ist uns nichts bekannt.« Er befestigte Jeroens Kette an einem Ring in der Wand und verließ dann mit seinem Kumpan zusammen den Raum. Sie hatten es so sichtlich eilig, daß es schon einer Flucht gleichkam.

Mit einiger Mühe wegen seiner steif gewordenen Gliedmaßen ließ sich Jeroen auf dem kalten Steinboden nieder und starrte auf die Streckbank. Seine Einbildung ließ das Bild Herbertas vor ihm entstehen, wie sie dort gelegen hatte, des letzten Grans Menschenwürde beraubt, während der Henker – oder war es Sprenger selbst gewesen? – ihren zerbrechlichen Körper mit jeder Drehung des Stellrades weiter auseinanderriß.

Im Kerker verstorben, hieß das im Protokoll lakonisch.

Ohne weitere Erklärung. Der Notar hatte das mit schwungvollem Schnörkel unterzeichnet.

Später hatten sie dann auch noch ihren Leichnam verbrannt, um ihm die dunklen Kräfte zu nehmen, so daß es nicht einmal ein Grab gab, das Jeroen hätte besuchen können.

»Deine Macht mag hinreichen, den Schultheißen zu beeinflussen, doch sie ist allem Anschein nach nicht groß genug, um dich auch aus dem Gefängnis herauszubringen.«

Jeroen war so sehr in Gedanken versunken gewesen, daß er Sprenger nicht hatte kommen hören. Aus drei Schritt Abstand blickte der Inquisitor auf ihn herab. In seiner Linken hielt Sprenger das Kruzifix seines Rosenkranzes, dessen Schnur er sich um die Finger gewunden hatte, so als wollte er sich damit gegen das durch Jeroen verkörperte Böse schützen.

»Das hat mich schon des öfteren verwundert«, fuhr Sprenger fort, »daß Hexen zwar imstande sind, allerlei Unheil anzurichten, sich jedoch selbst so schlecht zu helfen wissen. Offenbar ist der Teufel seinen Jüngern gegenüber wenig loyal, wenn diese einmal so dumm waren, sich in eine mißliche Lage zu bringen.«

Jeroen wandte den Blick ab. »Tausend Verdächtigungen und Mutmaßungen machen noch immer keinen Beweis«, sagte er vor sich hin.

»Wir haben hier ausgezeichnete Mittel, um an diesen Beweis zu gelangen.«

»Die Mittel benötigst du gar nicht; lad mir nur sämtliche Sünden der Menschheit auf, ich werde sie allesamt gestehen.«

Sprenger trat weiter in den Raum hinein. »Wo habe ich das nur schon einmal gehört?«

»Bei der Ermordung meiner Schwester, nehme ich an.«

»Die Feigheit steckt dir also im Blut?«

»Es ist eher gesunder Menschenverstand, wenn der in diesem Fall auch nicht fruchten wird, fürchte ich.«

»Beschuldigst du mich der Ungerechtigkeit?«

»Nein, blinden Fanatismus' und perverser Mordlust.«

»Wenn du ein Feigling wärst, würdest du jetzt gewiß nicht das große Wort führen«, konstatierte Sprenger ungerührt. Er schlenderte im Raum umher und sah sich mit vermeintlichem Interesse jedes einzelne der Folterwerkzeuge an. »Oder ist es der Teufel in dir, der da spricht?«

»Warum gehst du nicht gleich daran, dein Vorhaben in die Tat umzusetzen?«

»Einer gewissen Neugier wegen«, gestand Sprenger. »Ich habe nämlich einen Freund in Konstanz, Heinrich Kramer, der an einem Buch über Hexerei arbeitet. Und dabei helfe ich ihm mit meinen Kenntnissen und Erfahrungen. Daher suche ich aus den Fällen, auf die ich aufmerksam werde, möglichst viel zu lernen.«

Das ist ausnahmsweise einmal nicht gelogen, dachte Jeroen. Clavuceel hatte ihm von Kramer und dessen Buch erzählt, das *Der Hexenhammer* heißen sollte.

Er sagte: »Offenbar hast du noch nicht viel gelernt.«

Sprenger studierte eine Daumenschraube im Licht einer Fackel. Der Schatten seiner Hand glich dabei einer großen schwarzen Ratte mit gekrümmtem Rücken, die an der Wand unruhig auf und ab sprang. Ohne Jeroen anzusehen, sagte er in ruhigem Ton: »Erkläre dich deutlicher!«

Jeroen starrte eine kleine Weile auf das trügerisch weiche Profil des anderen, ehe er antwortete: »Wir wissen in der Regel recht gut, wie wir unsere Kenntnisse zu verwerten haben, doch wir wissen absolut nicht, wie wir verstehen sollen, was sich unserer Kenntnis entzieht.«

Sprenger zog eine Augenbraue hoch. »Was soll dieses gezierte kryptische Gefasel?«

»Mit dieser Frage verrätst du deine eigene geistige Beschränktheit, Herr Inquisitor.«

»Ist dir dein Leben denn wirklich so wenig wert, Meister Bosch?«

Jeroen dachte einen Moment darüber nach, um die richtigen Worte zu finden. Dann sagte er: »Das Leben ist nicht viel mehr als ein Kinderhemdchen. Sehr kurz und meistens beschissen...«

Sprenger sah Jeroen einige Wimpernschläge lang mit zusammengekniffenen Augen an und knallte dann die Daumenschraube in das Fach zurück, in dem er sie gefunden hatte. Er rauschte zur Tür, zog diese halb auf und winkte jemanden herein.

Jeroen schaute auf und sah zwei andere Bewacher als die von vorhin hereinkommen. Ein dritter, außergewöhnlich hagerer und bleicher Mann folgte ihnen. Er war ganz in Schwarz, so daß er unwillkürlich an den Tod gemahnte. Der Henker, wußte Jeroen und kniff für einen Moment die Augen zu, um einen plötzlichen Schwindel zu vertreiben. Ängstliches Jammern würde niemanden beeindrucken, wußte er. Allerhöchstens würde es Sprengers Schadenfreude wecken. Doch Jeroen hatte Angst. Große Angst. Mutige Menschen waren zumeist Schwachköpfe, denen fehlte es an

Vorstellungskraft hinsichtlich dessen, was sie erwartete, und daher begannen sie erst zu schreien, wenn ihnen das Blut bereits aus allen Körperöffnungen spritzte. Dieser Gedanke machte ihn abermals schwindeln. Die beiden Bewacher zogen ihn hoch. Seine Kette wurde gelöst, und sie legten ihn auf die Streckbank, wo sie ihm Hände und Füße banden.

Jeroen versuchte sich nicht zu sträuben. Und während sie mit ihm befaßt waren, gewahrte er etwas Seltsames. Die Angst blieb zwar riesengroß, doch gleichzeitig stellte sich ein Gefühl ein, als wäre ein Teil seines Geistes aus seinem Körper herausgetreten und schaute nun aus einer gewissen Distanz zu, was mit ihm geschah. Er sah das wie eine Szenerie auf einem Gemälde: der wehrlos auf der Folterbank ausgestreckte, schwache, ohnmächtige Körper; die groben, grimmigen Fratzen der Bewacher; der Inquisitor in seiner Kutte und mit seiner eigenartig geformten Nase; der Henker, dem nur die Sense fehlte, um gänzlich dem Tod zu gleichen. Und dann dieses unstete, flackernde Licht, dessen Färbung sehr schwer einzufangen sein würde...

Als sie mit Jeroen fertig waren, zogen sich die Bewacher auf ein Zeichen Sprengers hin zurück. Die Tür schlug mit einem besiegelnden Knall hinter ihnen zu.

Jeroen sah zum Henker auf, der an der Arretierung des Stellrades rüttelte, um es zu lösen. »Wie kann es sein, daß du ohne Zeugen zu Werke gehst?«

Der Henker reagierte nicht und sah Jeroen auch nicht an. Vielleicht betrachtet er mich nicht als Menschen, dachte Jeroen, sondern als ein Ding, mit dem er arbeiten muß und das zu allem Übel auch noch sprechen kann.

Jeroens Blick glitt zu Sprenger, der einige Schritte entfernt stand und mit der einen Hand in der Tasche seiner Kutte zuschaute. In der Linken hielt er noch immer das Kruzifix seines Rosenkranzes. Er hat auch Angst vor mir! durchfuhr es Jeroen plötzlich mit Erstaunen. Zumindest vor den mysteriösen Kräften, die mir sein besessener Geist zugeschrieben hat.

Er fragte: »Was hat es für einen Sinn, den Gefangenen zu foltern, wenn er ohnehin bereit ist, alle erwünschten Bekenntnisse abzulegen?«

»Du sagst nur, was ich deiner Meinung nach hören will«, antwortete Sprenger. »Aber ich will die echte Wahrheit hören.«

»Bist du denn nicht überzeugt, daß du diese Wahrheit kennst?«

»Ich selbst kenne die Wahrheit, doch ich benötige deine Bekenntnisse, um bei manch anderem Zweifel auszuräumen.«

»Ohne Zeugen sind Bekenntnisse wertlos.«

»Gott ist mein Zeuge.«

»Gott ist auch *mein* Zeuge, Herr Sprenger.«

»Nein!« fuhr Sprenger ihn an und erhob drohend die Hand mit dem Kruzifix. »Der Teufel ist dein Zeuge! Und Gottes Zorn wird dich treffen, allein schon, weil du die Stirn besitzt, Seinen Namen auszusprechen! Du hast auf alle Fälle deine letzten profanen Pinselstriche getan!« Er machte eine wütende Kopfbewegung zum Henker hin, der in aller Ruhe am Rad zu drehen begann.

In einem kindlichen Versuch, den Zerreißkräften der Streckbank zu widerstehen, spannte Jeroen seinen Körper an. Einige bestürzende Atemzüge lang wünschte er sich tatsächlich mit ganzer Inbrunst, der Teufel möge ihm zu Hilfe eilen und Sprenger mit seinem verzehrenden Feuer treffen.

Sein Wunsch wurde erhört, wenn auch auf andere Weise. Die Tür flog auf, um den Schultheißen und Vikar Dass einzulassen, gefolgt von bewaffneten Wächtern. Die Folterkammer schien sogleich von Menschen bevölkert. Der Schultheiß bellte dem Henker einen Befehl zu, und der ließ erschrocken vom Rad ab. »Macht Meister Bosch los«, kommandierte der Schultheiß, und zwei der Wächter beeilten sich, dem Folge zu leisten.

Sprenger hatte einen Moment lang sprachlos zugesehen, fand nun jedoch zu seiner überlegenen Haltung zurück. »Was hat das zu bedeuten, wenn ich fragen darf?«

»Ihr seid seit gestern Eurer Funktion als Inquisitor enthoben«, sagte der Schultheiß zu ihm, griff zu einer Pergamentrolle, welche der Vikar ihm schweigend reichte, und übergab diese Sprenger. »Ihr seid zum Provinzial des Dominikanerordens in Konstanz befördert worden und sollt Euch so schnell wie möglich beim Bischof melden.«

»Befördert?« Sprengers Blick schoß wütend vom einen zum anderen. »Was ist das hier? Eine Verschwörung gegen meine Person?«

»Ganz und gar nicht, Herr Provinzial«, sagte der Vikar. »Es handelt sich um eine Würdigung Eurer Verdienste als Inquisitor. Ihr werdet sehen, daß diese Bestallung nicht nur das Kardinalssiegel trägt, sondern auch die Unterschrift Annas von Bretagne, und damit wird zweifelsohne auch König Maximilian diese Beförderung unterstützen.«

»O nein!« blaffte Sprenger. »O nein! Ich lasse mich nicht

so ohne weiteres –« Er verstummte, als der Schultheiß gebieterisch die Hand erhob und mit unerwarteter Heftigkeit gegen ihn ausfiel: »Entweder Ihr reist augenblicklich nach Konstanz ab, oder Ihr werdet selbst wegen Mordes und Totschlags vor das Tribunal geladen. Die Entscheidung liegt bei Euch!«

»Was?!« Sprenger krümmte den Rücken und breitete die Arme aus, als wollte er den Schultheißen anspringen.

»Es gibt Zeugen, die unter Eid erklärt haben, daß Ihr hier an diesem Ort eine Person namens Herberta van Aken vorsätzlich habt foltern lassen, bis der Tod eintrat. Und andere haben bestätigt, daß Ihr einen gewissen Jasper Collet auf ungesetzliche Weise gefangengehalten und gefoltert habt, bis gleichfalls der Tod eintrat, und das im Dominikanerkloster.«

»*Ich* habe Jasper Collet nicht getötet!«

»Das habe ich auch nicht gesagt«, entgegnete der Schultheiß spitz. »Nun, Herr Provinzial, wie lautet Eure Entscheidung, wenn ich fragen darf?«

Sprengers Blick schoß zu Jeroen, dem einer der Wächter aufgeholfen hatte und der nun taumelnd und ungläubig von einem zum anderen sah, hoffnungsvoll, aber auch bang, daß er womöglich halluzinierte.

»Du!« bellte Sprenger, mit seinem Kruzifix gestikulierend. »Du steckst doch gewiß hinter alledem!«

Vielleicht sind meine Kräfte ja größer, als ich selbst weiß, dachte Jeroen zynisch, schwieg jedoch. Teils, weil er sich nicht sicher war, ob seine Stimme noch ihren Dienst tun würde, teils, weil er das Gefühl hatte, daß hier Dinge geschahen, die sein Fassungsvermögen überstiegen.

In ruhigem, aber dezidiertem Ton sagte der Schultheiß: »Ich hielte es für das Vernünftigste, wenn Ihr heute noch abreist, Herr Provinzial.« Er winkte den Wächtern. »Bringt Meister Bosch zu seinem Haus, er ist kein Gefangener mehr.«

Sein Haus war nicht leer. Aleyt erwartete ihn. Ihr Körper fühlte sich hart an, als er sie umarmte, obgleich sie ihrerseits die Arme um ihn legte.

»Du hast meine Freilassung bewerkstelligt«, konstatierte er voller Selbstvorwürfe, weil er das erst jetzt begriff.

»Nicht ohne Hilfe, Jeroen. Es wird dich wahrscheinlich genauso überraschen, wie es mich überrascht hat, aber du hast Freunde, die viel für dich übrig haben.«

»Ich habe vor allem eine Frau, die viel für mich übrig hat«, sagte er. Er versuchte Aleyt in die Augen zu schauen, doch sie wandte den Blick ab.

»Ich bin dir angetraut«, sagte sie. »Ich habe Verpflichtungen.«

Jeroen nickte ergeben und ließ Aleyt los. »Ich werde Geduld haben müssen.«

»Ja«, sagte Aleyt. »Wir werden alle beide Geduld haben müssen…«

34

Jeroen tauchte gerade das Gesicht in den Zuber mit Wasser, als Aleyt fröhlich verkündete: »Heute ist ein besonderer Tag.«

Jeroen sah seine Frau im Spiegel an. »Heute? Warum? Weil Philipp der Schöne ein Jüngstes Gericht bestellt hat? *Schon* wieder ein Jüngstes Gericht, das ich allmählich so leid bin? Wie oft habe ich diese Szene nicht schon malen müssen!«

Aleyt reichte ihm ein Tuch, damit er sich das Gesicht abtrocknen konnte. »Hättest eben kein so berühmter Unheilsmeister werden dürfen«, sagte sie. »Und nein, damit hat es nichts zu tun.«

Jeroen fuhr sich mit der Hand durch seine widerspenstigen Locken. »Ich muß dringend wieder einmal zum Barbier, ehe noch die Krähen auf meinem Kopf zu nisten anfangen. Laß mich raten: Haben unsere Schuldner aus Oirschot gelobt, endlich ihren ausstehenden Pachtzins zu bezahlen?«

»Was soll denn daran Besonderes sein? Das versprechen sie doch jeden Monat aufs neue.«

Jeroens Miene wurde mit einem Mal mißtrauisch. »Du bist doch wohl nicht so dumm gewesen, dir so einen rothäutigen Sklaven andrehen zu lassen, will ich hoffen?«

»Herrgott nein, wie kommst du denn jetzt darauf?«

»Jan hat sich einen gekauft, weil sie so preiswert sind, die ganze schmutzige und schwere Arbeit machen und dabei kaum etwas essen.« Jeroen setzte sich auf einen Stuhl, um sich die Hose anzuziehen. »Sie sehen zwar aus wie Menschen, haben aber keine Seele. Es ist also zwecklos, sie bekehren zu wollen. Das wird von der Kanzel verkündet, habe ich mir sagen lassen. Sie werden in der Neuen Welt wie Tiere eingefangen und in Käfigen nach Europa verschifft. Die, die unterwegs nicht krepieren, werden hier verkauft, um Sklavenarbeit zu verrichten. Wenn sie sterben, braucht man keine Beerdigung zu bezahlen. Man darf sie einfach im Garten verscharren.« Er schüttelte den Kopf. »Mein Gott, wie ist das nur möglich!«

»Joen, was für ein Datum ist heute?«

»Keine Ahnung, sag du es mir.«

»Heute ist der dreizehnte Mai.«

»Das klingt unheilverkündend.« Jeroen hatte die Hose mit einiger Mühe anbekommen und erhob sich, um zu seinem Leibrock zu greifen. Ich habe schon wieder zugenommen, dachte er mißvergnügt. Und das, wo ich doch kaum mehr esse als so ein indianischer Sklave. »Dieser Genueser, wie hieß er noch? Kolumbus? Ja, der war's. Der behauptete, daß er den Weg in die Neue Welt dank der Bibel gefunden habe. Esra soll in den Apokryphen darüber geschrieben haben. Ergo: Dank der Bibel wird Spanien nun noch reicher, als es das ohnehin schon ist, und wieder einmal haben zahllose unschuldige Kreaturen das mit ihrem Leben zu bezahlen, ob sie nun eine Seele haben oder nicht.«

»Joen, heute ist kein Tag, an dem du dich erzürnen solltest.«

Jeroen kämpfte mit dem Band, das den Kragen seines Leibrocks schloß. »Jeder Tag ist ein Tag zum Erzürnen«, entgegnete er säuerlich.

Mit sanftem Zwang zog Aleyt seine Hände fort und schnürte ihm das Band. Dann schlang sie die Arme um ihn. »Du wirst heute fünfzig, Joen. Herzlichen Glückwunsch zum Geburtstag!« Sie küßte ihn auf den Mund.

»Was?« sagte er, als sie ihn losließ. »Ein halbes Jahrhundert?« Er sah seine Frau bestürzt an. »So alt dürfte niemand werden! Mein Gott, ich höre schon meine Knochen knirschen!«

»Kein *ewiger Nörgler* dürfte so alt werden, meintest du wohl.«

Jeroen sah sie mißtrauisch an. »Du hast doch hoffentlich kein Fest organisiert?«

»Ich nicht«, antwortete Aleyt.

»Himmel, nein!« Jeroen ließ sich wieder auf den Stuhl sinken. »Die Bruderschaft! *Deswegen* mußten sie ihre Zusammenkunft unbedingt heute abhalten.« Er schaute unfreundlich zu Aleyt auf. »Warum hast du sie nicht daran gehindert?«

»All die hochstehenden, herausragenden Persönlichkeiten hindern? Ich, eine schwache Frau? Ach, da fällt mir ein, Willem Lombard wollte wissen, wie weit du mit dem Entwurf für sein Glasfenster in der Marienkapelle bist. Er möchte gern, daß du den Entwurf zur Zusammenkunft mitbringst.«

»Dazu hab ich noch keine Zeit gehabt.«

»Keine Lust, meinst du wohl. Das Fenster ist schon vor Ostern bestellt worden!«

»Ich hasse solche Arbeiten.«

»Warum nimmst du sie dann an?«

Weil Willem Mitglied der Brüder und Schwestern vom Freien Geist ist, dachte Jeroen, sagte es aber nicht. Aleyt und er hatten eine Art stilles Übereinkommen, diese Bruderschaft und alles, was damit zusammenhing, nicht mehr zu erwähnen. Mathildes wegen, dachte er. Und das war irrsinnig, denn von der hatten sie nie wieder gehört. Aber ihre Ehe war schon seit geraumer Zeit wieder gut, und das wollte er um jeden Preis so halten. Also sah er sich vor, auch wenn ihm das bisweilen gegen den Strich ging. Vielleicht lerne ich es ja doch noch irgendwann, dachte er hin und wieder. Und hilfreich war auch, daß seine Triebe mit den Jahren schwächer zu werden schienen...

Aleyt ging zur Tür. »Du kannst dich nicht immer um deine Verpflichtungen herumdrücken, Joen.« Ehe sie hinausging, sagte sie noch: »Tu mir den Gefallen und versuche vor deiner Ansprache nicht zuviel zu trinken.« Sie entfernte sich, ohne seine Antwort abzuwarten.

Wirklich ein besonderer Tag, dachte Jeroen verdrießlich, während er sich weiter ankleidete.

Dann schnappte er sich ein altes, ungewaschenes Bettuch aus einem Korb in der Ecke und ging damit in sein Atelier. Er spannte das Tuch auf eine Holztafel und griff zu einem Stück Holzkohle. Willem soll seinen Entwurf haben, dachte er. Heute noch!

Mit wütenden Strichen warf er eine Skizze auf das Tuch. Und als er die auf dem Leinen vorhandenen Flecken mit viel Phantasie nahtlos in das Gesamtwerk einband, begann er tatsächlich zu grinsen.

»... Meister Bosch zeichnet sich nicht allein durch seine bemerkenswerte schöpferische Kraft aus, die nicht ihresgleichen kennt, sondern auch durch die überragende Darstellungstechnik seiner Werke, mit der er sich längst weit über den Kreis der alten Meister erhoben hat. Seine Auffassungen und Einsichten sind so originell und einzigartig, daß er sich zwangsläufig eine vollkommen neue Farbsprache aneignen mußte. Und wie wundervoll diese Sprache ist!«

Jeroen lauschte der Lobrede, die Vikar Dass da zu seinen Ehren hielt, mit einigem Erstaunen. Das kann nicht sein, dachte er. Dieser Mann konnte doch unmöglich mit einem Mal blind geworden sein für die unterschwelligen Spöttereien, mit denen er seine Arbeiten unverdrossen durchsetzte. Dafür war der Vikar viel zu klug. Und der Kunst zuliebe bei all den profanen Kapriolen die Augen zuzudrücken war immer noch etwas anderes, als hier in aller Öffentlichkeit, vor dieser Meute von Honoratioren und Prälaten dem Jubilar auf schon fast peinliche Weise zu huldigen.

Mit dem Weinbecher an den Lippen ließ Jeroen sinnierend den Blick über die Mitglieder der Bruderschaft schweifen. Die meisten hörten dem Sprecher andächtig zu. Manche nickten gar zustimmend zu den blumigen Sätzen. Der eine oder andere fing Jeroens Blick auf und neigte freundlich den Kopf.

Desiderius Erasmus, der sich erstmals seit langer Zeit wieder eingefunden hatte und auf seinem angestammten Platz neben ihm saß, legte Jeroen die Hand auf den Arm. »Die Süße des Ruhms«, sagte er leise an Jeroens Ohr. »Dein Stern strahlt jetzt so hell, daß jeder Versuch, sein Licht zu besudeln, nur ein noch größeres Strahlen bewirken kann.

Auf ein kleines Feuerchen braucht man nur zu spucken, will man es löschen, einen großen Brand aber kann allein Gott eindämmen.«

Jeroen sah den anderen einen Moment nachdenklich an und erwiderte dann: »Weißt du, da könntest du ganz recht haben. Ich habe heute einen Entwurf auf ein schmutziges Bettuch gezeichnet, und die ganze Bande hat es sich voll Bewunderung angesehen!«

Erasmus nickte. »Sie würden sogar ›Ooh!‹ und ›Aah!‹ rufen, wenn du auf eine Tafel scheißen würdest, anstatt sie zu bemalen.«

Jeroen runzelte argwöhnisch die Stirn. »Wieviel Wein hast du schon getrunken?«

»Ich trinke weder Wein noch Bier, wie du dich vielleicht noch entsinnst.«

»...Meister Bosch«, fuhr der Vikar fort, »entwickelte vollständig neue und äußerst ausdrucksstarke Farbverbindungen und -zusammenstellungen; neue Techniken der Pinselführung; eine erstaunliche Verwendung durchscheinender neben und auf satten Farben, welche wundersamerweise immer deckend bleiben. Und die von ihm erfundene beschleunigte Arbeitstechnik nicht zu vergessen, in der ihm die besten Maler der Niederlande begierig nacheifern. Nicht genug rühmen können wir die Virtuosität seines Pinsels, die Sensibilität seines Stils, den unendlichen, visionären Reichtum seiner Bilder, die Subtilität der Symbolik, die sein Werk durchzieht...«

Er beschwatzt sie einfach, dachte Jeroen. Die meisten wissen schon längst nicht mehr, wovon er redet, nicken aber wissend vor sich hin, weil sie nicht zugeben wollen, daß sie den Faden verloren haben. Es kommt noch so weit, daß er von den teuflischen und frevelhaften Aspekten meines Werks redet und sie gleichermaßen weise und nachsichtig nicken. Das Renommee des Ruhms, das höllische Strahlen meines Sterns. Ich bin so berühmt, daß es gar nichts mehr fruchtet, irgendeinem vors Schienbein zu treten, denn die, die ich treffe, werden es als Ehre empfinden und mir mit einer Verbeugung dafür danken...

Er füllte seinen Becher ein weiteres Mal und goß sich den schweren, süßen Wein die Kehle hinunter in dem vergeblichen Versuch, die allgegenwärtige Bitterkeit des Zynismus fortzuspülen.

»Hast du noch etwas von Großmeister Almaengien gehört?«

»Hä?« entfuhr es Jeroen, der bei Erasmus' unvermittelter Frage hochschrak.

»Ich hörte, er habe sich in die Bretagne zurückgezogen, wo er mit einem Alchemisten zusammen, einem gewissen Clavuceel, eine neue geheime Bruderschaft gegründet haben soll.« Erasmus sah Jeroen aufmerksam an. »Das scheint dir neu zu sein, oder?«

Jeroen hob seinen schon wieder leeren Becher. »Hast du mit diesem Thema absichtlich so lange gewartet, bis ich die nötige Menge Wein intus hatte?«

»Entschuldige«, sagte Erasmus hastig. »Es war mir nicht bewußt, daß ich etwas Ungebührliches fragte.«

Nein, dachte Jeroen. Wird wohl so sein, dafür ist unser Freund Desiderius zu diplomatisch. »Macht nichts«, beschwichtigte er. »Ich habe einfach jeglichen Kontakt zu Almaengien und Clavuceel verloren, seit... seit einigen Jahren.« Ich habe endlich lügen gelernt, dachte er mit bitterer Häme. Ein Kunstgriff, der ihm schon so manchen guten Dienst geleistet hatte.

»...Maler des Grau in Grau, mit Sinn für den Liebreiz der zartesten Töne und der verletzlichsten Werte, höchst versiert in der Modellation von Weiß durch Weiß. So verbindet er Rosa, Lila, Hellblau, Jadegrün in mit horizontalen Pinselstrichen aufgetragener Glasurfarbe, belebt mit wunderbaren Akzenten aus kräftigen und satten Farben, mit Emaille, Orange, Karminrot, Tiefblau, Dunkelviolett und dem absoluten Schwarz gleich einem Loch inmitten der Sterne...«

Als Jeroen zum wiederholten Male die Hand zum Weinkrug ausstreckte, faßte Erasmus ihn erneut beim Arm. »Denk daran, daß du selbst auch noch einige Worte sagen mußt«, mahnte er.

Jeroen zuckte die Achseln. »Unser Freund, der Vikar, hat offensichtlich vor, so lange weiterzufaseln, bis jedermann eingeschlafen ist. Meine Ansprache wird also sehr kurz ausfallen. Ich werde –« Er verstummte, als Applaus erklang. Beunruhigt sah er, daß der Vikar einladend in seine Richtung blickte.

»Und nun habe ich das besondere Vergnügen, das Wort unserem Ehrengast zu übergeben, dessen versengendes Feuer seit Jahren auf nahezu allen unseren Landschaftsbildern brennt, dem am heutigen Tage fünfzig gewordenen Meister Hieronymus Bosch!«

Wieder wurde gesittet applaudiert, während sich Jeroen unter dem leicht besorgten Blick von Erasmus erhob und unsicher auf all die Gesichter hinabblickte, die im flackernden Licht der Öllampen und Kerzen wohlwollend und erwartungsvoll zu ihm aufschauten.

Ich würde ihnen gern die Geschichte Herbertas erzählen, dachte er. Wie sie mich nicht nur gelehrt hat, wie man Farbe mischen muß, sondern auch und vor allem, wie man seine Augen gebrauchen muß, bis einem klar wird, daß so gut wie ein jeder sehenden Auges blind ist. Die mich entdecken ließ, daß sich unsere Umgebung dem arglosen Auge lediglich in flüchtigen, bedeutungslosen Formen und oberflächlichen Farben offenbart und sich die wahre Welt weitgehend unserer Wahrnehmung entzieht. Daß wir, wenn wir uns dem öffnen, hin und wieder ein winziges Stückchen davon sehen können. Daß die sogenannte mystische Welt weitaus lebendiger und farbenfroher ist, aber auch gefährlicher als die Welt an der Oberfläche, die von Toren bevölkert ist, welche nur noch Augen für die häßlichen Fratzen anderer haben…

»Meister Bosch?« drängte der Vikar.

»Nun…« Jeroen zögerte erneut. Was wollen sie von mir? dachte er. »Monseigneur Dass sagte es soeben schon: Ich habe mir eine neue Sprache aneignen müssen, eine, die nicht mit dem Mund gesprochen wird…« Das kam gut an, denn einige lächelten. Natürlich, entsann er sich, als sein Blick auf den vage schmunzelnden Erasmus fiel. Alles, was ich an sie heranschwatze, wird gut ankommen, denn mein Feuer ist nicht mehr zu löschen. »Ich möchte nur sagen…« Jeroen versuchte sich auf den Gedanken zu konzentrieren, der irgendwo in seinem Hinterkopf neckisch hin und her hüpfte, ein Gedanke von großer Weisheit, der nur von einem berühmten Mann ausgesprochen werden konnte. »Ich bin fünfzig und erfreue mich bester Gesundheit, ich bin ein wohlhabender Mann, ich habe eine gute Frau, ich bin kinderlos geblieben, kurzum, man könnte sagen, daß mir das Schicksal wohlgesinnt gewesen ist…« Dieser Scherz über die Kinderlosigkeit wurde weniger gut aufgenommen, registrierte er, denn er sah hier und da ein Stirnrunzeln. Doch er war über den Punkt hinaus, da ihn das noch kümmerte. »Das einzige, was ich wollte, wäre…« Abermals zögerte er, bis er plötzlich diesen immer entwischenden Gedanken zu fassen bekam: »Ich bin wie die meisten von Euch weinend zur Welt gekommen, während ein jeder um mich her lachte. Nun, ich werde zufrieden sein, wenn ich lachend aus der Welt gehen kann, während ein jeder um mich her weint.«

Es herrschte Grabesstille, als er wieder Platz nahm und zu seinem Weinbecher griff. Dann setzte doch noch der Applaus ein, zaghaft zunächst und dünn, danach aber zunehmend lauter und begeisterter. Einige standen sogar auf, um ihm stehende Ovationen zu geben.

Erasmus sah Jeroen nach wie vor mit diesem vagen Schmunzeln um die Mundwinkel an.

Du hattest recht, dachte Jeroen. Von nun an wird die Meute nur süße Wahrheiten hören, mag ich auch noch so laut fluchen.

Und während er von seinem Wein trank, hörte er über den Applaus hinweg aus sämtlichen dunklen Winkeln der Kapelle das schallende Gelächter der Dämonen.

John Vermeulen

Die Elster auf dem Galgen

Ein Roman aus der Zeit Pieter Bruegels
Aus dem Niederländischen von
Susanne George

Ein Knabe ist heimlicher Zuschauer bei einer grausigen Szene: Menschen werden von den Schergen der spanischen Inquisition an den Galgen geknüpft. Der Junge hält den Eindruck in einer Skizze fest, und Jahre später wird ein weltberühmtes Bild daraus hervorgehen: ›Die Elster auf dem Galgen‹.
Schon in jungen Jahren hat der niederländische Maler Pieter Bruegel Verdacht und Aufmerksamkeit der Obrigkeit erregt. Für seine Spottzeichnungen wird er in den Kerker geworfen. Aber man erkennt auch seine Begabung: Kardinal Granvelle, der einflußreiche Statthalter Philips II. von Spanien, läßt ihn in der Werkstatt von Pieter Coecke zum Maler ausbilden. Und fortan liegt Pieters Leben ganz in der Hand des grausamen Kirchenfürsten.
Ein Roman, der fundiert und ungemein anschaulich mitten hineinführt in das Leben und Werk des Pieter Bruegel und in die turbulenteste und grausamste Epoche der niederländischen Geschichte. Er verdient den Vergleich mit de Costers *Geschichte vom Ulenspiegel.*

»Wer noch einmal riechen und schmecken will, wie es im Flandern des Pieter Bruegel zugegangen ist, für den ist *Die Elster* ein sattes Lesevergnügen.«
Thomas Linden/Kölnische Rundschau

»Ein spannender Schmöker, der neugierig macht nicht nur auf Bruegel, sondern auch auf dessen Zeit.«
Hermann Wallmann/Hessischer Rundfunk